FAUGLITH
(Ard-galen)

N

LOTHLANN

LADROS

Aeluin

UR-NU-FUIN
(Dorthonion)

Himring   Marca de Maedhros

RED GORGOROTH
Dungortheb

Passo de Aglon

Dar Dínen

Monte   RERIR

ERED LUIN (ERED LINDON)

Iant Iaur

Aros lach

HIMLAD

Guarbad

Grande Gelion

Lago
HELEVORN

ORESTA DE
ELDORETH

Rio CELON

Gelion

io Esgalduin   Menegroth

RIATH

Nan Elmoth

THARGELION

Rio GELION

Monte
DOLMED

Belegost

FLORESTA DE REGION

ESTOLAD

Rio AROS

Estrada dos Anões

Nogrod

Sern
Athrad

Rio ASCAR (Rathlóriel)

ANDRAM

LESTE

EREDLuin

Ramdal

Amon Ereb

Rio THALOS

O
S
S
I
R
I
A
N

ERIAND

Rio LEGOLIN

Rio BRILTHOR

AUR-IM-DUINATH

Rio DUILWEN

Rio GELION

MAPA DE
BELERIAND
E DAS TERRAS
AO NORTE

CJRT

CB005907

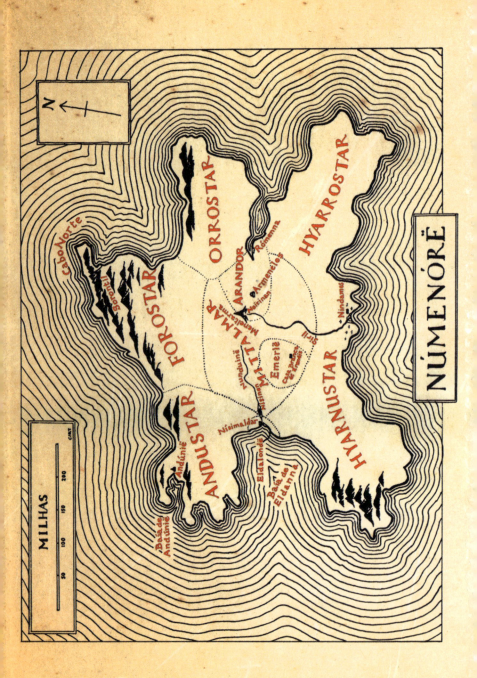

CONTOS INACABADOS
DE NÚMENOR E DA TERRA-MÉDIA

[Tengwar script text - upper]

[Tengwar script text - lower]

J.R.R. TOLKIEN

CONTOS INACABADOS
DE NÚMENOR E DA TERRA-MÉDIA

Tradução de
RONALD KYRMSE

Rio de Janeiro, 2022

Título original: *Unfinished Tales of Númenor and Middle-Earth*
Copyright © Os administradores da The J.R.R. Tolkien, 1967, acordado em 1954 e 1966
Edição original por George Allen & Unwin, 1954
Todos os direitos reservados à HarperCollins Publishers.
Copyright da tradução © Casa dos Livros Editora Ltda., 2020

Os pontos de vista desta obra são de responsabilidade de seu autor, não refletindo
necessariamente a posição da HarperCollins Brasil, da HarperCollins *Publishers* ou
de sua equipe editorial.

®, TOLKIEN® são marcas registradas de J.R.R. Tolkien Estate Limited.

Publisher	*Samuel Coto*
Editora	*Brunna Castanheira Prado*
Produção gráfica	*Lúcio Nöthlich Pimentel*
Preparação de texto	*Camila Reis*
Revisão	*Gabriel Oliva Brum, Leonardo Dantas do Carmo*
Diagramação	*Sonia Peticov*
Capa	*Alexandre Azevedo*

CIP—BRASIL. CATALOGAÇÃO NA FONTE
SINDICATO NACIONAL DOS EDITORES DE LIVROS, RJ

T589c
Tolkien, J. R. R.
Contos inacabados / J. R.R. Tolkien; tradução de Ronald Kyrmse. — 1.ed. —
Rio de Janeiro: Harper Collins Brasil, 2020.
624 p.; 13,3 x 20,8 cm.

Tradução de: *Unfinished Tales*
ISBN 978-85-95085-70-1

1. Literatura inglesa. 2. Contos. 3. Fantasia. 4. Aventura. 5. Terra-média.
6. Tolkien. I. Kyrmse, Ronald. II.Título.

CDD: 820

4-2020/22

CDU 821.111-3

Aline Graziele Benitez — Bliotecária — CRB-1/3129

HarperCollins Brasil é uma marca licenciada à Casa dos Livros Editora Ltda.
Todos os direitos reservados à Casa dos Livros Editora Ltda.
Rua da Quitanda, 86, sala 218 — Centro
Rio de Janeiro — RJ — CEP 20091-005
Tel.: (21) 3175-1030
www.harpercollins.com.br

Sumário

Nota sobre a Edição	9
Introdução	11

PRIMEIRA PARTE: A PRIMEIRA ERA

I. De Tuor e sua Chegada a Gondolin	35
Notas	80
II. Narn I Hîn Húrin	
O Conto dos Filhos de Húrin	87
A Infância de Túrin	87
As Palavras de Húrin e Morgoth	98
A Partida de Túrin	101
Túrin em Doriath	111
Túrin entre os Proscritos	123
Sobre Mîm, o Anão	138
O Retorno de Túrin a Dor-lómin	149
A Chegada de Túrin a Brethil	156
A Viagem de Morwen e Nienor a Nargothrond	160
Nienor em Brethil	171
A Chegada de Glaurung	176
A Morte de Glaurung	186
A Morte de Túrin	196
Notas	203
Apêndice	208

SEGUNDA PARTE: A SEGUNDA ERA

I. Uma Descrição da Ilha de Númenor   229
    Notas   237

II. Aldarion e Erendis
    A Esposa do Marinheiro   239
    O Desenrolar Posterior da Narrativa   281
    Notas   291

III. A Linhagem de Elros: Reis de Númenor
    Da Fundação da Cidade de Armenelos
       até a Queda   297
    Notas   305

IV. A História de Galadriel e Celeborn
    e de Amroth, Rei de Lórien   309
    Notas   343
    Apêndice A — Os Elfos Silvestres e sua Fala   346
    Apêndice B — Os Príncipes Sindarin dos
       Elfos Silvestres   349
    Apêndice C — Os Limites de Lórien   352
    Apêndice D — O Porto de Lond Daer   353
    Apêndice E — Os Nomes de Celeborn e Galadriel   360

TERCEIRA PARTE: A TERCEIRA ERA

I. O Desastre dos Campos de Lis   365
    Notas   374
    Apêndice — Medidas Lineares Númenóreanas   381

II. Cirion e Eorl e a Amizade entre
    Gondor e Rohan   386
    Os Nortistas e os Carroceiros   386
    A Cavalgada de Eorl   395
    Cirion e Eorl   402
    A Tradição de Isildur   412
    Notas   415

III. A Demanda de Erebor 425
 Notas 432
 Apêndice — Nota sobre os Textos de "A Demanda
 de Erebor" e excertos da versão mais antiga 433

IV. A Caçada ao Anel 447
 Da Viagem dos Cavaleiros Negros, de acordo com
 o relato que Gandalf fez a Frodo 447
 Outras Versões da História 453
 Acerca de Gandalf, de Saruman e do Condado 463
 Notas 468

V. As Batalhas dos Vaus do Isen 471
 Notas 483
 Apêndice 486

QUARTA PARTE

I. Os Drúedain 499
 Notas 509

II. Os Istari 513
 Notas 530

III. As Palantíri 532
 Notas 543

Índice Remissivo 549

Notas sobre as Inscrições em *Tengwar* e em Runas
 e suas Versões em Português 618

Notas sobre as Ilustrações 621

NOTA SOBRE A EDIÇÃO

Foi necessário distinguir o autor do editor de diferentes maneiras em várias partes deste livro, visto que a incidência de comentários é muito diversificada. O autor aparece em tipo maior nos textos primários em toda parte; quando o editor interfere em algum desses textos, ele aparece em tipo menor, recuado da margem (por exemplo p. 393). No entanto, em "A História de Galadriel e Celeborn", em que o texto editorial predomina, emprega-se o recuo inverso. Nos Apêndices (e também em "O Desenrolar Posterior da Narrativa" de "Aldarion e Erendis", pp. 281 ss.), tanto o autor como o editor estão no tipo menor, e as citações do autor são recuadas (por exemplo p. 208).

As notas aos textos dos Apêndices são dadas como notas de rodapé, e não como referências numeradas; e a anotação de um texto pelo próprio autor, em algum ponto particular, é indicada em toda parte com a notação "[N. A.]".

Introdução

Os problemas com que depara alguém que recebe a responsabilidade pelas obras de um autor falecido são difíceis de resolver. Algumas pessoas, nessa posição, podem decidir que não tornarão disponível para publicação nenhum material, exceto talvez as obras que à época da morte do autor se encontravam em estado praticamente acabado. No caso dos escritos inéditos de J.R.R. Tolkien, esse poderia à primeira vista parecer o caminho adequado, uma vez que ele mesmo, peculiarmente crítico e exigente com sua própria obra, não sonharia permitir que fossem publicadas nem mesmo as narrativas mais completas deste livro sem uma elaboração muito maior.

Por outro lado, a natureza e a amplitude de sua invenção, ao que me parece, colocam até mesmo suas histórias abandonadas em posição singular. Para mim estava fora de questão que *O Silmarillion* permanecesse desconhecido, a despeito de seu estado desordenado, e a despeito das intenções — conhecidas, porém, em sua maioria, irrealizadas — que meu pai tinha de transformá-lo; e nesse caso ousei, após longa hesitação, apresentar a obra não em forma de estudo histórico, um complexo de textos divergentes interligados por comentários, mas sim como entidade completa e coesa. As narrativas deste livro repousam, de fato, sobre uma base totalmente diferente: juntas, não constituem uma unidade, e o livro nada mais é que uma coletânea de escritos, díspares na forma, na intenção, no acabamento e na data de composição (e no tratamento que eu próprio lhes dei), que tratam de Númenor e da Terra-média. Mas o argumento a favor de sua publicação não é de natureza diversa daquele

INTRODUÇÃO

com que justifiquei a publicação de *O Silmarillion*, embora
seja menos forte. Aqueles que não renunciariam às imagens
de Melkor e Ungoliant olhando, do cimo de Hyarmentir, "os
campos e as pastagens de Yavanna, dourados sob o trigo alto
dos deuses"; das sombras das hostes de Fingolfin, lançadas pelo
primeiro nascer da lua no Oeste; de Beren, esgueirando-se em
forma de lobo sob o trono de Morgoth; ou da luz da Silmaril
subitamente revelada na escuridão da Floresta de Neldoreth —
esses descobrirão, creio, que as imperfeições da forma destes
contos são de longe compensadas pela voz (agora ouvida pela
última vez) de Gandalf, provocando o altivo Saruman na reunião do Conselho Branco no ano de 2851, ou descrevendo em
Minas Tirith, após o término da Guerra do Anel, como havia
enviado os Anãos à célebre festa no Bolsão; pelo surgimento
de Ulmo, Senhor das Águas, do oceano em Vinyamar; por
Mablung de Doriath escondendo-se "como um rato silvestre"
sob as ruínas da ponte em Nargothrond; ou pela morte de
Isildur ao sair chapinhando da lama do Anduin.

Muitos textos desta coleção são elaborações de assuntos tra-
tados com maior brevidade, ou pelo menos mencionados, em
outros lugares; e deve-se dizer logo que muito do que existe
neste livro não será considerado gratificante por leitores de
O Senhor dos Anéis que, afirmando que a estrutura histórica da
Terra-média é um meio e não um fim, é o modo da narrativa
e não o seu propósito, pouco desejam continuar explorando
pela exploração em si, não querem saber como se organizavam
os Cavaleiros da Marca de Rohan, e deixariam os Homens
Selvagens da Floresta Drúadan exatamente onde os encontraram. Meu pai certamente não lhes tiraria a razão. Ele disse em
uma carta escrita em maio de 1955, antes da publicação do
volume 3 de *O Senhor dos Anéis*:

Agora gostaria que nenhum apêndice tivesse sido prometido!
Pois acredito que o aparecimento deles em uma forma truncada
e condensada não satisfará a ninguém: com certeza não a mim;
claramente, pela espantosa quantidade de cartas que recebo, não

12

àquelas pessoas que gostam desse tipo de coisa — surpreendentemente muitas; enquanto aquelas que apreciam o livro apenas como um "romance heroico", e consideram "imagens inexplicadas" parte do efeito literário, negligenciarão os apêndices, muito apropriadamente.

Não tenho tanta certeza de que a tendência de tratar a coisa toda como uma espécie de grande jogo seja realmente boa — certamente não para mim, que considero esse tipo de coisa como uma atração por demais fatal. Suponho que seja um tributo ao efeito curioso que histórias têm, quando baseadas em trabalhos muito elaborados e detalhados de geografia, cronologia e idioma, de que tantos clamem por puras "informações" ou "pano de fundo".

Em uma carta no ano seguinte, ele escreveu:

[...] enquanto muitos como o senhor exigem *mapas*, outros desejam indicações geológicas em vez de lugares; muitos querem gramáticas, fonologias e amostras élficas; alguns querem métrica e prosódias. [...] Músicos querem melodias e notações musicais; arqueólogos querem cerâmica e metalurgia. Botânicos querem uma descrição mais precisa do *mallorn*, da *elanor*, *niphredil*, *alfirin*, *mallos* e *symbelmynë*; e historiadores querem mais detalhes sobre a estrutura política e social de Gondor; questionadores gerais querem informações sobre os Carroceiros, o Harad, origens anânicas, os Mortos, os Beornings e os dois magos que faltam (dos cinco).

Mas, qualquer que seja a visão que tenhamos dessa questão, para alguns, como eu mesmo, existe um valor maior que a mera descoberta de detalhes curiosos em saber que Vëantur, o Númenóreano, conduziu sua nau Entulessë, o "Retorno", até os Portos Cinzentos com os ventos primaveris do sexcentésimo ano da Segunda Era, que o túmulo de Elendil, o Alto, foi construído por seu filho Isildur no topo da colina do farol de Halifirien, que o Cavaleiro Negro que os Hobbits viram

INTRODUÇÃO

na escuridão nevoenta do outro lado da Balsa de Buqueburgo era Khamûl, chefe dos Espectros-do-Anel de Dol Guldur — ou até mesmo que o fato de Tarannon, décimo segundo Rei de Gondor, não ter filhos (fato registrado em um apêndice de *O Senhor dos Anéis*) estava associado aos gatos, até agora totalmente misteriosos, da Rainha Berúthiel.

A construção do livro foi difícil, e resultou um tanto complexa. Todas as narrativas estão "inacabadas", porém em maior ou menor grau, e em diferentes sentidos da palavra, e exigiram tratamentos diferentes; mais adiante direi algo sobre cada uma delas, e aqui apenas destacarei algumas características gerais.

A mais importante é a questão da "consistência", mais bem ilustrada pelo trecho intitulado "A História de Galadriel e Celeborn". Esse é um "Conto Inacabado" no sentido mais amplo: não uma narrativa que se interrompe abruptamente, como "De Tuor e sua Chegada a Gondolin", nem uma série de fragmentos, como "Cirion e Eorl", mas sim um fio fundamental na história da Terra-média que nunca recebeu definição conclusiva, muito menos uma forma escrita final. A inclusão das narrativas e dos esboços de narrativa inéditos sobre este tema, portanto, implica imediatamente a aceitação da história não como realidade fixa, com existência independente, que o autor "relata" (em sua *persona* como tradutor e redator), e sim como uma concepção crescente e cambiante em sua mente. Quando o autor não mais publica ele mesmo as suas obras, tendo-as sujeitado à sua própria crítica e comparação detalhadas, o conhecimento adicional sobre a Terra-média que se pode encontrar em seus textos inéditos muitas vezes conflitará com o que já se "sabe"; e, em tais casos, novos elementos encaixados na estrutura existente tenderão a contribuir menos para a história do mundo inventado em si do que para a história de sua invenção. Neste livro aceitei desde o início que assim devia ser; e, exceto detalhes insignificantes, como mudanças de nomenclatura (onde a retenção da forma dos originais geraria despropositada confusão ou um despropositado espaço ocupado pelas explicações), não fiz alterações em prol da consistência com obras publicadas; mas, sim, chamei sempre a atenção para conflitos e variações. Portanto, sob este ponto de vista, os "Contos Inacabados" diferem essencialmente de *O Silmarillion*, onde um objetivo primordial, porém não exclusivo, da edição era obter coesão tanto interna como externa; e, à exceção de alguns casos especificados, de fato tratei a forma publicada de *O Silmarillion* como ponto fixo de referência da mesma ordem que as obras publicadas por meu pai, ele próprio, sem considerar as inúmeras decisões "não autorizadas" entre variantes e versões rivais que influenciaram sua produção.

Em termos de conteúdo o livro é inteiramente narrativo (ou descritivo): excluí todos os escritos sobre a Terra-média e Aman que fossem de natureza essencialmente filosófica ou especulativa, e nos trechos em que tais assuntos surgem, de tanto em tanto, não lhes dediquei mais atenção. Impus uma estrutura simples e conveniente ao dividir os textos em partes que correspondem às primeiras Três Eras do Mundo, o que inevitavelmente gerou alguma sobreposição, como no caso da lenda de Amroth e sua discussão em "A História de Galadriel e Celeborn". A quarta parte é um apêndice, e pode exigir alguma explicação em um livro chamado *Contos Inacabados*, pois os textos que contém são ensaios generalizados e discursivos com poucos elementos de "história" ou nenhum. A seção sobre os Drúedain, de fato, deve sua inclusão original à história de "A Pedra Fiel", que constitui pequena parte dela; e essa seção levou-me a incluir as que tratam dos Istari e das Palantíri, pois esses (em especial os primeiros) são temas sobre os quais muitas pessoas expressaram curiosidade, e este livro pareceu um lugar adequado para expor o que há para ser contado.

As notas poderão parecer um tanto excessivas, em alguns trechos, mas ver-se-á que, lá onde estão mais aglomeradas, são devidas menos ao editor que ao autor, que nas suas obras tardias tendia a compor dessa maneira, avançando vários assuntos por meio de notas entrelaçadas. Em toda parte procurei deixar claro o que é editorial e o que não é. E, por causa dessa abundância de matérias originais que constam em notas e apêndices, preferi não limitar as referências de páginas do Índice Remissivo aos textos propriamente ditos, mas sim abranger todas as partes do livro, exceto a Introdução. Em toda parte, supus que o leitor tivesse um razoável conhecimento das obras publicadas de meu pai (mais especialmente *O Senhor dos Anéis*), pois agir de outro modo teria ampliado excessivamente o elemento editorial, que com certeza já será considerado bem suficiente. No entanto, incluí em quase todos os verbetes principais do Índice Remissivo definições curtas, esperando poupar ao leitor as constantes referências a outras obras. Se minhas explicações forem insuficientes ou se tiver sido involuntariamente obscuro, o *Complete Guide to Middle-earth* de Robert Foster representa, como descobri pelo uso frequente, uma admirável obra de referência.

As referências em *O Silmarillion* são feitas em geral apenas às páginas; em *O Senhor dos Anéis*, ao título do volume, livro e capítulo.

Seguem-se notas essencialmente bibliográficas sobre cada um dos textos.

* * *

PRIMEIRA PARTE

I

De Tuor e sua Chegada a Gondolin

Meu pai disse mais de uma vez que "A Queda de Gondolin" foi o primeiro conto da Primeira Era a ser composto, e não há evidências que contradigam sua lembrança. Em uma carta de 1964, declarou que o escreveu "'da minha cabeça' durante uma licença médica no exército em 1917", e em outras ocasiões indicou a data como 1916 ou 1916–17. Em uma carta que me escreveu em 1944, disse: "Comecei a escrever [*O Silmarillion*] em barracas do exército, lotadas, cheias de barulho de gramofones": e de fato alguns versos onde constam os Sete Nomes de Gondolin foram rabiscados atrás de uma folha de papel que estipula "a cadeia de responsabilidades em um batalhão". O manuscrito mais antigo ainda existe, e ocupa dois pequenos cadernos de exercícios escolares; foi escrito rapidamente, a lápis, e depois, em grande parte de sua extensão, foi recoberto com escrita à tinta, e intensamente revisado. Com base nesse texto minha mãe, ao que parece em 1917, fez uma cópia a limpo; mas essa, por sua vez, continuou a ser substancialmente revisada, em época que não consigo determinar, mas provavelmente em 1919–20, quando meu pai estava em Oxford na equipe do Dicionário, então ainda incompleto. Na primavera de 1920, foi convidado a ler um trabalho perante o Clube de Ensaios da sua faculdade (Exeter); e leu "A Queda de Gondolin". Ainda sobrevivem as anotações do que pretendia dizer à guisa de introdução ao "ensaio". Nelas, desculpava-se por não ter conseguido produzir um trabalho crítico, e prosseguia: "Portanto tenho de ler algo que já está escrito, e em meu desespero recorri a este Conto. É claro que nunca viu a luz do dia antes. [...] Um ciclo completo de eventos numa Elfinesse de minha própria imaginação vem crescendo já faz algum tempo (ou melhor, vem sendo construído) na minha mente. Alguns dos episódios já foram rabiscados. [...] Esse conto não é o melhor deles, mas é o único que até agora chegou a ser revisado e que eu, por mais insuficiente que tenha sido essa revisão, ouso ler em voz alta."

A história de Tuor e os Exilados de Gondolin (como "A Queda de Gondolin" está intitulada nos primeiros manuscritos) permaneceu intocada por muitos anos, apesar de meu pai em certa etapa, provavelmente entre 1926 e 1930, ter escrito uma versão curta, comprimida da história, para que fizesse parte de *O Silmarillion* (um título que, aliás, apareceu pela primeira vez em sua carta a *The Observer* em 20 de fevereiro de 1938); e essa versão foi em seguida alterada para que se harmonizasse com conceitos modificados em outras partes do livro. Muito mais tarde, ele começou a trabalhar em um relato totalmente

INTRODUÇÃO

remodelado, intitulado "De Tuor e da Queda de Gondolin". Parece muito provável que este tenha sido escrito em 1951, quando *O Senhor dos Anéis* estava acabado, mas sua publicação era duvidosa. Profundamente alterada em estilo e perspectivas, e no entanto mantendo muitos dos pontos essenciais da história escrita em sua juventude, "De Tuor e da Queda de Gondolin" teria contado com detalhes precisos toda a lenda que constitui o breve capítulo 23 de *O Silmarillion* publicado; mas desafortunadamente ele não foi além da chegada de Tuor e Voronwë ao último portão, e da visão que Tuor teve de Gondolin do outro lado da planície de Tumladen. Não há pista sobre as razões que o fizeram abandoná-la nesse ponto.

Esse é o texto que consta aqui. Para evitar confusão renomeei-o "De Tuor e sua Chegada a Gondolin", pois nada conta sobre a queda da cidade. Como sempre acontece nos escritos de meu pai, há leituras variantes, e em uma curta seção (a aproximação de Tuor e Voronwë ao rio Sirion, e sua passagem por ele) há várias formas concorrentes; portanto foi necessário algum trabalho editorial de pequena monta.

Assim, persiste o fato notável de que o único relato completo que meu pai jamais chegou a escrever sobre a história da estada de Tuor em Gondolin, sua união com Idril Celebrindal, o nascimento de Eärendil, a traição de Maeglin, o saque da cidade e a escapada dos fugitivos — uma história que era um elemento central na sua imaginação da Primeira Era — foi a narrativa composta na juventude. Não se discute, no entanto, que essa narrativa (deveras notável) não é adequada para ser incluída neste livro. Está escrita no estilo extremamente arcaico que meu pai usava na época, e inevitavelmente incorpora conceitos desalinhados com o mundo de *O Senhor dos Anéis* e de *O Silmarillion* como foi publicado. Pertence ao restante da fase mais primitiva da mitologia, "O Livro dos Contos Perdidos": obra em si muito substancial, do máximo interesse para quem se ocupa das origens da Terra-média, mas que precisa ser apresentada, se é que pode sê-lo, em um estudo longo e complexo.

II

O Conto dos Filhos de Húrin

A evolução da lenda de Túrin Turambar é, sob alguns aspectos, a mais emaranhada e complexa dentre todos os elementos narrativos da história da Primeira Era. Como a história de Tuor e da Queda de Gondolin, remonta aos verdadeiros primórdios, e existe como uma primitiva narração em prosa (um dos "Contos Perdidos") e como um longo poema inacabado em versos aliterantes. No entanto, embora a "versão longa" posterior de *Tuor* jamais tenha ido muito longe, meu pai chegou muito mais perto de completar a "versão longa" posterior de *Túrin*. Foi chamada *Narn i Hîn Húrin*; e essa é a narrativa apresentada neste livro.

Há, porém, grandes diferenças no decurso do *Narn* longo, referentes ao grau em que a narrativa se aproxima de uma forma aperfeiçoada ou final. A última seção (desde "O Retorno de Túrin a Dor-lómin" até "A Morte de Túrin") sofreu alterações editoriais tão-somente marginais; porém a primeira seção (até o fim de "Túrin em Doriath") exigiu grande esforço de revisão e seleção e, em alguns pontos, uma leve condensação, pois os textos originais eram fragmentários e desconexos. Mas a seção central da narrativa ("Túrin entre os Proscritos", "Mîm, o Anão-Miúdo", "A Terra de Dor-Cúarthol", "A Morte de Beleg pelas Mãos de Túrin" e "A Vida de Túrin em Nargothrond") constituiu um problema editorial muito mais difícil. Aqui o *Narn* está menos acabado e, em alguns trechos, reduz-se a esboços de possíveis evoluções da história. Meu pai ainda estava elaborando essa parte quando parou de trabalhar nela; e a versão mais curta para *O Silmarillion* devia esperar pelo desenvolvimento final do *Narn*. Ao preparar o texto de *O Silmarillion* para ser publicado, necessariamente tive de derivar boa parte dessa seção da história de Túrin a partir desses mesmos materiais, que são de complexidade extraordinária em sua variedade e seus inter-relacionamentos.

INTRODUÇÃO

Para a primeira parte dessa seção central, até o início da estada de Túrin na habitação de Mîm em Amon Rûdh, construí uma narrativa, de escala comensurável com outras partes do *Narn*, a partir dos materiais existentes (com uma lacuna, ver pp. 138–39 e nota 12 [pp. 204–05]); mas desse ponto em diante (ver p. 149), até a chegada de Túrin à Ivrin após a queda de Nargothrond, não considerei vantajoso tentar o mesmo procedimento. Aí as lacunas do *Narn* são grandes demais, e só puderam ser preenchidas com o texto publicado de *O Silmarillion*; mas em um Apêndice (pp. 208 ss.) citei fragmentos isolados dessa parte da narrativa projetada, mais ampla.

Na terceira seção do *Narn* (começando em "O Retorno de Túrin a Dor-lómin"), uma comparação com *O Silmarillion* (pp. 290–304) mostrará muitas correspondências próximas, e até mesmo identidades de expressão; embora na primeira seção haja dois extensos trechos que excluí do presente texto (ver p. 88 e nota 2 [p. 203], e p. 98 e nota 3 [p. 203]), visto que são variantes próximas de trechos que aparecem em outros lugares e foram incluídos em *O Silmarillion* publicado. Essa sobreposição e inter-relação entre uma e outra obra podem ser explicadas de diversos modos, a partir de diversos pontos de vista. Meu pai deleitava-se em recontar em escalas diferentes; mas alguns trechos não exigiam tratamento mais extenso em uma versão mais ampla, e não havia necessidade de reformulá-los por essa razão. Por outro lado, quando tudo ainda estava indefinido, e a organização final das diferentes narrativas ainda estava muito longe, o mesmo trecho podia ser experimentalmente colocado em qualquer delas. Pode-se, porém, encontrar uma explicação em outro nível. Lendas como a de Túrin Turambar haviam recebido uma determinada forma poética muito tempo atrás — nesse caso, o *Narn i Hîn Húrin* do poeta Dírhavel — e frases, ou mesmo trechos inteiros, dessa obra (especialmente em momentos de grande intensidade retórica, como a fala de Túrin à sua espada, antes de morrer) seriam preservadas intactas por aqueles que mais tarde fizeram condensações da história dos Dias Antigos (como se concebe que *O Silmarillion* seja).

SEGUNDA PARTE

I

Uma Descrição da Ilha de Númenor

Apesar de serem descritivas, e não narrativas, incluí seleções do relato que meu pai fez sobre Númenor, muito especialmente no que concerne à natureza física da ilha, pois esse relato esclarece e acompanha naturalmente a história de Aldarion e Erendis. Certamente esse relato existia por volta de 1965, e provavelmente não foi escrito muito antes dessa época.

Redesenhei o mapa a partir de um pequeno esboço rápido, ao que parece o único que meu pai jamais fez de Númenor. Apenas os nomes ou traços que se encontram no original foram registrados no redesenho. Adicionalmente, o original mostra outro porto na Baía de Andúnië, um pouco a oeste da própria Andúnië. O nome é difícil de ler, mas é quase certo que seja *Almaida*. Ao que eu saiba, esse nome não ocorre em outra parte.

II

Aldarion e Erendis

Essa história foi abandonada no estado menos desenvolvido de todos os textos desta coletânea, e em alguns lugares exigiu um grau de remontagem editorial que me fez duvidar se seria adequado incluí-la. No entanto, seu enorme interesse, por ser a única história (ao contrário dos registros e anais) que sobreviveu das longas eras de Númenor antes da narrativa do seu fim (o *Akallabêth*), e o fato de ser uma história de conteúdo singular entre os escritos de meu pai persuadiram-me de que seria errado omiti-la desta coletânea de "Contos Inacabados".

Para se dar o devido valor a essa necessidade de tratamento editorial, é necessário explicar que meu pai usou frequentemente, ao compor as narrativas, de "resumos de enredo", atentando meticulosamente à datação dos eventos, de modo que esses resumos se parecem um pouco com registros de anais em uma crônica. No caso em questão há não menos de cinco esquemas desse tipo, que variam constantemente na sua plenitude relativa em diferentes pontos, e com frequência estão em desacordo entre si, em geral e nos detalhes. No entanto, tais esquemas sempre tinham a tendência a transformar-se em pura narrativa, especialmente através da introdução de curtos trechos de diálogo; e, no quinto e último resumo para a história de Aldarion e Erendis, o elemento narrativo é tão pronunciado que o texto se estende por cerca de sessenta páginas manuscritas.

Esse movimento, que se afasta de um estilo *staccato* no tempo presente característico de anais até uma narrativa plena, era no entanto muito gradativo, à medida que progredia a composição do resumo; e nos trechos iniciais da história reescrevi grande parte do material, tentando conferir-lhe um certo grau de homogeneidade estilística em toda sua extensão. Essa reescritura é sempre uma questão de fraseado, e jamais altera o significado nem introduz elementos não autênticos.

O mais recente "esquema", o texto que segui essencialmente, intitula-se "A Sombra da Sombra: o Conto da Esposa do Marinheiro; e o Conto da Rainha Pastora". O manuscrito termina abruptamente, e não consigo dar uma explicação certa do motivo pelo qual meu pai o abandonou. Um texto datilografado, que chegava até esse ponto, foi completado em janeiro de 1965. Existe também um texto datilografado de duas páginas que julgo ser o último de todos esses materiais; trata-se evidentemente do início de algo que deveria se tornar a versão acabada de toda a história, e deriva daí o texto das pp. 239–41 deste livro (onde os resumos de enredo são mais escassos). Chama-se "Indis i·Kiryamo 'A Esposa do Marinheiro': um conto da antiga Númenórë, que relata o primeiro rumor da Sombra".

Ao final dessa narrativa (p. 281) expus as escassas indicações que é possível dar sobre o curso subsequente da história.

III

A Linhagem de Elros: Reis de Númenor

Apesar de ser na forma um registro puramente dinástico, incluí esse texto porque é um documento importante para a história da Segunda Era, e grande parte do material existente acerca dessa era encontra seu lugar entre os textos e comentários deste livro. É um belo manuscrito no qual as datas dos Reis e das Rainhas de Númenor, e dos seus reinados, foram revisadas extensamente e às vezes de modo obscuro: esforcei-me por dar a formulação mais recente. O texto apresenta alguns enigmas cronológicos de pequena monta, mas também permite esclarecer alguns aparentes erros dos Apêndices de *O Senhor dos Anéis*.

A tabela genealógica das primeiras gerações da Linhagem de Elros provém de diversas tabelas, estreitamente relacionadas entre si, que derivam do mesmo período que a discussão sobre as leis de sucessão em Númenor (pp. 286–87). Há algumas pequenas variações em nomes de menor importância: assim, *Vardilmë* também aparece como *Vardilyë*, e *Yávien* como *Yávië*. As formas dadas em minha tabela são as que creio serem mais tardias.

IV

A História de Galadriel e Celeborn

Essa seção do livro difere das demais (exceto as da Quarta Parte) pelo fato de que aqui não há um texto único, e sim um ensaio que incorpora citações. Esse tratamento tornou-se necessário pela natureza dos materiais. Como se esclarece no decorrer do ensaio, uma história de Galadriel só pode ser uma história dos conceitos cambiantes de meu pai, e a natureza "inacabada" do conto não é, nesse caso, a de um determinado texto escrito. Limitei-me a apresentar seus escritos inéditos sobre o assunto, e me abstive de qualquer discussão das questões mais amplas subjacentes ao desenvolvimento; pois isso implicaria levar em consideração todo o relacionamento entre os Valar e os Elfos, desde a decisão inicial (descrita em *O Silmarillion*)

INTRODUÇÃO

de convocar os Elfos a Valinor, e muitos outros assuntos além desse, acerca dos quais meu pai escreveu tanto, que escapa ao âmbito deste livro.

A história de Galadriel e Celeborn está tão entretecida com outras lendas e histórias — de Lothlórien e dos Elfos Silvestres, de Amroth e Nimrodel, de Celebrimbor e da feitura dos Anéis do Poder, da guerra contra Sauron e da intervenção númenóreana — que não pode ser tratada isoladamente e, portanto, essa seção do livro, junto com seus cinco Apêndices, reúne praticamente todos os materiais inéditos sobre a história da Segunda Era na Terra-média (e em alguns lugares a discussão inevitavelmente se estende à Terceira). Está dito em "O Conto dos Anos" que consta do Apêndice B de *O Senhor dos Anéis*: "Estes foram os anos sombrios para os Homens da Terra-média, mas os anos da glória de Númenor. Dos eventos na Terra-média os registros são poucos e breves, e suas datas são frequentemente incertas." Mas mesmo o pouco que sobreviveu dos "anos sombrios" mudou à medida que crescia e mudava a contemplação de meu pai a esse respeito; e não tentei disfarçar a inconsistência, mas sim exibi-la e chamar a atenção para ela.

Versões divergentes, de fato, nem sempre precisam ser tratadas apenas com o fim de estabelecer a prioridade da composição; e meu pai, como "autor" ou "inventor", nesses casos nem sempre pode ser diferenciado do "registrador" de antigas tradições transmitidas em diversas formas entre diversos povos por longas eras (quando Frodo encontrou Galadriel em Lórien, mais de sessenta séculos se haviam passado desde que ela viera para o leste, atravessando as Montanhas Azuis, vinda da destruição de Beleriand). "A respeito dela contam-se duas histórias, embora somente aqueles Sábios, que agora se foram, pudessem dizer qual é a verdadeira."

Em seus últimos anos meu pai muito escreveu acerca da etimologia dos nomes na Terra-média. Nesses ensaios altamente discursivos estão incluídas muitas histórias e lendas; mas estas, como são subsidiárias ao propósito filológico principal, e por assim dizer apresentadas de passagem, tiveram de ser extraídas.

É por esse motivo que essa parte do livro se compõe em larga medida de citações curtas, com mais material da mesma espécie colocado nos Apêndices.

TERCEIRA PARTE

I

O Desastre dos Campos de Lis

Essa é uma narrativa "tardia" — com isso nada mais quero dizer, na ausência de alguma indicação de data precisa, senão que pertence ao período final dos escritos de meu pai sobre a Terra-média, juntamente com "Cirion e Eorl", "As Batalhas dos Vaus do Isen", "Os Drúedain" e os ensaios filológicos cujos excertos aparecem em "A História de Galadriel e Celeborn", e não à época da publicação de *O Senhor dos Anéis* ou aos anos seguintes. Há duas versões: um rascunho datilografado de todo o texto (claramente a primeira etapa da composição) e um texto datilografado cuidadosamente que incorpora muitas alterações e se interrompe no ponto em que Elendur instou com Isildur para que fugisse (p. 369). Aqui houve pouco a fazer em termos editoriais.

II

Cirion e Eorl e a Amizade entre Gondor e Rohan

Julgo que estes fragmentos pertencem ao mesmo período de "O Desastre dos Campos de Lis", quando meu pai estava vivamente interessado na história antiga de Gondor e Rohan. Sem dúvida estava previsto que fizessem parte de uma história substancial, que desenvolveria com detalhes os relatos sumários apresentados no Apêndice A de *O Senhor dos Anéis*. O material está no primeiro estágio de composição, muito desordenado, cheio de variantes, deteriorando-se em rabiscos apressados que são em parte ilegíveis.

INTRODUÇÃO

III

A Demanda de Erebor

Em uma carta escrita em 1964 meu pai disse:

Há certamente muitos elos entre *O Hobbit* e *O Senhor dos Anéis* que não estão claramente elaborados. Em sua maioria foram escritos ou esboçados, mas suprimidos para não sobrecarregar o todo: tais como as viagens exploratórias de Gandalf, suas relações com Aragorn e Gondor; todos os movimentos de Gollum até refugiar-se em Moria, e assim por diante. Na verdade, escrevi integralmente um relato do que realmente aconteceu antes da visita de Gandalf a Bilbo e da subsequente "Festa Inesperada", como visto pelo próprio Gandalf. Era para ter sido inserido durante uma conversa de recordações em Minas Tirith; mas teve de ficar de fora, e apenas representada brevemente no Apêndice A, pp. 533–36, embora as dificuldades que Gandalf teve com Thorin sejam omitidas.

Esse relato de Gandalf é apresentado aqui. A complexa situação textual é descrita no Apêndice da narrativa, onde forneci excertos substanciais de uma versão mais antiga.

IV

A Caçada ao Anel

Há muitos escritos sobre os eventos do ano 3018 da Terceira Era, que de outro modo são conhecidos através de "O Conto dos Anos" e dos relatos de Gandalf e outros ao Conselho de Elrond; e esses escritos são evidentemente aqueles mencionados como "esboçados" na carta que acabo de citar. Dei-lhes o título de "A Caçada ao Anel". Os manuscritos propriamente ditos, em confusão grande, mas nem por isso excepcional, estão suficientemente descritos nas pp. 453–54; mas a questão da sua data (pois creio que todos, e também os de "Acerca de Gandalf, de Saruman e do Condado", dado como terceiro elemento desta seção, derivam da mesma época) pode ser mencionada aqui. Foram escritos após a publicação de *O Senhor dos Anéis*, pois há referências à paginação do texto impresso; mas diferem, nas datas que dão a certos eventos, daquelas de "O Conto dos Anos" no Apêndice B. É clara a explicação de que foram escritos após a publicação do primeiro volume, mas antes da do terceiro, que contém os Apêndices.

V

As Batalhas dos Vaus do Isen

Esse trecho, juntamente com o relato da organização militar dos Rohirrim e a história de Isengard que são apresentados em um Apêndice do texto, pertence a um grupo de outros escritos tardios de severa análise histórica; apresentou relativamente poucas dificuldades de natureza textual, e está inacabado apenas no sentido mais óbvio.

QUARTA PARTE

I

Os Drúedain

Ao final de sua vida, meu pai revelou muito mais acerca dos Homens Selvagens da Floresta Drúadan em Anórien e as estátuas dos Homens-Púkel na estrada que subia para o Fano-da-Colina. O relato aqui apresentado, falando sobre os Drúedain em Beleriand na Primeira Era e contendo a história de "A Pedra Fiel", foi extraído de um longo ensaio, discursivo e inacabado, que se ocupa principalmente das inter-relações das línguas da Terra-média. Como se verá, os Drúedain deveriam ser incluídos na história das primeiras Eras; mas não há necessariamente vestígio disso em *O Silmarillion* publicado.

INTRODUÇÃO

II

Os Istari

Logo depois que *O Senhor dos Anéis* foi aceito para publicação, propôs-se que deveria haver um índice no fim do terceiro volume, e meu pai parece ter começado a trabalhar nele no verão de 1954, após os dois primeiros volumes terem ido ao prelo. Escreveu sobre o assunto em uma carta de 1956: "Um glossário de nomes seria produzido, que através da interpretação etimológica também forneceria um vocabulário élfico bem grande. [...] Trabalhei nele por meses e indexei os dois primeiros volumes (foi a principal causa do atraso do Volume III) até que se ficou claro que o tamanho e o custo seriam enormes."

Acabou não havendo glossário de *O Senhor dos Anéis* até a segunda edição, de 1966, mas conservou-se o rascunho original de meu pai. Dele derivei o plano de meu glossário para *O Silmarillion*, com tradução dos nomes, breves textos explicativos e, tanto lá quanto no índice remissivo deste livro, algumas das traduções bem como o fraseado de algumas das "definições".

Daí vem também o "ensaio sobre os Istari" com o qual se inicia essa seção do livro — um verbete atípico do índice remissivo original em termos de comprimento, apesar de característico do modo como meu pai costumava trabalhar.

Para as outras citações dessa seção, forneci no próprio texto as indicações de data que foi possível dar.

III

As Palantíri

Para a segunda edição de *O Senhor dos Anéis* (1966) meu pai realizou substanciais revisões em um trecho de *As Duas Torres*, III, 11, "A Palantír" (p. 851 da edição em três volumes), e em alguns outros, relacionados ao mesmo tema, em *O Retorno do Rei*, V, 7, "A Pira de Denethor" (p. 1227), embora essas revisões somente tenham sido incorporadas ao texto na segunda impressão da edição revisada (1967). Essa seção deste livro deriva-se de escritos sobre as *palantíri* associados a essa revisão; nada mais fiz que montá-los em um ensaio contínuo.

* * *

O Mapa da Terra-média

Minha primeira intenção era incluir neste livro o mapa que acompanha *O Senhor dos Anéis*, acrescentando-lhe nomes adicionais; mas pareceu-me, após reflexão, que seria melhor copiar meu mapa original e aproveitar a oportunidade para corrigir alguns dos seus defeitos menores (corrigir os maiores estaria além da minha capacidade). Portanto, redesenhei-o com bastante exatidão, em uma escala cinquenta por cento maior (isso quer dizer que o novo mapa, tal como foi desenhado, tem dimensões cinquenta por cento maiores que as do mapa antigo em suas dimensões publicadas). A área mostrada é menor, mas os únicos acidentes que se perderam foram os Portos de Umbar e o Cabo de Forochel.[A] Assim foi possível empregar letras diferentes, maiores, com grande ganho de clareza.

Estão incluídos todos os topônimos mais importantes que ocorrem neste livro, mas não em *O Senhor dos Anéis*, tais como *Lond Daer, Drúwaith Iaur, Edhellond,* os *Meandros, Cinzalin*; e alguns outros que poderiam, ou deveriam, ter sido mostrados no mapa original, tais como os rios *Harnen* e *Carnen, Annúminas, Eastfolde, Westfolde,* as *Montanhas de Angmar*. A inclusão errônea de *Rhudaur* (apenas) foi corrigida pela adição

---

[A]Agora tenho poucas dúvidas de que o corpo de água denominado em meu mapa original como "Baía-de-Gelo de Forochel" era de fato apenas uma pequena parte da baía (mencionada em *O Senhor dos Anéis*, Apêndice A, I, iii como "imensa"), que se estendia muito além para o nordeste: suas costas norte e oeste eram formadas pelo grande Cabo de Forochel, cuja ponta, sem nome, aparece em meu mapa original. Em um dos esboços de mapas do meu pai o litoral norte da Terra-média é mostrado a estender-se numa grande curva a és-nordeste do Cabo, ficando o seu ponto mais setentrional a cerca de 1200 quilômetros ao norte de Carn Dûm.

INTRODUÇÃO

de *Cardolan* e *Arthedain*, e mostrei a pequena ilha de *Himling*, ao largo da costa extrema noroeste, que aparece em um dos mapas esboçados por meu pai e em meu próprio primeiro rascunho. *Himling* era a forma antiga de *Himring* (o grande monte sobre o qual Maedhros, filho de Fëanor, tinha sua fortaleza em *O Silmarillion*), e, apesar de o fato não estar referido em nenhum lugar, fica claro que o topo de Himring erguia-se por sobre as águas que cobriam a Beleriand afundada. A alguma distância a oeste dali havia uma ilha maior chamada *Tol Fuin*, que deve ser a parte mais alta de *Taur-nu-Fuin*. Em geral, mas não em todos os casos, preferi o nome em sindarin (caso fosse conhecido), mas usualmente indiquei também o nome traduzido quando esse é usado com frequência. Note-se que "Ermos do Norte", escrito na parte superior do meu mapa original, parece, de fato, ser um equivalente de *Forodwaith*.[B]

Julguei desejável desenhar toda a extensão da Grande Estrada que liga Arnor a Gondor, embora seu traçado entre Edoras e os Vaus do Isen seja conjetural (assim como a localização precisa de Lond Daer e Edhellond).

Por fim, gostaria de salientar que a conservação exata do estilo e dos detalhes (além da nomenclatura e das letras) do mapa que fiz às pressas 25 anos atrás não representa a crença na excelência de sua concepção ou execução. Há muito tempo lamento que meu pai nunca o tivesse substituído por outro de seu próprio punho. No entanto, as coisas acabaram acontecendo de tal maneira que ele, apesar de todos os defeitos e excentricidades, se tornou "o Mapa", e meu próprio pai passou a usá-lo sempre como base (sem deixar de frequentemente reparar em

---

[B] *Forodwaith* ocorre apenas uma vez em *O Senhor dos Anéis* (Apêndice A, I, iii), e lá refere-se a antigos habitantes das Terras-do-Norte, dos quais os Homens- -das-Neves de Forochel eram um remanescente; mas a palavra sindarin *(g) waith* usava-se tanto para regiões como para os povos que as habitavam (ver *Enedwaith*). Em um dos mapas esboçados por meu pai, *Forodwaith* parece ser o equivalente explícito de "Ermos do Norte", e em outro está traduzido por "Terra-do-Norte".

suas insuficiências). Os vários mapas que esboçou, e dos quais se derivou o meu, fazem agora parte da história da redação de *O Senhor dos Anéis*. Portanto, julguei melhor manter meu desenho original, na medida em que eu próprio contribuí com estes assuntos, pois ao menos representa a estrutura dos conceitos de meu pai com tolerável fidelidade.

Christopher Tolkien

PRIMEIRA PARTE

A PRIMEIRA ERA

I

DE TUOR E SUA CHEGADA A GONDOLIN

Rían, esposa de Huor, morava com o povo da Casa de Hador; mas quando chegaram a Dor-lómin os rumores sobre as Nirnaeth Arnoediad, e ainda assim ela recebia nenhuma notícia do seu senhor, ficou desnorteada e saiu a vagar nos ermos sozinha. Lá teria perecido, mas os Elfos-cinzentos vieram em seu socorro. Pois havia uma habitação desse povo nas montanhas a oeste do Lago Mithrim; e para lá conduziram-na, e estando lá deu à luz um filho antes do fim do Ano da Lamentação.

E Rían disse aos Elfos: "Que se chame *Tuor*, pois esse nome seu pai escolheu antes que a guerra se colocasse entre nós. E peço a vós que o crieis e que o mantenhais oculto em vossos cuidados; pois pressinto que um grande bem, para os Elfos e para os Homens, há de vir dele. Mas preciso partir em busca de Huor, meu senhor."

Então os Elfos se apiedaram dela; mas um, Annael, o único daquele povo que fora à guerra e retornara das Nirnaeth, disse-lhe: "Ai, senhora, sabe-se agora que Huor tombou ao lado de seu irmão Húrin; e jaz, creio eu, no grande monte de mortos que os Orques ergueram no campo de batalha."

Assim, Rían ergueu-se e deixou a morada dos Elfos e passou pela terra de Mithrim e finalmente chegou ao Haudh-en-Ndengin, no deserto de Anfauglith, e lá se deitou e morreu. Mas os Elfos cuidaram do jovem filho de Huor, e Tuor cresceu entre eles, e era belo de rosto e tinha cabelos dourados à maneira da família de seu pai, e tornou-se forte e alto e valente, e, sendo criado pelos Elfos, não tinha menos saber e habilidade que os príncipes dos Edain, antes que a ruína se abatesse sobre o Norte.

DE TUOR E SUA CHEGADA A GONDOLIN

Porém, com o passar dos anos, a vida do antigo povo de Hithlum, os que ainda permaneciam, Elfos ou Homens, tornou-se cada vez mais dura e perigosa. Pois, como se relatou em outra parte, Morgoth quebrou os juramentos que fizera aos Lestenses que o serviram e negou-lhes as ricas terras de Beleriand que desejavam, e expulsou esse povo perverso para Hithlum e lá ordenou que morassem. E, embora não mais amassem a Morgoth, eles ainda o serviam com temor e odiavam todo o povo dos Elfos; e desprezavam os remanescentes da Casa de Hador (os velhos e as mulheres e as crianças, em sua maioria), e oprimiam-nos e casavam-se à força com as mulheres deles, tomavam suas terras e seus bens e escravizavam seus filhos. Os Orques iam e vinham pela terra como queriam, perseguindo os Elfos restantes até os refúgios nas montanhas e levando muitos prisioneiros às minas de Angband, para trabalharem como servos de Morgoth.

Então Annael conduziu seu minguado povo até as cavernas de Androth e lá levavam uma vida difícil e vigilante, até que Tuor atingisse a idade de dezesseis anos e se tornasse forte e capaz de empunhar armas, o machado e o arco dos Elfos-cinzentos; e seu coração inflamou-se ao ouvir a história dos pesares de seu povo, e ele quis partir para vingá-los atacando os Orques e os Lestenses. Mas Annael o proibiu.

“Muito longe daqui, creio eu, está teu destino, Tuor, filho de Huor”, disse. “E esta terra não há de ser libertada da sombra de Morgoth antes que as próprias Thangorodrim sejam derrubadas. Portanto, resolvemos abandoná-la por fim e partir para o Sul; e conosco tu virás.”

“Mas como havemos de escapar à rede de nossos inimigos?”, perguntou Tuor. “Pois a marcha de tanta gente junta certamente será percebida.”

“Não havemos de marchar através da terra abertamente,” respondeu Annael, “e, se a sorte estiver do nosso lado, chegaremos ao caminho secreto que chamamos Annon-in-Gelydh, o Portão dos Noldor; pois foi feito pela habilidade dessa gente, muito tempo atrás, nos dias de Turgon.”

Ao ouvir esse nome, Tuor agitou-se, apesar de não saber o porquê; e questionou Annael a respeito de Turgon. "É um filho de Fingolfin", respondeu Annael, "e agora é considerado Alto Rei dos Noldor, desde a queda de Fingon. Pois vive, ainda, o mais temido dos inimigos de Morgoth e escapou da ruína das Nirnaeth, quando Húrin de Dor-lómin e Huor, teu pai, defenderam as passagens do Sirion atrás dele."

"Então partirei e irei à busca de Turgon," disse Tuor, "pois não é certo que ele me auxiliará em consideração a meu pai?"

"Isso não podes fazer", disse Annael. "Pois sua fortaleza está oculta dos olhos dos Elfos e dos Homens, e não sabemos onde ela se encontra. Dentre os Noldor alguns, talvez, saibam o caminho para lá, mas não falarão sobre isso com ninguém. Porém, se quiseres conversar com eles, vem comigo como te peço; pois nos distantes portos do Sul poderás encontrar errantes vindos do Reino Oculto."

Assim foi que os Elfos abandonaram as cavernas de Androth e Tuor seguiu com eles. Mas seus inimigos seguiam vigiando suas habitações e logo estavam cientes da marcha; não haviam os Elfos avançado muito, das colinas para a planície, quando foram assaltados por grande número de Orques e Lestenses, e eles estavam dispersos, distantes e em todas as direções, fugindo em debandada na noite que caía. No entanto, o coração de Tuor inflamou-se com o fogo da batalha, e não quis fugir, mas menino que era empunhou o machado como seu pai já fizera antes, e por muito tempo manteve seu posto e matou muitos que o atacaram; mas por fim foi dominado e feito prisioneiro e foi conduzido à presença de Lorgan, o Lestense. Ora, esse Lorgan era considerado chefe dos Lestenses e afirmava ter sob seu jugo Dor-lómin inteira como feudo sob as ordens de Morgoth; e tomou Tuor por escravo. Dura e amarga foi então sua vida; pois aprazia a Lorgan dar a Tuor o tratamento mais cruel por ele pertencer à família dos antigos senhores, e Lorgan buscava quebrar, se possível, o orgulho da Casa de Hador. Mas Tuor agia com sabedoria e suportava todas as dores e provocações com paciência vigilante; assim, após algum tempo sua carga foi um pouco reduzida, e pelo menos não passava fome, como muitos dos infelizes servos de Lorgan. Pois era forte e hábil e Lorgan alimentava bem suas bestas de carga enquanto eram jovens e conseguiam trabalhar.

No entanto, após três anos de servidão, Tuor finalmente viu uma chance de escapar. Já havia chegado quase à sua plena estatura, sendo mais alto e mais veloz que qualquer Lestense; e, tendo sido enviado com outros servos a trabalhar na floresta, voltou-se de repente contra os guardas e matou-os com um machado, e fugiu para as colinas. Os Lestenses caçaram-no com cães, mas em vão; pois praticamente todos os sabujos de Lorgan eram seus amigos e, se o alcançassem, o adulariam e voltariam correndo para casa ao seu comando. Assim ele finalmente voltou às cavernas de Androth e lá viveu sozinho. E durante quatro anos foi um proscrito na terra de seus pais, lúgubre e solitário; e seu nome era temido, pois costumava sair ao largo e matar muitos dos Lestenses com que cruzava. Então ofereceram um grande prêmio por sua cabeça; mas não ousavam vir a seu esconderijo, mesmo com grande número de homens, pois temiam o povo-élfico e evitavam as cavernas onde ele havia morado. Porém, diz-se que as viagens de Tuor não tinham o propósito de vingança; em verdade ele buscava sempre o Portão dos Noldor, do qual falara Annael. Mas não o encontrava, pois não sabia onde buscá-lo, e os poucos Elfos que ainda permaneciam nas montanhas não haviam ouvido falar dele.

Mas Tuor sabia que, embora ainda favorecido pela sorte, no final os dias de um proscrito estão contados e sempre são poucos e sem esperança. Nem estava ele disposto a viver sempre desse modo, um selvagem nas colinas inóspitas, e seu coração o impelia sempre a grandes feitos. Nisso, conta-se, mostrou-se o poder de Ulmo. Pois ele recolhia notícias de tudo que ocorria em Beleriand, e cada torrente que corria da Terra-média para o Grande Mar era um mensageiro seu, para levar e trazer; e mantinha também a amizade, como outrora, com Círdan e os Armadores nas Fozes do Sirion.[1] E nessa época mais do que tudo Ulmo atentava para os destinos da Casa de Hador, pois em suas profundas deliberações pretendia que desempenhassem um importante papel em seus desígnios para o auxílio aos Exilados; e bem conhecia ele os apuros de Tuor, pois Annael e muitos de seu povo de fato haviam escapado de Dor-lómin e chegado finalmente até Círdan, no extremo Sul.

Assim aconteceu que, certo dia no início do ano (vinte e três desde as Nirnaeth), Tuor estava sentado junto a uma nascente que brotava perto da entrada da caverna onde habitava; e observava a oeste o pôr do sol coberto de nuvens. Então de repente sentiu em seu coração o desejo de não mais esperar, mas de erguer-se e partir. "Deixarei agora a cinzenta terra de minha família que não mais existe", exclamou, "e irei à busca de meu destino! Mas para onde me voltarei? Há muito tempo procuro o Portão e não o encontro."

Então tomou a harpa que sempre carregava consigo, pois era hábil em tanger suas cordas, e, sem se importar com o perigo de sua clara voz sozinha nos ermos, entoou uma canção-élfica do Norte destinada a animar os corações. E, à medida que cantava, a nascente a seus pés começou a borbulhar com grande volume de água e transbordou, e um regato passou a descer ruidoso pela encosta rochosa à sua frente. E Tuor considerou-o como um sinal e ergueu-se de pronto e o seguiu. Assim desceu das altas colinas de Mithrim e saiu para a planície de Dor-lómin ao norte; e a torrente crescia conforme ele a seguia para o oeste, até que ao final de três dias ele pôde descortinar no oeste as longas cristas cinzentas das Ered Lómin, que naquela região avançavam para o norte e para o sul, cercando as distantes costas das Praias do Oeste. Àquelas colinas em todas as suas viagens Tuor jamais chegara.

Agora o terreno tornava-se novamente mais irregular e pedregoso, à medida que se aproximava das colinas, e logo começou a subir diante dos pés de Tuor, enquanto a torrente seguia por um leito escavado. No entanto, bem quando caía o entardecer sombrio no terceiro dia da viagem, Tuor viu diante de si uma parede de rocha, e nela havia uma abertura semelhante a um

DE TUOR E SUA CHEGADA A GONDOLIN

grande arco, e a torrente por ali entrava e perdia-se. Então Tuor
afligiu-se e disse: "E assim sou traído pela minha esperança!
O sinal nas colinas só me conduziu a um obscuro fim no meio
da terra de meus inimigos." E, em desalento, sentou-se entre os
rochedos na alta margem da torrente, vigilante por toda a noite,
amarga e sem fogo; pois era ainda o mês de súlimë, e não chegara nenhum sinal da primavera àquela distante terra do norte
e soprava um ruidoso vento do Leste.

Mas, quando a própria luz do sol que se avizinhava brilhou
pálida nas distantes névoas de Mithrim, Tuor ouviu vozes e, baixando o olhar, espantado, viu dois Elfos que vadeavam a água
rasa; e, quando subiram por degraus escavados na margem,
Tuor pôs-se de pé e chamou-os. De pronto sacaram suas luzen-
tes espadas e saltaram em direção a ele. Então viu que portavam
mantos cinzentos, mas por baixo usavam cotas de malha; e ficou
maravilhado, pois eram mais belos e mais ferozes de aparência,
em virtude da luz de seus olhos, do que quaisquer outros que
já conhecera do povo-élfico. Ergueu-se em toda a sua estatura
e esperou por eles; porém, quando viram que ele não empu-
nhara arma alguma, mas estava só e saudava-os na língua-élfica,
embainharam suas espadas e falaram-lhe com cortesia. E disse
um deles: "Gelmir e Arminas somos nós, do povo de Finarfin.
Não és tu um dos Edain de outrora, que moravam nestas terras
antes das Nirnaeth? E de fato creio que sejas da gente de Hador
e Húrin, pois assim o declara o ouro de tua cabeça."

E Tuor respondeu: "Sim, sou Tuor, filho de Huor, filho de
Galdor, filho de Hador; mas agora enfim desejo deixar esta terra
onde sou proscrito e sem família."

"Então," disse Gelmir, "se quiseres escapar e buscar os portos
do Sul, teus pés já foram dirigidos para o caminho certo."

"Assim pensei", disse Tuor. "Pois segui uma súbita nascente
d'água nas colinas, até que se juntasse a esta torrente traiçoeira.
Mas agora não sei para onde me voltar, pois ela desapareceu
nas trevas."

"Pelas trevas pode-se chegar à luz", disse Gelmir.

CONTOS INACABADOS

"Porém andar-se-á ao sol enquanto for possível", disse Tuor. "Mas, como vós pertenceis a esse povo, dizei-me, se puderdes, onde fica o Portão dos Noldor. Pois durante muito tempo o busquei, desde que meu pai adotivo, Annael, dos Elfos-cinzentos, dele me falou."

Então riram-se os Elfos e disseram: "Tua busca terminou, pois nós mesmos acabamos de passar por esse Portão. Lá está à tua frente!" E apontaram para o arco onde fluía a água. "Vem agora! Pelas trevas chegarás à luz. Nós mostraremos o caminho, mas não podemos guiar-te longe; pois fomos enviados de volta às terras de onde fugimos, com demanda urgente." "Mas não temas," disse Gelmir, "um grande destino está escrito sobre tua fronte e ele te conduzirá para longe destas terras, na verdade para longe da Terra-média, segundo creio."

Então Tuor seguiu os Noldor, descendo os degraus e vadeando na água fria, até chegarem às sombras do outro lado do arco de pedra. E então Gelmir tirou uma daquelas lanternas pelas quais os Noldor eram renomados; pois haviam sido feitas outrora em Valinor, e nem o vento nem a água podiam apagá-las e, quando se removia sua capa, emitiam uma clara luz azul, vinda de uma chama aprisionada em cristal branco.[2] Agora, à luz que Gelmir suspendia sobre a cabeça, Tuor viu que o rio começava repentinamente a descer por um suave declive, entrando em um grande túnel, mas ao lado de seu curso escavado na rocha havia longas escadarias, que se estendiam em descida para uma treva profunda fora do alcance do facho da lanterna.

Quando eles haviam alcançado a base da corredeira, encontravam-se sob uma grande cúpula de pedra, e ali o rio se precipitava em íngreme cascata, com intenso ruído que ecoava na abóbada, para depois mais uma vez passar por um grande arco e entrar em outro túnel. Ao lado da cascata os Noldor se detiveram e disseram adeus a Tuor.

"Agora devemos retornar e seguir nossos caminhos a toda pressa," disse Gelmir, "pois questões de grande perigo estão avançando em Beleriand."

"Chegou então a hora em que Turgon há de se mostrar?", perguntou Tuor.

Os Elfos então olharam para ele com espanto. "Esse é um assunto que diz respeito aos Noldor e não aos filhos dos Homens", disse Arminas. "O que sabes de Turgon?"

"Pouco," disse Tuor, "exceto que meu pai o ajudou a escapar das Nirnaeth e que em sua fortaleza reside a esperança dos Noldor. Porém, não sei por que, seu nome sempre se agita em meu coração e me vem aos lábios. E, se eu pudesse fazer o que desejo, iria em sua busca, em vez de trilhar este escuro caminho de terror. A não ser que, talvez, esta estrada secreta seja o caminho até sua morada?"

"Quem há de dizer?", respondeu o Elfo. "Pois, uma vez que a morada de Turgon está escondida, também estão os caminhos até lá. Não os conheço, apesar de tê-los buscado por muito tempo. Mas, se os conhecesse, não haveria de revelá-los a ti, nem a nenhum dentre os Homens."

Mas disse Gelmir: "Ouvi dizer que tua Casa tem o favor do Senhor das Águas. E, se o conselho dele te conduzir a Turgon, então certamente a ele hás de chegar, não importa para onde te voltes. Segue agora a estrada à qual a água te trouxe, desde as colinas, e não temas! Não hás de caminhar por muito tempo nas trevas. Adeus! E não penses que nosso encontro foi por acaso; pois o Habitante das Profundezas ainda movimenta muitas coisas nesta terra. *Anar kaluva tielyanna!*"[3]

Com essas palavras os Noldor deram a volta e retornaram, subindo pela longa escadaria; mas Tuor se manteve imóvel até que a luz de sua lanterna se perdesse, e ficou sozinho em trevas mais profundas que a noite, em meio aos bramidos da cascata. Então, armando-se de coragem, encostou a mão esquerda na parede de pedra e avançou tateando, devagar no começo, e depois mais depressa, à medida que se acostumava mais à escuridão e nada encontrava que o impedisse. E depois de muito tempo, conforme lhe pareceu, quando estava sentindo-se exausto e, no entanto, não querendo descansar no negro túnel, enxergou uma luz longínqua à sua frente; e, apressando-se, chegou a uma fenda alta e estreita e seguiu a ruidosa torrente entre as paredes inclinadas, saindo para um dourado entardecer.

Pois havia chegado a uma profunda ravina com paredes altas e escarpadas, que se estendia em linha reta para o Oeste; e diante dele o sol poente, descendo por um céu límpido, iluminava a ravina e inflamava suas paredes com um fogo amarelo e as águas do rio reluziam como ouro, quebrando e espumando sobre muitas pedras reluzentes.

Naquele lugar profundo Tuor foi avançando, maravilhado e com grande esperança, tendo encontrado uma trilha por baixo da parede meridional, onde havia uma praia longa e estreita. E, quando chegou a noite e o rio prosseguiu invisível, a não ser por um brilho de altas estrelas refletidas em poças escuras, então ele descansou e dormiu; pois não sentia medo ao lado daquela água onde corria o poder de Ulmo.

Ao chegar o dia, voltou a avançar sem pressa. O sol erguia-se às suas costas e se punha diante do seu rosto, e lá onde a água espumava entre os rochedos, ou se precipitava em súbitas cascatas, pela manhã e ao entardecer teciam-se arco-íris de um lado a outro da torrente. Por esse motivo, chamou aquela ravina de Cirith Ninniach.

Assim Tuor viajou lentamente por três dias, bebendo a água fria, mas sem desejar comida, embora houvesse muitos peixes que brilhavam como ouro e prata, ou reluziam com cores semelhantes às dos arco-íris na névoa acima. E no quarto dia o canal tornou-se mais largo e suas paredes mais baixas e menos íngremes; porém o rio corria mais profundo e caudaloso, pois agora altas colinas o acompanhavam de ambos os lados e dali águas frescas derramavam-se na Cirith Ninniach em cascatas cintilantes. Ali por muito tempo Tuor sentou-se, observando a turbulência da torrente e escutando sua voz infindável, até que voltou a noite e as estrelas brilharam frias e brancas na escura faixa de céu lá no alto. Então ergueu a voz e tangeu as cordas de sua harpa, e, mais alto que o ruído da água, o som de sua canção e os doces acordes da harpa ecoavam na pedra e se multiplicavam, saindo a soar nas colinas envoltas no manto da noite, até que toda a região deserta estivesse repleta de música sob as estrelas. Pois, apesar de não saber, Tuor havia chegado às Montanhas

DE TUOR E SUA CHEGADA A GONDOLIN

Ressoantes de Lammoth em torno do Estreito de Drengist.
Lá, certa vez no passado distante, Fëanor aportara vindo do mar
e as vozes de seu povo cresceram em poderoso clamor nas costas
do Norte, antes que a Lua se erguesse.[4]

Com isso Tuor encheu-se de espanto e interrompeu a canção,
e aos poucos a música morreu nas colinas e fez-se silêncio. Então,
em meio ao silêncio, ele ouviu no ar lá no alto um estranho
grito; e não sabia de que criatura tal grito provinha. Ora dizia:
"É uma voz-de-fata"; ora: "Não, é um bicho pequeno que geme
nos ermos"; e depois, escutando-o de novo, disse: "Certamente é
o grito de alguma ave noturna que não conheço." E pareceu-lhe
um som triste e, no entanto, desejava escutá-lo e segui-lo, pois
ele o chamava não sabia para onde.

Na manhã seguinte escutou a mesma voz sobre sua cabeça e
erguendo o olhar viu três grandes aves brancas descendo pela
ravina contra o vento oeste; suas fortes asas reluziam ao sol
que acabara de nascer e, ao passarem acima dele, elas gritaram
alto. Assim Tuor divisou pela primeira vez as grandes gaivotas, amadas pelos Teleri. Então ergueu-se para segui-las e, para
melhor perceber aonde voavam, escalou um penhasco à sua
esquerda, pôs-se de pé no cimo e sentiu um forte vento vindo
do Oeste que lhe batia no rosto e fazia seu cabelo tremular.
E sorveu aquele ar novo e disse: "Isso eleva o coração como
beber vinho fresco!" Mas não sabia ele que o vento vinha direto
do Grande Mar.

Tuor então seguiu caminho mais uma vez, buscando as gaivotas,
altas sobre o rio; e, à medida que andava, as margens da ravina
voltaram a se aproximar, e ele chegou a um canal estreito, e este
estava repleto de grande ruído d'água. E baixando os olhos Tuor
viu um extremo assombro, assim lhe pareceu; pois uma maré
incontrolável subia pelo estreito e lutava contra o rio que ainda
queria prosseguir, e uma onda como uma parede se ergueu, chegando quase ao topo do penhasco, coroada de cristas de espuma
voando ao vento. Então o rio foi forçado a recuar e a maré
entrou, subindo o canal com um rugido, afogando-o em águas

44

profundas, e o rolar das pedras era como trovão à medida que ela passava. Assim, Tuor foi salvo, pelo chamado das aves marinhas, da morte na maré enchente; e esta era imensa por causa da estação do ano e do forte vento vindo do mar.

Mas Tuor agora estava amedrontado com a fúria das águas estranhas e mudou de direção rumo ao sul e assim não chegou às longas praias do Estreito de Drengist, mas passou ainda alguns dias vagando em uma região acidentada, desprovida de árvores. Era varrida por um vento do mar, e tudo que lá crescia, capim ou touceira, inclinava-se sempre para onde o sol nascia por causa da preponderância daquele vento Oeste. Dessa forma Tuor cruzou as fronteiras de Nevrast, onde outrora habitara Turgon; e por fim, desprevenido (pois os topos dos penhascos na beira daquela região eram mais altos que as encostas que levavam a eles) chegou de repente à negra borda da Terra-média e divisou o Grande Mar, Belegaer, o Sem Margens. E naquela hora o sol se pôs além da beirada do mundo, como um fogo poderoso; e Tuor estava de pé, sozinho, sobre o penhasco, de braços abertos, e um grande anseio encheu-lhe o coração. Diz-se que ele foi o primeiro dos Homens a alcançar o Grande Mar e que ninguém exceto os Eldar chegou a sentir mais a fundo a saudade que ele traz.

Tuor demorou-se muitos dias em Nevrast e isso lhe pareceu bom, pois aquela terra, protegida do Norte e do Leste por montanhas e próxima ao mar, era mais amena e benfazeja que as planícies de Hithlum. Acostumara-se a viver sozinho como caçador em regiões inóspitas, e não encontrou ali escassez de alimento; pois a primavera estava em curso em Nevrast e o ar estava pleno do barulho das aves, tanto as que viviam em multidões nas praias como as que apinhavam os pântanos de Linaewen nas partes baixas da região; mas naqueles tempos não se escutava voz de Elfos ou Homens em toda aquela solidão.

Às margens do grande lago chegou Tuor, mas as águas estavam fora do seu alcance, em virtude dos vastos charcos e dos bosques de caniços, sem qualquer trilha, que existiam em toda a volta; e logo virou-se e retornou à costa, pois o Mar o atraía e Tuor não desejava ficar muito tempo onde não pudesse ouvir o som de suas ondas. E foi nas terras costeiras que Tuor primeiro encontrou vestígios dos Noldor de outrora. Pois entre os altos penhascos escavados pelo mar, ao sul de Drengist, havia muitas baías e enseadas protegidas, com praias de areia branca entre as negras rochas reluzentes, e Tuor muitas vezes encontrou escadas tortuosas, esculpidas na própria pedra, que desciam a esses lugares; e na margem da água havia cais em ruínas, construídos com grandes blocos retirados dos penhascos, onde outrora navios-élficos haviam atracado. Naquelas partes Tuor muito se demorou, observando o mar sempre cambiante, enquanto o ano se estendia preguiçoso pela primavera e pelo verão, as trevas se aprofundavam em Beleriand, e o outono do destino de Nargothrond se aproximava.

E talvez as aves tivessem visto de longe o cruel inverno que estava por vir;[5] pois aquelas que costumavam ir para o sul se agruparam para partir cedo, e outras, que normalmente viviam no Norte, vieram de seus lares para Nevrast. E certo dia, quando Tuor estava sentado à praia, ouviu a batida e o uivo de grandes asas e, erguendo os olhos, viu sete cisnes brancos voando velozes para o sul, em formação de cunha. Mas quando passaram acima dele, fizeram uma curva e mergulharam repentinamente, pousando com grande impacto e causando redemoinhos na água.

Ora, Tuor amava os cisnes, que conhecera nos lagos cinzentos de Mithrim; e, ademais, o cisne fora o emblema de Annael e de seu povo adotivo. Ergueu-se, portanto, para saudar as aves e chamou-as, espantando-se em ver que eram maiores e mais altivas que quaisquer outras da mesma raça que jamais vira; mas elas bateram as asas e deram gritos roucos, como se estivessem irritadas com ele e quisessem expulsá-lo da praia. Então, com grande ruído, ergueram-se de novo da água e voaram acima dele, de modo que o ar das suas asas o atingisse como um vento uivante; e, descrevendo um amplo círculo, subiram às alturas e foram-se para o sul.

Então Tuor gritou em alta voz: "Eis que me chega outro sinal de que me demorei demasiado!" E imediatamente subiu ao topo do penhasco e lá divisou os cisnes, ainda girando na altitude; no entanto, quando se voltou para o sul e se pôs a segui-los, eles se afastaram voando velozes.

Então Tuor viajou para o sul pelo litoral ao longo de sete dias inteiros e a cada manhã era despertado pelo bater de asas lá no alto, no amanhecer, e a cada dia os cisnes continuavam voando enquanto ele os seguia. E, à medida que avançava, os grandes penhascos tornaram-se mais baixos e seus cimos se cobriam com espessa relva florida; e mais para leste havia florestas que amarelavam enquanto findava o ano. Mas diante dele, aproximando-se mais e mais, viu uma linha de grandes morros que lhe barravam o caminho, estendendo-se para oeste até terminarem em uma alta montanha: uma torre escura e coroada de nuvens, erguida sobre faldas vigorosas acima de um grande cabo verde que entrava mar adentro.

Esses morros cinzentos eram de fato os contrafortes ocidentais de Ered Wethrin, o muro setentrional das Beleriand, e a montanha era o Monte Taras, a mais ocidental de todas as torres daquela região, cujo topo um marujo divisaria primeiro por sobre as milhas do mar, à medida que se aproximasse das praias mortais. Sob suas longas encostas, em dias passados, Turgon habitara nos salões de Vinyamar, a mais antiga de todas as obras de pedra que os Noldor construíram nas terras de seu exílio. Lá se erguia ainda, desolada, mas resistente, alta sobre os grandes terraços que se voltavam para o mar. Os anos não a tinham abalado e os servos de Morgoth a haviam deixado de lado; mas o vento, a chuva e a geada deixaram-lhe marcas, e sobre a cimalha de seus muros e as grandes telhas de seu teto haviam crescido abundantes plantas verdes-acinzentadas que, alimentando-se do ar salgado, se multiplicavam até mesmo nas fendas da pedra estéril.

Ora, Tuor chegou às ruínas de uma estrada perdida e passou por morros verdes e pedras inclinadas e assim alcançou, quando

DE TUOR E SUA CHEGADA A GONDOLIN

o dia terminava, o antigo palácio e seus pátios altos e varridos pelo vento. Nenhuma sombra de medo ou malefício espreitava lá, mas um temor abateu-se sobre ele, enquanto pensava nos que lá haviam vivido e desaparecido, sem que ninguém soubesse para onde: a gente altiva, imortal, mas condenada, de muito além do Mar. E ele se voltou e dirigiu o olhar, assim como muitas vezes aquele povo havia voltado os olhos, para o rebrilhar das águas inquietas até onde a visão não mais alcançava. Então virou-se outra vez e viu que os cisnes haviam pousado no mais alto terraço e estavam diante da porta oeste da construção; e batiam as asas, e pareceu-lhe que o convidavam a entrar. Então Tuor subiu a ampla escadaria, agora meio oculta por ervas e plantas, e passou sob o majestoso portal e entrou nas sombras da casa de Turgon; e chegou por fim a um salão de altas colunas. Se por fora seu tamanho era impressionante, agora por dentro vasto e maravilhoso o palácio parecia a Tuor, e ele, cheio de reverência, não desejava despertar os ecos do seu vazio. Nada conseguia ver ali, a não ser um alto assento sobre uma plataforma, no extremo leste, e caminhou naquela direção com o maior cuidado possível; mas o som de seus pés ressoava no revestimento do piso como os passos da sina e os ecos seguiam à sua frente pelos corredores de colunas.

Quando se pôs diante do grande assento na penumbra e viu que era esculpido de uma só pedra e trazia inscrições de estranhos sinais, o sol poente alinhou-se com uma alta janela sob a cumeeira oeste e um facho de luz atingiu a parede à sua frente, rebrilhando como em metal polido. Então Tuor, maravilhado, viu que na parede atrás do trono estavam suspensos um escudo e uma grande cota de malha, um elmo e uma espada longa em sua bainha. A cota reluzia como se fosse feita de prata sem mancha e o raio de sol a guarnecia de faíscas de ouro. Mas o escudo era de uma forma estranha aos olhos de Tuor, pois era comprido e afilado; e seu campo era azul, em cujo meio estava aplicado um emblema de uma asa branca de cisne. Então Tuor falou e sua voz ressoou no teto como um desafio: "Por este sinal tomo estas armas para mim e aceito qualquer sina que possam carregar."[6]

E arriou o escudo, descobrindo-o muito mais leve e manejável do que cria; pois era fabricado, assim parecia, com madeira, mas guarnecido pela arte dos ferreiros élficos com chapas de metal, fortes e ainda assim finas como folhas, que o haviam preservado dos vermes e do tempo.

Então Tuor armou-se com a cota de malha e colocou o elmo sobre a cabeça e cingiu a espada; negros eram a bainha e o cinto, com fivelas de prata. Armado desta maneira, saiu do salão de Turgon e parou nos altos terraços de Taras à luz vermelha do sol. Ninguém lá havia para vê-lo, enquanto contemplava o oeste, reluzente de prata e ouro, e ele não sabia que naquela hora sua aparência era a de um dos Poderosos do Oeste, apto para ser o pai dos reis dos Reis de Homens além do Mar, como de fato era seu destino tornar-se;[7] mas ao se apossar daquelas armas uma mudança dominou Tuor, filho de Huor, e o seu coração cresceu em seu peito. E, quando desceu das portas, os cisnes lhe fizeram reverência e cada um arrancou uma grande pena de suas asas e as ofereceu a Tuor, deitando os longos pescoços sobre a pedra a seus pés; e ele tomou as sete penas e as pôs no cimo de seu elmo, e imediatamente os cisnes ergueram-se e voaram para o norte ao pôr do sol, e Tuor não os viu mais.

Agora Tuor sentia os pés atraídos pela beira-mar e desceu por longas escadas até uma ampla praia do lado norte do promontório de Taras; e, enquanto caminhava, viu que o sol mergulhava em uma grande nuvem negra que se erguia da borda do mar que se escurecia; e fazia frio e havia uma agitação e um murmúrio como de uma tempestade chegando. E Tuor deteve-se na praia e o sol era como um fogo fumacento por trás da ameaça dos céus; e pareceu-lhe que uma grande onda se levantava ao longe e rolava para a terra, mas o espanto o paralisou e ele lá ficou imóvel. E a onda veio em sua direção e sobre ela havia uma névoa de sombra. Então subitamente, ao se aproximar, ela se enrolou e arrebentou e se precipitou para a frente em longos braços de espuma; mas onde ela arrebentara achava-se de pé, escuro em contraste com a tempestade nascente, um vulto vivo de grande estatura e majestade.

Tuor então curvou-se em reverência, pois lhe parecia que contemplava um poderoso rei. Ele usava uma alta coroa como de prata, da qual caíam seus longos cabelos como espuma brilhando no ocaso; e, quando lançou para trás o manto cinzento que pendia sobre ele como uma névoa, eis que trajava uma cota reluzente, justa como as escamas de um peixe enorme, e uma túnica de verde escuro que brilhava e tremeluzia com o fogo do mar, à medida que ele caminhava devagar em direção à terra. Dessa maneira o Habitante das Profundezas, quem os Noldor chamam de Ulmo, Senhor das Águas, mostrou-se a Tuor, filho de Huor, da Casa de Hador, abaixo de Vinyamar.

Não pisou na praia, mas de pé até os joelhos no mar sombrio falou a Tuor e então, pela luz de seus olhos e pelo som de sua profunda voz que vinha, segundo parecia, das fundações do mundo, o temor apoderou-se de Tuor e ele se prostrou na areia.

"Levanta-te, Tuor, filho de Huor!", exclamou Ulmo. "Não temas minha ira, embora eu muito tenha te chamado sem ser escutado; e por fim, partindo, ainda te demoraste na viagem para cá. Na Primavera devias ter estado de pé aqui; mas agora um inverno cruel logo chegará da terra do Inimigo. Precisas aprender a te apressares e a estrada agradável que te projetei precisa ser mudada. Pois meus conselhos foram desprezados,[8] e um grande mal arrasta-se sobre o Vale do Sirion e já uma hoste de adversários se interpôs entre ti e tua meta."

"Mas qual é minha meta, Senhor?", perguntou Tuor.

"Aquilo que teu coração sempre buscou," respondeu Ulmo, "encontrar Turgon e contemplar a cidade oculta. Pois estás assim armado para seres meu mensageiro, nas próprias armas que outrora decretei para ti. Agora, porém, terás sob a sombra de atravessar o perigo. Envolve-te portanto nesta capa e jamais a ponhas de lado até chegares ao fim de tua jornada."

Pareceu então a Tuor que Ulmo partiu seu manto cinzento e dele lançou-lhe um pedaço, que, ao cair sobre ele, era como uma grande capa na qual podia enrolar-se totalmente, da cabeça aos pés.

"Assim caminharás sob minha sombra", disse Ulmo. "Mas não te detenhas mais; pois nas terras de Anar e nos fogos de Melkor ela não resistirá. Assumirás minha missão?"

"Assumirei, Senhor", respondeu Tuor.

"Então porei palavras em tua boca para serem ditas a Turgon", disse Ulmo. "Mas primeiro vou te instruir e ouvirás algumas coisas que nenhum outro Homem ouviu, não, nem mesmo os poderosos entre os Eldar." E Ulmo falou a Tuor de Valinor e seu obscurecer, e do Exílio dos Noldor, e da Sentença de Mandos, e da ocultação do Reino Abençoado. "Mas vê!", disse. "Na armadura do Fado (como os Filhos da Terra o chamam) há sempre uma fenda e nos muros da Sentença, uma brecha, até a plenitude, que chamais de Fim. Assim há de ser enquanto eu durar, uma voz secreta que contradiz e uma luz onde a escuridão foi decretada. Portanto, embora nestes dias de trevas eu pareça me opor à vontade de meus irmãos, os Senhores do Oeste, esse é meu papel entre eles, ao qual fui designado antes que fosse feito o Mundo. No entanto, a Sentença é forte e a sombra do Inimigo cresce; e eu diminuo, até que agora na Terra-média me tornei nada mais que um sussurro secreto. As águas que correm para o oeste fenecem, e suas fontes estão envenenadas, e meu poder retrai-se da terra; pois os Elfos e os Homens tornam-se cegos e surdos para mim por causa do poderio de Melkor. E agora a Maldição de Mandos corre para seu cumprimento, e todas as obras dos Noldor hão de perecer e todas as esperanças que eles construírem hão de se esboroar. Resta apenas a última esperança, a esperança que não buscaram e não prepararam. E essa esperança jaz em ti, pois assim escolhi."

"Então Turgon não há de se opor a Morgoth, como todos os Eldar ainda esperam?", perguntou Tuor. "E o que desejais de mim, Senhor, se agora eu chegar até Turgon? Pois apesar de eu querer de fato fazer como fez meu pai e auxiliar esse rei no que necessitar, ainda assim de pouca valia serei, um homem mortal sozinho, entre tantos e tão valorosos do Alto Povo do Oeste."

"Se decidi enviar-te, Tuor, filho de Huor, então não creias que tua única espada não vale o envio. Pois o valor dos Edain sempre será lembrado pelos Elfos à medida que as eras se estenderem, com o assombro de terem dado com tanta generosidade aquela vida da qual tiveram tão pouco na terra. Mas não é apenas por teu valor que te envio, mas sim para trazeres ao mundo uma esperança além da tua visão e uma luz que há de penetrar as trevas."

E, enquanto Ulmo falava, o murmúrio da tempestade alçou-se em grande grito, o vento cresceu e o céu enegreceu; e o manto do Senhor das Águas drapejava como uma nuvem em voo. "Agora vai", disse Ulmo, "para que não te devore o Mar! Pois Ossë obedece à vontade de Mandos e está irado, sendo servidor da Sentença."

"Conforme ordenares", disse Tuor. "Mas, se eu escapar à Sentença, que palavras hei de dizer a Turgon?"

"Se chegares até ele," respondeu Ulmo, "então as palavras hão de surgir em tua mente e tua boca há de falar como eu falaria. Fala e não temas! E depois faz conforme teu coração e valor te conduzirem. Não te apartes de meu manto, pois assim hás de estar protegido. E vou te enviar alguém, salvo da ira de Ossë, e assim hás de ser guiado: sim, o último marujo do último navio que há de buscar o Oeste até que se erga a Estrela. Agora retorna à terra!"

Então ouviu-se um estrondo de trovão, e raios iluminaram o mar; e Tuor contemplou Ulmo de pé entre as ondas, como uma torre de prata reluzindo com chamas dardejantes; e exclamou contra o vento:

"Eu me vou, Senhor! Porém agora meu coração na verdade anseia pelo Mar."

A estas palavras Ulmo ergueu uma enorme trompa e nela tocou uma única e poderosa nota, diante da qual o rugido da tempestade era tão somente um arrepio na superfície de um lago. E ao ouvir aquela nota, sendo envolto e preenchido por ela, pareceu a Tuor que a costa da Terra-média desaparecia e que ele divisava todas as águas do mundo em uma grande visão: dos veios das terras até as fozes dos rios e das praias e dos estuários até as profundezas. O Grande Mar enxergou através de suas regiões inquietas pululando de formas estranhas, até seus abismos sem luz, onde em meio à treva eterna ecoavam vozes terríveis aos ouvidos mortais. Divisou suas planícies imensas com a veloz visão dos Valar, jazendo sem vento sob o olho de Anar, ou rebrilhando sob a Lua com seus cornos, ou erguidas em colinas de ira que arrebentavam nas Ilhas Sombrias,[9] até que, no limite remoto da visão e além da contagem das léguas, entreviu uma montanha, erguendo-se além do alcance da sua mente para uma nuvem luminosa, e no seu sopé uma longa arrebentação bruxuleante. E, enquanto se esforçava por escutar o som daquelas ondas longínquas e por ver mais claramente aquela luz distante, a nota chegou ao fim e ele estava de pé sob o trovão da tempestade, e raios de muitos braços rasgavam o céu lá no alto. E Ulmo se fora e o mar estava em tumulto e as selvagens ondas de Ossë quebravam contra as muralhas de Nevrast.

Então Tuor fugiu da fúria do mar e com esforço encaminhou-se de volta aos altos terraços; pois o vento o impelia contra o penhasco e o pôs de joelhos quando ele saiu no topo. Portanto, entrou de novo no salão escuro e vazio para abrigar-se e passou a noite sentado no assento de pedra de Turgon. As próprias colunas tremiam na violência da tempestade, e pareceu a Tuor que o vento estava pleno de lamentos e gritos selvagens. No entanto, como estava exausto, cochilou algumas vezes, e seu sono foi perturbado por muitos sonhos, dos quais ao despertar nenhum permaneceu na memória, exceto um: uma visão de uma ilha e em seu meio havia uma montanha escarpada e atrás dela o sol se punha e sombras saltavam para o céu; mas acima dela brilhava uma única estrela ofuscante.

Após esse sonho, Tuor caiu em sono profundo, pois antes que a noite terminasse a tempestade passou, impelindo as nuvens negras para o Leste do mundo. Despertou por fim na luz cinzenta e levantou-se e deixou o alto assento e, ao percorrer o salão sombrio, viu que ele estava cheio de aves marinhas que a tempestade espantara para lá; e saiu quando as últimas estrelas desapareciam no Oeste diante do dia que chegava. Então viu que as grandes ondas durante a noite tinham subido alto pela

DE TUOR E SUA CHEGADA A GONDOLIN

terra e haviam lançado suas cristas sobre os cimos dos penhascos, e algas e pedregulhos haviam sido lançados mesmo sobre os terraços diante das portas. E Tuor olhou para baixo, do terraço inferior, e viu, encostado ao seu muro entre as pedras e as algas marinhas, um Elfo trajando um manto cinza ensopado de água do mar. Estava sentado em silêncio, olhando além da ruína das praias, por sobre os longos dorsos das ondas. Tudo estava quieto e não se ouvia som algum, exceto o rugido das vagas lá embaixo.

Enquanto estava ali de pé, fitando o silencioso vulto cinzento, Tuor lembrou-se das palavras de Ulmo e um nome que não aprendera veio-lhe aos lábios e exclamou em voz alta: "Bem-vindo, Voronwë! Eu te aguardo."[10]

Então o Elfo voltou-se , erguendo o olhar, e Tuor enfrentou a visão penetrante dos seus olhos cinza-marinhos, e soube que ele pertencia ao alto povo dos Noldor. Mas o temor e o espanto cresceram em seu olhar quando ele viu Tuor de pé, alto sobre a muralha mais acima, trajando seu grande manto como uma sombra de dentro da qual a malha-élfica reluzia em seu peito.

Ficaram assim por um momento, cada um examinando o rosto do outro, e então o Elfo levantou-se e curvou-se muito diante dos pés de Tuor. "Quem sois vós, senhor?", perguntou. "Por muito tempo labutei no mar implacável. Dizei-me: ocorreram grandes novas desde que eu pisei a terra firme? A Sombra foi derrotada? O Povo Oculto saiu de seu esconderijo?"

"Não", respondeu Tuor. "A Sombra cresce e os Ocultos permanecem escondidos."

Então, por muito tempo, Voronwë fitou-o em silêncio. "Mas quem sois vós?", perguntou de novo. "Pois muitos anos atrás minha gente abandonou esta terra, e desde então ninguém morou aqui. E agora percebo que, a despeito dos vossos trajes, vós não sois um deles, como eu cria, e sim da gente dos Homens."

"Sou", disse Tuor. "E não és tu o último marujo do último navio que buscou o Oeste desde os Portos de Círdan?"

"Sou", disse o Elfo. "Voronwë, filho de Aranwë, eu sou. Mas como sabes meu nome e meu destino, eu não compreendo."

"Eu sei, pois o Senhor das Águas falou comigo na tarde passada", respondeu Tuor, "e disse que havia de te salvar da ira de Ossë e te enviar para cá para ser meu guia."

Então com temor e espanto Voronwë exclamou: "Falastes com Ulmo, o Poderoso? Então devem ser grandiosos de fato vosso valor e vosso destino! Mas aonde haveria de guiar-vos, senhor? Pois em verdade deveis ser um rei dos Homens e muitos devem aguardar vossa palavra."

"Não, sou um servo fugido", disse Tuor, "e sou um proscrito sozinho em uma terra deserta. Mas tenho um mandado para Turgon, o Rei Oculto. Sabes por qual estrada posso encontrá-lo?"

"Muitos que são proscritos e servos, nestes dias perversos, não nasceram assim", respondeu Voronwë. "Um senhor dos Homens és por direito, creio eu. Mas, mesmo que fosses o mais nobre de todo o teu povo, não terias o direito de buscar Turgon e vã seria tua demanda. Pois, ainda que eu te conduzisse aos seus portões, tu não poderias entrar."

"Não te peço para me conduzires além do portão", disse Tuor. "Lá a Sentença há de competir com o Conselho de Ulmo. E, se Turgon não me receber, então minha missão estará encerrada, e a Sentença há de prevalecer. Mas no que tange ao meu direito de buscar Turgon: sou Tuor, filho de Huor e parente de Húrin, cujos nomes Turgon não esquecerá. E busco também pelo comando de Ulmo. Turgon esquecerá o que ele lhe disse outrora: 'Lembra-te de que a última esperança dos Noldor vem do Mar?' Ou ainda: 'Quando o perigo estiver próximo, virá alguém de Nevrast para alertar-te?'[11] Eu sou aquele que haveria de vir, e assim estou portando o traje que foi preparado para mim."

Tuor espantou-se de se ouvir falar desse modo, pois as palavras de Ulmo a Turgon, quando este partiu de Nevrast, nem ele nem ninguém as conhecia antes, a não ser o Povo Oculto. Portanto Voronwë assombrou-se ainda mais, porém virou-lhe as costas, contemplou o Mar e deu um suspiro.

"Ai!", disse. "Desejo nunca mais voltar. E muitas vezes jurei, nas profundezas do mar, que se alguma vez voltasse a pôr os pés em terra firme habitaria em tranquilidade longe da Sombra do

Norte, ou perto dos Portos de Círdan, ou quem sabe nos belos campos de Nan-tathren, onde a primavera é mais doce do que se pode desejar. Mas, se o mal cresceu enquanto eu viajava e o último perigo se aproxima deles, então tenho de ir ter com meu povo." Virou-se de volta para Tuor. "Vou conduzir-te aos portões ocultos," disse, "pois os sábios não contradizem os conselhos de Ulmo."

"Então iremos juntos, como nos foi aconselhado", disse Tuor. "Mas não te lamentes, Voronwë! Pois meu coração diz a ti que tua longa estrada há de te conduzir para longe da Sombra, e tua esperança há de retornar ao Mar."[12]

"E a tua também", disse Voronwë. "Mas agora devemos afastar-nos dele, e partir com pressa."

"Sim", disse Tuor. "Mas aonde me conduzirás e até que distância? Não deveríamos primeiro refletir como viveremos nos ermos, ou, se o caminho for longo, como passaremos o inverno sem abrigo?"

Mas Voronwë nada quis dizer com clareza acerca do caminho. "Tu conheces a força dos Homens", disse. "Quanto a mim, sou um dos Noldor e longa terá de ser a fome e frio o inverno que abaterão o parente daqueles que atravessaram o Gelo Pungente. Mas como pensas que conseguimos labutar por dias intermináveis nos ermos salgados do mar? Ou tu não ouviste falar do pão-de-viagem dos Elfos? E ainda conservo aquilo que todos os marujos mantêm até o fim." Então mostrou, debaixo do manto, uma bolsa selada presa ao cinto. "Nem a água nem as intempéries lhe farão mal enquanto estiver selada. Mas precisamos guardá-la até que a necessidade seja premente; e sem dúvida um proscrito e caçador conseguirá encontrar outros alimentos antes que o ano piore."

"Talvez", disse Tuor. "Mas não é em todas as terras que se pode caçar com segurança, por muito que a caça seja abundante. E os caçadores demoram-se no caminho."

Assim Tuor e Voronwë aprontaram-se para partir. Tuor levou consigo o pequeno arco e as flechas que trouxera, além das armas que tirara do salão; mas sua lança, na qual seu nome estava escrito nas runas-élficas do Norte, ele afixou na parede como sinal de que passara por ali. Voronwë não tinha outra arma além de uma espada curta.

Antes que o dia tivesse avançado, deixaram a antiga morada de Turgon, e Voronwë conduziu Tuor para longe, a oeste das íngremes encostas de Taras, para atravessar o grande cabo. Lá outrora passara a estrada de Nevrast para Brithombar, que agora se tornara uma trilha verde entre antigos diques cobertos de turfa. Assim entraram em Beleriand, e na região setentrional da Falas; e voltando-se para o leste buscaram as faldas escuras das Ered Wethrin, e lá se mantiveram ocultos, descansando até que o dia tivesse terminado no ocaso. Pois, embora Brithombar e Eglarest, as antigas moradias dos Falathrim, ainda estivessem muito distantes, agora lá viviam Orques e toda a terra estava infestada pelos espiões de Morgoth: ele temia os navios de Círdan que às vezes vinham atacar a costa e se uniam às incursões enviadas de Nargothrond.

Ora, enquanto estavam sentados ocultos em seus mantos, como sombras sob as colinas, Tuor e Voronwë muito falaram entre si. E Tuor questionou Voronwë a respeito de Turgon, mas Voronwë pouco contava de tais assuntos e preferia falar das habitações na Ilha de Balar e do Lisgardh, a terra dos juncos nas Fozes do Sirion.

"Lá os Eldar agora se multiplicam," disse, "pois um número cada vez maior de ambas as gentes foge para lá por temor de Morgoth, exaustos da guerra. Mas não foi por escolha própria que abandonei minha gente. Pois após a Bragollach e o rompimento do Cerco de Angband, a dúvida então surgiu no coração de Turgon que o poderio de Morgoth haveria de se revelar forte demais. Naquele ano enviou os primeiros do seu povo que chegaram a sair por seus portões: apenas alguns, com uma missão secreta. Desceram o Sirion até a costa acima das Fozes e lá construíram navios. Mas isso de nada lhes valeu, exceto para alcançarem a grande Ilha de Balar e lá estabelecerem moradias solitárias, longe do alcance de Morgoth. Pois os Noldor não possuem a arte de construir navios que suportem por muito tempo as ondas de Belegaer, o Grande.[13]

"Porém, mais tarde, quando Turgon ouviu falar da destruição da Falas e do saque dos antigos Portos dos Armadores que estão lá longe à nossa frente, e foi dito que Círdan havia salvo um remanescente de seu povo e navegado para o sul até a Baía de Balar, então ele voltou a enviar mensageiros. Isso foi há pouco tempo apenas, porém na lembrança parece a porção mais longa de minha vida. Pois eu fui um dos que ele enviou, visto que era jovem em anos entre os Eldar. Nasci aqui na Terra-média, na região de Nevrast. Minha mãe pertencia aos Elfos-cinzentos da Falas, e era parenta do próprio Círdan — havia muitas uniões entre os povos de Nevrast nos primeiros dias do reinado de Turgon — e tenho o coração marinho da gente de minha mãe. Portanto, fui um dos escolhidos, visto que nossa missão era chegar a Círdan, para buscar seu auxílio na construção de nossos navios, para que alguma mensagem e pedido de ajuda pudesse chegar aos Senhores do Oeste antes que estivesse tudo perdido. Mas me demorei no caminho. Pois eu pouco vira das regiões da Terra-média, e chegamos a Nan-tathren na primavera do ano. Aquela terra é aprazível de encantar o coração, Tuor, como tu descobrirás se alguma vez teus pés pisarem as estradas que vão para o sul, descendo o Sirion. Lá está a cura para todos os anseios pelo mar, exceto para aqueles a quem a Sentença não liberta. Lá, Ulmo é apenas servo de Yavanna, e a terra deu vida a uma infinidade de coisas belas que ultrapassa o pensamento dos corações nas duras colinas do Norte. Naquela terra o Narog une-se ao Sirion, e os dois não mais se apressam, mas seguem largos e silenciosos através de prados cheios de vida; e em toda a volta do rio reluzente há lírios como um bosque em flor, e a relva é repleta de flores, como pedras preciosas, como sinos, como chamas de vermelho e ouro, como uma extensão de estrelas multicores em um firmamento verde. Porém o mais belo de tudo são os salgueiros de Nan-tathren, de um verde pálido, ou prateados ao vento, e o farfalhar de suas inúmeras folhas é um encanto de música: o dia e a noite passavam palpitando, sem conta, enquanto eu ainda me detinha, submerso em relva até os joelhos, e escutava. Lá fui encantado e esqueci o Mar em meu coração. Lá vagava, dando nomes a flores novas, ou me deitava sonhando entre os cantos dos pássaros, e o zumbido das abelhas e das moscas; e lá poderia ainda estar deliciado, abandonando toda a minha gente, fossem os navios dos Teleri, fossem as espadas dos Noldor, mas minha sina não quis assim. Ou o próprio Senhor das Águas, talvez; pois ele era forte naquela terra.

"Assim veio ao meu coração a ideia de fazer uma jangada de ramos de salgueiro para navegar no luminoso seio do Sirion; e assim o fiz, e assim fui levado. Pois certo dia, quando estava no meio do rio, veio um vento repentino que me apanhou e me levou da Terra dos Salgueiros, descendo até o Mar. Assim cheguei, último dos mensageiros, a Círdan; e, dos sete navios que ele construiu a pedido de Turgon, todos estavam prontos então, exceto um. E, um a um, partiram para o Oeste, sem que nenhum tenha voltado desde então, nem qualquer notícia deles tenha sido ouvida.

"Mas o ar salgado do mar voltou então a reavivar dentro de mim o coração da família de minha mãe, e eu me comprazia nas ondas, aprendendo todo o saber dos navios, como se já estivesse guardado em minha mente. Assim, quando o último navio, e o maior de todos, foi concluído, eu estava ansioso por partir, dizendo em pensamento: 'Se forem verdadeiras as palavras dos Noldor, então há no Oeste prados aos quais a Terra dos Salgueiros não se pode comparar. Lá nada fenece, nem a Primavera tem fim. E quem sabe até eu, Voronwë, possa chegar lá. E em último caso vagar sobre as águas é muito melhor que a Sombra no Norte.' E eu não sentia medo, pois os navios dos Teleri não podem ser afundados por água alguma.

"Mas o Grande Mar é terrível, Tuor, filho de Huor; e odeia os Noldor, pois é instrumento da Sentença dos Valar. Coisas piores reserva do que afundar no abismo e assim perecer: abominação e solidão e loucura; terror do vento e tumulto, e silêncio, e sombras onde toda a esperança se perde e todas as formas vivas desaparecem. E banha muitas costas perversas e estranhas, e muitas ilhas de perigo e medo o infestam. Não entristecerei teu coração, filho da Terra-média, com a história de meus sete anos de labuta no Grande Mar, do Norte até o Sul, mas nunca ao Oeste. Pois este nos está barrado.

"Por fim, em negro desespero, cansados de todo o mundo, voltamo-nos e fugimos da sina que nos poupara por tanto tempo só para nos golpear com crueldade ainda maior. Pois, no instante em que divisávamos uma montanha de longe e eu exclamava: 'Eis que surge Taras, a minha terra natal', o vento despertou e grandes nuvens carregadas de trovões subiram do Oeste. Então as ondas nos caçaram como se tivessem vida, repletas de malignidade, e os raios abateram-se sobre nós; e, quando havíamos sido reduzidos a um casco indefeso, as ondas saltaram sobre nós com fúria. Mas, como vês, fui poupado; pois pareceu-me que veio uma onda, maior e no entanto mais tranquila que todas as demais, e me levou e me ergueu do navio, e conduziu-me alto sobre seus ombros e, rolando em direção à terra, lançou-me sobre a relva e então recolheu-se, derramando-se de volta penhasco abaixo como uma grande cascata. Não fazia mais de uma hora que eu lá estava sentado quando tu topaste comigo, ainda atordoado do mar. E ainda sinto o medo dele e a amarga perda de todos os meus amigos que por tanto tempo e tão longe me acompanharam, além da vista das terras mortais."

Voronwë suspirou, e então falou baixinho, como que para si mesmo. "Mas eram muito brilhantes as estrelas na margem do mundo, quando às vezes se afastavam as nuvens em torno do Oeste. Porém, se vimos apenas nuvens ainda mais remotas ou divisamos de fato, como afirmaram alguns, as Montanhas das Pelóri perto das praias perdidas de nosso lar ancestral, isso não sei. Longe, muito longe estão, e ninguém mais das terras mortais há de voltar para lá, segundo creio." Então Voronwë silenciou, pois chegara a noite e as estrelas brilhavam brancas e frias.

Logo depois Tuor e Voronwë ergueram-se e deram as costas ao mar e partiram em sua longa jornada nas trevas, da qual pouco há que contar, pois a sombra de Ulmo estava sobre Tuor e ninguém os viu passar, pelos bosques ou pelas pedras, pelos campos ou pântanos, entre o pôr do sol e o amanhecer. Mas iam sempre com cuidado, evitando os caçadores de olhos noturnos de Morgoth e desistindo dos caminhos trilhados por Elfos e Homens. Voronwë escolhia a trilha e Tuor o seguia. Não fazia perguntas vãs, mas reparou muito bem que iam sempre para o leste ao longo da linha das montanhas que cresciam e nunca se voltavam para o sul: o que lhe causou espanto, pois cria, como quase todos os Elfos e Homens, que Turgon morava longe das batalhas do Norte.

Lenta foi sua caminhada, na penumbra ou de noite nos ermos sem trilha, e o inverno cruel desceu depressa do reino de Morgoth. A despeito da proteção das colinas, os ventos eram fortes e implacáveis, e logo a neve estava funda sobre os morros, ou rodopiava através das passagens, e caía sobre os bosques de Núath antes que estes perdessem todas as suas folhas murchas.[14] Assim, apesar de terem partido antes de meados de narquelië, hísimë chegou com geada cortante quando se aproximavam das Fontes do Narog.

Lá detiveram-se no amanhecer cinzento, ao final de uma noite cansativa; e Voronwë desesperou-se, olhando em volta com tristeza e temor. Onde estivera outrora o belo lago de Ivrin em sua grande bacia de pedra escavada pelas águas que caíam, e onde fora em toda a volta uma grota repleta de árvores sob as colinas, agora ele via uma terra profanada e desolada. As árvores estavam queimadas ou desenraizadas; e as margens de pedra do lago estavam rompidas, de modo que as águas de Ivrin se espalhavam e formavam um grande pântano estéril em meio à ruína. Agora tudo era apenas uma confusão de charco congelado, e um odor de decomposição pairava sobre o chão como uma névoa imunda.

"Ai! O mal chegou mesmo até aqui?", lamentou Voronwë. "Outrora distante da ameaça de Angband era este lugar, mas os dedos de Morgoth tateiam cada vez mais longe."

"É bem como Ulmo me falou", disse Tuor: "'As fontes estão envenenadas e meu poder retrai-se das águas da terra.'"

DE TUOR E SUA CHEGADA A GONDOLIN

"No entanto," disse Voronwë, "aqui esteve uma malignidade com força maior que a dos Orques. O temor permanece neste lugar." E buscou em torno das bordas do charco, até que subitamente se deteve e exclamou de novo: "Sim, um grande mal!" E acenou para Tuor, e Tuor ao chegar viu uma fenda, como um enorme sulco que se estendia para o sul, e de ambos os lados, ora indistintos, ora solidificados com nitidez pela geada, havia sinais de grandes pés com garras. "Vê!", exclamou Voronwë e tinha o rosto pálido de pavor e repugnância. "Não faz muito tempo que esteve aqui a Grande Serpe de Angband, a mais feroz de todas as criaturas do Inimigo! Já tarda nossa missão para Turgon. Precisamos nos apressar."

Enquanto dizia isso, ouviram um grito no bosque e pararam imóveis como pedras cinzentas, escutando. Mas a voz era uma voz bela, embora repleta de tristeza, e parecia que chamava sempre um nome, como alguém que busca outro que está perdido. E enquanto esperavam veio alguém através das árvores, e viram que era um Homem alto, armado, trajado de negro, com uma longa espada desembainhada; e espantaram-se, pois a lâmina da espada era também negra, mas as bordas brilhavam luminosas e frias. O pesar estava gravado em seu rosto, e, quando contemplou a ruína de Ivrin, exclamou triste, em alta voz, dizendo: "Ivrin, Faelivrin! Gwindor e Beleg! Aqui certa vez fui curado. Mas agora nunca mais hei de beber o gole da paz."

Então partiu célere para o Norte, como alguém em perseguição ou em missão de grande pressa, e o ouviram gritar *"Faelivrin, Finduilas!"* até que sua voz se perdesse no bosque.[15] Mas não sabiam que Nargothrond havia caído e que esse era Túrin, filho de Húrin, o Espada-Negra. Assim, apenas por um momento e nunca mais, juntaram-se os caminhos desses parentes, Túrin e Tuor.

Quando o Espada-Negra se fora, Tuor e Voronwë continuaram um pouco em seu caminho, apesar de ter chegado o dia; pois a lembrança de sua tristeza pesava-lhes muito, e não podiam suportar ficar ao lado da profanação de Ivrin. Mas logo procuraram um esconderijo, pois agora toda a região estava plena de um presságio maligno. Dormiram pouco e inquietos, e, com o passar do dia, escureceu e caiu uma grande nevasca, e a noite trouxe um gelo esmagador. Depois disso a neve e o gelo não deram mais descanso, e por cinco meses o Fero Inverno, lembrado por muito tempo, manteve o Norte em seus grilhões. Agora Tuor e Voronwë eram atormentados pelo frio e temiam ser revelados pela neve aos inimigos caçadores ou cair em perigos traiçoeiramente ocultos. Por nove dias persistiram, de forma cada vez mais lenta e dolorosa, e Voronwë voltou-se um pouco para o norte, até que tivessem atravessado as três nascentes do Teiglin; e depois seguiu novamente para o leste, deixando as montanhas, e avançou cauteloso, até passarem o Glithui e chegarem à torrente do Malduin, e ela estava congelada e negra.[16]

Então disse Tuor a Voronwë: "Cruel é este gelo e a morte se aproxima de mim, senão de ti." Pois estavam agora em má situação: fazia tempo que não encontravam alimento nos ermos e o pão-de-viagem chegava ao fim; e estavam enregelados e exaustos. "Terrível é ser apanhado entre a Sentença dos Valar e a Malícia do Inimigo", disse Voronwë. "Escapei às bocas do mar apenas para jazer debaixo da neve?"

Mas perguntou Tuor: "Que distância ainda temos de percorrer? Pois finalmente, Voronwë, tu precisas renunciar ao segredo diante de mim. Estás me conduzindo em linha reta, e para onde? Pois, se eu tiver de gastar minhas últimas forças, gostaria de saber para quê."

"Eu te conduzi tão direto quanto a segurança me permitiu", respondeu Voronwë. "Agora sabe, pois, que Turgon ainda habita no norte da terra dos Eldar, apesar de poucos acreditarem nisso. Já dele nos aproximamos. No entanto, ainda restam percorrer muitas léguas, mesmo a voo de pássaro; e ainda precisamos atravessar o Sirion e um grande mal, quem sabe, não encontraremos daqui até lá? Pois logo devemos chegar à Estrada que outrora descia da Minas do Rei Finrod até Nargothrond.[17] Lá sem dúvida os servos do Inimigo caminham e espreitam."

"Eu me considerava o mais resistente dos Homens", disse Tuor, "e resisti ao tormento de muitos invernos nas montanhas; mas então eu tinha uma caverna às costas e fogo, e agora duvido que eu tenha forças para avançar muito mais, assim faminto, em meio a esse tempo feroz. Mas vamos prosseguir até onde conseguirmos antes que a esperança se desfaça."

"Só nos resta essa escolha," disse Voronwë, "a não ser que nos deitemos aqui e busquemos o sono da neve."

Portanto foram em frente, com dificuldade, durante todo aquele dia cruel, considerando menor o perigo dos inimigos que o do inverno; mas ao prosseguirem encontraram menos neve, pois agora iam de novo para o sul, descendo ao Vale do Sirion, e as Montanhas de Dor-lómin já estavam muito atrás. Na penumbra cada vez mais densa do anoitecer chegaram à Estrada, no sopé de uma alta encosta coberta de árvores. De repente perceberam vozes e, espreitando cautelosos pelas árvores, viram lá embaixo uma luz vermelha. Uma companhia de Orques estava acampada no meio da via, encolhida em torno de uma grande fogueira.

"*Gurth an Glamhoth!*", murmurou Tuor.[18] "Agora a espada há de surgir de debaixo do manto. Arriscarei a morte para conseguir aquele fogo e até mesmo a carne dos Orques seria boa presa."

"Não!", disse Voronwë. "Nesta busca só o manto servirá. Tu deves desistir do fogo ou então de Turgon. Esse bando não está sozinho no ermo: tua visão mortal não consegue enxergar a chama distante de outros postos ao norte e ao sul? Um tumulto trará um exército sobre nós. Escuta-me, Tuor! É contra a lei do Reino Oculto que qualquer um se aproxime dos portões com inimigos em seu encalço; e não desrespeitarei essa lei, nem a pedido de Ulmo, nem para escapar à morte. Alvoroça os Orques e eu vou te abandonar."

"Então vamos deixá-los", disse Tuor. "Mas que eu possa viver para ver o dia em que não tenha de me esgueirar diante de um punhado de Orques como um cão assustado."

"Vem então!", respondeu Voronwë. "Não discutas mais, ou vão nos farejar. Segue-me!"

Sorrateiro entre as árvores partiu então para o sul, seguindo o vento, até que estivessem a meio caminho entre aquela fogueira dos Orques e a próxima na estrada. Lá ficou imóvel por muito tempo, escutando.

"Não ouço nenhum movimento na estrada," disse, "mas não sabemos o que pode estar à espreita nas sombras." Espiou para diante, na escuridão, e tremeu. "O ar é maligno", murmurou. "Ai! Lá adiante está a terra de nossa busca e da esperança de vida, mas a morte caminha no meio."

"A morte está em toda a nossa volta", disse Tuor. "Mas me restam forças apenas para o caminho mais curto. Aqui preciso atravessar ou perecer. Confiarei no manto de Ulmo, e também a ti ele há de cobrir. Agora irei conduzir!"

Assim dizendo, aproximou-se furtivo da beira da estrada. Então, segurando Voronwë junto a si, lançou sobre ambos as pregas do manto cinzento do Senhor das Águas e avançou.

Tudo estava em silêncio. O vento frio gemia ao descer veloz pela antiga estrada. Então, de repente, também ele se calou. Na pausa, Tuor sentiu uma mudança no ar, como se o hálito da terra de Morgoth tivesse se interrompido um instante, e, débil como uma lembrança do Mar, veio uma brisa do Oeste. Como uma névoa cinzenta ao vento, os dois passaram sobre o caminho de pedras e entraram em um matagal na sua borda leste.

Subitamente, ouviu-se bem de perto um grito selvagem e muitos outros ao longo das margens da estrada responderam-lhe. Uma trompa rouca tocou e soaram pés a correr. Mas Tuor manteve-se firme. Aprendera o bastante da língua dos Orques, no cativeiro, para saber o significado daqueles gritos: os vigias os haviam farejado e escutado, mas eles não haviam sido vistos. A caça começara. Em desespero, esgueirou-se trôpego em frente, com Voronwë ao seu lado, subindo uma longa encosta com urzes e arandos espessos entre tufos de sorvas e bétulas baixas. No topo da colina pararam, escutando os gritos lá atrás e o barulho dos Orques nas moitas embaixo.

Ao lado deles havia um rochedo que erguia a cabeça a partir de um emaranhado de urzes e sarças, e debaixo dele havia um covil que um animal selvagem poderia procurar para lá ter esperança de escapar à perseguição, ou pelo menos vender caro sua vida com a pedra às costas. Ali para baixo, entrando na sombra profunda, Tuor puxou Voronwë e lado a lado, sob o manto cinzento, deitaram-se ofegantes como raposas exaustas. Não disseram palavra alguma, toda a sua atenção estava nos ouvidos.

Os gritos dos caçadores enfraqueceram, pois os Orques não penetravam muito nas terras selvagens de cada lado, mas percorriam a estrada para cima e para baixo. Pouco se importavam com fugitivos desgarrados, mas temiam espiões e batedores de inimigos armados; pois Morgoth havia posto uma guarda na estrada, não para aprisionar Tuor e Voronwë (dos quais ainda nada sabia), nem ninguém que viesse do Oeste, mas para espreitar o Espada-Negra para que não escapasse e perseguisse os cativos de Nargothrond, trazendo auxílio, talvez, vindo de Doriath.

A noite passou e o silêncio soturno abateu-se de novo sobre as terras vazias. Cansado e esgotado, Tuor dormiu sob o manto de Ulmo; mas Voronwë saiu sorrateiro e parou de pé como uma pedra, silencioso, imóvel, penetrando as sombras com seus olhos élficos. Ao romper do dia, despertou Tuor, que se arrastou para sair e viu que o tempo de fato melhorara um pouco e que as nuvens negras haviam se afastado. A aurora era vermelha, e longe à sua frente ele conseguia ver os cimos de estranhas montanhas, reluzindo diante do fogo do leste.

Então disse Voronwë em voz baixa: "*Alae! Ered en Echoriath, ered e·mbar nín!*"[19] Pois sabia que divisava as Montanhas Circundantes e as muralhas do reino de Turgon. Abaixo deles, a leste, em um vale fundo e sombrio corria o belo Sirion, renomado em canções; e mais além, envolta em névoa, erguia-se uma terra cinzenta do rio até as colinas escarpadas no sopé das montanhas. "Lá longe fica Dimbar", disse Voronwë. "Quisera que estivéssemos lá! Pois lá nossos inimigos raramente ousam caminhar. Ou assim era enquanto o poder de Ulmo tinha força no Sirion. Mas agora tudo pode estar mudado[20] — exceto o perigo do rio: ele já é profundo e caudaloso, e perigoso de atravessar mesmo para os Eldar. Mas te conduzi bem; pois ali brilha o Vau de Brithiach, ainda um pouco ao sul, onde a Estrada Leste, que antigamente vinha desde Taras no Oeste, fazia a passagem do rio. Agora ninguém ousa usá-lo, salvo em necessidade desesperada, nem Elfo, nem Homem, nem Orque, pois essa estrada conduz a Dungortheb e à região do terror entre Gorgoroth e o Cinturão de Melian; e há muito desapareceu na mata, ou se reduziu a uma trilha entre ervas daninhas e espinhos rastejantes."[21]

Então Tuor olhou para onde Voronwë apontava, e muito longe divisou um brilho, como de águas abertas sob a breve luz da aurora; mas além assomava uma escuridão, lá onde a grande floresta de Brethil subia para um distante planalto ao sul. Então, cautelosos, seguiram caminho descendo pelo lado do vale, até que finalmente chegaram à antiga via que descia do encontro dos caminhos nas fronteiras de Brethil, onde ela cruzava a estrada vinda de Nargothrond. Então Tuor viu que haviam chegado perto do Sirion. As margens de seu profundo canal tornavam-se mais baixas naquele lugar, e suas águas, estranguladas por grande profusão de pedras,[22] espalhavam-se em amplos baixios, cheios do murmúrio de impacientes riachos. Pouco adiante dali, o rio voltava a se estreitar, e, escavando um novo leito, corria em direção à floresta para desaparecer ao longe, em uma névoa espessa que seus olhos não conseguiam penetrar; pois lá ficava, sem que ele o soubesse, o limite norte de Doriath dentro da sombra do Cinturão de Melian.

Tuor teria corrido logo para o vau, mas Voronwë o reteve, dizendo: "Sobre o Brithiach não podemos passar à luz do dia, não enquanto restar qualquer suspeita de perseguição."

"Então temos de sentar aqui e apodrecer?", perguntou Tuor. "Pois tal suspeita restará enquanto durar o reino de Morgoth. Vem! Sob a sombra do manto de Ulmo teremos de avançar."

Voronwë ainda hesitava e voltou o olhar na direção do oeste; mas a trilha atrás deles estava deserta e tudo era silencioso em volta, a não ser pelo barulho das águas. Ergueu os olhos e o céu estava cinzento e vazio, pois nem mesmo uma ave se movia. Então de repente seu rosto iluminou-se de alegria, e ele exclamou em alta voz: "Está bem! O Brithiach ainda é vigiado pelos inimigos do Inimigo. Os Orques não nos seguirão aqui; e sob a proteção do manto poderemos agora passar sem mais dúvidas."

"O que viste de diferente?", perguntou Tuor.

"Curta é a visão dos Homens Mortais!", disse Voronwë. "Vejo as Águias das Crissaegrim, e estão vindo para cá. Observa um pouco!"

Tuor então pôs-se a observar; e logo, alto no ar, viu três vultos batendo fortes asas, descendo dos distantes picos das montanhas que agora estavam novamente envoltos em nuvens. Lentamente desceram, em grandes círculos, e então mergulharam de repente sobre os viandantes; mas, antes que Voronwë pudesse chamá-los, fizeram a volta, em uma ampla curva precipitada, e voaram para o norte ao longo da linha do rio.

"Agora vamos", disse Voronwë. "Se houver algum Orque por perto, ficará deitado encolhido, com o nariz no chão, até que as águias estejam bem longe."

Desceram rápido por uma longa encosta, e passaram sobre o Brithiach, muitas vezes caminhando a seco sobre plataformas de seixos, ou vadeando nos baixios, com água não além dos joelhos. A água era límpida e muito fria, e havia gelo sobre as poças rasas, onde os riachos errantes haviam se perdido entre as pedras; mas nunca, nem mesmo no Fero Inverno da Queda de Nargothrond, conseguiu o hálito fatal do Norte congelar a correnteza principal do Sirion.[23]

Do outro lado do vau, chegaram a uma ravina, como se fosse o leito de um antigo rio, onde já não corria água; porém outrora uma torrente havia escavado seu fundo canal, descendo do norte, vinda das montanhas das Echoriath, e trazendo de lá todas as pedras do Brithiach para o Sirion.

"Finalmente o encontramos quando não havia mais esperança!", exclamou Voronwë. "Vê! Aqui está a foz do Rio Seco, e aquele é o caminho que temos de trilhar."[24] Então seguiram pela ravina e, à medida que essa se voltava para o norte e as encostas da região subiam íngremes, também suas margens se erguiam de ambos os lados, e Tuor seguia trôpego na luz débil entre as pedras que atulhavam seu leito irregular. "Se isto é uma estrada," disse, "é péssima para os que estão cansados."

"No entanto, é a estrada para Turgon", disse Voronwë.

"Então espanta-me ainda mais", disse Tuor, "que sua entrada esteja aberta e sem vigia. Esperava encontrar um grande portão e forte guarda."

"Isso hás de ver ainda", disse Voronwë. "Este é apenas o acesso. De estrada a chamei; mas por ela ninguém passa há mais de trezentos anos, exceto raros e secretos mensageiros, e toda a arte dos Noldor foi gasta em escondê-la, desde que o Povo Oculto entrou. Está aberta? Tu irias reconhecê-la, se não tivesses alguém do Reino Oculto por guia? Ou terias imaginado que era apenas obra das intempéries e das águas do ermo? E não há ainda as Águias, como tu viste? São o povo de Thorondor, que outrora habitava nas próprias Thangorodrim antes que Morgoth se tornasse tão poderoso, e que agora mora nas Montanhas de Turgon desde a queda de Fingolfin.[25] Apenas elas, além dos Noldor, conhecem o Reino Oculto e guardam os céus acima dele, se bem que até agora nenhum servo do Inimigo tenha ousado voar nas alturas do ar; e trazem muitas notícias ao Rei sobre tudo que se move nas terras de fora. Se fôssemos Orques, não duvide de que teríamos sido agarrados e lançados de grande altura sobre os rochedos impiedosos."

"Não duvido", disse Tuor. "Mas o que gostaria de saber é se as notícias de nossa aproximação agora não chegarão a Turgon mais depressa que nós. E se isso é bom ou mau, apenas tu podes dizer."

"Nem bom, nem mau", disse Voronwë. "Pois não podemos passar pelo Portão Vigiado sem sermos percebidos, quer nos procurem, quer não; e, se lá chegarmos, os Guardas não precisarão de relatos de que não somos Orques. Mas para passarmos necessitaremos de um apelo maior que esse. Pois não imaginas, Tuor, o perigo que havemos de enfrentar nessa hora. Não me culpes, como se não tivesses sido alertado, pelo que poderá acontecer então; tomara que o poderio do Senhor das Águas se mostre de fato! Pois foi apenas com essa esperança que me dispus a te guiar, e, se ela falhar, é mais certo que encontremos a morte que por todos os perigos dos ermos e do inverno."

Mas disse Tuor: "Basta de agouros. A morte nos ermos é certa, e a morte no Portão ainda me é duvidosa, apesar de todas as tuas palavras. Conduze-me ainda em frente!"

Por muitas milhas avançaram penosamente nas pedras do Rio Seco, até que não conseguiram mais prosseguir, e a tardinha trouxe as trevas à profunda fissura; aí saíram, escalando a margem leste, e haviam então chegado às colinas desordenadas que ficavam no sopé das montanhas. E, erguendo os olhos, Tuor viu que elas se erguiam de modo diverso de quaisquer outras montanhas que vira; pois seus flancos eram como muralhas escarpadas, cada um empilhado acima e atrás do mais baixo, como se fossem grandes torres de precipícios com muitos andares. Mas o dia se fora, enquanto todas as terras estavam cinzentas e nebulosas, e o Vale do Sirion estava envolto em sombras. Então Voronwë o levou a uma caverna rasa em uma encosta que dava para as solitárias vertentes de Dimbar, e ali entraram, sorrateiros, e permaneceram escondidos; e comeram suas últimas migalhas e sentiam frio e cansaço extremo, mas não dormiram. Assim Tuor e Voronwë chegaram, ao escurecer do décimo oitavo dia de hísimë, o trigésimo sétimo da sua jornada, às torres das Echoriath e à soleira de Turgon, tendo pelo poderio de Ulmo escapado tanto à Sentença quanto à Malícia.

Quando o primeiro brilho do dia se infiltrou, cinzento, pelas névoas de Dimbar, esgueiraram-se de volta para o Rio Seco, que logo depois voltou seu curso para o leste, subindo tortuoso até as próprias muralhas das montanhas; e bem defronte deles assomou um enorme paredão, erguendo-se escarpado e repentino de uma encosta íngreme na qual crescia uma emaranhada moita de espinheiros. Nessa moita entrava o canal pedregoso e lá ainda estava escuro como a noite; e os dois pararam, pois os espinhos se estendiam muito, descendo pelos lados da ravina, e seus galhos entrelaçados formavam um teto denso sobre ele, tão baixo que muitas vezes Tuor e Voronwë tinham de se arrastar para sob ele passarem, como animais voltando furtivamente ao covil.

Mas por fim, com grande esforço tendo chegado ao próprio sopé do penhasco, encontraram uma abertura, como se fosse a boca de um túnel escavado na dura rocha por águas que tivessem fluído do coração das montanhas. Entraram, e lá dentro não havia luz, mas Voronwë avançava com constância, enquanto Tuor seguia com a mão em seu ombro, um pouco encurvado, pois o teto era baixo. Assim, durante algum tempo prosseguiram às cegas, passo a passo, até que finalmente sentiram o chão sob seus pés tornar-se plano e livre de pedras soltas. Então detiveram-se e respiraram fundo, parados a escutar. O ar parecia fresco e saudável, e eles se deram conta de um grande espaço à sua volta e acima deles; mas o silêncio era total e nem mesmo o pingar da água se podia ouvir. Pareceu a Tuor que Voronwë estava inquieto e inseguro, e sussurrou: "Então onde está o Portão Vigiado? Ou será que agora já passamos por ele?"

"Não", disse Voronwë. "Porém me espanto, pois é estranho que qualquer intruso consiga se esgueirar tão longe sem ser interpelado. Temo algum golpe no escuro."

Mas seus sussurros despertaram os ecos adormecidos, e aumentaram e se multiplicaram e percorreram o teto e as paredes invisíveis, aos silvos e murmúrios como o som de muitas vozes furtivas. E, justamente quando os ecos morriam na pedra, Tuor escutou, do coração das trevas, uma voz falando nas línguas-élficas: primeiro na alta fala dos Noldor, que ele não conhecia; e depois na língua de Beleriand, porém de maneira um tanto estranha a seus ouvidos, como de um povo há muito separado dos seus parentes.[26]

"Parai!", exclamou. "Não vos movais! Ou morrereis, sejais inimigos ou amigos."

"Somos amigos", disse Voronwë.

"Então fazei o que mandamos", respondeu a voz.

O eco das suas vozes desfez-se em silêncio. Voronwë e Tuor ficaram imóveis, e pareceu a Tuor que muitos longos minutos se passaram, enquanto um temor penetrava seu coração como nenhum outro perigo de seu caminho lhe trouxera. Ouviu-se, então, o ruído de passos, crescendo para um tropel alto como a marcha de trols naquele lugar oco. De repente uma lanterna-élfica foi destapada e seu raio luminoso voltou-se sobre Voronwë diante dele, mas Tuor nada conseguia ver senão uma estrela ofuscante na escuridão; e sabia que, enquanto aquele facho estivesse sobre ele, não poderia se mexer, nem para fugir nem para correr adiante.

Por um momento ficaram assim retidos no olho da luz e então a voz falou outra vez, dizendo: "Mostrai vossos rostos!" E Voronwë afastou o manto, e seu rosto brilhou no raio, duro e claro, como se fosse esculpido em pedra; e Tuor maravilhou-se de ver sua beleza. Então perguntou Voronwë, altivo: "Não sabeis a quem vedes? Sou Voronwë, filho de Aranwë, da Casa de Fingolfin. Ou estou esquecido em minha própria terra depois de alguns anos? Muito além de onde alcança o pensamento da Terra-média vaguei, no entanto me recordo de tua voz, Elemmakil."

"Então Voronwë hás de recordar também as leis da sua terra", disse a voz. "Já que partiu sob comando, ele tem o direito a retornar. Mas não a trazer algum estranho para cá. Por esse feito, seu direito é nulo, e deve ser conduzido como prisioneiro ao julgamento do rei. Quanto ao estrangeiro, há de ser morto ou mantido em cativeiro conforme o julgamento da Guarda. Traze-o aqui para que eu possa julgar."

Então Voronwë conduziu Tuor até a luz, e, ao se aproximarem, muitos Noldor, trajando cota de malha e armados, saíram da escuridão e os cercaram com espadas desembainhadas. E Elemmakil, capitão da Guarda, que trazia a lanterna luminosa, os olhou longamente e de perto.

"Isso é estranho de tua parte, Voronwë", disse. "Fomos amigos por muito tempo. Então por que me colocas de modo tão cruel entre a lei e a amizade? Se tivesses trazido para cá, sem autorização, alguém das outras casas dos Noldor, já seria bastante. Mas trouxeste ao conhecimento do Caminho um

Homem mortal — pois pelos seus olhos percebo sua gente. Ele, porém, nunca mais poderá seguir livre, conhecendo o segredo; e, por ser alguém de gente alheia que ousou entrar, eu deveria matá-lo, por muito que seja teu amigo e te seja caro."

"Na vastidão do mundo lá fora, Elemmakil, podem acontecer-nos muitas coisas estranhas e podemos ser incumbidos de tarefas inesperadas", respondeu Voronwë. "O viandante retorna diverso do que partiu. O que fiz foi feito sob um comando maior que a lei da Guarda. Só o Rei deveria julgar a mim e àquele que vem comigo."

Então Tuor falou e não temeu mais. "Venho com Voronwë, filho de Aranwë, porque ele foi designado pelo Senhor das Águas para ser meu guia. Com esse fim, foi salvo da ira do Mar e da Sentença dos Valar. Pois trago um mandado de Ulmo para o filho de Fingolfin, e a ele vou dizê-lo."

A essas palavras Elemmakil fitou Tuor com espanto. "Então quem és tu?", perguntou. "E de onde vens?"

"Sou Tuor, filho de Huor da Casa de Hador e da família de Húrin, e estes nomes, segundo me disseram, não são desconhecidos no Reino Oculto. De Nevrast eu vim e muitos perigos atravessei para buscá-lo."

"De Nevrast?", perguntou Elemmakil. "Dizem que ninguém mora lá desde que nossa gente partiu."

"Dizem a verdade", respondeu Tuor. "Desertos e frios estão os pátios de Vinyamar. No entanto, é de lá que venho. Leva-me agora ao que outrora construiu aqueles salões."

"Em assuntos de tal grandeza, o julgamento não é meu", disse Elemmakil. "Portanto vou levar-vos à luz onde mais poderá ser revelado e vos entregarei ao Guardião do Grande Portão."

Então deu uma ordem, e Tuor e Voronwë foram postos entre altos guardas, dois à frente e três atrás deles; e seu capitão os levou da caverna da Guarda Externa, e entraram, ao que pareceu, em um corredor estreito e nele caminharam muito tempo sobre um chão plano, até que uma luz pálida reluziu à frente. Assim chegaram finalmente a um amplo arco, com colunas altas de ambos os lados, esculpidas na rocha, e entre elas estava suspenso

DE TUOR E SUA CHEGADA A GONDOLIN

um grande portão corrediço de barras de madeira cruzadas, maravilhosamente entalhado e guarnecido de pregos de ferro.

Elemmakil tocou-o e ele se ergueu sem ruído, e eles passaram; e Tuor viu que estavam na extremidade de uma ravina, tal como nunca antes contemplara nem imaginara, embora muito tivesse caminhado nas montanhas selvagens do Norte; pois, comparado com a Orfalch Echor, a Cirith Ninniach era apenas um sulco na rocha. Aqui as mãos dos próprios Valar, nas antigas guerras do princípio do mundo, haviam apartado à força as grandes montanhas, e as laterais da fenda eram escarpadas como se cortadas a machado, e erguiam-se a alturas inimagináveis. No alto, bem longe, corria uma faixa de firmamento, e com seu azul profundo contrastavam picos negros e píncaros recortados, remotos, mas duros, cruéis como lanças. Demasiado altas eram aquelas muralhas enormes para que o sol do inverno lhes espiasse por cima, e, embora já fosse dia claro, estrelas brilhavam pálidas sobre os cimos das montanhas, e lá embaixo tudo era penumbra, a não ser pela luz fraca das lanternas colocadas ao longo da estrada ascendente. Pois o piso da ravina apresentava um aclive pronunciado, na direção leste, e à esquerda Tuor viu, ao lado do leito do rio, um caminho largo, calçado e pavimentado com pedras, subindo sinuoso até se perder na sombra.

"Passastes pelo Primeiro Portão, o Portão de Madeira", disse Elemmakil. "Lá está o caminho. Precisamos nos apressar."

A que distância aquela estrada profunda levava Tuor não conseguia imaginar, e, enquanto olhava à frente, uma grande exaustão abateu-se sobre ele como uma nuvem. Um vento gélido assobiava sobre as faces das pedras, e ele se enrolou mais no manto. "Sopra frio o vento do Reino Oculto!", disse.

"Sim, de fato," disse Voronwë, "a um estrangeiro poderia parecer que o orgulho tornou impiedosos os serviçais de Turgon. Longas e árduas parecem as léguas dos Sete Portões aos famintos e extenuados."

"Se nossa lei fosse menos rigorosa, há muito a astúcia e o ódio teriam entrado e nos destruído. Isso tu sabes bem", disse Elemmakil. "Mas não somos impiedosos. Aqui não há comida, e o desconhecido não pode voltar por um portão que tenha atravessado. Suporta um pouco, pois, e no Segundo Portão receberás alimento."

"Está bem", disse Tuor, e prosseguiu conforme lhe mandaram. Pouco depois virou-se e viu que Elemmakil seguia sozinho com Voronwë. "Não há mais necessidade de guardas", disse Elemmakil, lendo seus pensamentos. "Da Orfalch não há como Elfo ou Homem escapar, e não há retorno."

Assim continuaram subindo o caminho íngreme, às vezes por longas escadarias, às vezes por aclives sinuosos, sob a sombra intimidante do penhasco, até que, a cerca de meia légua do Portão de Madeira, Tuor viu que o caminho estava barrado por um grande muro construído de lado a lado da ravina, com robustas torres de pedra de ambos os flancos. No muro havia um grande arco sobre a estrada, mas parecia que pedreiros o haviam bloqueado com uma única pedra enorme. À medida que se aproximavam, sua superfície escura e polida brilhava à luz de uma lâmpada branca suspensa sobre o meio do arco.

"Aqui está o Segundo Portão, o Portão de Pedra", disse Elemmakil; e, aproximando-se dele, empurrou-o de leve. Ele girou sobre um eixo invisível até ficar com a borda voltada para eles, e o caminho abriu-se de ambos os lados; e passaram, entrando em um pátio onde estavam de pé muitos guardas armados, trajados de cinza. Nenhuma palavra se pronunciou, mas Elemmakil levou os que vigiava até uma câmara debaixo da torre setentrional; e lá trouxeram-lhes comida e vinho, e permitiram-lhes descansar um pouco.

"Escasso o alimento pode parecer", disse Elemmakil a Tuor. "Mas, se for provado aquilo que afirmas, no futuro há de ser ricamente compensado."

"É suficiente", disse Tuor. "Fraco seria o coração que necessitasse de melhor cura." E de fato a bebida e comida dos Noldor o restauraram de tal modo que logo estava ansioso por prosseguir.

Logo adiante chegaram a uma muralha ainda mais alta e forte do que a anterior e nela estava instalado o Terceiro Portão, o

DE TUOR E SUA CHEGADA A GONDOLIN

Portão de Bronze: uma grande porta dupla onde estavam suspensos escudos e placas de bronze, nos quais haviam sido gravados muitas figuras e sinais estranhos. Na muralha acima do seu lintel havia três torres quadradas, com telhados e revestimentos de cobre, que através de algum estratagema da arte de forjar estavam sempre brilhantes e reluziam como fogo aos raios das lâmpadas vermelhas alinhadas como tochas ao longo da muralha. Mais uma vez passaram pelo portão em silêncio e viram no pátio do outro lado uma companhia ainda maior de guardas, em cota de malha que refulgia pálida como fogo baço, e as lâminas de seus machados eram vermelhas. Os que vigiavam esse portão eram em sua maior parte do povo dos Sindar de Nevrast.

Então chegaram ao caminho mais cansativo, pois no meio da Orfalch o aclive era o mais íngreme, e enquanto subiam, Tuor viu a maior de todas as muralhas assomando sombria acima dele. Assim se aproximaram por fim do Quarto Portão, o Portão de Ferro Forjado. Alta e negra era a muralha, e nenhuma lâmpada a iluminava. Quatro torres de ferro estavam assentadas sobre ela, e entre as duas torres internas estava colocada uma imagem de uma grande águia, trabalhada em ferro, à semelhança do próprio Rei Thorondor, pousado em uma montanha vindo da altura dos ares. Mas quando Tuor estava parado diante do portão pareceu a seus olhos maravilhados que olhava através de ramos e troncos de árvores imperecíveis, para dentro de uma pálida clareira da Lua. Pois vinha uma luz através das filigranas do portão, que eram forjadas e marteladas em forma de árvores com raízes contorcidas e ramos entrelaçados carregados de folhas e flores. E ao atravessar viu como isso podia acontecer; pois a muralha era de grande espessura, e não havia uma grade e sim três alinhadas, dispostas de forma que, para quem se aproximasse no meio do caminho, cada uma formasse parte do desenho, mas a luz além era a luz do dia.

Pois agora haviam subido a grande altura acima das terras baixas de onde haviam partido, e para além do Portão de Ferro a estrada seguia quase nivelada. Ademais, tinham passado pelo cimo e coração das Echoriath, e as torres das montanhas agora desciam rapidamente em direção das colinas internas, enquanto a ravina se abria mais e suas paredes se tornavam menos íngremes. Suas longas margens estavam recobertas de neve branca, e a luz do firmamento, espelhada pela neve, passava branca como o luar através de uma névoa tremeluzente que enchia o ar.

Passaram então pelas fileiras dos Guardas de Ferro que estavam atrás do Portão; negros eram seus mantos, bem como suas malhas e seus longos escudos, e seus rostos eram mascarados por viseiras que ostentavam cada uma um bico de águia. Então Elemmakil andou à frente e eles o seguiram, entrando na luz pálida; e Tuor viu ao lado do caminho um gramado, onde cresciam como estrelas as flores brancas de *uilos*, a Sempre-em-mente que não conhece estação e não murcha;[27] e assim, maravilhado e de coração leve, foi conduzido ao Portão de Prata.

O muro do Quinto Portão era construído de mármore branco, e era baixo e largo, e seu parapeito era uma treliça de prata entre cinco grandes globos de mármore; e lá estavam parados muitos arqueiros de vestes brancas. O portão tinha a forma de três quartos de círculo e era trabalhado de prata e pérolas de Nevrast à semelhança da Lua; mas acima do Portão, sobre o globo central, havia uma imagem da Árvore Branca Telperion, trabalhada de prata e malaquita, com flores feitas de grandes pérolas de Balar.[28] E além do Portão, em um amplo pátio calçado de mármore verde e branco, estavam parados arqueiros em cotas de malha de prata e elmos de cristas brancas, cem de cada flanco. Então Elemmakil conduziu Tuor e Voronwë por suas fileiras silenciosas, e os três entraram em uma longa estrada branca que seguia reto para o Sexto Portão; e, à medida que avançavam, o gramado tornava-se mais largo, e entre as estrelas brancas de *uilos* abriam-se muitas florezinhas como olhos de ouro.

Assim chegaram ao Portão Dourado, o último dos antigos portões de Turgon que foram feitos antes das Nirnaeth; e era muito semelhante ao Portão de Prata, exceto que o muro era construído de mármore amarelo e os globos e o parapeito eram de ouro vermelho; e havia seis globos e no meio, sobre uma pirâmide dourada, estava posta uma imagem de Laurelin, a Árvore do Sol, com flores trabalhadas em topázio, em longos cachos em correntes de ouro. E o próprio Portão era adornado com discos de ouro, de muitos raios, à semelhança do Sol, colocados entre desenhos de granadas e topázios e diamantes amarelos. No pátio do outro lado estavam perfilados trezentos arqueiros com arcos longos, e suas malhas eram cobertas de ouro, altas plumas douradas erguiam-se de seus elmos e seus grandes escudos redondos eram vermelhos como chamas.

Agora caía a luz do sol sobre o restante da estrada, pois as muralhas das colinas eram baixas de ambos os lados, e verdes, exceto pela neve nos cimos; e Elemmakil apressou-se em prosseguir, pois era um caminho curto até o Sétimo Portão, chamado o Grande, o Portão de Aço que Maeglin construiu após o retorno das Nirnaeth, atravessado na ampla entrada da Orfalch Echor.

Não havia muro lá, mas dos dois lados havia torres redondas de grande altura, com muitas janelas, que convergiam em sete andares até um torreão de aço brilhante, e entre as torres erguia-se uma enorme cerca de aço que não enferrujava, mas rebrilhava fria e branca. Sete grandes colunas de aço lá havia, esguias, da altura e diâmetro de árvores jovens e fortes, mas encimadas por pontas acres que subiam aguçadas como agulhas; e entre as colunas havia sete barras transversais de aço, e em cada espaço sete vezes sete hastes de aço verticais, com cabeças como as lâminas largas de lanças. Mas no centro, sobre a coluna do meio, a maior, erguia-se uma enorme imagem do elmo real de Turgon, a Coroa do Reino Oculto, cravejada de diamantes.

Nem portão ou porta Tuor conseguia ver naquela enorme sebe de aço, mas, à medida que se aproximava, parecia-lhe que saía pelos espaços entre as barras uma luz ofuscante, e cobriu os olhos, permanecendo imóvel de temor e espanto. Mas Elemmakil avançou e nenhum portão abriu-se ao seu toque; mas ele tangeu uma barra e a cerca ressoou como uma harpa de muitas cordas, emitindo notas nítidas em harmonia, que correram de torre a torre.

De pronto saíram cavaleiros das torres, mas à frente dos da torre norte vinha um montado em um cavalo branco; e apeou e veio caminhando na direção deles. Por alto e nobre que fosse Elemmakil, maior e mais soberbo era Ecthelion, Senhor das Fontes, naquela época Guardião do Grande Portão.[29] Todo de prata estava trajado, e em seu elmo brilhante estava fixada uma ponta de aço encimada por um diamante; e, quando seu escudeiro lhe tomou o escudo, este cintilou como se estivesse orvalhado de gotas de chuva, que eram na verdade mil pinos de cristal.

Elemmakil saudou-o e disse: "Trago aqui Voronwë Aranwion, retornado de Balar; e eis o estrangeiro que ele conduziu para cá, que exige ver o Rei."

Então Ecthelion voltou-se para Tuor, mas este se enrolou no manto e permaneceu em silêncio, encarando-o; e pareceu a Voronwë que uma névoa envolvia Tuor e que sua estatura aumentava, de modo que o cimo do seu alto capuz sobrepujou o elmo do senhor-élfico, como se fosse a crista de uma onda cinzenta do mar, rolando para terra. Mas Ecthelion voltou seu olhar luzidio para Tuor, e depois de uma pausa falou com gravidade:[30] "Tu chegaste ao Último Portão. Sabe, pois, que qualquer estranho que o atravesse jamais há de sair outra vez, exceto pela porta da morte."

"Não pronuncies maus agouros! Se o mensageiro do Senhor das Águas passar por essa porta, então todos os que aqui habitam o seguirão. Senhor das Fontes, não impeças o mensageiro do Senhor das Águas!"

Então Voronwë e todos os que estavam por perto outra vez fitaram Tuor com assombro, maravilhando-se com suas palavras e sua voz. E pareceu a Voronwë que ouvia uma alta voz, mas como se fosse de alguém que chamasse de muito longe. Mas a Tuor parecia que ouvia a si próprio falando, como se outro falasse por sua boca.

Por algum tempo, Ecthelion quedou-se em silêncio, olhando para Tuor, e lentamente seu rosto encheu-se de pasmo, como se na sombra cinzenta do manto de Tuor enxergasse visões de

DE TUOR E SUA CHEGADA A GONDOLIN

muito longe. Então fez uma reverência, foi à cerca e pôs as mãos sobre ela, e abriram-se portões para dentro, de ambos os lados da coluna da Coroa. Então Tuor passou e, chegando a um alto gramado de onde se divisava o vale mais além, contemplou uma visão de Gondolin em meio à branca neve. E ficou tão encantado que por muito tempo não conseguiu olhar para nada mais, pois diante de si via afinal a visão do seu desejo, saída de anseios sonhados.

Assim ficou parado e não disse palavra. Em silêncio, de ambos os lados, estava postada uma hoste do exército de Gondolin; lá estavam representadas todas as sete gentes dos Sete Portões, mas seus capitães e comandantes montavam cavalos, brancos e cinzentos. Então, enquanto fitavam Tuor com espanto, seu manto caiu e lá estava ele diante deles na imponente libré de Nevrast. E muitos que estavam ali haviam visto o próprio Turgon pendurar aqueles objetos na parede por trás do Alto Assento de Vinyamar.

Então disse Ecthelion por fim: "Agora não é necessária mais nenhuma prova; e mesmo o nome que afirma ter, como filho de Huor, importa menos que a clara verdade de que ele vem do próprio Ulmo."[31]

NOTAS

[1]Em *O Silmarillion*, p. 266, está dito que, quando os Portos de Brithombar e Eglarest foram destruídos no ano seguinte às Nirnaeth Arnoediad, aqueles Elfos do Falas que escaparam foram com Círdan à Ilha de Balar, "e fizeram um refúgio para todos os que pudessem chegar até lá; pois mantinham um posto também nas Fozes do Sirion, e ali muitos navios leves e rápidos ficavam escondidos nos riachos e nas águas, onde os caniços eram tão densos quanto uma floresta ".

[2]Existem referências em outros lugares às lanternas dos noldorin, de luz azul, apesar de não constarem do texto publicado de *O Silmarillion*. Em versões anteriores da história de Túrin, Gwindor, o Elfo de Nargothrond que escapou de Angband e foi encontrado por Beleg na floresta de Taur-nu-Fuin, possuía uma dessas lanternas (ela pode ser vista no quadro que meu pai faz desse encontro, ver *Pictures by J.R.R. Tolkien*, 1979, nº 37); e foi o fato de a lanterna de Gwindor ter sido derrubada e descoberta, de modo que sua luz se liberasse, que mostrou a Túrin o rosto de Beleg, a quem matara. Em uma nota sobre a história de Gwindor elas são chamadas de "lanternas fëanorianas", das quais

os próprios Noldor não conheciam o segredo; e lá são descritas como "cristais suspensos em uma fina rede de correntes, cristais que brilham sempre com uma radiação azul interior".

[3]"O sol há de brilhar sobre teu caminho." — Na história contada em *O Silmarillion*, muito mais breve, não há relato de como Tuor encontrou o Portão dos Noldor, nem qualquer menção dos Elfos Gelmir e Arminas. Eles constam, no entanto, da história de Túrin (*O Silmarillion*, pp. 285–86) como os mensageiros que trouxeram o alerta de Ulmo a Nargothrond; e lá se diz que pertencem ao povo de Angrod, filho de Finarfin, que após a Dagor Bragollach viveu no sul com Círdan, o Armador. Em uma versão mais longa da história de como chegaram a Nargothrond, Arminas, fazendo uma comparação desfavorável entre Túrin e seu parente, fala sobre seu encontro com Tuor "nos ermos de Dor-lómin"; ver p. 224.

[4]Em *O Silmarillion*, p. 120, conta-se que, quando Morgoth e Ungoliant lutaram nessa região pela posse das Silmarils, "Morgoth soltou um grito terrível, que ecoou nas montanhas. Portanto, essa região passou a ser chamada de Lammoth; pois os ecos da voz dele habitaram ali para sempre depois disso, de modo que qualquer um que gritasse naquela terra os despertava, e todo o ermo entre os montes e o mar ficava repleto de um clamor como o de vozes em angústia". Aqui, por outro lado, tem-se o conceito de que qualquer som lá pronunciado era amplificado em sua própria natureza; e essa ideia claramente também está presente no início do capítulo 13 de *O Silmarillion*, em que (em um trecho muito semelhante a este) "na hora em que os Noldor puseram os pés na praia, seus gritos foram tomados pelas colinas e multiplicados, de modo que um clamor, como de incontáveis vozes poderosas, encheu todas as costas do Norte". Parece que de acordo com uma das "tradições", Lammoth e Ered Lómin (as Montanhas Ressoantes) foram chamados assim porque retiveram os ecos do terrível grito de Morgoth ao lutar com Ungoliant; ao passo que, de acordo com a outra, os nomes são simplesmente descritivos da natureza dos sons naquela região.

[5]Ver *O Silmarillion*, p. 289: "E Túrin apressou-se pelos caminhos para o norte, através das terras agora desoladas entre o Narog e o Teiglin, e o Fero Inverno desceu para encontrá-lo; pois, naquele ano, a neve caiu antes que o outono fosse passado, e a primavera veio tarde e fria."

[6]Em *O Silmarillion*, p. 179, conta-se que, quando Ulmo surgiu a Turgon em Vinyamar e o mandou ir para Gondolin, advertiu: "Assim, pode vir a ocorrer que a maldição dos Noldor haja de te encontrar também antes do fim, e que a traição desperte dentro de tuas muralhas. Então elas hão de estar em perigo de fogo. Mas, se esse perigo estiver próximo de fato, então desta mesma Nevrast alguém há de vir para te alertar, e dele, para além da ruína e do fogo, a esperança há de nascer para Elfos e Homens. Deixa, portanto, nesta casa armadura e uma espada para que, em anos do porvir, ele possa achá-las, e assim tu hás

DE TUOR E SUA CHEGADA A GONDOLIN

de reconhecê-lo e não te enganarás." E Ulmo declarou a Turgon de que tipo e estatura haviam de ser o elmo, a cota de malha e a espada que deixaria para trás.

[7]Tuor foi o pai de Eärendil, que foi o pai de Elros Tar-Minyatur, primeiro Rei de Númenor.

[8]Esse trecho deve referir-se ao alerta de Ulmo trazido a Nargothrond por Gelmir e Arminas; ver pp. 223 ss.

[9]As Ilhas Sombrias são muito provavelmente as Ilhas Encantadas descritas no final do capítulo 11 de *O Silmarillion*, que "estendiam-se como uma rede nos Mares Sombrios, do norte ao sul", na época da Ocultação de Valinor.

[10]Ver *O Silmarillion*, p. 266: "A pedido de Turgon, Círdan construiu sete navios velozes, e eles velejaram para o Oeste; mas nenhuma notícia deles jamais voltou a Balar, salvo de um, o último. Os marinheiros daquele navio muito sofreram no mar e, retornando afinal em desespero, afundaram em uma grande tempestade à vista das costas da Terra-média; mas um deles foi salvo por Ulmo da ira de Ossë, e as ondas o levantaram e o lançaram à terra em Nevrast. Seu nome era Voronwë; e ele era um daqueles que Turgon enviara como mensageiro de Gondolin." Ver também *O Silmarillion*, p. 319.

[11]As palavras de Ulmo a Turgon aparecem no capítulo 15 de *O Silmarillion* na forma: "Lembra-te de que a verdadeira esperança dos Noldor jaz no Oeste e vos vem do Mar", e "Mas, se esse perigo estiver próximo de fato, então desta mesma Nevrast alguém há de vir para te alertar".

[12]Nada se diz em *O Silmarillion* sobre o destino ulterior de Voronwë após retornar a Gondolin com Tuor; mas na história original ("De Tuor e dos Exilados de Gondolin") ele estava entre os que escaparam do saque da cidade — como aqui implicam as palavras de Tuor.

[13]Ver *O Silmarillion*, p. 221: "[Turgon] acreditava também que o fim do Cerco de Angband era o princípio da queda dos Noldor, a menos que viesse auxílio; e enviou companhias dos Gondolindrim em segredo para as fozes do Sirion e para a Ilha de Balar. Ali construíram navios e içaram vela para o extremo Oeste a mando de Turgon, buscando a Valinor para pedir o perdão e o auxílio dos Valar; e imploraram às aves do mar que os guiassem. Mas os mares eram selvagens e vastos, e sombra e encantamento jaziam sobre eles; e Valinor estava oculta. Portanto, nenhum dos mensageiros de Turgon chegou ao Oeste, e muitos se perderam, e poucos retornaram."

Em um dos "textos constituintes" de *O Silmarillion* diz-se que, apesar de os Noldor "não possuírem a arte da construção de navios, e todos os barcos que construíram terem afundado ou terem sido soprados de volta pelos ventos", ainda assim após a Dagor Bragollach "Turgon manteve sempre um refúgio secreto na Ilha de Balar"; e quando, depois das Nirnaeth Arnoediad, Círdan e o remanescente de seu povo fugiram de Brithombar e Eglarest para Balar, "eles se misturaram com o posto avançado de Turgon ali". Mas esse elemento da história foi rejeitado, e assim, no texto publicado de *O Silmarillion*, não há referência ao estabelecimento de habitações em Balar por parte dos Elfos de Gondolin.

[14]Os bosques de Núath não são mencionados em *O Silmarillion*, e não estão marcados no mapa que o acompanha. Estendiam-se para oeste, das cabeceiras do Narog em direção à nascente do rio Nenning.

[15]Ver *O Silmarillion*, p. 283: "Finduilas, filha de Orodreth, o Rei, reconheceu-o [Gwindor] e o acolheu, pois o amara antes das Nirnaeth, e tão grandemente Gwindor amava a beleza dela que lhe deu o nome de Faelivrin, isto é, o brilho do sol nas lagoas de Ivrin."

[16]O rio Glithui não é mencionado em *O Silmarillion* e não tem nome no mapa, apesar de estar mostrado: um afluente do Teiglin que se une a esse rio um pouco ao norte da foz do Malduin.

[17]Há referência a essa estrada em *O Silmarillion*, p. 277: "a antiga estrada que atravessava o longo desfiladeiro do Sirion, passando pela ilha onde Minas Tirith de Finrod tinha ficado, depois pela terra entre o Malduin e o Sirion, através das fímbrias de Brethil até as Travessias do Teiglin."

[18]"Morte aos *Glamhoth*!" Este nome, apesar de não ocorrer em *O Silmarillion* nem em *O Senhor dos Anéis*, era um termo geral no idioma sindarin para os Orques. O significado é "horda-do-alarido", "hoste do tumulto"; ver a espada de Gandalf, *Glamdring*, e *Tol-in-Gaurhoth*, a Ilha (da hoste) dos Lobisomens.

[19]*Echoriath*: As Montanhas Circundantes em volta da planície de Gondolin. *Ered e·mbar nín*: as montanhas de meu lar.

[20]Em *O Silmarillion*, p. 271, Beleg de Doriath relatou a Túrin (alguns anos antes da época narrativa presente) que os Orques haviam feito uma estrada através do Passo de Anach, "e Dimbar, que costumava ter paz, está caindo sob a Mão Negra".

[21]Por essa estrada Maeglin e Aredhel fugiram a Gondolin, perseguidos por Eöl (capítulo 16 de *O Silmarillion*); e mais tarde Celegorm e Curufin a tomaram quando foram expulsos de Nargothrond (*ibid.*, p. 241). Só no presente texto há qualquer menção de que se estendia a oeste, até o antigo lar de Turgon em Vinyamar sob o Monte Taras; e seu traçado não está marcado no mapa, desde sua junção com a antiga estrada do sul para Nargothrond, na margem noroeste de Brethil.

[22]O nome *Brithiach* contém o elemento *brith*, "cascalho", como aparece também no rio *Brithon* e no porto de *Brithombar*.

[23]Em uma versão paralela do texto neste ponto, quase certamente rejeitada em favor da publicada, os viajantes não atravessaram o Sirion pelo Vau de Brithiach, e sim chegaram ao rio várias léguas mais ao norte. "Trilharam um

DE TUOR E SUA CHEGADA A GONDOLIN

caminho penoso até a margem do rio, e lá Voronwë exclamou: 'Vê que espan-toso! É um presságio ao mesmo tempo bom e mau. O Sirion está congelado, embora nenhuma história relate fato semelhante desde que os Eldar chegaram do Leste. Assim poderemos passar e poupar muitas milhas cansativas, dema-siado longas para nossas forças. Porém dessa forma também outros podem ter passado, ou poderão nos seguir.' Atravessaram o rio pelo gelo, sem impedi-mento, e "assim os conselhos de Ulmo transformaram a malícia do Inimigo em auxílio, pois o caminho foi encurtado; e, quando quase não lhes restava esperança e forças, Tuor e Voronwë chegaram por fim ao Rio Seco, lá onde ele surgia do sopé das montanhas."

[24]Ver *O Silmarillion*, p. 178: "Mas havia um caminho profundo sob as monta-nhas, escavado na escuridão do mundo por águas que corriam para se unir às torrentes do Sirion; e esse caminho Turgon achou e, assim, chegou à planície verdejante em meio às montanhas e viu a colina-ilha postada lá, de pedra dura e lisa; pois o vale fora um grande lago em dias antigos."

[25]Não está dito em *O Silmarillion* que as grandes águias tivessem habitado em Thangorodrim. No capítulo 13 (pp. 159–60) Manwë "enviara a raça das Águias, ordenando-lhes que habitassem nas encostas do Norte e vigiassem Morgoth"; ao passo que no capítulo 18 (p. 214) Thorondor "veio com toda pressa de seu ninho, em meio aos picos das Crissaegrim" para resgatar o corpo de Fingolfin diante dos portões de Angband. Ver também *O Retorno do Rei*, VI, 4: o "velho Thorondor, que construiu seus ninhos nos picos inacessíveis das Montanhas Circundantes quando a Terra-média era jovem". É muito provável que o conceito de que Thorondor de início habitava nas Thangorodrim, que também se encontra em um texto primitivo de *O Silmarillion*, tenha mais tarde sido abandonado.

[26]Em *O Silmarillion* nada se diz especificamente acerca da fala dos Elfos de Gondolin; mas esse trecho sugere que, para alguns deles, a alta fala (quenya) era de uso comum. Está afirmado em um ensaio linguístico tardio que o quenya era de uso diário na casa de Turgon, e era a fala da infância de Eärendil; mas que "para a maioria do povo de Gondolin se tornara uma linguagem dos livros; e eles, assim como os demais Noldor, usavam o sindarin nas conversas diárias". Ver *O Silmarillion*, p. 185: após o edito de Thingol "os Exilados ado-taram a língua sindarin em todos os seus usos diários, e a alta fala do Oeste era usada apenas pelos senhores dos Noldor entre eles mesmos. Contudo, aquela fala sobreviveu para sempre como linguagem de saber onde quer que alguém daquele povo habitasse".

[27]Essas eram as flores que cresciam em abundância nos morros tumulares dos Reis de Rohan sob Edoras, e que Gandalf chamou na língua dos Rohirrim (con-forme foi traduzida em anglo-saxão) *simbelmynë*, isto é, "Sempre-em-Mente", "pois florescem em todas as estações do ano e crescem onde repousam os homens mortos" (*As Duas Torres*, III, 6). O nome élfico *uilos* só aparece

nesse trecho, mas a palavra se encontra também em *Amon Uilos*, como foi traduzido em sindarin o nome quenya *Oiolossë* ("Sempre-branca-neve", a Montanha de Manwë). Em "Cirion e Eorl", a flor recebe outro nome élfico, *alfirin* (p. 407).

[28]Em *O Silmarillion*, p. 136, diz-se que Thingol recompensou os Anãos de Belegost com muitas pérolas: "Estas Círdan lhe dera, pois podiam ser obtidas em grande número nas águas rasas em volta da Ilha de Balar."

[29]Ecthelion da Fonte é mencionado em *O Silmarillion* como um dos capitães de Turgon que guardavam os flancos da hoste de Gondolin quando esta desceu o Sirion na retirada das Nirnaeth Arnoediad, e como quem matou de Gothmog, Senhor de Balrogs, por quem ele próprio foi morto, no ataque à cidade.

[30]Nesse ponto cessa o manuscrito escrito com cuidado, embora muito corrigido, e o restante da narrativa está rabiscado às pressas em um pedaço de papel.

[31]Aqui a narrativa finalmente termina, e restam apenas algumas anotações apressadas com indicações para o curso da história:

Tuor perguntou o nome da Cidade, e lhe disseram seus sete nomes. (É notável, e sem dúvida intencional, que o nome Gondolin nem uma só vez seja usado na narrativa até bem no final [p. 80]: sempre se chama de Reino Oculto ou Cidade Oculta). Ecthelion deu ordem para soar o sinal, e trombetas foram tocadas nas torres do Grande Portão, ecoando nas colinas. Depois de um silêncio, ouviram ao longe trombetas que respondiam, tocadas nas muralhas da cidade. Cavalos foram providenciados (um cinzento para Tuor); e eles cavalgaram até Gondolin.

Deveria seguir-se uma descrição de Gondolin, das escadarias até sua alta plataforma, e seu grande portão; dos montículos (esta palavra é incerta) de mallorns, bétulas e árvores perenes; da Praça da Fonte, da torre do Rei sobre uma arcada com colunas, da casa do Rei, e do estandarte de Fingolfin. Agora surgiria o próprio Turgon, "mais alto de todos os Filhos do Mundo, à exceção de Thingol", com uma espada branca e dourada em uma bainha de marfim, e daria as boas-vindas a Tuor. Maeglin seria visto postado à direita do trono, e Idril, filha do Rei, sentada à esquerda; e Tuor diria a mensagem de Ulmo "para que todos escutassem" ou então "na câmara do conselho".

Outras notas desconjuntadas indicam que haveria uma descrição de Gondolin como Tuor a viu de longe; que o manto de Ulmo desapareceria quando Tuor transmitisse a mensagem a Turgon; que seria explicado por que não havia Rainha de Gondolin; e que seria salientado, ou bem quando Tuor primeiro enxergasse Idril ou então em algum ponto anterior, que ele conhecera ou até mesmo vira poucas mulheres na sua vida. A maioria das mulheres e todas as crianças da companhia de Annael em Mithrim foram mandadas para longe no sul; e, como servo, Tuor só vira as mulheres altivas e bárbaras dos Lestenses, que o tratavam como animal, ou as infelizes escravas forçadas a trabalhar desde a infância, pelas quais só sentia compaixão.

DE TUOR E SUA CHEGADA A GONDOLIN

Pode-se observar que menções posteriores a mallorns em Númenor, Lindon e Lothlórien não sugerem, apesar de não negarem, que essas árvores crescessem em Gondolin nos Dias Antigos (ver pp. 232–33), e que a esposa de Turgon, Elenwë, se perdera muito tempo antes quando da travessia da Helcaraxë pela hoste de Fingolfin (*O Silmarillion*, p. 133).

∽ II ∾

Narn i Hîn Húrin[1]

O Conto dos Filhos de Húrin

A Infância de Túrin

Hador Cabeça-dourada foi um senhor dos Edain, e muito amado pelos Eldar. Viveu, enquanto duraram seus dias, sob o senhorio de Fingolfin, que lhe concedeu amplas terras naquela região de Hithlum que se chamava Dor-lómin. Sua filha Glóredhel casou-se com Haldir, filho de Halmir, senhor dos Homens de Brethil; e no mesmo banquete seu filho Galdor, o Alto, casou-se com Hareth, filha de Halmir.

Galdor e Hareth tiveram dois filhos, Húrin e Huor. Húrin era três anos mais velho, mas tinha estatura menor que outros homens de sua família; puxou nisso à gente de sua mãe, mas em todas as demais coisas era como seu avô Hador, belo de rosto e de cabelos dourados, vigoroso de corpo e de temperamento impetuoso. Porém sua chama interior era constante, e possuía grande força de vontade. Dentre todos os Homens do Norte, era ele quem melhor conhecia os desígnios dos Noldor. Seu irmão Huor era alto, o mais alto de todos os Edain, superado apenas por seu próprio filho Tuor, e um corredor veloz; no entanto, se a corrida fosse longa e dura, Húrin era o primeiro a chegar, pois corria com o mesmo vigor do início ao fim. Havia grande amor entre os irmãos, que raramente se separavam na juventude.

Húrin casou-se com Morwen, a filha de Baragund, filho de Bregolas da Casa de Bëor; portanto, ela era parenta próxima de Beren Uma-Mão. Morwen era alta e de cabelos escuros, e, graças à luz de seu olhar e à beleza de seu rosto, os homens a chamavam Eledhwen, a de beleza-élfica; porém era orgulhosa e de um temperamento um tanto severo. As aflições da

Casa de Bëor entristeciam-lhe o coração, pois viera a Dor-lómin como exilada de Dorthonion após a ruína da Bragollach.

Túrin foi o nome do filho mais velho de Húrin e Morwen, e ele nasceu no ano em que Beren chegou a Doriath e encontrou Lúthien Tinúviel, filha de Thingol. Morwen também deu a Húrin uma filha, que recebeu o nome de Urwen, mas era chamada de Lalaith, que significa Riso, por todos os que a conheceram em sua breve vida.

Huor casou-se com Rían, prima de Morwen; era filha de Belegund, filho de Bregolas. Por força de um destino impiedoso ela nasceu em tais dias, pois era branda de coração e não apreciava a caça nem a guerra. Era cantora e criadora de canções e seu amor era dedicado às árvores e às flores silvestres. Fazia dois meses apenas que estava casada com Huor quando este foi com o irmão às Nirnaeth Arnoediad, e ela jamais voltou a vê-lo.[2]

Nos anos posteriores à Dagor Bragollach e à queda de Fingolfin, a sombra do temor de Morgoth cresceu. Mas, no quadringentésimo sexagésimo nono ano após o retorno dos Noldor à Terra-média, a esperança voltou a mobilizar Elfos e Homens; pois correu entre eles o rumor dos feitos de Beren e Lúthien e da humilhação de Morgoth em seu próprio trono em Angband, e alguns diziam que Beren e Lúthien ainda viviam, ou então que haviam retornado dos Mortos. Naquele ano também estavam quase concluídos os grandes planos de Maedhros, e com a força em renovação dos Eldar e dos Edain, o avanço de Morgoth foi detido, e os Orques, rechaçados de Beleriand. Então alguns começaram a falar de vitórias que haveriam de vir e da reparação da Batalha da Bragollach, quando Maedhros haveria de liderar os exércitos unidos e expulsar Morgoth para os subterrâneos, selando as Portas de Angband.

Porém, os mais sábios ainda estavam apreensivos, temendo que Maedhros revelasse cedo demais sua força em expansão e que Morgoth tivesse tempo suficiente para deliberar contra ele. "Sempre haverá em Angband algum novo mal muito pior do que Elfos e Homens imaginam", diziam. E no outono daquele

CONTOS INACABADOS

ano, para reforçar essas palavras, veio do Norte um vento daninho sob um céu de chumbo. Chamaram-no de Hálito Maligno, pestilento que era; e muitos adoeceram e morreram no outono daquele ano, nas terras setentrionais que faziam limite com a Anfauglith, e eram na sua maioria crianças ou jovens em formação das fileiras dos Homens.

Naquele ano, Túrin, filho de Húrin, tinha apenas cinco anos de idade, e sua irmã Urwen fizera três anos no começo da primavera. Seus cabelos quando corria nos campos eram como os lírios amarelos na grama e seu riso era como o som do alegre riacho que descia cantando dos morros, passando perto dos muros da casa de seu pai. Ele era chamado de Nen Lalaith, e por sua causa toda a gente da família chamava a menina de Lalaith, e o coração de todos ficava contente quando ela estava entre eles.

Mas Túrin era menos amado que ela. Tinha os cabelos escuros da mãe e prometia ser como ela também no temperamento; pois não era alegre e pouco falava, apesar de ter aprendido a falar cedo e sempre parecer mais velho do que na verdade era. Túrin tardava a esquecer as injustiças e as zombarias; mas sabia ser explosivo e colérico, pois o fogo do pai também ardia dentro dele. Por outro lado, estava sempre disposto à compaixão, e as dores e tristezas dos seres vivos podiam levá-lo às lágrimas; E também nisso era como seu pai, pois Morwen era tão severa com os demais como consigo própria. Ele amava a mãe, pois o que ela lhe dizia era franco e sincero; quanto ao pai, pouco o via, já que Húrin passava muito tempo longe de casa com o exército de Fingon, que vigiava os limites orientais de Hithlum, e, quando voltava, sua fala rápida, cheia de palavras estranhas, gracejos e duplos sentidos, o confundia e o deixava inseguro. Naquele tempo, todo o calor de seu coração era dedicado à irmã Lalaith; só que raramente brincava com ela, e preferia vigiá-la sem ser visto e observá-la quando ela caminhava na grama ou sob as árvores, quando cantava as canções como os filhos dos Edain faziam muito tempo atrás, quando o idioma dos Elfos ainda era recente em seus lábios.

89

"Bela como uma criança-élfica Lalaith é", dizia Húrin a Morwen, "porém mais breve, ai de nós! E por isso mais bela, quem sabe, ou mais querida." E Túrin, ao ouvir essas palavras, refletia, mas não conseguia compreendê-las. Porque nunca tinha visto crianças-élficas. Nenhum dos Eldar daquele tempo habitava nas terras de seu pai, e uma vez apenas ele os vira, quando o Rei Fingon e muitos de seus senhores haviam passado cavalgando por Dor-lómin e atravessaram a ponte de Nen Lalaith, reluzindo em prata e branco.

Mas antes que o ano terminasse, a verdade das palavras de seu pai se revelou, pois o Hálito Maligno chegou a Dor-lómin, e Túrin por muito tempo padeceu com febre e sonhos obscuros. E quando se curou, graças ao seu destino e à força vital que nele existia, perguntou por Lalaith. Mas sua ama respondeu: "Não fales mais de Lalaith, filho de Húrin, mas de tua irmã Urwen deves pedir notícias à tua mãe."

E quando Morwen veio ter com ele, Túrin lhe questionou: "Não estou mais doente e quero ver Urwen; mas por que não posso mais dizer Lalaith?"

"Porque Urwen está morta, e o riso acabou nesta casa", explicou ela. "Mas tu vives, filho de Morwen, assim como o Inimigo que nos causou isso."

Ela não procurou consolá-lo, nem a si mesma; pois enfrentava o pesar em silêncio e com frieza de coração. Húrin, por sua vez, lamentava-se abertamente, e apanhou a harpa e estava prestes a compor uma canção de lamento; mas não foi capaz, e quebrou a harpa e, ao sair, ergueu a mão para o Norte, exclamando: "Desfigurador da Terra-média, queria ver-te face a face e desfigurar-te como o fez meu senhor Fingolfin!"

Já Túrin chorou amargamente, sozinho à noite, e jamais voltou a mencionar o nome da irmã na presença de Morwen. Recorreu a um amigo apenas naquela época, e a ele falava de seu pesar e do vazio da casa. Esse amigo chamava-se Sador, um criado a serviço de Húrin; era coxo e de pouca importância. Fora lenhador e, por azar ou mau manejo do machado, golpeara o pé direito, e a perna desprovida de pé encolhera. Túrin o chamava de Labadal, que significa "Manquitola", porém esse nome não desagradava a Sador, pois fora dado por compaixão, não por escárnio. Sador trabalhava nas dependências externas, fazendo ou consertando coisas de pequena valia que eram necessárias na casa, pois tinha alguma habilidade na lida com a madeira; e Túrin lhe trazia o que faltasse para lhe poupar a perna e, às vezes, lhe levava às escondidas alguma ferramenta ou pedaço de madeira que encontrava por ali, caso achasse que o amigo pudesse usá-lo. Então Sador sorria, mas lhe pedia que devolvesse os presentes a seus lugares; "Dá com mão generosa, mas só o que é teu", ensinava ele. Recompensava como podia a bondade do menino e entalhava para ele figuras de homens e animais; mas Túrin deleitava-se mais com as narrativas de Sador, pois este fora jovem nos dias da Bragollach e agora gostava de discorrer sobre seus breves dias de plenitude na idade adulta, antes da mutilação.

"Aquela, contam, foi uma grande batalha, filho de Húrin. Fui retirado de minhas tarefas na floresta pela necessidade que havia naquele ano; mas não estive na Bragollach, do contrário poderia ter sofrido meu ferimento com maior honra. Pois chegamos tarde demais, exceto para levarmos de volta o esquife do velho senhor, Hador, que tombou na guarda do Rei Fingolfin. Servi como soldado depois disso e estive em Eithel Sirion, o grande forte dos reis-élficos, por muitos anos; pelo menos agora assim me parece, e os anos de tédio que se seguiram desde então pouco acrescentaram para alterar essa impressão. Eu estava em Eithel Sirion quando o Rei Sombrio a assaltou, onde Galdor, pai de teu pai, era capitão no lugar do Rei. Ele foi morto no ataque; e vi teu pai assumir seu senhorio e comando, apesar de recém-chegado à idade adulta. Havia nele um fogo que tornava a espada quente em sua mão, diziam. Sob sua liderança, impelimos os Orques para a areia; e desde aquele dia não se atreveram a aparecer à vista das muralhas. Mas, ai de mim!, meu amor pelo combate estava saciado, pois eu vira sangue derramado e ferimentos o bastante; e pedi licença para voltar às florestas pelas quais ansiava. E ali recebi minha ferida; pois um homem que foge do seu medo pode descobrir que somente tomou um atalho para topar com ele."

Desse modo Sador falava a Túrin enquanto este crescia; e Túrin começou a fazer muitas perguntas de difícil resposta, levando Sador a pensar que parentes mais próximos deveriam assumir sua instrução. E certo dia, Túrin lhe perguntou: "Lalaith era mesmo parecida com uma criança-élfica, como disse meu pai? E o que quis dizer quando falou que ela era mais breve?"

"Muito parecida", respondeu Sador, "pois na primeira infância os filhos dos Homens e dos Elfos se assemelham muito. Mas os filhos dos Homens crescem mais depressa, e sua juventude logo passa; é esse nosso destino."

Então Túrin lhe perguntou: "O que é destino?"

"Quanto ao destino dos Homens", instruiu Sador, "deves perguntar àqueles que são mais sábios que Labadal. Mas, como todos podem ver, logo nos cansamos e morremos; e infelizmente muitos encontram a morte ainda antes. Mas os Elfos não se cansam e não morrem, a não ser por um grande ferimento. Eles podem curar-se de feridas e sofrimentos que matariam os Homens; e mesmo quando seus corpos são desfigurados, eles voltam, segundo dizem. Conosco não é assim."

"Então Lalaith não voltará?", perguntou Túrin. "Para onde ela foi?"

"Não voltará", respondeu Sador. "Mas para onde foi nenhum homem sabe; pelo menos não eu."

"Sempre foi assim? Ou quem sabe sofremos alguma maldição do Rei perverso, como o Hálito Maligno?"

"Não sei. Uma treva estende-se atrás de nós, e dela vieram poucos relatos. Os pais de nossos pais podem ter tido coisas para contar, mas não as contaram. Até seus nomes estão esquecidos. As Montanhas se erguem entre nós e a vida da qual vieram, fugindo de algo que ninguém mais conhece."

"Tinham medo?", questionou Túrin.

"Pode ser", disse Sador. "Pode ser que tenhamos fugido do medo das Trevas apenas para encontrá-las aqui diante de nós, sem outro lugar para onde fugir a não ser o Mar."

"Não temos mais medo", assegurou Túrin, "não todos nós. Meu pai não tem medo, e eu não terei; ou pelo menos, como minha mãe, terei medo e não o demonstrarei."

Pareceu então a Sador que os olhos de Túrin não eram como os de uma criança, e pensou: "O sofrimento serve para afiar uma mente firme." Mas em voz alta falou: "Filho de Húrin e Morwen, como será com teu coração Labadal não pode imaginar; mas de vez em quando mostrarás para alguns o que ele contém."

Então Túrin declarou: "Talvez seja melhor não dizer o que se quer, caso não se possa tê-lo. Mas o que eu gostaria, Labadal, era de ser um dos Eldar. Então Lalaith poderia voltar, e eu ainda estaria aqui, mesmo que ela demorasse. Partirei como soldado de um rei-élfico assim que for capaz, assim como tu, Labadal."

"Poderás aprender muito com eles", disse Sador, e suspirou. "São gente bela e maravilhosa e possuem poder sobre o coração dos Homens. E, no entanto, às vezes penso que poderia ter sido melhor se jamais os tivéssemos encontrado, e sim trilhado caminhos mais humildes. Pois eles já são antigos em conhecimento; e são altivos e resistentes. Nosso brilho enfraquece diante de sua luz, ou então consumimos nossa chama de forma muito rápida, e o peso de nosso destino recai com mais força sobre nós."

"Mas meu pai os ama", contestou Túrin "e não é feliz sem eles. Ele diz que aprendemos com eles quase tudo o que sabemos e que fomos transformados em um povo mais nobre; e diz que os Homens que ultimamente têm atravessado as Montanhas são só um pouco melhores que Orques."

"Isso é verdade", concordou Sador, "pelo menos sobre alguns de nós. Mas a ascensão é dolorosa e, quanto mais alto se sobe, mais baixo se cai."

Por esse tempo, no mês de gwaeron pela contagem dos Edain, no ano que não pode ser esquecido, Túrin tinha quase oito anos de idade. Já corriam rumores entre os mais velhos de uma grande convocação e coleta de armas, sobre a qual Túrin nada ouviu; e Húrin, conhecedor da coragem e da língua prudente de sua mulher, frequentemente falava com Morwen sobre os desígnios dos reis-élficos, e do que poderia acontecer caso tivessem êxito ou fracassassem. Seu coração estava animado pela esperança e pouco temia o resultado do combate; pois não lhe parecia que alguma força na Terra-média pudesse derrotar o poderio e o esplendor dos Eldar. "Eles viram a Luz no Oeste", dizia, "e no final a Escuridão deverá fugir diante de suas faces." Morwen não o contradizia; pois na companhia de Húrin o auspicioso sempre parecia mais provável. No entanto, também em sua família existia conhecimento do saber-élfico, e ela pensava consigo: "Porém não é verdade que eles abandonaram a Luz e que agora estão excluídos dela? Pode ser que os Senhores do Oeste os tenham afastado do pensamento; e, se assim for, como poderão mesmo os Filhos Mais Velhos sobrepujar um dos Poderes?"

Nenhuma sombra dessa dúvida parecia residir em Húrin Thalion; porém, em certa manhã da primavera daquele ano, ele despertou pesado, como após um sono inquieto, e naquele dia uma nuvem pairava sobre sua vivacidade; e à tardinha disse de repente: "Quando eu for convocado, Morwen Eledhwen, hei de deixar em tua guarda o herdeiro da Casa de Hador. A vida dos Homens é breve e há nela muitas eventualidades, mesmo em tempos de paz."

"Isso sempre foi assim", respondeu ela. "Mas o que tuas palavras escondem?"

"A prudência, não a dúvida", garantiu Húrin; no entanto, ele parecia perturbado. "Mas quem olhar adiante haverá de ver isto: as coisas não permanecerão como eram. Será uma grande disputa, e um dos lados terá de cair mais baixo do que se encontra agora. Se forem os reis-élficos a caírem, então será um infortúnio para os Edain; e nós moramos mais próximos do Inimigo. Mas, se as coisas forem mal, não te direi: 'Não temas!' Teme o que deve ser temido, somente isso, e o medo não te desalenta. Mas digo: 'Não esperes!' Hei de voltar para ti como puder, mas não esperes! Vai para o sul o mais depressa que puderes — se eu viver, hei de te seguir e te encontrar, mesmo que tenha de buscar por toda Beleriand."

"Beleriand é imensa e não tem lar para exilados", contestou Morwen. "Para onde eu haveria de fugir, com poucos ou com muitos?"

Então Húrin pensou em silêncio por algum tempo. "Há a família de minha mãe em Brethil", sugeriu. "Fica a umas trinta léguas, pelo voo da águia."

"Se de fato vier tal tempo maligno, como poderão ser úteis os Homens?", perguntou Morwen. "A Casa de Bëor caiu. Se cair a grande Casa de Hador, para que buracos há de rastejar o pequeno Povo de Haleth?"

"São poucos e incultos, mas não duvides de seu valor", respondeu Húrin. "Onde mais existe esperança?"

"Não falas de Gondolin", observou Morwen.

"Não, pois esse nome nunca me passou pelos lábios", afirmou Húrin. "Porém, é verdadeiro o que ouviste: estive lá. Mas agora digo-te em verdade, como não disse a mais ninguém, e nem direi: não sei onde se encontra."

"Mas imaginas e chegas perto, creio", instigou Morwen.

"Pode ser que sim", respondeu Húrin. "Mas, a não ser que o próprio Turgon me liberasse de meu juramento, nem a ti eu poderia contar essa conjectura; e, portanto, tua busca seria em vão. Mas caso eu falasse, para minha vergonha, no melhor dos casos, só poderias chegar até um portão fechado; pois, a não ser que Turgon saia à guerra (e não se ouviu nem uma palavra sobre isso, nem se espera), ninguém entrará."

"Então, se tua família não tem esperança e teus amigos o renegam", falou Morwen, "preciso deliberar comigo mesma; e vem-me agora a ideia de Doriath. A última de todas as defesas a ser rompida, creio, é o Cinturão de Melian; e a Casa de Bëor não será desprezada em Doriath. Ora, eu não sou parenta do rei? Pois Beren, filho de Barahir, era neto de Bregor, assim como meu pai."

"Meu coração não se inclina para Thingol", falou Húrin. "Ele não proverá nenhuma ajuda ao Rei Fingon; e não consigo definir a sombra que me pesa sobre o coração quando Doriath é mencionada."

NARN I HÎN HÚRIN

"Também o nome de Brethil me escurece o coração", admitiu Morwen.

Então Húrin riu-se de repente e disse: "Aqui estamos sentados, debatendo coisas além de nosso alcance e sombras que vêm do sonho. As coisas não irão tão mal; mas, se forem, então tudo estará entregue à tua coragem e à tua deliberação. Faz então o que teu coração mandar; mas age depressa. E, se alcançarmos nossas metas, estarão os reis-élficos decididos a restituir todos os feudos da casa de Bëor a quem for seu herdeiro; e a uma grande herança terá direito nosso filho."

Naquela noite Túrin ficou meio desperto e pareceu-lhe que seu pai e sua mãe estavam de pé ao lado da cama, fitando-o à luz das velas que seguravam; mas ele não podia ver-lhes o rosto.

Na manhã do aniversário de Túrin, Húrin deu um presente ao filho, uma faca de fabricação-élfica, com o punho e a bainha em prateado e negro; e disse: "Herdeiro da Casa de Hador, eis um presente pelo dia. Mas cuida-te! É uma lâmina aguda, e o aço só serve àqueles que sabem empunhá-lo. Cortará a tua mão tão facilmente como qualquer outra coisa." E, colocando Túrin sobre uma mesa, beijou o filho e comentou: "Já me ultrapassas na altura, filho de Morwen; logo terás esse tamanho sobre teus próprios pés. Nesse dia muitos hão de temer tua lâmina."

Então Túrin saiu correndo do recinto, sozinho, e em seu coração havia um calor como o do sol na terra fria, que incita o crescimento. Repetia para si as palavras do pai, Herdeiro da Casa de Hador; mas outras palavras também lhe vieram à mente: "Dá com mão generosa, mas o que é teu." E foi ter com Sador e exclamou: "Labadal, é meu aniversário, o aniversário do herdeiro da Casa de Hador! E eu te trouxe um presente para marcar o dia. Eis uma faca bem como necessitas; corta tudo o que quiseres com a finura de um cabelo."

Então Sador ficou perturbado, pois bem sabia que o próprio Túrin recebera a faca naquele dia; mas os homens consideravam repugnante recusar um presente dado livremente por qualquer mão. Então falou-lhe com gravidade: "Tu vens de uma família generosa, Túrin, filho de Húrin. Nada fiz para merecer teu presente e não posso esperar fazer melhor nos dias que me restam; mas o que puder fazer, farei." E, quando Sador tirou a faca da bainha, disse: "Este é um presente de fato: uma lâmina de aço-élfico. Por muito tempo senti falta de seu toque."

Húrin logo percebeu que Túrin não usava a faca e perguntou-lhe se a advertência o deixara com medo. Então Túrin respondeu: "Não, mas dei a faca a Sador, o artesão de madeira."

"Então desdenhas o presente de teu pai?", perguntou Morwen; e outra vez Túrin respondeu: "Não, mas amo Sador e sinto piedade dele."

Então Húrin disse: "Todos os três presentes eram teus para que os desses, Túrin: amor, piedade e, por último, a faca."

"No entanto, pergunto-me se Sador os merece", comentou Morwen. "Ele mesmo se aleijou pela própria falta de habilidade e é lento em suas tarefas porque perde muito tempo com ninharias que ninguém pediu."

"Dá-lhe piedade ainda assim", reiterou Húrin. "Uma mão honesta e um coração fiel podem errar o golpe; e o dano pode ser mais difícil de suportar que a obra de um inimigo."

"Mas agora deves esperar por outra lâmina", falou Morwen. "Assim o presente há de ser verdadeiro e a teu próprio custo."

Ainda assim, Túrin notou que Sador foi tratado com maior bondade depois disso e solicitado a fabricar uma grande cadeira para o senhor sentar-se em seu salão.

Era uma manhã luminosa no mês de lothron quando Túrin foi despertado por repentinas trombetas; e, correndo até as portas, viu no pátio uma grande multidão de homens a pé e a cavalo, todos armados como para guerrear. Lá estava também Húrin, que falava aos homens e dava ordens; e Túrin soube que naquele dia partiriam para Barad Eithel. Eram os guardas e homens da casa de Húrin; mas além deles haviam sido convocados todos os homens de sua terra. Alguns já haviam partido com Huor, irmão de seu pai; e muitos outros encontrariam o Senhor de Dor-lómin na estrada e seguiriam seu estandarte até o grande ajuntamento do Rei.

Então Morwen despediu-se de Húrin sem lágrimas e prometeu: "Guardarei o que deixas aos meus cuidados, tanto aquilo que é quanto aquilo que será."

E Húrin lhe respondeu: "Adeus, Senhora de Dor-lómin; agora cavalgamos com a maior esperança que já conhecemos. Vamos acreditar que neste solstício de inverno o banquete há de ser mais alegre do que em todos os nossos anos até agora e seguido por uma primavera sem temor!" Então ergueu Túrin no ombro e exclamou para seus homens: "Que o herdeiro da Casa de Hador veja a luz de vossas espadas!" E o sol reluziu em cinquenta lâminas quando estas saltaram para o alto, e o pátio ressoou com o grito de batalha dos Edain do Norte: "*Lacho calad! Drego morn!* Fulgure a chama! Fuja a noite!"

Então, por fim, Húrin saltou para a sela, seu estandarte dourado desfraldou-se e as trombetas cantaram outra vez naquela manhã; e assim Húrin Thalion partiu cavalgando para as Nirnaeth Arnoediad.

Mas Morwen e Túrin ficaram imóveis diante das portas até escutarem muito de longe o débil chamado de uma única trompa ao vento: Húrin ultrapassara o alto do morro, além do qual não podia mais ver sua casa.

As Palavras de Húrin e Morgoth

Muitas canções são entoadas e muitas histórias são contadas pelos Elfos sobre as Nirnaeth Arnoediad, a Batalha das Lágrimas Inumeráveis, na qual tombou Fingon e feneceu a flor dos Eldar. Se tudo fosse recontado, o tempo de vida de um homem não bastaria para ouvir;[3] mas agora há de ser contado somente o que ocorreu a Húrin, filho de Galdor, Senhor de Dor-lómin, quando ao lado da correnteza de Rivil acabou sendo apanhado vivo por ordem de Morgoth, e levado a Angband.

Húrin foi trazido diante de Morgoth, pois Morgoth sabia por suas artes e seus espiões que Húrin possuía a amizade do Rei de Gondolin; e tentou intimidá-lo com seus olhos. Mas Húrin ainda não se deixava intimidar e desafiou Morgoth.

Então Morgoth mandou acorrentá-lo e torturá-lo lentamente; mas depois de um tempo ofereceu-lhe a escolha de ir livremente para onde quisesse, ou de ter poder e dignidade como o maior dos capitães de Morgoth, contanto que revelasse onde Turgon tinha sua fortaleza e qualquer outra coisa que soubesse sobre os planos do Rei. Mas Húrin, o Resoluto, escarneceu dele dizendo: "Cego tu és, Morgoth Bauglir, e cego sempre serás, enxergando apenas as trevas. Não sabes o que governa o coração dos Homens, e se o soubesses não poderia fornecer-lhes. Mas é tolo quem aceita o que Morgoth oferece. Primeiro fazes pagar o preço e depois retiras a promessa; eu obteria apenas a morte se contasse o que perguntas."

Ao que Morgoth riu e anunciou: "Ainda poderás me suplicar a morte como obséquio". Então levou Húrin à recém-erguida Haudh-en-Nirnaeth, e ainda tinha o odor da morte sobre ela; e Morgoth pôs Húrin no topo e o mandou olhar para o oeste, na direção de Hithlum, e pensar na esposa, no filho e nos demais parentes. "Pois agora habitam em meu reino", declarou Morgoth, "e estão à minha mercê."

"Mercê não tens", respondeu Húrin. "Mas não chegarás a Turgon por seu intermédio, pois ali não conhecem os segredos dele."

Então a ira dominou Morgoth, que falou: "No entanto posso chegar a ti e a toda a tua maldita casa; e vos rompereis à minha vontade, mesmo que sejais todos feitos de aço." E ergueu uma espada comprida que lá estava e a quebrou diante dos olhos de Húrin, cujo rosto foi ferido por um estilhaço, mas não se esquivou. E Morgoth, estendendo o longo braço na direção de Dor-lómin, amaldiçoou Húrin, Morwen e sua descendência: "Vê! A sombra de meu pensamento há de jazer sobre eles aonde quer que vão, e meu ódio há de persegui-los até os confins do mundo."

Ao que Húrin respondeu: "Falas em vão. Pois não podes vê-los, nem governá-los de longe; não enquanto mantiveres esta forma e ainda desejares ser um Rei visível na terra."

Então Morgoth se voltou para Húrin e escarneceu: "Tolo, pequeno entre os Homens, e eles são os menores de todos os que falam! Viste os Valar ou mediste o poder de Manwë e Varda? Sabes o alcance de seu pensamento? Ou talvez pensas que seu pensamento está contigo e que podem protegê-lo de longe?"

"Não sei", respondeu Húrin. "No entanto assim poderia ser se eles quisessem. Pois o Rei Antigo não há de ser destronado enquanto durar Arda."

"Tu mesmo disseste", retomou Morgoth. "Eu sou o Rei Antigo: Melkor, o primeiro e mais poderoso de todos os Valar, aquele que existia antes do mundo, e o fez. A sombra de meu propósito está sobre Arda, e tudo o que está nela curva-se lenta e seguramente à minha vontade. Mas sobre todos os que amas meu pensamento há de pesar como uma nuvem de Perdição, e há de rebaixá-los à treva e ao desespero. Aonde quer que vão, o mal surgirá. Quando quer que falem, suas palavras hão de trazer mau conselho. O que quer que façam, há de se voltar contra eles. Hão de morrer sem esperança, amaldiçoando ao mesmo tempo a vida e a morte."

Ao que Húrin respondeu: "Esqueces a quem falas? Tais coisas falaste muito tempo atrás aos nossos pais; mas escapamos da tua sombra. E agora temos conhecimento de ti, pois enxergamos os rostos que viram a Luz e escutamos as vozes que falaram com Manwë. Antes de Arda existias tu, mas outros também; e não a fizeste. Nem és mais poderoso; pois gastaste tua força contigo e a desperdiçaste em tua própria vacuidade. Agora não és mais do que um escravo fugido dos Valar, e a corrente deles ainda te aguarda."

"Aprendeste de cor as lições de teus mestres", disse Morgoth. "Mas tal saber infantil não te ajudará agora que fugiram todos."

"Então direi a ti esta última coisa, escravo Morgoth", falou Húrin, "e ela não provém do saber dos Eldar, mas foi posta em meu coração nesta hora. Não és o Senhor dos Homens e não há de sê-lo, mesmo que Arda e Menel caiam sob teu domínio. Além dos Círculos do Mundo não hás de perseguir aqueles que te rejeitam."

"Além dos Círculos do Mundo não os perseguirei", concordou Morgoth. "Pois além dos Círculos do Mundo Nada existe. Mas dentro deles não hão de me escapar até que entrem no Nada."

"Mentes", rebateu Húrin.

"Hás de ver e hás de confessar que não minto", disse Morgoth. E, levando Húrin de volta a Angband, sentou-o num assento de pedra nas alturas das Thangorodrim, de onde podia ver ao longe a terra de Hithlum a oeste e as terras de Beleriand ao sul. Ali foi atado pelo poder de Morgoth; e Morgoth, de pé ao lado dele, amaldiçoou-o de novo e pôs seu poder sobre ele, para que não pudesse mexer-se do lugar, nem morrer, até que o liberasse.

"Agora fica aí sentado", ordenou Morgoth "e contemple as terras onde o mal e o desespero hão de acometer os que me entregaste. Pois ousaste escarnecer-me e puseste em dúvida o poder de Melkor, Mestre dos destinos de Arda. Portanto, com meus olhos hás de ver, e com meus ouvidos hás de ouvir, e nada há de te ficar oculto."

A Partida de Túrin

No fim, só três homens encontraram o caminho de volta para Brethil, através de Taur-nu-Fuin, um caminho maligno; e quando Glóredhel, filha de Hador, soube da queda de Haldir, angustiou-se e morreu.

À Dor-lómin não chegaram notícias. Rían, esposa de Huor, fugiu desesperada para o ermo; mas foi auxiliada pelos Elfos-cinzentos das colinas de Mithrim, e quando nasceu seu filho Tuor, eles o criaram. Rían, por sua vez, foi à Haudh-en-Nirnaeth, deitou-se lá e morreu.

Morwen Eledhwen permaneceu em Hithlum, silenciosa na dor. Seu filho Túrin estava somente no nono ano de vida, e ela estava grávida outra vez. Seus dias eram infelizes. Os Lestenses invadiram a terra em grande número e trataram com crueldade o povo de Hador, roubando-lhe tudo o que possuía e o escravizando. Toda a gente da pátria de Húrin que podia trabalhar ou servir a qualquer propósito foi levada embora, mesmo meninas e meninos, e os velhos foram mortos ou expulsos para morrer de fome. Mas ainda não ousavam pôr as mãos na Senhora de Dor-lómin nem lançá-la fora de casa; pois corria entre eles que era perigosa, uma bruxa que tinha parte com os demônios-brancos: assim chamavam os Elfos, que odiavam, porém temiam mais ainda.[4] Por esse motivo também temiam e evitavam as montanhas, onde muitos dos Eldar haviam se refugiado, especialmente no sul da região; e depois de saquearem e arrasarem, os Lestenses se retiraram para o norte. Pois a casa de Húrin ficava no sudeste de Dor-lómin, e as montanhas eram próximas; de fato, Nen Lalaith descia de uma nascente sob a sombra de Amon Darthir, que possuía acima do dorso uma íngreme passagem. Por ela os audaciosos podiam atravessar as Ered Wethrin e descer pelas fontes do Glithui até Beleriand. Mas os Lestenses não sabiam disso, nem Morgoth ainda; pois toda aquela região, enquanto perdurou a Casa de Fingolfin, estava a salvo dele, e nenhum dos seus serviçais jamais chegara ali. Ele acreditava que as Ered Wethrin fossem uma muralha intransponível, tanto contra uma fuga do norte como contra um ataque do sul; e em verdade não existia nenhuma outra passagem para os que não tinham asas entre Serech e a área muito a oeste onde Dor-lómin fazia divisa com Nevrast.

Assim ocorreu que, após as primeiras invasões, Morwen foi deixada em paz, apesar de haver homens espreitando nos bosques em torno e de ser arriscado afastar-se demais. Sob o abrigo de Morwen ainda estavam Sador, o artesão de madeira, alguns homens e mulheres idosos e Túrin, que ela mantinha encerrado ao pátio. Mas a propriedade de Húrin logo se deteriorou, e Morwen, apesar de trabalhar muito, era pobre e teria passado fome não fosse pela ajuda que lhe era mandada em segredo por Aerin, parenta de Húrin; pois um tal Brodda, um dos Lestenses, a tomara por esposa à força. As esmolas tinham um gosto amargo para Morwen; mas ela aceitava a ajuda por amor a Túrin e a seu nascituro e porque, dizia, vinha de sua própria gente. Pois fora esse Brodda quem se apossara da gente, dos bens e do gado da pátria de Húrin e os levara para a sua própria morada. Era um homem audacioso, mas de pouca importância entre seu povo antes que chegassem a Hithlum; e assim, buscando riqueza, ele estava disposto a ocupar terras que outros de sua laia não cobiçavam. Vira Morwen uma vez, quando cavalgou até sua casa em uma incursão; mas acabou vítima de um grande temor em relação a ela. Pensou que havia visto os ferozes olhos de um demônio-branco, encheu-se de um medo mortal de que algum mal o acometesse e não saqueou sua casa nem descobriu Túrin, pois do contrário teria sido curta a vida do herdeiro do legítimo senhor.

Brodda escravizou os Cabeças-de-Palha, como chamava o povo de Hador, e os fez construir para ele um salão de madeira na terra ao norte da casa de Húrin; no interior de uma paliçada seus escravos eram arrebanhados como gado em um estábulo, porém mal vigiados. Entre eles ainda se encontravam alguns que não haviam sido intimidados e estavam dispostos a ajudar a Senhora de Dor-lómin, mesmo correndo perigo; e traziam a Morwen em segredo notícias da terra, apesar de haver pouca esperança nas novidades que traziam. Mas Brodda tomou Aerin por esposa, e não por escrava, pois havia poucas mulheres entre seus próprios seguidores, e nenhuma se comparava às filhas dos Edain; ele esperava adquirir um senhorio naquela região e ter um herdeiro para mantê-lo depois dele.

Sobre o que aconteceu e o que poderia acontecer nos dias que viriam, Morwen pouco dizia a Túrin; e ele temia romper o silêncio dela com perguntas. Quando os Lestenses começaram a entrar em Dor-lómin, ele perguntou à mãe: "Quando meu pai voltará para expulsar esses ladrões feios? Por que ele não vem?"

Morwen respondeu: "Não sei", respondeu Morwen. "Pode ser que tenha sido morto ou que esteja prisioneiro; ou então pode ser que tenha sido expulso para muito longe e ainda não consiga retornar passando pelos inimigos que nos cercam."

"Então acho que está morto", concluiu Túrin, e diante da mãe controlou as lágrimas, "pois ninguém poderia impedi-lo de voltar para nos ajudar se estivesse vivo."

"Não creio que nenhuma dessas coisas seja verdade, meu filho", disse Morwen.

À medida que o tempo passava, o coração de Morwen se entristecia de temor por seu filho Túrin, herdeiro de Dor-lómin e Ladros; pois não via para ele esperança maior do que tornar-se escravo dos homens Lestenses em pouco tempo. Então lembrou-se de sua conversa com Húrin, e outra vez seus pensamentos se voltaram para Doriath; e por fim resolveu mandar Túrin embora em segredo, se pudesse, e rogar ao Rei Thingol que lhe desse refúgio. E, sentada a ponderar como isso poderia ser feito, ouviu claramente em pensamento a voz de Húrin lhe dizer: "Vai depressa! Não esperes por mim!" Mas o nascimento do bebê se aproximava, e o caminho seria árduo e perigoso; quanto mais pessoas fossem, menor seria a esperança de escapar. E seu coração ainda a enganava com uma esperança que ela não admitia; seu mais íntimo pensamento pressagiava que Húrin não estava morto, e ela ansiava por ouvir seus passos nas vigílias insones da noite, ou despertava pensando que escutara no pátio o relinchar de seu cavalo Arroch. Além disso, apesar de se dispor a deixar o filho ser criado nos salões de outro, segundo o costume da época, ainda não rebaixava seu orgulho a ponto de pedir esmola, nem mesmo a um rei. Portanto a voz de Húrin, ou a lembrança de sua voz, foi negada, e assim teceu-se o primeiro filamento do destino de Túrin.

Avançava o outono do Ano da Lamentação quando Morwen tomou essa decisão, e então apressou-se, pois o tempo para a jornada era escasso, e ela temia que Túrin fosse apanhado caso ela esperasse passar o inverno. Havia Lestenses rondando em volta do jardim e espiando a casa. Assim, ela disse subitamente a Túrin: "Teu pai não vem. Portanto precisas partir, e logo. É como ele desejaria."

"Partir?", surpreendeu-se Túrin. "Aonde havemos de ir? Atravessar as Montanhas?"

"Sim", respondeu Morwen, "atravessar as Montanhas rumo ao sul. O sul — por lá pode haver alguma esperança. Mas eu não disse 'nós', meu filho. Tu precisas partir, mas eu preciso ficar."

"Não posso ir sozinho!", reclamou Túrin. "Não te abandonarei. Por que não podemos ir juntos?"

"Não posso ir", falou Morwen. "Mas não irás sozinho. Mandarei Gethron contigo, e Grithnir também, quem sabe."

"Não mandarás Labadal?", perguntou Túrin.

"Não, pois Sador é coxo", explicou Morwen, "e o caminho será tortuoso. E, visto que és meu filho e que passamos por dias difíceis, não medirei palavras: poderás morrer no caminho. O ano está terminando. Mas se ficares sofrerás um fim pior: ser feito escravo. Se quiseres ser um homem quando atingires a idade de homem, farás como ordeno, bravamente."

"Mas teria de te deixar apenas com Sador, o cego Ragnir e as velhas", protestou Túrin. "Meu pai não disse que sou o herdeiro de Hador? O herdeiro deve ficar na casa de Hador para defendê-la. Agora gostaria de ainda ter minha faca!"

"O herdeiro deve ficar, mas não pode", falou Morwen. "Mas poderá voltar algum dia. Agora anima-te! Eu irei atrás de ti se as coisas piorarem; se puder."

"Mas como me encontrarás perdido no ermo?", indagou Túrin; e de repente seu coração o traiu, e ele chorou abertamente.

"Se lamentares, outras coisas te encontrarão primeiro", assegurou Morwen. "Mas eu sei aonde vais e, se lá chegares e lá ficares, lá te encontrarei, caso possa ir. Pois estou te enviando ao Rei Thingol em Doriath. Não preferes ser hóspede de um rei a ser escravo?"

"Não sei", disse Túrin. "Não sei o que é um escravo."

"Estou te mandando embora para que não tenhas de aprender isso", respondeu Morwen. Então pôs Túrin diante de si e olhou-o nos olhos, como se estivesse tentando decifrar ali algum enigma. "É duro, Túrin, meu filho", confessou por fim. "Não é duro apenas para ti. Nestes dias malignos, é um peso para mim julgar o que é melhor fazer. Mas faço o que penso estar certo, senão por qual outro motivo haveria de me separar da coisa mais preciosa que me resta?"

Não falaram mais nisso, e Túrin ficou aflito e confuso. Pela manhã foi procurar Sador, que estivera cortando gravetos para lenha, o pouco que ainda tinham, pois não se atreviam a perambular pelos bosques; e Sador se apoiou na muleta e fitou a grande cadeira de Húrin, que fora jogada a um canto, inacabada. "Chegou a vez dela", falou, "pois só se pode atentar às necessidades mais simples nestes dias."

"Não a quebre ainda", pediu Túrin. "Talvez ele volte para casa, e então gostará de ver o que fizeste para ele enquanto estava longe."

"Falsas esperanças são mais perigosas que temores", falou Sador, "e não nos aquecerão neste inverno." Passou os dedos pelos entalhes da cadeira e suspirou. "Desperdicei meu tempo", continuou ele, "apesar de as horas terem sido agradáveis. Mas tais coisas sempre têm vida curta; e alegria da feitura é seu único fim verdadeiro, acredito. E agora bem que eu poderia devolver-te teu presente."

Túrin estendeu a mão, mas a recolheu depressa. "Um homem não toma seus presentes de volta", disse.

"Mas, se for meu, não posso dá-lo a quem quiser?", perguntou Sador.

"Sim", respondeu Túrin, "a qualquer um exceto a mim. Mas por que desejarias dá-la?"

"Não tenho esperança de usá-la para tarefas dignas", lamentou Sador. "Não haverá trabalho para Labadal nos dias que virão, exceto o de escravo."

"O que é um escravo?", perguntou Túrin.

"Um homem que já foi homem, mas é tratado como animal", respondeu Sador. "Alimentado apenas para se manter vivo, mantido vivo apenas para labutar, labutando apenas por medo da dor ou da morte. E esses salteadores podem infligir-lhes a dor ou a morte só para sua diversão. Ouvi dizer que escolhem alguns dos mais velozes e os caçam com cães. Aprenderam mais depressa com os Orques do que nós aprendemos com o Belo Povo."

"Agora compreendo melhor as coisas", declarou Túrin.

"É uma pena que tenhas de compreender tais coisas tão cedo", lastimou Sador; depois, vendo a expressão estranha no rosto de Túrin: "O que compreendes agora?"

"Por que minha mãe está me mandando para longe", esclareceu Túrin, e seus olhos se encheram de lágrimas.

"Ah!", disse Sador, e resmungou consigo: "Mas por que demorou tanto?" Então, voltando-se para Túrin, falou: "Isso não me parece uma notícia digna de lágrimas. Mas não deves falar em voz alta sobre os conselhos de tua mãe, nem a Labadal nem a ninguém. Nos dias de hoje todas as paredes e cercas têm ouvidos, e ouvidos que não crescem em belas cabeças."

"Mas preciso falar com alguém!", reclamou Túrin. "Sempre te contei as coisas. Não quero deixar-te, Labadal. Não quero abandonar esta casa, nem minha mãe."

"Mas se não fizeres isso", explicou Sador, "logo a Casa de Hador estará acabada para sempre, como agora deves compreender. Labadal não quer que vás; mas Sador, serviçal de Húrin, estará mais feliz quando o filho de Húrin estiver fora do alcance dos Lestenses. Bem, não há outro jeito: precisamos dizer adeus. E agora, não aceitas minha faca como presente de despedida?"

"Não!", recusou Túrin. "Vou ter com os Elfos, com o Rei de Doriath, diz minha mãe. Lá poderei obter outras coisas semelhantes. Mas não poderei te mandar nenhum presente, Labadal. Estarei muito longe e totalmente só." Então Túrin chorou, mas Sador lhe disse: "Ora, ora! Onde está o filho de Húrin? Pois não faz muito tempo que o ouvi dizendo: 'Partirei como soldado de um rei-élfico assim que for capaz.'"

Então Túrin conteve as lágrimas e disse: "Muito bem: se foram essas as palavras do filho de Húrin, ele precisa mantê-las e partir. Mas sempre que digo que farei isso ou aquilo, tudo parece muito diferente quando chega a hora. Agora estou relutante. Preciso me cuidar para não voltar a dizer tais coisas."

"Seria o melhor, realmente", falou Sador. "É o que a maioria dos homens ensina e poucos aprendem. Que os dias invisíveis sejam como forem. O dia de hoje é mais do que bastante."

Túrin então foi preparado para a viagem, deu adeus à mãe e partiu em segredo com seus dois companheiros. Mas, quando disseram a Túrin que se voltasse e olhasse a casa de seu pai, a angústia da partida o atingiu como uma espada, e ele exclamou: "Morwen, Morwen, quando hei de te ver outra vez?"

Morwen, de pé na soleira, ouviu o eco desse grito nos morros cobertos de árvores e agarrou-se ao batente da porta até ferir os dedos. Esse foi o primeiro dos desgostos de Túrin.

No início do ano, depois da partida de Túrin, Morwen deu à luz sua filha e chamou-a Nienor, que significa Pranto; mas Túrin já estava muito longe quando ela nasceu. Longo e maligno foi seu caminho, pois o poder de Morgoth se estendia largamente; mas ele tinha por guias Gethron e Grithnir, que haviam sido jovens nos dias de Hador e, apesar de velhos, eram valorosos e conheciam bem as terras, pois muitas vezes tinham viajado por Beleriand nos tempos de outrora. Assim, por destino e coragem, atravessaram as Montanhas Sombrias e descendo no Vale do Sirion, penetraram na Floresta de Brethil; e por fim, exaustos e esfarrapados, alcançaram os confins de Doriath. No entanto, ficaram desorientados, enredando-se nos labirintos da Rainha e vagando perdidos entre as árvores sem trilha até que suas provisões estivessem todas esgotadas. Ali chegaram próximos da morte, pois o inverno desceu gélido do Norte; mas não era esse o destino de Túrin. Enquanto jaziam em desespero, ouviram o som de uma trompa. Beleg, o Arcoforte, caçava naquela região, pois habitava sempre nos limites de Doriath e era o maior mateiro daqueles dias. Ouviu os gritos dos viajantes e foi até eles, e depois de lhes dar comida e bebida ficou sabendo seus nomes e de onde vinham, enchendo-se de admiração e pena. E olhou com apreço para Túrin, pois este tinha a beleza da mãe e os olhos do pai e era robusto e forte.

"Que obséquio desejas do Rei Thingol?", perguntou Beleg ao menino.

"Desejo ser um dos seus cavaleiros para sair contra Morgoth e vingar meu pai", respondeu Túrin.

"Isso bem pode acontecer quando os anos te fortalecerem", afirmou Beleg. "Pois tu, apesar de ainda pequeno, tens a substância de um homem valoroso, digno de ser filho de Húrin, o Resoluto, caso isso fosse possível." Pois o nome de Húrin era honrado em todas as terras dos Elfos. Assim, Beleg tornou-se de bom grado o guia dos andarilhos e levou-os a uma choupana onde então vivia com outros caçadores, e lá foram alojados enquanto um mensageiro ia até Menegroth. E, quando voltou a notícia de que Thingol e Melian receberiam o filho de Húrin e seus guardiões, Beleg os levou por vias secretas até o Reino Oculto.

Assim Túrin chegou à grande ponte sobre o Esgalduin e atravessou os portões dos salões de Thingol; e como criança fitou as maravilhas de Menegroth, que nenhum Homem mortal havia visto antes, com exceção de Beren. Gethron pronunciou a mensagem de Morwen diante de Thingol e Melian, e Thingol os recebeu amavelmente, pondo Túrin em seu joelho em honra de Húrin, o mais poderoso dos Homens, e de seu parente Beren. E os que viram isso admiraram-se, pois era sinal de que Thingol tomava Túrin por filho de criação; na época isso não era feito pelos reis, e nem foi feito outra vez por um senhor-élfico a um Homem. Então Thingol lhe disse: "Aqui, filho de Húrin, há de ser teu lar; e em toda a tua vida serás considerado meu filho, ainda que sejas Homem. Será concedida a ti sabedoria além da medida dos Homens mortais, e as armas dos Elfos serão postas em tuas mãos. Talvez chegue o dia em que recuperes as terras de teu pai em Hithlum, mas agora habita aqui com amor."

Assim começou a estada de Túrin em Doriath. Com ele permaneceram por algum tempo seus guardiões Gethron e Grithnir, apesar de ansiarem por retornar a sua senhora em Dor-lómin. Então a idade e a doença acometeram Grithnir, e ele ficou ao lado de Túrin até morrer; mas Gethron partiu, e Thingol enviou com ele uma escolta para guiá-lo e guardá-lo, e eles levaram notícias de Thingol a Morwen. Chegaram por fim à casa de Húrin e, quando Morwen soube que Túrin fora recebido com honra nos salões de Thingol, seu pesar aliviou-se; os Elfos levaram também ricos presentes de Melian e uma mensagem pedindo que ela voltasse a Doriath com a gente de Thingol. Porque Melian era sábia e previdente, e esperava assim prevenir o mal que estava preparado no pensamento de Morgoth.

No entanto, Morwen não quis partir de sua casa, pois seu coração ainda permanecia inalterado e seu orgulho era grande; ademais, Nienor era um bebê de colo. Assim, despediu-se dos Elfos de Doriath com agradecimentos e lhes deu como presente as últimas miudezas de ouro que lhe restavam, ocultando sua pobreza; e mandou que levassem de volta para Thingol o Elmo de Hador. Mas Túrin esperava o tempo todo pelo retorno dos mensageiros de Thingol; e quando voltaram sozinhos, ele fugiu para a floresta e chorou, pois sabia do convite de Melian e esperava que Morwen viesse. Esse foi o segundo desgosto de Túrin.

Quando os mensageiros deram a resposta de Morwen, Melian foi tomada de compaixão, pois percebeu sua intenção e viu que o destino que pressagiava não podia ser facilmente abandonado.

O Elmo de Hador foi entregue nas mãos de Thingol. Era feito de aço cinzento adornado de ouro, e nele estavam gravadas runas de vitória. Possuía um poder que protegia de ferimento ou morte quem o usasse, pois a espada que o golpeasse se partia e o dardo que o atingisse desviava-se para longe. Fora fabricado por Telchar, o ferreiro de Nogrod, cujas obras eram renomadas. Tinha uma viseira (ao modo daquelas que os Anãos usavam em suas forjas para proteger os olhos), e quem o usasse infundiria temor nos corações de todos os que o olhassem, mas se manteria a salvo de dardos e de fogo. Na cimeira havia, como desafio, uma imagem dourada da cabeça do dragão Glaurung; pois o elmo fora feito logo depois de sua primeira saída pelos portões de Morgoth. Muitas vezes Hador, e Galdor depois dele, haviam-no usado na guerra; e os corações da hoste de Hithlum se exaltavam quando o viam erguido bem alto em meio ao combate, e exclamavam: "Mais vale o Dragão de Dor-lómin que a serpe dourada de Angband!"

No entanto, na verdade esse elmo não fora feito para Homens, e sim para Azaghâl, Senhor de Belegost, o mesmo que fora morto por Glaurung no Ano da Lamentação.[5] Foi dado por Azaghâl a Maedhros, como galardão por este salvar sua vida e seu tesouro quando Azaghâl foi emboscado por Orques na estrada dos Anãos em Beleriand Leste.[6] Posteriormente Maedhros o enviou como presente a Fingon, com quem costumava trocar sinais de amizade, em lembranças de como Fingon rechaçara Glaurung de volta para Angband. Mas em Hithlum inteira não se encontravam cabeça nem ombros suficientemente robustos para suportar sem dificuldade o elmo dos Anãos, exceto os de Hador e seu filho Galdor. Fingon, portanto, deu-o a Hador quando este recebeu o senhorio de Dor-lómin. Por má sorte Galdor não o usava quando defendeu Eithel Sirion, pois o ataque foi repentino; e ele correu para as muralhas, de cabeça descoberta, e uma flecha de Orque perfurou seu olho. Húrin, porém, não envergava com desembaraço o Elmo-de-dragão, e de qualquer modo preferia não usá-lo, pois dizia: "Prefiro contemplar meus inimigos com minha verdadeira face." Ainda assim, considerava o elmo uma das maiores heranças de sua casa.

Thingol tinha em Menegroth profundos arsenais repletos de fartura de armas: metal trabalhado como escamas de peixe e reluzente como água ao luar; espadas e machados, escudos e elmos fabricados pelo próprio Telchar ou por seu mestre Gamil Zirak, o velho, ou por artesãos-élficos ainda mais habilidosos. Pois recebera como presentes algumas coisas que vinham de Valinor e foram feitas com maestria por Fëanor, aquele que nenhum artífice superaria em todos os dias do mundo. Porém Thingol tomou nas mãos o Elmo de Hador como se não fosse detentor de um grande tesouro e disse palavras corteses: "Altiva será a cabeça que usar este elmo, que foi usado pelos progenitores de Húrin."

Então veio-lhe um pensamento, mandou chamar Túrin e contou-lhe que Morwen enviara ao filho um objeto poderoso, herança de seus pais. "Toma agora a Cabeça-de-Dragão do Norte", declarou, "e usa-a bem quando chegar a hora." Mas Túrin ainda era demasiado jovem para erguer o elmo e não lhe deu valor por causa do sofrimento que levava no coração.

Túrin em Doriath

Nos anos de sua infância no reino de Doriath, Túrin foi cuidado por Melian, apesar de raramente vê-la. Mas havia uma donzela chamada Nellas, que vivia no bosque; e, a pedido de Melian, ela seguia Túrin caso este vagasse pela floresta e frequentemente o encontrava ali, como que por acaso. Túrin aprendeu com Nellas muita coisa a respeito dos costumes e dos seres selvagens de Doriath, e ela o ensinou a falar o idioma sindarin à maneira do antigo reino, mais velho, mais cortês e mais rico em belas palavras.[7] Assim, em um curto tempo o humor dele foi alegrado, até que novamente uma sombra caísse sobre ele e aquela amizade acabasse como uma manhã de primavera. Pois Nellas não ia a Menegroth e sempre relutava em caminhar sob tetos de pedra; portanto, à medida que a infância de Túrin terminava e ele voltava os pensamentos para os feitos dos homens, ele a via com frequência cada vez menor , e por fim já não chamava por ela. No entanto, ela ainda o vigiava, apesar de agora ficar oculta.[8]

Nove anos viveu Túrin nos salões de Menegroth. Seu coração e seu pensamento sempre se voltavam para sua gente, e às vezes, para ser reconfortado, recebia notícias deles. Porque Thingol enviava mensageiros a Morwen tantas vezes fosse possível, e ela mandava de volta mensagens para o filho; assim Túrin ficou sabendo que sua irmã Nienor crescia bela, uma flor no Norte cinzento, e que as dificuldades de Morwen haviam sido aliviadas. E Túrin cresceu em estatura até se tornar alto entre os Homens, e sua força e audácia eram renomadas no reino de Thingol. Nesses anos aprendeu muito saber, escutando com avidez as histórias dos dias antigos; e tornou-se pensativo e pouco falante. Muitas vezes Beleg Arcoforte vinha a Menegroth em busca dele e o levava para bem longe, ensinando-lhe a trabalhar com madeira, a usar o arco e (o que mais lhe agradava) manejar espadas; porém nos ofícios de fabricação tinha menos destreza, pois era lento em aprender sua própria força e frequentemente estragava o que fizera com algum golpe súbito. Também em outros assuntos parecia que a sorte lhe era hostil, de forma que muitas vezes o que projetava dava errado, e não conseguia obter o que desejava; não fazia amigos facilmente, pois não era jovial, raramente ria e uma sombra pairava sobre sua juventude. Ainda assim era amado e estimado pelos que o conheciam bem e era honrado como filho de criação do Rei.

Mas havia alguém que invejava essa condição, o que se intensificava à medida que Túrin se aproximava da idade adulta: Saeros, filho de Ithilbor, era seu nome. Era um dos Nandor, e pertencia àqueles que se refugiaram em Doriath após a queda de seu senhor Denethor sobre Amon Ereb, na primeira batalha de Beleriand. Esses Elfos habitavam mormente em Arthórien, entre o Aros e o Celon no leste de Doriath, e às vezes atravessavam o Celon para as terras selvagens além dele; e não eram amigos dos Edain desde que estes haviam passado por Ossiriand e se estabelecido em Estolad. Mas Saeros vivia principalmente em Menegroth, e ganhou a estima do rei; e era orgulhoso e tratava com arrogância os que julgava ser de menor condição e valor que ele. Tornou-se amigo do menestrel Daeron[9] pois também era hábil cantor; não tinha amor pelos Homens, muito menos por algum parente de Beren Uma-Mão. "Não é estranho", dizia, "que esta terra se abra para mais um dessa raça infeliz? O outro já não causou estragos suficientes em Doriath?" Assim, olhava de soslaio para Túrin e todos os seus atos, falando mal deles quanto podia; porém suas palavras eram astuciosas e sua malícia era velada. Quando se encontrava com Túrin a sós, falava-lhe com arrogância e mostrava seu desprezo às claras; e Túrin cansou-se dele, mas por muito tempo respondeu com silêncio às más palavras, pois Saeros era ilustre para o povo de Doriath, além de conselheiro do Rei. Mas o silêncio de Túrin desagradava a Saeros tanto quanto suas palavras.

No ano em que Túrin completou dezessete anos de idade, seu desgosto foi renovado; pois nessa época cessaram todas as notícias de seu lar. O poder de Morgoth crescera ano após ano, e toda Hithlum estava agora sob sua sombra. Sem dúvida ele sabia muito a respeito da família de Húrin e não os molestara por um bom tempo para que seu desígnio pudesse se realizar; mas agora, visando esse propósito, fez vigiar atentamente todas as passagens das Montanhas Sombrias a fim de que ninguém pudesse sair nem entrar em Hithlum, salvo correndo grande perigo, e havia enxames de Orques em torno das nascentes do

Narog, do Teiglin e na cabeceira do Sirion. Assim chegou um tempo em que os mensageiros de Thingol não retornavam, e ele não enviou outros mais. Sempre fora avesso a deixar alguém vagar além das fronteiras vigiadas, e enviar sua gente por caminhos perigosos até Morwen em Dor-lómin fora a maior demonstração de boa vontade que pudera dar para Húrin e sua família.

Então Túrin sentiu o coração pesado, sem saber que novo mal se avizinhava, e temia que um destino maligno tivesse acometido Morwen e Nienor; e por muitos dias esteve sentado em silêncio, meditando sobre a queda da Casa de Hador e dos Homens do Norte. Depois ergueu-se e foi em busca de Thingol; encontrou-o sentado com Melian debaixo de Hírilorn, a grande faia de Menegroth.

Thingol fitou Túrin com admiração ao ver de repente diante de si, no lugar de seu protegido, um Homem e um estranho, alto, de cabelos escuros, que o encarava com olhos profundos cravados num rosto branco. Então Túrin pediu a Thingol uma cota de malha, uma espada e um escudo, e reclamou então o Elmo-de-dragão de Dor-lómin; e o rei lhe concedeu o que pedia, dizendo: "Irei designar-te um lugar entre meus cavaleiros da espada, pois a espada será sempre a tua arma. Com eles poderá treinar para a guerra nos confins, se assim desejas."

Mas Túrin disse: "Meu coração me empurra para além dos confins de Doriath; anseio mais por atacar o Inimigo que por defender os confins."

"Então deves ir sozinho", declarou Thingol. "Determino o papel de meu povo na guerra contra Angband de acordo com meu juízo, Túrin, filho de Húrin. Nenhuma força das armas de Doriath será enviada nestes tempos; nem em qualquer tempo que eu possa prever."

"No entanto és livre para partir como quiseres, filho de Morwen", interrompeu Melian. "O Cinturão de Melian não impede a saída daqueles que entraram com nossa permissão."

"A não ser que um conselho sábio o refreie", falou Thingol.

"Qual é teu conselho, senhor?", pediu Túrin.

"Pareces um Homem em estatura", respondeu Thingol, "mas ainda assim não alcançaste a plenitude de tua vida adulta que há de vir. Quando chegar essa época, então quem sabe possas te lembrar de tua família; mas há pouca esperança de que um Homem só possa fazer mais contra o Senhor Sombrio do que ajudar os senhores-élficos em sua defesa pelo tempo que ela conseguir durar."

Então Túrin disse: "Meu parente Beren fez mais."

"Beren e Lúthien", falou Melian. "Mas é audácia demais falar assim ao pai de Lúthien. Teu destino não é tão elevado, penso eu, Túrin, filho de Morwen, embora esteja enredado com o do povo-élfico, para o bem ou para o mal. Vigia-te a ti mesmo para que não seja para o mal." Após um momento de silêncio, voltou a lhe falar. "Vai agora, filho adotivo; e ouve o conselho do rei. No entanto, não creio que permaneças conosco em Doriath por muito tempo além da idade adulta. Se em dias vindouros te recordares das palavras de Melian, será para teu bem: teme tanto o calor quanto o frio de teu coração."

Então Túrin se inclinou diante deles e se despediu. E logo depois envergou o Elmo-de-dragão, pegou em armas e partiu para os confins do norte, juntando-se aos guerreiros-élficos que ali travavam combate incessante contra os Orques e todos os servos e criaturas de Morgoth. Assim, mal tendo saído da infância, foram provadas sua força e coragem; e, tendo em mente os danos impostos a sua família, estava sempre à frente em feitos audaciosos e sofreu muitos ferimentos de lança, de flecha e das lâminas tortas dos Orques. Porém seu destino o livrou da morte; e corria o rumor pelas florestas, e se ouvia muito além de Doriath, que o Elmo-de-dragão de Dor-lómin fora visto novamente. Então muitos se admiraram, dizendo: "Pode o espírito de Hador ou de Galdor, o Alto, retornar da morte? Ou Húrin de Hithlum verdadeiramente escapou das profundezas de Angband?"

Apenas um era mais poderoso em armas que Túrin dentre os vigias fronteiriços de Thingol naquela época, e este era Beleg Cúthalion; e Beleg e Túrin eram companheiros em

NARN I HÎN HÚRIN

todos os perigos e caminhavam juntos por toda parte nas florestas selvagens.

Assim passaram-se três anos, e nessa época Túrin pouco ia aos salões de Thingol; e já não se preocupava mais com a aparência ou os trajes, e seus cabelos eram desgrenhados, e sua cota de malha estava coberta com um manto cinzento manchado pelas intempéries. Mas no terceiro verão, quando Túrin tinha vinte anos de idade, ocorreu que, desejando repouso e necessitando do trabalho de um ferreiro para consertar suas armas, ele chegou sem aviso a Menegroth ao entardecer; e entrou no salão. Thingol não estava ali, pois saíra para a floresta frondosa com Melian, como às vezes apreciava fazer no alto verão. Túrin tomou assento descuidadamente, pois estava cansado da viagem e ocupado com seus pensamentos; e por azar sentou-se à mesa entre os anciãos do reino, e no próprio lugar onde Saeros costumava sentar-se. Saeros, que estava atrasado, zangou-se acreditando que Túrin fizera aquilo por orgulho e com a intenção de afrontá-lo; e sua raiva não se aplacou quando viu que Túrin não era censurado pelos que ali se assentavam, mas sim acolhido entre eles.

Por certo tempo, portanto, Saeros fingiu concordar e tomou outro assento, de frente para Túrin, do outro lado da mesa. "Raramente o vigia fronteiriço nos honra com sua companhia", comentou; "e de bom grado cedo meu lugar de costume pela oportunidade de falar com ele." E muitas outras coisas disse a Túrin, questionando-o sobre a situação das fronteiras e seus feitos no ermo; e ainda que suas palavras parecessem agradáveis, não havia como deixar de perceber o escárnio em sua voz. Então Túrin cansou-se, olhou em volta e experimentou o amargor do exílio; e apesar de toda a luz e do riso dos salões-élficos, seu pensamento se voltou para Beleg e a vida que levavam na floresta, e dali para muito longe, para Morwen em Dor-lómin, na casa de seu pai; franziu o cenho, por causa da obscuridade de seus pensamentos, e não deu resposta a Saeros. Diante disso, acreditando que a carranca era dirigida a ele,

Saeros não refreou mais sua ira; e tirou um pente de ouro e o lançou na mesa diante de Túrin, exclamando: "Sem dúvida, Homem de Hithlum, vieste com pressa a esta mesa e podes ser desculpado por tua capa esfarrapada; mas não há por que deixar tua cabeça maltratada como uma moita de espinhos. E quem sabe, se tuas orelhas estivessem descobertas, prestarias mais atenção ao que te dizem."

Túrin nada respondeu, mas voltou-se para Saeros, e havia um lampejo em seus olhos escuros. No entanto, Saeros não deu atenção ao alerta e devolveu o olhar com desprezo, dizendo para que todos ouvissem: "Se os Homens de Hithlum são tão selvagens e bárbaros, de que espécie são as mulheres daquela terra? Correm como corças, trazendo sobre o corpo apenas seus cabelos?"

Túrin apanhou uma taça de bebida e a atirou no rosto de Saeros, que caiu para trás gravemente ferido; e Túrin sacou a espada e o teria atacado, caso Mablung, o Caçador, que estava sentado a seu lado, não o houvesse contido. Então Saeros, erguendo-se, cuspiu sangue na mesa, e falou com a boca quebrada: "Por quanto tempo vamos abrigar este selvagem-da-floresta?[10] Quem está no comando aqui hoje à noite? Os estatutos do rei são severos com quem fere seus vassalos no salão; e para os que aqui sacam armas o banimento é o destino mais brando. Fora do salão eu poderia responder-te, Selvagem-da-Floresta!"

Quando Túrin viu o sangue na mesa, seu ânimo esfriou; e, desvencilhando-se das mãos de Mablung, deixou o salão sem mais palavra.

Então Mablung perguntou a Saeros: "O que te aflige esta noite? Por este mal considero-te culpado; e talvez os estatutos do Rei julguem que uma boca quebrada é uma reação justa a teu insulto."

"Se o filhote tem uma queixa, ele que a leve ao julgamento do Rei", respondeu Saeros. "Mas sacar uma espada aqui é um ato que não pode ser desculpado por nenhuma causa. Fora do salão, se o selvagem-da-floresta sacar a arma para mim, hei de matá-lo."

"Disso tenho menos certeza", disse Mablung; "mas se algum dos dois for morto, será um feito maligno, mais condizente com Angband que com Doriath, e mais mal virá daí. Na verdade sinto que alguma sombra do Norte se estendeu em nossa direção hoje à noite. Cuida-te, Saeros, filho de Ithilbor, para que em teu orgulho não faças a vontade de Morgoth, e lembra-te de que és um dos Eldar."

"Não me esqueço disso", falou Saeros; mas não moderou sua raiva, e durante a noite, enquanto cuidava do ferimento, sua má disposição ganhou mais corpo.

Pela manhã, quando Túrin partiu de Menegroth para voltar às fronteiras do norte, Saeros o atocaiou, atacando-o por trás, de espada em punho e escudo no braço. Mas Túrin, que aprendera a ficar sempre alerta no ermo, enxergou-o com o canto do olho e, saltando de lado, sacou a espada depressa e se virou contra o inimigo. "Morwen!", exclamou, "agora o que zombou de ti há de pagar por seu escárnio!" E partiu o escudo de Saeros, e os dois combateram com lâminas velozes. Mas Túrin passara muito tempo numa escola severa e se tornara tão ágil quanto qualquer Elfo, porém mais forte. Logo ganhou a vantagem e, após ferir o braço com que Saeros empunhava a espada, tinha-o à sua mercê. Então pôs o pé sobre a espada que ele deixara cair. "Saeros", disse, "há uma longa corrida diante de ti, e as roupas te atrapalharão; o cabelo tem de bastar." E, lançando-o ao chão de repente, despiu-o; Saeros sentiu a grande força de Túrin e teve medo. Mas Túrin deixou-o levantar-se e então gritou: "Corre! Corre! E a não ser que sejas tão veloz como uma corça, eu te acossarei por trás." E Saeros fugiu para a floresta, gritando loucamente por socorro; mas Túrin o perseguia como um cão de caça, e por mais que corresse ou se esquivasse, ainda a espada estava atrás para fustigá-lo.

Os gritos de Saeros trouxeram muitos outros à caçada, que foram atrás deles, mas só os mais velozes conseguiam acompanhar os corredores. Mablung, que ia à frente, ficou perturbado, pois embora o insulto lhe tivesse parecido pesado, "a maldade que acorda pela manhã é a alegria de Morgoth ao anoitecer";

e, além disso, era considerado fato grave envergonhar alguém do povo-élfico, por vontade própria, sem que o assunto fosse levado a julgamento. Ninguém sabia ainda que Túrin fora atacado primeiro por Saeros, que o teria matado.

"Para, para, Túrin!", gritou. "Isto é obra-órquica na floresta!" Ao que Túrin exclamou em resposta: "Obra-órquica na floresta por palavras-órquicas no salão!", e saltou outra vez no encalço de Saeros; e este, sem esperança de ajuda e crendo que a morte o seguia de perto, prosseguiu na corrida desenfreada até chegar de repente a um precipício onde um curso-d'água que alimentava o Esgalduin corria numa profunda fenda através de altas rochas, e larga mesmo para o salto de um cervo. Ali Saeros, aterrorizado, tentou pular; mas falseou o pé na beirada oposta e caiu de costas com um grito, despedaçando-se em uma grande pedra na água. Assim acabou sua vida em Doriath; e por muito tempo Mandos o reteria.

Túrin contemplou de cima seu corpo jazendo no rio e pensou: "Tolo infeliz! Daqui eu o teria deixado caminhar de volta a Menegroth. Agora ele me impôs uma culpa imerecida." Virou-se e olhou sombriamente para Mablung e seus companheiros, que se aproximaram e se detiveram na beira do precipício ao lado dele. Então, depois de um silêncio, Mablung disse: "Ai de nós! Mas agora volta conosco, Túrin, pois o Rei precisa julgar esses feitos."

Túrin, por sua vez, respondeu: "Se o Rei fosse justo, ia julgar-me inocente. Mas este não foi um dos seus conselheiros? Por que um rei justo escolheria como amigo um coração cheio de maldade? Eu renuncio à sua lei e ao seu julgamento."

"Tuas palavras são imprudentes", falou Mablung, apesar de no fundo sentir pena de Túrin. "Não hás de te tornar um renegado. Peço-te que voltes comigo como amigo que és. E há outras testemunhas. Quando o Rei souber da verdade, poderás ter esperança de perdão."

Mas Túrin estava farto dos salões-élficos e temia ser mantido prisioneiro. Disse a Mablung: "Rejeito teu pedido. Não buscarei o perdão do Rei Thingol por nada; e agora irei aonde seu julgamento não possa encontrar-me. Tende apenas duas escolhas: deixar-me ir em liberdade ou matar-me, se isso convier à vossa lei. Pois sois muito poucos para me prenderem vivo."

Viram no fogo de seus olhos que dissera a verdade e deixaram-no passar. E Mablung disse: "Uma morte basta."

"Não a quis, mas não a lamento", falou Túrin. "Que Mandos o julgue com justiça; e, se algum dia ele retornar às terras dos vivos, que demonstre ser mais sábio. Adeus!"

"Vai em liberdade!", despediu-se Mablung; "Pois esse é teu desejo. Mas não acho que irás bem, já que vais deste modo. Uma sombra há sobre teu coração. Quando nos encontrarmos de novo, que ela não esteja mais escura."

A isso Túrin não deu resposta, mas deixou-os e se afastou depressa, indo ninguém soube aonde.

Conta-se que, quando Túrin não voltou aos confins setentrionais de Doriath e não foi possível obter notícias dele, o próprio Beleg Arcoforte veio a Menegroth em sua procura; e com um peso no coração ficou sabendo dos feitos e da fuga de Túrin. Logo depois, Thingol e Melian voltaram a seus salões, pois o verão chegava ao fim; quando o Rei ouviu um relato do que acontecera, sentou-se em seu trono no grande salão em Menegroth, e em volta dele estavam todos os senhores e conselheiros de Doriath.

Tudo foi então investigado e contado, até as palavras de despedida de Túrin; e por fim Thingol suspirou, e disse: "Ai de mim! Como essa sombra entrou furtivamente em meu reino? Eu considerava Saeros fiel e sábio; mas, se estivesse vivo, ele sentiria minha ira, pois seu insulto foi maldoso, e considero-o culpado de tudo o que ocorreu no salão. Até esse ponto Túrin tem meu perdão. Mas envergonhar Saeros e persegui-lo até a morte foram injúrias maiores que a ofensa, e não posso fechar os olhos a esses atos. Eles demonstram um coração duro e orgulhoso." Então Thingol silenciou, mas por fim voltou a falar com tristeza. "É um filho de criação ingrato e um Homem orgulhoso demais para sua condição. Como posso ainda abrigar alguém que desdenha de mim e da minha lei, ou perdoar alguém que não se arrepende? Portanto, banirei Túrin, filho de Húrin, do reino de Doriath. Se pedir para entrar, será trazido a julgamento diante de mim; e até que peça perdão aos meus pés, ele não é mais meu filho. Se alguém aqui considerar isso injusto, que fale."

Então fez-se silêncio no salão, e Thingol ergueu a mão para pronunciar sua sentença. Mas naquele momento Beleg entrou às pressas e exclamou: "Senhor, posso falar ainda?"

"Chegaste tarde", disse Thingol. "Não foste convocado com os demais?"

"É verdade, senhor", respondeu Beleg, "mas atrasei-me; buscava alguém que conhecia. Agora, enfim, trago uma testemunha que deveria ser ouvida antes que se ouça vossa sentença."

"Foram convocados todos que tinham algo a dizer", declarou o Rei. "O que pode ele dizer agora que pese mais do que aqueles que escutei?"

"Haveis de julgar quando tiverdes ouvido", respondeu Beleg. "Concedei-me isso, se alguma vez mereci vosso favor."

"Concedido", autorizou Thingol. Então Beleg saiu e trouxe pela mão a donzela Nellas, que habitava na floresta e jamais vinha a Menegroth; e tinha medo tanto pelo grande salão sustentado por colunas e pelo teto de pedra como pelo séquito de muitos olhos que a observavam. E quando Thingol mandou-a falar, ela contou: "Senhor, eu estava sentada em uma árvore"; mas então hesitou, intimidada pelo Rei, e não conseguiu dizer mais nada.

Diante disso, o Rei sorriu e disse: "Outros também fizeram isso, mas não acharam necessário contar-me."

"Outros, de fato", retomou ela, encorajada pelo sorriso. "Até mesmo Lúthien! E era nela que eu pensava naquela manhã, e em Beren, o Homem."

A isso Thingol nada respondeu, e não estava mais sorrindo, mas esperou até que Nellas voltasse a falar.

"Pois Túrin me lembrava Beren", continuou ela por fim. "São aparentados, pelo que dizem, e seu parentesco pode ser visto por alguns: por alguns que olham de perto."

NARN I HÎN HÚRIN

Thingol impacientou-se. "Pode ser", disse. "Mas Túrin, filho de Húrin, partiu desprezando-me, e não o verás mais para perceber seu parentesco. Pois agora pronunciarei meu julgamento."

"Senhor Rei!", exclamou ela então. "Escutai-me e deixai-me falar primeiro. Sentei-me numa árvore para ver Túrin partir e vi Saeros sair da floresta com espada e escudo e saltar sobre Túrin de surpresa."

Diante disso, ouviu-se um murmúrio no salão; e o Rei ergueu a mão, declarando: "Trazes aos meus ouvidos notícias mais graves do que parecia provável. Agora toma cuidado com tudo o que disseres, pois este é um tribunal de julgamento."

"Assim Beleg me contou", respondeu ela, "e só por isso ousei vir aqui, para que Túrin não seja julgado erradamente. Ele é valoroso, mas clemente. Lutaram, senhor, aqueles dois, até que Túrin tivesse privado Saeros do escudo e da espada; porém não o matou. Portanto não creio que ele desejasse sua morte afinal. Se Saeros foi envergonhado, era uma vergonha que merecia."

"O julgamento cabe a mim", falou Thingol. "Mas o que disseste há de determiná-lo." Interrogou Nellas detalhadamente e por fim virou-se para Mablung, dizendo: "Acho estranho que Túrin não te tenha contado nada disso."

"Mas não contou", afirmou Mablung. "E, se tivesse mencionado esse fato, outras teriam sido as palavras que lhe dirigi quando partiu."

"E outra será agora minha sentença", anunciou Thingol. "Ouvi-me! A culpa que possa recair em Túrin eu agora perdoo, considerando-o ofendido e provocado. E já que foi de fato, como ele disse, um membro de meu conselho quem assim fez-lhe mal, ele não há de buscar este perdão, que lhe será mandado por mim aonde quer que possa se encontrar, e será reconduzido com honra a meus salões."

No entanto, quando a sentença foi pronunciada, Nellas de repente caiu no choro. "Onde poderá se encontrar?", perguntou. "Partiu de nossa terra, e o mundo é grande."

"Há de ser procurado", respondeu Thingol. Então ergueu-se, e Beleg levou Nellas para fora de Menegroth e consolou-a: "Não chores; pois se Túrin viver ou ainda caminhar, hei de encontrá-lo, mesmo que todos os demais fracassem."

No dia seguinte Beleg se apresentou a Thingol e Melian, e o Rei lhe pediu: "Aconselha-me, Beleg; pois estou aflito. Tomei por filho o filho de Húrin, e assim ele será, a não ser que o próprio Húrin retorne das sombras para reclamar o que é seu. Não quero que digam que Túrin foi expulso injustamente para o ermo e de bom grado o receberia de volta, porque amava-o muito."

E Beleg respondeu: "Buscarei Túrin até encontrá-lo e o trarei de volta a Menegroth, se puder; pois também o amo." Então partiu; e, nos quatro cantos de Beleriand, procurou em vão por notícias de Túrin, enfrentando muitos perigos; e aquele inverno passou, e depois dele a primavera.

Túrin entre os Proscritos

Agora a história volta a Túrin. Acreditando ser um proscrito que seria perseguido pelo rei, não voltou para Beleg nos confins setentrionais de Doriath, mas partiu rumo ao oeste e, passando em segredo para fora do Reino Protegido, chegou aos bosques ao sul do Teiglin. Antes das Nirnaeth, muitos homens haviam habitado ali em fazendas dispersas; pertenciam na maior parte à gente de Haleth, mas não reconheciam nenhum senhor e viviam tanto da caça como da criação, criando porcos nas terras das castanhas e cultivando clareiras que mantinham separadas por cercas do restante da floresta. Porém àquela época haviam sido quase todos destruídos ou tinham fugido para Brethil, e toda a região sofria com o temor dos Orques e dos proscritos. Pois, naquele tempo de ruína, homens desalojados e sem esperança desencaminhavam-se: remanescentes da derrota em batalha e de terras arrasadas; e outros eram expulsos para o ermo por atos de maldade. Caçavam e recolhiam os alimentos que podiam; mas no inverno, quando a fome os impelia, eram temidos como lobos, e Gaurwaith, os Homens-Lobos, era como os chamavam aqueles que ainda defendiam seus lares. Uns cinquenta desses homens haviam se juntado em um bando, que vagava na floresta além dos confins ocidentais de Doriath; eram odiados quase tanto quanto os Orques, pois entre eles havia exilados de coração duro, que sentiam rancor contra sua própria gente. O mais feroz deles era um que se chamava Andróg, que fora expulso de Dor-lómin pelo assassinato de uma mulher; e também outros vinham daquela terra: o velho Algund, o mais idoso da companhia, que fugira das Nirnaeth, e Forweg, como ele mesmo se denominava, o capitão do bando, um homem de cabelos claros e olhos brilhantes e volúveis, grande e valente, mas já muito distanciado dos costumes dos Edain do povo de Hador. Tinham se tornado muito precavidos, postando em volta batedores ou vigias, estivessem em movimento ou repouso; e assim logo perceberam Túrin quando este penetrou em seu retiro. Seguiram sua trilha e se postaram em torno dele; e de repente, quando saiu para uma clareira ao lado de um riacho, Túrin viu-se dentro de um círculo de homens com arcos retesados e espadas desembainhadas.

Túrin parou, mas não demonstrou medo. "Quem sois?", perguntou. "Pensei que somente os Orques atocaiavam os homens; mas vejo que estava enganado."

"Poderás arrepender-te do engano", ameaçou Forweg, "pois este é o nosso retiro, e não permitimos que outros caminhem por aqui. Como punição tiramos sua vida, a não ser que consigam pagar pelo resgate."

Então Túrin riu: "Não obtereis resgate de mim", respondeu Túrin, "exilado e proscrito. Podeis revistar-me quando eu estiver morto, mas pagareis caro para provar que minhas palavras são verdadeiras."

Ainda assim, sua morte parecia próxima, pois muitas flechas estavam encaixadas nas cordas, aguardando a palavra do capitão; e nenhum de seus inimigos estava ao alcance de um salto com espada sacada. Mas Túrin, avistando algumas pedras à beira do córrego diante de seus pés, agachou-se de repente; e naquele momento um dos homens, enraivecido por suas palavras, atirou uma flecha. Mas ela passou por cima de Túrin, e ele, de um salto, lançou uma pedra no arqueiro com muita força e pontaria certeira; e ele caiu ao chão com o crânio partido.

"Eu poderia servi-vos melhor vivo, no lugar desse homem desafortunado", falou Túrin; e virando-se para Forweg completou: "Se és o capitão aqui, não deverias permitir que teus homens atirassem sem comando."

"Não o permito", disse Forweg, "mas ele foi repreendido com rapidez suficiente. Podes tomar o lugar dele, se obedeceres melhor às minhas palavras."

Dois dos proscritos falaram em voz alta contra ele; e um deles era amigo do morto. Ulrad era seu nome. "Estranho modo de obter acesso a uma companhia", falou, "matando um dos melhores homens."

"Não sem ser desafiado", respondeu Túrin. "Mas vamos lá! Posso enfrentar-vos os dois juntos, com armas ou com a força apenas; e então havereis de ver se sou capaz de substituir um de vossos melhores homens." Então andou na direção deles; mas Ulrad recuou e não quis lutar. O outro lançou o arco ao chão e fitou Túrin dos pés à cabeça; e esse homem era Andróg de Dor-lómin.

"Não me igualo a ti", disse por fim, balançando a cabeça. "Ninguém aqui se iguala, acredito. Podes juntar-te a nós no que me diz respeito. Mas tens algo de estranho; és um homem perigoso. Qual é teu nome?"

"Neithan, o Injustiçado, assim me chamo", apresentou-se Túrin, e Neithan foi como os proscritos o chamaram depois disso; no entanto, apesar de lhes contar que havia sofrido injustiça (e sempre dava ouvidos prontamente a quem afirmasse o mesmo), nada mais quis revelar sobre sua vida ou seu lar. Porém notaram que ele caíra de alguma condição elevada e que, apesar de nada possuir senão suas armas, estas eram feitas por ferreiros-élficos. Logo conquistou a admiração dos proscritos, pois era forte e valoroso e tinha mais desenvoltura na floresta que eles, e confiavam nele, pois não era ganancioso e pouco cuidava de si; por outro lado, temiam-no por causa de seus súbitos acessos de cólera, que eles raramente compreendiam. Para Doriath Túrin não podia voltar, ou não queria, por orgulho; em Nargothrond ninguém era admitido desde a queda

NARN I HÎN HÚRIN

de Felagund. À gente menor de Haleth em Brethil ele não se dignava a ir; e a Dor-lómin não ousava, pois a região estava cercada de perto e um homem só, pensava ele, àquela época não podia ter esperança de atravessar as passagens das Montanhas de Sombra. Então Túrin ficou com os proscritos, visto que a companhia de quaisquer homens que fossem tornava mais fácil suportar as privações do ermo; e, como desejava viver e não podia estar sempre discordando deles, pouco fez para reprimir suas maldades. Mas às vezes sua compaixão e indignação despertavam, e então tornava-se perigoso em sua ira. Viveu desse modo até o fim daquele ano e atravessou a carência e a fome do inverno até que viesse a agitação[A] e, depois, uma bela primavera.

Ora, nas florestas ao sul do Teiglin, como foi dito, ainda havia algumas fazendas de Homens robustos e cautelosos, porém já em número reduzido. Apesar de não gostarem nem um pouco dos Gaurwaith e de sentirem pouca pena deles, nos invernos rigorosos colocavam alimentos que podiam dispensar em lugares onde pudessem achá-los; assim esperavam evitar o ataque em bando dos famintos. Dessa forma, porém, ganhavam menos gratidão dos proscritos que dos animais e pássaros, e só eram protegidos de fato por seus cães e suas cercas. Pois cada fazenda tinha grandes sebes em torno da terra roçada, e ao redor das casas havia fossos e estacadas; além disso havia trilhas de uma fazenda à outra, e os homens podiam convocar auxílio, caso necessitassem, a toque de trompa.

Mas quando chegou a primavera, tornou-se perigoso para os Gaurwaith permanecer tão perto das casas dos Homens-da-floresta, que poderiam reunir-se e persegui-los; e Túrin admirou-se, portanto, de ver que Forweg não os conduziu para longe. Havia mais alimento e caça, e menos perigo, nas terras do Sul, onde não restavam Homens. Então, certo dia, Túrin deu pela falta de Forweg, e também de seu amigo Andróg; e perguntou onde estavam, mas seus companheiros riram.

[A]A estação entre o inverno e a primavera, chamada *coirë* em quenya e *echuir* em sindarin. [N. T.]

CONTOS INACABADOS

"Saíram atrás de seus próprios negócios, acho eu", disse Ulrad. "Não vão demorar a voltar, e então vamos nos deslocar. Às pressas, talvez, pois teremos sorte se não trouxerem consigo as abelhas da colmeia."

O sol brilhava e as folhas jovens estavam verdes; e Túrin cansou-se do esquálido acampamento dos proscritos e vagou sozinho, penetrando a fundo na floresta. Contra sua vontade lembrou-se do Reino Oculto, e parecia ouvir os nomes das flores de Doriath como ecos de um antigo idioma quase esquecido. Mas de repente ouviu gritos, e de uma moita de avelãs saiu correndo uma jovem; suas roupas estavam dilaceradas pelos espinhos, e tinha muito medo e tropeçou, caindo ofegante ao chão. Então Túrin, saltando na direção da moita com a espada desembainhada, derrubou com um golpe um homem que irrompeu da aveleira em perseguição e só no momento do próprio golpe viu que se tratava de Forweg.

Mas quando se deteve, espantado, baixando os olhos para o sangue na grama, Andróg saiu e também parou, perplexo. "Obra maligna, Neithan!", exclamou, e sacou a espada; mas a disposição de Túrin arrefecera, e ele perguntou a Andróg: "Onde estão os Orques, então? Vós os ultrapassastes para ajudá-la?"

"Orques?", respondeu Andróg. "Tolo! E te consideras um proscrito. Os proscritos não conhecem lei senão suas necessidades. Cuida de ti mesmo, Neithan, e deixa-nos cuidar das nossas coisas."

"Assim farei", concordou Túrin. "Mas hoje nossos caminhos se cruzaram. Deixarás a mulher comigo ou vai te juntar a Forweg."

Andróg riu. "Se as coisas são assim, faz o que quiseres", disse. "Não tenho pretensão de te igualar sozinho; mas nossos companheiros poderão levar a mal esse assassinato."

Então a mulher se pôs de pé e colocou a mão no braço de Túrin. Olhou para o sangue, depois para Túrin, e havia deleite em seus olhos. "Mata-o, senhor!", pediu ela. "Mata-o também! E depois vem comigo. Se levares suas cabeças, Larnach, meu pai, não ficará descontente. Por duas "cabeças-de-lobo" ele já deu boas recompensas."

Mas Túrin perguntou a Andróg: "É longe a casa dela?"

"Uma milha mais ou menos", respondeu, "numa fazenda cercada ali adiante. Ela vagava do lado de fora."

"Então vai depressa", ordenou Túrin, voltando-se outra vez para a mulher. "Diz a teu pai para cuidar melhor de ti. Mas não vou decepar a cabeça de meus companheiros para comprar favores dele, nem nenhuma outra coisa."

Então embainhou a espada. "Vem!", ordenou a Andróg. "Vamos voltar. Mas se queres sepultar teu capitão, tu mesmo precisas fazê-lo. Apressa-te, pois poderá erguer-se um clamor por justiça. Traz as armas dele!"

Então Túrin seguiu seu caminho sem mais palavra, e Andróg o viu partir e franziu a testa, como quem reflete sobre um enigma.

Quando Túrin voltou ao acampamento dos proscritos, encontrou-os inquietos e desassossegados; pois já haviam se demorado demais no mesmo lugar, perto de fazendas bem vigiadas, e murmuravam contra Forweg. "Ele corre riscos às nossas custas", diziam, "e outros poderão ter de pagar por seus prazeres."

"Então escolhei um novo capitão!", propôs Túrin, de pé diante deles. "Forweg não pode mais liderá-vos, pois está morto."

"Como sabes disso?", perguntou Ulrad. "Buscaste mel na mesma colmeia? As abelhas o picaram?"

"Não", respondeu Túrin. "Uma picada foi o bastante. Eu o matei. Mas poupei Andróg, e ele voltará logo." Então contou tudo o que ocorrera, censurando os que cometiam tais atos; e enquanto ainda falava, Andróg retornou trazendo as armas de Forweg. "Ouve, Neithan!", exclamou. "Não soou nenhum alarme. Talvez ela espere encontrar-te de novo."

"Se gracejares comigo", repreendeu-o Túrin, "hei de me arrepender de ter negado a ela tua cabeça. Agora conta a tua história, e sem delongas."

Então Andróg contou bastante fielmente tudo o que acontecera. "O que Neithan procurava lá é o que agora me pergunto", concluiu ele. "Não o mesmo que nós, ao que parece. Pois quando apareci ele já tinha matado Forweg. A mulher gostou muito disso e ofereceu-se para ir com ele, pedindo nossa cabeça como compensação. Mas ele não a quis e mandou-a embora; assim, não posso imaginar que rancor tinha contra o capitão. Ele deixou minha cabeça sobre os ombros, e estou grato por isso, mas muito intrigado."

"Então nego o que afirmas, que vens do Povo de Hador", disse Túrin. "Pertences, isso sim, a Uldor, o Maldito, e deverias buscar serviço em Angband. Mas escutai-me agora!", exclamou para todos. "Estas escolhas eu vos dou. Deveis tomar-me por capitão no lugar de Forweg ou então deixar-me partir. Liderarei agora esta companhia ou a abandonarei. Mas se quiserdes matar-me, avante! Vou combater-vos a todos até que eu esteja morto — ou vós."

Muitos homens pegaram suas armas, mas Andróg exclamou: "Não! A cabeça que ele poupou não é estúpida. Se lutarmos, mais de um morrerá sem necessidade antes que matemos o melhor homem dentre nós." Então riu-se. "Assim como era quando ele se juntou a nós, assim é outra vez. Ele mata para criar espaço. Se funcionou antes, poderá funcionar de novo; e ele poderá nos levar a melhor sorte do que rondar as esterqueiras de outros homens."

E o velho Algund comentou: "O melhor homem dentre nós. Houve tempo em que teríamos feito o mesmo se nos atrevêssemos; mas esquecemos muita coisa. Ele poderá nos levar para casa no final."

Ao ouvir essas palavras, Túrin concluiu que a partir daquele pequeno bando poderia erguer-se e construir seu próprio senhorio livre. Mas encarou Algund e Andróg e disse: "Para casa, dizeis? Antes disso existem as altas e frias Montanhas de Sombra. Atrás delas está o povo de Uldor, e em volta, as legiões de Angband. Se isso não vos intimida, sete vezes sete homens, então posso conduzir-vos para casa. Mas até que ponto antes de morrermos todos?"

Os homens fizeram silêncio. Então Túrin falou outra vez. "Vós me tomais por capitão? Então vou primeiro conduzir-vos para o ermo, longe dos lares dos homens. Lá poderemos encontrar melhor sorte, ou não; mas pelo menos mereceremos menos ódio da nossa própria gente."

Então todos os que eram do Povo de Hador juntaram-se a ele e o tomaram por capitão; os demais concordaram com menor boa vontade. E de imediato Túrin os levou para longe daquela terra.[11]

Muitos mensageiros haviam sido enviados por Thingol para buscar Túrin no interior em Doriath e nas terras próximas a suas fronteiras; mas no ano de sua fuga eles o procuraram em vão, pois ninguém sabia nem podia adivinhar que ele estava com os proscritos e inimigos dos Homens. Com a chegada do inverno retornaram ao rei, todos exceto Beleg. Depois de todos os demais partirem, ele ainda prosseguiu sozinho.

Mas em Dimbar e ao longo das fronteiras setentrionais de Doriath as coisas haviam ido mal. O Elmo-de-dragão já não era mais visto em combate por ali, e também do Arcoforte sentiam falta; e os servos de Morgoth criaram ânimo e se tornaram cada vez mais numerosos e mais audazes. O inverno veio e passou, e na primavera seu ataque renovou-se: Dimbar foi assolada, e os homens de Brethil tinham medo, pois agora o mal rondava todas as suas fronteiras, exceto no sul.

Já fazia quase um ano que Túrin fugira e Beleg ainda o procurava, mas com esperanças cada vez mais reduzidas. Em suas peregrinações, andou rumo ao norte até as Travessias do Teiglin e lá, tendo ouvido más notícias sobre uma nova incursão dos Orques vindos de Taur-nu-Fuin, retornou, chegando por acaso às casas dos Homens-da-floresta, logo após Túrin deixar aquela região. Ali ouviu uma estranha história que circulava entre eles. Um Homem alto e soberbo, ou um guerreiro-élfico, diziam alguns, surgira na floresta, matara um dos Gaurwaith e salvara a filha de Larnach, a quem perseguiam. "Era muito altivo", confirmou a filha de Larnach a Beleg, "com olhos brilhantes que mal se dignaram olhar-me. Porém, chamou os Homens-lobos de companheiros e não quis matar o outro que estava próximo e conhecia seu nome. Este o chamou de Neithan."

"Podes decifrar esse enigma?", perguntou Larnach ao Elfo. "Posso, ai de mim", respondeu Beleg. "O Homem de quem falais é o que busco." Nada mais mencionou aos Homens-da-floresta sobre Túrin; mas advertiu-os do mal que se acumulava ao norte. "Logo os Orques virão rapinar esta região em quantidade demasiada para vós os enfrentardes", alertou. "Este ano, por fim, tendes de entregar vossa liberdade ou vossa vida. Ide a Brethil enquanto é tempo!"

Então Beleg seguiu seu caminho às pressas e procurou os covis dos proscritos e os sinais que lhe pudessem mostrar aonde tinham ido. Logo encontrou; mas Túrin já estava vários dias à frente e deslocava-se depressa, temendo a perseguição dos Homens-da-floresta; usara todas as artes que conhecia para derrotar ou iludir quem tentasse segui-lo. Raramente passavam duas noites no mesmo acampamento e deixavam poucos vestígios de seu caminho ou sua estada. Assim foi que o próprio Beleg os caçou em vão. Conduzido pelos sinais que podia interpretar ou pelo rumor da passagem de Homens entre os seres selvagens com os quais conseguia falar, muitas vezes esteve perto, mas seu covil sempre estava deserto quando lá chegava; os proscritos mantinham vigilância de dia e de noite e a qualquer rumor de aproximação levantavam acampamento e partiam depressa. "Ai de mim!", exclamava ele. "Ensinei bem demais as artes da floresta e do campo a esse filho dos Homens! Quase se poderia crer que se trata de um bando de Elfos." Mas os homens, por sua vez, sabiam estar sendo rastreados por um perseguidor incansável, que não podiam ver e tampouco rechaçar, e ficaram apreensivos.[12]

Não muito tempo depois, como Beleg temera, os Orques atravessaram o Brithiach e, enfrentados com toda a força possível de ser reunida por Handir de Brethil, passaram rumo ao sul sobre as Travessias do Teiglin em busca de pilhagem. Muitos dos Homens-da-floresta haviam seguido o conselho de Beleg, mandando mulheres e crianças pedirem refúgio em Brethil. Estas e sua escolta escaparam, atravessando as Travessias a tempo;

mas os homens armados que as seguiam atrás foram atacados pelos Orques e derrotados. Alguns atravessaram combatendo e chegaram a Brethil, porém muitos foram mortos ou capturados; os Orques avançaram sobre as fazendas e as saquearam e queimaram. Então imediatamente voltaram rumo ao oeste, procurando a Estrada, pois agora desejavam voltar logo para o Norte com seu saque e seus prisioneiros.

Porém, os batedores dos proscritos logo tomaram conhecimento de sua presença; e, apesar de bem pouco se importarem com seus prisioneiros, a pilhagem dos Homens-da-floresta atiçou sua cobiça. A Túrin pareceu arriscado revelarem-se aos Orques antes de saberem quantos eram, mas os proscritos não lhe deram atenção, pois no ermo tinham necessidade de muitas coisas, e alguns já começavam já a lamentar sua liderança. Portanto, tomando por único companheiro um certo Orleg, Túrin partiu para espionar os Orques; e, passando o comando do grupo a Andróg, encarregou-o de ficar por perto, e bem escondido, enquanto estivessem fora.

Ora, a hoste dos Orques era muito mais numerosa que o bando de proscritos, mas estavam em terras aonde raramente tinham ousado ir e sabiam também que além da Estrada ficava a Talath Dirnen, a Planície Protegida, vigiada pelos batedores e espiões de Nargothrond; e por temerem o perigo estavam alertas, e seus batedores esgueiravam-se pelas árvores de ambos os lados das fileiras em marcha. Foi assim que Túrin e Orleg foram descobertos, pois três batedores toparam com eles, deitados escondidos; apesar de matarem dois, o terceiro escapou, gritando *"Golug! Golug!"* ao correr. Esse era o nome que usavam para os Noldor. Imediatamente a floresta se encheu de Orques, dispersando-se em silêncio e caçando por toda parte. Então, vendo que havia pouca esperança de escapar, Túrin pensou em pelo menos iludi-los e levá-los para longe do esconderijo de seus homens; e, percebendo pelo grito de *"Golug!"* que temiam os espiões de Nargothrond, fugiu com Orleg para o oeste. Foram perseguidos sem demora até que, por mais que se virassem e desviassem, foram finalmente forçados a sair da floresta; e então foram avistados; e, ao tentarem atravessar a Estrada, Orleg foi alvejado por muitas flechas. Túrin, por sua vez, foi salvo pela cota de malha élfica, e escapou sozinho para os ermos mais além; e com rapidez e astúcia evadiu-se dos inimigos, indo para longe, para terras que lhe eram estranhas. Então os Orques, temendo que os Elfos de Nargothrond fossem provocados, mataram os prisioneiros e voltaram às pressas para o Norte.

Quando já haviam passado três dias e Túrin e Orleg não tinham voltado, alguns dos proscritos quiseram partir da caverna onde estavam escondidos; mas Andróg opôs-se. E enquanto estavam em meio ao debate, repentinamente surgiu diante deles um vulto cinzento. Beleg enfim os encontrara. Adiantou-se sem armas nas mãos e com as palmas voltadas para eles; mas os homens se puseram de pé depressa, por medo, e Andróg, vindo por trás, passou um laço sobre ele e apertou-o, de modo a lhe imobilizar os braços.

"Se não desejais visitantes, deveis manter uma guarda melhor", disse Beleg. "Por que me recebeis assim? Venho como amigo e busco somente um amigo. Neithan, é assim que vos ouço chamá-lo."

"Não está aqui", informou Ulrad. "Mas, a não ser que esteja nos espionando há tempo, como conheces esse nome?"

"Espiona-nos há tempo", acusou Andróg. "Esta é a sombra que tem nos espreitado. Agora talvez conheçamos sua verdadeira intenção." Então mandou-os amarrar Beleg a uma árvore ao lado da caverna; e quando estava firmemente atado de pés e mãos, eles o interrogaram. Mas a todas as perguntas Beleg só dava uma resposta. "Sou amigo desse Neithan desde a primeira vez que o encontrei na floresta, e ele era então apenas uma criança. Busco-o por amor somente e para lhe trazer boas novas."

"Vamos matá-lo e nos livrar da espionagem", propôs Andróg com raiva; olhou para o grande arco de Beleg e o cobiçou, pois era arqueiro. Mas alguns de melhor coração opuseram-se, e Algund ponderou: "O capitão ainda poderá retornar; e então te arrependerás se ele descobrir que foi privado ao mesmo tempo um amigo e de boas novas."

"Não acredito na história desse Elfo", declarou Andróg. "É um espião do Rei de Doriath. Mas se de fato tiver notícias, ele há de contá-las a nós, e havemos de julgar se são motivo para deixá-lo viver."

"Esperarei por vosso capitão", insistiu Beleg.

"Ficarás de pé aí até falares", respondeu Andróg.

Então, por insistência de Andróg, deixaram Beleg amarrado à árvore sem alimento nem água e sentaram-se ao lado, comendo e bebendo; mas ele nada mais lhes disse. Ao fim de dois dias e duas noites, ficaram zangados e receosos, além de ansiosos por partir; àquela altura, a maioria estava disposta a matar o Elfo. Ao cair da noite estavam todos reunidos em torno dele, e Ulrad trouxe um tição da pequena fogueira que ardia na entrada da caverna. Mas nesse momento Túrin retornou. Chegando em silêncio, como costumava fazer, pôs-se de pé nas sombras além do círculo dos homens e viu o rosto faminto de Beleg à luz do tição.

Então foi como se uma seta o atingisse e, como uma geada que derretia subitamente, lágrimas havia muito não derramadas encheram-lhe os olhos. Saltou à frente e correu até a árvore. "Beleg! Beleg!", exclamou. "Como vieste até aqui? E por que estás aí desse modo?" Cortou de imediato as amarras do amigo, e Beleg caiu para a frente em seus braços.

Quando Túrin ouviu tudo o que os homens se dispuseram a contar, sentiu-se furioso e aflito; mas primeiro ocupou-se de Beleg. Enquanto cuidava dele com toda a habilidade que tinha, pensava na vida na floresta, e sua ira se voltou para si mesmo. Pois muitas vezes estranhos haviam sido mortos quando os apanhavam perto dos covis dos proscritos ou eram emboscados por estes, e ele não o impedira; e com frequência ele próprio tinha falado mal do Rei Thingol e dos Elfos-cinzentos, de modo que devia compartilhar a culpa se os tratavam como inimigos. Então voltou-se para os homens com amargura. "Fostes cruéis", repreendeu-os, "e cruéis sem necessidade. Nunca até agora torturamos um prisioneiro; mas a vida que vivemos nos levou a tal obra-órquica. Todos os nossos feitos foram ilícitos e infrutíferos, servindo apenas a nós mesmos e incitando ódio em nosso coração."

Ao que Andróg rebateu: "Mas a quem havemos de servir senão a nós mesmos? A quem havemos de amar quando todos nos odeiam?"

"Minhas mãos pelo menos não se erguerão de novo contra Elfos ou Homens", prometeu Túrin. "Angband tem servos suficientes. Se outros não fizerem esta promessa comigo, caminharei sozinho."

Então Beleg abriu os olhos e ergueu a cabeça. "Não sozinho!", interrompeu. "Agora finalmente posso contar minhas novidades. Não és proscrito, e Neithan é um nome impróprio. A culpa que recaiu sobre ti foi perdoada. Por um ano foste procurado para ser reconduzido à honra e ao serviço do rei. Por demasiado tempo sentiu-se a falta do Elmo-de-dragão."

Mas Túrin não demonstrou alegria por essa notícia, e por muito tempo ficou sentado em silêncio; ao ouvir as palavras de Beleg, uma sombra voltou a cair sobre ele. "Que passe esta noite", disse por fim. "Então decidirei. Seja como for, precisamos abandonar este covil amanhã, pois nem todos que nos buscam têm boas intenções."

"Não, ninguém", corrigiu Andróg, e lançou um olhar maligno para Beleg.

Pela manhã Beleg, rapidamente curado de suas dores, à moda do povo-élfico de outrora, falou com Túrin em particular.

"Esperava mais alegria com as novidades", falou. "Certamente agora voltarás a Doriath?" E implorou que Túrin o fizesse, de todas as maneiras que podia; porém, quanto mais insistia, mais Túrin hesitava, mas não sem interrogar Beleg detalhadamente acerca do julgamento de Thingol. Então Beleg lhe contou tudo o que sabia, e por fim Túrin disse: "Então Mablung demonstrou ser meu amigo, como parecia outrora?"

"Amigo da verdade, isso sim", disse Beleg, "e isso foi o melhor, no fim das contas. Mas por que, Túrin, não lhe falaste sobre o ataque de Saeros contra ti? Tudo poderia ter sido bem diferente. E", concluiu, olhando para os homens espreguiçados perto da boca da caverna, "ainda poderias ter mantido nas alturas teu elmo, e não decaído a isto."

"Pode ser, se isto é o que chamas de decadência", concordou Túrin. "Pode ser. Mas assim foi; e as palavras me ficaram presas na garganta. Havia reprovação nos olhos dele, sem que me fizesse nenhuma pergunta, por algo que eu não fizera. Meu coração de Homem foi tomado de orgulho, como disse o Rei dos Elfos. E ainda está, Beleg Cúthalion. Ele ainda não me permite voltar a Menegroth e suportar olhares de pena e perdão, como um menino genioso que se emendou. Eu deveria conceder perdão, não recebê-lo. E já que não sou menino, e sim um homem, de acordo com minha gente; e um homem duro por destino."

Então Beleg afligiu-se. "O que farás então?", perguntou.

"Ir em liberdade", respondeu Túrin. "Foi isso que Mablung me desejou quando nos separamos. O perdão de Thingol não se estenderá a estes meus companheiros de decadência, creio; mas não me separarei deles agora se não quiserem se separar de mim. Amo-os à minha maneira, até mesmo o pior deles, um pouco. São de minha própria gente e em cada um existe algo de bom que pode crescer. Creio que me apoiarão."

"Enxergas com olhos diferentes dos meus", disse Beleg. "Se tentares desviá-los do mal, eles te desapontarão. Não confio neles, e em um menos do que em todos."

"Como um Elfo há de julgar Homens?", perguntou Túrin.

"Como julga todas as ações, seja por quem forem feitas", respondeu Beleg, porém nada mais disse, e não falou da malícia de Andróg, principal responsável por seus maus-tratos; percebendo o humor de Túrin, temia ser desacreditado e ferir sua antiga amizade, empurrando-o de volta ao mau caminho.

"Ir em liberdade, tu dizes, meu amigo Túrin", falou. "O que queres dizer?"

"Quero liderar meus próprios homens e fazer guerra à minha maneira", respondeu Túrin. "Mas pelo menos nisto meu coração está mudado: arrependo-me de cada golpe, exceto dos desferidos contra o Inimigo dos Homens e Elfos. E, acima de tudo, gostaria de ter-te a meu lado. Fica comigo!"

"Se eu ficar ao teu lado, seria guiado pelo amor, não pela sabedoria", declarou Beleg. "Meu coração me alerta de que devemos voltar a Doriath."

"Ainda assim não irei para lá", reafirmou Túrin.

Então Beleg esforçou-se mais uma vez para persuadi-lo a retornar ao serviço do Rei Thingol, dizendo que havia grande necessidade de sua força e valor nos confins do norte de Doriath, e falou das novas incursões dos Orques, que desciam até Dimbar vindos de Taur-nu-Fuin pelo Passo de Anach. Mas todas as suas palavras de nada valeram, e disse por fim: "Disseste que és um homem duro, Túrin. Duro és, e teimoso. Agora é minha vez. Se de fato desejas ter o Arcoforte a teu lado, procura-me em Dimbar, pois para lá voltarei."

Túrin ficou sentado em silêncio, e lutou com seu orgulho, que não o deixava voltar, e refletiu sobre os anos que tinha atrás de si. Mas, abandonando de repente os pensamentos, falou a Beleg: "A donzela-élfica cujo nome mencionaste: muito lhe devo por seu testemunho oportuno; mas não consigo lembrar-me dela. Por que vigiava meus caminhos?"

Beleg olhou-o com estranheza. "Por quê", perguntou. "Túrin, viveste mesmo sempre com o coração e a mente assim tão longe? Andavas com Nellas nas florestas de Doriath quando eras menino."

"Isso foi em um tempo muito distante", disse Túrin. "Ou é assim que minha infância me parece agora, e paira uma névoa sobre ela — a não ser pela lembrança da casa de meu pai em Dor-lómin. Mas por que haveria de ter caminhado com uma donzela-élfica?"

"Para aprender o que ela podia ensinar, talvez", sugeriu Beleg. "Ai de ti, filho de Homens! Há outros sofrimentos na Terra-média além dos teus e feridas que nenhuma arma causou. Na verdade começo a pensar que Elfos e Homens não deveriam encontrar-se nem interferir uns na vida dos outros."

Túrin nada falou, mas olhou por longo tempo para o rosto de Beleg, como se nele fosse ler o enigma de suas palavras. Mas Nellas de Doriath nunca mais o viu, e sua sombra afastou-se dela.[13]

Sobre Mîm, o Anão

Após a partida de Beleg (e isso foi no segundo verão depois que Túrin fugiu de Doriath),[14] as coisas complicaram-se para os proscritos. Caíram chuvas fora de estação, e Orques em número cada vez maior desceram do Norte e ao longo da velha Estrada Sul por sobre o Teiglin, transtornando todas as florestas nos limites oeste de Doriath. Havia pouca segurança ou pouco repouso, e a companhia desempenhava mais frequentemente o papel de caçados que o de caçadores.

Certa noite, de tocaia no escuro, Túrin refletiu sobre sua vida, e pareceu-lhe que poderia ser melhorada. "Preciso encontrar um refúgio seguro", pensou, "e fazer provisões para o inverno e a fome"; e no dia seguinte levou seus homens, mais longe do que jamais tinham estado do Teiglin e dos confins de Doriath. Após três dias de viagem, pararam na borda ocidental dos bosques do Vale do Sirion. Ali a terra era mais seca e mais estéril, pois começava a subir rumo às charnecas.

Logo depois ocorreu que, quando se apagava a luz cinzenta de um dia de chuva, Túrin e seus homens estavam abrigados em uma moita de azevinho; e além dela havia uma área sem árvores com muitas pedras grandes, inclinadas ou tombadas juntas. Tudo era silêncio, exceção pela chuva pingando das folhas. De repente um vigia deu o alarme, e, pondo-se de pé com um salto, eles viram três formas encapuzadas, trajadas de cinza, andando silenciosamente por entre as pedras. Cada uma carregava um grande saco, mas apesar disso caminhavam depressa.

Túrin gritou-lhes que parassem, e os homens saíram correndo para longe deles como cães de caça; mas continuaram seu caminho e, apesar de Andróg atirar flechas em sua direção, dois deles desapareceram no crepúsculo. Um retardou-se, pois era mais lento ou estava mais carregado; e logo foi agarrado, lançado ao chão e segurado por muitas mãos firmes, apesar de se debater e morder como um animal. Túrin, porém, chegou e censurou seus homens. "O que tendes aí?", perguntou. "Para que tanta violência? É velho e pequeno. Que mal pode fazer?"

"Ele morde", respondeu Andróg, mostrando uma mão que sangrava. "É um Orque, ou da gente dos Orques. Mata-o!"

"É o mínimo que merece por iludir nossas esperanças", completou o outro, que pegara o saco. "Aqui não há nada senão raízes e pedrinhas."

"Não", vetou Túrin, "é barbado. É apenas um Anão, creio. Deixai-o levantar e falar."

Assim foi que Mîm tomou parte do Conto dos Filhos de Húrin. Pois colocou-se de joelhos, cambaleando, diante dos pés de Túrin e implorou por sua vida. "Sou velho", disse, "e pobre. Apenas um Anão, como dizes, não um Orque. Mîm é meu nome. Não permitas que me matem, mestre, sem nenhuma causa, como fariam os Orques."

Então Túrin compadeceu-se dele em seu coração, mas falou: "Pareces pobre, Mîm, por mais que isso seja estranho para um Anão; mas acredito que somos mais pobres: Homens sem lar e sem amigos. Se eu dissesse que não poupamos vidas apenas por compaixão, já que estamos em grande necessidade, o que oferecerias como resgate?"

"Não sei o que desejas, senhor", respondeu Mîm com cautela.

"Neste momento, bem pouco!", falou Túrin, olhando em volta, amargurado, com a chuva nos olhos. "Um lugar seguro para dormir, longe das florestas úmidas. Sem dúvida tens algo assim para ti."

"Tenho", confirmou Mîm, "mas não posso dá-lo como resgate. Sou velho demais para viver ao relento.

"Não precisas ficar mais velho", interrompeu Andróg, dando um passo e segurando uma faca na mão ilesa. "Posso poupar-te disso."

"Senhor!", exclamou Mîm, então, com grande medo. "Se eu perder a vida, perdereis a habitação; pois não a encontrareis sem Mîm. Não posso dá-la, mas vou compartilhá-la. Há nela mais espaço do que nunca: muitos se foram para sempre", e começou a chorar.

"Tua vida foi poupada, Mîm", anunciou Túrin.

"Até que cheguemos a seu covil, pelo menos", falou Andróg.

Mas Túrin o encarou e prometeu: "Se Mîm nos levar até sua casa sem trapaça e ela for boa, então sua vida estará resgatada; e não há de ser morto por nenhum homem que me segue. Isso eu juro."

Então Mîm abraçou os joelhos de Túrin, dizendo: "Mîm será teu amigo, senhor. Primeiro pensei que fosses um Elfo, pela tua fala e tua voz; mas se és um Homem, tanto melhor. Mîm não ama os Elfos."

"Onde está essa tua casa?", perguntou Andróg. "Deve mesmo ser boa para Andróg compartilhá-la com um Anão. Pois Andróg não gosta de Anãos. Sua gente trouxe do Leste poucas histórias boas sobre essa raça."

"Julga meu lar quando o vires", respondeu Mîm. "Mas precisareis de luz no caminho, Homens cambaleantes. Voltarei logo para vos guiar."

"Não, não!", impediu Andróg. "Não permitirás isto, certo, capitão? Nunca voltarias a ver o velho patife."

"Está escurecendo", observou Túrin. "Ele que nos deixe alguma garantia. Podemos ficar com teu saco e tua carga, Mîm?"

Mas diante disso o Anão outra vez caiu de joelhos, muito perturbado. "Se Mîm não pretendesse voltar, não voltaria por um velho saco de raízes", argumentou. "Eu voltarei. Deixai-me ir!"

"Não deixarei", decidiu Túrin. "Se não queres te separar de teu saco, deves ficar com ele. Uma noite sob as folhas, quem sabe, fará com que tenhas piedade de nós." Mas observou, e outros também, que Mîm dava mais importância à sua carga do que seu valor aparentava.

Levaram embora o velho Anão até seu acampamento melancólico; e no caminho ele resmungava numa língua estranha que parecia áspera e carregada de um antigo ódio; mas quando puseram amarras em suas pernas, ele se calou de repente. E os que o vigiavam viram-no sentado durante toda a noite, silencioso e imóvel como uma pedra, exceto pelos olhos insones que brilhavam, percorrendo a escuridão.

Antes da manhã a chuva parou, e o vento agitou as árvores. A aurora surgiu mais luminosa do que fora por muitos dias, e ares leves do Sul abriram o céu pálido e claro ao nascer do sol. Mîm continuava sentado sem se mover, como morto; agora suas pesadas pálpebras estavam fechadas, e a luz da manhã o revelou definhado e contraído de velhice. Túrin, de pé, baixou os olhos para ele. "Agora há luz suficiente", falou.

Então Mîm abriu os olhos e apontou para suas amarras; quando ficou livre falou furioso. "Aprendei isto, tolos!", disse. "Não coloqueis amarras num Anão! Ele não vos perdoará. Não desejo morrer, mas pelo que fizestes, meu coração se inflamou. Arrependo-me de minha promessa."

"Mas eu não", rebateu Túrin. "Vais me conduzir ao teu lar. Até lá não falaremos em morte. Essa é a *minha* vontade." Olhou firmemente nos olhos do Anão, e Mîm não pôde suportá-lo; de fato poucos eram capazes de desafiar os olhos de Túrin, por vontade firme ou por ira. Logo desviou a cabeça e se ergueu. "Segue-me, senhor!", assentiu ele.

"Bom!", disse Túrin. "Mas agora acrescentarei isto: compreendo teu orgulho. Podes morrer, mas não há de ser posto em amarras outra vez."

Então Mîm levou-os de volta ao lugar onde fora capturado e apontou para o oeste. "Lá fica meu lar!", falou. "Muitas vezes o vistes, imagino, pois é alto. Sharbhund, nós o chamávamos, antes que os Elfos mudassem todos os nomes." Então viram que ele apontava para Amon Rûdh, o Monte Calvo, cuja cabeça desnuda vigiava muitas léguas do ermo.

"Nós o vimos, mas nunca de perto", comentou Andróg. "Pois que covil seguro pode existir lá, ou água, ou qualquer outra coisa de que necessitamos? Imaginei que havia algum truque. Que tipo de homens se escondem no topo de um monte?"

"A visão à distância pode ser melhor que a espreita", disse Túrin. "Amon Rûdh olha em todo o redor. Bem, Mîm, vou ver

NARN I HÎN HÚRIN

o que tens para mostrar. Quanto tempo levaremos nós, Homens cambaleantes, para chegarmos até lá?"

"Todo este dia até o anoitecer", Mîm respondeu.

A companhia partiu rumo oeste, com Túrin à frente e Mîm ao seu lado. Caminharam com cautela depois de sair da floresta, mas toda a região estava vazia e silenciosa. Passaram por sobre as pedras tombadas e começaram a subir; pois Amon Rûdh ficava na borda oriental das altas charnecas que se encimavam entre os vales do Sirion e do Narog, e, mesmo acima do urzal pedregoso em sua base, o topo se erguia a mais de mil pés. Do lado leste, um terreno acidentado subia lentamente até os altos espinhaços, entre grupos de bétulas, sorveiras e antigas árvores espinhosas enraizadas na rocha. Em torno das encostas inferiores de Amon Rûdh cresciam moitas de *aeglos*; mas sua íngreme cabeça cinzenta era desnuda, exceto pelo *seregon* vermelho que recobria a pedra.[15]

À medida que a tarde encerrava-se, os proscritos se aproximaram das raízes do morro. Agora vinham pelo norte, pois assim Mîm os conduzira, e a luz do sol poente caiu sobre o cume de Amon Rûdh, revelando o *seregon* todo em flor.

"Vede! Há sangue no topo do morro", apontou Andróg.

"Ainda não", falou Túrin.

O sol declinava e a luz fraquejava nos vales. Agora o morro assomava diante e acima deles, e os homens perguntavam-se que necessidade haveria de um guia para um alvo tão evidente. Mas, à medida que Mîm os conduzia adiante e eles começavam a escalar os últimos aclives íngremes, perceberam que ele seguia alguma trilha por sinais secretos ou antigo costume. Agora seu trajeto serpenteava para lá e para cá, e quando olhavam para os lados viam que aqui e ali se abriam pequenos vales escuros e ravinas fundas, ou que o terreno descia para áreas desertas com grandes pedras, com depressões e cavidades ocultas sob arbustos e espinhos. Sem um guia poderiam passar dias pelejando e escalando para encontrar o caminho.

Por fim chegaram a um terreno mais íngreme, porém mais liso. Passaram sob as sombras de antigas sorveiras, entrando em corredores de *aeglos* de longas pernas: uma escuridão repleta de um doce odor.[16] Então subitamente uma muralha de pedra surgiu diante deles, de face plana e perpendicular, erguendo-se alto acima deles no crepúsculo.

"Esta é a porta de tua casa?", perguntou Túrin. "Os Anãos apreciam a pedra, é o que se diz." Aproximou-se de Mîm para que este não lhes pregasse uma peça no final.

"Não é a porta da casa, mas o portão do pátio", respondeu Mîm. Voltou-se então para a direita, percorrendo o pé do penhasco, e após vinte passos deteve-se de repente; então Túrin viu que, por obra de mãos ou das intempéries, havia uma fenda de tal forma que duas faces da muralha se sobrepunham, e uma abertura infiltrava-se no meio delas pelo lado esquerdo. Sua entrada era escondida por longas plantas suspensas, enraizadas em fissuras lá em cima, mas no interior havia uma íngreme trilha de pedra que subia no escuro. A água gotejava sobre ela, e o ar era úmido. Um a um eles subiram enfileirados. Ao chegar ao topo a trilha guinou outra vez para a direita e para o sul, e através de uma moita de espinhos levou-os a um campo verde que ela atravessava rumo às sombras. Haviam chegado à casa de Mîm, Bar-en-Nibin-noeg,[17] da qual somente antigos contos de Doriath e Nargothrond se recordavam e que nenhum Homem jamais havia visto. Mas a noite caía, e o leste estava estrelado, portanto não conseguiam ainda ver que forma tinha aquele estranho lugar.

Amon Rûdh tinha uma coroa: uma grande massa na forma de um íngreme chapéu de pedra, com um topo chato e desnudo. Do lado norte projetava-se uma saliência, plana e quase quadrada, que não se podia ver de baixo; pois atrás dela a coroa do monte se erguia como uma muralha, e a oeste e a leste havia penhascos abruptos de sua margem. Apenas pelo norte, como haviam vindo, ela podia ser alcançada com tranquilidade por quem conhecesse o caminho.[18] Da fenda saía um caminho que

NARN I HÎN HÚRIN

logo entrava em um pequeno bosque de bétulas acanhadas, crescendo em torno de um laguinho límpido em bacia escavada na rocha. Esse laguinho era alimentado por uma nascente ao pé da muralha posterior, que através de um vertedouro derramava-se como um fio branco por sobre a beirada ocidental da saliência. Atrás do anteparo de árvores, perto da nascente e entre dois altos contrafortes de rocha, havia uma caverna. Parecia não ser mais que uma gruta rasa, com um arco baixo e partido; mas seu interior fora aprofundado e escavado profundamente sob o monte pelas lentas mãos dos Anãos-Miúdos nos longos anos em que lá haviam morado sem ser incomodados pelos Elfos-cinzentos da floresta.

Através do escuro crepúsculo, Mîm conduziu-os pela beira do lago, onde agora as estrelas pálidas se espelhavam entre as sombras dos ramos de bétula. Na boca da caverna, virou-se e se inclinou para Túrin. "Entra", convidou. "Bar-en-Danwedh, a Casa do Resgate; pois assim há de ser chamada."

"Pode ser", concordou Túrin. "Primeiro vou olhá-la." Então entrou com Mîm, e os outros, vendo-o prosseguir sem temor, foram atrás, até mesmo Andróg, o que mais desconfiava do Anão. Logo estavam em uma escuridão total; mas Mîm bateu palmas e uma luzinha surgiu contornando uma curva: de uma passagem no fundo da gruta exterior veio outro Anão trazendo uma pequena tocha.

"Ah! Errei, como eu temia!", disse Andróg. Mas Mîm falou rapidamente com o outro, em sua própria língua áspera, e ele, parecendo perturbado ou zangado com o que ouvira, correu para dentro da passagem e desapareceu. Então Andróg insistiu em avançar. "Atacai primeiro!", gritou. "Pode haver um enxame deles; mas são pequenos."

"Só três, imagino", falou Túrin; e colocou-se à frente, enquanto atrás dele os proscritos andavam pela passagem às apalpadelas, tateando as paredes toscas. Muitas vezes o caminho se curvou para lá e para cá em ângulos fechados; mas por fim uma luz fraca brilhou à frente, e chegaram a um salão pequeno, porém alto, fracamente iluminado por lamparinas que pendiam da sombra do teto em finas correntes. Mîm não estava ali, mas podia-se ouvir sua voz, e guiado por ela Túrin chegou à porta de um recinto que dava para os fundos do salão. Olhando para dentro, viu Mîm de joelhos no chão. A seu lado, silencioso, estava o Anão com a tocha; mas num banco de pedra junto à parede posterior jazia o outro. "Khîm, Khîm, Khîm!", gemia o velho Anão, puxando a barba.

"Nem todas as tuas flechas erraram o alvo", disse Túrin a Andróg. "Mas esse poderá se revelar um mau acerto. Atiras tuas setas de maneira leviana; e talvez não vivas bastante para adquirir sabedoria." Então, entrando de mansinho, Túrin se postou atrás de Mîm e lhe falou. "Qual é o problema, Mîm?", perguntou. "Domino algumas artes de cura. Posso ajudar-te?"

Mîm virou a cabeça, e havia uma luz vermelha em seus olhos. "Não se não puderes voltar no tempo e decepar as mãos cruéis de teus homens", respondeu. "Este é meu filho, ferido por uma flecha. Agora está além da fala. Morreu ao pôr do sol. Tuas amarras me impediram de curá-lo."

Outra vez a compaixão há muito endurecida brotou no coração de Túrin como a água brota da rocha. "Ai de ti!", lamentou ele. "Eu reverteria essa seta, se pudesse. Agora esta há de ser verdadeiramente chamada Bar-en-Danwedh, Casa do Resgate. Pois, quer habitemos aqui ou não, irei considerar-me teu devedor; e, se alguma vez adquirir riqueza, pagarei por teu filho um resgate de ouro pesado em troca de teu pesar, mesmo que isso não seja mais suficiente para contentar teu coração."

Então Mîm se ergueu e olhou longamente para Túrin. "Eu te ouço", disse ele. "Falas como um senhor dos Anãos de outrora; e fico admirado com isso. Agora meu coração arrefeceu, apesar de não estar contente. Pagarei, portanto, meu próprio resgate: podeis morar aqui se quiserdes. Mas acrescentarei isto: aquele que atirou a seta há de quebrar seu arco e suas flechas e depositá-los aos pés de meu filho; e nunca mais há de pegar em flecha nem portar arco. Se o fizer, há de morrer por isso. Esta maldição eu lhe imponho."

Andróg sentiu medo quando ouviu falar na maldição; e, apesar de fazê-lo com muita relutância, quebrou o arco e as flechas e os depositou aos pés do Anão morto. Mas, ao sair do recinto, lançou um olhar malévolo a Mîm e resmungou: "A maldição de um Anão jamais morre, é o que dizem; mas também a de um Homem pode acertar o alvo. Que morra com uma seta na garganta!"[19]

Naquela noite deitaram-se no salão e dormiram inquietos por causa das lamúrias de Mîm e de Ibun, seu outro filho. Não sabiam dizer quando elas cessaram; mas quando por fim despertaram, os Anãos haviam saído, e o recinto estava fechado com uma pedra. O dia estava claro outra vez, e ao sol matutino os proscritos se lavaram no lago e prepararam os alimentos que tinham; enquanto comiam, Mîm se pôs diante deles.

Curvou-se diante de Túrin. "Ele se foi e tudo está feito", disse. "Ele agora descansa com seus pais. Agora voltamo-nos para a vida que nos resta, ainda que possam ser breves os dias diante de nós. O lar de Mîm te agrada? O resgate está pago e aceito?"

"Está", assentiu Túrin.

"Então é tudo teu para arrumares tua morada aqui como quiseres, exceto por isto: o recinto que está fechado, ninguém há de abri-lo senão eu."

"Nós te escutamos", aceitou Túrin. "Mas, quanto à nossa vida aqui, estamos seguros, ou assim parece; mas ainda assim precisamos de comida e outras coisas. Como havemos de sair? Ou, ainda, como havemos de voltar?"

Para desconforto dos homens, Mîm deu uma risada gutural. "Temeis terem seguido uma aranha ao centro de sua teia?", perguntou. "Mîm não devora homens! E uma aranha dificilmente poderia lidar com trinta vespas ao mesmo tempo. Vede, vós estais armados, e eu aqui estou desguarnecido. Não, precisamos compartilhar, vós e eu: casa, comida e fogo, e quem sabe outros ganhos. A casa, creio, guardareis e mantereis secreta em vosso próprio proveito, mesmo quando conhecerdes os caminhos de entrada e saída. Ireis aprendê-los com o tempo. Mas enquanto isso, Mîm deve guiar-vos, ou seu filho Ibun."

Túrin concordou e agradeceu a Mîm, e a maior parte de seus homens ficou contente; pois sob o sol da manhã, enquanto o verão ainda estava no auge, parecia um belo lugar para morar. Apenas Andróg estava contrariado. "Quanto antes formos senhores de nossas próprias idas e voltas, melhor", falou. "Nunca antes em nossas andanças levamos para lá e para cá um prisioneiro ressentido."

Naquele dia descansaram, limparam as armas e consertaram o equipamento; pois ainda tinham comida que duraria um ou dois dias, e Mîm ainda fez acréscimos ao que tinham. Emprestou-lhes três grandes caçarolas e também lenha; e trouxe um saco. "Miudezas", falou. "Nada que valha a pena roubar. Apenas raízes selvagens."

Mas, quando cozidas, essas raízes se revelaram boas de comer, lembravam um pouco o pão; e os proscritos ficaram contentes com isso, pois por muito tempo lhes faltara pão, exceto quando conseguiam roubá-lo. "Os Elfos selvagens não as conhecem; os Elfos-cinzentos não as encontraram; os altivos de além-Mar são orgulhosos demais para cavar", esclareceu Mîm.

"Como se chamam?", perguntou Túrin.

Mîm olhou-o de lado. "Não têm nome, exceto no idioma dos Anãos, que não ensinamos", respondeu. "E não ensinamos os Homens a encontrá-las, pois os Homens são gananciosos e esbanjadores e não iriam descansar até que tivessem exterminado todas as plantas; porém agora passam por elas quando caminham desajeitados no ermo. Não sabereis mais por mim, mas podeis ter bastante por minha liberalidade enquanto falardes francamente e não espionardes nem roubardes." Então deu outra vez uma risada gutural. "São de grande valia", continuou. "Mais do que ouro num inverno de fome, pois podem ser armazenadas como as nozes do esquilo, e já estávamos acumulando nosso estoque com as primeiras que amadureceram. Mas sois tolos se pensais que eu não me separaria de um pequeno carregamento para salvar minha vida."

"Escuto-te", disse Ulrad, que havia olhado dentro do saco quando Mîm fora apanhado. "Ainda assim não querias te separar, e tuas palavras só me admiram ainda mais."

NARN I HÎN HÚRIN

Mîm virou-se e o olhou sombriamente. "És um dos tolos que a primavera não lamentaria se perecesse no inverno", disse-lhe. "Eu havia dado minha palavra e, portanto, tinha de voltar, querendo ou não, com ou sem saco, e que um homem sem lei e sem fé pense o que quiser! Mas não gosto de ser apartado do que é meu por força dos maus, nem que seja apenas de um laço de sapato. Por acaso não recordo que tuas mãos estavam entre as que me puseram amarras e me impediram de voltar a falar com meu filho? Sempre que eu repartir o pão-da-terra de meu estoque não te incluirei, e se o comeres, será por generosidade de teus companheiros, não minha."

Então Mîm foi embora; e Ulrad, que tremera diante da sua ira, falou pelas suas costas: "Grandes palavras! Ainda assim o velho patife tinha outras coisas no saco, de formato semelhante, porém mais duras e pesadas. Talvez existam no ermo outras coisas além do pão-da-terra que os Elfos não encontraram e os Homens não podem conhecer!"[20]

"Pode ser", respondeu Túrin. "Mas o Anão falou a verdade pelo menos em um ponto, chamando-te de tolo. Por que precisas falar o que pensas? O silêncio, se és incapaz de dizer palavras belas, serviria melhor a todos os nossos propósitos."

O dia transcorreu em paz, e nenhum dos proscritos quis sair. Túrin andava para lá e para cá na verde relva da saliência, de uma beirada à outra; e espiava para o leste, o oeste e o norte e admirava-se de ver quão longe podia enxergar no ar límpido. Para o norte olhou e discerniu a Floresta de Brethil subindo verde ao redor de Amon Obel no seu meio, e para lá seus olhos se desviavam sempre, não sabia por quê; pois seu coração era mais atraído pelo noroeste, onde a léguas e léguas de distância, nas orlas do firmamento, acreditava conseguir entrever as Montanhas de Sombra, as muralhas de seu lar. Mas à tardinha Túrin olhou o sol poente a oeste, que descia vermelho nas névoas sobre as costas muito distantes, e o Vale do Narog, no meio, jazia no fundo das sombras.

Assim começou a estada de Túrin, filho de Húrin, nos salões de Mîm, em Bar-en-Danwedh, a Casa do Resgate.

Para a história de Túrin desde sua chegada a
Bar-en-Danwedh até a queda de Nargothrond,
ver *O Silmarillion*, pp. 274–89, e o Apêndice do
Narn i Hîn Húrin, p. 208, mais adiante.

O Retorno de Túrin a Dor-lómin

Por fim, exaurido pela pressa e pela longa jornada (pois viajara mais de quarenta léguas sem descanso), Túrin chegou no início do inverno às lagoas de Ivrin, onde outrora fora curado. No entanto, estavam reduzidas a um charco congelado, e ele não podia mais beber dele.

Dali chegou às passagens Dor-lómin,[21] e a neve veio implacável do Norte, tornando os caminhos perigosos e frios. Apesar de se terem passado três e vinte anos desde que ele trilhara aquela via, ela ainda estava gravada em seu coração, tão grande fora o sofrimento, a cada passo dado, quando se despedira de Morwen. Dessa forma Túrin enfim retornou à terra de sua infância. Estava desolada e desnuda; e as pessoas por ali eram poucas e grosseiras, e falavam o língua áspera dos Lestenses, e o idioma antigo se tornara a língua de servos ou inimigos.

Por isso Túrin caminhou com cautela, encapuzado e em silêncio até finalmente alcançar a casa que buscava. Erguia-se vazia e escuras, e nenhum ser vivo morava perto dela; pois Morwen se fora, e Brodda, o Forasteiro (que desposara à força Aerin, parenta de Húrin), saqueara-lhe casa e levara tudo o que restara em bens ou em criados. A casa de Brodda era a mais próxima da antiga casa de Húrin, e para lá foi Túrin, consumido pela perambulação e pelo pesar, implorando abrigo; e lhe foi concedido, pois Aerin ainda praticava ali alguns dos modos mais amáveis de antigamente. Deram-lhe um assento junto à lareira com os criados e com alguns viajantes tão mal-humorados e cansados quanto ele; e pediu notícias da terra.

Ao som dessas palavras o grupo silenciou, e alguns recuaram, olhando o estranho de soslaio. Mas um velho andarilho

NARN I HÎN HÚRIN

de muleta aconselhou: "Se tens de falar a língua antiga, mestre, fala-a mais baixo e não perguntes por notícias. Queres ser surrado como velhaco ou enforcado como espião? Pois pelo teu aspecto podes muito bem ser ambas as coisas. O que quer dizer simplesmente", disse, aproximando-se e falando baixinho na orelha de Túrin, "alguém do povo bondoso de antigamente que veio com Hador nos dias de ouro, antes que as cabeças usassem pelos de lobo. Alguns daqui são desse tipo, apesar de terem sido transformados em mendigos e escravos, e, não fosse pela Senhora Aerin, não teriam nem esta lareira nem este caldo. De onde és tu e que notícias desejas?"

"Houve uma senhora chamada Morwen", falou Túrin, "e muito tempo atrás eu vivia em sua casa. Foi para lá que me dirigi depois de muito vagar, buscando boas-vindas, mas já não há lá fogo nem gente."

"E nem houve neste longo ano nem antes dele", respondeu o velho. "Foram escassos o fogo e a gente naquela casa desde a guerra mortal; pois pertencia à gente antiga — como tu sem dúvida sabes, a viúva de nosso senhor Húrin, filho de Galdor. Porém não ousaram tocar nela, pois a temiam; era altiva e bela como uma rainha antes que o sofrimento a desfigurasse. Chamavam-na de Mulher-Bruxa e a evitavam. Mulher-Bruxa: é simplesmente 'amiga-dos-elfos', na nova língua. Ainda assim a roubaram. Muitas vezes ela e a filha teriam passado fome, não fosse pela Senhora Aerin. Ela as auxiliou em segredo, contam, e muitas vezes foi espancada por isso pelo grosseirão Brodda, seu marido por necessidade."

"E neste longo ano e antes dele?", perguntou Túrin. "foram mortas ou feitas escravas? Ou os Orques a atacaram?"

"Não se sabe ao certo", informou o velho. "Mas ela se foi com a filha; e esse Brodda saqueou e se apossou do que restava. Nem um cão sobrou, e a pouca gente dela tornou-se escrava dele, exceto por alguns que se puseram a esmolar, como eu. Por muitos anos a servi, e antes dela ao grande Senhor, eu, Sador Perneta: um maldito machado na floresta muito tempo atrás, do contrário eu jazeria agora no Grande Túmulo. Bem me lembro do dia em que o menino de Húrin foi mandado embora e de como ele chorava; e ela também, quando ele se fora. Foi ao Reino Oculto que ele se dirigiu, segundo dizem."

Com essas palavras o velho se calou e olhou para Túrin indeciso. "Sou velho e tagarela", disse. "Não me dês atenção! Mas, apesar de ser agradável falar a antiga língua com alguém que a fala com toda a beleza dos tempos passados, os dias são malignos, e temos de ser cautelosos. Nem todos os que falam o belo idioma são belos de coração."

"É verdade", concordou Túrin. "Meu coração é severo. Mas, se temes que eu seja um espião do Norte ou do Leste, então tens pouco mais sabedoria do que tinhas tempos atrás, Sador Labadal."

O velho encarou-o boquiaberto; depois falou, tremendo: "Vem para fora! É mais frio, porém mais seguro. Falas alto demais, e eu, demasiado, para o salão de um Lestense."

Quando saíram para o pátio, agarrou o manto de Túrin. "Muito tempo atrás moraste naquela casa, tu dizes. Senhor Túrin, filho de Húrin, por que voltaste? Meus olhos se abriram, e meus ouvidos, por fim; tens a voz de teu pai. Mas só o jovem Túrin me chamava por esse nome, Labadal. Ele não tinha má intenção: éramos alegres amigos naqueles dias. O que ele busca aqui agora? Somos poucos os que restamos; e estamos velhos e desarmados. São mais felizes os do Grande Túmulo."

"Não vim pensando em combate", esclareceu Túrin, "apesar de agora tuas palavras me terem despertado esse pensamento, Labadal. Mas isso precisa esperar. Vim em busca da Senhora Morwen e de Nienor. O que podes me contar, e depressa?"

"Pouca coisa, senhor", relatou Sador. "Partiram em segredo. Entre nós sussurrávamos que tinham sido convocadas pelo Senhor Túrin; pois não duvidávamos de que ele se houvesse engrandecido ao longo dos anos, tornando-se rei ou senhor em algum país meridional. Mas parece que não é o caso."

"Não é", respondeu Túrin. "Fui senhor num país meridional, porém agora sou um andarilho. E não as convoquei."

"Então não sei o que te contar", disse Sador. "Mas a Senhora Aerin saberá, não duvido. Ela conhecia todas as decisões de tua mãe."

"Como posso chegar até ela?"

"Isso não sei. Custaria a ela muita dor ser apanhada cochichando à porta com um infeliz errante do povo oprimido, mesmo que alguma mensagem pudesse trazê-la. E um mendigo como tu não iria muito longe, caminhando pelo salão rumo à mesa elevada, antes que os Lestenses o agarrassem e lhe dessem uma surra, ou coisa pior."

Então Túrin exclamou, irado: "Não posso caminhar pelo salão de Brodda, e eles vão me surrar? Vem e vê!"

Com essas palavras entrou no salão, tirou o capuz e, empurrando para longe todos que estavam em seu caminho, andou com passos largos na direção da mesa onde se assentavam o senhor da casa e sua esposa, além de outros senhores lestenses. Alguns então correram para agarrá-lo, mas ele os lançou ao chão e exclamou: "Alguém comanda esta casa ou é de fato um covil-órquico? Onde está o senhor?"

Brodda ergueu-se furioso. "Eu comando esta casa", apresentou-se.

Mas, antes que pudesse dizer mais, Túrin falou. "Então ainda não aprendeste a cortesia que existia nesta terra antes de ti. Agora os modos dos homens consistem em deixar os lacaios maltratarem os parentes de sua esposa? É o que sou, e tenho uma missão junto à Senhora Aerin. Hei de vir livremente ou hei de vir como quiser?"

"Vem!", assentiu Brodda, carrancudo; mas Aerin empalideceu.

Então Túrin caminhou até a mesa elevada e parou diante dela, inclinando-se. "Perdoa-me, Senhora Aerin", disse, "por irromper assim em tua casa; mas minha missão é urgente e me trouxe de longe. Procuro por Morwen, Senhora de Dor-lómin, e sua filha Nienor. Mas a casa dela está vazia e saqueada. O que me podes contar?"

"Nada", respondeu Aerin com grande temor, pois Brodda a observava de perto. "Nada, exceto que se foi."

"Não acredito nisso", insistiu Túrin.

Brodda deu um salto, e estava vermelho e enlouquecido de raiva. "Nada mais!", gritou. "Minha esposa há de ser contradita diante de mim por um mendigo que fala a língua dos servos? Não existe nenhuma Senhora de Dor-lómin. Mas quanto a Morwen, pertencia ao povo-escravo e fugiu como os escravos fogem. Faz o mesmo, e depressa, do contrário mandarei enforcarem-te numa árvore!"

Então Túrin saltou sobre Brodda, sacou a espada negra, agarrou-o pelos cabelos e puxou-lhe a cabeça para trás. "Que ninguém se mexa", ameaçou, "ou esta cabeça abandonará os ombros! Senhora Aerin, mais uma vez peço perdão se concluí erradamente que este grosseirão jamais te fez algo de bom. Mas fala agora, e não me negues! Pois não sou Túrin, Senhor de Dor-lómin? Não deveria te dar ordens?"

"Dê-me ordens", disse ela.

"Quem saqueou a casa de Morwen?"

"Brodda", respondeu ela.

"Quando ela fugiu e para onde?"

"Faz um ano e três meses", relatou Aerin. "O Senhor Brodda e outros Forasteiros do Leste que estavam por aqui muito a oprimiam. Muito tempo atrás ela havia sido convidada a ir ao Reino Oculto; e enfim partiu. Pois as terras em meio estavam então livres do mal por algum tempo por causa da bravura do Espada-Negra das terras do sul, assim diziam; mas agora isso acabou. Ela pretendia encontrar o filho à sua espera. Mas, se és Túrin, então temo que tudo tenha dado errado."

Túrin riu amargamente. "Errado, errado!", exclamou. "Sim, sempre errado: corrompido como Morgoth!" E subitamente uma ira negra o sacudiu; seus olhos se abriram, e o encantamento de Glaurung desatou seus últimos filamentos, possibilitando que tomasse ciência das mentiras com que fora defraudado. "Fui logrado para vir até aqui e morrer em desonra, eu que poderia pelo menos ter encontrado um fim valoroso diante das Portas de Nargothrond?" E do meio da noite, em torno do salão, teve a impressão de ouvir os gritos de Finduilas.

"Não serei o primeiro a morrer aqui!", exclamou. Agarrou Brodda e, com a força de sua grande angústia e ira, ergueu-o

NARN I HÎN HÚRIN

para o alto e o sacudiu, como se fosse um cão. "Morwen do povo-escravo, tu disseste? Tu, filho de poltrões, ladrão, escravo de escravos!" Com isso lançou Brodda de cabeça, por cima de sua própria mesa, bem no rosto de um Lestense que se levantou para atacar o invasor.

Na queda Brodda quebrou o pescoço; e Túrin saltou atrás e matou mais três que lá estavam agachados, pois tinham sido apanhados sem armas. Houve tumulto no salão. Os Lestenses que lá estavam sentados teriam vindo para cima de Túrin, mas muitos outros que lá se encontravam reunidos pertenciam ao povo anterior de Dor-lómin: por muito tempo haviam sido mansos criados, mas agora erguiam-se com gritos de rebelião. Logo começou um grande combate no salão e, apesar de os servos disporem apenas de facas de carne e outros objetos que conseguiram agarrar contra punhais e espadas, muitos logo foram mortos, de ambos os lados, antes que Túrin descesse de um salto e matasse o último dos Lestenses que restava no salão.

Então descansou, apoiado numa coluna, e o fogo de sua ira tornara-se cinzas. Mas o velho Sador arrastou-se até ele e agarrou-lhe os joelhos, pois estava mortalmente ferido. "Três vezes sete anos e mais, foi longa a espera por esta hora", disse. "Mas agora vai, vai, senhor! Vai e não voltes, a não ser que seja com maior força. Sublevarão o país contra ti. Muitos correram do salão. Vai ou acabarás aqui. Adeus!" Então deixou-se cair e morreu.

"Ele fala com a verdade da morte", observou Aerin. "Descobriste o que querias. Agora vai depressa! Mas vai primeiro até Morwen e consola-a, do contrário considerarei difícil perdoar toda a destruição que causaste aqui. Pois, por mais ruim que tenha sido minha vida, trouxeste-me a morte com tua violência. Os Forasteiros farão todos os que estiveram aqui pagar por esta noite. São impulsivos teus atos, filho de Húrin, como se ainda fosses apenas a criança que conheci."

"E teu coração é fraco, Aerin, filha de Indor, como era quando eu te chamava de tia e um cachorro desordeiro te metia medo", rebateu Túrin. "Foste feita para um mundo mais bondoso. Mas vem comigo! Eu te levarei até Morwen."

"A neve jaz sobre a terra, porém ainda mais sobre minha cabeça", respondeu ela. "Eu morreria tão depressa no ermo contigo quanto com os bárbaros lestenses. Não podes consertar o que fizeste. Vai! Ficar piorará tudo, além de despojar Morwen de seu filho sem motivo. Vai, eu te imploro!"

Então Túrin curvou-se profundamente diante dela, virou-se e deixou o salão de Brodda; mas todos os rebeldes que tinham forças seguiram-no. Fugiram rumo às montanhas, pois alguns dentre eles conheciam os caminhos do ermo, e abençoavam a neve que caía atrás deles e lhes encobria os rastros. Assim, apesar de a caçada logo começar, com muitos homens, cães e relinchar de cavalos, eles escaparam para os morros do sul. Então, olhando para trás, viram uma luz vermelha ao longe, na terra que haviam deixado.

"Eles incendiaram o salão", comentou Túrin. "Quer serventia pode ter isso?"

"Eles? Não, senhor: acredito que tenha sido ela", respondeu um deles, chamado Asgon. "Muitos homens de armas interpretam mal a paciência e o silêncio. Ela fez muito bem entre nós e a muito custo. Seu coração não era fraco, e, afinal, sua paciência chegou ao fim."

Alguns dos mais resistentes, capazes de suportar o inverno, ficaram com Túrin e o conduziram por estranhas trilhas até um refúgio nas montanhas, uma caverna conhecida dos proscritos e dos renegados; e lá havia escondido um pequeno estoque de comida. Ali esperaram até que cessasse a neve, deram-lhe alimento e o levaram até uma passagem pouco usada que conduzia ao sul, até o Vale do Sirion, aonde a neve não chegara. Na trilha de descida despediram-se.

"Agora adeus, Senhor de Dor-lómin", despediu-se Asgon. "Mas não te esqueças de nós. Agora havemos de ser homens caçados; e o Povo-Lobo será mais cruel por causa de tua vinda. Portanto vai e não retornes, a não ser que venhas com força para nos resgatar. Adeus!

A Chegada de Túrin a Brethil

Túrin desceu então rumo ao Sirion, e estava com a mente dividida. Pois parecia-lhe que, se antes tivera duas opções amargas, passara a ter três, e seu povo oprimido o chamava, ao qual só trouxera mais desgraça. Só tinha este consolo: que sem dúvida Morwen e Nienor há muito tempo tinham chegado a Doriath e que apenas pela bravura do Espada-Negra de Nargothrond sua jornada fora segura. E dizia em pensamento: "Em que outro lugar melhor eu as poderia ter posto, mesmo que tivesse chegado mais cedo? Se o Cinturão de Melian for rompido, então tudo estará terminado. Não, as coisas estão melhores como estão; pois com minha ira e meus atos impensados eu lanço uma sombra onde quer que habite. Que Melian as guarde! E eu as deixarei em paz, sem sombra, por um tempo."

Mas Túrin procurava por Finduilas tarde demais, percorrendo as florestas sob as encostas das Ered Wethrin, selvagem e cauteloso como um animal; e emboscava todas as estradas que levavam ao norte, para o Passo do Sirion. Tarde demais. Pois todas as trilhas haviam sido destruídas pelas chuvas e nevascas. Mas foi assim que Túrin, descendo o Teiglin, topou com alguns do Povo de Haleth da Floresta de Brethil. A guerra os havia reduzido a um pequeno grupo, que na maior parte habitava em segredo o interior de uma paliçada sobre Amon Obel, nas profundezas da floresta. Ephel Brandir chamava-se aquele lugar; pois Brandir, filho de Handir, era seu senhor desde que seu pai fora morto. E Brandir não era homem de guerra, pois fora mutilado em virtude de uma perna quebrada num acidente na infância; e além disso, era pouco impetuoso, preferindo a madeira ao metal e o conhecimento das coisas que crescem na terra a outros saberes.

No entanto, alguns dos homens-da-floresta ainda caçavam os Orques em suas divisas; e foi assim que, quando Túrin lá chegou, ouviu um ruído de tumulto. Correu naquela direção e, passando cautelosamente por entre as árvores, viu um pequeno bando de homens cercado de Orques. Defendiam-se desesperadamente, dando as costas para um capão de árvores que cresciam à parte, numa clareira; mas os Orques eram em grande número, e os homens tinham pouca esperança de escapar, a não ser que recebessem algum auxílio. Assim, escondido na vegetação rasteira, Túrin fez grande ruído de pisadas e estalos e depois gritou em voz alta, como quem lidera muitos homens: "Ah! Aqui os encontramos! Sigam-me, todos! Vamos sair, e ao abate!"

A estas palavras muitos dos Orques olharam para trás, espantados, e então Túrin saiu saltando, acenando como se houvesse muitos homens atrás dele e com os gumes de Gurthang tremulando como uma chama em sua mão. Os Orques conheciam muito bem aquela lâmina, e mesmo antes que saltasse no meio deles, muitos se dispersaram e fugiram. Então os homens-da-floresta correram a seu encontro, e juntos acossaram os inimigos até o rio: poucos o atravessaram.

Por fim detiveram-se na margem, e Dorlas, líder dos homens-da-floresta, declarou: "És rápido na caça, senhor; mas teus homens te seguem devagar."

"Não", corrigiu Túrin, "todos corremos juntos como um só e nada nos separa."

Então os homens de Brethil riram e disseram: "Bem, um assim vale por muitos. E te somos muito gratos. Mas quem és e o que fazes aqui?"

"Apenas sigo meu ofício, que é matar Orques", falou Túrin. "E moro onde meu ofício está. Sou o Homem-selvagem das Matas."

"Então vem morar conosco", convidaram eles. "Pois moramos nos bosques e necessitamos de artífices como tu. Serias bem-vindo!"

Túrin os olhou estranhamente e disse: "Então ainda resta alguém que concorde que eu turve suas portas? Mas, amigos, ainda tenho uma missão penosa: encontrar Finduilas, filha de Orodreth de Nargothrond, ou pelo menos obter notícias sobre seu paradeiro. Ai dela! Faz muitas semanas que foi levada de Nargothrond, mas ainda assim devo procurá-la."

Então olharam-no com pena, e Dorlas revelou: "Não procures mais. Pois uma hoste de Orques subiu de Nargothrond

NARN I HÎN HÚRIN

rumo às Travessias do Teiglin, e bem cedo tomamos conhecimento de sua presença: marchavam muito devagar por causa do número de prisioneiros que conduziam. Então imaginamos desferir nosso pequeno golpe na guerra e emboscamos os Orques com todos os arqueiros que conseguimos reunir, esperando salvar alguns dos cativos. Mas ai de nós! Assim que foram atacados, os imundos Orques mataram primeiro as mulheres; e a filha de Orodreth foi pregada numa árvore com uma lança."

Túrin deteve-se como alguém ferido de morte. "Como sabeis disso?", perguntou.

"Porque ela falou comigo antes de morrer", respondeu Dorlas. "Olhou-nos como quem buscasse alguém que esperava e rogou: 'Mormegil. Dizei ao Mormegil que Finduilas está aqui.' Nada mais disse. Mas por causa de suas últimas palavras nós a depusemos onde morrera. Ela jaz em um montículo junto ao Teiglin. Faz um mês agora."

"Levai-me até lá", pediu Túrin; e conduziram-no até um pequeno morro perto das Travessias do Teiglin. Lá se deitou, e uma treva se abateu sobre ele, de modo que pensaram que estivesse morto. Mas Dorlas baixou os olhos para ele no chão e depois virou-se para seus homens, proclamando: "Tarde demais! Esta á uma eventualidade lastimável. Mas vede: aqui jaz o próprio Mormegil, o grande capitão de Nargothrond. Pela espada deveríamos tê-lo reconhecido, assim como os Orques o reconheceram." Pois a fama do Espada-Negra do Sul se espalhara por toda a parte, mesmo nas profundezas da floresta.

Portanto, ergueram-no com reverência e levaram-no a Ephel Brandir; e Brandir, saindo ao encontro deles, admirou-se com a maca que carregavam. Então, puxando a coberta, olhou o rosto de Túrin, filho de Húrin; e uma sombra obscura se abateu sobre seu coração.

"Ó cruéis Homens de Haleth!", exclamou. "Por que arrancastes este homem da morte? Com grande esforço trouxestes até aqui a última perdição de nosso povo."

Mas os homens-da-floresta rebateram: "Não, este é o Mormegil de Nargothrond,[22] um temível matador de Orques,

158

e há de nos ser muito útil caso sobreviva. E, mesmo que não fosse, deveríamos abandonar um homem aflito, deitado como carniça à beira do caminho?"

"Não deveríeis, de fato", afirmou Brandir. "O destino não o quis assim." E levou Túrin para dentro de sua casa e cuidou dele diligentemente.

Quando por fim se livrou da treva, retornava a primavera; Túrin despertou e viu o sol nos verdes botões de flor. Então a coragem da Casa de Hador despertou nele também e, ao erguer--se, anunciou de coração: "Todos os meus atos e dias passados foram obscuros e plenos de maldade. Mas chegou um novo dia. Aqui ficarei em paz e renunciarei a meu nome e a minha família; assim deixarei para trás minha sombra ou, ao menos, não a lançarei sobre aqueles que amo."

Assim ele adotou um novo nome, chamando-se Turambar, que na fala alto-élfica significava Mestre do Destino; e viveu entre os homens-da-floresta, foi amado por eles e lhes disse que esquecessem seu nome antigo e o considerassem alguém nascido em Brethil. No entanto, apesar da mudança de nome, ele não conseguiu mudar totalmente seu temperamento nem esquecer totalmente suas antigas mágoas contra os serviçais de Morgoth; e saía a caçar Orques com alguns que tinham a mesma opinião, embora isso desagradasse a Brandir. Pois este esperava preservar seu povo pelo silêncio e pelo sigilo.

"O Mormegil não existe mais", aconselhou, "porém cuida-te para que a bravura de Turambar não traga uma vingança semelhante sobre Brethil!"

Assim, Turambar deixou de lado sua espada negra e não a levou mais ao combate; no seu lugar, lidava com o arco e a lança. Porém não permitia que os Orques usassem as Travessias do Teiglin nem se aproximassem do montículo onde jazia Finduilas. Haudh-en-Elleth foi ele chamado, o Teso da Donzela-élfica, e logo os Orques aprenderam a temer aquele lugar e o evitavam. E Dorlas disse a Turambar: "Renunciaste ao nome, mas ainda és o Espada-Negra; e o rumor não diz, em verdade, que ele era filho de Húrin de Dor-lómin, senhor da Casa de Hador?"

E Turambar respondeu: "Assim ouvi dizer. Mas não o divulgues, peço-te, se fores meu amigo."

A Viagem de Morwen e Nienor a Nargothrond

Quando o Fero Inverno arrefeceu, chegaram a Doriath novas notícias de Nargothrond. Pois alguns que haviam escapado ao saque e sobrevivido ao inverno nos ermos no fim vieram buscar refúgio com Thingol, e os guardas fronteiriços os trouxeram ao Rei. Alguns disseram que o inimigo se havia retirado para o norte, e, outros, que Glaurung ainda vivia nos salões de Felagund; uns disseram que o Mormegil fora morto, e outros, que ele sucumbira a um encantamento do Dragão e ainda vivia por lá, mas transformado em pedra. E todos declaravam que, antes do fim, já se sabia em Nargothrond que o Espada-Negra não era outro senão Túrin, filho de Húrin de Dor-lómin.

Então foram grandes o temor e o pesar de Morwen e de Nienor; e Morwen lamentou: "Tal dúvida é a própria obra de Morgoth! Não podemos conhecer a verdade e saber com certeza o pior que temos de suportar?"

Ora, o próprio Thingol desejava muito saber mais sobre o destino de Nargothrond e pretendia enviar alguns que cautelosamente pudessem chegar até lá, mas acreditava que Túrin estava de fato morto ou estava além do salvamento e temia chegar a hora em que Morwen tomasse conhecimento disso com todas as letras. "Este é um assunto perigoso, Senhora de Dor-lómin, e tem de ser ponderado. Tal dúvida pode muito bem ser obra de Morgoth para nos atrair a alguma temeridade."

Mas Morwen, perturbada, exclamou: "Temeridade, senhor! Se meu filho está abandonado faminto na floresta, se definha em amarras, se seu corpo jaz insepulto, então quero ser temerária. Não hesitarei um minuto sequer para ir procurá-lo."

"Senhora de Dor-lómin", ponderou Thingol, "isso certamente o filho de Húrin não desejaria. Ele acreditaria que aqui estás mais bem guardada que em qualquer outra terra que reste, aos cuidados de Melian. Por amor a Húrin e a Túrin eu não permitiria que vagasses lá fora, no negro perigo destes dias."

"Não mantivestes Túrin longe do perigo, mas a mim quereis manter", exclamou Morwen. "Aos cuidados de Melian! Sim, prisioneira do Cinturão. Por muito tempo hesitei em entrar aqui e agora me arrependo."

"Se preferes assim, Senhora de Dor-lómin", respondeu Thingol, "saiba disto: o Cinturão está aberto. Livremente vieste para cá; livremente ficarás — ou partirás."

Então Melian, que permanecera em silêncio, falou: "Não te vás daqui, Morwen. Disseste algo verdadeiro: esta dúvida é obra de Morgoth. Se te fores, irás por vontade dele."

"O medo de Morgoth não me afastará do chamado de minha família", respondeu Morwen. "Mas se temeis por mim, senhor, então emprestai-me alguns de vossa gente."

"Não posso dar ordens a ti", disse Thingol. "Mas minha gente sou eu que comando. Só os mandarei a meu próprio critério."

Então Morwen nada mais disse, mas chorou; e saiu da presença do Rei. Thingol lamentou, pois parecia-lhe que o ânimo de Morwen estava desvairado; e perguntou a Melian se não a refrearia com seu poder.

"Contra a entrada do mal muito posso fazer", respondeu. "Mas contra a saída dos que desejam sair, nada. Esse é teu papel. Se ela deve ser mantida aqui, tens de retê-la à força. Porém, assim talvez lhe destruas a mente."

Então Morwen foi ter com Nienor. "Adeus, filha de Húrin. Vou em busca de meu filho, ou de notícias verdadeiras sobre ele, já que aqui ninguém fará nada a não ser esperar até que seja tarde demais. Espera aqui por mim até que por acaso eu retorne."

Então Nienor, em temor e aflição, quis retê-la, mas Morwen nada respondeu e recolheu-se a seu aposento; quando chegou a manhã, já havia montado em um cavalo e partido.

Ora, Thingol ordenara que ninguém a detivesse nem parecesse atocaiá-la. Porém, assim que ela partiu, o Rei reuniu uma companhia de seus guardas fronteiriços mais robustos e habilidosos e os pôs a cargo de Mablung.

"Agora segui depressa", ordenou ele, "porém não a deixeis tomar consciência de vós. Mas quando chegar ao ermo, se o perigo a ameaçar, então mostrai-vos; e se ela não desejar voltar, então vigiai-a como puderdes. Mas quero que alguns de vós vão adiante até onde puderem e descubram tudo o que for possível."

Assim foi que Thingol enviou uma companhia maior do que inicialmente pretendera, e havia entre eles dez cavaleiros com cavalos de reserva. Seguiram Morwen, e ela rumou para o sul através de Region e assim chegou à margem do Sirion, acima dos Alagados do Crepúsculo; e lá se deteve, pois o Sirion era largo e veloz e ela não conhecia o caminho. Assim, os vigias tiveram de mostrar-se; e Morwen perguntou: "Thingol vai deter-me? Ou envia-me tardiamente a ajuda que negou?"

"Ambas as coisas", respondeu Mablung. "Não retornarás?"

"Não!", respondeu ela.

"Então devo ajudar-te", disse Mablung, "apesar de ser contra minha vontade. O Sirion aqui é largo, profundo e perigoso para ser atravessado a nado, por animal ou homem."

"Então atravessa-me por qualquer via que a gente-élfica costuma usar", pediu Morwen; "do contrário, tentarei nadar."

Assim Mablung a levou aos Alagados do Crepúsculo. Lá, entre córregos e juncos, mantinham-se balsas ocultas e vigiadas na margem oriental; pois por aquele caminho os mensageiros passavam para cá e para lá com a comunicação entre Thingol e sua família em Nargothrond.[23] Esperaram, pois, até que tivesse avançado a noite iluminada de estrelas e atravessaram nas brancas névoas antes do amanhecer. E no momento em que o sol se erguia, vermelho, além das Montanhas Azuis e um forte vento matutino soprava e dispersava as névoas, os vigias desembarcaram na margem ocidental e deixaram o Cinturão de Melian. Altos eram os Elfos de Doriath, trajados de cinza e com mantos sobre as cotas de malha. Da balsa, Morwen observou-os atravessando em silêncio e então, de repente, soltou um grito e apontou para o último da companhia que passava.

"De onde veio ele?", perguntou ela. "Três vezes dez viestes a mim. Três vezes dez e mais um chegais à margem!"

Então os outros se viraram e viram que o sol brilhava sobre uma cabeça dourada: pois era Nienor, e seu capuz foi empurrado para trás pelo vento. Assim foi revelado que ela seguira a companhia e se juntara a eles na escuridão, antes que cruzassem o rio. Espantaram-se, e ninguém mais que Morwen. "Volta, volta! Ordeno-te!", exclamou ela.

"Se a esposa de Húrin pode partir contra todos os conselhos ao chamado da família", disse Nienor, "então a filha de Húrin também pode fazê-lo. Pranto é meu nome, mas não prantearei sozinha pelo pai, pelo irmão e pela mãe. E destes só a ti eu conheci, e te amo acima de tudo. E nada temo que tu não temas."

De fato, via-se pouco temor em seu rosto ou sua atitude. Parecia alta e forte; pois eram de grande estatura os da Casa de Hador, e assim, trajando vestes élficas, ela bem se equiparava aos guardas, pois era mais baixa apenas que o maior entre eles.

"O que pretendes fazer?", perguntou Morwen.

"Ir aonde fores", respondeu Nienor. "Trago esta resolução comigo: tomar o caminho de volta e alojar-me em segurança aos cuidados de Melian; pois não é sábio rejeitar seu conselho. Ou aceitar que hei de enfrentar o perigo, se tu o enfrentares." Pois em verdade Nienor viera mais esperando que, por temor e por amor, a mãe iria retornar; e Morwen, de fato, estava indecisa.

"Uma coisa é rejeitar um conselho", falou ela. "Outra coisa é rejeitar uma ordem de sua mãe. Volta agora!"

"Não", negou-se Nienor. "Faz muito tempo que não sou mais criança. Tenho minha própria vontade e sabedoria, apesar de até agora elas não terem cruzado com as tuas. Vou contigo. A princípio para Doriath, por reverência pelos que a governam; mas, do contrário, então rumo ao oeste. Na verdade, se alguma de nós deve prosseguir, é melhor que seja eu, que disponho da plenitude de minhas forças."

Então Morwen viu nos olhos cinzentos de Nienor a constância de Húrin; e hesitou, mas não conseguiu sobrepujar seu orgulho e não quis parecer (exceto pelas belas palavras) que era conduzida de volta pela filha, como se fosse velha e senil.

"Prosseguirei como decidi", declarou ela. "Podes vir também, contra a minha vontade."

"Que assim seja", assentiu Nienor.

NARN I HÎN HÚRIN

Então Mablung disse à sua companhia: "De fato é pela falta de juízo, não de coragem, que a família de Húrin traz desgraça aos demais! Até aqui tinha sido assim com Túrin; mas não com seus progenitores. Porém agora estão todos desvairados, e isso não me agrada. Temo mais esta incumbência do Rei que a caça ao Lobo. O que se há de fazer?"

Mas Morwen, que chegara à margem e agora se aproximava, ouviu suas últimas palavras. "Faz como o Rei te ordenou", respondeu ela. "Busca notícias de Nargothrond e de Túrin. Para esse fim viemos todos juntos."

"O caminho ainda é longo e perigoso", observou Mablung. "Se fordes adiante, ambas havereis de seguir a cavalo, entre os cavaleiros, e não vos distanciareis um pé deles."

Assim foi que, à plena luz do dia, eles partiram, lenta e cuidadosamente, saindo da região dos juncos e dos salgueiros baixos até chegar aos bosques cinzentos que recobriam grande parte da planície meridional diante de Nargothrond. Por todo o dia seguiram reto para o oeste, sem nada verem senão desolação, e nada ouviram; pois as terras estavam em silêncio, e parecia a Mablung que um temor presente se abatera sobre eles. Por aquele mesmo caminho Beren andara anos atrás, e naquela época os bosques estavam repletos dos olhos ocultos dos caçadores; mas todo o povo do Narog se fora, e os Orques, ao que parecia, ainda não vagavam tão longe ao sul. Naquela noite acamparam na floresta cinzenta sem fogo nem luz.

Nos dois dias seguintes prosseguiram, e na tardinha do terceiro dia, contados a partir do Sirion, já haviam atravessado a planície e se aproximavam da margem oriental do Narog. Então apossou-se de Mablung uma inquietação tão grande que ele implorou a Morwen que não fossem adiante. Mas ela riu e comentou: "Logo ficarás contente de te livrares de nós, como é bem provável. Mas tens de nos suportar um pouco mais. Agora chegamos perto demais para voltarmos por medo."

Então Mablung exclamou: "Desvairadas sois ambas, e irracionais. Não ajudais a coleta de notícias, mas atrapalhais.

164

Agora escutai-me! Fui ordenado a não vos deter à força; mas também fui ordenado a vos guardar como pudesse. Nesta situação só posso fazer uma dessas coisas. E vou guardar-vos. Amanhã vos conduzirei a Amon Ethir, o Monte-dos-Espiões, que está perto; e ali havereis de permanecer sob vigilância e não ireis adiante enquanto eu for o comandante aqui."

Ora, Amon Ethir era um montículo grande como um morro, que Felagund muito tempo antes mandara erguer com grande esforço na planície diante de suas Portas, uma légua a leste do Narog. Estava coberto de árvores, exceto no topo, de onde se podia ter uma ampla vista de todo o entorno, das estradas que levavam à grande ponte de Nargothrond e das terras ao redor. Chegaram ao monte no final da manhã e subiram pelo lado do leste. Então, olhando para os Altos Faroth, pardos e desnudos além do rio,[24] Mablung avistou, com sua visão élfica, os terraços de Nargothrond na íngreme margem ocidental e, como um pequeno buraco na muralha do monte, as Portas de Felagund escancaradas. Porém não conseguia ouvir som nem ver sinal de inimigo, nem nenhum indício do Dragão, salvo pelo incêndio em volta das Portas que ele produzira no dia do saque. Tudo jazia em silêncio sob um sol pálido.

Assim Mablung, como dissera, mandou que seus dez cavaleiros mantivessem Morwen e Nienor no cume do monte e que não arredassem pé dali até que ele voltasse, a não ser que surgisse algum grande perigo; e neste caso os cavaleiros deveriam posicionar Morwen e Nienor entre eles e fugir com máxima rapidez rumo ao leste, na direção de Doriath, mandando um deles à frente para levar notícias e buscar auxílio.

Então Mablung reuniu a outra vintena de sua companhia, e desceram o monte rastejando; e depois, ao alcançar os campos a oeste, onde as árvores eram escassas, dispersaram-se e seguiram cada um seu caminho, com audácia, mas em sigilo, até as margens do Narog. O próprio Mablung foi pelo caminho do meio, seguindo para a ponte, e assim chegou a sua extremidade externa, achando-a toda destruída; o rio, profundamente escavado e fluindo indômito após as chuvas longínquas ao norte, espumava e rugia entre as pedras caídas.

No entanto Glaurung estava deitado ali, bem no início da sombra da grande passagem que conduzia para dentro das Portas arruinadas e por muito tempo estivera consciente dos espiões, apesar de que poucos outros olhos na Terra-média os teriam percebido. A visão de seus olhos cruéis era mais aguçada que a das águias e excedia o longo alcance dos Elfos; e além disso, sabia também que alguns haviam ficado para trás, sentados no cume desnudo de Amon Ethir.

Assim, enquanto Mablung arrastava-se entre as rochas, tentando descobrir se poderia vadear a correnteza bravia por sobre as pedras caídas da ponte, Glaurung surgiu de súbito com uma grande rajada de fogo e desceu rastejando para o rio. Então ouviu-se de imediato um grande chiado, e ergueram-se imensos vapores, e Mablung e seus seguidores, espreitando ali perto, foram engolfados por uma fumaça cegante e de fetidez asquerosa; e a maioria fugiu como pôde rumo ao Monte-do-Espiões. No entanto, enquanto o dragão passava sobre o Narog, Mablung desviou-se de lado se deitou debaixo de um rochedo, lá ficando; pois tinha a sensação de que ainda lhe restava uma incumbência a cumprir. Agora sabia que de fato Glaurung vivia em Nargothrond, mas também se sentia na obrigação de descobrir a verdade sobre o filho de Húrin, se pudesse; e no arrojo de seu coração, portanto, dispôs-se a atravessar o rio assim que Glaurung tivesse ido embora e dar uma busca nos salões de Felagund. Pois achava que todo o possível fora feito para proteger Morwen e Nienor: a vinda de Glaurung teria sido notada, e naquele mesmo momento os cavaleiros deveriam estar se apressando rumo a Doriath.

Assim Glaurung passou por Mablung, uma vasta forma na névoa; e ia depressa, pois era uma Serpe imensa, mas ágil. Então, atrás dele, Mablung atravessou o Narog a vau, correndo grande perigo; mas os vigias sobre Amon Ethir, ao observar a aparição do Dragão, ficaram consternados. Imediatamente mandaram que Morwen e Nienor montassem, sem discussão, e se prepararam para fugir para o leste, como lhes havia sido ordenado. Mas no mesmo momento em que desciam do monte para a planície, um vento maligno soprou sobre eles os grandes vapores, trazendo uma fetidez que nenhum cavalo suportava. Então, cegados pelo nevoeiro e loucamente aterrorizados pelo odor do Dragão, os cavalos logo se tornaram incontroláveis, correndo desordenadamente para cá e para lá; e os vigias se dispersavam e colidiam com as árvores, ferindo-se muito, ou então buscavam uns aos outros em vão. O relinchar dos cavalos e os gritos dos cavaleiros chegaram aos ouvidos de Glaurung; e teve enorme prazer.

Um dos cavaleiros-élficos, lutando com o cavalo no nevoeiro, viu a Senhora Morwen passar por perto, um espectro cinzento numa montaria descontrolada; mas ela desapareceu na névoa gritando "Nienor" e não foi mais vista.

Quando o terror cego se apossou dos cavaleiros, o cavalo de Nienor, correndo desgovernado, tropeçou e a derrubou. Caindo brandamente sobre a grama, ela não se feriu; mas quando se ergueu estava sozinha: perdida na névoa, sem cavalo ou companhia. Não desanimou e pôs-se a pensar; e pareceu-lhe que seria despropositado seguir este ou aquele grito, pois havia gritos em toda a sua volta, que enfraqueciam cada vez mais. Julgou melhor, no caso, procurar de novo pelo monte: por lá sem dúvida Mablung passaria antes de partir, nem que fosse apenas para se assegurar de que nenhum membro de sua companhia permanecera por lá.

Assim, caminhando por intuição, Nienor encontrou o monte, que de fato estava próximo, seguindo o aclive do solo a seus pés; e lentamente subiu pela trilha que vinha do leste. E, enquanto escalava, o nevoeiro ia rareando, até que por fim saiu para a luz do sol no topo desnudo. Então avançou e olhou para o oeste. E ali, bem à sua frente, estava a grande cabeça de Glaurung, que naquela mesma hora subira rastejando pelo lado oposto; e antes que ela se desse conta, seus olhos já haviam contemplado os dele, que eram terríveis, pois estavam impregnados do espírito maligno de Morgoth, seu mestre.

Então Nienor pelejou com Glaurung, pois tinha muita força de vontade; mas o dragão usou seu poder contra ela. "O que buscas aqui?", perguntou.

E, forçada a responder, ela declarou: "Apenas procuro um certo Túrin que morou aqui por um tempo. Mas talvez esteja morto."

"Não sei", respondeu Glaurung. "Foi deixado aqui para defender as mulheres e os fracos; mas quando vim ele os abandonou e fugiu. Um fanfarrão, mas covarde, ao que parece. Por que procuras tal homem?"

"Mentes", retrucou Nienor. "Pelo menos covardes os filhos de Húrin não são. Não te tememos."

Então Glaurung riu, pois assim a filha de Húrin foi revelada à sua malícia. "Então sois tolos, tanto tu como teu irmão", disse ele. "E tua fanfarronice há de ser em vão. Pois eu sou Glaurung!"

Então atraiu os olhos de Nienor para os seus, e a vontade dela desfaleceu. Pareceu-lhe que o sol escurecia e tudo se turvava à sua volta; e lentamente uma grande treva se abateu sobre ela, e naquela treva havia o vazio; nada soube, nada ouviu e nada recordou.

Por muito tempo Mablung explorou os salões de Nargothrond, fazendo o melhor que podia, a despeito da escuridão e do fedor; mas não encontrou nenhum ser vivo: nada se mexia entre os ossos e ninguém respondeu aos seus gritos. Por fim, oprimido pelo horror do lugar e temendo a volta de Glaurung, retornou às Portas. O sol descia no oeste, e, por trás, as sombras dos Faroth abatiam-se escuras sobre os terraços e o rio bravio lá embaixo; porém à distância, sob Amon Ethir, Mablung pareceu vislumbrar a forma maligna do Dragão. A pressa e o temor tornaram mais difícil e mais perigoso o retorno sobre o Narog; e mal alcançara a margem leste e se arrastara para um lado, sob a ribanceira, quando Glaurung se aproximou. Mas agora estava lento e silencioso; pois todo o fogo em seu interior havia abrandado: um grande poder se desprendera dele, e pretendia descansar e dormir na treva. Assim, atravessou a água, retorcendo-se, e furtivamente subiu até as Portas como uma enorme cobra cor de cinzas, poluindo o chão com o limo do ventre.

Mas antes de entrar virou-se e voltou o olhar para o leste, e soou de dentro dele o riso de Morgoth, sombrio e terrível como um eco de malícia vindo das profundezas negras longe dali. E depois ouviu-se esta voz, fria e baixa: "Aí estás deitado como um rato silvestre sob a ribanceira, Mablung, o poderoso! Mal cumpre as incumbências de Thingol. Apressa-te agora para o monte e vê o que aconteceu com tua protegida!"

Então Glaurung entrou em seu covil, e o sol desceu, e a tarde cinzenta se abateu fria sobre a terra. Mas Mablung voltou às pressas a Amon Ethir; e, enquanto escalava o topo, as estrelas surgiram no leste. Diante delas viu um vulto de pé, escuro e imóvel, como se fosse uma imagem de pedra. Assim estava Nienor, e nada ouvia que ele dissesse e sem lhe dava resposta. Mas por fim, quando ele a tomou pela mão, ela se agitou e permitiu que a levasse embora; e enquanto Mablung a segurava, ela o seguia, mas se a soltasse, ela se detinha.

Foi grande o pesar e a confusão de Mablung; mas não tinha escolha senão conduzir Nienor daquele modo no longo caminho para o leste, sem ajuda nem companhia. Assim foram eles, caminhando como quem sonha, na planície sombreada pela noite. E quando a manhã retornou, Nienor tropeçou, caiu e ficou deitada imóvel; Mablung sentou-se ao seu lado em desespero.

"Não era à toa que eu temia esta incumbência", lamentou ele. "Pois parece que será minha derradeira. Com esta infeliz filha dos Homens hei de perecer nos ermos, e meu nome há de ser desprezado em Doriath: isso se alguma notícia sobre nosso destino chegar a ser ouvida. Todos os outros sem dúvida foram mortos, e só ela foi poupada, mas sem misericórdia."

Assim foram encontrados por três membros da companhia que haviam fugido do Narog à chegada de Glaurung e, após muitas andanças, quando as névoas haviam passado, tinham voltado ao monte; e, encontrando-o vazio, começaram a buscar o caminho de casa. Então a esperança retornou a Mablung; e partiram juntos, rumando para o norte e o leste, pois não havia estrada que retornasse a Doriath pelo sul, e desde a queda de Nargothrond os balseiros estavam proibidos de atravessar qualquer pessoa que não viesse de dentro.

Foi lenta sua jornada, como a de quem conduz uma criança exausta. Mas à medida que se afastavam de Nargothrond e se aproximavam de Doriath, as forças pouco a pouco voltavam a Nienor, e ela caminhava obedientemente por horas a fio, levada pela mão. Porém seus olhos arregalados nada viam, seus ouvidos nada escutavam e seus lábios não diziam palavra.

Por fim, após muitos dias, chegaram perto do limite oeste de Doriath, um tanto ao sul do Teiglin; pois pretendiam passar pelas barreiras da pequena terra de Thingol além do Sirion, chegando assim à ponte vigiada próxima à confluência do Esgalduin. Lá pararam por algum tempo; e deitaram Nienor sobre um leito de relva, e ela fechou os olhos como ainda não fizera e parecia dormir. Então os Elfos também descansaram e, tão exaustos que estavam, não se acautelaram. Assim, foram atacados de surpresa por um bando de caçadores-órquicos, que então vagavam com frequência naquela região, tão perto das barreiras de Doriath quanto ousavam ir. No meio do tumulto Nienor saltou de repente do leito, como quem desperta do sono em um alarme noturno, e com um grito correu para a floresta. Então os Orques deram a volta e a perseguiram, com os Elfos no encalço. Mas uma estranha mudança se apossara de Nienor, e ela agora corria mais que todos, flanando como uma corça por entre as árvores, com o cabelo esvoaçando ao vento de tão veloz. Mablung e seus companheiros rapidamente alcançaram os Orques, mataram-nos todos e prosseguiram às pressas. No entanto, àquela altura Nienor se fora como um espectro; e nem visão nem rastro dela puderam encontrar, apesar de caçarem por muitos dias.

Então afinal Mablung retornou a Doriath, curvado de pesar e vergonha. "Escolhei um novo mestre para vossos caçadores, senhor", disse ele ao Rei. "Pois estou desonrado."

Mas Melian respondeu: "Não é assim, Mablung. Fizeste tudo o que podias, e nenhum outro entre os servidores do Rei teria feito o mesmo. Mas por azar mediste forças com um poder grande demais para ti, na verdade grande demais para todos os que agora habitam na Terra-média."

"Enviei-te para obter notícias, e isso tu fizeste", completou Thingol. "Não é culpa tua se aqueles que são mais afetados por tuas notícias estão agora onde não podem te ouvir. Deveras doloroso é este fim de toda a família de Húrin, mas ele não está à tua porta."

Pois não somente Nienor havia corrido, desajuizada, para o ermo, mas também Morwen estava perdida. Nem então nem depois qualquer notícia certa de seu destino chegou a Doriath ou a Dor-lómin. Ainda assim, Mablung não descansou, e com uma pequena companhia foi para o ermo, e durante três anos vagou longe, das Ered Wethrin até as Fozes do Sirion, buscando sinal ou notícias das perdidas.

Nienor em Brethil

Quanto a Nienor, ela correu para dentro da floresta, ouvindo os gritos da perseguição atrás de si; e arrancou as roupas, jogando longe as vestes, até ficar nua; e ainda correu todo aquele dia, como um animal que é caçado até a exaustão total e não se atreve a parar nem para tomar fôlego. Mas à tardinha, sua loucura passou de repente. Ela parou por um momento, em aparente admiração, e então, em um desfalecimento de cansaço absoluto, caiu, como quem levou um golpe, em uma espessa moita de samambaias. E ali, em meio às velhas plantas e à leve flora da primavera, ficou deitada e dormiu, sem se importar com nada.

Pela manhã despertou e alegrou-se ao ver a luz, como se acabasse de ser chamada à vida; e todas as coisas que via lhe pareciam novas e estranhas e não tinha nomes para elas. Tinha atrás de si apenas uma treva vazia, através da qual não surgia nenhuma lembrança de qualquer coisa que jamais conhecera, nem eco de qualquer palavra. Apenas se lembrava de uma sombra de temor e, portanto, era cautelosa e sempre buscava esconderijos: subia nas árvores ou se esgueirava para dentro de arbustos, veloz como um esquilo ou uma raposa, caso algum som ou alguma sombra a assustasse; e dali espiava por muito tempo através das folhas antes de seguir adiante.

Assim, avançando na direção em que tinha começado a correr, chegou ao rio Teiglin e saciou a sede; mas não encontrou alimento, nem sabia como procurá-lo, e estava faminta e com frio. E, visto que as árvores na outra margem pareciam mais densas e escuras (como eram de fato, já que formavam a borda da floresta de Brethil), ela enfim atravessou o rio, chegando a um montículo verde, e ali se jogou ao chão; estava exausta e parecia-lhe que a treva que deixara para trás a estava alcançando outra vez, escurecendo o sol.

Mas era na verdade uma escura tempestade que vinha do Sul, carregada de raios e grandes chuvas; e ela ficou deitada, agachada com o terror do trovão, e a chuva escura golpeava sua nudez.

Ora, ocorreu que alguns dos homens-da-floresta de Brethil chegaram naquela hora de uma incursão contra os Orques, passando às pressas pelas Travessias do Teiglin para um abrigo próximo; e veio um grande relâmpago, de modo que o Haudh-en-Elleth se iluminou como se fosse com uma chama branca. Então Turambar, que conduzia os homens, recuou com um sobressalto, cobriu os olhos e estremeceu; pois pareceu-lhe ver o espectro de uma donzela morta jazendo sobre o túmulo de Finduilas.

Um dos homens correu até o teso e o chamou: "Para cá, senhor! Eis uma jovem deitada, e está viva!"; e Turambar, aproximando-se, ergueu-a, e a água escorria de seus cabelos encharcados, mas ela fechou os olhos, tiritou e não pelejou mais. Então, admirando-se por ela estar deitada assim nua, Turambar lançou seu manto sobre ela e a levou para o abrigo dos caçadores na floresta. Lá fizeram uma fogueira e a envolveram em cobertas, e ela abriu os olhos e os fitou; e quando seu olhar pousou sobre Turambar, veio-lhe uma luz ao rosto, e ela lhe estendeu uma das mãos, pois parecia-lhe ter afinal encontrado algo que buscava na treva, e ficou aliviada. Turambar a tomou pela mão, sorriu e perguntou: "Bem, senhora, não vais nos dizer teu nome, tua família e que mal te acometeu?"

Então ela sacudiu a cabeça e nada disse, mas começou a chorar; e não a perturbaram mais até ela comer, afoita, a comida que puderam dar-lhe. E depois de comer ela suspirou e pôs a mão outra vez na de Turambar; e ele a tranquilizou: "Conosco estás segura. Aqui podes repousar esta noite, e de manhã te levaremos a nossa casa nos altos da floresta. Mas queremos saber teu nome e tua família para podermos encontrá-los, talvez, e lhes levar novas tuas. Não queres nos contar?"

Mas de novo ela não deu resposta e chorou.

"Não se aflijas!", pediu Turambar. "Talvez a história seja muito triste para contá-la já. Mas vou dar-te um nome e chamar-te Níniel, Donzela das Lágrimas." E diante daquele nome ela ergueu os olhos e sacudiu a cabeça, mas disse: "Níniel." E essa foi a primeira palavra que disse após sua treva e foi seu nome entre os homens-da-floresta dali em diante.

Pela manhã carregaram Níniel rumo a Ephel Brandir, e a estrada subia abruptamente na direção de Amon Obel, até chegar a um lugar onde precisava atravessar a correnteza turbulenta do Celebros. Ali havia sido construída uma ponte de madeira, e sob ela a corrente ultrapassava uma orla de pedra desgastada e caía por muitos degraus espumantes até uma bacia de rocha, muito abaixo; todo o ar era repleto de borrifos, como uma chuva fina. Havia um extenso gramado na cabeceira da cascata e cresciam bétulas à sua volta, mas do outro lado da ponte era possível ter uma visão ampla das ravinas do Teiglin, cerca de duas milhas a oeste. Ali o ar era sempre fresco, e no verão os viajantes descansavam e bebiam a água fria. Dimrost, a Escada Chuvosa, chamava-se aquela cascata, mas depois daquele dia passou a ser Nen Girith, a Água do Estremecer; pois Turambar e seus homens pararam ali, mas assim que Níniel chegou àquele lugar ficou frio e estremeceu, e não conseguiam aquecê-la nem confortá-la.[25] Então seguiram caminho às pressas; mas antes de chegarem a Ephel Brandir, Níniel já delirava em febre.

Por muito tempo jazeu doente, e Brandir usou toda a sua habilidade para curá-la, e as mulheres dos homens-da-floresta a vigiavam noite e dia. Mas só quando Turambar estava perto ela ficava em paz ou dormia sem gemer; e isto foi observado por todos que a vigiavam: durante toda a sua febre, apesar de muitas vezes estar extremamente transtornada, ela nunca murmurou uma palavra, seja na língua dos Elfos ou nas dos Homens. E quando sua saúde lentamente restabeleceu-se e ela caminhava e começava a comer de novo, então as mulheres de Brethil tiveram de lhe ensinar a falar como a uma criança, palavra por palavra. Mas nesse aprendizado ela foi rápida e teve grande prazer, como alguém que reencontra tesouros, grandes e pequenos, cuja localização havia sido esquecida; e quando por fim aprendera o bastante para falar com os amigos, ela questionava: "Qual é o nome desta coisa? Pois em minha treva eu o perdi." E quando foi capaz de sair novamente ia à casa de Brandir; pois estava extremamente ávida de aprender o nome de todos os seres vivos, e ele sabia muito sobre esses assuntos; e caminhavam juntos nos jardins e nas clareiras.

Então Brandir começou a amá-la; e ela, quando se fortaleceu, lhe oferecia o braço para ajudá-lo em seu coxear e o chamava de irmão. Mas seu coração fora dado a Turambar, e só quando ele vinha ela sorria, e só quando ele falava alegremente ela ria.

Certo entardecer, no outono dourado, estavam sentados juntos, e o sol tornava incandescente a ladeira do morro e as casas de Ephel Brandir, e havia um silêncio profundo. Então Níniel lhe falou: "Agora perguntei o nome de todas as coisas, exceto o teu. Como te chamas?"

"Turambar", respondeu ele.

Então ela se deteve como quem escuta um eco, mas prosseguiu: "E o que isso quer dizer, ou é apenas um nome para ti?"

"Significa", explicou ele, "Mestre da Sombra Escura. Pois também eu, Níniel, tive minha treva, na qual se perderam coisas queridas; mas agora a superei, creio."

"E também fugiste dela correndo até chegares a estes belos bosques?", perguntou ela. "E quando escapaste, Turambar?"

"Sim", respondeu ele. "Fugi por muitos anos. E escapei quando tu escapaste. Pois estava tudo escuro quando chegaste, Níniel, mas desde então tem havido luz. E sinto que chegou a mim algo que por muito tempo busquei em vão." E, ao voltar à sua casa no crepúsculo, disse consigo: "Haudh-en-Elleth!

Foi do verde teso que ela veio. Isso é um sinal, mas como hei de interpretá-lo?"

Aquele ano dourado terminou e tornou-se um inverno brando, e chegou outro ano luminoso. Havia paz em Brethil, e os homens-da-floresta se mantinham quietos, não saíam e não ouviam notícias das terras que ficavam à sua volta. Pois os Orques que naqueles tempos vinham para o sul até o obscuro reino de Glaurung ou eram enviados a espiar as fronteiras de Doriath evitavam as Travessias do Teiglin e passavam a oeste, muito além do rio.

E agora Níniel estava plenamente curada, bela e forte; e Turambar não se refreou mais e a pediu em casamento. Então Níniel se alegrou; mas quando Brandir ficou sabendo, seu coração adoeceu dentro dele, e ele pediu: "Não te apresses! Não creias que sou descortês se te aconselho a esperar."

"Nada do que fazes é descortês", disse ela. "Mas então por que me dás tal conselho, sábio irmão?"

"Sábio irmão?", respondeu ele. "Manco irmão, isso sim, mal--amado e mal-ajambrado. E nem mesmo sei por quê. Porém uma sombra recai sobre esse homem, e tenho medo."

"Houve uma sombra", falou Níniel, "pois assim ele me contou. Mas escapou dela, exatamente como eu. E ele não é merecedor de amor? Apesar de agora se manter em paz, não foi outrora o maior dos capitães, de quem fugiriam todos os nossos inimigos se o vissem?"

"Quem te contou isso?", perguntou Brandir.

"Foi Dorlas", revelou ela. "Não é verdade?"

"É verdade, de fato", confirmou Brandir, mas ficou contra-riado, pois Dorlas era o chefe da facção que desejava guerrear contra os Orques. Contudo, ainda buscava razões para retardar Níniel; e portanto falou: "A verdade, mas não toda a verdade; pois ele foi o Capitão de Nargothrond, e antes disso veio do Norte, e (dizem) era filho de Húrin de Dor-lómin, da belicosa Casa de Hador." E Brandir, vendo a sombra que perpassou pelo rosto dela diante daquele nome, interpretou-a mal e continuou:

"Na verdade, Níniel, bem podes pensar que provavelmente tal homem logo voltará ao combate, talvez longe desta terra. E, se assim for, como o suportarás? Toma cuidado, pois pressinto que, se Turambar voltar ao combate, não ele, e sim a Sombra assumirá o controle."

"Teria dificuldade em suportá-lo", respondeu ela, "porém não menos solteira que casada. E uma esposa, quem sabe, conseguiria retê-lo e manter distante a sombra." Ainda assim ela ficou perturbada com as palavras de Brandir e pediu a Turambar que esperasse mais um pouco. A princípio ficou admirado e abatido; mas, quando soube por Níniel que Brandir a aconselhara a esperar, ficou contrafeito.

Quando chegou a primavera seguinte ele anunciou a Níniel: "O tempo passa. Esperamos, e agora não esperarei mais. Faz como manda teu coração, queridíssima Níniel, mas ouve: essa é a escolha que se coloca diante de mim. Agora voltarei à guerra no ermo ou me casarei contigo e nunca mais irei à guerra — exceto para defender-te de algum mal que atacar nosso lar."

Então ela se alegrou de fato e lhe jurou fidelidade, e no solstício de verão casaram-se; e os homens-da-floresta fizeram um grande banquete e lhes deram uma bela casa que haviam construído para eles no topo de Amon Obel. Ali moraram felizes, mas Brandir andava inquieto, e a sombra em seu coração se aprofundou.

A Chegada de Glaurung

Ora, o poder e a maldade de Glaurung cresciam depressa, e ele engordou e reuniu Orques à sua volta, e governava como um Rei-dragão, e todo o reino de Nargothrond que outrora existira estava sob seu domínio. E antes que acabasse aquele ano, o terceiro da permanência de Turambar entre os homens-da-floresta, ele começou a lhes atacar a terra, que por algum tempo tivera paz; pois de fato Glaurung e seu Mestre bem sabiam que em Brethil habitava ainda um remanescente dos homens livres, os últimos das Três Casas a desafiarem o poder do Norte. E isso não toleravam; pois era o propósito de Morgoth subjugar toda Beleriand e fazer buscas em todos os cantos para que em nenhum buraco nem esconderijo vivesse alguém que não fosse seu servo. Assim, quer Glaurung adivinhasse onde Túrin se escondia, quer (como afirmam alguns) ele deveras tivesse escapado temporariamente do olho do Mal que o perseguia, pouco importa. Pois no fim os conselhos de Brandir se mostrariam inúteis e só poderia haver duas escolhas a Turambar: sentar-se inerte até ser encontrado, acossado como um rato; ou partir logo em combate e revelar-se.

Mas quando as notícias da vinda dos Orques começaram a chegar a Ephel Brandir, ele não partiu, cedendo aos pedidos de Níniel. Pois ela argumentou: "Nossos lares ainda não foram atacados, como dizias. Afirmam que os Orques não são numerosos. E Dorlas contou-me que antes da tua chegada tais ataques não eram raros, e os homens-da-floresta os rechaçavam."

No entanto, os homens-da-floresta foram derrotados, pois aqueles Orques eram de uma espécie cruel, feroz e astuciosa; e vinham com o propósito de invadir a Floresta de Brethil, ao contrário das outras vezes, em que passavam por ali a caminho de outras missões ou caçavam em pequenos bandos. Assim, Dorlas e seus homens foram rechaçados e sofreram perdas, e os Orques atravessaram o Teiglin e penetraram fundo nas florestas. E Dorlas foi ter com Turambar e mostrou seus ferimentos, dizendo: "Vê, senhor, agora a hora da necessidade chegou até nós após uma falsa paz, exatamente como eu previa. Não pediste para ser considerado membro de nossa gente, não um estrangeiro? Este perigo não é teu também? Pois nossos lares não permanecerão ocultos se os Orques penetrarem mais em nossa terra."

Assim Turambar ergueu-se, retomou a espada Gurthang e saiu ao combate; e quando os homens-da-floresta souberam disso encheram-se de coragem e se juntaram em torno dele até que sua força fosse de muitas centenas. Então caçaram por toda a floresta e mataram todos os Orques que rastejavam por ali e os penduraram nas árvores perto das Travessias do Teiglin. E, quando uma nova hoste veio contra eles, apanharam-na numa armadilha e, surpreendidos pelo número de homens-da-floresta e pelo terror do Espada Negra que retornara, os Orques foram aniquilados e mortos em grande número. Então fizeram grandes piras e queimaram os corpos dos soldados de Morgoth aos montes; e a fumaça negra de sua vingança subiu ao céu e foi carregada pelo vento para o oeste. Mas poucos voltaram vivos a Nargothrond com estas novas.

Então Glaurung enfureceu-se de verdade; mas por algum tempo manteve-se quieto, refletindo sobre o que ouvira. Assim o inverno passou em paz, e os homens diziam: "Grande é o Espada Negra de Brethil, pois todos os nossos inimigos estão derrotados." E Níniel confortou-se, e se comprazia com o renome de Turambar; ele, por sua vez, sentava-se pensativo e dizia em seu coração: "A sorte está lançada. Agora vem a provação na qual minha presunção há de ser provada ou falhar totalmente. Não fugirei mais. Serei Turambar de fato, e por minha própria vontade e bravura superarei meu destino — ou tombarei. Mas, caindo ou prevalecendo, ao menos matarei Glaurung."

Ainda assim ele estava inquieto, e mandou homens audazes como batedores para bem longe. Pois na verdade, apesar de não ser dita nenhuma palavra, agora ele comandava tudo como queria, como se fosse o senhor de Brethil, e ninguém dava atenção a Brandir.

Com a primavera veio a esperança, e os homens cantavam enquanto trabalhavam. Mas naquela primavera Níniel concebeu, e ela ficou pálida e abatida, e toda a sua felicidade se turvou. Logo depois vieram estranhas notícias, por parte dos que haviam partido para além do Teiglin, de que existia uma grande queimada nos distantes bosques da planície, na direção de Nargothrond, e os homens se perguntavam o que poderia ser.

Mas logo vieram mais relatos: os incêndios se deslocavam cada vez mais para o norte e era o próprio Glaurung que os provocava. Pois ele deixara Nargothrond e estava outra vez em alguma missão. Então os mais tolos ou mais esperançosos disseram: "Seu exército foi destruído, e finalmente agora ele está sendo razoável, retornando ao lugar de onde veio." E outros diziam: "Esperemos que passe longe de nós." Mas Turambar não tinha tal esperança e sabia que Glaurung vinha atrás dele. Portanto, apesar de esconder seus pensamentos por causa de Níniel, ponderava dia e noite sobre a decisão que deveria tomar; e a primavera se tornou verão.

Chegou um dia em que dois homens voltaram aterrorizados a Ephel Brandir, pois haviam visto a própria Grande Serpe. "De fato, senhor", confirmaram, "ele agora se aproxima do Teiglin e não se desvia. Estava deitado no meio de um grande incêndio, e as árvores fumegavam à sua volta. Seu fedor mal pode ser suportado. E em todo o longo caminho desde Nargothrond está sua trilha asquerosa, acreditamos, numa linha que não faz voltas, mas aponta direto para nós. O que se há de fazer?"

"Pouco", respondeu Turambar, "mas já pensei sobre isso. As notícias que trazeis dão-me esperança, não medo; pois se de fato ele vem em linha reta, como dizeis, e não faz voltas, tenho uma proposta para os corações mais audaciosos." Os homens surpreenderam-se, e naquela hora Turambar nada mais disse; no entanto ficaram animados com sua postura inabalável.[26]

Ora, o rio Teiglin corria desta maneira. Descia das Ered Wethrin veloz como o Narog, mas inicialmente entre margens baixas, até que, após as Travessias, reunindo forças de outras correntezas, abria caminho através dos sopés do planalto em que se situava a Floresta de Brethil. Depois disso passava por ravinas profundas, cujas altas bordas eram como muralhas de rocha, mas as águas confinadas ao fundo fluíam com grande força e ruído. E bem na trajetória de Glaurung ficava agora uma dessas gargantas, não exatamente a mais profunda e sim a mais estreita, ao norte da confluência do Celebros. Turambar enviou três homens audaciosos para vigiar da beira os movimentos do Dragão; mas ele próprio iria cavalgar até a alta cascata de Nen Girith, aonde as notícias lhe chegariam depressa e de onde ele mesmo poderia ter uma visão de longo alcance.

Mas primeiro reuniu os homens-da-floresta em Ephel Brandir e lhes falou, dizendo:

"Homens de Brethil, recaiu sobre nós um perigo mortal que somente com grande ousadia haveremos de evitar. Mas nesse caso os números de pouco adiantarão; devemos usar astúcia e esperar pela boa sorte. Se atacássemos o Dragão com todas as nossas forças, como se combatêssemos um exército de Orques, estaríamos apenas nos oferecendo à morte, deixando nossas esposas e famílias indefesas. Portanto digo que deveis ficar aqui e vos preparar para a fuga. Pois se Glaurung vier, tereis de abandonar este lugar e vos dispersar por toda parte; e assim alguns poderão escapar e viver. Pois, se puder, ele certamente virá à nossa fortificação e morada para destruir a ela e a tudo o que avistar; mas não ficará aqui depois disso. Em Nargothrond está todo o seu tesouro, e lá estão os fundos salões onde pode se deitar em segurança e crescer."

Os homens ficaram consternados e completamente abatidos, pois confiavam em Turambar e aguardavam palavras mais esperançosas. Mas ele continuou: "Não, isso é o pior. E não há de ocorrer se meu juízo e minha sorte forem bons. Pois não creio que esse Dragão seja invencível, apesar de crescer em força e maldade com o passar dos anos. Sei algo sobre ele. Seu poder está mais no espírito maligno que habita no seu interior do que na força de seu corpo, por maior que seja. Escutai agora esta história que ouvi de alguns que combateram no ano das Nirnaeth, quando eu e a maioria dos que me escutam éramos crianças. Naquele campo os Anões resistiram a ele, e Azaghâl de Belegost o aguilhoou tão fundo que ele fugiu de volta para Angband. Mas eis um espinho mais afiado e mais longo que a faca de Azaghâl."

E Turambar desembainhou Gurthang com um movimento impetuoso e golpeou o ar acima de sua cabeça, e aos que assistiam pareceu que uma chama saltou da mão de Turambar. Elevando-se bem alto. Então deram um grande grito: "O Espinho Negro de Brethil!"

"O Espinho Negro de Brethil", retomou Turambar, "ele fará bem em temê-lo. Pois sabei disto: o destino desse Dragão (e de toda a sua laia, segundo dizem) determina que, por mais que seja poderosa sua armadura de chifre, mais dura que o ferro, por baixo ele precisa se mover com o ventre, como uma cobra. Portanto, Homens de Brethil, agora vou em busca do ventre de Glaurung, da maneira como puder. Quem virá comigo? Preciso apenas de alguns poucos, com braços fortes e coração mais forte ainda."

Então Dorlas se adiantou e voluntariou-se: "Irei contigo, senhor, pois sempre prefiro avançar a esperar por um inimigo."

Porém nenhum outro atendeu ao chamado com a mesma presteza, pois o temor de Glaurung se abatera sobre eles, e o relato dos batedores que o viram circulara e crescera à medida que era contado. Então Dorlas exclamou: "Ouvi, Homens de Brethil, agora vê-se com clareza que para o mal de nossos tempos os conselhos de Brandir foram inúteis. Não há como escapar escondendo-se. Nenhum de vós tomará o lugar do filho de Handir para que a Casa de Haleth não seja envergonhada?" Assim Brandir, instalado no alto assento de senhor da assembleia, porém ignorado, foi desprezado, e seu coração se encheu de amargura; pois Turambar não censurou Dorlas. Mas um certo Hunthor, parente de Brandir, levantou-se e repreendeu-o: "Fazes mal, Dorlas, em falar assim para envergonhar teu senhor, cujos membros por infeliz casualidade não podem fazer o que o coração manda. Cuida para que não te aconteça o contrário em algum momento! E como podes dizer que seus conselhos foram inúteis, se eles nunca foram ouvidos? Tu, seu vassalo, sempre os desprezaste. Digo-te que Glaurung vira-se agora contra nós, como antes voltara-se contra Nargothrond, porque nossas ações nos traíram, como ele temia. Mas, já que agora esta angústia chegou, com tua licença, filho de Handir, irei representando a Casa de Haleth."

Então Turambar disse: "Três já bastam! Levarei os dois. Mas, senhor, não te desprezo. Vê! Precisamos ir com grande pressa, e nossa tarefa exige membros fortes. Julgo que teu lugar é com teu povo. Pois és sábio e sabes curar; e pode ser que logo haja grande necessidade de sabedoria e cura." Mas essas palavras, apesar de sinceras, apenas deixaram Brandir mais amargurado, e ele falou a Hunthor: "Vai então, mas não com minha licença. Pois uma sombra jaz sobre esse homem, e ela vos conduzirá ao mal."

Ora, Turambar estava ávido por partir; mas, quando foi ter com Níniel para se despedir, ela se agarrou a ele, chorando dolorosamente. "Não vás, Turambar, eu te imploro!", pediu. "Não desafies a sombra de que fugiste! Não, não, em vez disso foge e leva-me contigo para longe!"

"Queridíssima Níniel", respondeu ele, "não podemos fugir para mais longe, tu e eu. Estamos presos a esta terra. E mesmo que eu fosse, abandonando o povo que nos acolheu, só poderia levar-te para o ermo sem habitação, para tua morte e a morte de nosso filho. Cem léguas se estendem entre nós e qualquer terra que ainda esteja além do alcance da Sombra. Mas anima-te, Níniel. Pois eu te digo: nem tu nem eu seremos mortos por esse Dragão, nem por qualquer inimigo do Norte." Então Níniel parou de chorar e ficou em silêncio, mas seu beijo foi frio quando se despediram.

Então Turambar, com Dorlas e Hunthor, partiu apressadamente para Nen Girith; e quando lá chegaram o sol já declinava, e as sombras eram longas; e os dois últimos batedores estavam à sua espera.

"Vieste na hora certa, senhor", disseram. "Pois o Dragão chegou, e quando partimos ele já alcançara a beira do Teiglin e olhava compenetrado para a outra margem. Move-se sempre de noite, por isso podemos esperar algum golpe antes do próximo amanhecer."

Turambar olhou por sobre as quedas do Celebros e viu o sol descer rumo ao ocaso e negras espirais de fumaça subirem às margens do rio. "Não há tempo a perder", declarou ele; "porém são boas notícias. Meu medo era que ele procurasse em volta; e caso se deslocasse para o norte e chegasse às Travessias, e depois à antiga estrada na planície, então a esperança estaria perdida. Mas alguma fúria de orgulho e malícia o impele impetuosamente." Porém, enquanto falava, perguntava-se e cismava: "Será possível que um ser tão mau e cruel evite as Travessias do mesmo modo que os Orques? Haudh-en-Elleth! Finduilas ainda jaz entre mim e meu destino?"

Então voltou-se para os companheiros e orientou: "Agora a tarefa está diante de nós. Ainda temos de esperar um pouco; pois neste caso, cedo demais é tão ruim quanto tarde demais. Quando cair a noite precisamos nos esgueirar até lá embaixo, com todo o sigilo, até o Teiglin. Mas, cuidado! Pois os ouvidos de Glaurung são tão aguçados quanto os seus olhos — e são mortíferos. Se alcançarmos o rio despercebidos, precisaremos depois descer à ravina e atravessar a água, colocando-nos no trajeto que ele tomará quando se mexer."

"Mas como ele poderá avançar?", perguntou Dorlas. "Ele pode ser ágil, mas é um grande Dragão, e como há de descer por um penhasco e escalar o outro, se uma parte precisa subir antes que a traseira tenha descido? E, se puder fazê-lo, de que nos adiantará estarmos nas águas revoltas lá embaixo?"

"Talvez ele possa fazê-lo", respondeu Turambar, "e, na verdade, se o fizer, estaremos perdidos. Mas espero que, pelo que sabemos dele e pelo lugar onde está deitado agora, seu propósito seja outro. Ele chegou à beira de Cabed-en-Aras, sobre a qual, como contais, um cervo certa vez saltou fugindo dos caçadores de Haleth. Ele agora está tão grande que imagino que tentará jogar-se para o outro lado. Essa é toda a nossa esperança, e podemos confiar nela."

O coração de Dorlas desanimou com essas palavras; pois conhecia melhor que ninguém a terra de Brethil, e Cabed-en-Aras era um lugar dos mais repugnantes. Do lado leste havia um penhasco íngreme de cerca de quarenta pés, desnudo, mas com árvores no topo; do outro havia uma ribanceira um tanto menos íngreme e mais baixa, coberta de árvores e arbustos pendentes; mas entre eles a água corria impetuosa entre rochedos e, por mais que um homem audacioso e de andar seguro conseguisse vadeá-la de dia, era perigoso tentar isso à noite. Mas aquela era a determinação de Turambar, e era inútil contrariá-lo.

Assim, partiram no fim da tarde e não foram em linha reta na direção do Dragão, mas tomaram primeiro o caminho rumo às Travessias; depois, antes de chegarem lá, voltaram-se para o sul por uma trilha estreita e, no crepúsculo, penetraram nos bosques acima do Teiglin.[27] E, enquanto se aproximavam de Cabed-en-Aras, passo a passo, parando com frequência para escutar, chegaram até eles a fumaça da queimada e um fedor que lhes deu náuseas. Reinava um silêncio de morte, e nem uma brisa soprava. As primeiras estrelas luziam no Leste atrás deles, e fracas espirais de fumaça erguiam-se retas e firmes diante da última luz no oeste.

Ora, quando Turambar partiu, Níniel permaneceu silenciosa como uma pedra; mas Brandir veio ter com ela e disse: "Níniel, não temas o pior antes que seja necessário. Mas não te aconselhei a esperar?"

"Aconselhaste-me", respondeu ela. "Mas de que isso me adiantaria agora? O amor pode persistir e causar sofrimento mesmo fora do casamento."

"Sei disso", concordou Brandir. "Mas o casamento não é para nada."

"Faz dois meses que carrego o filho dele", revelou Níniel. "Mas não me parece que o medo que me causa a perda seja mais difícil de suportar. Não te compreendo."

"Nem eu mesmo", confessou ele. "E no entanto tenho medo."

"Que consolador que és!", exclamou ela. "Mas, Brandir, amigo: casada ou solteira, mãe ou donzela, meu pavor está além do suportável. O Mestre do Destino partiu para desafiar seu destino longe daqui, e como hei de ficar aqui e esperar pela lenta chegada de notícias, boas ou más? Hoje à noite, quem sabe, ele encontrará o Dragão, e como hei de me manter em pé ou sentada, ou passar essas horas terríveis?"

"Não sei", respondeu ele, "mas de algum modo as horas têm de passar, para ti e para as esposas dos que foram com ele."

"Elas que façam o que seu coração mandar!", exclamou ela. "Mas, quanto a mim, hei de ir. As milhas não hão de se interpor entre mim e o perigo de meu senhor. Irei ao encontro das notícias!"

Então o temor de Brandir tornou-se negro diante das palavras dela. "Isso não hás de fazer se eu puder evitar. Pois assim porás em perigo todas as deliberações. As milhas que se interpõem podem nos dar tempo de escapar, se acontecer o pior."

"Se acontecer o pior não hei de querer escapar", afirmou ela. "E agora tua sabedoria é vã, e não hás de me impedir." Postou-se diante da gente que ainda estava reunida na praça aberta da Ephel e exclamou: "Homens de Brethil! Não esperarei aqui. Se meu senhor fracassar, então toda esperança será falsa. Vossa terra e vossos bosques hão de ser totalmente queimados, e todas as vossas casas, feitas em cinzas, e ninguém, ninguém há de escapar. Portanto, por que permanecer aqui? Vou agora ao encontro das notícias e do que quer que me reserve o destino. Que venham comigo todos os que concordam!"

Então muitos quiseram acompanhá-la: as esposas de Dorlas e Hunthor, porque aqueles que elas amavam haviam partido com Turambar; outros por pena de Níniel e desejo de ajudá-la; e muitos mais atraídos pelo próprio rumor do Dragão, desejando por temeridade ou insensatez (por pouco conhecerem do mal) ver feitos estranhos e gloriosos. Pois, na verdade, o Espada Negra se tornara tão grande em sua mente que poucos conseguiam acreditar que o próprio Glaurung pudesse derrotá-lo. Partiram então às pressas, uma grande companhia, rumo a um perigo que não compreendiam; e prosseguindo com pouco descanso chegaram afinal a Nen Girith, exaustos, ao cair da noite, pouco depois, portanto, da partida de Turambar. Mas a noite é fria conselheira, e muitos ficaram surpresos com a própria imprudência; e, quando ouviram dos batedores que lá restavam quão perto Glaurung chegara e do propósito desesperado de Turambar, seu coração arrefeceu, e não ousaram prosseguir. Alguns espiaram na direção de Cabed-en-Aras com olhos ansiosos, mas nada puderam ver, e nada ouviram senão a fria voz da cascata. Níniel sentou-se sozinha, e um grande estremecimento se apoderou de seu corpo.

Quando Níniel e sua companhia partiram, Brandir disse aos que permaneceram. "Agora vede como sou desprezado e todo o meu juízo é desdenhado! Que Turambar seja vosso senhor em nome, visto que já tomou toda a minha autoridade. Pois aqui renuncio ao senhorio, assim como ao povo. Que ninguém nunca mais me peça conselho nem cura!" E quebrou seu cajado. Consigo mesmo pensou: "Agora nada me resta senão meu amor por Níniel: portanto, aonde ela for, com sabedoria ou insensatez, devo ir. Nesta hora de trevas nada pode ser previsto; mas é bem possível que até mesmo eu possa afastar dela algum mal, se estiver por perto."

Assim, cingiu-se com uma espada curta, como raras vezes fizera antes, tomou sua muleta e saiu com toda pressa que podia pelo portão da Ephel, coxeando atrás dos outros pelo longo caminho rumo aos confins ocidentais de Brethil.

A Morte de Glaurung

Finalmente, no momento em que a noite caiu plenamente sobre a terra, Turambar e seus companheiros chegaram a Cabed-en-Aras e ficaram satisfeitos com o forte ruído da água; pois, embora prometesse perigo lá embaixo, abafava todos os demais sons. Então Dorlas os conduziu um pouco para o lado, rumo ao sul, e desceram por uma fenda até o pé do penhasco; mas ali ele desanimou, porque havia muitas rochas e grandes pedras no rio, e a água corria selvagem por entre elas, rangendo os dentes. "Este é um caminho certeiro para a morte", sentenciou Dorlas.

"É o único caminho, para a morte ou para a vida", falou Turambar, "e o atraso não o fará parecer mais alentador. Portanto segui-me!" Foi na frente deles e, por habilidade e audácia, ou por destino, conseguiu atravessar e, em meio à profunda treva, voltou-se para ver quem o seguia. Um vulto escuro estava de pé ao seu lado. "Dorlas?", perguntou.

"Não, sou eu", respondeu Hunthor. "Dorlas fracassou na travessia. Pois um homem pode apreciar a guerra e ainda assim temer muitas coisas. Está sentado na margem, tiritando, acredito; e que a vergonha o castigue pelas palavras que disse ao meu parente."

Ora, Turambar e Hunthor descansaram um pouco, mas logo a noite lhes trouxe o frio, pois estavam ambos encharcados, e

CONTOS INACABADOS

começaram a buscar um caminho ao longo do rio, para o norte, rumo a onde estava Glaurung. Ali o desfiladeiro se tornava mais escuro e estreito, e ao avançarem tateando podiam ver acima deles uma luz tremulando, como um fogo latente, e ouviam o rosnado da Grande Serpe em seu sono de vigília. Então, às apalpadelas, procuraram o caminho de subida para ficarem os dois juntos sob a beira do abismo; pois nisso residia toda a sua esperança de alcançar ao inimigo por baixo de sua guarda. Mas agora o fedor era tão asqueroso que tinham as cabeças atordoadas, escorregavam ao escalar, agarravam-se aos troncos das árvores e vomitavam, esquecendo-se nessa penúria de todo o medo, exceto o temor de caírem nos dentes do Teiglin.

Então Turambar declarou a Hunthor: "Estamos gastando à toa nossas já combalidas forças. Pois escalaremos em vão enquanto não soubermos ao certo por onde passará o Dragão."

"Mas quando soubermos", objetou Hunthor, "não haverá tempo para achar a saída do abismo."

"É verdade", concordou Turambar. "Mas quando tudo depende da sorte, é nesta que devemos confiar." Assim detiveram-se e esperaram e do fundo da escura ravina viram uma estrela branca, bem no alto, arrastando-se pela débil faixa de firmamento; e então, lentamente, Turambar adormeceu e caiu num sonho em que toda a sua vontade era entregue a se agarrar, apesar de uma maré negra sugá-lo e roer seus membros.

De repente ouviu-se um grande barulho, e as paredes do precipício estremeceram e ecoaram. Turambar despertou e disse a Hunthor: "Está se mexendo. Nossa hora chegou. Golpeia fundo, pois agora dois devem golpear por três!"

E nesse momento Glaurung iniciou seu assalto a Brethil; e tudo aconteceu bem como Turambar esperava. Pois o Dragão se arrastou lenta e pesadamente até a beira do penhasco e não se desviou, mas preparou-se para saltar sobre o abismo com suas grandes patas dianteiras e depois puxar o resto de sua massa. Com ele veio o terror; pois não principiou a passagem logo acima deles, mas um pouco mais ao norte, e de baixo os observadores conseguiam ver a enorme sombra de sua cabeça diante

187

das estrelas; suas mandíbulas estavam largamente abertas, e ele tinha sete línguas de fogo. Então emitiu uma rajada, de modo que toda a ravina se encheu de luz vermelha e sombras negras voando por entre as rochas; mas as árvores diante dele mirraram e se ergueram em fumaça, e pedras caíram no rio com estrondo. Em seguida ele se lançou para diante, segurou-se no penhasco oposto com as garras enormes e começou a alçar-se para o outro lado.

Era hora de ser audacioso e rápido, pois, apesar de Turambar e Hunthor terem escapado à rajada por não estarem exatamente na trajetória de Glaurung, ainda assim tinham de chegar até ele antes que atravessasse, do contrário fracassaria toda a sua esperança. Assim, sem se importar com o perigo, Turambar escalou pela beira da água para se postar debaixo dele; mas eram tão mortíferos o calor e o mau cheiro que cambaleou e teria caído se Hunthor, seguindo-o com arrojo, não o tivesse agarrado pelo braço para equilibrá-lo.

"Grande coração!", agradeceu Turambar. "Feliz foi a escolha que te tomou por ajudante!" Porém, enquanto falava, uma grande pedra despencou de cima e atingiu Hunthor na cabeça, e ele caiu na água, e assim teve seu fim um dos mais valorosos da Casa de Haleth. Então Turambar exclamou: "Ai de mim! É maléfico caminhar na minha sombra! Por que procurei auxílio? Agora estás só, ó Mestre do Destino, como deverias ter sabido que seria. Agora persegue tua conquista a sós!"

Então reuniu toda a sua força de vontade e todo o seu ódio do Dragão e de seu Mestre e pareceu-lhe que de repente encontrava uma força no coração e no corpo que não conhecia; e escalou o penhasco, de pedra em pedra e de raiz em raiz, até que por fim se agarrou a uma árvore delgada que crescia pouco abaixo da beira do abismo e, apesar de ter a copa destruída, ainda se firmava pelas raízes. E no momento em que se equilibrava numa forquilha de seus galhos, a parte mediana do corpo do Dragão passou sobre ele e, excessivamente pesada, oscilou quase sobre sua cabeça antes que Glaurung conseguisse erguê-la. Era pálida e enrugada sua face inferior e toda umedecida por um limo cinzento, ao qual se havia aderido toda a sorte de imundícies; e exalava o odor da morte. Então Turambar sacou a Espada Negra de Beleg e golpeou para cima, com toda a força de seu braço e de seu ódio, e a lâmina mortífera, longa e voraz, penetrou o ventre do inimigo até seu punho.

Então Glaurung, ao sentir a pontada da morte, soltou um grito que abalou todas as florestas e deixou pasmos os vigias em Nen Girith. Turambar cambaleou como que golpeado, deslizando para baixo, e sua espada lhe escapou da mão e permaneceu fincada no ventre do Dragão. Pois Glaurung, num grande espasmo, curvou para cima toda a sua massa trêmula e arremessou-a por sobre a ravina, e ali, na margem oposta, ele se contorceu, berrando, chicoteando e enrolando-se em agonia, até destruir um grande espaço em toda a sua volta, e por fim deitou-se ali, em meio à fumaça e à ruína, e parou de se mexer.

Ora, Turambar aferrou-se às raízes da árvore, aturdido e quase arrasado. Mas lutava consigo mesmo e obrigava-se a seguir em frente e, meio deslizando, meio escalando, desceu até o rio e arriscou outra vez a perigosa travessia, às vezes engatinhando com mãos e pés, agarrando-se, cegado pelo borrifo da correnteza até por fim alcançar a outra margem, e subiu exausto pela fenda por onde tinham descido. Assim acabou chegando ao lugar onde caíra o Dragão moribundo, contemplou sem piedade o inimigo derrotado e alegrou-se.

Ali jazia Glaurung, de mandíbulas escancaradas; e todos os seus fogos se haviam apagado, e seus olhos malignos estavam cerrados. Estava estendido em pleno comprimento, de lado, e trazia o punho de Gurthang espetado em seu ventre. Então o coração de Turambar se regozijou dentro dele e, apesar de o Dragão ainda respirar, ele decidiu recuperar a espada, que, se antes já tinha muito valor, agora lhe valia todo o tesouro de Nargothrond. Revelaram-se verdadeiras as palavras ditas quando foi forjada, de que nada, grande ou pequeno, haveria de viver depois de mordido por ela.

Assim, aproximando-se do inimigo, Turambar pôs-lhe o pé no ventre e, agarrando o punho de Gurthang, usou sua força para arrancá-la. Exclamou em escárnio das palavras de Glaurung em Nargothrond: "Salve, Serpe de Morgoth! Em boa hora outra vez! Morre agora, e que a treva te leve! Assim está vingado Túrin, filho de Húrin." Então arrancou a espada com um puxão, e, quando o fez, um jorro de sangue negro lhe caiu na mão, e sua carne foi queimada pelo veneno de tal modo que ele soltou um forte grito de dor. Diante disso Glaurung se mexeu, abriu os olhos perniciosos e olhou para Turambar com tal malícia que este acreditou ter sido atingido por uma flecha; e por isso e pela dor do ferimento na mão ele desmaiou e ficou deitado, como morto, ao lado do Dragão, com sua espada debaixo dele.

Então, os berros de Glaurung chegaram até a gente de Nen Girith, que encheu-se de terror; e quando os vigias enxergaram de longe a grande ruína e queimada causadas pelo Dragão em seus espasmos, acreditaram que ele pisoteava e destruía os que o tinham atacado. Então desejaram que fossem mais longas as milhas que se interpunham; mas não se atreveram a deixar a elevação onde se reuniam, pois se lembravam das palavras de Turambar de que, se Glaurung vencesse, iria primeiro a Ephel Brandir. Portanto vigiaram, temendo algum sinal de seu deslocamento, mas ninguém teve a audácia de descer e buscar notícias no local da batalha. E Níniel ficou sentada imóvel, apesar de estremecer e de não conseguir sossegar os membros; pois quando ouviu a voz de Glaurung, o coração morreu em seu íntimo, e ela sentiu que a treva outra vez se arrastava sobre si.

Foi assim que Brandir a encontrou. Pois afinal ele alcançara a ponte sobre o Celebros, lento e exausto; por todo o longo caminho solitário ele claudicou com a muleta, e eram pelo menos cinco léguas desde sua casa. O medo por Níniel o impelira, e agora as notícias que ouviu não eram piores do que temia. "O Dragão atravessou o rio", contavam-lhe, "e o Espada Negra certamente está morto, além dos que foram com ele." Então Brandir se postou junto a Níniel e avaliou sua penúria e ansiava por ela; mas o que pensou foi: "O Espada Negra está morto e Níniel vive." E estremeceu, pois subitamente parecia fazer frio junto às águas de Nen Girith; e lançou seu manto sobre Níniel. Porém não encontrou palavras para falar; e ela nada disse.

O tempo passou, e Brandir permanecia de pé ao lado dela, em silêncio, espiando a noite e escutando; no entanto, nada podia ver, e não ouvia nenhum som a não ser a queda das águas de Nen Girith, e pensou: "Agora certamente Glaurung foi para o interior de Brethil." Porém já não sentia mais pena de seu povo, tolos que haviam zombado do seu conselho e o tinham desprezado. "Que o Dragão vá a Amon Obel, e então haverá tempo de escapar e levar Níniel embora." Só não sabia para onde, pois jamais viajara para além de Brethil.

Finalmente inclinou-se e tocou o braço de Níniel, chamando-a: "O tempo está correndo, Níniel! Vem! É hora de partir. Se me deixares, eu te conduzirei."

Então ela se ergueu em silêncio, tomando-o pela mão, e cruzaram a ponte e desceram pela trilha às Travessias do Teiglin. Os que os viram movendo-se como sombras no escuro não sabiam quem eram e não se importaram. E, quando haviam avançado um pouco através das árvores silenciosas, a lua se ergueu para além de Amon Obel, e as clareiras da floresta se encheram de luz cinzenta. Então Níniel se deteve e perguntou a Brandir: "É este o caminho?"

E ele respondeu: "Que caminho? Pois toda a nossa esperança em Brethil acabou. Não temos caminho exceto escapar do Dragão e fugir para longe dele enquanto ainda é tempo."

Níniel fitou-o, admirada, e questionou: "Não te dispuseste a me conduzir até ele? Ou queres iludir-me? O Espada Negra era meu amado e meu marido, e me vou apenas para encontrá-lo. Que outra coisa podias pensar? Tu podes fazer como quiseres, mas eu devo apressar-me."

E, quando Brandir se deteve por um momento, pasmo, ela fugiu; ele a chamou gritando: "Espera, Níniel! Não vás sozinha! Não sabes o que irás encontrar. Irei contigo!" Mas ela não lhe deu atenção e partiu então, como se o sangue que antes estivera frio a queimasse; e ele, apesar de segui-la como podia, logo a perdeu de vista. Então maldisse seu destino e sua fraqueza; mas não quis retornar.

NARN I HÎN HÚRIN

Ora, a lua se erguia branca no céu e estava quase cheia; e, quando Níniel desceu do planalto para a área próxima ao rio pareceu-lhe que se lembrava daquele lugar e o temia. Pois chegara às Travessias do Teiglin, e Haudh-en-Elleth erguia-se diante dela, pálido ao luar, com uma sombra negra atravessando-o de lado a lado; e do teso vinha um grande pavor.

Então ela se voltou com um grito, fugiu para o sul ao longo do rio e jogou longe a capa enquanto corria, como quem lança fora uma treva que se pega a ela; e por baixo estava toda trajada de branco, e reluzia ao luar, revoando entre as árvores. Assim Brandir a viu do alto da encosta e virou-se para cruzar seu caminho, se pudesse; ao encontrar por acaso a estreita vereda que Turambar usara, que saía da estrada mais trilhada e descia abruptamente para o sul rumo ao rio, finalmente viu-se pouco atrás dela. No entanto, por mais que chamasse, ela não lhe dava atenção, ou não o ouvia, e continuava avançando; assim aproximaram-se da floresta junto a Cabed-en-Aras e do lugar da agonia de Glaurung.

A lua já pairava no Sul, longe das nuvens, e o luar era frio e límpido. Ao chegar à beira da ruína que Glaurung provocara, Níniel viu seu corpo que ali jazia e contemplou seu ventre cinzento ao luar; no entanto, a seu lado jazia também um homem. Então, esquecendo o medo, correu pelo meio dos destroços fumegantes e foi ter com Turambar. Ele estava caído de lado, com sua espada debaixo dele, mas tinha o rosto lívido como a morte sob a luz pálida. Então se lançou sobre ele e, chorando, beijou-o; e pareceu-lhe que ele respirava vagamente, mas pensou ser apenas um artifício de falsa esperança, pois estava frio e não se movia, além de não lhe responder. E ao afagá-lo ela descobriu que sua mão estava enegrecida, como se tivesse sido chamuscada, e lavou-a com suas lágrimas e, rasgando uma tira das vestes, fez-lhe uma atadura. Ainda assim ele não se mexia ao seu toque, e ela o beijou de novo e gritou em voz alta: "Turambar, Turambar, volta! Ouve-me! Desperta! É Níniel. O Dragão está morto, morto, e só eu estou aqui a teu lado." Mas ele nada respondeu.

Seu grito foi ouvido por Brandir, que chegara à beira da ruína; porém, no momento em que se adiantou na direção de Níniel, deteve-se e ficou imóvel. Pois, diante do grito de Níniel, Glaurung se agitou pela última vez, e um tremor lhe perpassou todo o corpo; abriu em fenda os olhos malignos, e o luar reluziu neles quando falou ofegante:

"Salve, Nienor, filha de Húrin. Encontramo-nos outra vez antes do fim. Dou-te a alegria de afinal encontrares teu irmão. E agora hás de conhecê-lo: aquele que esfaqueia no escuro, traiçoeiro com os inimigos, desleal com os amigos e maldição de sua família, Túrin, filho de Húrin! Mas o pior de todos os seus atos hás de sentir em ti mesma."

Então Nienor sentou-se como que aturdida, e Glaurung morreu; com sua morte, o véu de sua malícia desprendeu-se dela e toda a sua lembrança ficou límpida à sua frente, dia após dia, pois ela também não esquecera nada do que lhe havia acontecido desde que jazera em Haudh-en-Elleth. E todo o seu corpo estremeceu de horror e angústia. Mas Brandir, que tudo ouvira, ficou estarrecido e se encostou em uma árvore.

Então, de repente, Nienor se ergueu num sobressalto e de pé, pálida como um espectro ao luar, baixou os olhos para Túrin e exclamou: "Adeus, ó duas vezes amado! *A Túrin Turambar turún' ambartanen*: mestre do destino de quem o destino é mestre! Ó feliz por estar morto!" Então, enlouquecida pelo sofrimento e pelo horror que se apossaram dela, fugiu ensandecida daquele lugar; e Brandir coxeou atrás, gritando: "Espera! Espera, Níniel!"

Por um momento ela se deteve, olhando para trás com olhos arregalados. "Esperar?!", exclamou. "Esperar? Esse foi sempre teu conselho. Antes eu o tivesse escutado! Mas agora é tarde demais. E agora não esperarei mais na Terra-média." Tendo dito isso, correu à frente dele.[28]

Rapidamente chegou à beira de Cabed-en-Aras, e lá parou para contemplar as águas ruidosas, exclamando: "Água, água! Leva agora Níniel Nienor, filha de Húrin; Pranto, Pranto, filha de Morwen! Leva-me e carrega-me até o Mar!" Com essas palavras lançou-se da beirada: um lampejo de branco tragado pelo escuro abismo, um grito perdido no rugido do rio.

As águas do Teiglin continuaram fluindo, mas Cabed-en-Aras não existia mais com esse nome. Cabed Naeramarth foi como os homens o chamaram depois disso; pois nenhum cervo saltaria mais ali, e todos os seres vivos o evitavam, e nenhum homem caminhava às suas margens. O último dos homens a olhar para o interior de sua treva foi Brandir, filho de Handir; e ele se voltou horrorizado, pois seu coração desanimou e, apesar de ter passado a odiar sua vida, não pôde encontrar-se ali com a morte que desejava.[29] Então seu pensamento se voltou para Túrin Turambar, e exclamou: "Odeio-te ou tenho pena de ti? Mas estás morto. Não devo gratidão a ti, que tiraste tudo o que tive ou teria. Mas meu povo tem uma dívida contigo. E é justo que tomem conhecimento dela por mim."

E assim começou a voltar, mancando, para Nen Girith, evitando com um estremecimento o lugar do Dragão; ao subir outra vez pela trilha íngreme, deu com um homem que espiava através das árvores e se retraiu ao vê-lo. No entanto, Brandir reconheceu seu rosto sob o clarão da lua poente.

"Ah, Dorlas!", exclamou ele. "Que notícias tens para contar? Como escapaste vivo? E o que foi feito de meu parente?"

"Não sei", respondeu Dorlas, rabugento.

"Então isso é estranho", disse Brandir.

"Se queres saber", falou Dorlas, "o Espada Negra pretendia que vadeássemos o canal do Teiglin no escuro. Será estranho que eu não tenha conseguido? Sou melhor que alguns com o machado, mas não tenho pés de bode."

"Então prosseguiram sem ti para atacar o Dragão?", questionou Brandir. "Mas como foi quando ele atravessou? Ao menos deves ter ficado por perto para ver o que acontecia."

Mas Dorlas não deu resposta, somente encarou Brandir com ódio nos olhos. Então Brandir compreendeu, percebendo de súbito que aquele homem abandonara seus companheiros e depois, tomado pela vergonha, escondera-se na floresta. "Vergonha, Dorlas!", acusou ele. "És o causador de nossos pesares: instigando o Espada Negra, trazendo o Dragão até nós, tornando-me alvo de escárnio, levando Hunthor à morte e depois foges para te protegeres na floresta!" E enquanto falava, outro pensamento lhe veio à mente, e então gritou com grande ira: "Por que não trouxeste notícias? Era a mínima penitência que podias realizar. Se tivesses feito isso, a Senhora Níniel não teria precisado buscá-las por si. Jamais precisaria ter visto o Dragão. Poderia ter vivido. Dorlas, odeio-te!"

"Guarda teu ódio!", revidou Dorlas. "Ele é tão débil quanto todos os teus conselhos. Não fosse por mim, os Orques teriam vindo e te enforcado como um espantalho em teu jardim. Toma para ti o nome de desertor!" E com essas palavras, mais disposto à ira por estar envergonhado, desferiu em Brandir um golpe com seu grande punho, e assim terminou sua vida, antes que o olhar de espanto abandonasse seus olhos: pois Brandir sacou a espada e o derrubou com um golpe mortal. Este, por um momento, deteve-se trêmulo, enojado com o sangue; e lançando a espada ao chão virou-se e seguiu seu caminho, curvado sobre a muleta.

Quando Brandir chegou a Nen Girith, a pálida lua se pusera e a noite desfalecia; a manhã abria-se no leste. A gente que ainda se escondia perto da ponte viu-o chegando como uma sombra cinzenta no alvorecer, e alguns o chamaram admirados: "Onde estiveste? Tu a viste? Pois a Senhora Níniel se foi."

"Sim, ela se foi", confirmou Brandir. "Foi-se, foi-se, para nunca mais voltar! Mas eu vim vos trazer notícias. Ouvi agora, povo de Brethil, e dizei se já houve relato como o relato que trago! O Dragão está morto, mas morto também está Turambar a seu lado. E essas são boas notícias: sim, ambas são boas, na verdade."

Então a gente murmurou, admirada com sua fala, e alguns disseram que estava louco; mas Brandir exclamou: "Escutai-me até o fim! Níniel também está morta, Níniel, a bela, a quem amastes, a quem amei mais do que tudo. Saltou da beira do Salto do Cervo,[30] e os dentes do Teiglin a levaram. Ela se foi, odiando a luz do dia. Pois disto ela soube antes de fugir: eram ambos filhos de Húrin, irmã e irmão. Chamavam-no o Mormegil, Turambar chamava-se ele, ocultando seu passado:

Túrin, filho de Húrin. Níniel nós a chamávamos, não sabendo de seu passado: Nienor ela era, filha de Húrin. A Brethil trouxeram a sombra de seu escuro destino. Aqui abateu-se seu destino, e esta terra nunca mais há de se livrar do pesar. Não a chameis de Brethil, de terra dos Halethrim, mas sim de *Sarch nia Hîn Húrin*, Túmulo dos Filhos de Húrin!"

Embora ainda não compreendessem como esse mal havia acontecido, o povo chorou ali onde estava, e alguns disseram: "Há um túmulo no Teiglin para Níniel, a amada, e um túmulo há de existir para Turambar, o mais valoroso dos homens. Nosso libertador não há de ser abandonado ao léu. Vamos até ele."

A Morte de Túrin

Ora, no momento em que Níniel fugia, Túrin agitou-se e pareceu-lhe que do fundo de suas trevas ele a ouvia, chamando-o de muito longe; porém, quando Glaurung morreu, o negro desfalecimento o abandonou, e ele voltou a respirar fundo e suspirou, caindo num sono de grande exaustão. Antes da aurora, porém, ele se virou durante o sono, pois o frio ficou intenso, e o punho de Gurthang cravou-se em seu flanco, e assim, de repente, ele despertou. A noite minguava, e havia um sopro de manhã no ar; e Túrin se pôs de pé com um salto, recordando sua vitória e o veneno que ardia em sua mão. Ergueu-a e contemplou-a e admirou-se. Pois estava envolta com uma tira de pano branco úmido, que lhe aliviava a dor; e disse consigo: "Por que alguém haveria de me tratar assim, mas deixar-me aqui deitado, frio, no meio da ruína e do fedor do Dragão? Que coisas estranhas ocorreram?"

Então gritou em voz alta, mas não ouviu resposta. Tudo estava negro e lúgubre à sua volta, e pairava um cheiro de morte. Curvou-se e ergueu a espada, e ela estava inteira, e a luz de suas arestas não estava ofuscada. "Imundo era o veneno de Glaurung", falou, "mas tu és mais forte que eu, Gurthang! Todo sangue beberás. Tua é a vitória. Mas vamos! Preciso ir em busca de auxílio. Meu corpo está exausto e um calafrio percorre meus ossos."

Então deu as costas a Glaurung e deixou-o a apodrecer; mas à medida que abandonava aquele lugar, cada passo parecia mais pesado, e pensou: "Em Nen Girith, quem sabe, encontrarei um dos batedores à minha espera. Mas quisera chegar logo à minha própria casa e sentir as mãos brandas de Níniel e a habilidade de Brandir!" E assim, finalmente, caminhando esgotado e apoiando-se em Gurthang, chegou a Nen Girith através da luz cinzenta do dia que raiava, e no momento em que os homens partiam para buscar seu corpo morto, ele se postou diante do povo.

Então recuaram aterrorizados, temendo que fosse seu espírito inquieto, e as mulheres prantearam e cobriram os olhos. Mas ele declarou: "Não, não choreis, mas alegrai-vos! Vede! Não estou vivo? E não matei o Dragão que temíeis?"

Eles se voltaram então contra Brandir, exclamando: "Tolo, com tuas histórias falsas, dizendo que ele estava morto. Não dissemos que estavas louco?" Então Brandir ficou consternado, e fitou Túrin com temor nos olhos e nada pôde dizer.

Mas Túrin lhe falou: "Então foste tu que estiveste lá e cuidaste de minha mão? Agradeço-te. Mas tua habilidade está em decadência, se não és capaz de distinguir um desmaio da morte." Voltou-se então para o povo: "Não falai com ele desse modo, tolos, todos vós. Qual de vós teria feito melhor? Ao menos ele teve a coragem de descer ao lugar do combate, enquanto vós ficais sentados lamentando!

"Mas agora, filho de Handir, vem! Há mais coisas que desejo saber. Por que estás aqui, e toda esta gente que deixei na Ephel? Se posso correr risco de morte em vosso interesse, não posso ser obedecido quando estou longe? E onde está Níniel? Posso ao menos esperar que não a trouxestes aqui, mas a deixastes onde a guardei, em minha casa, com homens fiéis a vigiá-la?"

E ao não obter resposta: "Vamos, dizei, onde está Níniel?", gritou ele. "Pois a ela quero ver em primeiro lugar; e a ela primeiro contarei a história dos feitos da última noite."

Mas viraram-lhe o rosto, e Brandir contou-lhe por fim: "Níniel não está aqui."

"Então está bem", disse Túrin. "Então irei à minha casa. Há um cavalo que me leve? Uma maca seria melhor. Posso desmaiar de esforço."

"Não, não!", completou Brandir com o coração angustiado. "Tua casa está vazia. Níniel não está lá. Está morta."

Mas uma das mulheres — a esposa de Dorlas, que pouco apreciava Brandir — gritou com voz aguda: "Não lhe dês atenção, senhor! Perdeu o juízo. Veio gritando que estavas morto e chamava isso de boas notícias. Mas estás vivo. Então por que seu relato de Níniel haveria de ser verdade: que está morta, e coisa pior?"

Então Túrin aproximou-se de Brandir a passos largos: "Então minha morte era boa notícia?", gritou. "Sim, sempre me invejaste por causa dela, isso eu sabia. Agora está morta, tu dizes. E coisa pior? Que mentira geraste em tua malícia, Coxo? Então queres nos matar com palavras sórdidas, já que não podes empunhar outra arma?"

Então a raiva expulsou a piedade do coração de Brandir, e ele gritou: "Perdi o juízo? Não, perdeste tu, Espada Negra do destino negro! E todo esse povo caduco. Não minto! Níniel está morta, morta, morta! Pode procurá-la no Teiglin!"

Túrin se deteve, imóvel e frio. "Como sabes?", questionou ele baixinho. "Como tramaste isso?"

"Sei porque a vi saltar", respondeu Brandir. "Mas a trama foi tua. Ela fugiu de ti, Túrin, filho de Húrin, e em Cabed-en-Aras se lançou para nunca mais te ver. Níniel! Níniel? Não, Nienor, filha de Húrin."

Então Túrin o agarrou e o sacudiu, pois naquelas palavras ele ouviu os pés de seu destino a alcançá-lo, mas em horror e fúria seu coração não queria recebê-los, assim como um animal ferido de morte machuca todos os que estão próximos antes de morrer.

"Sim, sou Túrin, filho de Húrin", gritou. "Isso há muito tempo adivinhaste. Mas nada sabes de Nienor, minha irmã. Nada! Ela habita no Reino Oculto e está em segurança. É uma mentira de tua própria mente vil para enlouquecer minha esposa e agora a mim. Desgraça coxeante — queres nos perseguir até a morte?"

Mas Brandir desvencilhou-se dele. "Não me toques!", exclamou. "Controla teu delírio. Aquela que chamas de esposa veio até ti e te tratou, e tu não respondeste a seu chamado. Mas alguém respondeu por ti. Glaurung, o Dragão, que julgo ter-vos enfeitiçado a ambos para vossa desgraça. Assim falou ele antes de se acabar: 'Nienor, filha de Húrin, eis teu irmão: traiçoeiro com os inimigos, desleal com os amigos, maldição de sua família, Túrin, filho de Húrin.'" De repente um riso desvairado apossou-se de Brandir. "No leito de morte os homens falam a verdade, é o que dizem", gargalhou. "E também um Dragão, ao que parece! Túrin, filho de Húrin, uma maldição sobre tua família e todos que te acolhem!"

Então Túrin agarrou Gurthang com uma luz feroz nos olhos. "E o que se há de dizer de ti, Coxo?", falou devagar. "Quem revelou a ela meu nome verdadeiro, em segredo, pelas minhas costas? Quem a levou até a malícia do Dragão? Quem ficou a seu lado e a deixou morrer? Quem veio aqui tornar público esse horror o mais depressa possível? Quem agora pretende tripudiar sobre mim? Os homens falam a verdade antes de morrer? Então fala-a agora, depressa."

Então Brandir, ao ver a morte no rosto de Túrin, ficou imóvel e não cedeu, apesar de não dispor de nenhuma arma senão a muleta. "Tudo o que ocorreu é uma história longa de se contar, e estou farto de ti. Mas tu me calunias, filho de Húrin. Glaurung te caluniou? Se me matares, todos hão de ver que não. Porém não temo morrer, pois poderei buscar Níniel, que eu amava, e talvez possa encontrá-la de novo além do Mar."

"Buscar Níniel!", gritou Túrin. "Não, hás de encontrar Glaurung, e criareis mentiras juntos. Hás de dormir com a Serpe, tua companheira de alma, e apodrecer na mesma treva!" Então ergueu Gurthang e golpeou Brandir, que caiu morto. Mas o povo afastou os olhos daquele feito e, quando ele se voltou e partiu de Nen Girith, fugiram dele aterrorizados.

Então Túrin caminhou ensandecido pelos bosques selvagens, ora maldizendo a Terra-média e toda a vida dos Homens, ora evocando Níniel. Mas, quando por fim a loucura de seu pesar

NARN I HÎN HÚRIN

o abandonou, sentou-se por algum tempo, refletiu sobre todos os seus atos e ouviu-se exclamar: "Ela habita no Reino Oculto e está em segurança!" E pensou que, apesar de toda a sua vida estar arruinada, deveria ir para lá; pois todas as mentiras de Glaurung só o haviam desencaminhado. Então ergueu-se e foi até as Travessias do Teiglin e, ao passar por Haudh-en-Elleth, exclamou: "Paguei amargamente, ó Finduilas, por ter prestado atenção ao Dragão. Agora manda-me um conselho!"

Porém, enquanto falava, viu doze caçadores bem armados que passavam pelas Travessias, e eram Elfos; quando se aproximaram, reconheceu um deles, pois era Mablung, principal caçador de Thingol. E Mablung o saudou, exclamando: "Túrin! Em boa hora, afinal. Estou à tua procura e me alegro de te ver vivo, apesar de os anos terem sido pesados para ti."

"Pesados!", concordou Túrin. "Sim, como os pés de Morgoth. Mas se te alegras de me ver vivo, és o último na Terra-média. Por que isso?"

"Porque eras honrado entre nós", respondeu Mablung, "e, apesar de teres escapado de muitos perigos, eu temia por ti, afinal. Notei o aparecimento de Glaurung e concluí que ele realizara seu propósito maligno e agora voltava a seu Mestre. No entanto voltou-se contra Brethil, e ao mesmo tempo eu soube por andarilhos da terra que o Espada Negra de Nargothrond aparecera por lá outra vez e que os Orques evitavam suas fronteiras como a morte. Então enchi-me de receio e disse: 'Ai de nós! Glaurung vai aonde seus Orques não se atrevem, em busca de Túrin.' Portanto, vim até aqui o mais depressa que pude para te alertar e auxiliar."

"Depressa, mas não depressa o bastante", lamentou Túrin. "Glaurung está morto."

Então os Elfos o fitaram admirados e disseram: "Tu mataste a Grande Serpe! Teu nome há de ser louvado para sempre entre Elfos e Homens!"

"Pouco me importa", respondeu Túrin. "Pois meu coração foi morto também. Mas, já que vindes de Doriath, dai-me notícias de minha família. Pois em Dor-lómin me disseram que haviam fugido para o Reino Oculto."

Os Elfos não deram resposta, mas por fim Mablung falou: "De fato assim fizeram, no ano antes da vinda do Dragão. Mas agora não estão lá, ai delas!" Então o coração de Túrin parou, ouvindo os pés do destino que iriam persegui-lo até o fim. "Continua!", gritou. "E depressa!" "Saíram para o ermo atrás de ti", contou Mablung. "Foram contra todos os conselhos; mas queriam ir a Nargothrond quando se soube que tu eras o Espada Negra; e Glaurung surgiu, e toda a sua guarda foi dispersada. Morwen não foi vista por ninguém desde aquele dia; mas Nienor sucumbiu a um encantamento de mudez e fugiu rumo ao norte como uma corça selvagem e perdeu-se." Então, para espanto dos Elfos, Túrin deu uma risada alta e estridente. "Não é uma piada?", exclamou. "Ó bela Nienor! Então ela correu de Doriath para o Dragão e do Dragão para mim. Que doce golpe da sorte! Era morena como uma fruta silvestre, com seus cabelos escuros; pequena e esbelta como uma criança-élfica, ninguém poderia confundi-la!"

Então Mablung admirou-se e disse: "Mas há algum engano aqui. Tua irmã não era assim. Era alta e tinha olhos azuis, cabelos de ouro fino, a própria imagem em forma feminina de seu pai Húrin. Não podes tê-la visto!"

"Não posso, não posso, Mablung?", exclamou Túrin. "Mas por que não? Pois vê, sou cego! Não sabias? Cego, cego, tateando desde a infância numa escura névoa de Morgoth! Portanto deixa-me! Vai, vai! Volta a Doriath, e que o inverno a faça murchar! Maldita seja Menegroth! E maldita seja tua missão! Só faltava isto. Agora vem a noite!"

Então fugiu deles, como o vento, e encheram-se de admiração e temor. Mas Mablung comentou: "Aconteceu algo estranho e terrível que não sabemos. Vamos segui-lo e ajudá-lo se pudermos, pois está desvairado e ensandecido."

Mas Túrin já corria muito à frente deles e, ao chegar a Cabed-en-Aras, deteve-se; e ouviu o rugido da água e viu que todas as árvores, próximas e distantes, estavam murchas, e suas folhas ressequidas caíam pesarosas, como se o inverno tivesse vindo nos primeiros dias do verão.

"Cabed-en-Aras, Cabed Naeramarth!", exclamou. "Não poluirei tuas águas onde Níniel foi lavada. Pois todos os meus atos foram maus, e o último foi o pior."

Então puxou a espada e disse: "Salve, Gurthang, ferro da morte, somente tu me restas agora! Mas que senhor ou lealdade conheces, a não ser a mão que te empunha? Não recuas diante de sangue nenhum! Tomarás Túrin Turambar? Irás matar-me depressa?"

E da lâmina uma voz fria soou em resposta: "Sim, beberei teu sangue para que eu possa esquecer o sangue de Beleg, meu senhor, e o sangue de Brandir, morto injustamente. Irei matar-te depressa."

Então, Túrin firmou o punho no solo e lançou-se sobre a ponta de Gurthang, e a lâmina negra lhe tomou a vida.

Mas Mablung chegou e contemplou a hedionda forma de Glaurung jazendo morto e, ao avistar Túrin, afligiu-se, pensando em Húrin nas Nirnaeth Arnoediad e no terrível destino de sua família. Enquanto os Elfos se demoravam ali, desceram homens de Nen Girith para olharem o Dragão, e choraram quando viram como chegara ao fim a vida de Túrin Turambar; e os Elfos, ao descobrirem enfim o motivo das palavras que Túrin lhes dirigira, ficaram consternados. Então Mablung falou com amargura: "Também eu fui enredado no destino dos Filhos de Húrin e assim matei com palavras alguém que amei."

Então ergueram Túrin e viram que sua espada havia se partido em pedaços. Assim se foi tudo o que ele possuíra.

Com o esforço de muitas mãos juntaram lenha, fizeram uma grande pilha, acenderam uma fogueira enorme e destruíram o corpo do Dragão, até não restar nada além de cinza negra e seus ossos estarem reduzidos a pó, e o lugar daquela queima permaneceu exposto e estéril para sempre dali em diante. Túrin, por sua vez, foi posto em um alto monte tumular erguido onde ele tombara, e os fragmentos de Gurthang foram colocados a seu lado. E quando estava tudo concluído, e os menestréis dos Elfos e dos Homens fizeram um lamento relatando o valor de Turambar e a beleza de Níniel, uma grande pedra cinzenta foi trazida e posta sobre o monte; e nela os Elfos gravaram nas Runas de Doriath:

TÚRIN TURAMBAR DAGNIR GLAURUNGA

e abaixo escreveram também:

NIENOR NÍNIEL

Mas ela não estava ali, nem jamais se soube aonde as frias águas do Teiglin a haviam levado.

Assim termina o Conto dos Filhos de Húrin, a mais longa de todas as baladas de Beleriand.

NOTAS

[1]Em uma nota introdutória, existente em diversas formas, está dito que, apesar de composto em idioma élfico e usando muito saber élfico, especialmente de Doriath, o *Narn i Hîn Húrin* era obra de um poeta dos Homens, Dírhavel, que vivia nos Portos do Sirion nos dias de Eärendil, e lá coligiu todas as notícias que pôde sobre a Casa de Hador, quer entre os Homens quer entre os elfos, remanescentes e fugitivos de Dor-lómin, de Nargothrond, de Gondolin ou de Doriath. Em uma versão dessa nota diz-se que o próprio Dírhavel provinha da Casa de Hador. Essa balada, a mais longa de todas as baladas de Beleriand, foi tudo o que ele jamais compôs, mas era apreciada pelos Eldar, pois Dírhavel usou a língua élfico-cinzenta, em que possuía grande habilidade. Usou o modo de verso élfico que se chamava *Minlamed thent / estent*, e que outrora era próprio do *narn* (um conto relatado em verso, mas para ser recitado e não cantado). Dírhavel pereceu no ataque dos Filhos de Fëanor aos Portos do Sirion.

[2]Neste ponto do texto do *Narn*, há um trecho que descreve a estada de Húrin e Huor em Gondolin. Ele se baseia de perto na história contada em um dos "textos constituintes" de *O Silmarillion* — tão de perto que não é mais que uma variante, e não o publiquei aqui outra vez. A história pode ser lida em *O Silmarillion*, pp. 219–21.

[3]Aqui há no texto do *Narn* um trecho, com um relato das Nirnaeth Arnoediad, que excluí pelo mesmo motivo dado na nota 2; ver *O Silmarillion*, pp. 258–65.

[4]Em outra versão do texto, está explicitado que Morwen de fato tratava com os Eldar que habitavam secretamente nas montanhas, não distante de sua casa. "Mas não podiam dar-lhe notícias. Ninguém vira a queda de Húrin. 'Não

NARN I HÎN HÚRIN

estava com Fingon', diziam; 'foi expulso para o sul com Turgon, mas se alguém de sua gente escapou foi na esteira da hoste de Gondolin. Mas quem sabe? Pois os Orques empilharam juntos todos os mortos, e a busca é vã, mesmo que alguém ousasse ir ao Haudh-en-Nirnaeth.'"

[5]Com essa descrição do Elmo de Hador, comparem-se as "grandes máscaras, horrendas de se contemplar" usadas pelos Anãos de Belegost nas Nirnaeth Arnoediad, que "lhes davam boa vantagem contra os dragões" (*O Silmarillion*, p. 262). Túrin mais tarde usou uma máscara-anânica quando foi a combate a partir de Nargothrond, "e os inimigos fugiam diante de seu rosto" (*ibid.*, p. 283). Ver ainda o Apêndice do *Narn*, pp. 208–25, a seguir.

[6]O ataque-órquico a Beleriand Leste em que Maedhros salvou Azaghâl não é mencionado em nenhum outro lugar.

[7]Em outro lugar, meu pai observou que a fala de Doriath, fosse do Rei ou de outros, mesmo nos dias de Túrin era mais arcaica que a usada em outras partes; e também que Mîm observou (embora os escritos existentes sobre Mîm não o mencionem) que uma coisa da qual Túrin nunca se livrou, a despeito de seu ressentimento contra Doriath, era a fala que adquirira durante sua criação.

[8]Uma nota marginal em um texto diz aqui: "Sempre buscou, em todos os rostos de mulher, o rosto de Lalaith."

[9]Em um texto variante desse trecho da narrativa, diz-se que Saeros era parente de Daeron, e em outro, que era seu irmão; o texto impresso é provavelmente o mais recente.

[10]Wose-da-floresta: "homem selvagem dos bosques"; ver nota 14, no capítulo "Os Drúedain", pp. 511–12.

[11]Em um texto variante dessa parte da história, Túrin declarou nessa época seu próprio nome aos proscritos; e reivindicou que, como era por direito senhor e juiz do Povo de Hador, havia matado Forweg com justiça, pois era um homem de Dor-lómin. Então Algund, o velho proscrito que descera pelo Sirion para fugir das Nirnaeth Arnoediad, disse que os olhos de Túrin por muito tempo o haviam lembrado de outro que não conseguia recordar, e que agora o reconhecera como o filho de Húrin. "'Mas ele era um homem menor, pequeno para sua família, apesar de repleto de fogo; e seus cabelos eram de um vermelho dourado. Tu és moreno e alto. Vejo em ti tua mãe, agora que olho mais de perto; ela era do povo de Bëor. Qual terá sido o destino dela, pergunto-me.' 'Não sei', respondeu Túrin. 'Não chega nenhuma palavra do Norte.'" Nessa versão foi o conhecimento de que Neithan era Túrin, filho de Húrin, que levou os proscritos que se originavam de Dor-lómin a aceitá-lo como líder do bando.

[12]As versões mais recentes dessa parte da história concordam em que, quando Túrin se tornou capitão do bando de proscritos, ele os levou para longe das casas dos Homens-da-floresta, nos bosques ao sul do Teiglin, e que Beleg lá

chegou logo após terem partido; mas a geografia não é clara, e os relatos dos movimentos dos proscritos são conflitantes. Parece necessário supor, à vista do curso subsequente da narrativa, que ficaram no Vale do Sirion, e que de fato não estavam longe de seus domínios anteriores na época da incursão-órquica às habitações dos Homens-da-floresta. Em uma versão tentativa, partiram para o sul e chegaram à região "acima de Aelin-uial e dos Pântanos do Sirion"; mas, como os homens ficaram descontentes naquela "terra sem abrigo", Túrin foi persuadido a levá-los de volta para os bosques ao sul do Teiglin onde os encontrara pela primeira vez. Isso se ajustaria aos requisitos da narrativa.

[13]Em *O Silmarillion* a narrativa continua (pp. 272–73) com o adeus de Beleg a Túrin, a estranha previsão de Túrin de que seu destino o levaria a Amon Rûdh, a chegada de Beleg a Menegroth (onde recebeu a espada Anglachel de Thingol e *lembas* de Melian), e seu retorno à guerra contra os Orques em Dimbar. Não há outro texto que suplemente este, e o trecho foi omitido aqui.

[14]Túrin fugiu de Doriath no verão; passou o outono e o inverno entre os proscritos, e matou Forweg, tornando-se capitão deles na primavera do ano seguinte. Os eventos descritos aqui aconteceram no verão que se seguiu.

[15]Diz-se que o *aeglos*, "espinho-de-neve", era semelhante ao tojo, porém maior e com flores brancas. *Aeglos* era também o nome da lança de Gil-galad. *Seregon*, "sangue de pedra", era uma planta do tipo que em inglês se chama *stonecrop*[A]; tinha flores de um vermelho profundo.

[16]Assim também os arbustos de tojo com flores amarelas, que Frodo, Sam e Gollum encontraram em Ithilien, eram "esquálidos e pernudos embaixo, mas grossos no alto", de forma que podiam andar eretos por baixo deles, "atravessando longos corredores secos", e tinham flores que "reluziam no escuro e emitiam um débil aroma doce" (*As Duas Torres*, IV, 7).

[17]Em outro lugar, o nome dos Anãos-miúdos em sindarin é dado como *Noegyth Nibin* (como em *O Silmarillion*, p. 275) e *Nibin-Nogrim*. As "altas charnecas que se encimavam entre os vales do Sirion e do Narog", a nordeste de Nargothrond (p. 142), são mencionadas mais de uma vez como as Charnecas dos Nibin-noeg (ou variantes desse nome).

[18]O alto penhasco através do qual Mîm os conduziu, pela fenda que chamava de "o portão do pátio", era (ao que parece) a borda norte da fenda; os penhascos dos lados leste e oeste eram muito mais escarpados.

[19]A maldição de Andróg também está registrada na forma: "Que lhe falte um arco na necessidade, antes do seu fim." Ocorreu que Mîm recebeu a morte pela espada de Húrin diante das Portas de Nargothrond (*O Silmarillion*, p. 309).

[A]*Stonecrop* = saião-acre em português. [N. T.]

NARN I HÎN HÚRIN

[20]O mistério das demais coisas no saco de Mîm não está explicado. A única outra afirmativa sobre o assunto está numa nota rabiscada às pressas, que sugere que havia lingotes de ouro disfarçados de raízes, e se refere a Mîm procurando "por antigos tesouros de uma casa-anânica perto das 'pedras chatas'". Sem dúvida estas eram as referidas no texto (p. 138) como "pedras grandes, inclinadas ou tombadas juntas", no local onde Mîm foi capturado. Mas em nenhum lugar há qualquer indicação do papel que esse tesouro desempenharia na história de Bar-en-Danwedh.

[21]Consta na p. 102 que a passagem sobre o espinhaço de Amon Darthir era a única passagem "entre Serech e a área muito a oeste onde Dor-lómin fazia divisa com Nevrast".

[22]Na história como está contada em *O Silmarillion* (p. 292), a premonição que Brandir teve sobre o mal ocorreu-lhe depois que ouviu "as notícias que Dorlas trouxera", e portanto (ao que parece) depois que soube que o homem na maca era o Espada Negra de Nargothrond, que diziam ser filho de Húrin de Dor-lómin.

[23]Ver p. 212, onde há uma referência à troca de mensagens entre Orodreth e Thingol "por vias secretas".

[24]Em *O Silmarillion* (p. 174) os Altos Faroth, ou Taur-en-Faroth, são "terras altas florestadas". Sua descrição aqui como "pardos e desnudos" refere-se talvez à ausência de folhas nas árvores no início da primavera.

[25]Poder-se-ia supor que, somente quando tudo estivesse acabado, e Túrin e Nienor estivessem mortos, o ataque de tremores dela seria lembrado, seu significado reconhecido, e Nen Dimrost receberia o nome de Nen Girith; mas na lenda Nen Girith é usado como o nome em toda parte.

[26]Se a intenção de Glaurung de fato tivesse sido voltar a Angband, poder-se-ia pensar que ele tomaria a antiga estrada até as Travessias do Teiglin, um trajeto não muito diferente do que o levou a Cabed-en-Aras. Talvez a suposição fosse que ele voltaria a Angband pelo caminho da vinda para o sul, a Nargothrond, subindo o Narog até Ivrin. Ver também as palavras de Mablung (p. 200): "Notei o aparecimento de Glaurung e concluí que ele [...] voltava a seu Mestre. No entanto voltou-se contra Brethil [...]."

Quando Turambar falou sobre sua esperança de que Glaurung iria reto e não se desviaria, queria dizer que, se o Dragão subisse ao longo do Teiglin até as Travessias, seria capaz de entrar em Brethil sem ter de passar sobre o desfiladeiro, onde seria vulnerável: ver suas palavras aos homens em Nen Girith, pp. 181–82.

[27]Não encontrei mapa que ilustrasse o conceito detalhado de meu pai sobre a topografia, mas este esboço parece ao menos ajustar-se às referências da narrativa:

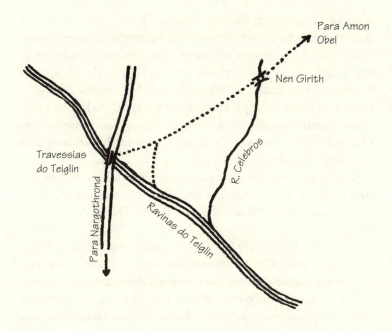

[28] As frases "fugiu ensandecida daquele lugar" e "correu à frente dele" sugerem que havia alguma distância entre o local onde Túrin jazia ao lado do cadáver de Glaurung e a beira da ravina. Pode ser que o salto de morte do Dragão o tenha levado a alguma distância além da borda oposta.

[29] Mais tarde na narrativa (p. 202) o próprio Túrin, antes de sua morte, chamou o lugar de Cabed Naeramarth, e pode-se supor que foi da tradição de suas últimas palavras que se derivou o nome posterior.

A aparente discrepância de, apesar de ser dito (tanto aqui quanto em *O Silmarillion*) que Brandir foi o último homem a contemplar Cabed-en-Aras, Túrin lá chegar logo depois, e de fato também os Elfos e todos os que ergueram o túmulo sobre ele, pode talvez ser explicada tomando-se as palavras do *Narn* acerca de Brandir em senso estrito: ele foi o último homem de fato a "olhar para o interior de sua treva". Era na verdade intenção de meu pai alterar a narrativa de modo que Túrin se matasse não em Cabed-en-Aras, mas sim no túmulo de Finduilas perto das Travessias do Teiglin; mas isso nunca foi posto por escrito.

[30] Parece por esse texto que "O Salto do Cervo" era o nome original do lugar, e era na verdade o significado de Cabed-en-Aras.

NARN I HÎN HÚRIN

APÊNDICE

A partir do ponto da história em que Túrin e seus homens se estabeleceram na antiga moradia dos Anãos-Miúdos em Amon Rûdh, não há narrativa completa com o mesmo plano detalhado, até que o *Narn* retome com a viagem de Túrin para o norte após a queda de Nargothrond. De muitos esboços e notas tentativos ou exploratórios, no entanto, podem-se obter alguns vislumbres adicionais além do relato mais resumido em *O Silmarillion*, e até mesmo alguns curtos trechos de narrativa coerente na escala do *Narn*.

Um fragmento isolado descreve a vida dos proscritos em Amon Rûdh na época que se seguiu ao estabelecimento deles ali, e dá uma descrição adicional de Bar-en-Danwedh.

Por um longo período a vida dos proscritos seguiu de forma muito satisfatória. O alimento não era escasso, tinham um bom abrigo, quente e seco, com espaço suficiente e até de sobra; pois descobriram que as cavernas poderiam alojar uma centena ou mais, se necessário. Um salão menor escondia-se mais para dentro. Havia uma lareira de um dos lados, por cima da qual uma chaminé subia pela rocha até um respiradouro habilmente oculto numa fenda na face do morro. Também havia muitos outros recintos que davam para os salões ou o corredor que os ligava, alguns para habitação, outros usados como oficinas ou depósitos. Mîm era mais experimentado nas artes da armazenagem do que eles e possuía diversos recipientes e arcas de pedra e madeira que aparentavam ser de grande antiguidade. Mas a maioria dos recintos agora estava desocupada: nos arsenais estavam pendurados machados e outros atavios cheios de ferrugem e poeira; as prateleiras e os armários estavam vazios; e as ferrarias estavam ociosas. Exceto uma: um pequeno recinto que dava para o salão interior e tinha uma lareira que usava a mesma saída de fumaça daquela do salão. Ali Mîm trabalhava às vezes, mas não permitia que outros fossem com ele.

Durante o restante daquele ano não realizaram mais incursões e, quando saíam para caçar ou recolher alimento, iam geralmente em grupos pequenos. Mas por muito tempo acharam difícil refazer o trajeto da vinda e, além de Túrin, não mais que seis dos homens chegaram a ter certeza do caminho. No entanto, ao perceber que os que tinham habilidade para tanto conseguiam chegar ao covil sem a ajuda de Mîm, puseram um vigia dia e noite perto da fenda na muralha norte. Do sul não esperavam inimigos, nem havia risco de alguém escalar Amon Rûdh por aquele lado; mas de dia havia quase sempre um guarda postado no topo da coroa, capaz de enxergar ao longe em toda a volta. Por mais que fossem íngremes os lados da coroa, o cume podia ser alcançado, pois a leste da boca da caverna haviam sido entalhados degraus toscos que subiam até encostas que podiam ser escaladas sem ajuda.

Assim o ano avançou sem dano nem alarme. Mas quando os dias encurtaram, o lago ficou cinzento e frio, as bétulas, desnudas e voltaram as chuvas intensas, tiveram que passar mais tempo abrigados. Logo se cansaram da escuridão sob o monte e da fraca meia-luz dos salões; e pareceu à maioria que a vida seria melhor se não tivessem de compartilhá-la com Mîm. Diversas vezes ele surgia de algum canto ou portal escuro quando acreditavam que estava em outro lugar; e, quando Mîm estava por perto, a inquietude se abatia sobre suas conversas. Começaram a falar entre si sempre em sussurros.

Porém, e parecia-lhes estranho, com Túrin ocorria o contrário; ele se afeiçoava cada vez mais ao velho Anão e cada vez mais escutava seus conselhos. No inverno que se seguiu, sentava-se por longas horas junto a Mîm, ouvindo seu saber e as histórias de sua vida; e Túrin não o censurava quando falava mal dos Eldar. Mîm parecia muito satisfeito e, em troca, fazia muitos favores a Túrin; somente a ele permitia entrar às vezes em sua ferraria, e lá conversavam baixinho. Os homens ficavam menos contentes; e Andróg observava com um olhar ciumento.

O texto utilizado em *O Silmarillion* não dá indicação de como Beleg conseguiu entrar em Bar-en-Danwedh: ele "apareceu de repente entre eles" "no ocaso escuro de um dia de

NARN I HÎN HÚRIN

inverno". Em outros breves esboços, a história conta que, em virtude da improvidência dos proscritos, o alimento escasseou durante o inverno em Bar-en-Danwedh, e Mîm de má vontade lhes dava as raízes comestíveis de seu estoque; portanto, no começo do ano saíram da fortaleza numa incursão de caça. Beleg, aproximando-se de Amon Rûdh, encontrou-lhes os rastros, e os acompanhou até um acampamento que foram obrigados a montar em uma nevasca súbita, ou então seguiu-os de volta a Baren-Danwedh e lá entrou sorrateiro atrás deles.

Nessa época Andróg, procurando o estoque secreto de alimentos de Mîm, perdeu-se nas cavernas e encontrou uma escadaria oculta que levava ao cume plano de Amon Rûdh (foi por essa escadaria que alguns dos proscritos fugiram de Bar-en-Danwedh quando foi atacada pelos Orques: *O Silmarillion*, p. 278). E, no ataque recém-mencionado ou então em ocasião posterior, Andróg, que outra vez tomara arco e flecha desafiando a maldição de Mîm, foi ferido por uma seta envenenada — e em apenas uma das várias referências ao evento foi mencionado que ela teria sido uma flecha de Orque.

Andróg foi curado desse ferimento por Beleg, mas parece que sua aversão e desconfiança do Elfo não foi mitigada por isso; e o ódio de Mîm por Beleg tornou-se ainda mais feroz, pois assim ele "desfizera" a maldição lançada sobre Andróg. "Ela morderia de novo", disse ele. Veio a Mîm a ideia de que, se também comesse o *lembas* de Melian, renovaria sua juventude e outra vez se fortaleceria; e, visto que não podia consegui-lo furtivamente, fingiu-se de doente e implorou ao inimigo que lho desse. Quando Beleg recusou, foi selado o ódio de Mîm, especialmente por causa do apreço de Túrin pelo Elfo.

Pode-se mencionar aqui que, quando Beleg tirou o *lembas* da bolsa (ver *O Silmarillion*, p. 273, 276), Túrin o recusou:

> As folhas prateadas [estavam] vermelhas à luz do fogo; e quando Túrin viu o selo, seus olhos escureceram. "O que tens aí?", perguntou.

"O maior presente que alguém que ainda te ama tem para dar", respondeu Beleg. "Eis aqui *lembas*, o pão-de-viagem dos Eldar, que nenhum homem jamais provou."

"O elmo de meus pais eu aceito de bom grado porque o guardaste", falou Túrin. "Mas não receberei presentes vindos de Doriath."

"Então manda de volta tua espada e tuas armas", rebateu Beleg. "Manda de volta também os ensinamentos e a educação de tua juventude. E deixa teus homens morrerem no deserto para satisfazer teu temperamento. Este pão-de-viagem foi um presente não para ti, mas para mim, e posso fazer dele o que quiser. Não o comas se te para na garganta; mas outros podem estar mais famintos e ser menos orgulhosos."

Então Túrin envergonhou-se e dominou o orgulho quanto a esse assunto.

Encontram-se algumas poucas indicações adicionais acerca de Dor-Cúarthol, a Terra do Arco e do Elmo, onde Beleg e Túrin durante certo tempo, a partir de sua fortaleza em Amon Rûdh, tornaram-se líderes de um forte grupo nas terras ao sul do Teiglin (*O Silmarillion*, p. 277).

Túrin recebia contente todos os que vinham a ele, mas por conselho de Beleg não admitiu nenhum novato em seu refúgio sobre Amon Rûdh (que agora se chamava Echad i Sedryn, Acampamento dos Fiéis); o caminho para lá só era conhecido dos membros da Antiga Companhia, e nenhum outro era admitido. Porém outros acampamentos e fortes vigiados foram estabelecidos em torno: na floresta a leste, ou no planalto, ou nos brejos ao sul, de Methed-en-glad ("o Fim da Floresta") até Bar-erib, algumas léguas ao sul de Amon Rûdh; e de todos esses lugares os homens podiam ver o cume de Amon Rûdh e receber notícias e comandos através de sinais.

Desse modo, antes que acabasse o verão, os seguidores de Túrin haviam aumentado até formarem uma grande força; e o

NARN I HÎN HÚRIN

poder de Angband foi rechaçado. Até a Nargothrond chegaram notícias a esse respeito, e ali muitos se inquietaram, dizendo que, se um Proscrito podia causar tanto mal ao Inimigo, o que não poderia fazer o Senhor de Narog? Mas Orodreth não pretendia mudar seus pareceres. Em tudo ele seguia Thingol, com quem trocava mensagens por vias secretas; e era um senhor sábio, de acordo com a sabedoria daqueles que primeiro levavam em conta o próprio povo e por quanto tempo poderiam preservar sua vida e sua riqueza diante da avidez do Norte. Portanto, não permitiu que ninguém de seu povo fosse ter com Túrin e enviou mensageiros para lhe dizer que, em tudo o que houvesse de fazer ou tramar em sua guerra, não pusesse os pés na terra de Nargothrond nem impelisse os Orques para lá. No entanto, ofereceu auxílio, desde que não envolvesse armas, aos Dois Capitães, caso tivessem necessidade (e quanto a isso, acredita-se, foi persuadido por Thingol e Melian).

É salientado várias vezes que Beleg sempre permaneceu contrário ao grande plano de Túrin, apesar de lhe dar apoio; que lhe parecia que o Elmo-de-dragão agira com Túrin diferentemente do que ele esperara; e que previa com desassossego o que trariam os dias vindouros. Estão preservados fragmentos das palavras que trocou com Túrin sobre esses assuntos. Em um deles, estavam sentados juntos na fortaleza de Echad i Sedryn, e Túrin disse a Beleg:

"Por que estás triste e pensativo? Não tem ocorrido tudo bem desde que voltaste a mim? Minha intenção não demonstrou ser boa?"

"Tudo está bem agora", respondeu Beleg. "Nossos inimigos ainda estão surpresos e temerosos. E ainda há bons dias diante de nós, por algum tempo."

"E depois o quê?"

"O inverno. E depois disso outro ano, para aqueles que viverem para vê-lo."

"E depois o quê?"

212

"A ira de Angband. Queimamos as pontas dos dedos da Mão Negra — nada mais. Ela não se retrairá."

"Mas a ira de Angband não é nosso propósito e deleite?", questionou Túrin. "O que mais queres que eu faça?"

"Sabes muito bem", disse Beleg. "Mas proibiste que eu mencionasse essa estrada. Porém escuta-me agora. O senhor de uma grande hoste tem muitas necessidades. Precisa ter um refúgio seguro; e precisa ter riqueza, e pessoas cuja ocupação não seja a guerra. Com a quantidade de pessoas vem a necessidade de alimento, mais do que o ermo fornecerá; e vem o fim do sigilo. Amon Rûdh é um bom lugar para uns poucos — e tem olhos e ouvidos. Mas ergue-se isolado e pode ser visto de bem longe; e não é necessária grande força para cercá-lo."

"Ainda assim serei o capitão de minha própria hoste", disse Túrin; "e se eu tombar, então tombarei. Aqui estou postado no caminho de Morgoth; e, enquanto estiver, ele não poderá usar a estrada rumo ao sul. Por isso deveria haver alguma gratidão em Nargothrond, e até mesmo auxílio com coisas necessárias."

Em outro breve trecho de diálogo entre eles, Túrin respondeu aos alertas de Beleg sobre a fragilidade de seu poder com estas palavras:

"Quero governar uma terra, mas não esta terra. Aqui desejo apenas reunir forças. Meu coração volta-se para a terra de meu pai em Dor-lómin, e para lá hei de ir quando puder."

Também está afirmado que Morgoth durante algum tempo se conteve, e realizou meras fintas de ataque, "para que, com as vitórias fáceis, a confiança dos rebeldes pudesse se transformar em presunção; o que de fato ocorreu".

Andróg aparece mais uma vez em um esboço do transcurso do ataque a Amon Rûdh. Foi só então que ele revelou a Túrin a existência da escadaria interna; e ele foi um dos que por ali alcançaram o cume. Diz-se que lá ele lutou com mais valentia que todos, mas por fim tombou mortalmente ferido por uma flecha; e assim realizou-se a maldição de Mîm.

Não há nada notável para ser acrescentado à história em *O Silmarillion* sobre a viagem de Beleg em perseguição a Túrin, seu encontro com Gwindor em Taur-nu-Fuin, o resgate de Túrin e a morte de Beleg pelas mãos de Túrin. Sobre o fato de Gwindor possuir uma das "lanternas fëanorianas" de luz azul, e o papel que essa lanterna desempenhou em uma versão da história, ver p. 80, nota 2.

Pode-se notar aqui que meu pai tencionava estender a história do Elmo-de-dragão de Dor-lómin até o período da estada de Túrin em Nargothrond e mesmo mais além, mas isso nunca foi incorporado às narrativas. Nas versões existentes, o Elmo desaparece com o fim de Dor-Cúarthol, na destruição da fortaleza dos proscritos em Amon Rûdh, mas de alguma forma deveria reaparecer em posse de Túrin em Nargothrond. Só poderia ter chegado lá caso tivesse sido levado pelos Orques que conduziram Túrin até Angband; mas tirá-lo deles, por ocasião do resgate de Túrin por Beleg e Gwindor, teria requerido algum desenvolvimento da narrativa naquele ponto.

Um fragmento isolado de texto conta que, em Nargothrond, Túrin não voltou a usar o Elmo "para que não o revelasse", mas que o usava quando foi à Batalha de Tumhalad (*O Silmarillion*, p. 286, onde se diz que usava a máscara dos Anãos que encontrou nos arsenais de Nargothrond). Essa nota continua:

> Por temor daquele elmo todos os inimigos o evitavam, e foi desse modo que escapou incólume daquele campo mortífero. Assim foi que voltou a Nargothrond usando o Elmo-de-dragão, e Glaurung, desejando despojar Túrin da sua ajuda e proteção (pois ele mesmo o temia), zombou dele, dizendo que certamente Túrin afirmava ser seu vassalo e servidor, já que portava a efígie de seu senhor na crista do elmo.
>
> Mas Túrin respondeu: "Mentes, e o sabes. Pois esta imagem foi feita para escarnecer-te; e, enquanto houver alguém para

portá-la, a dúvida sempre há de te assolar, com o temor de que o portador te imponha teu destino."

"Então a imagem terá de esperar por um dono com outro nome", disse Glaurung, "pois Túrin, filho de Húrin, eu não temo. É o oposto. Pois ele não tem a audácia de olhar-me no rosto abertamente."

E de fato era tão grande o terror do Dragão que Túrin não ousava fitá-lo direto nos olhos, mas mantivera abaixada a viseira do elmo, resguardando o rosto, e em seu diálogo não elevara o olhar além dos pés de Glaurung. Porém, diante dessa zombaria, com orgulho e temeridade ergueu a viseira e fitou Glaurung nos olhos.

Em outro lugar há uma nota de que foi quando Morwen ouviu falar em Doriath da aparição do Elmo-de-dragão na Batalha de Tumhalad que ela soube ser verdadeira a história de que o Mormegil era de fato seu filho Túrin.

Por fim, existe uma sugestão de que Túrin usaria o Elmo quando matasse Glaurung, e zombaria do Dragão, à morte deste, com suas palavras em Nargothrond sobre "um dono com outro nome"; mas não há indicação de como a narrativa deveria ser conduzida para que isso acontecesse.

Existe um relato acerca da natureza e substância da oposição de Gwindor às políticas de Túrin em Nargothrond, à qual *O Silmarillion* se refere apenas muito brevemente (p. 285). Esse relato não está plenamente transformado em narrativa, mas pode ser assim apresentado:

> Gwindor sempre se opunha a Túrin no conselho do Rei, dizendo que estivera em Angband e sabia algo sobre o poder de Morgoth, e seus propósitos. "Vitórias triviais acabarão por se mostrar infrutíferas", dizia; "pois assim Morgoth descobre onde podem ser encontrados seus inimigos mais arrojados e reúne uma força grande o bastante para destruí-los. Todo o poderio dos Elfos e Edain unidos foi suficiente apenas para

refreá-lo e para obter a paz de um cerco; longo, é verdade, mas que durou somente o tempo que Morgoth quis esperar antes de rompê-lo; e nunca mais tal união poderá ser feita de novo. Somente no sigilo reside agora alguma esperança; até que venham os Valar."

"Os Valar!", falou Túrin. "Eles vos abandonaram e desprezam os Homens. De que adianta olhar naquela direção, por sobre o Mar sem fim? Só há um Vala com o qual temos de lidar, e esse é Morgoth; e se no fim não pudermos derrotá-lo, poderemos ao menos feri-lo e detê-lo. Pois vitória é vitória, não importa quão pequena, e não deve ser medida apenas pelo que se segue a ela. Porque ela também é oportuna; pois, se nada fizerdes para detê-lo, toda Beleriand cairá sob sua sombra em poucos anos, e então, uma a um, ele vos fumigará para fora de vossas tocas. E então o quê? Um deplorável remanescente fugirá para o sul e o oeste para se encolher nas praias do Mar, preso entre Morgoth e Ossë. É melhor então obter um tempo de glória, por mais que seja efêmera; pois dessa forma o fim não será pior. Falais de sigilo e dizeis que nele reside a única esperança; mas se pudésseis emboscar e atocaiar cada batedor e espião de Morgoth, até o último e o menor, de tal forma que nenhum deles jamais voltasse a Angband com notícias, ainda assim, e por causa disso, ele saberia que viveis e adivinharia onde. E digo isto também: apesar de os Homens mortais terem pouco tempo de vida em comparação com os Elfos, eles preferem gastá-la em combate a fugir ou submeter-se. A rebeldia de Húrin Thalion é um grande feito; e, mesmo que Morgoth mate seu realizador, não pode fazer com que seu feito deixe de existir. Os próprios Senhores do Oeste irão honrá-lo; e não está ele escrito na história de Arda, que nem Morgoth nem Manwë podem apagar?"

"Falas de coisas elevadas", respondeu Gwindor, "e é evidente que viveste entre os Eldar. Mas há uma treva sobre ti, se pões no mesmo patamar Morgoth e Manwë ou se falas dos Valar como inimigos dos Elfos ou dos Homens; pois os Valar nada desprezam, e menos que tudo os Filhos de Ilúvatar. Além disso, não conheces todas as esperanças dos Eldar. Há uma profecia entre nós dando conta de que um dia um mensageiro da Terra-média chegará a Valinor através das sombras, e Manwë escutará, e Mandos se abrandará. Para esse tempo não havemos de tentar preservar a semente dos Noldor, e também dos Edain? E Círdan agora vive no Sul, e estão sendo construídos navios; mas que sabes tu sobre navios ou sobre o Mar? Pensas em ti e em tua própria glória e pedes que cada um de nós faça o mesmo; mas precisamos pensar em outros além de nós mesmos, pois nem todos podem lutar e tombar, e a esses devemos proteger da guerra e da ruína enquanto pudermos."

"Então enviai-os aos vossos navios enquanto ainda houver tempo", sugeriu Túrin.

"Não querem separar-se de nós", justificou Gwindor, "mesmo que Círdan pudesse sustentá-los. Precisamos viver juntos enquanto pudermos, não atrair a morte."

"A tudo isso dei resposta", disse Túrin. "Defesa valorosa das fronteiras e golpes duros antes que o inimigo se reúna: nesse caminho reside a melhor esperança de viverdes juntos por muito tempo. E aqueles de quem falais gostam mais de esconder-se assim nas florestas, caçar desgarrados como lobos, do que de envergar o elmo e o escudo adornado e expulsar os inimigos, ainda que sejam mais numerosos que toda a sua hoste? Ao menos as mulheres dos Edain não gostam. Elas não impediram os homens de participar das Nirnaeth Arnoediad."

"Mas experimentariam um sofrimento menos caso essa batalha não tivesse ocorrido", rebateu Gwindor.

O amor de Finduilas por Túrin também receberia um tratamento mais completo:

Finduilas, a filha de Orodreth, tinha cabelos dourados à maneira da casa de Finarfin, e Túrin começou a sentir prazer em vê-la e em desfrutar de sua companhia; pois lhe lembrava sua família e as mulheres de Dor-lómin na casa de seu pai. No início se encontrava com ela somente quando Gwindor estava por perto;

mas após certo tempo ela passou a procurá-lo, de modo que às vezes ficavam a sós, por mais que o encontro parecesse fortuito. Então ela o interrogava sobre os Edain, dos quais vira poucos e vez ou outra, e sobre seu país e sua família.

Então Túrin lhe falava livremente sobre tudo isso, mas sem citar o nome de sua terra natal ou de algum membro de sua família; mas certa vez lhe contou: "Tive uma irmã, Lalaith, assim eu a chamava; e tu me fazes lembrar dela. Mas Lalaith era criança, uma flor amarela na grama verde da primavera; e se vivesse estaria agora, quem sabe, turvada de tanto sofrimento. Mas tu és majestosa, como uma árvore dourada; quisera eu ter uma irmã tão bela."

"Mas tu és majestoso", respondeu ela, "exatamente como os senhores do povo de Fingolfin; quisera eu ter um irmão tão valoroso. E não creio que teu nome seja Agarwaen, não combina contigo, Adanedhel. Eu te chamo de Thurin, o Secreto."

Diante dessas palavras Túrin se sobressaltou, mas disse: "Esse não é meu nome; e não sou rei, pois nossos reis são dos Eldar, o que não sou."

Túrin notou que a amizade de Gwindor tornava-se mais indiferente para com ele; e admirou-se também com o fato de que, ainda que a princípio a aflição e o horror de Angband tivessem começado a afastar-se dele, ele parecia recair na preocupação e na mágoa. E pensou: "Quem sabe ele esteja angustiado por eu ter me oposto a seus conselhos e tê-lo sobrepujado; gostaria que não fosse o caso." Amava Gwindor como seu guia e curador e sentia imensa compaixão por ele. Mas naqueles dias a radiância de Finduilas também se turvou, seus passos se tornaram lentos, e seu rosto, sério; e Túrin, ao perceber isso, imaginou que as palavras de Gwindor haviam incutido em seu coração o temor do que poderia vir a acontecer.

Na verdade, Finduilas estava repleta de dúvidas. Pois honrava Gwindor, tinha pena dele e não desejava acrescentar uma só lágrima ao seu sofrimento; porém, contra a sua vontade, o amor por Túrin crescia a cada dia, e ela pensava em Beren e

Lúthien. Mas Túrin não era como Beren! Ele não a desdenhava e sentia-se bem em sua companhia; ainda assim, sabia que ele não tinha por ela o amor que desejava. A mente e o coração dele estavam em outro lugar, junto a rios em primaveras muito distantes.

Então Túrin falou a Finduilas: "Não deixes que as palavras de Gwindor te amedrontem. Ele sofreu na treva de Angband; e para alguém tão valoroso é difícil estar assim mutilado e forçosamente ultrapassado. Ele necessita de todo consolo e de um tempo maior para curar-se."

"Bem sei disso", respondeu ela.

"Mas nós ganharemos esse tempo para ele!", garantiu Túrin. "Nargothrond há de perdurar! Nunca mais Morgoth, o Covarde, sairá de Angband, e terá de valer-se somente de seus serviçais; assim diz Melian de Doriath. Eles são os dedos de suas mãos; e nós os golpearemos e os arrancaremos até que ele recolha suas garras. Nargothrond há de perdurar!"

"Talvez", assentiu ela. "Há de perdurar se fores capaz de conseguir isso. Mas cuida-te, Adanedhel; meu coração fica pesado quando sais ao combate, receando que Nargothrond sofra uma perda."

E mais tarde Túrin foi em busca de Gwindor e disse-lhe: "Gwindor, caro amigo, estás recaindo na tristeza; não faças isso! Pois tua cura virá nas casas de tua família e na luz de Finduilas."

Então Gwindor fitou Túrin, mas nada respondeu, e seu rosto se anuviou.

"Por que me olhas desse modo?", perguntou Túrin. "Ultimamente muitas vezes teus olhos me encararam de modo estranho. Como foi que te ofendi? Eu me opus a teus conselhos; mas um homem deve dizer o que pensa, não esconder a verdade em que crê, não importa por que razão pessoal. Quisera eu que fôssemos da mesma opinião; pois tenho uma grande dívida contigo e não hei de esquecê-la."

"Não hás de esquecê-la?", rebateu Gwindor. "Ainda assim tuas ações e teus conselhos mudaram meu lar e minha família.

NARN I HÎN HÚRIN

Tua sombra se estende sobre eles. Por que eu haveria de estar contente, eu que tudo perdi para ti?"

Túrin não compreendeu essas palavras e concluiu somente que Gwindor invejava seu lugar no coração e aconselhamento do Rei.

Segue-se um trecho em que Gwindor alertou Finduilas contra seu amor por Túrin, contando-lhe quem Túrin era, e esse trecho baseia-se de perto no texto apresentado em *O Silmarillion* (p. 284). Mas, ao final da fala de Gwindor, a resposta de Finduilas é bem mais extensa que na outra versão:

"Teus olhos estão turvados, Gwindor", respondeu ela. "Não vês nem compreendes o que ocorreu aqui. Agora devo sofrer dupla vergonha por te revelar a verdade? Pois eu te amo, Gwindor, e me envergonho de não te amar ainda mais, e sim de ter assumido um amor até maior, do qual não consigo escapar. Não o busquei e por muito tempo afastei-o. Mas, se me compadeço de tuas feridas, compadece-te das minhas. Túrin não me ama, nem me amará."

"Dizes isso", falou Gwindor, "para eximir de culpa aquele que amas. Por que ele te procura, passa longo tempo sentado contigo e sempre está mais contente ao deixar-te?"

"Porque também ele necessita de consolo", revelou Finduilas, "e foi privado de sua família. Ambos tendes vossas necessidades. Mas o que dizer de Finduilas? Já não basta que eu, não amada, tenha de me confessar a ti e ainda ouvir que o faço para enganar?"

"Não, uma mulher não se engana facilmente em tal caso", respondeu Gwindor. "Nem encontrarás muitas que neguem ser amadas, caso isso seja verdade."

"Se algum de nós três é desleal, sou eu: mas não por vontade. Mas o que dizer de teu destino e dos rumores de Angband? O que dizer da morte e da destruição? O Adanedhel é poderoso no conto do Mundo, e sua estatura ainda há de alcançar a Morgoth em algum longínquo dia vindouro."

"Ele é orgulhoso", observou Gwindor.

"Mas é também misericordioso", retrucou Finduilas. "Ainda não tem consciência, mas a compaixão sempre consegue penetrar-lhe o coração, e ele jamais a nega. Talvez a compaixão sempre haverá de ser a única forma de acesso a seu coração. Mas ele não se compadece de mim. Tem reverência por mim, como se eu fosse ao mesmo tempo sua mãe e uma rainha!"

Talvez Finduilas falasse a verdade, enxergando com os olhos aguçados dos Eldar. E agora Túrin, sem saber o que ocorrera entre Gwindor e Finduilas, tornava-se cada vez mais brando com ela à medida que parecia se entristecer. Mas certa vez Finduilas lhe questionou: "Thurin Adanedhel, por que ocultaste teu nome de mim? Se eu soubesse quem és não te teria honrado menos, e sim compreendido melhor teu pesar."

"O que queres dizer?", surpreendeu-se ele. "Por quem me tomas?"

"Por Túrin, filho de Húrin Thalion, capitão do Norte."

Então Túrin censurou Gwindor por revelar seu nome verdadeiro, como está contado em *O Silmarillion* (p. 284).

Um outro trecho, nessa parte da narrativa, existe em forma mais completa que em *O Silmarillion* (sobre a batalha de Tumhalad e o saque de Nargothrond não há outro relato, embora as falas de Túrin e do Dragão estejam registradas com tanto detalhe em *O Silmarillion* que parece improvável que tivessem sido expandidas ainda mais). Esse trecho é um relato muito mais completo da chegada dos Elfos Gelmir e Arminas a Nargothrond no ano de sua queda (*O Silmarillion*, pp. 285–86); para seu encontro anterior com Tuor em Dor-lómin, a que se faz referência aqui, ver pp. 19–20.

Na primavera chegaram dois Elfos, chamados Gelmir e Arminas, do povo de Finarfin; diziam ter uma mensagem para o Senhor de Nargothrond. Foram levados à presença de Túrin, mas Gelmir solicitou: "É com Orodreth, filho de Finarfin, que desejamos falar."

E quando Orodreth veio, Gelmir lhe falou: "Senhor, fomos do povo de Angrod e vagamos por caminhos distantes desde a Dagor Bragollach; mas ultimamente vivemos entre os seguidores de Círdan junto às Fozes do Sirion. E certo dia ele nos chamou, e nos mandou vir até vós; pois o próprio Ulmo, o Senhor das Águas, aparecera-lhe e alertara-o do grande perigo que se aproxima de Nargothrond."

Mas Orodreth era precavido e respondeu: "Então por que chegais aqui vindos do Norte? Ou quem sabe também tivestes outras incumbências?"

Então Arminas disse: "Senhor, desde as Nirnaeth sempre busquei o reino oculto de Turgon, mas não o encontrei; agora temo nessa busca ter atrasado demais nossa missão para cá. Pois Círdan mandou-nos por navio ao longo da costa, por sigilo e rapidez, e fomos postos em terra em Drengist. Mas entre a gente-do-mar havia alguns que vieram para o sul em anos passados como mensageiros de Turgon, e por sua fala cautelosa pareceu-me que talvez Turgon ainda habite no Norte, e não no Sul, como a maioria acredita. Mas não encontramos nem sinal nem rumor do que buscávamos."

"Por que buscais Turgon?", perguntou Orodreth.

"Porque se diz que seu reino há de ser o mais duradouro contra Morgoth", respondeu Arminas. E essas palavras pareceram a Orodreth de mau agouro, e ele desagradou-se.

"Então não vos demoreis em Nargothrond", ordenou ele, "pois aqui não ouvireis notícias de Turgon. E não preciso que ninguém me diga que Nargothrond corre perigo."

"Não vos zangueis, senhor", pediu Gelmir, "se respondemos às vossas perguntas com a verdade. E nosso desvio da trilha direta para cá não foi infrutífero, pois passamos além do alcance de vossos batedores mais longínquos; atravessamos Dor-lómin e todas as terras sob as fraldas das Ered Wethrin e exploramos o Passo do Sirion, espionando os caminhos do Inimigo. Há grande ajuntamento de Orques e criaturas malignas nessas regiões, e uma hoste está sendo reunida em torno da Ilha de Sauron."

"Sei disso", falou Túrin. "Vossa notícia é velha. Se a mensagem de Círdan tinha algum propósito, deveria ter chegado mais cedo."

"Ao menos, senhor, ouvireis a mensagem agora", disse Gelmir a Orodreth. "Ouvi, pois, as palavras do Senhor das Águas! Assim falou ele a Círdan, o Armador: 'O Mal do Norte conspurcou as nascentes do Sirion e meu poder se retrai dos dedos das águas correntes. Mas o pior ainda surgirá. Dize portanto ao Senhor de Nargothrond: fecha as portas da fortaleza e não saias de lá. Lança as pedras de teu orgulho no rio ruidoso para que o mal rastejante não possa encontrar teu portão.'"

Essas palavras pareceram tenebrosas a Orodreth e, como sempre, ele voltou-se para ouvir o conselho de Túrin. Mas Túrin desconfiava dos mensageiros e disse com desdém: "O que sabe Círdan das guerras de quem vive próximo do Inimigo? Que o marinheiro cuide de seus navios! Mas se de fato o Senhor das Águas quer nos enviar um conselho, ele que fale mais claramente. Do contrário ainda parecerá melhor, em nosso caso, reunirmos nossas forças e sairmos com arrojo ao encontro de nossos inimigos antes que se aproximem demais."

Então Gelmir curvou-se diante de Orodreth e assegurou: "Falei como me foi ordenado, senhor", e virou-se. Mas Arminas perguntou a Túrin: "És mesmo da Casa de Hador, como ouvi dizer?"

"Aqui chamam-me Agarwaen, o Espada Negra de Nargothrond", respondeu Túrin. "Ao que parece, gostas de tratar tudo à boca pequena, amigo Arminas. É bom que o segredo de Turgon esteja oculto de vós, pois do contrário logo seria ouvido em Angband. O nome de um homem a ele pertence, e caso o filho de Húrin ouça que vós o traístes quando preferia permanecer oculto, então que Morgoth vos apanhe e vos queime a língua!"

Então Arminas ficou assombrado com a cólera negra de Túrin; mas Gelmir garantiu: "Ele não há de ser traído por nós, Agarwaen. Não estamos reunidos a portas fechadas, onde a fala pode ser mais franca? E Arminas, creio eu, te questionou porque é sabido por todos os que habitam junto ao Mar que Ulmo tem grande amor pela Casa de Hador, e alguns dizem que Húrin e seu irmão Huor outrora chegaram ao Reino Oculto."

"Se assim fosse, ele não falaria a respeito com ninguém, nem com os maiores nem com os menores, e menos ainda com seu filho na infância", respondeu Túrin. "Portanto não acredito que Arminas tenha me questionado com o intuito de ouvir algo sobre Turgon. Desconfio de tais mensageiros da injúria."

"Guarda tua desconfiança!", gritou Arminas, irado. "Gelmir entendeu-me mal. Perguntei porque duvidava do que aqui parece ser acreditado; pois em verdade pouco te pareces com a família de Hador, não importa qual seja teu nome."

"E o que sabes sobre eles?", perguntou Túrin.

"Húrin eu vi", respondeu Arminas, "e seus progenitores antes dele. E nos ermos de Dor-lómin encontrei-me com Tuor, filho de Huor, irmão de Húrin; e ele se assemelha a seus progenitores, ao contrário de ti."

"Pode ser", disse Túrin, "apesar de até agora não ter ouvido palavra sobre Tuor. Mas, se minha cabeça é escura e não dourada, disso não me envergonho. Pois não sou o primeiro filho que se assemelha à mãe; e através de Morwen Eledhwen sou descendente da Casa de Bëor e da família de Beren Camlost."

"Não falei da diferença entre o negro e o ouro", rebateu Arminas. "E sim que outros da Casa de Hador conduzem-se de outro modo, e Tuor entre eles. Pois valem-se da cortesia, e escutam bons conselhos e respeitam os Senhores do Oeste. Mas tu, ao que parece, aconselhas-te com tua própria sabedoria, ou somente com tua espada; e falas com soberba. E eu te digo, Agarwaen Mormegil, que, se assim fizeres, teu destino será contrário ao que poderia aspirar alguém das Casas de Hador e Bëor."

"Contrário sempre foi", respondeu Túrin. "E se, como parece, preciso suportar o ódio de Morgoth por causa da bravura de meu pai, hei também de sofrer os insultos e os maus presságios de um errante, por mais que ele reivindique parentesco com reis? Eu te aconselho: vai de volta às seguras margens do Mar."

Então Gelmir e Arminas partiram, retornando para o Sul; mas, a despeito dos insultos de Túrin, de bom grado teriam aguardado a batalha ao lado de sua gente, e se foram somente porque Círdan lhes ordenara, sob o comando de Ulmo, que lhe trouxessem notícias de Nargothrond e do cumprimento de sua missão para lá. E Orodreth ficou muito perturbado com as palavras dos mensageiros; porém ainda mais feroz se tornou o humor de Túrin, que de modo algum quis escutar os conselhos dos mensageiros, e acima de tudo discordava da demolição da grande ponte. Nesse ponto, ao menos, as palavras de Ulmo foram bem interpretadas.

Não está explicado em nenhum lugar por que Gelmir e Arminas, em missão urgente a Nargothrond, foram enviados por Círdan por toda a extensão da costa até o Estreito de Drengist. Arminas disse que assim foi por pressa e sigilo; mas certamente ter-se-ia conseguido maior sigilo numa viagem Narog acima, vindo do Sul. Poder-se-ia supor que Círdan assim fez em obediência ao comando de Ulmo (para que pudessem encontrar Tuor em Dor-lómin e guiá-lo através do Portão dos Noldor), mas em nenhuma parte isso está sugerido.

SEGUNDA PARTE

A SEGUNDA ERA

I

UMA DESCRIÇÃO DA ILHA DE NÚMENOR

O relato seguinte sobre a Ilha de Númenor deriva de descrições e mapas simples que por muito tempo foram conservados nos arquivos dos Reis de Gondor. Representam na verdade apenas uma pequena parcela de tudo que foi escrito outrora, pois muitas histórias naturais e geografias foram compostas por homens eruditos em Númenor; mas estas, como quase tudo o mais das artes e ciências de Númenor em seu apogeu, desapareceram na Queda.

Mesmo documentos como os que se conservaram em Gondor, ou em Imladris (onde foram depositados aos cuidados de Elrond os tesouros remanescentes dos reis númenóreanos setentrionais), sofreram perdas e destruição por negligência. Pois, apesar de os sobreviventes na Terra-média "ansiarem", como diziam, por Akallabêth, a Decaída, e nunca deixarem de se considerar até certo ponto exilados, nem mesmo depois de longas eras, quando ficou claro que a Terra da Dádiva havia sido removida e que Númenor desaparecera para sempre, ainda assim todos, exceto uns poucos, consideravam o estudo do que restara de sua história como algo vão, que apenas gerava uma lamentação inútil. A história de Ar-Pharazôn e sua ímpia armada foi tudo o que permaneceu no conhecimento geral das eras seguintes.

* * *

A terra de Númenor assemelhava-se, em seu contorno, a uma estrela de cinco pontas, ou pentagrama, com uma porção central de cerca de 250 milhas de diâmetro, de norte a sul e de leste a oeste, da qual se estendiam cinco grandes promontórios peninsulares. Esses promontórios eram considerados regiões distintas e se chamavam Forostar (Terras-do-Norte), Andustar (Terras-do-Oeste), Hyarnustar (Terras-de-Sudoeste), Hyarrostar (Terras-de-Sudeste) e Orrostar (Terras-do-Leste). A porção central era chamada Mittalmar (Terras Interiores), e não tinha costa, exceto a região em torno de Rómenna e a cabeceira de seu braço de mar. Uma pequena parcela das Mittalmar era, no entanto, separada do restante, e se chamava Arandor, a Terra-do-Rei. Em Arandor ficavam o porto de Rómenna, o Meneltarma e Armenelos, a Cidade dos Reis; e essa foi em todos os tempos a região mais populosa de Númenor.

As Mittalmar erguiam-se acima dos promontórios (sem considerar a altura das montanhas e colinas destes); eram uma região de prados e planaltos, com poucas árvores. Próximo ao centro das Mittalmar, erguia-se a grande montanha chamada Meneltarma, Pilar do Céu, consagrada à adoração de Eru Ilúvatar. Apesar de as encostas inferiores da montanha serem suaves e cobertas de relva, ela se tornava cada vez mais íngreme, e próximo ao pico não podia ser escalada; mas foi construída nela uma estrada em espiral, começando no sopé ao sul e terminando abaixo da borda do pico ao norte. Pois o pico era um tanto achatado e rebaixado, sendo capaz de conter uma grande multidão; mas permaneceu intocado durante toda a história de Númenor. Nenhuma edificação, nenhum altar, nem mesmo uma pilha de pedras brutas jamais se ergueu ali; e os Númenóreanos nunca tiveram nada que se assemelhasse a um templo, em todos os dias de sua graça, até a chegada de Sauron. Lá jamais se usara ferramenta ou arma; e lá ninguém podia dizer palavra, salvo o Rei. Apenas três vezes a cada ano o Rei falava, oferecendo uma prece pelo ano vindouro na *Erukyermë* nos primeiros dias da primavera, louvor a Eru Ilúvatar no *Erulaitalë* no meio do verão e agradecimento a ele no *Eruhantalë* no final do outono. Nessas ocasiões, o Rei subia a montanha a pé, seguido de grande afluência do povo, trajando branco e usando guirlandas, mas em silêncio. Em outras épocas, as pessoas tinham a liberdade de subir ao pico sozinhas ou acompanhadas; mas diz-se que o silêncio era tão grande que até mesmo um estranho que ignorasse Númenor e toda a sua história, se para lá fosse transportado, não teria ousado falar em voz alta. Nenhuma ave jamais lá chegava, à exceção das águias. Se alguém se aproximasse do pico, imediatamente três águias surgiam e pousavam em três rochedos próximos à borda ocidental; mas nas épocas das Três Preces não desciam, permanecendo no céu e pairando sobre o povo. Eram chamadas Testemunhas de Manwë, e acreditava-se que eram enviadas por ele, de Aman, para vigiar a Montanha Sacra e toda a terra.

A base do Meneltarma inclinava-se suavemente para a planície ao redor, mas estendia ao longe, como se fossem raízes, cinco cristas longas e baixas na direção dos cinco promontórios da terra; e essas chamavam-se Tarmasundar, as Raízes da Coluna. Ao longo do topo da crista de sudoeste, a estrada ascendente aproximava-se da montanha; e entre essa crista e a de sudeste o terreno descia formando um vale raso. Este chamava-se Noirinan, o Vale dos Túmulos; pois em sua extremidade foram talhadas câmaras na rocha da base da montanha, onde ficavam os túmulos dos Reis e Rainhas de Númenor.

Mas em sua maior parte das Mittalmar eram uma região de pastagens. A sudoeste havia pradarias ondulantes; e lá, em Emerië, ficava a principal região dos Pastores de Ovelhas.

As Forostar eram a parte menos fértil; pedregosa, com poucas árvores, a não ser pelos bosques de abetos e lariços que existiam nas encostas ocidentais das charnecas elevadas, cobertas de urzes. Em direção ao Cabo Norte o terreno erguia-se em elevações rochosas, e lá o grande Sorontil erguia-se escarpado do mar em tremendos penhascos. Lá era a morada de muitas águias; e, nessa região, Tar-Meneldur Elentirmo construiu uma alta torre, de onde podia observar os movimentos das estrelas.

As Andustar também eram rochosas nas suas regiões setentrionais, com altas florestas de abetos dando para o mar. Tinha três pequenas baías voltadas para o oeste, encravadas nos

UMA DESCRIÇÃO DA ILHA DE NÚMENOR

planaltos; mas ali em muitos lugares os penhascos não ficavam à beira-mar, e havia a seus pés um terreno inclinado. A mais setentrional delas era chamada Baía de Andúnië, pois lá ficava o grande porto de Andúnië (Poente), com sua cidade à beira-mar e muitas outras habitações que subiam pelas encostas íngremes para o interior. Mas grande parte da região meridional das Andustar era fértil, e lá também havia grandes florestas, de bétulas e faias no terreno mais alto, e de carvalhos e olmos nos vales inferiores. Entre os promontórios das Andustar e das Hyarnustar ficava a grande Baía que se chamava Eldanna, pois estava voltada para Eressëa. E eram quentes as terras a seu redor, protegidas pelo norte e abertas para os mares a oeste, e era lá que mais chovia. No centro da Baía de Eldanna ficava o mais belo de todos os portos de Númenor, Eldalondë, o Verde; e a ele chegavam com maior frequência, nos dias de outrora, os velozes navios brancos dos Eldar de Eressëa.

Em toda a volta desse lugar, subindo pelas encostas marinhas e penetrando longe pelo país, cresciam as árvores perenes e fragrantes que eles trouxeram do Oeste, e tão bem se desenvolveram que os Eldar diziam ser lá quase tão belo quanto em um porto de Eressëa. Eram elas o maior encanto de Númenor, e eram lembradas em incontáveis canções muito tempo após terem perecido para sempre, pois poucas chegaram a florir a leste da Terra da Dádiva: *oiolairë* e *lairelossë*, *nessamelda*, *vardarianna*, *taniquelassë*, e *yavannamírë* com seus redondos frutos escarlates. Flor, folha e casca dessas árvores exalavam doces perfumes, e toda aquela região estava plena de fragrância mesclada; era portanto chamada Nísimaldar, Árvores Fragrantes. Muitas foram plantadas e cresciam, se bem que em muito menor abundância, em outras regiões de Númenor; mas somente ali crescia a vigorosa árvore dourada *malinornë*, que após cinco séculos atingia uma altura pouco menor do que a alcançada na própria Eressëa. Sua casca era prateada e lisa, e seus ramos um tanto ascendentes à maneira da faia; mas sempre crescia apenas com um único tronco. Suas folhas, semelhantes às da faia, porém maiores, eram de um verde-pálido na face superior e prateadas por baixo, cintilando ao sol; no outono não caíam, mas adquiriam um pálido tom dourado. Na primavera, a árvore dava flores douradas, em cachos como cerejas, que continuavam florindo durante o verão. E, assim que as flores se abriam, caíam as folhas, de forma que por toda a primavera e todo o verão um bosque de *malinorni* era atapetado e telhado de ouro, mas suas colunas eram de prata cinzenta.[1] Seu fruto era uma noz com casca de prata; e alguns foram dados de presente por Tar-Aldarion, o sexto Rei de Númenor, ao Rei Gil-galad de Lindon. Não se enraizaram naquela terra; mas Gil-galad deu alguns à sua parenta Galadriel; e, sob seu poder, cresceram e vicejaram na terra protegida de Lothlórien à margem do Rio Anduin, até que por fim os Altos Elfos deixaram a Terra-média; mas não alcançaram a altura ou circunferência dos grandes bosques de Númenor.

O rio Nunduinë corria para o mar em Eldalondë e em seu curso formava o pequeno lago de Nísinen, que assim se chamava pela abundância de arbustos e flores de doce fragrância que cresciam em suas margens.

As Hyarnustar eram em sua parte ocidental uma região montanhosa, com grandes penhascos nas costas do oeste e do sul; mas a leste havia grandes vinhedos numa terra quente e fértil. Os promontórios das Hyarnustar e das Hyarrostar afastavam-se em ângulo muito aberto, e nessas longas praias o mar e a terra se uniam suavemente como em nenhum outro lugar de Númenor. Ali corria o Siril, o principal rio da terra (pois todos os demais, exceto o Nunduinë a oeste, eram torrentes curtas e velozes que se precipitavam para o mar), que nascia em fontes ao pé do Meneltarma no vale de Noirinan e, correndo através das Mittalmar para o sul, passava a fluir lento e sinuoso em seu curso inferior. Por fim desembocava no mar, entre largos alagados e brejos juncosos, e suas muitas pequenas fozes traçavam caminhos cambiantes através de grandes bancos de areia; por muitas milhas de ambos os lados havia largas praias brancas e cinzentos trechos pedregosos, e ali morava a maioria dos pescadores, em aldeias na terra firme entre os alagados e lagoas, sendo Nindamos a principal delas.

UMA DESCRIÇÃO DA ILHA DE NÚMENOR

Nas Hyarrostar crescia uma profusão de árvores de muitas espécies, entre elas o *laurinquë*, que as pessoas admiravam por suas flores, pois não tinha outra serventia. Davam-lhe esse nome por causa de seus longos cachos pendentes de flores amarelas; e alguns, que dos Eldar haviam ouvido falar de Laurelin, a Árvore Dourada de Valinor, acreditavam que ele provinha daquela grande Árvore, tendo sido trazido até ali pelos Eldar em forma de semente; mas não era assim. Desde os tempos de Tar-Aldarion havia grandes plantações nas Hyarrostar que forneciam madeira para a construção de navios.

As Orrostar eram uma terra mais fria, porém protegida dos gélidos ventos de nordeste por planaltos que subiam na direção da ponta do promontório; e nas regiões do interior das Orrostar cultivava-se muito cereal, em especial nas áreas próximas às divisas de Arandor.

Toda a terra de Númenor estava disposta como se tivesse emergido do mar, mas inclinada para o sul e um pouco para o leste; e, exceto no sul, em quase todos os lugares a terra descia para o mar em penhascos íngremes. Em Númenor, as aves que moram perto do mar, e nele nadam ou mergulham, habitavam em multidões além da conta. Os marinheiros diziam que, mesmo que fossem cegos, ainda assim saberiam que seu navio se aproximava de Númenor pelo grande clamor das aves costeiras; e quando qualquer navio chegava à terra erguiam-se aves marinhas em grandes revoadas, voando sobre ele com boas-vindas e alegria, pois jamais eram mortas ou molestadas propositalmente. Algumas acompanhavam os navios em suas viagens, até mesmo os que iam à Terra-média. Da mesma forma, no interior eram incontáveis as aves de Númenor, desde os *kirinki*, que não eram maiores que carriças, porém escarlates e com vozes que piavam no limite da audição humana, até as grandes águias que eram consideradas sagradas a Manwë, e nunca molestadas até que começassem os dias do mal e do ódio aos Valar. Por dois mil anos, dos tempos de Elros Tar-Minyatur até a época de Tar-Ancalimon, filho de Tar-Atanamir, houve um ninho no alto da torre do palácio do Rei em Armenelos; e ali um casal sempre morou e viveu da liberalidade do Rei.

Em Númenor todos viajavam a cavalo de um lugar a outro; pois compraziam-se na equitação os Númenóreanos, tanto homens como mulheres, e todo o povo da terra apreciava os cavalos, tratando-os com honra e abrigando-os com nobreza. Eram treinados para ouvir e responder a chamados de muito longe, e contavam as histórias antigas que, nos casos em que havia grande amor entre homens e mulheres e suas montarias favoritas, estas podiam ser chamadas pelo simples pensamento, caso necessário. Por isso as estradas de Númenor eram sem pavimentação em sua maior parte, feitas e mantidas para a equitação, pois os coches e as carruagens eram pouco usados nos primeiros séculos, enquanto as cargas pesadas eram transportadas por mar. A estrada principal e mais antiga, adequada às rodas, ia desde o maior porto, Rómenna no leste, até a cidade real de Armenelos, prosseguindo daí ao Vale dos Túmulos e ao Meneltarma; e essa estrada foi cedo estendida até Ondosto, dentro dos limites das Forostar, e de lá até Andúnië no oeste. Por ela passavam carroças levando pedras das Terras-do-Norte, que eram mais apreciadas na construção, e a madeira que abundava nas Terras-do-Oeste.

Os Edain trouxeram consigo a Númenor o conhecimento de muitos ofícios bem como muitos artesãos que haviam aprendido com os Eldar, e também preservam seu próprio saber e tradições. Mas puderam trazer poucos materiais, à exceção das ferramentas de seus ofícios; e por muito tempo todos os metais de Númenor foram metais preciosos. Trouxeram consigo muitos tesouros de ouro e prata, e pedras preciosas também, mas não encontraram em Númenor esses materiais. Eram amados por sua beleza, e foi esse amor que primeiro despertou neles a cobiça, nos dias em épocas posteriores quando foram dominados pela Sombra e se tornaram altivos e injustos em seus contatos com a gente menor da Terra-média. Dos Elfos de Eressëa, nos dias de sua amizade, algumas vezes obtiveram presentes de ouro, prata e pedras preciosas; mas tais objetos eram raros e apreciados em todos os primeiros séculos, até que o poderio dos Reis se tivesse espalhado às costas do Leste.

UMA DESCRIÇÃO DA ILHA DE NÚMENOR

Encontraram em Númenor alguns metais; e, com o veloz aperfeiçoamento de sua habilidade na mineração, na fundição e na forja, os objetos de ferro e cobre tornaram-se comuns. Entre os artesãos dos Edain havia armeiros e, com os ensinamentos dos Noldor, eles haviam adquirido grande perícia no forjar de espadas, lâminas de machados, pontas de lança e facas. As espadas ainda eram feitas pela Guilda dos Armeiros, para preservar o ofício, embora a maior parte de seu trabalho fosse dedicada à feitura de ferramentas para usos pacíficos. O Rei e a maior parte dos grandes líderes possuíam espadas como heranças de seus pais;[2] e às vezes ainda davam espadas de presente a seus herdeiros. Fazia-se uma espada nova para o Herdeiro do Rei, que lhe era dada no dia em que se conferia esse título. Mas ninguém portava espada em Númenor, e por muitos anos foram poucas de fato as armas de intenção belicosa que se fizeram naquela terra. Tinham machados, lanças e arcos; e atirar com arco, a pé e a cavalo, era um importante esporte e passatempo dos Númenóreanos. Em dias posteriores, nas guerras contra a Terra-média, eram os arcos dos Númenóreanos que mais eram temidos. "Os Homens do Mar", dizia-se, "enviam diante de si uma grande nuvem, como chuva tornada em serpentes, ou granizo negro com pontas de aço"; e nesses dias as grandes coortes dos Arqueiros do Rei usavam arcos feitos de aço oco, com flechas de penas negras com uma vara de comprimento desde a ponta até a fenda.

Mas durante muito tempo as tripulações dos grandes navios númenóreanos desembarcaram desarmadas entre os homens da Terra-média. E embora tivessem a bordo machados e arcos para cortar madeira e caçar seu alimento em praias selvagens que a ninguém pertenciam, não os portavam quando procuravam os homens das terras. Foi de fato motivo para ressentimento, quando a Sombra se esgueirou ao longo das costas e os homens de quem se haviam tornado amigos ficaram temerosos ou hostis, que o ferro fosse usado contra eles por aqueles a quem o tinham revelado.

Mais que em todas as outras atividades os fortes homens de Númenor se deleitavam no Mar, nadando, mergulhando, ou em pequenas embarcações para competições de velocidade a remo ou a vela. Os mais intrépidos entre o povo eram os pescadores. Havia peixe em abundância em todas as costas, e o pescado foi em todas as épocas uma importante fonte de alimento em Númenor. Todos os povoados que congregavam muita gente eram situados no litoral. Era dos pescadores que provinham em sua maioria os Marinheiros, que com o passar dos anos conquistaram enorme importância e estima. Diz-se que, quando os Edain primeiro zarparam por sobre o Grande Mar, seguindo a Estrela até Númenor, cada navio élfico que os levava era guiado e comandado por um dos Eldar designados por Círdan; e após terem partido os timoneiros élficos, levando consigo a maioria de seus navios, muito tempo passou antes que os próprios Númenóreanos se aventurassem em alto-mar. Mas existiam armadores entre eles que haviam sido formados pelos Eldar. E por seu próprio estudo e expedientes aperfeiçoaram sua arte até ousarem navegar cada vez mais longe nas águas profundas. Quando haviam passado seiscentos anos desde o início da Segunda Era, Vëantur, Capitão dos Navios do Rei no reinado de Tar-Elendil, realizou a primeira viagem à Terra-média. Levou seu navio *Entulessë* (que significa "Retorno") a Mithlond com os ventos de primavera que sopravam do oeste; e voltou no outono do ano seguinte. Depois disso a navegação tornou-se o principal empreendimento de audácia e intrepidez entre os homens de Númenor; e Aldarion, filho de Meneldur, cuja esposa era filha de Vëantur, formou a Guilda dos Aventureiros, em que se uniram todos os marinheiros experientes de Númenor; como se conta na história seguinte.

NOTAS

[1]Esta descrição do mallorn é muito semelhante à dada por Legolas aos companheiros quando se aproximavam de Lothlórien (*A Sociedade do Anel*, II, 6).

[2]A espada do Rei era na verdade Aranrúth, espada de Elu Thingol de Doriath em Beleriand, que chegara a Elros através de sua mãe, Elwing. Outras heranças havia além dessa: o Anel de Barahir; o grande Machado de Tuor, pai de Eärendil; e o Arco de Bregor da Casa de Bëor. Somente o Anel de Barahir,

UMA DESCRIÇÃO DA ILHA DE NÚMENOR

pai de Beren Uma-Mão, sobreviveu à Queda; pois foi dado por Tar-Elendil a sua filha Silmarien e preservado na Casa dos Senhores de Andúnië, o último dos quais foi Elendil, o Fiel, que fugiu da destruição de Númenor para a Terra-média. [N. A.] — A história do Anel de Barahir é contada em *O Silmarillion*, capítulo 19, e sua história posterior, em *O Senhor dos Anéis*, Apêndice A (I, iii e v). Do "grande Machado de Tuor" não há menção em *O Silmarillion*, mas ele é mencionado e descrito na "Queda de Gondolin" original (1916-17, ver *Contos Inacabados*, p. 16), onde se diz que em Gondolin Tuor portava machado em vez de espada, e que o chamava de *Dramborleg* na fala do povo de Gondolin. Em uma lista de nomes que acompanha o conto, *Dramborleg* é traduzido como "Pancada-Afiada": "o machado de Tuor, que era pesado e contundia como uma maça e rasgava como uma espada".

II

ALDARION[1] E ERENDIS

A ESPOSA DO MARINHEIRO

Meneldur era filho de Tar-Elendil, o quarto rei de Númenor. Era o terceiro filho do Rei, pois tinha duas irmãs, chamadas Silmarien e Isilmë. A mais velha era casada com Elatan de Andúnië, e o filho deles era Valandil, Senhor de Andúnië, de quem muito mais tarde descenderam as linhagens dos Reis de Gondor e Arnor na Terra-média.

Meneldur era um homem de disposição pacífica, sem orgulho, que mais se exercitava em pensamentos que em feitos corporais. Amava apaixonadamente a terra de Númenor e todas as coisas que ela continha, mas não dava atenção ao Mar que a circundava por todos os lados, pois sua mente olhava para além da Terra-média: era encantado pelas estrelas e pelo firmamento. Estudava tudo o que conseguia reunir sobre as tradições dos Eldar e dos Edain acerca de Eä e sobre as profundezas que ficavam em volta do Reino de Arda, e seu maior deleite era a observação das estrelas. Construiu uma torre nas Forostar (a região mais setentrional da ilha), onde os ares eram mais límpidos, da qual à noite esquadrinhava os céus e observava todos os movimentos das luzes do firmamento.[2]

Quando Meneldur recebeu o Cetro, mudou-se das Forostar como devia, e habitou na grande casa dos Reis em Armenelos. Demonstrou ser um rei bondoso e sábio, embora jamais deixasse de ansiar por dias nos quais pudesse enriquecer seu conhecimento dos céus. Sua esposa era uma mulher de grande beleza, chamada Almarian. Era filha de Vëantur, Capitão dos Navios do Rei no reinado de Tar-Elendil; e, apesar de ela não apreciar os navios ou o mar mais do que a maioria das mulheres do país, seu filho seguiu os passos de Vëantur, pai dela, e não os de Meneldur.

O filho de Meneldur e Almarian era Anardil, mais tarde renomado entre os Reis de Númenor como Tar-Aldarion. Tinha duas irmãs mais novas: Ailinel e Almiel, a mais velha das quais casou-se com Orchaldor, descendente da Casa de Hador, filho de Hatholdir, que era amigo próximo de Meneldur; e o filho de Orchaldor e Ailinel era Soronto, que aparece mais tarde no conto.[3]

Aldarion, pois é assim que todos os contos o chamam, cresceu depressa até tornar-se um homem de grande estatura, forte e vigoroso de mente e corpo, de cabelos dourados como a mãe, generoso e de disposição alegre, porém mais orgulhoso que o pai e ainda mais insistente em sua própria vontade. Desde o início amava o Mar, e sua mente voltou-se ao ofício da construção de navios. Pouco apreciava a região do norte, e passava à beira-mar todo o tempo que o pai lhe concedia, em especial perto de Rómenna, onde estavam o principal porto de Númenor, os maiores estaleiros e os armadores mais habilidosos. Seu pai durante muitos anos pouco fez para impedi-lo, pois lhe agradava que Aldarion tivesse um exercício para sua intrepidez e trabalho para o pensamento e as mãos.

Aldarion era muito amado por Vëantur, pai de sua mãe, e passava muito tempo na casa de Vëantur, na margem sul do estuário de Rómenna. Essa casa tinha seu próprio cais, ao qual estavam sempre atracados muitos pequenos barcos, pois Vëantur jamais viajava por terra se pudesse viajar pela água; e ali, na infância, Aldarion aprendeu a remar e mais tarde a manejar as velas. Antes de estar totalmente crescido, já conseguia comandar um navio com muitos homens, velejando de um porto a outro.

Aconteceu certa feita que Vëantur disse ao neto: "Anardilya, a primavera se aproxima, e também o dia da tua maioridade" (pois naquele mês de abril Aldarion faria 25 anos). "Estou imaginando uma forma de comemorá-la condignamente. Meus próprios anos são muito mais numerosos, e não creio que muitas outras vezes terei coragem de deixar minha bela casa e as costas abençoadas de Númenor; mas pelo menos mais uma vez gostaria de navegar pelo Grande Mar e encarar o vento norte e o leste. Este ano tu hás de vir comigo, e iremos a Mithlond para ver as altas montanhas azuis da Terra-média e a verde região dos Eldar aos pés delas. Tu receberás as boas-vindas de Círdan, o Armador, e do Rei Gil-galad. Fala sobre isso com teu pai."[4]

Quando Aldarion falou dessa aventura e pediu permissão para partir assim que os ventos da primavera fossem favoráveis, Meneldur relutou em concedê-la. Um frio abateu-se sobre ele, como se seu coração adivinhasse que aquilo continha mais do que a sua mente podia prever. Mas, quando contemplou o rosto ávido do filho, não deixou entrever nenhum sinal disso. "Faz conforme o chamado do teu coração, *onya*", autorizou. "Sentirei muito tua falta; mas com Vëantur como capitão, sob a graça dos Valar, viverei com boas esperanças do teu retorno. Mas não te enamores das Grandes Terras, tu que um dia terás de ser Rei e Pai desta Ilha!"

Assim aconteceu que, numa manhã de sol claro e vento branco, na reluzente primavera do septingentésimo vigésimo quinto ano da Segunda Era, o filho do Herdeiro do Rei de Númenor[5] zarpou da terra. Antes que o dia terminasse viu-a submergir rebrilhante no mar, e por último o pico do Meneltarma como um dedo escuro diante do pôr do sol.

Diz-se que o próprio Aldarion escreveu relatos de todas as suas viagens à Terra-média, e que foram conservados em Rómenna por muito tempo, apesar de todos terem se perdido depois. De sua primeira viagem pouco se sabe, exceto que fez amizade com Círdan e Gil-galad, e percorreu grandes distâncias em Lindon e no oeste de Eriador, maravilhando-se com tudo o que viu. Somente retornou depois de mais de dois anos, e Meneldur ficou muito inquieto. Diz-se que seu atraso foi devido à sua avidez em aprender de Círdan tudo o que pudesse, tanto na feitura e no manejo dos navios como na construção de muralhas que resistissem à ânsia do mar.

Houve alegria em Rómenna e Armenelos quando foi visto o grande navio *Númerrámar* (que significa "Asas-do-Oeste") chegando do mar, com as velas douradas tingidas de vermelho pelo pôr do sol. O verão estava quase terminado e o *Eruhantalë* estava próximo.[6] Pareceu a Meneldur, quando deu as boas-vindas ao filho em casa de Vëantur, que aquele crescera em estatura e que seus olhos estavam mais brilhantes mas fitavam muito ao longe. "O que viste, *onya*, em tuas longínquas viagens, que agora vive principalmente na lembrança?"

Mas Aldarion, olhando para o leste em direção à noite, permaneceu em silêncio. Por fim respondeu, mas baixinho, como alguém que fala consigo mesmo: "O belo povo dos Elfos? As verdes margens? As montanhas envoltas em nuvens? As regiões de névoa e sombra além da imaginação? Não sei." Calou-se. E Meneldur soube que ele não dissera tudo o que pensava. Pois Aldarion se apaixonara pelo Grande Mar, e por um navio que lá navegasse longe da vista da terra, levado pelos ventos, com espuma ao pescoço, a costas e portos inimagináveis; e aquele amor e desejo jamais o abandonaram até o fim da vida.

Vëantur não saiu mais de Númenor em viagem; mas presenteou Aldarion com o Númerrámar. Passados três anos, Aldarion pediu permissão para partir outra vez, e velejou até Lindon. Ficou fora três anos; e pouco tempo depois fez outra viagem, que durou quatro anos, pois diz-se que não se contentava mais em navegar a Mithlond, mas começou a explorar as costas ao sul, passando das fozes do Baranduin, do Gwathló e do Angren, e circundou o escuro cabo de Ras Morthil e contemplou a grande Baía de Belfalas e as montanhas do país de Amroth onde ainda habitam os Elfos Nandor.[7]

No trigésimo nono ano de sua vida, Aldarion retornou a Númenor, trazendo presentes de Gil-galad para seu pai; pois no ano seguinte, como por muito tempo proclamara, Tar-Elendil abriu mão do Cetro em favor do filho, e Tar-Meneldur tornou-se Rei. Então Aldarion refreou seu desejo e permaneceu em casa por algum tempo para consolo do pai. Nessa época fez uso dos conhecimentos que adquirira de Círdan acerca da fabricação de navios, inventando muitas coisas novas por conta própria, e também começou a empregar homens para a melhoria dos portos e dos cais, pois estava sempre ávido por construir embarcações maiores. Mas a saudade do mar o assaltou de novo, e ele partiu de Númeror repetidas vezes. E sua mente voltou-se então para aventuras que não podiam ser realizadas com a tripulação de um só navio. Portanto fundou a Guilda dos Aventureiros, que mais tarde adquiriu grande renome. A essa irmandade juntavam-se todos os marinheiros mais valentes e mais dedicados; e os jovens buscavam ser admitidos mesmo que viessem das regiões do interior de Númenor, e chamavam Aldarion de Grande Capitão. Naquela época ele, que não pretendia viver em terra em Armenelos, fez construir um navio que lhe servisse de habitação; chamou-o, portanto, de *Eämbar*, e às vezes navegava nele de porto em porto de Númenor, mas a maior parte do tempo estava ancorado ao largo de Tol Uinen: e essa era uma ilhota na baía de Rómenna que lá fora colocada por Uinen, a Senhora dos Mares.[8] A bordo de Eämbar ficava a sede dos Aventureiros, e lá se mantinham os registros de suas grandes viagens;[9] pois Tar-Meneldur olhava com frieza os empreendimentos do filho, e não se preocupava em ouvir o relato de suas viagens, crendo que ele semeava as sementes da inquietação e o desejo de dominar outras terras.

Naquela época Aldarion apartou-se do pai, e deixou de falar abertamente sobre seus desígnios e desejos; mas Almarian, a Rainha, apoiava o filho em tudo o que fazia, e Meneldur forçosamente deixava as coisas correrem como corriam. Pois os Aventureiros tornavam-se mais numerosos e mais estimados pelos homens, e chamavam-se de *Uinendili*, amantes de Uinen; e seu Capitão tornava-se menos fácil de repreender ou refrear. Os navios dos Númenóreanos tinham volume e calado cada vez maiores naqueles dias, até que se tornaram capazes de fazer viagens longínquas, levando muitos homens e grandes cargas; e Aldarion costumava passar muito tempo longe de Númenor. Tar-Meneldur opunha-se sempre ao filho e limitou a derrubada de árvores em Númenor para a construção de embarcações.

ALDARION E ERENDIS

Ocorreu, assim, a Aldarion a ideia de que encontraria madeira na Terra-média e lá buscaria um porto para reparar seus navios. Em suas viagens pelo litoral ele observava com assombro as grandes florestas; e na foz do rio que os Númenóreanos chamavam Gwathir, Rio da Sombra, estabeleceu Vinyalondë, o Porto Novo.[10]

No entanto, quando se haviam passado cerca de oitocentos anos desde o início da Segunda Era, Tar-Meneldur ordenou que o filho permanecesse em Númenor e durante algum tempo interrompesse suas viagens ao leste; pois desejava proclamar Aldarion Herdeiro do Rei, como naquela idade do Herdeiro haviam feito os Reis antes dele. Então Meneldur e seu filho se reconciliaram por algum tempo, e houve paz entre eles. E, em meio a alegria e festas, Aldarion foi proclamado Herdeiro, em seu centésimo ano de vida, e recebeu do pai o título e o poder de Senhor dos Navios e Portos de Númenor. Às festas em Armenelos veio um certo Beregar, de onde habitava no oeste da Ilha, e com ele veio sua filha Erendis. Ali Almarian, a Rainha, observou sua beleza, de uma espécie raramente vista em Númenor; pois Beregar provinha da Casa de Bëor por antiga descendência, apesar de não pertencer à linhagem real de Elros, e Erendis possuía cabelos escuros e uma graça esbelta, com os límpidos olhos cinzentos de sua família.[11] Mas Erendis avistou Aldarion que passava a cavalo, e por sua beleza, e pelo esplendor de seu porte, ela quase não tinha olhos para mais nada. Daí em diante Erendis tornou-se dama da casa da Rainha, e caiu também nas graças do Rei; mas pouco via de Aldarion, que se ocupava do cultivo das florestas, tratando de que nos dias vindouros não faltasse madeira em Númenor. Não demorou para que os marinheiros da Guilda dos Aventureiros ficassem inquietos, pois não se satisfaziam com viagens mais curtas e mais raras, sob comandantes menores; e, quando haviam passado seis anos desde a proclamação do Herdeiro do Rei, Aldarion resolveu navegar outra vez à Terra-média. Do Rei obteve apenas uma permissão relutante, pois recusou a recomendação do pai para ficar em Númenor e procurar uma esposa; e zarpou na primavera daquele ano. Mas, quando foi despedir-se de sua mãe, viu Erendis em meio à companhia da Rainha. Contemplando sua beleza, percebeu a força que ela trazia escondida dentro de si.

Então Almarian lhe disse: "Precisas partir de novo, Aldarion, meu filho? Não há nada que te retenha na mais bela de todas as terras mortais?"

"Ainda não", respondeu, "mas há em Armenelos mais beleza do que um homem poderia encontrar em outra parte, até mesmo nas terras dos Eldar. Mas os marinheiros são pessoas de mente dividida, em combate consigo mesmos, e o desejo do Mar ainda me prende."

Erendis acreditou que essas palavras também haviam sido proferidas para seus ouvidos; e a partir daquele instante seu coração voltou-se totalmente para Aldarion, porém não com esperança. Naquela época não havia necessidade, por lei ou costume, de que os da casa real, nem mesmo o Herdeiro do Rei, se casassem somente com descendentes de Elros Tar-Minyatur; mas Erendis julgava que a posição de Aldarion era elevada demais. No entanto, depois disso, não olhou com estima para nenhum homem, e dispensou todos os pretendentes.

Passaram-se sete anos até Aldarion voltar, trazendo consigo minérios de prata e ouro; e falou com seu pai sobre a viagem e os feitos. Mas Meneldur disse: "Preferia ter-te ao meu lado a receber quaisquer notícias ou presentes das Terras Escuras. Esse é o papel de mercadores e exploradores, não do Herdeiro do Rei. De que nos adiantam mais prata e ouro, senão para os usarmos com altivez onde outras coisas serviriam do mesmo modo? O que é necessário na casa do Rei é um homem que conheça e ame esta terra e este povo que ele irá governar."

"Não estudo os homens todos os meus dias?", perguntou Aldarion. "Sou capaz de liderá-los e governá-los como quiser."

"Diz melhor: alguns homens, de espírito semelhante ao teu", respondeu o Rei. "Há também mulheres em Númenor, pouco menos que homens; e a não ser por tua mãe, a quem tu consegues de fato dominar como quiseres, o que sabes delas? No entanto, algum dia deverás tomar uma esposa."

ALDARION E ERENDIS

"Algum dia!", repetiu Aldarion. "Mas não antes de precisar, e mais tarde, se alguém tentar impelir-me ao casamento. Tenho outras coisas para fazer que me são mais urgentes, pois minha mente está ocupada com elas. 'Fria é a vida da esposa do marinheiro'; e o marinheiro de propósito único, sem ligações com a terra firme, vai mais longe e melhor aprende a lidar com o mar."

"Mais longe, porém não com mais proveito", replicou Meneldur. "E não se 'lidas com o mar', Aldarion, meu filho. Estás esquecido de que os Edain vivem aqui por graça dos Senhores do Oeste, que Uinen nos é favorável e Ossë está refreado? Nossos navios são protegidos, e mãos outras que as nossas os guiam. Portanto, não exageres na altivez, ou a graça poderá minguar. E não suponha que ela se estenderá àqueles que se arriscam sem necessidade nos rochedos de praias estranhas ou nas terras dos homens das trevas."

"Qual é então o propósito da graça sobre nossos navios", perguntou Aldarion, "se não podem navegar a nenhuma costa, e nada podem buscar que não tenha sido visto antes?"

Não falou mais com o pai sobre tais assuntos, mas passava os dias a bordo do navio Eämbar em companhia dos Aventureiros, e na construção de uma embarcação maior que qualquer outra feita antes: esse navio ele chamou *Palarran*, o Errante ao Longe. No entanto, agora era frequente que se encontrasse com Erendis (e isso ocorria por trama da Rainha); e o Rei, tomando conhecimento de seus encontros, sentia-se inquieto, porém não contrariado. "Seria mais bondoso curar Aldarion da sua inquietação", recomentou, "antes que ele conquiste o coração de qualquer mulher." "De que outra forma pretendes curá-lo, senão pelo amor?", perguntou a Rainha. "Erendis ainda é jovem", observou Meneldur. Mas Almarian respondeu: "A família de Erendis não tem a longa vida que é concedida aos descendentes de Elros; e o coração dela já está conquistado."[12]

Quando, pois, estava construído o grande navio Palarran, Aldarion quis partir novamente. Diante disso, Meneldur enfureceu-se; porém, graças à persuasão da Rainha, não usou

246

o poder do Rei para retê-lo. Aqui deve-se contar o costume de que, quando um navio partia de Númenor por sobre o Grande Mar em direção à Terra-média, uma mulher, na maioria das vezes parente do capitão, colocava sobre a proa da embarcação o Ramo Verde do Retorno; ele era cortado da árvore *oiolairë*, que quer dizer "Sempre-Verão", que os Eldar deram aos Númenóreanos,[13] dizendo que a colocavam em seus próprios navios como sinal da amizade por Ossë e Uinen. As folhas dessa árvore eram perenes, lustrosas e fragrantes; e ela se desenvolvia ao ar marinho. Mas Meneldur proibiu à Rainha e às irmãs de Aldarion que levassem o ramo de *oiolairë* a Rómenna, onde estava o Palarran, dizendo que recusava sua bênção ao filho, que saía em aventura contra a sua vontade; e Aldarion, ouvindo isso, falou: "Se tenho de partir sem bênção ou ramo, assim partirei."

Então a Rainha entristeceu-se; mas Erendis lhe sugeriu: "*Tarinya*, se cortardes o ramo da árvore-élfica, eu o levarei ao porto com vossa permissão; pois a mim o Rei não proibiu isso."

Os marinheiros consideraram nefasto que o Capitão tivesse de partir assim; mas, quando tudo estava pronto, e os homens preparados para levantar âncora, Erendis lá chegou, por pouco que apreciasse o ruído e a agitação do grande porto e os gritos das gaivotas. Aldarion saudou-a com espanto e alegria; e ela disse: "Trouxe-vos o Ramo do Retorno, senhor, da Rainha." "Da Rainha?", repetiu Aldarion em outro tom. "Sim, senhor, mas pedi a permissão dela para assim fazer. Outros além da vossa própria família hão de alegrar-se com vosso retorno, assim que seja possível."

Nesse momento, Aldarion pela primeira vez olhou com amor para Erendis; e por muito tempo ficou de pé na popa, olhando para trás, enquanto o Palarran se fazia ao mar. Diz-se que ele apressou sua volta, e ficou em viagem menos tempo do que pretendera; e ao retornar trouxe presentes para a Rainha e as senhoras de sua casa, mas trouxe para Erendis o presente mais rico, que era um diamante. Frios foram então os cumprimentos entre o Rei e seu filho; e Meneldur repreendeu-o, dizendo que um presente semelhante era inadequado para o Herdeiro do

ALDARION E ERENDIS

Rei, a não ser que fosse um presente de noivado, e exigiu que Aldarion declarasse o que tinha em mente.

"Trouxe-o por gratidão", explicou, "por um coração caloroso em meio ao gelo de outros."

"Corações frios não podem inflamar outros para que lhes deem calor em suas idas e vindas", criticou-o Meneldur; e mais uma vez instou com Aldarion para que pensasse em se casar, apesar de não falar em Erendis. Mas Aldarion não queria saber disso, pois sempre e em todos os assuntos tanto mais se opunha quanto mais insistissem os que o cercavam; e então, tratando Erendis com mais frieza, determinou-se a deixar Númenor e avançar seus planos em Vinyalondë. A vida em terra era-lhe desagradável, pois a bordo do seu navio não se sujeitava a nenhuma outra vontade, e os Aventureiros que o acompanhavam conheciam somente amor e admiração pelo Grande Capitão. Mas então Meneldur o proibiu de partir; e Aldarion, antes que o inverno acabasse completamente, içou velas com uma frota de sete navios e a maior parte dos Aventureiros em desafio ao Rei. A Rainha não ousava incorrer na ira de Meneldur; mas à noite uma mulher encapuzada veio ao porto trazendo um ramo, e o entregou às mãos de Aldarion, dizendo: "Isto vem da Senhora das Terras-do-Oeste", (pois assim chamavam a Erendis), e partiu na escuridão.

Diante da rebelião aberta de Aldarion, o Rei rescindiu sua autoridade como Senhor dos Navios e Portos de Númenor; fez fechar a Sede dos Aventureiros a bordo de Eämbar bem como os estaleiros de Rómenna e proibiu a derrubada de qualquer árvore para a construção de navios. Passaram-se cinco anos; e Aldarion voltou com nove navios, pois dois haviam sido construídos em Vinyalondë, e estavam carregados de excelentes madeiras das florestas costeiras da Terra-média. Foi grande a ira de Aldarion quando descobriu o que fora feito, e anunciou ao pai: "Se não posso ter boas-vindas em Númenor, nem trabalho para fazer com minha mãos, e se meus navios não podem ser reparados nos seus portos, então partirei de novo e logo; pois os ventos foram violentos,[14] e preciso de reaparelhamento. O filho de um Rei não tem nada mais a fazer senão estudar os rostos das mulheres para encontrar uma esposa? Assumi o trabalho de trato às matas, e nele tenho sido prudente. Haverá mais madeira em Númenor antes que terminem meus dias do que há sob o teu cetro." E, fiel à sua palavra, Aldarion partiu outra vez no mesmo ano, com três navios e os mais audazes dentre os Aventureiros, saindo sem bênção nem ramo; pois Meneldur impôs um interdito sobre todas as mulheres de sua casa e dos Aventureiros, e colocou uma guarda em torno de Rómenna.

Nessa viagem Aldarion ficou tanto tempo fora que as pessoas temeram por ele; e o próprio Meneldur inquietou-se, a despeito da graça dos Valar que sempre protegera os navios de Númenor.[15] Quando se haviam passado dez anos desde que Aldarion partira, Erendis acabou perdendo a esperança; e, crendo que Aldarion tivesse encontrado alguma fatalidade, ou então que tivesse decidido habitar na Terra-média, e também para escapar aos pretendentes importunos, pediu permissão à Rainha e, partindo de Armenelos, voltou à sua própria família nas Terras-do-Oeste. Porém, após mais quatro anos, Aldarion finalmente retornou, e seus navios estavam danificados e quebrados pelo mar. Velejara primeiro ao porto de Vinyalondë, e de lá fizera uma grande viagem costeira para o sul, muito além de qualquer lugar jamais alcançado pelos navios dos Númenóreanos; mas, ao voltar para o norte, encontrara ventos contrários e grandes tempestades. Mal tendo escapado ao naufrágio no Harad, encontrou Vinyalondë destroçado por enormes ondas e saqueado por homens hostis. Três vezes foi impedido de atravessar o Grande Mar por ventos fortíssimos vindos do Oeste, e seu próprio navio foi atingido por um raio, perdendo os mastros. Somente a duras penas nas águas profundas conseguiu finalmente chegar ao porto em Númenor. Muito consolou-se Meneldur à volta de Aldarion; mas repreendeu-o por sua rebelião contra o rei e pai, pela qual abriu mão da guarda dos Valar e arriscou atrair a ira de Ossë, não somente para si, mas também para os homens a que se ligara pela devoção. Então Aldarion abrandou sua disposição e recebeu o perdão de Meneldur, que lhe restituiu o título de Senhor dos Navios e Portos, e acrescentou o de Mestre das Florestas.

ALDARION E ERENDIS

Aldarion entristeceu-se ao ver que Erendis deixara Armenelos, mas era demasiado orgulhoso para procurá-la; e de fato não poderia fazer isso, se não fosse para pedi-la em casamento, e ainda resistia a comprometer-se. Empenhou-se em reparar o que negligenciara em sua longa ausência, pois estivera fora por cerca de vinte anos; e naquela época grandes obras portuárias foram realizadas, especialmente em Rómenna. Descobriu que muitas árvores haviam sido derrubadas para construções e para a fabricação de muitas coisas, mas tudo fora feito de modo imprevidente, e pouco fora plantado para repor o que havia sido tirado; viajou então por Númenor inteira para inspecionar as florestas existentes.

Certo dia, cavalgando nas florestas das Terras-do-Oeste, viu uma mulher cujos cabelos escuros ondulavam ao vento, e ela estava envolta num manto verde preso ao pescoço por uma joia brilhante. Supôs que ela pertencesse aos Eldar, que às vezes vinham àquela parte da Ilha. Mas ela se aproximou; ele reconheceu que era Erendis; e viu que a joia era a que ele lhe dera. Então subitamente conheceu em si o amor que tinha a ela e sentiu o vazio de seus dias. Erendis empalideceu ao vê-lo e quis fugir cavalgando, mas ele foi muito ligeiro, e disse: "Certamente mereço que fujas de mim, que tantas vezes e para tão longe fugi! Mas perdoa-me, e fica agora." Então cavalgaram juntos à casa de Beregar, o pai dela, e lá Aldarion expôs seu desejo de contrair noivado com Erendis; mas agora Erendis relutava, embora estivesse na idade certa para casar-se, conforme o costume e a vida de sua gente. O amor que sentia por ele não diminuíra, nem ela recuou por astúcia; mas agora temia em seu coração que, na guerra entre ela e o Mar pela posse de Aldarion, ela não venceria. Erendis nunca aceitaria menos para não perder tudo; e, temendo o Mar, e culpando todos os navios pela derrubada das árvores que apreciava, decidiu que teria de derrotar totalmente o Mar e os navios, ou então ser ela totalmente derrotada.

Aldarion, entretanto, cortejou Erendis com sinceridade, e ia aonde quer que ela fosse. Deixou de lado os portos e os estaleiros, bem como todos os interesses da Guilda dos Aventureiros, sem derrubar árvores, e sim dedicando-se apenas ao seu plantio, e com isso encontrou mais contentamento naquela época do que em qualquer outra de sua vida, apesar de não o saber até se recordar dela, muito depois, quando já estava idoso. Após algum tempo tentou persuadir Erendis a navegar com ele numa viagem em torno da Ilha, no navio Eämbar; pois já se haviam passado cem anos desde que Aldarion fundara a Guilda dos Aventureiros, e haveria festas em todos os portos de Númenor. Com isso Erendis consentiu, disfarçando a repulsa e o temor; e partiram de Rómenna para chegar a Andúnië do lado oeste da Ilha. Lá Valandil, Senhor de Andúnië e parente próximo de Aldarion,[16] realizou uma grande festa; e nessa festa bebeu à saúde de Erendis, chamando-a *Uinéniel*, Filha de Uinen, a nova Senhora do Mar. Mas Erendis, que estava sentada ao lado da esposa de Valandil, disse em voz alta: "Não me chames por tal nome! Não sou filha de Uinen: ela é, sim, minha inimiga."

Depois disso, por algum tempo, as dúvidas voltaram a assaltar Erendis, pois Aldarion mais uma vez voltou seus pensamentos às obras em Rómenna, ocupando-se em construir grandes quebra-mares, e em erguer uma alta torre em Tol Uinen: *Calmindon*, a Torre-da-Luz, era seu nome. Mas quando essas obras estavam prontas Aldarion voltou a Erendis e instou para que noivassem. No entanto ela ainda contemporizou, dizendo: "Viajei de navio contigo, senhor. Antes de te dar minha resposta, não queres viajar comigo em terra firme, aos lugares que amo? Conheces muito pouco sobre esta terra, para alguém que há de ser Rei dela." Portanto partiram juntos, e chegaram a Emerië, onde havia ondulantes colinas relvadas, e esse era o principal local de pastoreio de ovelhas em Númenor; e viram as casas brancas dos fazendeiros e dos pastores, e ouviram o balido dos rebanhos.

"Aqui eu poderia ficar em paz!", falou Erendis a Aldarion naquele lugar.

"Hás de morar onde quiseres, como esposa do Herdeiro do Rei", garantiu Aldarion. "E como Rainha em muitas belas casas, conforme desejares."

"Quando tu fores Rei, serei velha", contestou Erendis. "Onde habitará o Herdeiro do Rei enquanto isso?"

"Com sua esposa", respondeu Aldarion, "quando seus trabalhos o permitirem, caso ela não possa compartilhá-los."

"Não compartilharei meu marido com a Senhora Uinen", opôs-se Erendis.

"Essa é uma expressão enganosa", repreendeu-a Aldarion. "Da mesma forma eu poderia dizer que não compartilharei minha esposa com o Senhor Oromë das Florestas, porque ela aprecia as árvores que crescem selvagens."

"De fato tu não farias isso", rebateu Erendis, "pois derrubarias qualquer madeira como dádiva a Uinen, se assim te aprouvesse."

"Diz o nome de qualquer árvore que aprecia, e ela há de ficar em pé até morrer", prometeu Aldarion.

"Aprecio todas as que crescem nesta Ilha", respondeu Erendis.

Então cavalgaram em silêncio por muito tempo. Depois daquele dia separaram-se, e Erendis voltou à casa de seu pai. A ele nada disse, mas a sua mãe, Núneth, contou as palavras que haviam sido pronunciadas entre ela e Aldarion.

"Tudo ou nada, Erendis", disse Núneth. "Assim eras quando criança. Mas tu amas esse homem, e é um grande homem, sem falar da sua posição; e tu não expulsarás teu amor do coração com tanta facilidade, não sem grande mágoa. Uma mulher tem de compartilhar o amor do marido por seu trabalho e o fogo do seu espírito, ou então transformá-lo em algo que não pode ser amado. Mas duvido que tu alguma vez compreendas esse conselho. No entanto, estou aflita, pois é mais do que tempo de casar-te; e, já que dei à luz uma bela criança, eu esperava ver belos netos; e não me desagradaria que tivessem seus berços na casa do Rei."

Esse conselho de fato não comoveu a mente de Erendis. Ainda assim, ela descobriu que seu coração não estava sujeito à sua vontade, e que seus dias eram vazios: mais vazios que nos anos em que Aldarion estivera viajando. Pois ele ainda vivia em Númenor; e no entanto os dias passavam, sem que ele voltasse ao oeste.

Então a Rainha Almarian, tendo sido informada por Núneth do que ocorrera e temendo que Aldarion voltasse a buscar consolo nas viagens (pois estivera em terra por muito tempo), mandou pedir a Erendis que voltasse a Armenelos; e Erendis, por insistência de Núneth e do seu próprio coração, fez o que lhe foi pedido. Lá ela se reconciliou com Aldarion; e na primavera do ano, quando chegou a época da *Erukyermë*, eles subiram no séquito do Rei até o topo do Meneltarma, que era a Montanha Sagrada dos Númenóreanos.[17] Quando todos haviam descido outra vez, Aldarion e Erendis ficaram para trás; e olharam longe, vendo a seus pés toda a Ilha de Ociente, verdejante na primavera. E viram o rebrilhar da luz no Oeste, onde ficava a longínqua Avallónë,[18] e as sombras no Leste sobre o Grande Mar; e o Menel estava azul sobre eles. Não falaram, pois ninguém, a não ser o Rei, falava nas alturas do Meneltarma; mas, ao descerem, Erendis deteve-se por um momento, olhando em direção a Emerië, e além, para as florestas do seu lar.

"Tu não amas a Yôzâyan?", perguntou ela.

"Amo-a de fato", respondeu ele, "porém creio que tu duvidas disso. Pois também penso no que poderá se tornar em tempos vindouros, e na esperança e no esplendor de seu povo; e acredito que uma dádiva não deveria jazer ociosa no tesouro."

Mas Erendis discordou das palavras dele, dizendo: "As dádivas que vêm dos Valar, e do Uno através deles, devem ser amadas por elas mesmas agora, e em todos os agoras. Não foram dadas para serem permutadas por mais ou por melhor. Os Edain continuam Homens mortais, Aldarion, por grandiosos que sejam: e não podemos residir no tempo que está por vir, pois assim perderíamos nosso agora em troca de um fantasma que nós mesmos inventamos." Então, tirando subitamente a joia do pescoço, perguntou-lhe: "Gostarias que te desse esta em troca, para comprar outros bens que desejo?"

"Não!", respondeu ele. "Mas tu não a manténs trancada num tesouro. No entanto creio que lhe dás demasiado valor; pois é ofuscada pela luz dos teus olhos." Então beijou-a nos olhos, e naquele momento ela pôs o temor de lado e o aceitou; e seu casamento foi contratado na íngreme trilha do Meneltarma.

ALDARION E ERENDIS

Então retornaram a Armenelos, e Aldarion apresentou Erendis a Tar-Meneldur como noiva do Herdeiro do Rei; e o Rei alegrou-se, e houve festejos na cidade e em toda a Ilha. Como presente de noivado, Meneldur deu a Erendis uma generosa porção de terra em Emerië, e lá fez construir para ela uma casa branca. Mas Aldarion disse a ela: "Tenho outras joias acumuladas, presentes de reis em terras longínquas a quem os navios de Númenor levaram auxílio. Tenho gemas verdes como a luz do sol nas folhas das árvores que aprecias." "Não!", falou Erendis. "Já tenho meu presente de noivado, apesar de tê-lo recebido antecipadamente. É a única joia que tenho ou desejo ter; e dar-lhe-ei ainda mais valor." Então ele viu que ela mandara engastar a pedra branca como uma estrela em um filete de prata; e a pedido de Erendis ele lhe atou o filete na testa. Assim Erendis a usou por muitos anos, até que sobreviesse o pesar; e assim a conheciam por toda parte como Tar-Elestirnë, a Senhora da Fronte Estrelada.[19] Por algum tempo houve paz e alegria em Armenelos, na casa do Rei, e em toda a Ilha, e está registrado em antigos livros que houve grande fertilidade no verão dourado daquele ano, que foi o octingentésimo quinquagésimo oitavo da Segunda Era.

Dentre o povo, porém, somente os marinheiros da Guilda dos Aventureiros estavam descontentes. Durante quinze anos Aldarion permanecera em Númenor sem liderar nenhuma expedição ao estrangeiro; e, apesar de haver valorosos capitães treinados por ele, sem a riqueza e a autoridade do filho do Rei suas viagens tornaram-se mais raras e mais breves, e muito raramente iam além da terra de Gil-galad. Ademais, a madeira tornara-se escassa nos estaleiros, pois Aldarion negligenciara as florestas; e os Aventureiros instaram com ele para que retornasse a esse trabalho. Diante desse pedido, Aldarion assim fez, e inicialmente Erendis o acompanhava nos bosques; mas ela se entristecia com a visão das árvores derrubadas em seu apogeu, e depois cortadas e serradas. Portanto, logo Aldarion estava indo sozinho, e eles faziam menos companhia um ao outro.

Enfim chegou o ano em que todos esperavam pelo casamento do Herdeiro do Rei; pois não era costume que o noivado durasse muito mais que três anos. Certa manhã daquela primavera, Aldarion subiu a cavalo desde o porto de Andúnië, tomando a estrada para a casa de Beregar; pois ia hospedar-se lá, e para lá Erendis o precedera, vinda de Armenelos pelas estradas da região. Ao chegar ao topo do grande penhasco que se destacava da terra e protegia o porto ao norte, virou-se e olhou para trás, por sobre o mar. Soprava um vento oeste, como era comum naquela estação, preferida pelos que pretendessem velejar à Terra-média, e ondas de cristas brancas marchavam para a praia. Então, de repente, a saudade do mar o acometeu, como se uma grande mão se deitasse sobre sua garganta, seu coração bateu forte, e sua respiração se deteve. Lutou para controlar-se, deu a volta por fim e seguiu viagem. E propositadamente passou pela floresta onde vira Erendis cavalgando como se fosse uma dos Eldar, quinze anos antes. Quase ansiava por vê-la de novo daquele modo; mas ela não estava lá, e o desejo de rever seu rosto o apressou, de modo que chegou à casa de Beregar antes do cair da tarde.

Lá ela lhe deu as boas-vindas, contente, e ele se alegrou; mas nada disse acerca do casamento, embora todos imaginassem que isso fazia parte de sua missão às Terras-do-Oeste. À medida que os dias passavam, Erendis observou que agora ele costumava ficar em silêncio quando na companhia de outros mais animados; e, quando olhava de repente na sua direção, via que ele a estava contemplando. Então o coração de Erendis abalou-se; pois os olhos azuis de Aldarion agora lhe pareciam cinzentos e frios, e no entanto ela percebia como que uma fome no seu olhar. Essa expressão ela vira antes com demasiada frequência, e temia o que preconizava, mas nada disse. Diante disso Núneth, que percebia tudo o que estava acontecendo, alegrou-se, pois "as palavras conseguem abrir feridas", como dizia. Logo depois Aldarion e Erendis partiram a cavalo, de volta a Armenelos; e, à medida que se afastavam do mar, ele voltou a alegrar-se. Ainda assim nada disse a ela sobre sua perturbação, pois na verdade estava em guerra consigo mesmo, e irresoluto.

ALDARION E ERENDIS

Assim avançou o ano, e Aldarion não falava nem do mar nem do casamento; mas muitas vezes esteve em Rómenna e na companhia dos Aventureiros. Por fim, quando chegou o ano seguinte, o Rei chamou-o aos seus aposentos. Estavam os dois juntos à vontade, e o amor que tinham um pelo outro não estava mais nublado.

"Meu filho", questionou Tar-Meneldur, "quando me darás a filha que desejei por tanto tempo? Agora passaram-se mais de três anos, e isso já basta. Espanto-me de que tu consigas suportar tamanha demora."

Então Aldarion permaneceu em silêncio, mas finalmente revelou: "Fui atacado outra vez, Atarinya. Dezoito anos são um longo jejum. Mal consigo deitar-me quieto na cama, ou manter-me a cavalo, e o chão duro de pedra fere-me os pés."

Então Meneldur afligiu-se, e sentiu pena do filho; mas não compreendia sua perturbação, pois ele mesmo jamais amara os navios. "Ai de ti! Mas estás noivo. E pelas leis de Númenor e os bons costumes dos Eldar e Edain, um homem não há de ter duas esposas. Não podes casar-te com o Mar, pois estás prometido a Erendis."

Endureceu-se então o coração de Aldarion, pois essas palavras lhe recordavam a conversa com Erendis quando passavam por Emerië; e pensou (porém falsamente) que ela consultara seu pai. Quando achava que os outros estavam em conluio para forçá-lo a seguir por algum caminho que escolheram, sempre era sua tendência afastar-se dele. "Os ferreiros podem forjar, os cavaleiros cavalgar, e os mineiros escavar, quando estão noivos", disse. "Então por que os marinheiros não podem navegar?"

"Se os ferreiros passassem cinco anos na bigorna, seriam poucas as esposas de ferreiros", respondeu o Rei. "E as esposas de marinheiros são poucas, e suportam o que têm de suportar, pois tal é sua subsistência e sua necessidade. O Herdeiro do Rei não é marinheiro de ofício, nem está sob necessidade."

"Além da subsistência há outras necessidades que impelem um homem", contrapôs Aldarion. "E ainda temos muitos anos pela frente."

256

"Não, não", explicou Meneldur, "tu não dás o devido valor à tua graça. Erendis tem esperança mais breve que tu, e seus anos fenecem mais depressa. Ela não é da Linhagem de Elros, e já te ama há muitos anos."

"Refreou-se por quase doze anos, quando eu estava desejoso", falou Aldarion. "Não peço nem um terço desse tempo."

"Naquela época ela não era noiva", ponderou Meneldur. "Mas nenhum de vós está livre agora. E, se ela se refreou, não duvido que fosse por medo do que agora parece provável, caso tu não consigas te dominar. De algum modo tu deves ter acalmado esse medo; e, embora tu possas não ter dito nada às claras, mesmo assim estás obrigado, creio eu."

Então Aldarion, furioso, disse: "Seria melhor eu mesmo falar com minha noiva, e não parlamentar por procuração." E saiu da presença do pai. Pouco depois falou com Erendis do seu desejo de voltar a viajar sobre as grandes águas, dizendo que não encontrava nem sono nem repouso. Mas ela permaneceu sentada, pálida e calada. Por fim, ela disse: "Pensei que tivesses vindo falar de nosso casamento", revelou ela por fim.

"Falarei", garantiu Aldarion. "Há de ser logo após meu retorno, se tu puderes esperar." Mas, vendo o pesar no rosto da noiva, comoveu-se, e veio-lhe uma ideia. "Há de ser agora", decidiu. "Há de ser antes que este ano termine. E então equiparei um navio tal como os Aventureiros jamais fizeram, a casa de uma Rainha sobre as águas. E tu hás de navegar comigo, Erendis, sob a graça dos Valar, de Yavanna e de Oromë, a quem amas. Hás de navegar a terras onde te mostrarei bosques como nunca viste, onde ainda agora cantam os Eldar; ou florestas maiores que Númenor, livres e selvagens desde o início dos dias, onde ainda se pode ouvir a grande trompa de Oromë, o Senhor."

Mas Erendis chorou. "Não, Aldarion", negou-se. "Alegro-me de que o mundo ainda contenha essas coisas de que falas; mas não hei de vê-las jamais. Pois não desejo isso: meu coração está entregue às florestas de Númenor. E ai de mim! Se eu embarcasse por amor a ti, não haveria de voltar. É algo que está além de minhas forças suportar; e longe das vistas da terra eu haveria de morrer. O Mar me odeia; e agora ele está vingado porque te mantive longe dele e ainda assim fugi de ti. Vai, meu senhor! Mas tem piedade, e não leves tantos anos quantos antes perdi."

Envergonhou-se então Aldarion; pois, assim como ele falara ao pai em ira incontida, ela agora falava com amor. Não navegou naquele ano, mas encontrou pouca paz e alegria. "Longe das vistas da terra ela morrerá!", dizia. "Logo morrerei, se vir a terra por mais tempo. Então, se quisermos passar juntos alguns anos, tenho de ir sozinho, e ir logo." Portanto, aprestou-se afinal para zarpar na primavera; e os Aventureiros estavam contentes, mesmo sendo os únicos na Ilha entre os que sabiam o que estava ocorrendo. Tripularam-se três navios, e no mês de víressë partiram. A própria Erendis pôs o ramo verde de *oiolairë* na proa do Palarran, e ocultou as lágrimas até que o navio saísse das grandes muralhas novas do porto.

Seis anos e mais passaram-se antes que Aldarion retornasse a Númenor. Encontrou até mesmo Almarian, a Rainha, mais fria nas boas-vindas, e os Aventureiros haviam caído em desfavor; pois achava-se que ele maltratara Erendis. Mas na verdade estivera fora por mais tempo do que pretendera, pois descobrira que o porto de Vinyalondë estava agora totalmente arruinado, e grandes marés haviam aniquilado toda a sua labuta em restaurá-lo. Os homens próximos à costa começavam a temer os Númenóreanos, ou tornavam-se abertamente hostis; e Aldarion ouviu rumores sobre um senhor na Terra-média que odiava os homens dos navios. Então, quando estava prestes a voltar para casa, um grande vento veio do sul, e ele foi carregado longe para o norte. Deteve-se algum tempo em Mithlond, mas, quando seus navios outra vez se fizeram ao mar, de novo foram varridos para o norte, impelidos para perigosos ermos congelados, e sofreram com o frio. Finalmente o mar e o vento se abrandaram, mas no mesmo instante em que Aldarion fitava saudoso desde a proa do Palarran e enxergou o Meneltarma ao longe, seu olhar recaiu no ramo verde, e viu que ele estava murcho. Então Aldarion ficou consternado, pois jamais ocorrera nada semelhante com o ramo de *oiolairë* enquanto era lavado pela espuma do mar. "Está congelado, Capitão", comentou um marinheiro que estava ao seu lado. "O frio foi demasiado. Estou contente em ver o Pilar."

Quando Aldarion foi ter com Erendis, ela o olhou de modo penetrante, mas não se adiantou para encontrá-lo; e por um tempo ele ficou de pé, sem saber o que dizer, ao contrário do que costumava. "Senta-te, meu senhor", pediu Erendis, "e conta-me primeiro todos os teus feitos. Muito deves ter visto e realizado nesses longos anos!"

Então Aldarion começou, hesitante, e ela permaneceu em silêncio, escutando, enquanto ele contava toda a história de suas provações e tardanças; e quando ele terminou ela falou: "Agradeço aos Valar, por cuja graça tu finalmente retornaste. Mas também lhes agradeço não ter ido contigo; pois haveria de murchar mais depressa que qualquer ramo verde."

"Teu ramo verde não viajou até o frio intenso por vontade própria", respondeu ele. "Mas dispensa-me agora se quiseres, e não creio que ninguém te culpe. No entanto, não devo ousar ter esperança de que teu amor seja capaz de suportar mais do que o belo *oiolairë*?"

"Assim é de fato", concordou Erendis. "Ele ainda não está morto de frio, Aldarion. Ai de mim! Como posso te dispensar, quando outra vez te vejo, retornando belo como o sol após o inverno?"

"Então que comecem agora a primavera e o verão!", anunciou ele.

"E que não volte o inverno", completou Erendis.

Então, para alegria de Meneldur e Almarian, o casamento do Herdeiro do Rei foi proclamado para a primavera seguinte; e assim aconteceu. No octingentésimo septuagésimo ano da Segunda Era, Aldarion e Erendis casaram-se em Armenelos, e em todas as casas havia música, e em todas as ruas os homens e as mulheres cantavam. E depois o Herdeiro do Rei e sua noiva cavalgaram a seu bel-prazer por toda a Ilha, até que no solstício de verão chegaram a Andúnië, onde o último banquete foi preparado por seu senhor, Valandil; e todo o povo das Terras-do-Oeste lá estava reunido, por amor a Erendis e orgulho de que haveria de provir deles uma Rainha de Númenor.

Na manhã anterior à comemoração, Aldarion olhou pela janela do quarto de dormir, que dava para o oeste, sobre o mar. "Vê, Erendis!", exclamou. "Lá está um navio correndo para o porto; e não é um navio de Númenor, mas um navio no qual nem tu nem eu jamais haveremos de pôr os pés, mesmo que queiramos." Então Erendis observou, e viu um alto navio branco, com aves brancas girando ao sol em toda a volta; e suas velas rebrilhavam prateadas, enquanto ele navegava para o porto com espuma à proa. Assim os Eldar homenageavam o casamento de Erendis, por amor ao povo das Terras-do-Oeste, que eram os mais próximos na sua amizade.[20] Seu navio estava carregado de flores para adornar a comemoração, de forma que todos os que lá se sentaram, quando chegou a tardinha, estavam coroados de *elanor*[21] e da doce *lissuin,* cuja fragrância traz conforto ao coração. Também trouxeram menestréis, cantores que recordavam canções dos Elfos e dos Homens dos dias de Nargothrond e Gondolin, muito tempo atrás; e muitos dos Eldar, altos e belos, sentavam-se às mesas entre os Homens. Mas o povo de Andúnië, observando a feliz companhia, dizia que nenhum deles era mais belo que Erendis; e diziam que seus olhos eram tão luminosos quanto os olhos de Morwen Eledhwen de outrora,[22] ou mesmo quanto os de Avallónë.

Os Eldar também trouxeram muitos presentes. A Aldarion deram uma árvore nova cuja casca era branca como neve, e cujo tronco era reto, forte e flexível como se fosse de aço; mas ainda não tinha folhas. "Agradeço-vos", disse Aldarion aos Elfos. "A madeira de tal árvore deve ser preciosa de fato."

"Talvez; não o sabemos", assumiram. "Nenhuma delas jamais foi derrubada. Dá folhas frescas no verão, e flores no inverno. É por isso que a apreciamos."

A Erendis deram um casal de aves, cinzentas com bicos e pés dourados. Cantavam docemente uma para a outra, com muitas cadências que nunca se repetiam por todo um longo gorjeio melódico; mas, se fossem apartadas, imediatamente voavam uma para junto da outra, e não cantavam separadas.

"Como hei de guardá-las?", perguntou Erendis.

"Deixa-as voar e ser livres", responderam os Eldar. "Pois falamos com elas e mencionamos teu nome; e ficarão onde quer que tu mores. Formam um par por toda a vida, e têm vida longa. Talvez haja muitas dessas aves a cantar nos jardins dos teus filhos."

Naquela noite Erendis despertou, e uma doce fragrância vinha através da treliça; mas a noite estava luminosa, pois a lua cheia estava se pondo. Então, deixando seu leito, Erendis olhou para fora e viu toda a terra a dormir em prata; mas as duas aves estavam sentadas lado a lado no seu peitoril.

Quando terminou a comemoração, Aldarion e Erendis foram passar algum tempo na casa dela; e outra vez as aves empoleiraram-se no peitoril de sua janela. Mais tarde, despediram-se de Beregar e Núneth, e por fim cavalgaram de volta a Armenelos; pois lá, pelo desejo do Rei, iria morar seu Herdeiro, e uma casa foi-lhes preparada em meio a um jardim de árvores. Lá plantaram a árvore-élfica, e as aves-élficas cantavam em seus ramos.

Dois anos mais tarde, Erendis concebeu e, na primavera do ano seguinte, deu uma filha a Aldarion. Mesmo desde o nascimento era uma bela criança, e crescia sempre em beleza: a mulher mais linda, como relatam os antigos contos, que um dia nasceu na Linhagem de Elros, exceto Ar-Zimraphel, a última. Quando chegou o tempo de lhe dar o primeiro nome, chamaram-na Ancalimë. Erendis tinha o coração alegre, pois pensava: "Agora certamente Aldarion desejará um filho para ser seu herdeiro, e por muito tempo ainda habitará comigo." Pois secretamente ela ainda temia o Mar e seu poder sobre o coração do marido; e, apesar de procurar esconder isso e falar com ele sobre suas antigas aventuras, suas esperanças e planos, observava com ciúme se ele ia ao seu navio-casa ou passava muito tempo com os Aventureiros. Uma vez Aldarion pediu-lhe que fosse a Eämbar, mas, vendo depressa nos olhos dela que a esposa não o faria de boa vontade, nunca mais insistiu com ela. O temor de Erendis não era sem causa. Quando Aldarion estivera em terra por cinco anos, começou a se dedicar novamente à sua ocupação de Mestre das Florestas e frequentemente passava muitos dias longe de casa. Agora havia de fato madeira bastante em Númenor (e isso se devia principalmente à sua prudência); no entanto, como a população tinha se tornado mais numerosa, havia sempre necessidade de madeira para construções e para a feitura de muitas outras coisas. Pois naqueles dias antigos, apesar de muitos serem extremamente habilidosos com pedras e com metais (já que os Edain de outrora muito haviam aprendido com os Noldor), os Númenóreanos gostavam de objetos feitos de madeira, fosse para o uso diário, fosse pela beleza do entalhe. Naquela época, Aldarion voltou a dar mais atenção ao futuro, sempre plantando onde se derrubava, e fez plantar novas florestas onde houvesse espaço, terra livre que fosse adequada a árvores de diferentes espécies. Foi então que se tornou mais conhecido como Aldarion, nome pelo qual é lembrado entre os que detiveram o cetro em Númenor. No entanto, a muitos além de Erendis parecia que ele tinha pouco amor pelas árvores em si, e cuidava delas mais como madeira que serviria a seus planos.

Não era muito diversa a sua relação com o Mar. Pois, como Núneth dissera a Erendis muito tempo antes: "Ele pode amar os navios, minha filha, pois eles são feitos pela mente e pelas mãos dos homens; mas creio que não são os ventos nem as grandes águas que fazem seu coração arder dessa maneira, nem a visão de terras estranhas, mas, sim, uma chama na sua mente, ou um sonho que o persegue." E pode ser que ela tenha se aproximado da verdade; pois Aldarion era homem de grande visão, e previa dias em que o povo precisaria de mais espaço e maior riqueza; e quer ele próprio o soubesse com clareza, quer não, sonhava com a glória de Númenor e o poder de seus reis, e buscava pontos de apoio a partir dos quais pudessem passar a maiores conquistas. Assim ocorreu que antes de passar muito tempo ele de novo se voltou do trato às matas para a construção de navios, e lhe veio uma visão de uma enorme embarcação, como um castelo com altos mastros e grandes velas como nuvens, levando homens e estoques suficientes para uma cidade. Então nos estaleiros de Rómenna as serras e os martelos se atarefaram, enquanto tomava forma entre muitas embarcações menores um enorme casco com nervuras; e os homens se admiravam com ele. *Turuphanto*, a Baleia de Madeira, eles a chamavam, mas não era esse seu nome.

Erendis soube dessas coisas, apesar de Aldarion não lhe ter falado delas, e inquietou-se. Portanto, certo dia perguntou-lhe: "O que é toda essa ocupação com navios, Senhor dos Portos? Não temos o bastante? Quantas belas árvores tiveram suas vidas encurtadas este ano?" Falava com leveza, e sorria ao falar.

"Um homem precisa de trabalho para fazer em terra", respondeu ele, "mesmo que tenha uma bela esposa. As árvores brotam e as árvores tombam. Planto mais do que derrubam." Também ele falou em tom leve, mas não lhe olhou no rosto; e não voltaram a tocar nesse assunto.

Mas, quando Ancalimë tinha quase quatro anos, Aldarion por fim declarou abertamente a Erendis seu desejo de voltar a navegar a partir de Númenor. Ela permaneceu calada, pois ele nada disse que ela já não soubesse; e as palavras eram em vão. Ele esperou até o aniversário de Ancalimë, e muito se ocupou dela nesse dia. Ela ria e estava contente, embora outros naquela casa não estivessem; e ao deitar-se disse ao pai: "Aonde vais levar-me neste verão, *tatanya*? Eu gostaria de ver a casa branca na terra dos carneiros de que *mamil* fala." Aldarion não respondeu; e no dia seguinte saiu de casa e passou alguns dias fora. Quando tudo estava pronto, voltou e despediu-se de Erendis. Então, contra sua vontade, vieram lágrimas aos olhos de Erendis. Elas o entristeceram, e no entanto o irritaram, pois já estava resolvido, e seu coração se endureceu. "Ora, Erendis!", falou. "Por oito anos fiquei aqui. Não se podes atar para sempre com amarras delicadas o filho do Rei, do sangue de Tuor e Eärendil! E não caminho para minha morte. Breve hei de voltar."

"Breve?", perguntou ela. "Mas os anos são implacáveis, e tu não os trarás de volta em tua companhia. E os meus são mais curtos que os teus. Minha juventude se escoa; e onde estão meus filhos, e onde está teu herdeiro? Por muito tempo meu leito esteve frio, e ultimamente com maior frequência."[23]

"Ultimamente com frequência pensei que tu o preferisses assim", retrucou Aldarion. "Mas não nos encolerizemos, mesmo discordando. Olha em teu espelho, Erendis. És bela, e aí não há ainda nenhuma sombra da idade. Tens tempo de sobra para o que pretendo. Dois anos! Dois anos é tudo o que peço!"

Mas Erendis respondeu: "Diz antes: 'Dois anos tomarei, queiras tu ou não. Toma dois anos então! Porém não mais. O filho de um Rei do sangue de Eärendil deveria ser também um homem de palavra."

Na manhã seguinte, Aldarion saiu às pressas. Ergueu Ancalimë a beijou; mas, apesar de ela se agarrar a ele, Aldarion a colocou depressa no chão e partiu a cavalo. Logo depois o grande navio zarpou de Rómenna. *Hirilondë* ele o chamou, Descobridor de portos; mas partiu de Númenor sem a bênção de Tar-Meneldur; e Erendis não estava no porto para colocar o verde Ramo do Retorno, nem mandou ninguém. O rosto de Aldarion estava sombrio e perturbado enquanto ele estava postado à proa de Hirilondë, onde a esposa de seu capitão colocara um grande ramo de *oiolairë*; mas não olhou para trás até que o Meneltarma estivesse muito longe no crepúsculo.

Naquele dia inteiro Erendis ficou sentada em seu quarto, só e aflita; porém mais fundo no coração sentiu uma nova dor de ira fria, e seu amor por Aldarion foi ferido no âmago. Odiava o Mar; e agora até mesmo as árvores, que amara outrora, ela não desejava mais ver, pois lhe lembravam os mastros dos grandes navios. Portanto, dentro em pouco deixou Armenelos, e foi para Emerië no meio da Ilha, onde sempre, longe e perto, o balido dos carneiros era trazido pelo vento. "É mais doce aos meus ouvidos que o piado das gaivotas", declarou ela, parada às portas de sua casa branca, presente do Rei; esta ficava em um declive dando para o oeste, com amplos gramados em toda a volta que se fundiam sem muro nem sebe com as pastagens. Para lá levou Ancalimë, e eram sempre a única companhia uma da outra. Pois Erendis só tinha serviçais em sua casa, e todas eram mulheres; e procurava sempre moldar a filha conforme sua própria mente, e alimentá-la com seu próprio rancor contra os homens. Na verdade Ancalimë raramente via algum homem, pois Erendis não usava pompa, e seus poucos serviçais da fazenda e pastores tinham uma habitação ao longe. Outros homens lá não chegavam, exceto raramente algum mensageiro do Rei, que logo ia embora e logo partia a cavalo, pois aos homens parecia haver na casa um ar gélido que os punha em fuga, e enquanto estavam lá sentiam-se constrangidos a falar a meia voz.

Certa manhã, logo depois que Erendis chegou a Emerië, despertou com o canto de pássaros, e lá, no peitoril de sua janela, estavam as aves-élficas que por muito tempo haviam morado em seu jardim em Armenelos, mas que deixara para trás, esquecidas. "Tolinhas, ide embora!", dispensou-as. "Aqui não é lugar para alegria tal como a vossa."

Então cessou seu canto, e elas alçaram voo acima das árvores; três vezes rodaram sobre o telhado e então foram-se para o oeste. Naquela tardinha, pousaram no peitoril do quarto na casa de seu pai, onde se deitara com Aldarion na volta da comemoração em Andúnië; e lá Núneth e Beregar as encontraram na manhã do dia seguinte. Mas, quando Núneth lhes estendeu as mãos, elas voaram direto para o alto e fugiram, e ela as observou até se tornarem pontinhos à luz do sol, voando velozes para o mar, de volta à terra de onde haviam vindo.

"Então ele se foi de novo e a deixou", disse Núneth.

"Mas por que ela não deu notícias?", perguntou Beregar. "Ou por que não veio para casa?"

"Mandou notícias bastantes", disse Núneth. "Pois dispensou as aves-élficas, e esse foi um erro. Não é bom presságio. Por quê, por quê, minha filha? Certamente sabia o que tinha de enfrentar? Mas deixa-a a sós, Beregar, onde quer que esteja. Este não é mais o seu lar, e não se curará aqui. Ele há de voltar. E então que os Valar enviem sabedoria a Erendis — ou astúcia, ao menos!"

Quando chegou o segundo ano após a partida de Aldarion, por desejo do Rei Erendis mandou que a casa em Armenelos fosse arrumada e aprestada; mas ela própria não se preparou para voltar. Ao Rei mandou uma resposta, dizendo: "Irei se me ordenardes, *atar aranya*. Mas tenho o dever de apressar-me agora? Não haverá tempo bastante quando sua vela for avistada no Leste?" E consigo mesma pensava: "O Rei pretende que eu espere no cais como a namorada de um marinheiro? Antes o fosse, mas não o sou mais. Desempenhei esse papel até o fim."

Mas aquele ano passou, e não se avistou nenhuma vela; e o ano seguinte chegou e se desfez em outono. Então Erendis tornou-se dura e calada. Ordenou que fechassem a casa em Armenelos, e nunca se afastava mais que algumas horas de jornada da sua casa em Emerië. O amor que tinha era todo dado à filha, e agarrava-se a ela, e não permitia que Ancalimë saísse do seu lado, nem mesmo para visitar Núneth e seus parentes nas Terras-do-Oeste. Todos os ensinamentos de Ancalimë vinham da mãe; e bem aprendeu a escrever e a ler, bem como a falar a língua-élfica com Erendis, à maneira como o usavam os homens nobres de Númenor. Pois nas Terras-do-Oeste era a língua cotidiana em casas como a de Beregar, e Erendis raramente usava a língua númenóreana, que Aldarion apreciava mais. Ancalimë também aprendeu muito sobre Númenor e os dias antigos nos livros e rolos que havia na casa, os que conseguia compreender; e saberes de outros tipos, do povo e da terra, ela escutava às vezes das mulheres da casa, apesar de Erendis nada saber sobre isso. Mas as mulheres eram cautelosas ao falar com a menina, pois temiam sua senhora; e para Ancalimë havia bem pouco riso na casa branca em Emerië. Esta era calada e sem música, como se há bem pouco tempo alguém tivesse morrido ali; pois em Númenor naquela época era tarefa dos homens tocar instrumentos, e a música que Ancalimë ouvia na infância era o canto das mulheres no trabalho, ao ar livre, e longe dos ouvidos da Senhora Branca de Emerië. Mas agora Ancalimë estava com sete anos de idade e, sempre que obtinha permissão, saía da casa para as amplas colinas onde podia correr livre;

e às vezes ia ter com uma pastora, cuidando dos carneiros e comendo a céu aberto.

Certo dia no verão daquele ano um menino jovem, porém mais velho que ela, veio à casa em missão de uma das fazendas distantes; e Ancalimë deu com ele mastigando pão e tomando leite no pátio da fazenda atrás da casa. Ele a olhou sem deferência e continuou bebendo. Então baixou o caneco. "Podes olhar o quanto quiseres, olhuda!", provocou ele. "Tu és bonita, mas magra demais. Queres comer?" Tirou um pedaço de pão da bolsa. "Vai embora, Îbal!", gritou uma velha, vinda da porta da queijaria. "E usa tuas pernas compridas, senão, antes de chegar em casa, vais esquecer a mensagem que te dei para tua mãe!"

"Não precisam de cão de guarda onde tu estás, mãe Zamîn!", exclamou o menino, e com um latido e um grito pulou o portão e saiu correndo colina abaixo. Zamîn era uma velha mulher do campo, de língua solta, que não se intimidava com facilidade nem mesmo pela Senhora Branca.

"Que coisa barulhenta era essa?", perguntou Ancalimë.

"Um menino", respondeu Zamîn, "se é que tu sabes o que é isso. Mas como haveria de saber? Eles quebram e devoram, em geral. Esse está sempre comendo, mas não sem motivo. Quando o pai dele voltar, vai encontrar um belo rapaz; mas se não for logo, mal vai reconhecê-lo. Posso dizer o mesmo de outros."

"Então o menino tem um pai também?", perguntou Ancalimë.

"É claro", disse Zamîn. "Ulbar, um dos pastores do grande senhor lá para o sul: nós o chamamos Senhor dos Carneiros, um parente do Rei."

"Então por que o pai do menino não está em casa?"

"Ora, *hérinkë*", respondeu Zamîn, "porque ouviu falar desses Aventureiros, juntou-se a eles, e foi embora com teu pai, o Senhor Aldarion; mas só os Valar sabem aonde, ou por quê."

Naquela tarde Ancalimë de repente disse à mãe: "Meu pai também é chamado de Senhor Aldarion?"

"Era", falou Erendis. "Mas por que perguntas?" Sua voz era calma e fria, mas ela se perguntava e estava perturbada, pois nenhuma palavra acerca de Aldarion havia sido dita entre elas antes.

Ancalimë não respondeu à pergunta. "Quando ele vai voltar?", perguntou.

"Não me perguntes!", exaltou-se Erendis. "Não sei. Nunca, talvez. Mas não te preocupes, pois tu tens mãe, e ela não fugirá enquanto tu a amares."

Ancalimë não voltou a falar do pai.

Os dias passaram, trazendo outro ano, e mais outro; naquela primavera Ancalimë fez nove anos. Os cordeiros nasciam e cresciam; a tosa veio e passou; um verão quente queimou a relva. O outono dissolveu-se em chuva. Então, vindo do Leste em um vento nebuloso, Hirilondë retornou por sobre os mares cinzentos, trazendo Aldarion a Rómenna; e mandaram aviso a Emerië, mas Erendis não falou a respeito. Não havia ninguém para saudar Aldarion no cais. Ele cavalgou através da chuva até Armenelos; e encontrou sua casa fechada. Ficou consternado, mas não quis pedir notícias a ninguém. Resolveu primeiro procurar o Rei, pois acreditava que tinha muito a lhe dizer.

Teve uma recepção não mais calorosa do que esperava; e Meneldur lhe falou como um Rei a um capitão cuja conduta está em questão. "Passaste muito tempo fora", repreendeu-lhe com frieza. "Agora mais de três anos se passaram desde a data que marcaste para a volta."

"Ai de mim!", lamentou Aldarion. "Até mesmo eu me cansei do mar, e há muito tempo meu coração anseia pelo oeste. Mas fui retido contra minha vontade: há muito o que fazer. E tudo anda para trás na minha ausência."

"Não duvido disso", respondeu Meneldur. "Descobrirás que isso é verdade também aqui, na tua própria terra, receio dizer."

"Isso eu espero reparar", disse Aldarion. "Mas o mundo está mudando outra vez. Lá fora passaram-se cerca de mil anos desde que os Senhores do Oeste enviaram seu poderio contra Angband; e esses dias estão esquecidos, ou envoltos em obscuras lendas entre os Homens da Terra-média. Eles estão perturbados de novo, e o medo os assombra. Desejo imensamente consultar-me contigo, prestar conta de meus atos e expor meu pensamento acerca do que deve ser feito."

"Hás de fazê-lo", falou Meneldur. "Na verdade é o mínimo que espero. Mas há outros assuntos que julgo mais urgentes. 'Que um Rei primeiro governe bem sua própria casa antes de corrigir os demais', é o que se diz. Isso vale para todos os homens. Agora vou te aconselhar, filho de Meneldur. Tu também tens tua própria vida. Metade de ti sempre negligenciaste. A ti digo agora: Vai para casa!"

Aldarion de repente ficou imóvel, e seu rosto era severo. "Se sabes, diz-me", retrucou ele. "Onde é minha casa?"

"Onde tua esposa está", orientou Meneldur. "Faltaste com tua palavra para com ela, por necessidade ou não. Ela agora habita em Emerië, em sua própria casa, longe do mar. Para lá tu tens de ir imediatamente."

"Se tivessem me deixado algum aviso para onde ir, eu teria ido diretamente do porto", justificou-se Aldarion. "Mas agora pelo menos não preciso pedir informações a estranhos." Então voltou-se para partir, mas se deteve. "O capitão Aldarion esqueceu algo que pertence à sua outra metade, que em sua obstinação ele também considera urgente. Ele tem uma carta que foi encarregado de entregar ao Rei em Armenelos." Apresentando-a a Meneldur, inclinou-se e saiu do aposento; e em uma hora já tinha montado e partido a cavalo, apesar de estar caindo a noite. Tinha consigo apenas dois companheiros, homens do seu navio: Henderch das Terras-do-Oeste e Ulbar, proveniente de Emerië.

Cavalgando depressa, chegaram a Emerië ao cair da noite seguinte, e os homens e cavalos estavam exaustos. Fria e branca parecia a casa na colina, num último brilho do pôr do sol sob as nuvens. Deu um toque de trompa assim que a viu de longe.

Ao saltar do cavalo no pátio dianteiro, viu Erendis: trajando branco, estava de pé na escada que subia até as colunas diante da porta. Mantinha-se ereta; mas, ao aproximar-se, ele viu que estava pálida e tinha os olhos demasiado brilhantes.

"Chegas tarde, meu senhor", disse ela. "Há muito deixei de te esperar. Temo que não haja uma recepção preparada para ti tal como fiz quando era tua hora de chegar."

"Os marinheiros não são difíceis de agradar", respondeu ele. "Ainda bem", devolveu ela; e voltou para dentro da casa, deixando-o. Então adiantaram-se duas mulheres, e uma velha enrugada que desceu a escada. Quando Aldarion entrou, ela se dirigiu aos homens em alta voz, de modo que ele pudesse ouvi-la. "Não há alojamento para vós aqui. Descei para a propriedade ao pé da colina!"

"Não, Zamîn", respondeu Ulbar. "Não vou ficar. Vou para casa, com a permissão do Senhor Aldarion. Está tudo bem lá?"

"Bastante", garantiu ela. "Teu filho comeu tanto que o pai lhe saiu da lembrança. Mas vai, e encontra tuas próprias respostas! Lá tua acolhida será mais calorosa que a de teu Capitão."

Erendis não veio à mesa no seu jantar tardio, e Aldarion foi servido por mulheres em uma sala à parte. Mas, antes que ele terminasse, ela entrou, e disse diante das mulheres: "Deves estar exausto, meu senhor, depois de tanta pressa. Um quarto de hóspedes está preparado para quando desejares. Minhas mulheres vão servir-te. Se sentires frio, manda fazer fogo."

Aldarion nada respondeu. Recolheu-se cedo ao quarto de dormir e, como agora estava exausto de fato, jogou-se na cama e logo esqueceu as sombras da Terra-média e de Númenor em um sono pesado. Mas ao cantar do galo despertou em grande inquietação e raiva. Levantou-se imediatamente, e pensou em sair da casa sem ruído. Pretendia encontrar seu companheiro Henderch e os cavalos, para cavalgar até seu parente Hallatan, o senhor dos carneiros de Hyarastorni. Mais tarde intimaria Erendis a trazer sua filha a Armenelos, e não trataria com ela em seu próprio terreno. Mas, quando se dirigia para a porta, Erendis adiantou-se. Não se deitara na cama naquela noite e postou-se diante dele na soleira.

"Partes mais rápido do que chegou, meu senhor", observou ela. "Espero que (sendo um marinheiro) já não tenhas achado enfadonha esta casa de mulheres, para partires assim antes de resolver teus negócios. Por sinal, que negócios te trouxeram aqui? Posso sabê-lo antes que partas?"

"Disseram-me em Armenelos que minha esposa estava aqui e que para cá havia trazido minha filha", respondeu ele. "Enganei-me quanto à esposa, ao que parece, mas não tenho uma filha?" "Tu tinhas uma alguns anos atrás", assentiu ela. "Mas minha filha ainda não se levantou." "Então ela que se levante, enquanto vou buscar meu cavalo", ordenou Aldarion.

Erendis teria evitado que Ancalimë se encontrasse com ele naquela ocasião; mas temia chegar a ponto de perder a estima do Rei, e o Conselho[24] havia muito tempo demonstrara seu descontentamento pela educação da criança no interior. Portanto, quando Aldarion voltou a cavalo, com Henderch a seu lado, Ancalimë estava de pé ao lado da mãe, na soleira. Mantinha-se ereta e firme como a mãe, e não lhe fez reverência quando ele apeou e subiu a escada em sua direção. "Quem és tu?", perguntou ela. "E por que me fazes levantar tão cedo, antes que haja movimento na casa?"

Aldarion olhou-a incisivo e, embora seu rosto estivesse severo, ele sorria por dentro: pois via ali uma filha à sua maneira, e não de Erendis, a despeito de todos os seus ensinamentos.

"Tu me conheceste outrora, Senhora Ancalimë", respondeu ele, "mas não importa. Hoje sou apenas um mensageiro de Armenelos, para lembrar-te de que és a filha do Herdeiro do Rei; e (até onde me seja dado ver agora) hás de ser Herdeira dele por tua vez. Não morarás sempre aqui. Mas agora volta à tua cama, minha senhora, se assim desejares, até que tua aia desperte. Apresso-me a ir ao encontro do Rei. Adeus!" Beijou a mão de Ancalimë e desceu a escadaria. Montou então e partiu, com um aceno de mão.

Erendis, sozinha à janela, observou-o descendo a colina, e notou que cavalgava para Hyarastorni, e não para Armenelos. Então chorou de pesar, porém ainda mais de raiva. Esperara alguma penitência, para que após a censura ela pudesse conceder um perdão, caso fosse pedido; mas ele a tratara como se fosse ela a ofensora, e a ignorara diante de sua filha. Tarde demais recordou as palavras de Núneth de muito tempo atrás, e agora via Aldarion como algo grande, que não podia ser domado, impelido por uma vontade feroz, mais perigoso quando frio. Ergueu-se e deu as costas à janela, pensando nas injustiças sofridas. "Perigoso!" disse. "Mas eu sou de aço duro de quebrar. Isso ele descobriria mesmo que fosse o Rei de Númenor."

Aldarion seguiu a cavalo até Hyarastorni, o lar de seu primo Hallatan; pois ali pretendia descansar um pouco e pensar. Quando se aproximou, ouviu o som de música e encontrou os pastores festejando o retorno de Ulbar, com muitos relatos maravilhosos e muitos presentes. A esposa de Ulbar, coroada com uma grinalda, dançava com ele ao som de flautas. Inicialmente ninguém o notou, e ficou sentado em seu cavalo, observando com um sorriso; mas aí de repente Ulbar exclamou "O Grande Capitão!", e seu filho Îbal adiantou-se correndo até o estribo de Aldarion. "Senhor Capitão!", disse, ansioso.

"Que é? Estou com pressa", impacientou-se Aldarion; pois agora seu humor mudara, e ele se sentia irado e amargurado.

"Queria só perguntar", falou o menino, "que idade um homem precisa ter para poder atravessar o mar num navio, como meu pai?"

"Precisa ter a idade das colinas, e mais nenhuma outra esperança na vida", respondeu Aldarion. "Ou quando bem entender! Mas tua mãe, filho de Ulbar, não quer me saudar?"

Quando a esposa de Ulbar se adiantou, Aldarion tomou-lhe a mão. "Aceitarás isto de mim?", perguntou. "É apenas uma pequena retribuição pelos seis anos de auxílio de um bom homem que tu me deste." Então tirou de uma bolsa debaixo da túnica uma joia vermelha como fogo, em uma tira de ouro, e insistiu para que ela a pegasse. "Veio do Rei dos Elfos", explicou. "Mas ele saberá que foi bem concedida quando eu lhe contar." Então Aldarion despediu-se das pessoas que lá estavam e partiu, já sem intenção de ficar naquela casa. Quando Hallatan ouviu falar dessa estranha ida e vinda, assombrou-se, até que outras notícias percorressem a região.

Aldarion pouco se afastara de Hyarastorni quando fez o cavalo parar e falou com seu companheiro Henderch. "Seja qual for a recepção que te aguardes lá no Oeste, amigo, não vou privar-te dela. Agora segue para casa com meus agradecimentos. Pretendo seguir sozinho."

"Não é apropriado, Senhor Capitão", observou Henderch.

"Não é", concordou Aldarion. "Mas é assim que será. Adeus!"

Cavalgou então sozinho até Armenelos, e nunca mais pôs os pés em Emerië.

Quando Aldarion saiu do aposento, Meneldur olhou, intrigado, para a carta que o filho lhe dera; pois viu que vinha do Rei Gil-galad em Lindon. Estava lacrada e trazia seu emblema de estrelas brancas sobre um círculo azul.[25] Na dobra externa estava escrito:

> Dada em Mithlond em mão ao Senhor Aldarion, Herdeiro do Rei de Númenórë, para ser entregue em pessoa ao Alto Rei em Armenelos.

Então Meneldur rompeu o lacre e leu:

> Ereinion Gil-galad, filho de Fingon, a Tar-Meneldur da linhagem de Eärendil, saudação: que os Valar te protejam e nenhuma sombra caia sobre a Ilha dos Reis.
>
> Há muito tempo devo-te gratidão, por tantas vezes teres me enviado teu filho Anardil Aldarion: o maior Amigo-dos-Elfos que existe agora entre os Homens, segundo creio. Neste momento, peço-te perdão se o retive demasiado a meu serviço, pois eu tinha grande necessidade do conhecimento dos Homens e de seus idiomas que somente ele possui. Muitos perigos ele enfrentou para trazer-me conselhos. Da minha necessidade ele falar-te-á; no entanto, por ser jovem e cheio de esperança, ele não suspeita de sua real extensão. Portanto escrevo estas linhas para os olhos do Rei de Númenórë apenas.
>
> Uma nova sombra ergue-se no Leste. Não é tirania de Homens maus, como crê teu filho; mas um servo de Morgoth se agita,

e coisas perversas voltam a despertar. A cada ano ganha forças, pois a maioria dos Homens está madura para seu propósito. Não está longe o dia, segundo julgo, em que se tornará forte demais para que os Eldar lhe resistam sem auxilio. Portanto, toda vez que avisto um alto navio dos Reis de Homens, meu coração se alivia. E agora atrevo-me a solicitar tua ajuda. Se tiveres disponível alguma tropa de Homens, peço-te que a ceda a mim. Teu filho te fará um relato, se assim desejar, de todas as nossas razões. Mas em suma ele julga (e julga sempre com sabedoria) que, quando vier o ataque, como certamente virá, deveríamos tentar manter a salvo as Terras-do-Oeste, onde ainda habitam os Eldar, e Homens de tua raça, cujos corações ainda não se obscureceram. Ao menos devemos defender Eriador em volta dos longos rios a oeste das montanhas que chamamos de Hithaeglir, nossa principal defesa. Mas nessa muralha de montanhas há uma grande falha ao sul, na terra de Calenardhon; e por essa via deverá vir a incursão do Leste. A hostilidade já se esgueira ao longo da costa naquela direção. Poderia ser defendida e o ataque ser impedido, se dominássemos alguma posição de poder na praia próxima.

Assim viu há muito tempo o Senhor Aldarion. Em Vinyalondë na foz do Gwathló muito empenhou-se ele para estabelecer um tal porto, seguro contra o mar e a terra; mas suas enormes obras foram em vão. Ele tem grandes conhecimentos em tais assuntos, pois muito aprendeu com Círdan, e conhece melhor que ninguém as necessidades de teus grandes navios. Mas nunca tem homens suficientes, enquanto Círdan não tem artesãos ou pedreiros que possa ceder.

O Rei conhecerá suas próprias necessidades; mas, se escutar favoravelmente o Senhor Aldarion, e o apoiar como puder, então a esperança crescerá no mundo. As lembranças da Primeira Era são indistintas, e todas as coisas na Terra-média tornam-se mais frias. Que não decline também a antiga amizade entre os Eldar e os Dúnedain.

Eis que a escuridão vindoura está plena de ódio por nós, mas vos odeia igualmente. O Grande Mar não será amplo demais para suas asas, se permitirmos que ela se desenvolva plenamente.

Que Manwë te mantenha sob o Uno, e que envie bons ventos às vossas velas.

Meneldur deixou o pergaminho cair no colo. Grandes nuvens carregadas por um vento vindo do Leste traziam uma escuridão precoce, e os altos círios a seu lado pareciam minguar na penumbra que enchia seu aposento. "Que Eru me chame antes de chegar um tempo desses!", exclamou em voz alta. Então, disse consigo mesmo: "Ai de mim! Que seu orgulho e minha frieza por tanto tempo tenham mantido nossas mentes separadas. Mas agora, antes do que eu pretendia, a decisão sábia será renunciar ao Cetro em favor dele. Pois esses assuntos estão além de meu alcance.

"Quando os Valar nos concederam a Terra da Dádiva, não nos fizeram seus representantes: recebemos o Reino de Númenor, não o mundo. Eles são os Senhores. Aqui devíamos afastar o ódio e a guerra; pois a guerra terminara, e Morgoth havia sido expulso de Arda. Assim julguei, e assim me ensinaram.

"No entanto, se o mundo novamente se obscurece, os Senhores devem sabê-lo; e não me enviaram nenhum sinal. A não ser que este seja o sinal. E então o quê? Nossos pais foram recompensados pelo auxílio que prestaram na derrota da Grande Sombra. Seus filhos hão de ficar à parte, caso o mal volte a erguer-se?

"Não posso governar com tantas dúvidas. Fazer preparativos ou deixar como está? Fazer preparativos para a guerra, que por enquanto é apenas suspeitada: treinar artesãos e lavradores em meio à paz para derramamento de sangue e batalha; pôr o ferro nas mãos de capitães cobiçosos que amam somente a conquista, e contam os mortos como sua glória? Dirão a Eru: 'Ao menos seus inimigos estavam entre eles?' Ou cruzar as mãos enquanto os amigos morrem injustamente: permitir que os homens vivam numa paz cega, até que o invasor esteja diante do portão? Então o que farão: enfrentarão as armas com as mãos nuas e morrerão por nada, ou fugirão deixando atrás de si os gritos das mulheres? Dirão a Eru: 'Ao menos não derramei sangue?'

"Quando ambos os caminhos podem conduzir ao mal, de que vale a escolha? Que os Valar governem sob Eru! Renunciarei ao Cetro em favor de Aldarion. Porém também isso é uma escolha, pois bem sei qual caminho tomará. A não ser que Erendis..." Então o pensamento de Meneldur voltou-se, inquieto, para Erendis em Emerië. "Mas lá há pouca esperança (se é que pode ser chamada esperança). Ele não se curvará em assuntos tão graves. Conheço a escolha de Erendis — mesmo que ela se dispusesse a escutar o bastante para compreender. Pois seu coração não tem asas além de Númenor, e ela não imagina o custo. Se sua escolha a levasse à morte no seu próprio tempo, ela morreria com bravura. Mas o que fará com a vida, e com outras vontades? Os próprios Valar, assim como eu, terão de esperar para descobrir."

Aldarion retornou a Rómenna no quarto dia depois que Hirilondë voltara ao porto. Estava sujo da viagem e exausto, e foi imediatamente até Eämbar, a bordo do qual agora pretendia morar. Àquela altura, como descobriu para seu amargor, muitas línguas já tagarelavam na Cidade. No dia seguinte, reuniu homens em Rómenna e os levou a Armenelos. Lá mandou alguns derrubarem todas as árvores, salvo uma, em seu jardim, e levarem-nas aos estaleiros; outros mandou arrasarem sua casa. Apenas poupou a branca árvore-élfica; e, quando os lenhadores haviam partido, olhou para ela, de pé em meio à desolação, e viu pela primeira vez que era bela por si só. No seu lento crescimento élfico, ainda se erguia somente a doze pés, reta, esguia, jovem, agora carregada de botões das suas flores de inverno em ramos levantados que apontavam o céu. Lembrava-lhe sua filha, e ele anunciou: "Chamar-te-ei também de Ancalimë. Que tu e ela assim vos ergais em vida longa, sem vos dobrardes diante do vento nem da vontade, e sem serdes podadas!"

No terceiro dia depois de retornar de Emerië, Aldarion foi ter com o Rei. Tar-Meneldur permanecia imóvel em sua cadeira e esperava. Contemplando o filho, sentiu medo; pois Aldarion mudara: seu rosto se tornara cinzento, frio e hostil, como o mar quando o sol é subitamente envolvido por nuvens opacas. Em pé diante do pai, falou lentamente em tom de desprezo, e não de ira. "Tu mesmo sabes melhor do que ninguém o papel que desempenhaste neste caso", disse. "Mas um Rei deveria levar em consideração quanto um homem suporta, por muito que seja súdito, até mesmo seu filho. Se pretendias agrilhoar-me a esta Ilha, então escolheste mal tua corrente. Agora não me resta nem esposa, nem amor por esta terra. Partirei desta mal-encantada ilha de ilusões onde as mulheres, em sua insolência, querem fazer com que os homens se encolham. Usarei meus dias para alguma finalidade em outro lugar, onde não sou desdenhado e sou recebido com mais honras. Poderás encontrar outro Herdeiro mais adequado ao papel de criado doméstico. Da minha herança exijo apenas isto: o navio Hirilondë e tantos homens quantos ele comportar. Também levaria minha filha, se fosse mais velha: mas vou confiá-la à minha mãe. A não ser que tenhas um fraco por carneiros, tu não o impedirás, e não permitirás que a criança tenha seu desenvolvimento prejudicado, criada entre mulheres mudas em fria insolência e desprezo por sua família. Ela pertence à Linhagem de Elros, e tu não terás outro descendente através de teu filho. Terminei. Agora vou tratar de negócios mais lucrativos."

Até esse ponto Meneldur permanecera sentado paciente, de olhos baixos, e não fizera nenhum sinal. Mas então suspirou e ergueu os olhos. "Aldarion, meu filho", falou com tristeza, "o Rei diria que também tu demonstras fria insolência e desprezo por tua família, e que tu próprio condenas os outros sem ouvi-los; mas teu pai, que te ama e se aflige por ti, perdoará isso. Não é apenas culpa minha que até agora eu não tenha entendido teus propósitos. Mas quanto ao que sofreste (assunto sobre o qual gente demais agora está falando), não tenho culpa. Amei Erendis e, como nossos corações têm inclinação semelhante, pensei que ela teve muitas dificuldades para suportar. Agora teus propósitos, meu filho, tornaram-se claros para mim, embora, caso tu estejas disposto a ouvir algo diverso de elogios, eu diria que inicialmente também teu próprio prazer te conduziu. E pode ser que as coisas tivessem tomado outro rumo se tu tivesses falado com maior franqueza muito tempo atrás."

"O Rei pode ter aí algum agravo", exclamou Aldarion, agora com mais veemência, "mas não aquela da qual falas! Com ela, pelo menos, falei longa e frequentemente: a ouvidos frios e incompreensivos. Do mesmo modo um menino inquieto falaria de subir em árvores a uma ama que só se preocupasse com roupas rasgadas e o horário certo das refeições! Eu a amo, ou haveria de me importar menos. Manterei o passado em meu coração; o futuro está morto. Ela não me ama, nem a nada mais. Ela ama a si mesma, com Númenor por pano de fundo, e a mim como a um cão manso que cochila perto do fogão até que ela decida caminhar nos seus próprios campos. Mas, como os cães agora parecem demasiado vulgares, ela quer ter Ancalimë para piar numa gaiola. Mas basta disso. Tenho permissão do Rei para partir? Ou ele tem algum comando?"

"O Rei", respondeu Tar-Meneldur, "muito pensou sobre esses assuntos, no que parecem ser os longos dias desde que tu estiveste em Armenelos pela última vez. Ele leu a carta de Gil-galad, que tem um tom sincero e grave. Infelizmente, ao pedido dele e aos teus desejos o Rei de Númenor tem de dizer 'não'. Ele não pode fazer outra coisa, de acordo com sua compreensão dos riscos de um e outro caminho: preparar-se para a guerra, ou não se preparar."

Aldarion deu de ombros e deu um passo, como se fosse partir. Mas Meneldur ergueu a mão, exigindo atenção, e prosseguiu: "No entanto, o Rei, apesar de agora ter governado a terra de Númenor por cento e quarenta e dois anos, não tem certeza de que sua compreensão do assunto seja suficiente para uma decisão justa em casos de tão grande importância e risco." Fez uma pausa, e, tomando um pergaminho escrito de próprio punho, leu-o com voz clara:

> Portanto: primeiramente pela honra de seu filho bem-amado; e em segundo lugar para a melhor direção do reino em

cursos que seu filho compreende com maior clareza, o Rei resolveu: que renunciará imediatamente ao Cetro em favor de seu filho, que há de tornar-se agora Tar-Aldarion, o Rei.

"Isso", continuou Meneldur, "quando for proclamado, tornará conhecido de todos meu pensamento acerca da presente situação. Vai elevar-te acima do desdém; e libertará teus poderes de forma que outras perdas pareçam mais fáceis de suportar. A carta de Gil-galad, tu, quando fores Rei, hás de respondê-la como achar mais conveniente ao detentor do Cetro."

Aldarion ficou imóvel por um momento, estupefato. Preparara-se para enfrentar a ira do Rei que ele voluntariamente se dispusera a inflamar. Agora via-se desconcertado. Então, como alguém que é arrebatado por um vento súbito de direção inesperada, caiu de joelhos diante do pai; porém um momento depois ergueu a cabeça que inclinara e riu — sempre fazia assim quando ouvia falar de algum ato de grande generosidade, pois isso lhe alegrava o coração.

"Pai", suplicou, "pede ao Rei que esqueça minha insolência diante dele. Pois ele é um grande Rei, e sua humildade o coloca muito acima de meu orgulho. Estou dominado: submeto-me totalmente. É inconcebível que um tal Rei haja de renunciar ao Cetro enquanto goza de vigor e sabedoria."

"No entanto, assim está resolvido", sentenciou Meneldur. "O Conselho há de ser convocado imediatamente."

Quando o Conselho se reuniu, depois de passados sete dias, Tar-Meneldur deu-lhes a conhecer sua resolução, e pôs diante deles o rolo. Todos se espantaram então, sem saber ainda quais eram os cursos de que o Rei falava; e todos objetaram, pedindo-lhe que postergasse sua decisão, exceto Hallatan de Hyarastorni. Pois ele havia muito tinha em estima seu parente Aldarion, embora sua própria vida e preferências fossem bem diversas; e julgou que o ato do Rei era nobre e calculado com astúcia, já que tinha de ser.

Mas aos demais, que propunham isto ou aquilo contra sua resolução, Meneldur respondeu: "Não foi sem pensar que cheguei a esta resolução, e em meu pensamento considerei todas as razões que vós sabiamente apresentais. É agora e não mais tarde a hora mais adequada para que se publique minha vontade, por motivos que todos devem imaginar, apesar de nenhum dos presentes tê-los pronunciado. Portanto, que este decreto seja proclamado imediatamente. Mas, se quiserdes, ele não há de ter efeito até o tempo da *Erukyermë* na primavera. Até lá, deterei o Cetro."

Quando chegaram notícias a Emerië sobre a proclamação do decreto, Erendis ficou consternada; pois lia nele uma repreensão vinda do Rei em cujo favor confiara. Percebia-o corretamente, mas não imaginava que houvesse por trás algo de maior importância. Logo depois chegou uma mensagem de Tar-Meneldur, um comando, na verdade, apesar de expresso de modo elegante. Ela era convidada a vir a Armenelos e trazer consigo a senhora Ancalimë, para que lá morassem pelo menos até a *Erukyermë* e a proclamação do novo Rei.

"É rápido no golpe", pensou ela. "Eu devia tê-lo previsto. Vai despojar-me de tudo. Mas a mim não há de comandar, por muito que seja, através da boca de seu pai."

Portanto respondeu a Tar-Meneldur: "Rei e pai, minha filha Ancalimë deve ir de fato, já que tu o ordenas. Peço que consideres sua idade, e cuides para que ela seja alojada com tranquilidade. Quanto a mim, peço que me desculpes. Ouvi dizer que minha casa em Armenelos foi destruída; e neste momento não apreciaria ser hóspede, especialmente num navio-residência entre marinheiros. Aqui me permitas então permanecer em minha solidão, a não ser que seja vontade do Rei retomar também esta casa."

Tar-Meneldur leu esta carta com preocupação, mas ela errou o alvo em seu coração. Mostrou-a a Aldarion, a quem parecia dirigida mormente. Então Aldarion leu a carta; e o Rei, contemplando o rosto do filho, disse: "Sem dúvida tu estás aflito. Porém o que mais esperavas?"

"Não isso, pelo menos", confessou Aldarion. "Está muito abaixo da esperança que depositava nela. Ela minguou; e, se provoquei isso, então é negra minha culpa. Mas os grandes diminuem na adversidade? Não era essa a maneira, nem mesmo por ódio ou vingança! Ela devia ter exigido que lhe fosse preparada uma grande casa, solicitado uma escolta de Rainha e voltado a Armenelos com sua beleza adornada, regiamente, com a estrela em sua fronte. Poderia então ter enfeitiçado quase toda a Ilha de Númenor em seu favor, e ter-me feito parecer um louco e um grosseirão. Que os Valar sejam minhas testemunhas, eu preferiria que fosse assim: antes uma bela Rainha para me frustrar e escarnecer de mim do que a liberdade de governar enquanto a Senhora Elestirnë recai, obscura, em seu próprio crepúsculo."

Então, com um riso amargo, devolveu a carta ao Rei. "Bem: assim é", encerrou. "Mas se a uma pessoa desagrada morar num navio entre marinheiros, a outra pode-se desculpar a ojeriza por uma fazenda de carneiros entre criadas. Mas não permitirei que minha filha seja educada assim. Ao menos ela há de escolher com conhecimento." Ergueu-se e pediu licença para partir.

O Desenrolar Posterior da Narrativa

A partir do ponto em que Aldarion leu a carta em que Erendis se recusava a voltar a Armenelos, a história só pode ser acompanhada em vislumbres e pedaços, de notas e rascunhos: e até mesmo estes não constituem fragmentos de uma história totalmente consistente, visto que foram compostos em épocas diferentes e que frequentemente se contradizem.

Parece que, quando se tornou Rei de Númenor no ano de 883, Aldarion decidiu revisitar a Terra-média imediatamente, e partiu para Mithlond no mesmo ano ou no seguinte. Está registrado que não colocou na proa de Hirilondë nenhum ramo de *oiolairë*, e sim a imagem de uma águia de bico dourado e olhos feitos de pedras preciosas, que era presente de Círdan.

Lá estava pousada, pela arte de quem a fizera, como que pronta a voar certeira até uma meta distante que divisara. "Este sinal há de nos conduzir ao nosso alvo", anunciou ele.

"Da nossa volta que cuidem os Valar — se nossos atos não lhes desagradarem."

Também está dito que "agora não restam relatos das viagens posteriores que Aldarion fez", mas que "sabe-se que foi longe por terra assim como por mar, e subiu o Rio Gwathló até Tharbad, onde se encontrou com Galadriel". Não há menção desse encontro em outra parte; mas naquela época Galadriel e Celeborn habitavam em Eregion, não muito longe de Tharbad (ver p. 318–19).

Mas todos os esforços de Aldarion foram anulados. As obras que reiniciou em Vinyalondë nunca foram completadas, e o mar as corroeu.[26] No entanto, estabeleceu as bases para o empreendimento de Tar-Minastir muitos anos após, na primeira guerra contra Sauron; e, não fosse por suas obras, as frotas de Númenor não poderiam ter trazido seu poderio a tempo ao lugar certo — como ele previa. A hostilidade já crescia, e homens obscuros vindos das montanhas forçavam entrada em Enedwaith. Mas, no tempo de Aldarion, os Númenóreanos ainda não desejavam mais espaço, e seus Aventureiros continuaram sendo um grupo pequeno, admirado, mas pouco imitado.

Não há menção de nenhuma evolução posterior da aliança com Gil-galad, ou do envio do auxílio que ele pedira na carta a Tar-Meneldur. Na verdade, está dito que:

Aldarion chegou tarde demais, ou cedo demais. Tarde demais: pois o poder que odiava Númenor já despertara. Cedo demais: pois ainda não era hora de Númenor mostrar seu poderio ou retornar à batalha pelo mundo.

Houve uma comoção em Númenor quando Aldarion resolveu voltar à Terra-média em 883 ou 884, pois nenhum Rei jamais deixara a Ilha antes, e o Conselho não tinha precedente. Parece que a regência foi oferecida a Meneldur, que a recusou, e que Hallatan de Hyarastorni se tornou regente, quer nomeado pelo Conselho, quer pelo próprio Tar-Aldarion.

Da história de Ancalimë durante os anos de seu crescimento não há forma certa. Há menos dúvidas acerca do seu caráter um tanto ambíguo, e da influência que a mãe exercia sobre ela. Era menos rígida que Erendis, e por natureza apreciava ostentação, joias, música, admiração e deferência. No entanto, apreciava-as quando tinha vontade e não ininterruptamente, e fazia da mãe e da casa branca em Emerië uma desculpa para escapar. Aprovava, por assim dizer, tanto o tratamento de Aldarion por Erendis quando aquele retornou tarde, como também a ira de Aldarion, sua impenitência e sua subsequente rejeição implacável a Erendis, que a excluiu de seu coração e de sua consideração. Desagradava profundamente a Ancalimë o casamento obrigatório, e no casamento lhe desagradava qualquer restrição da sua vontade. Sua mãe falara incessantemente contra os homens, e de fato está preservado um notável exemplo dos ensinamentos de Erendis a esse respeito:

> Os homens de Númenor são Meio-Elfos (disse Erendis), em especial os nobres; não são nem uma coisa nem outra. A vida longa que lhes foi concedida engana-os, e brincam no mundo, crianças na mente, até que a velhice os encontre — e então muitos só abandonam a brincadeira ao ar livre pela brincadeira em suas casas. Transformaram sua brincadeira em assuntos importantes, e assuntos importantes em brincadeira. Gostariam de ser artesãos, mestres-do-saber e heróis, tudo ao mesmo tempo; e as mulheres são para eles apenas chamas na lareira — para outros cuidarem até que eles se cansem de brincar, à tardinha. Todas as coisas foram feitas para servi-los: as colinas são para pedreiras, os rios para fornecer água ou girar rodas, as árvores para tábuas, as mulheres para a necessidade de seu corpo ou, se forem belas, para adornar sua mesa e seu lar; e crianças para serem provocadas quando não há mais nada para fazer — mas brincariam da mesma forma com as crias dos seus cães. São corteses e bondosos com todos, joviais como cotovias pela manhã (se brilhar o sol),

pois nunca se encolerizam se puderem evitá-lo. Os homens devem ser alegres, afirmam, generosos como os ricos, dando o que não necessitam. Mostram ira somente quando se dão conta, de repente, de que existem outras vontades no mundo além da sua. Então são implacáveis como o vento do mar se qualquer coisa ousar se opor a eles.

Assim é, Ancalimë, e não podemos alterar isso. Pois os homens formaram Númenor: os homens, esses heróis de outrora dos quais eles cantam — de suas mulheres ouvimos falar menos, exceto que choravam quando seus homens eram mortos. Númenor devia ser um repouso após a guerra. Mas, quando se cansam do repouso e dos jogos da paz, logo voltam ao seu grande jogo, assassinato e guerra. Assim é; e fomos postas aqui entre eles. Mas não temos de consentir. Se também nós amamos Númenor, vamos desfrutá-la antes que eles a arruínem. Também nós somos filhas dos grandes, e temos nossas próprias vontades e coragem. Portanto não te curves, Ancalimë. Uma vez que estejas curvada um pouco, eles te curvarão mais até que tu estejas inclinada até o chão. Deita tuas raízes na rocha, e enfrenta o vento, por muito que ele leve todas as tuas folhas.

Além disso, e com influência mais forte, Erendis acostumara Ancalimë à companhia de mulheres: a vida fresca, tranquila, suave em Emerië, sem interrupções ou alarmes. Os meninos, como Îbal, gritavam. Os homens vinham cavalgando, tocando trompas em horas estranhas, e eram alimentados com grande barulho. Geravam filhos e os deixavam aos cuidados das mulheres quando davam trabalho. E, embora o parto tivesse menos males e perigos, Númenor não era um "paraíso terrestre", e a exaustão do trabalho ou de todo o fazer não fora removida.

Ancalimë, assim como o pai, era resoluta na consecução de suas políticas; e, assim como ele, era obstinada, tomando o caminho oposto a qualquer um que lhe aconselhasse. Tinha um pouco da frieza e do sentido de ofensa pessoal da mãe; e no fundo de seu coração, quase mas não totalmente esquecida, estava a firmeza com que Aldarion soltara sua mão e a pusera no chão quando ele estava com pressa de partir. Amava apaixonadamente as colinas de seu lar, e (como dizia) nunca em sua vida conseguia dormir tranquila longe do som dos carneiros. Mas não recusou o título de Herdeira, e determinou que, quando chegasse seu dia, seria uma poderosa Rainha Governante; e, quando assim fosse, viveria onde e como lhe agradasse.

Parece que, por durante uns dezoito anos depois de tornar-se Rei, Aldarion frequentemente deixava Númenor; e durante esse tempo Ancalimë passava os dias tanto em Emerië como em Armenelos, pois a Rainha Almarian muito se afeiçoou a ela e lhe fazia as vontades como fizera as vontades de Aldarion em sua juventude. Em Armenelos todos, e Aldarion não menos, a tratavam com deferência; e apesar de ela inicialmente se sentir pouco à vontade, sentindo falta dos amplos ares de seu lar, acabou por não se sentir mais embaraçada, e se deu conta de que os homens contemplavam maravilhados sua beleza, que agora alcançara a plenitude. À medida que amadurecia, tornava-se cada vez mais voluntariosa e considerava irritante a companhia de Erendis, que se comportava como viúva e não queria ser Rainha; continuava, porém, a retornar a Emerië, tanto para refugiar-se de Armenelos como por desejar com isso aborrecer Aldarion. Era esperta e maliciosa, e via a possibilidade de se divertir no papel do troféu pelo qual competiam sua mãe e seu pai.

No ano de 892, pois, quando Ancalimë tinha dezenove anos de idade, foi proclamada Herdeira do Rei (em idade muito mais precoce do que ocorrera antes, ver p. 287); e naquela época Tar-Aldarion fez com que fosse alterada a lei da sucessão em Númenor. Está dito especificamente que Tar-Aldarion agiu assim "por motivos de consideração particular, mais que por política", e movido por "sua antiga resolução de derrotar Erendis". A mudança da lei está mencionada em *O Senhor dos Anéis*, Apêndice A, I, i:

O sexto Rei [Tar-Aldarion] deixou apenas uma descendente, uma filha. Ela se tornou a primeira Rainha [isto é, Rainha

Governante]; pois foi feita então uma lei da casa real de que o descendente mais velho do Rei, fosse homem ou mulher, receberia o cetro.

Mas em outro lugar a nova lei é formulada de outra maneira. O relato mais completo e claro afirma primeiro que a "antiga lei", como se chamou depois disso, não era de fato uma "lei" númenóreana, e sim um costume herdado que as circunstâncias ainda não haviam questionado; e de acordo com esse costume o filho mais velho do Governante herdava o Cetro. Entendia-se que, caso não houvesse filho, o parente homem mais próximo *descendente* de Elros Tar-Minyatur *pela linha masculina* seria o Herdeiro. Assim, se Tar-Meneldur não tivesse tido filho, o Herdeiro não teria sido seu sobrinho Valandil (filho de sua irmã Silmarien), mas sim seu primo Malantur (neto de Eärendur, irmão mais novo de Tar-Elendil). Mas pela "nova lei" a filha (mais velha) do Governante herdava o Cetro, caso ele não tivesse filho (o que está, evidentemente, em contradição com o que se diz em *O Senhor dos Anéis*). Por sugestão do Conselho acrescentou-se que ela teria a liberdade de recusar.[27] Em tal caso, de acordo com a "nova lei", o herdeiro do Governante era o parente homem mais próximo, fosse pela linha masculina, fosse pela feminina. Assim, se Ancalimë tivesse recusado o Cetro, o herdeiro de Tar-Aldarion teria sido Soronto, filho de sua irmã Ailinel; e, se Ancalimë tivesse renunciado ao Cetro ou morrido sem filhos, Soronto da mesma forma teria sido seu herdeiro.

Também foi estabelecido, por insistência do Conselho, que uma herdeira teria de renunciar se permanecesse solteira além de determinada idade; e a essas provisões Tar-Aldarion acrescentou que o Herdeiro do Rei não deveria se casar, a não ser na Linhagem de Elros, e que todos os que fizessem o contrário deixariam de ser elegíveis à posição de Herdeiro. Diz-se que essa estipulação decorreu diretamente do casamento desastroso de Aldarion com Erendis, e de suas reflexões a respeito; pois Erendis, não sendo da Linhagem de Elros, tinha um tempo de vida mais reduzido, e Aldarion cria que nisso residia a raiz de todos os seus aborrecimentos.

Inquestionavelmente essas provisões da "nova lei" foram registradas em tanto detalhe porque teriam influência significativa na história posterior desses reinados; mas infelizmente muito pouco pode-se agora dizer sobre isso.

Em alguma ocasião posterior Tar-Aldarion revogou a lei de que uma Rainha Governante teria de se casar ou então renunciar (e isso certamente foi devido à relutância de Ancalimë de enfrentar qualquer das duas alternativas), mas o casamento do Herdeiro com outro membro da Linhagem de Elros continuou sendo o costume desde então.[28]

Seja como for, logo começaram a surgir em Emerië pretendentes à mão de Ancalimë, e não somente por causa da mudança em sua posição, pois a fama de sua beleza, sua altivez e seu desdém, bem como da estranheza de sua criação, correra o país. Naquela época o povo começou a se referir a ela como Emerwen Aranel, a Princesa Pastora. Para escapar dos importunos, Ancalimë, auxiliada pela velha Zamîn, escondeu-se em uma fazenda na fronteira das terras de Hallatan de Hyarastorni, onde viveu por certo tempo uma vida de pastora. Os relatos (que na verdade nada mais são do que anotações apressadas) variam no modo como seus pais reagiram a este estado de coisas. De acordo com um desses relatos, a própria Erendis sabia onde Ancalimë estava, e aprovava o motivo de sua fuga, enquanto Aldarion impediu que o Conselho a procurasse, pois concordava que sua filha agisse assim de forma independente. De acordo com outro, no entanto, Erendis perturbou-se com a fuga de Ancalimë, e o Rei ficou furioso; e nessa época Erendis tentou uma reconciliação com ele, ao menos no que dizia respeito a Ancalimë. Mas Aldarion não se comoveu, declarando que o Rei não tinha esposa, mas que tinha uma filha e herdeira, e que não cria que Erendis ignorasse seu esconderijo.

O que é certo é que Ancalimë encontrou um pastor que cuidava dos rebanhos na mesma região; e a ela esse homem disse que se chamava Mámandil. Ancalimë estava totalmente desacostumada a companhias como a dele, e se deleitava quando ele cantava, o que fazia com habilidade. Cantava-lhe canções

ALDARION E ERENDIS

que vinham de dias longínquos, quando os Edain pastoreavam seus rebanhos em Eriador, muito tempo atrás, ainda antes de conhecerem os Eldar. Assim se encontravam nas pastagens muitas e muitas vezes, e ele alterava as canções dos amantes de outrora e incluía nelas os nomes de Emerwen e Mámandil; e Ancalimë fingia que não compreendia a tendência das palavras. Mas ele acabou declarando abertamente seu amor por ela, e ela se retraiu e o rechaçou, dizendo que o destino dela se interpunha entre eles, pois era Herdeira do Rei. Mas Mámandil não se perturbou, e riu. Contou-lhe então que seu nome verdadeiro era Hallacar, filho de Hallatan de Hyarastorni, da Linhagem de Elros Tar-Minyatur. "E de que outro modo algum pretendente poderia encontrar-te?", perguntou ele.

Então Ancalimë irritou-se, porque ele a enganara, sabendo desde o início quem era ela; mas ele respondeu: "Isso é verdade em parte. De fato tramei para encontrar a Senhora cujos modos eram tão estranhos que fiquei curioso para vê-la mais. Mas então apaixonei-me por Emerwen, e não me importa quem ela possa ser. Não penses que eu cobice tua alta posição; pois muito preferiria que tu fosses apenas Emerwen. Alegro-me somente com o fato de que também sou da Linhagem de Elros, porque do contrário creio que não poderíamos nos casar."

"Poderíamos", concordou Ancalimë, "se eu tivesse alguma pretensão a tal estado. Eu poderia renunciar à minha realeza e ser livre. Mas, se assim fizesse, haveria de ser livre para casar-me com quem quisesse; e esse seria Úner (que é 'Homem-Nenhum'), a quem prefiro acima de todos os demais."

No entanto, foi com Hallacar que Ancalimë acabou se casando. De acordo com uma versão, parece que a persistência de Hallacar em sua corte, a despeito de ela rejeitá-lo, e a insistência do Conselho para que ela escolhesse um marido pela tranquilidade do reino, conduziram ao seu casamento não muitos anos após seu primeiro encontro entre os rebanhos em Emerië. No entanto, em outro lugar diz-se que ela permaneceu solteira por tanto tempo que seu primo Soronto, confiando na provisão

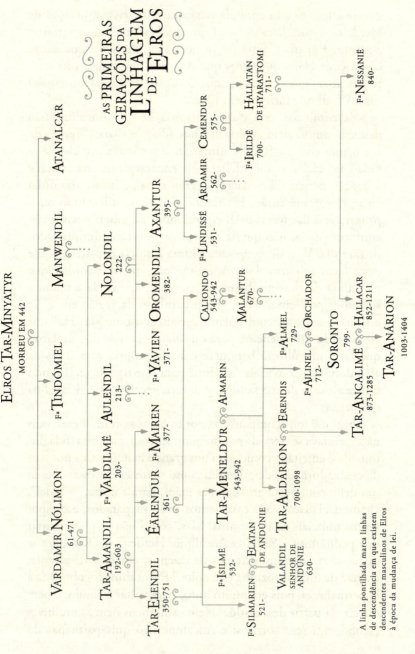

AS PRIMEIRAS GERAÇÕES DA LINHAGEM DE ELROS

A linha pontilhada marca linhas de descendência em que existem descendentes masculinos de Elros à época da mudança de lei.

da nova lei, insistiu com ela para que entregasse a posição de Herdeira, e que ela então se casou com Hallacar para contrariar Soronto. Em mais outra breve nota está implícito que ela se casou com Hallacar depois que Aldarion revogou a provisão, para acabar com a esperança que Soronto tinha de se tornar Rei caso Ancalimë morresse sem filhos.

Seja como for, está clara a história de que Ancalimë não desejava amor, nem queria ter um filho; e dizia: "Tenho de me tornar como a Rainha Almarian, e ser louca por ele?" Sua vida com Hallacar foi infeliz, e ela encarava com má vontade a ligação de seu filho, Anárion, com o pai, e houve discórdia entre eles desde então. Ela tentou sujeitá-lo, afirmando ser a proprietária das terras dele, e proibindo-lhe morar nelas, pois, conforme dizia, não queria ter por marido um administrador de fazenda. Vem dessa época a última história registrada sobre esses fatos infelizes. Pois Ancalimë não queria permitir que nenhuma de suas mulheres se casasse; e, apesar de a maioria se conter por temor a ela, elas provinham da região em volta e tinham amantes com quem queriam se casar. Mas Hallacar em segredo providenciou para que elas se casassem; e declarou que faria um último banquete em sua própria casa antes de abandoná-la. Convidou Ancalimë para esse banquete, dizendo que era a casa de sua família, e deveria receber uma despedida de cortesia.

Ancalimë foi, acompanhada por todas as suas mulheres, pois não apreciava ser servida por homens. Encontrou a casa toda iluminada e enfeitada como para um grande banquete; os homens da casa, adornados de grinaldas como se fossem se casar, e cada um deles com outra grinalda nas mãos, para a noiva. "Vinde!", chamou Hallacar. "Os casamentos estão preparados, e os aposentos nupciais estão prontos. Mas, como não se pode pensar que pediríamos à Senhora Ancalimë, Herdeira do Rei, para se deitar com um administrador de fazenda, então, infelizmente, ela terá de dormir sozinha esta noite." E Ancalimë foi obrigada a lá permanecer, pois era muito longe para voltar a cavalo, e nem queria ela partir desassistida. Nem os homens nem as mulheres esconderam seus sorrisos; e Ancalimë não quis participar do banquete, mas ficou deitada na cama ouvindo os risos ao longe, pensando que eram destinados a ela. No dia seguinte partiu a cavalo, em fúria gélida, e Hallacar enviou três homens para escoltá-la. Assim ele se vingou, pois Ancalimë jamais retornou a Emerië, onde os próprios carneiros pareciam fazer pouco dela. Mas perseguiu Hallacar com ódio daí em diante.

Dos últimos anos de Tar-Aldarion nada se pode dizer agora, exceto que ele parece ter continuado suas viagens à Terra-média e que mais de uma vez deixou Ancalimë como sua regente. Sua última viagem ocorreu por volta do fim do primeiro milênio da Segunda Era; e no ano de 1075 Ancalimë tornou-se a primeira Rainha Governante de Númenor. Conta-se que, após a morte de Tar-Aldarion em 1098, Tar-Ancalimë negligenciou todas as políticas de seu pai e não prestou mais auxílio a Gil-galad em Lindon. Seu filho, Anárion, que mais tarde foi o oitavo Governante de Númenor, teve primeiro duas filhas. Não gostavam da Rainha, e a temiam. Recusaram a posição de Herdeiras, permanecendo solteiras, já que a Rainha por vingança não lhes permitia que se casassem.[29] Súrion, filho de Anárion, nasceu por último, e foi o nono Governante de Númenor.

De Erendis está dito que, quando a velhice se abateu sobre ela, negligenciada por Ancalimë e em amarga solidão, ela voltou a ansiar por Aldarion; e, sabendo que ele partira de Númenor naquela que acabaria sendo sua última viagem, mas que se esperava que ele logo retornasse, ela por fim deixou Emerië e viajou incógnita e desconhecida até o porto de Rómenna. Lá parece que encontrou seu destino; mas somente as palavras "Erendis pereceu na água no ano de 985" permanecem para indicar como isso ocorreu.

NOTAS

[1]Anardil (Aldarion) nasceu no ano de 700 da Segunda Era, e sua primeira viagem à Terra-média ocorreu em 725–27. Meneldur, seu pai, tornou-se Rei de Númenor em 740. A Guilda dos Aventureiros foi fundada em 750, e Aldarion foi proclamado Herdeiro do Rei em 800. Erendis nasceu em 771. A viagem de sete anos de Aldarion (p. 244) compreendeu os anos de 806–13, a primeira

viagem do Palarran (p. 244) os de 816–20, a viagem de sete navios em desafio a Tar-Meneldur (p. 246) os de 824–29, e a viagem de quatorze anos que se seguiu imediatamente à última (p. 247) os de 829–43.

Aldarion e Erendis ficaram noivos em 858; os anos da viagem empreendida por Aldarion depois de seu noivado (pp. 257–58) foram 863–69, e o casamento foi em 870. Ancalimë nasceu na primavera de 873. O Hirilondë zarpou na primavera de 877 e a volta de Aldarion, seguida pelo rompimento com Erendis, aconteceu em 882; ele recebeu o Cetro de Númenor em 883.

[2]Em "Uma Descrição da ilha de Númenor" (p. 229) ele é chamado Tar-Meneldur Elentirmo (Observador-das-Estrelas). Ver também seu verbete em "A Linhagem de Elros" (p. 296).

[3]O papel de Soronto na história agora pode ser apenas vislumbrado; ver pp. 286–90.

[4]Como está contado em "Uma Descrição da Ilha de Númenor" (p. 235), foi Vëantur quem primeiro realizou a viagem à Terra-média no ano de 600 da Segunda Era (ele nasceu em 451). Em "O Conto dos Anos" no Apêndice B de O Senhor dos Anéis, o registro do ano de 600 afirma: "As primeiras naus dos Númenóreanos aparecem ao largo das costas."

Há uma descrição, em um ensaio filológico tardio, do primeiro encontro dos Númenóreanos com os Homens de Eriador naquela época: "Foi seiscentos anos após a partida dos sobreviventes dos Atani [Edain], que cruzaram o mar até Númenor, que pela primeira vez um navio tornou a vir do Oeste à Terra-média, e subiu pelo Golfo de Lhûn. Seu capitão e seus marinheiros foram bem recebidos por Gil-galad; e assim começou a amizade e aliança de Númenor com os Eldar de Lindon. A notícia espalhou-se rapidamente, e os Homens de Eriador encheram-se de espanto. Apesar de terem habitado no Leste na Primeira Era, tinham chegado até eles rumores da terrível guerra 'do outro lado das Montanhas Ocidentais' [isto é, Ered Luin]; mas suas tradições não preservavam nenhum relato claro a respeito, e criam que todos os Homens que viviam nas terras mais além tinham sido destruídos ou afogados em grandes tumultos de fogo e invasão de mares. Mas, visto que ainda se dizia entre eles que aqueles Homens em anos imemoriais haviam sido parentes da sua própria gente, enviaram mensagens a Gil-galad pedindo permissão para se encontrarem com os Homens dos navios 'que haviam voltado da morte nas profundezas do Mar'. Assim se passou que houve um encontro entre eles nas Colinas das Torres; e a esse encontro com os Númenóreanos chegaram apenas doze Homens vindos de Eriador, Homens de coração intrépido e coragem, pois a maioria do seu povo temia que os recém-chegados fossem perigosos espíritos de seus Mortos. No entanto, quando contemplaram os Homens dos navios, o temor os abandonou, embora por algum tempo se quedassem mudos de admiração; pois, por muito que eles próprios fossem considerados poderosos entre sua gente, os Homens dos navios se pareciam mais com senhores élficos do que com Homens mortais, no porte e nas vestes. Ainda assim, não duvidaram de seu antigo parentesco. E, da mesma forma, os Homens dos navios contemplaram os Homens da Terra-média com feliz surpresa, pois acreditava-se em Númenor que os Homens deixados para trás descendessem daqueles maus que nos últimos dias da guerra contra Morgoth tinham sido convocados por ele, vindos do Leste. Mas agora viam rostos livres da Sombra, e Homens que poderiam caminhar em Númenor sem ser considerados estrangeiros, a não ser pelas roupas e pelas armas. Então, de repente, depois do silêncio, tanto os Númenóreanos quanto os Homens de Eriador pronunciaram palavras de boas-vindas e saudação em seus próprios idiomas, como se se dirigissem a amigos e parentes depois de longa separação. Inicialmente desapontaram-se, pois nenhum dos lados conseguia compreender o outro; mas quando se misturaram em amizade descobriram que compartilhavam muitíssimas palavras ainda claramente reconhecíveis, e outras que, com atenção, podiam ser entendidas; e conseguiram manter uma conversa hesitante sobre assuntos simples." Em outro lugar desse ensaio está explicado que esses Homens moravam em torno do Lago Vesperturvo, nas Colinas do Norte e nas Colinas do Vento, e nas terras entre eles até o Brandevin, a oeste do qual frequentemente vagavam, apesar de não habitarem ali. Eram amigos dos elfos, apesar de os reverenciarem; e temiam o Mar e não queriam olhá-lo. Parece que na origem eram Homens da mesma estirpe dos Povos de Bëor e Hador que não haviam atravessado as Montanhas Azuis para Beleriand, durante a Primeira Era.

[5]O filho do Herdeiro do Rei: Aldarion, filho de Meneldur. Tar-Elendil somente renunciou ao cetro em favor de Meneldur depois de se terem passado mais quinze anos.

[6]*Eruhantalë*: "Agradecimento a Eru", a comemoração do outono em Númenor; ver "Uma Descrição da Ilha de Númenor", p. 230.

[7](Sîr) Angren era o nome élfico do rio Isen. Ras Morthil, um nome que não se encontra em outro lugar, deve ser o grande promontório na ponta do ramo norte da Baía de Belfalas, que também se chamava Andrast (Cabo Longo).

A referência ao "país de Amroth onde ainda habitam os Elfos Nandor" pode ser interpretada como indicação de que o conto de Aldarion e Erendis foi redigido em Gondor antes da partida do último navio desde o porto dos Elfos Silvestres, perto de Dol Amroth, no ano de 1981 da Terceira Era; ver pp. 392 ss.

[8]Para Uinen, esposa de Ossë (Maiar do Mar), ver *O Silmarillion*, p. 57. Lá se diz que "Os Númenóreanos viveram longamente sob sua proteção e a tinham em reverência igual à dada aos Valar".

[9]Está dito que a Casa-Sede dos Aventureiros "foi confiscada pelos Reis, e transferida para o porto ocidental de Andúnië; todos os seus registros pereceram" (isto é, na Queda), incluindo todos os mapas precisos de Númenor. Mas não está dito quando ocorreu esse confisco de Eämbar.

ALDARION E ERENDIS

[10]O rio chamou-se depois Gwathló, ou Griságua, e o porto, Lond Daer; ver pp. 353 ss.

[11]Ver *O Silmarillion*, p. 207: "Os Homens daquela casa [isto é, de Bëor] eram de cabelo escuro ou castanho e de olhos cinzentos." De acordo com uma árvore genealógica da Casa de Bëor, Erendis descendia de Bereth, que era irmã de Baragund e Belegund, e portanto tia de Morwen, mãe de Túrin Turambar, e de Rían, mãe de Tuor.

[12]Sobre diferentes durações da vida entre os Númenóreanos, ver a nota 1 de "A Linhagem de Elros", pp. 305–06.

[13]Sobre a árvore *oiolaire* ver "Uma Descrição da Ilha de Númenor", p. 233.

[14]Isso deve ser compreendido como um presságio.

[15]Ver o "Akallabêth" (*O Silmarillion*, p. 363), onde se conta que nos dias de Ar-Pharazôn "de quando em vez, um grande navio dos Númenóreanos afundava e não retornava ao porto, embora tal desgraça ainda não tivesse ocorrido a eles desde o nascer da Estrela".

[16]Valandil era primo de Aldarion, pois era filho de Silmarien, filha de Tar-Elendil e irmã de Tar-Meneldur. Valandil, primeiro dos Senhores de Andúnië, foi ancestral de Elendil, o Alto, pai de Isildur e Anárion.

[17]*Erukyermë:* "Prece a Eru", a comemoração da primavera em Númenor; ver "Uma Descrição da Ilha de Númenor", p. 230.

[18]Está dito no "Akallabêth" (*O Silmarillion*, pp. 345–46) que "por vezes, quando o ar estava claro, e o sol estava no leste, olhavam para longe e descortinavam muito além, no oeste, uma cidade que brilhava alva em uma costa distante, e um grande porto, e uma torre. Pois naqueles dias os Númenóreanos enxergavam longe; contudo, eram apenas os olhos mais aguçados entre eles que podiam ter essa visão, do Meneltarma, talvez, ou de algum alto navio que bordejava a costa oeste deles, tão longe quanto lhes era legítimo ir. Pois não ousavam quebrar a Interdição dos Senhores do Oeste. Mas os sábios entre eles tinham conhecimento de que essa terra distante não era de fato o Reino Abençoado de Valinor, mas era Avallónë, o porto dos Eldar em Eressëa, a mais oriental das Terras Imortais".

[19]Assim nasceu, dizem, o costume dos Reis e Rainhas posteriores, de usar como estrela uma pedra preciosa branca sobre a fronte, e não tinham coroa. [N. A.]

[20]Nas Terras-do-Oeste e em Andúnië, a língua-élfica [sindarin] era falado pelos nobres e pelos comuns. Nessa língua, Erendis foi criada; mas Aldarion falava a língua númenóreana, apesar de, como todos os homens nobres de Númenor, também saber a língua de Beleriand. [N. A.] — Em outra parte, numa nota sobre as línguas de Númenor, está dito que o uso geral do sindarin no noroeste

da Ilha era devido ao fato de que aquela região fora mormente colonizada por povos de ascendência "bëoriana"; e o Povo de Bëor, em Beleriand, cedo abandonara sua própria fala e adotara o sindarin. (Não há menção disto em *O Silmarillion*, embora seja dito lá [p. 207] que em Dor-lómin, nos dias de Fingolfin, o povo de Hador não esqueceu sua própria fala, "e dela veio a língua comum de Númenor".) Em outras regiões de Númenor o adûnaico era o idioma nativo do povo, apesar de o sindarin ser conhecido até certo grau por quase todos; e na casa real, e na maioria das casas dos nobres ou eruditos, o sindarin era usualmente a língua nativa, até depois dos dias de Tar-Atanamir. (Anteriormente, na presente narrativa [p. 245], foi dito que Aldarion efetivamente preferia a fala númenóreana; pode ser que nisso ele fosse excepcional.) Essa nota afirma além disso que, embora o sindarin, quando usado pelos Homens mortais durante um longo período, tendesse a tornar-se divergente e dialetal, esse processo foi interrompido em larga medida em Númenor, pelo menos entre os nobres e os eruditos, em virtude de seu contato com os Eldar de Eressëa e Lindon. O quenya não era uma língua falada em Númenor. Era conhecido apenas dos eruditos e das famílias de alta linhagem, a quem se ensinava no início da adolescência. Era usado em documentos oficiais destinados a serem preservados, tais como as Leis, e no Pergaminho e nos Anais dos Reis (ver o "Akallabêth", p. 352: "no Pergaminho dos Reis, o nome Herunúmen foi escrito na fala alto-élfica "), e frequentemente em obras de saber mais recônditos. Também se usava largamente na nomenclatura: os nomes oficiais de todos os lugares, regiões e acidentes geográficos da terra tinham forma quenya (se bem que tinham também nomes locais, geralmente com o mesmo significado, em sindarin ou adûnaico). Os nomes pessoais, e especialmente os nomes oficiais e públicos, de todos os membros da casa real, e da Linhagem de Elros em geral, eram dados em forma quenya.

Numa referência a esses assuntos em *O Senhor dos Anéis*, Apêndice F, I (seção *Dos Homens*), dá-se uma impressão um tanto diversa do lugar ocupado pelo sindarin entre as línguas de Númenor: "Só os *Dúnedain*, entre todas as raças dos Homens, conheciam e falavam uma língua élfica; pois seus antepassados haviam aprendido o idioma sindarin, e eles a repassaram aos filhos como tema de saber, pouco mudando com a passagem dos anos."

[21] *Elanor* era uma florzinha dourada em forma de estrela; também crescia sobre o morro de Cerin Amroth em Lothlórien (*A Sociedade do Anel*, II, 6). Sam Gamgi deu seu nome à sua filha, por sugestão de Frodo (*O Retorno do Rei*, VI, 9).

[22] Ver a nota 11 acima para a ascendência de Erendis a partir de Bereth, irmã de Baragund, pai de Morwen.

[23] Afirma-se que os Númenóreanos, assim como os Eldar, evitavam gerar filhos caso previssem alguma provável separação do marido e da mulher, entre a concepção da criança e seus primeiros anos de vida, pelo menos. Aldarion ficou em

ALDARION E ERENDIS

casa por muito pouco tempo após o nascimento de sua filha, de acordo com a ideia que os Númenóreanos tinham do que era adequado.

[24]Em uma nota sobre o "Conselho do Cetro" nessa época da história de Númenor está dito que esse Conselho não tinha poderes para dar ordens ao Rei, exceto por sugestão; e nenhum poder desse tipo ainda fora desejado ou imaginado necessário. O Conselho compunha-se de membros vindos de cada uma das divisões de Númenor; mas o Herdeiro do Rei, quando proclamado, era também um membro, para que pudesse se informar sobre o governo da terra, e também a outros o Rei podia convocar, ou pedir que fossem escolhidos, caso possuíssem conhecimentos especiais sobre assuntos que a qualquer momento estivessem em debate. Nessa época havia apenas dois membros do Conselho (além de Aldarion) que pertenciam à Linhagem de Elros: Valandil de Andúnië pelas Andustar, e Hallatan de Hyarastorni pelas Mittalmar; mas deviam seus lugares não à sua descendência ou riqueza, mas sim à estima e ao amor que lhes tinham nas suas regiões. (No "Akallabêth" (p. 353) diz-se que "o Senhor de Andúnië estava sempre entre os principais conselheiros do Cetro".)

[25]Está registrado que Ereinion recebeu o nome de Gil-galad, "Estrela de Radiância", "porque seu elmo e sua cota de malha, e seu escudo recoberto de prata e adornado com um emblema de estrelas brancas, brilhavam de longe como uma estrela à luz do sol ou da lua, e podiam ser vistos por olhos élficos a grande distância, caso ele estivesse de pé sobre uma elevação".

[26]Ver p. 354.

[27]Por outro lado, um herdeiro masculino legítimo não podia recusar; mas, como um Rei sempre podia renunciar ao Cetro, um herdeiro masculino de fato podia renunciar imediatamente em favor de *seu* herdeiro natural. Considerava-se então que ele próprio também reinara durante um ano pelo menos; e foi esse o caso (o único caso) de Vardamir, filho de Elros, que não ascendeu ao trono, mas deu o Cetro a seu filho Amandil.

[28]Consta em outro lugar que esta regra de "casamento real" nunca foi tema de lei, mas tornou-se um costume de orgulho: "um sintoma do crescimento da Sombra, pois só se tornou rígida quando a distinção entre a Linhagem de Elros e outras famílias, em duração de vida, vigor ou habilidade, diminuíra ou desaparecera por completo."

[29]Isso é estranho, porque Anárion era o Herdeiro durante a vida de Ancalimë. Em "A Linhagem de Elros" (p. 300) diz-se apenas que as filhas de Anárion "recusaram o cetro".

296

～ III ～

A LINHAGEM DE ELROS: REIS DE NÚMENOR

DA FUNDAÇÃO DA CIDADE DE ARMENELOS ATÉ A QUEDA

Considera-se que o Reino de Númenor começou no trigésimo segundo ano da Segunda Era, quando Elros, filho de Eärendil, ascendeu ao trono na Cidade de Armenelos, tendo então noventa anos de idade. Daí em diante ficou conhecido no Pergaminho dos Reis pelo nome de Tar-Minyatur; pois era costume dos Reis assumirem seus títulos nas formas do idioma quenya ou alto-élfico, visto que esse era o idioma mais nobre do mundo, e esse costume perdurou até os dias de Ar-Adûnakhôr (Tar-Herunúmen). Elros Tar-Minyatur reinou sobre os Númenóreanos por 410 anos. Pois aos Númenóreanos fora concedida uma longa vida, e permaneciam infatigáveis pelo triplo da duração dos Homens mortais na Terra-média; ao filho de Eärendil, porém, foi dada a vida mais longa de qualquer Homem, e a seus descendentes uma duração menor, e no entanto maior que a de outros mesmo dentre os Númenóreanos. Assim foi até a chegada da Sombra, quando os anos dos Númenóreanos começaram a minguar.[1]

I *Elros Tar-Minyatur*
Nasceu 58 anos antes de se iniciar a Segunda Era: permaneceu infatigável até a idade de quinhentos anos e então renunciou à vida, no ano de 442, tendo reinado por 410 anos.

II *Vardamir Nólimon*
Nasceu no ano de 61 da Segunda Era e morreu em 471. Era chamado Nólimon pelo fato de sua principal predileção ser o

antigo saber, que recolhia entre os Elfos e os Homens. Quando Elros partiu, tendo ele então 381 anos de idade, não ascendeu ao trono, mas deu o cetro ao filho. Não obstante, é contado como o segundo dos Reis, e considera-se que reinou por um ano.[2] Depois disso tornou-se costumeiro, até os dias de Tar-Atanamir, que o Rei entregasse o cetro ao sucessor antes de morrer; e os Reis morriam de própria vontade enquanto ainda estavam no vigor da mente.

III *Tar-Amandil*
Era filho de Vardamir Nólimon e nasceu no ano de 192. Reinou por 148 anos,[3] e entregou o cetro em 590; morreu em 603.

IV *Tar-Elendil*
Era filho de Tar-Amandil e nasceu no ano de 350. Reinou por 150 anos, e entregou o cetro em 740; morreu em 751. Também era chamado Parmaitë, pois com sua própria mão fez muitos livros e lendas do saber recolhido por seu avô. Casou-se tarde na vida, e sua descendente mais velha foi uma filha, Silmarien, nascida no ano de 521,[4] cujo filho foi Valandil. De Valandil vieram os Senhores de Andúnië, o último dos quais foi Amandil, pai de Elendil, o Alto, que chegou à Terra-média após a Queda. No reinado de Tar-Elendil os navios dos Númenóreanos retornaram pela primeira vez à Terra-média.

V *Tar-Meneldur*
Era o único filho homem e terceiro descendente de Tar-Elendil, e nasceu no ano de 543. Reinou por 143 anos, e entregou o cetro em 883; morreu em 942. Seu "nome próprio" era Írimon; assumiu o título de Meneldur por seu amor pelo estudo das estrelas. Casou-se com Almarian, filha de Vëantur, Capitão dos Navios no reinado de Tar-Elendil. Era sábio, porém gentil e paciente. Renunciou em favor do filho, subitamente e muito antes do tempo devido, como ato político, em distúrbios que surgiram, decorrentes da inquietação de Gil-galad em Lindon, quando este começou a se dar conta de que um espírito maligno, hostil aos Eldar e aos Dúnedain, se agitava na Terra-média.

VI *Tar-Aldarion*

Era o descendente mais velho e único filho homem de Tar-Meneldur, e nasceu no ano de 700. Reinou por 192 anos e renunciou ao cetro em favor de sua filha em 1075; morreu em 1098. Seu "nome próprio" era Anardil; mas cedo tornou-se conhecido como Aldarion, porque se ocupava muito de árvores e plantou grandes florestas para fornecerem madeira aos estaleiros. Foi um grande marinheiro e armador; e ele próprio muitas vezes navegou até a Terra-média, onde se tornou amigo e conselheiro de Gil-galad. Em decorrência de suas longas ausências no estrangeiro, sua esposa Erendis encolerizou-se, e separaram-se no ano de 882. Seu único descendente direto foi uma filha, muito bela, Ancalimë. Em seu favor Aldarion alterou a lei da sucessão, de modo que a filha (mais velha) do Rei haveria de lhe suceder caso ele não tivesse filhos homens. Essa mudança desagradou aos descendentes de Elros, em especial ao herdeiro pela antiga lei, Soronto, sobrinho de Aldarion, filho de sua irmã mais velha, Ailinel.[5]

VII *Tar-Ancalimë*

Era a única descendente direta de Tar-Aldarion, e foi a primeira Rainha Governante de Númenor. Nasceu no ano de 873, e reinou por 205 anos, mais do qualquer monarca depois de Elros; renunciou ao cetro em 1280, e morreu em 1285. Por muito tempo permaneceu solteira; mas, quando foi pressionada a renunciar por Soronto, para afrontá-lo, no ano 1000 casou-se com Hallacar, filho de Hallatan, um descendente de Vardamir.[6] Após o nascimento de seu filho, Anárion, houve discórdia entre Ancalimë e Hallacar. Ela era altiva e voluntariosa. Após a morte de Aldarion, negligenciou todas as suas políticas e não deu mais auxílio a Gil-galad.

VIII *Tar-Anárion*

Era filho de Tar-Ancalimë e nasceu no ano de 1003. Reinou por 114 anos, e renunciou ao cetro em 1394; morreu em 1404.

A LINHAGEM DE ELROS: REIS DE NÚMENOR

IX *Tar-Súrion*

Era o terceiro filho de Tar-Anárion; suas irmãs recusaram o cetro.[7] Nasceu no ano de 1174, e reinou por 162 anos; renunciou ao cetro em 1556 e morreu em 1574.

X *Tar-Telperien*

Foi a segunda Rainha Governante de Númenor. Foi longeva (pois as mulheres dos Númenóreanos tinham a vida mais longa, ou abriam mão dela com menos facilidade), e não se casou com nenhum homem. Portanto, depois dos seus dias, o cetro passou a Minastir; ele era filho de Isilmo, segundo descendente direto de Tar-Súrion.[8] Tar-Telperien nasceu no ano de 1320; reinou por 175 anos, até 1731, e morreu nesse mesmo ano.[9]

XI *Tar-Minastir*

Levava esse nome porque construiu uma alta torre na colina de Oromet, perto de Andúnië e das costas ocidentais, e passava boa parte de seus dias olhando de lá para o oeste. Pois o anseio tornara-se forte no coração dos Númenóreanos. Amava os Eldar, mas os invejava. Foi ele quem enviou uma grande frota em auxílio de Gil-galad na primeira guerra contra Sauron. Nasceu no ano de 1474, e reinou por 138 anos; renunciou ao cetro em 1869, e morreu em 1873.

XII *Tar-Ciryatan*

Nasceu no ano de 1634 e reinou por 160 anos; renunciou ao cetro em 2029 e morreu em 2035. Foi um Rei poderoso, mas ávido de riquezas. Construiu uma grande frota de navios reais, e seus serviçais trouxeram de volta grande quantidade de metais e pedras preciosas, e oprimiram os homens da Terra-média. Desprezava os anseios de seu pai, e aliviava a inquietude de seu coração viajando, para o leste, o norte e o sul, até assumir o cetro. Diz-se que constrangeu seu pai a lhe ceder o cetro antes que este o fizesse de livre vontade. Desse modo (afirma-se), pôde ser vista a primeira chegada da Sombra sobre a bem-aventurança de Númenor.

CONTOS INACABADOS

XIII *Tar-Atanamir, o Grande*

Nasceu no ano de 1800 e reinou por 192 anos, até 2221, que foi o ano de sua morte. Muito se diz deste Rei nos Anais que sobreviveram à Queda. Pois era, assim como seu pai, orgulhoso e ávido de riquezas, e os Númenóreanos a seu serviço exigiam pesados tributos dos homens das costas da Terra-média. No seu reinado, a Sombra caiu sobre Númenor; e o Rei e aqueles que seguiam seu saber falavam abertamente contra a interdição dos Valar; e seus corações voltaram-se contra os Valar e os Eldar; mas ainda conservavam sabedoria, pois temiam os Senhores do Oeste e não os desafiavam. Atanamir também é chamado de o Relutante, pois foi o primeiro dos Reis a recusar-se a abandonar a vida, ou a renunciar ao cetro; e viveu até que a morte o levasse à força, senil.[10]

XIV *Tar-Ancalimon*

Nasceu no ano de 1986 e reinou por 165 anos, até sua morte em 2386. No seu tempo, ampliou-se a cisão entre os Homens do Rei (a maioria) e aqueles que mantinham sua antiga amizade com os Eldar. Muitos dos Homens do Rei começaram a abandonar o uso das línguas-élficas, e a não ensiná-las mais a seus filhos. Mas os títulos reais ainda eram dados em quenya, mais por antigo costume que por amor, por temerem que o abandono de um velho uso trouxesse má sorte.

XV *Tar-Telemmaitë*

Nasceu no ano de 2136 e reinou por 140 anos, até sua morte em 2526. A partir dele, cada Rei passou a reinar em termos nominais desde a morte de seu pai até sua própria morte, embora o poder efetivo muitas vezes passasse a seus filhos ou conselheiros, e os dias dos descendentes de Elros minguaram sob a Sombra. Este Rei era assim chamado em virtude de seu amor pela prata, e mandava seus serviçais procurarem sempre por *mithril*.

XVI *Tar-Vanimeldë*

Foi a terceira Rainha Governante; nasceu no ano de 2277 e reinou por 111 anos até sua morte em 2637. Pouco se importava

A LINHAGEM DE ELROS: REIS DE NÚMENOR

com o governo, apreciando mais a música e a dança; e o poder era exercido por seu marido Herucalmo, mais jovem que ela, porém descendente de Tar-Atanamir no mesmo grau. Herucalmo assumiu o cetro após a morte da esposa, chamando-se Tar-Anducal, e recusando o reinado a seu filho Alcarin. Há, porém, quem não o conte na Linhagem dos Reis como o décimo sétimo, e passe a Alcarin. Tar-Anducal nasceu no ano de 2286 e morreu em 2657.

XVII *Tar-Alcarin*
Nasceu no ano de 2406, e reinou por 80 anos até sua morte em 2737, tendo sido rei de direito por cem anos.

XVIII *Tar-Calmacil*
Nasceu no ano de 2516 e reinou por 88 anos até sua morte em 2825. Tomou esse nome porque na juventude foi um grande capitão e conquistou vastas regiões ao longo do litoral da Terra-média. Assim insuflou o ódio de Sauron, que, não obstante, se retirou para construir seu poderio no Leste, longe da costa, à espera do momento propício. Nos dias de Tar-Calmacil o nome do Rei foi pela primeira vez pronunciado em adûnaico; e pelos Homens do Rei ele era chamado Ar-Belzagar.

XIX *Tar-Ardamin*
Nasceu no ano de 2618 e reinou por 74 anos até sua morte em 2899. Seu nome em adûnaico era Ar-Abattârik.[11]

XX *Ar-Adûnakhôr (Tar-Herunúmen)*
Nasceu no ano de 2709 e reinou por 63 anos até sua morte em 2962. Foi o primeiro Rei a assumir o cetro com um título na língua adûnaica; porém, por medo (como se disse anteriormente), um nome em quenya foi inscrito nos Pergaminhos. Mas esses títulos eram considerados blasfemos pelos Fiéis, pois significavam "Senhor do Oeste", título pelo qual costumavam nomear somente um dos grandes Valar, Manwë em especial. Nesse reinado, as línguas-élficas não foram mais usadas, nem se

permitiu que fossem ensinadas, mas foram mantidas em segredo pelos Fiéis. E daí em diante os navios de Eressëa passaram a vir às praias ocidentais de Númenor raramente e em segredo.

XXI *Ar-Zimrathôn (Tar-Hostamir)*
Nasceu no ano de 2798 e reinou por 71 anos até sua morte em 3033.

XXII *Ar-Sakalthôr (Tar-Falassion)*
Nasceu no ano de 2876 e reinou por 69 anos até sua morte em 3102.

XXIII *Ar-Gimilzôr (Tar-Telemnar)*
Nasceu no ano de 2960 e reinou por 75 anos até sua morte em 3177. Foi o maior inimigo dos Fiéis que já surgira. Proibiu totalmente o uso das línguas eldarin, não permitia que nenhum dos Eldar viesse ao país e punia aqueles que os recebiam. Não reverenciava nada e nunca ia ao Local Sagrado de Eru. Casou-se com Inzilbêth, uma senhora descendente de Tar-Calmacil;[12] mas ela pertencia secretamente aos Fiéis, pois sua mãe era Lindórië da Casa dos Senhores de Andúnië. Havia pouco amor entre eles, e discórdia entre seus filhos. Pois Inziladûn,[13] o mais velho, era amado por sua mãe e compartilhava suas ideias; mas Gimilkhâd, o mais novo, saíra ao pai, e a ele Ar-Gimilzôr de bom grado teria nomeado seu Herdeiro, caso as leis o permitissem. Gimilkhâd nasceu no ano de 3044 e morreu em 3243.[14]

XXIV *Tar-Palantir (Ar-Inziladûn)*
Nasceu no ano de 3035 e reinou por 78 anos até sua morte em 3255. Tar-Palantir arrependeu-se dos costumes dos Reis que o precederam, e de bom grado teria retornado à amizade dos Eldar e dos Senhores do Oeste. Inziladûn assumiu esse nome porque tinha visão longínqua, tanto nos olhos como na mente, e até mesmo aqueles que o odiavam temiam suas palavras como as de um vidente. Também passava boa parte de seus dias em Andúnië, visto que Lindórië, mãe de sua mãe, era aparentada

A LINHAGEM DE ELROS: REIS DE NÚMENOR

dos Senhores, por ser de fato irmã de Eärendur, o décimo quinto Senhor e avô de Númendil, que era Senhor de Andúnië nos dias de seu primo Tar-Palantir; e Tar-Palantir costumava subir à antiga torre do Rei Minastir, e fitava o oeste ansioso, talvez na esperança de ver alguma vela chegando de Eressëa. Mas nenhum navio jamais voltou a chegar do Oeste, em decorrência da insolência dos Reis, e porque o coração da maioria dos Númenóreanos ainda estava endurecido. Pois Gimilkhâd seguia os costumes de Ar-Gimilzôr, e tornou-se líder do Partido do Rei, e resistia à vontade de Tar-Palantir de modo tão explícito quanto ousava, e mais ainda em segredo. Mas por algum tempo os Fiéis tiveram paz; e o Rei sempre ia, nas épocas devidas, ao Local Sagrado no Meneltarma, e a Árvore Branca voltou a receber cuidados e honras. Pois Tar-Palantir fez uma profecia de que, quando a Árvore morresse, a linhagem dos Reis pereceria também. Tar-Palantir casou-se tarde, não teve filho homem e chamou sua filha Míriel na língua-élfica. Mas, quando o Rei morreu, ela foi desposada por Pharazôn, filho de Gimilkhâd (que também morrera), contra sua vontade e contra a lei de Númenor, visto que ela era filha do irmão do pai de Pharazôn. E ele então tomou o cetro em suas próprias mãos, assumindo o título de Ar-Pharazôn (Tar-Calion); e Míriel foi chamada de Ar-Zimraphel.[15]

XXV *Ar-Pharazôn (Tar-Calion)*
O mais poderoso, e o último Rei de Númenor. Nasceu no ano de 3118, reinou por 64 anos e morreu na Queda no ano de 3319, usurpando o cetro de

Tar-Míriel (Ar-Zimraphel)
Nasceu no ano de 3117 e morreu na Queda.

Dos feitos de Ar-Pharazôn, de sua glória e sua loucura, conta-se mais na história da Queda de Númenor, que foi escrita por Elendil, e que foi preservada em Gondor.[16]

NOTAS

[1]Há várias referências à maior duração da vida dos descendentes de Elros em comparação com a de quaisquer outros dentre os Númenóreanos, além das existentes no conto de Aldarion e Erendis. Assim, no *Akallabêth* (*O Silmarillion*, p. 344) diz-se que toda a Linhagem de Elros "tinha vida longa, até mesmo de acordo com a medida dos Númenóreanos"; e, em uma nota isolada, a diferença de longevidade recebe limites precisos: o "fim do vigor" para os descendentes de Elros chegava (antes que se iniciasse a redução de sua longevidade) por volta do quadringentésimo ano, ou um pouco antes, enquanto aqueles que não pertenciam àquela linhagem o experimentavam por volta do ducentésimo ano, ou pouco depois. Pode-se notar que quase todos os Reis, de Vardamir a Tar-Ancalimon, viveram até seu quadringentésimo ano, ou um pouco além, e os três que não viveram tanto morreram um ou dois anos antes de atingirem essa idade.

No entanto, no último escrito sobre esse assunto (que deriva, porém, mais ou menos da mesma época do último trabalho feito no conto de Aldarion e Erendis), a distinção de longevidade está notavelmente diminuída. Ao povo númenóreano como um todo é atribuída uma longevidade cerca de cinco vezes maior que a dos demais Homens (apesar de isso contradizer a afirmativa em *O Senhor dos Anéis*, Apêndice A [I, i], de que os Númenóreanos receberam uma vida "no começo o triplo da dos Homens menores", afirmativa repetida no prefácio do presente texto); e a diferença entre a Linhagem de Elros e outros, sob esse aspecto, é menos uma marca distinta e um atributo do que uma mera tendência a viver até idade mais avançada. Apesar de serem mencionados o caso de Erendis, e a vida um pouco mais curta dos "Bëorianos" do Oeste, aqui não há sugestão, tal como existe no conto de Aldarion e Erendis, de que a diferença na sua expectativa de vida fosse ao mesmo tempo muito grande e também algo inerente a seu destino, e reconhecido como tal.

Nesse relato, apenas Elros recebeu uma longevidade peculiar, e aqui se diz que ele e seu irmão Elrond não eram diferentemente dotados do potencial físico da vida, mas que, visto que Elros escolheu ficar entre a gente dos homens, ele reteve a principal característica dos Homens, em oposição aos Quendi: a "busca alhures", como os Eldar a chamavam, a "exaustão" ou o desejo de partir do mundo. Está explicado ademais que o aumento da longevidade númenóreana foi produzido pela assimilação do seu modo de vida ao dos Eldar: apesar de terem sido alertados expressamente de que não se haviam tornado Eldar, mas continuavam homens mortais, e lhes tinha sido concedida apenas uma extensão do período de vigor da mente e do corpo. Assim (como os Eldar), cresciam aproximadamente à mesma velocidade que os demais Homens; mas, quando haviam atingido o "crescimento pleno", envelheciam ou "desgastavam-se" muito mais devagar. A primeira chegada do "tédio do mundo" era para eles, de fato, um sinal de que chegava ao fim seu período de vigor. Quando ele terminava, caso persistissem vivendo, então a decadência prosseguia, assim

A LINHAGEM DE ELROS: REIS DE NÚMENOR

como prosseguira o crescimento, com a mesma rapidez dos demais Homens. Assim um Númenóreano passava depressa, em dez anos talvez, da saúde e vigor mental à decrepitude e senilidade. Nas primeiras gerações, eles não "se agarravam à vida", mas renunciavam a ela voluntariamente. "Agarrar-se à vida", e dessa forma no fim morrer forçosa e involuntariamente, foi uma das mudanças produzidas pela Sombra e pela rebelião dos Númenóreanos. Essa mudança foi também acompanhada por uma redução de sua longevidade.

[2]Ver p. 296, nota 27.

[3]O número 148 (em vez de 147) deve representar os anos do reinado efetivo de Tar-Amandil, sem considerar o ano fictício do reinado de Vardamir.

[4]Não se discute que Silmarien tenha sido a mais velha descendente direta de Tar-Elendil; e sua data de nascimento é dada várias vezes como 521 da Segunda Era, enquanto a de seu irmão Tar-Meneldur está fixada como 543. Em "O Conto dos Anos" (Apêndice B de *O Senhor dos Anéis*), porém, o nascimento de Silmarien é dado no verbete do ano de 548; data que remonta aos primeiros rascunhos daquele texto. Creio que é muito provável que isso deveria ter sido corrigido, mas não foi percebido.

[5]Esse ponto não está de acordo com a descrição das leis de sucessão originais e posteriores apresentadas às pp. 286–88, de acordo com as quais Soronto só se tornaria herdeiro de Ancalimë (caso ela morresse sem filhos) em conformidade com a nova lei, pois ele era descendente pela linha feminina. — "Sua irmã mais velha" sem dúvida significa "a mais velha de suas duas irmãs".

[6]Ver p. 288.

[7]Ver p. 291 e nota 29 à p. 296.

[8]É curioso que o cetro tenha passado a Tar-Telperien quando Tar-Súrion tinha um filho, Isilmo. Pode muito bem ser que aqui a sucessão dependa da formulação da nova lei apresentada em *O Senhor dos Anéis*, isto é, a simples primogenitura independente do sexo (ver p. 286), e não herança por uma filha somente se o Monarca não tivesse filho.

[9]A data de 1731, dada aqui como fim do reinado de Tar-Telperien e ascensão de Tar-Minastir, é estranhamente divergente da datação, fixada por muitas referências, da primeira guerra contra Sauron; pois a grande frota númenóreana enviada por Tar-Minastir chegou à Terra-média no ano de 1700. Não consigo explicar esta discrepância de modo algum.

[10]Em "O Conto dos Anos" (Apêndice B de *O Senhor dos Anéis*) aparece o registro: "2251 Tar-Atanamir toma o cetro. Começam a rebelião e a divisão dos Númenóreanos." Isso discorda completamente do texto presente, segundo o qual Tar-Atanamir morreu em 2221. Essa data de 2221, no entanto, é ela mesma uma correção de 2251; e sua morte está mencionada em outro lugar

como tendo ocorrido em 2251. Assim, o mesmo ano aparece em diferentes textos como data de sua ascensão ao trono e como data de sua morte; e toda a estrutura da cronologia mostra claramente que a primeira alternativa deve estar errada. Ademais, no "Akallabêth" (*O Silmarillion*, p. 350) diz-se que foi no tempo de Ancalimon, filho de Atanamir, que o povo de Númenor se dividiu. Portanto, tenho poucas dúvidas de que o registro de "O Conto dos Anos" está errado, e que a leitura correta é: "2251 Morte de Tar-Atanamir. Tar-Ancalimon toma o cetro. Começam a rebelião e a divisão dos Númenóreanos." Mas, se assim for, continua estranho que a data da morte de Atanamir tenha sido alterada na "Linhagem de Elros" se estava fixada por um registro em "O Conto dos Anos".

[11]Na lista dos Reis e Rainhas de Númenor no Apêndice A (I, i) de *O Senhor dos Anéis*, o monarca que se seguiu a Tar-Calmacil (o décimo oitavo) foi Ar-Adûnakhôr (o décimo nono). Em "O Conto dos Anos", no Apêndice B, diz-se que Ar-Adûnakhôr assumiu o cetro no ano de 2899; e com base nisso o sr. Robert Foster, em *The Complete Guide to Middle-earth*, indica a data da morte de Tar-Calmacil como 2899. Por outro lado, mais adiante no relato dos monarcas de Númenor do Apêndice A, Ar-Adûnakhôr é chamado de vigésimo rei; e em 1964 meu pai respondeu a um correspondente que perguntara acerca desse ponto: "Do modo como a genealogia está escrita, ele deveria ser chamado de décimo sexto rei e décimo nono monarca. Possivelmente dever-se-ia ler dezenove em vez de vinte; mas também é possível que um nome tenha sido omitido." Explicou que não podia ter certeza porque, à época em que escrevia aquela carta, seus estudos sobre o assunto não estavam disponíveis.

Ao editar o "Akallabêth", mudei o texto original "E o vigésimo rei tomou o cetro de seus pais e subiu ao trono com o nome de Adûnakhôr" para "E o décimo nono rei [...]" (*O Silmarillion*, p. 352), e de modo semelhante "vinte e quatro" para "vinte e três" (*ibid.*, p. 343). Naquela época eu não observara que em "A Linhagem de Elros" o monarca seguinte a Tar-Calmacil não era Ar-Adûnakhôr, mas sim Tar-Ardamin; mas agora parece perfeitamente claro, apenas pelo fato de que a data da morte de Tar-Ardamin está dada aqui como 2899, que ele foi erroneamente omitido da lista em *O Senhor dos Anéis*.

Por outro lado, é uma certeza da tradição (afirmada no Apêndice A, no "Akallabêth", e em "A Linhagem de Elros") que Ar-Adûnakhôr foi o primeiro Rei a assumir o cetro com um nome em idioma adûnaico. Partindo-se do pressuposto de que Tar-Ardamin foi omitido da lista no Apêndice A por mero descuido, é surpreendente que a mudança do estilo dos nomes reais seja lá atribuída ao primeiro monarca após Tar-Calmacil. Pode ser que na base do texto exista uma situação textual mais complexa do que um mero erro de omissão.

[12]Em duas tabelas genealógicas o pai dela é mostrado como Gimilzagar, segundo filho (nascido em 2630) de Tar-Calmacil, mas isso é evidentemente impossível: Inzilbêth devia ser uma descendente mais remota de Tar-Calmacil.

[13]Existe um desenho floral altamente formalizado, feito por meu pai, de estilo semelhante ao mostrado em *Pictures by J.R.R. Tolkien* (1979) n. 45, no canto

A LINHAGEM DE ELROS: REIS DE NÚMENOR

inferior direito, que traz o título *Inziladûn*, e abaixo dele está escrito, tanto em escrita fëanoriana como em transliteração, *Númellótë* ["Flor do Oeste"].

[14]De acordo com o *Akallabêth* (*O Silmarillion*, p. 354) Gimilkhâd "morreu dois anos antes de completar duzentos anos (o que era considerado uma morte precoce para alguém da linhagem de Elros, mesmo em seu esvanecer)".

[15]Conforme observado no Apêndice A de *O Senhor dos Anéis*, Míriel deveria ter sido a quarta Rainha Governante.

Uma discrepância final entre "A Linhagem de Elros" e "O Conto dos Anos" surge nas datas de Tar-Palantir. Está dito no "Akallabêth" (p. 353) que, "quando Inziladûn recebeu o cetro, tomou de novo um título na língua-élfica como outrora, chamando a si mesmo de Tar-Palantir"; e em "O Conto dos Anos" aparece o registro: "3175 Arrependimento de Tar-Palantir. Guerra civil em Númenor." Por essas afirmativas pareceria quase certo que 3175 foi o ano de sua ascensão; e isso se confirma pelo fato de que na "Linhagem de Elros" a data da morte de seu pai Ar-Gimilzôr foi originalmente dada como 3175, e só mais tarde corrigida para 3177. Assim como ocorre com a data da morte de Tar-Atanamir (nota 10 pp. 306–07), é difícil compreender por que foi feita essa pequena mudança, em contradição a "O Conto dos Anos".

[16]A afirmativa de que Elendil foi o autor do *Akallabêth* é feita somente aqui. Também se diz em outra parte que a história de Aldarion e Erendis, "uma das poucas histórias detalhadas preservadas de Númenor", deveu sua conservação ao fato de que interessava a Elendil.

IV

A HISTÓRIA DE GALADRIEL E CELEBORN

E DE AMROTH, REI DE LÓRIEN

Não há nenhuma parte da história da Terra-média mais repleta de problemas que a história de Galadriel e Celeborn, e deve-se admitir que há graves inconsistências "embutidas nas tradições"; ou, olhando o assunto de outro ponto de vista, que o papel e a importância de Galadriel emergiram apenas lentamente, e que sua história sofreu contínuas readaptações.

Assim, de início, é certo que a concepção mais antiga era que Galadriel atravessou sozinha as montanhas desde Beleriand para o leste, antes do fim da Primeira Era, e encontrou Celeborn em sua própria terra de Lórien. Isso está explicitamente afirmado em escritos inéditos, e a mesma ideia forma a base das palavras de Galadriel a Frodo, em *A Sociedade do Anel*, II, 7, em que ela diz de Celeborn que "Ele habitou no Oeste desde os dias do amanhecer, e eu habitei com ele por anos incontados; pois antes da queda de Nargothrond ou Gondolin passei por cima das montanhas, e juntos, através das eras do mundo, combatemos a longa derrota". É muito provável que Celeborn nessa concepção fosse um Elfo Nandorin (isto é, um dos Teleri que se recusaram a atravessar as Montanhas Nevoentas na Grande Jornada a partir de Cuiviénen).

Por outro lado, no Apêndice B de *O Senhor dos Anéis*, aparece uma versão posterior da história; pois lá se afirma que no início da Segunda Era "Em Lindon, ao sul do Lûn, habitou por algum tempo Celeborn, parente de Thingol; sua esposa era Galadriel, a maior das mulheres élficas". E nas notas de *The Road Goes Ever On* (1968, p. 60) está dito que Galadriel "passou sobre

A HISTÓRIA DE GALADRIEL E CELEBORN

as Montanhas de Eredluin com seu esposo Celeborn (um dos Sindar) e foi para Eregion".

Em *O Silmarillion* há uma menção do encontro de Galadriel e Celeborn em Doriath, e do parentesco dele com Thingol (p. 165); bem como do fato de que pertenciam àqueles Eldar que permaneceram na Terra-média após o fim da Primeira Era (p. 337).

As razões e os motivos dados para Galadriel permanecer na Terra-média são vários. O trecho que foi acabado de citar, de *The Road Goes Ever On*, diz explicitamente: "Após a derrota de Morgoth ao fim da Primeira Era, uma interdição fora imposta ao retorno dela, e ela replicara altivamente que não desejava retornar." Não há afirmativa tão explícita em *O Senhor dos Anéis*; mas em uma carta escrita em 1967 meu pai declarou:

> Foi permitido aos Exilados retornar — com exceção de alguns principais agentes na rebelião, dos quais à época de *O Senhor dos Anéis* apenas Galadriel restara. Na época de seu Lamento em Lórien ela acreditava que isso seria permanente, enquanto a Terra durasse. Por isso ela conclui seu lamento com um desejo ou súplica de que a Frodo possa, como uma graça especial, ser concedida uma estadia purgatória (mas não penal) em Eressëa, a ilha solitária à vista de Aman, embora para ela o caminho esteja fechado. Sua súplica foi ouvida — mas sua interdição pessoal também foi removida, em recompensa por seus serviços contra Sauron, e acima de tudo por sua rejeição à tentação de tomar o Anel quando este lhe foi oferecido. De modo que no final a vemos embarcando.

Esta afirmativa, no entanto, muito positiva em si mesma, não demonstra que a concepção de uma interdição ao retorno de Galadriel para o Oeste estivesse presente quando o capítulo "Adeus a Lórien" foi composto, muitos anos antes, e inclino-me a pensar que não estava (ver p. 318).

Em um ensaio muito tardio e essencialmente filológico, escrito sem dúvida depois da publicação de *The Road Goes Ever On*, a história é distintamente diversa:

Galadriel e seu irmão Finrod eram filhos de Finarfin, o segundo filho de Indis. Finarfin era semelhante à sua mãe em mente e corpo e possuía o cabelo dourado dos Vanyar, seu temperamento nobre e gentil e seu amor pelos Valar. Mantinha-se tanto quanto podia afastado da contenda de seus irmãos e de sua alienação dos Valar, e muitas vezes buscou a paz entre os Teleri, cuja língua aprendera. Casou-se com Eärwen, filha do Rei Olwë de Alqualondë, e assim seus filhos eram aparentados com o Rei Elu Thingol de Doriath em Beleriand, pois este era irmão de Olwë; e esse parentesco influenciou sua decisão de participarem do Exílio, e mais tarde em Beleriand demonstrou ser de grande importância. Finrod saíra ao pai no belo rosto e cabelos dourados, bem como no coração nobre e generoso, apesar de apresentar a extrema coragem dos Noldor e, na juventude, sua impaciência e inquietação; e de sua mãe telerin herdara também o amor pelo mar e sonhos com terras longínquas que jamais vira. Galadriel era a maior dos Noldor, a não ser talvez por Fëanor, se bem que fosse mais sábia que ele, e sua sabedoria aumentava com os longos anos.

Seu nome materno era Nerwen ("donzela-homem"),[1] e ela atingiu uma altura além da medida até mesmo das mulheres dos Noldor; era forte de corpo, mente e vontade, rivalizando tanto com os sábios como com os atletas dos Eldar nos dias da juventude destes. Era considerada bela mesmo entre os Eldar, e seu cabelo era tido como maravilha sem par. Era dourado como o cabelo de seu pai e de sua ancestral Indis, porém mais rico e mais radiante, pois seu ouro continha alguma lembrança da prata estelar de sua mãe; e os Eldar diziam que a luz das Duas Árvores, Laurelin e Telperion, havia sido apanhada em seus cachos. Muitos pensavam que foi essa expressão que deu primeiro a Fëanor a ideia de aprisionar e misturar a luz das Árvores que mais tarde tomou forma em suas mãos como as Silmarils.

A HISTÓRIA DE GALADRIEL E CELEBORN

Pois Fëanor contemplava o cabelo de Galadriel com maravilha e deleite. Três vezes implorou por um cacho, mas Galadriel não lhe deu nem mesmo um fio de cabelo. Esses dois parentes, os maiores dentre os Eldar de Valinor, ficaram sendo inimigos para sempre.

Galadriel nasceu na bem-aventurança de Valinor, mas não passou muito tempo, pela contagem do Reino Abençoado, até que esta minguasse; e daquele ponto em diante ela não teve paz interior. Pois naqueles tempos difíceis, em meio à contenda dos Noldor, ela era arrastada de um lado para o outro. Era orgulhosa, forte e voluntariosa, assim como todos os descendentes de Finwë, salvo Finarfin; e como seu irmão Finrod, o mais próximo ao seu coração de toda a família, tinha sonhos de terras longínquas e domínios que poderiam lhe pertencer, para governá-los como quisesse, sem tutela. Porém ainda mais fundo habitava nela o nobre e generoso espírito dos Vanyar, bem como uma reverência pelos Valar que não podia esquecer. Desde os primeiros anos, tinha um maravilhoso dom de penetrar na mente alheia, mas julgava os outros com compaixão e compreensão, e a ninguém negava sua boa vontade, à única exceção de Fëanor. Nele, ela percebia uma escuridão que odiava e temia, embora não se desse conta de que a sombra do mesmo mal recaíra sobre a mente de todos os Noldor, e sobre a sua própria.

Assim aconteceu que, quando se desvaneceu a luz de Valinor, para sempre, como pensavam os Noldor, ela se uniu à rebelião contra os Valar que os mandavam ficar; e, uma vez que pôs os pés nesse caminho, não quis voltar atrás e rejeitou a última mensagem dos Valar, incorrendo, assim, na Sentença de Mandos. Mesmo após o implacável ataque aos Teleri e o rapto de seus navios, apesar de ter lutado ferozmente contra Fëanor em defesa da família de sua mãe, ela não recuou. Seu orgulho recusava-se a permitir que retornasse derrotada, suplicante por perdão; agora, porém, ela ardia com o desejo de seguir Fëanor, irada, a quaisquer terras às quais ele chegasse e de frustrá-lo de todas as maneiras que pudesse. O orgulho ainda a movia quando, ao final dos Dias Antigos, após a última derrocada de Morgoth, ela recusou o perdão dos Valar para todos os que o haviam combatido, e permaneceu na Terra-média. Somente depois de se passarem mais duas longas eras, quando finalmente tudo o que desejara na juventude lhe chegou às mãos, o Anel do Poder e o domínio da Terra-média com o qual sonhara, foi que sua sabedoria se tornou plena e ela tudo rejeitou. E, ao passar por esse último teste, partiu para sempre da Terra-média.

Essa última frase está intimamente relacionada com a cena em Lothlórien em que Frodo ofereceu o Um Anel a Galadriel (*A Sociedade do Anel*, II, 7): "E agora ele afinal. Tu me darás o Anel de livre vontade! No lugar do Senhor Sombrio colocarás uma Rainha."

Em *O Silmarillion* conta-se (p. 124) que, à época da rebelião dos Noldor em Valinor, Galadriel

> estava ávida por partir. Nenhum juramento fez, mas as palavras de Fëanor acerca da Terra-média acenderam um fogo em seu coração, pois ela ansiava por ver as vastas terras sem guarda e reger lá um reino a seu próprio alvitre.

Existem, porém, no presente relato, vários traços dos quais não há vestígio em *O Silmarillion*: o parentesco dos filhos de Finarfin com Thingol como fator que influenciou sua decisão de se unirem à rebelião de Fëanor; a peculiar ojeriza e desconfiança de Galadriel por Fëanor desde o começo, e o efeito que Galadriel exercia sobre ele; e a luta em Alqualondë entre os próprios Noldor. Angrod garantiu a Thingol em Menegroth apenas que a família de Finarfin era inocente da matança dos Teleri (*O Silmarillion*, p. 184). No entanto, o que é mais notável no trecho recém-citado é a afirmativa explícita de que Galadriel *recusou o perdão dos Valar* ao final da Primeira Era.

Mais adiante nesse ensaio diz-se que, embora fosse chamada Nerwen pela mãe e Artanis ("mulher nobre") pelo pai, o nome que escolheu como seu próprio nome em sindarin foi Galadriel, "pois era o mais belo de seus nomes, e lhe fora dado pelo seu

A HISTÓRIA DE GALADRIEL E CELEBORN

amado, Teleporno dos Teleri, com quem mais tarde se casou em Beleriand". Teleporno é Celeborn, que aqui recebe uma história diferente, conforme se discute adiante (pp. 315–16); sobre o nome propriamente dito, ver o Apêndice E, p. 360.

Uma história totalmente diferente, esboçada mas nunca desenvolvida, sobre a conduta de Galadriel à época da rebelião dos Noldor aparece em uma nota muito tardia e parcialmente ilegível: o último escrito de meu pai sobre o tema de Galadriel e Celeborn, e provavelmente o último sobre a Terra-média e Valinor, redigido no seu último mês de vida. Ali ele salientava a estatura imponente que Galadriel já tinha em Valinor, equivalente à de Fëanor, se bem que diversa em dons; e ali está dito que, longe de se unir à revolta de Fëanor, ela se opôs a ele de todas as maneiras. Na verdade desejava partir de Valinor e ir ao amplo mundo da Terra-média para exercer seus talentos, pois "como era brilhante na mente e veloz na ação, cedo absorvera tudo o que fora capaz dos ensinamentos que os Valar julgavam conveniente transmitir aos Eldar", e sentia-se confinada na tutela de Aman. Esse desejo de Galadriel era, ao que parece, do conhecimento de Manwë, e ele não lhe proibira nada, mas ela também não recebera permissão formal para partir. Ponderando o que poderia fazer, os pensamentos de Galadriel voltaram-se para os navios dos Teleri, e por algum tempo ela foi morar com a família de sua mãe em Alqualondë. Lá encontrou Celeborn, que aqui é novamente um príncipe telerin, neto de Olwë de Alqualondë e, portanto, parente próximo dela. Juntos planejaram construir um navio e nele navegar até a Terra-média. Estavam a ponto de pedir permissão aos Valar para sua aventura quando Melkor fugiu de Valmar e, voltando com Ungoliant, destruiu a luz das Árvores. Na revolta de Fëanor, que se seguiu ao Obscurecer de Valinor, Galadriel não tomou parte: na realidade ela e Celeborn lutaram heroicamente em defesa de Alqualondë contra o ataque dos Noldor, e o navio de Celeborn foi salvo deles. Galadriel, agora desesperançada de Valinor e horrorizada com a violência e a crueldade de Fëanor, velejou pelas trevas

314

sem esperar pela permissão de Manwë, que naquela hora sem dúvida lhe teria sido negada, por muito que seu desejo fosse legítimo em si. Dessa forma foi incluída na interdição de todas as partidas, e Valinor fechou-se ao seu retorno. Mas, na companhia de Celeborn, ela chegou à Terra-média um pouco antes que Fëanor e navegou para o porto cujo senhor era Círdan. Lá foram recebidos com alegria, visto que eram da família de Elwë (Thingol). Nos anos seguintes, não se juntaram à guerra contra Angband, que julgavam sem esperanças sob a interdição dos Valar e sem auxílio deles. E seu conselho era retirar-se de Beleriand e construir um poderio a leste (de onde temiam que Morgoth buscaria reforços), amparando e ensinando os Elfos Escuros e os Homens daquelas regiões. Mas, como tal política não tinha chance de ser aceita pelos Elfos de Beleriand, Galadriel e Celeborn partiram para transpor as Ered Lindon antes do fim da Primeira Era. E, quando receberam a permissão dos Valar para retornar ao Oeste, eles a rejeitaram.

Essa história, que exclui Galadriel de qualquer associação com a rebelião de Fëanor, mesmo a ponto de lhe conceder uma partida em separado (com Celeborn) de Aman, diverge profundamente de tudo o que se diz em outros lugares. Ela decorreu de considerações "filosóficas" (e não "históricas"), por um lado acerca da precisa natureza da desobediência de Galadriel em Valinor, e por outro acerca de sua condição e seu poder na Terra-média. É evidente que isso teria implicado inúmeras alterações na narrativa de *O Silmarillion*, mas meu pai sem dúvida pretendia realizá-las. Pode-se notar aqui que Galadriel não aparecia na história original da rebelião e fuga dos Noldor, que existia muito antes dela; e também, naturalmente, que após sua aparição nas histórias da Primeira Era seus atos ainda poderiam sofrer transformações radicais, visto que *O Silmarillion* não fora publicado. O livro tal como se publicou foi, no entanto, formado a partir de narrativas terminadas, e eu não podia levar em conta revisões meramente projetadas.

Por outro lado, a transformação de Celeborn em um Elfo telerin de Aman contradiz não apenas afirmativas feitas em *O Silmarillion*, mas também aquelas já mencionadas (pp. 307–08) de *The Road Goes Ever On* e do Apêndice B de *O Senhor dos Anéis*, pelos quais Celeborn é um Elfo sindarin de Beleriand. Quanto à pergunta sobre o motivo pelo qual deveria ser feita essa alteração fundamental na história de Celeborn, poder-se-ia responder que ela resultou do novo elemento narrativo da partida de Galadriel de Aman *separadamente* das hostes dos Noldor rebeldes; mas Celeborn já está transformado em Elfo telerin no texto citado na p. 313, em que Galadriel tomou parte na revolta de Fëanor e em sua marcha desde Valinor, e onde não há indicação de como Celeborn chegou à Terra-média.

A história anterior (à parte da questão da interdição e do perdão), à qual se referem as afirmativas em *O Silmarillion*, em *The Road Goes Ever On* e no Apêndice B de *O Senhor dos Anéis*, é bastante clara: Galadriel, chegando à Terra-média como um dos líderes da segunda hoste dos Noldor, encontrou Celeborn em Doriath, e mais tarde casou-se com ele. Ele era neto de Elmo, irmão de Thingol — uma figura obscura sobre a qual nada se diz, exceto que era o irmão mais novo de Elwë (Thingol) e Olwë, e era "amado por Elwë, com quem permaneceu". (O filho de Elmo chamava-se Galadhon, e seus filhos eram Celeborn e Galathil. Galathil era pai de Nimloth, que se casou com Dior, Herdeiro de Thingol, e era mãe de Elwing. De acordo com essa genealogia, Celeborn era parente de Galadriel, neta de Olwë de Alqualondë, porém não tão próximo quanto na genealogia em que se tornou neto de Olwë.) É uma presunção natural que Celeborn e Galadriel estivessem presentes na ruína de Doriath (diz-se em um lugar que Celeborn "escapou do saque de Doriath"), e talvez tenham ajudado Elwing a escapar para os Portos do Sirion com a Silmaril — mas em nenhum lugar isso está afirmado. Celeborn é mencionado no Apêndice B de *O Senhor dos Anéis* como tendo habitado por algum tempo em Lindon ao sul do Lûn;[2] mas no início da Segunda Era eles transpuseram as montanhas para entrar em Eriador. Sua história subsequente, na mesma fase (por assim dizer) da escrita de meu pai, está contada na breve narrativa que se segue.

Acerca de Galadriel e Celeborn

O texto que leva esse título é um esboço curto e apressado, composto de forma muito tosca, mas que ainda assim é praticamente a única fonte narrativa para os eventos no Oeste da Terra-média até a derrota e expulsão de Sauron de Eriador, no ano de 1701 da Segunda Era. Afora esse texto, pouco existe além dos registros, breves e infrequentes, em "O Conto dos Anos", e do relato muito mais generalizado e seletivo em "'Dos Anéis de Poder' e da Terceira Era" (publicado em *O Silmarillion*). É certo que o presente texto foi composto após a publicação de *O Senhor dos Anéis*, tanto por existir uma referência ao livro quanto pelo fato de Galadriel ser chamada de filha de Finarfin e irmã de Finrod Felagund (pois esses são os nomes posteriores desses príncipes, introduzidos na edição revisada: ver p. 346, nota 20). O texto está muito emendado, e nem sempre é possível ver o que pertence à época da composição do manuscrito e o que é indefinidamente posterior. É esse o caso daquelas referências a Amroth que fazem dele o filho de Galadriel e Celeborn. No entanto, não importa quando essas referências tenham sido inseridas, creio ser praticamente certo que essa era uma criação nova, posterior à redação de *O Senhor dos Anéis*. Se ele tivesse constado como filho deles quando esse livro foi escrito, com certeza o fato teria sido mencionado.

É extremamente notável que não somente esse texto deixa de mencionar uma interdição sobre o retorno de Galadriel ao Oeste, mas um trecho no início do relato até mesmo faz crer que nenhuma ideia semelhante estava presente; ao passo que, mais adiante na narrativa, o fato de Galadriel permanecer na Terra-média após a derrota de Sauron em Eriador é atribuído ao seu julgamento de ser seu dever não partir enquanto ele ainda não estivesse derrotado de forma definitiva. Esse é um importante sustentáculo da (hesitante) opinião anteriormente expressa (p. 312) de que a história da interdição era posterior à redação de *O Senhor dos Anéis*; ver também um trecho da história da Elessar, apresentado na p. 338.

A HISTÓRIA DE GALADRIEL E CELEBORN

O que se segue aqui é recontado a partir desse texto, com alguns comentários intercalados indicados por colchetes.

Galadriel era a filha de Finarfin e irmã de Finrod Felagund. Era bem-vinda em Doriath porque sua mãe Eärwen, filha de Olwë, era telerin e sobrinha de Thingol, e porque o povo de Finarfin não participara do Fratricídio de Alqualondë; e ela tornou-se amiga de Melian. Em Doriath conheceu Celeborn, neto de Elmo, irmão de Thingol. Por amor a Celeborn, que não desejava abandonar a Terra-média (e provavelmente com algum orgulho próprio seu, pois ela estivera entre os que ansiavam por viver aventuras lá), ela não foi para o Oeste por ocasião da Queda de Melkor, mas atravessou as Ered Lindon com Celeborn e chegou a Eriador. Quando entraram naquela região, havia muitos Noldor em seu séquito, além de Elfos-cinzentos e Elfos-verdes; e por algum tempo habitaram na região em volta do Lago Nenuial (Vesperturvo, ao norte do Condado). Celeborn e Galadriel chegaram a ser considerados Senhor e Senhora dos Eldar em Eriador, aí incluídos os grupos errantes de origem nandorin que nunca haviam passado para o oeste por sobre as Ered Lindon para chegar a Ossiriand [ver *O Silmarillion*, p. 87]. Durante o tempo em que moraram perto de Nenuial, em algum momento entre os anos de 350 e 400, nasceu seu filho Amroth. [A época e o lugar do nascimento de Celebrían, seja ali, mais tarde em Eregion, seja ainda mais tarde em Lórien, não são definidos.]

Mas com o tempo Galadriel deu-se conta de que Sauron fora outra vez deixado para trás, tal como nos antigos dias do cativeiro de Melkor [ver *O Silmarillion*, p. 84]. Ou melhor, visto que Sauron ainda não tinha um nome único, e não se percebera que suas operações procediam de um único espírito malévolo, servo principal de Melkor, ela notou que havia um maligno propósito controlador à solta no mundo, e que parecia provir de uma fonte mais a Leste, além de Eriador e das Montanhas Nevoentas. Portanto Celeborn e Galadriel foram para o leste, por volta do ano de 700 da Segunda Era, e estabeleceram o reino de Eregion de natureza primordialmente, mas não exclusivamente noldorin. Pode ser que Galadriel o tenha escolhido por ter conhecimento dos Anãos de Khazad-dûm (Moria). Havia, e sempre ali permaneceram, alguns Anãos do lado oriental das Ered Lindon,[3] onde outrora se encontravam as antiquíssimas mansões de Nogrod e Belegost — não longe de Nenuial; mas eles haviam transferido a maior parte de suas forças para Khazad-dûm. Celeborn não tinha simpatia pelos Anãos de qualquer raça (como mostrou a Gimli em Lothlórien), e nunca lhes perdoou seu papel na destruição de Doriath; mas foi apenas a hoste de Nogrod que tomou parte naquele ataque, e ela foi destruída na batalha de Sarn Athrad [*O Silmarillion*, p. 315]. Os Anãos de Belegost encheram-se de consternação com a calamidade e temor por seu desfecho, e isso apressou sua partida para o leste, para Khazad-dûm.[4] Assim pode-se presumir que os Anãos de Moria fossem inocentes da ruína de Doriath e não hostis aos Elfos. De qualquer maneira, Galadriel tinha nesse ponto mais perspicácia que Celeborn; e ela percebeu desde logo que a Terra-média não podia ser salva do "resíduo do mal" que Morgoth deixara para trás, a não ser por uma união de todos os povos que à sua maneira e em sua medida se opunham a ele. Também enxergava os Anãos com olhos de comandante, vendo neles os melhores guerreiros para serem enviados contra os Orques. Ademais, Galadriel era uma Noldo, e tinha uma natural afinidade com suas mentes e seu amor apaixonado pelos trabalhos das mãos, afinidade muito maior que a encontrada entre muitos Eldar: os Anãos eram "os Filhos de Aulë", e Galadriel, como outros dentre os Noldor, fora pupila de Aulë e Yavanna em Valinor.

Galadriel e Celeborn tinham em sua companhia um artesão noldorin chamado Celebrimbor. [Aqui se diz que ele era um dos sobreviventes de Gondolin, que estivera entre os maiores artífices de Turgon; mas o texto foi emendado para adequar-se à história posterior que fazia dele um descendente de Fëanor, como está mencionado no Apêndice B de *O Senhor dos Anéis* (somente na edição revisada), e detalhado mais plenamente em

A HISTÓRIA DE GALADRIEL E CELEBORN

O Silmarillion (pp. 241, 377), onde se diz que ele era o filho de Curufin, quinto filho de Fëanor, que se apartou do pai e permaneceu em Nargothrond quando Celegorm e Curufin foram expulsos.] Celebrimbor tinha "uma obsessão quase 'anânica' pelos ofícios", e logo tornou-se artífice-mor de Eregion, passando a relacionar-se de perto com os Anãos de Khazad-dûm, entre os quais seu maior amigo era Narvi. [Na inscrição da Porta Oeste de Moria, Gandalf leu as palavras: *Im Narvi hain echant: Celebrimbor o Eregion teithant i thiw hin*: "Eu, Narvi, as fiz. Celebrimbor de Azevim desenhou estes sinais." *A Sociedade do Anel*, II, 4.] Tanto os Elfos como os Anãos ganharam muito com essa associação: dessa forma Eregion tornou-se muito mais forte, e Khazad-dûm, muito mais bela do que qualquer das duas teria sido sozinha.

[Esse relato sobre a origem de Eregion concorda com o que se conta em "Dos Anéis de Poder" (*O Silmarillion*, p. 374), mas nem aí, nem nas breves referências no Apêndice B de *O Senhor dos Anéis*, há alguma menção da presença de Galadriel e Celeborn. De fato, nesta última obra (novamente, apenas na edição revisada) Celebrimbor é chamado de Senhor de Eregion.]

A construção da principal cidade de Eregion, Ost-in-Edhil, foi iniciada por volta do ano de 750 da Segunda Era [a data indicada em "O Conto dos Anos" para a fundação de Eregion pelos Noldor]. Notícias desses fatos alcançaram os ouvidos de Sauron e aumentaram seu temor acerca da chegada dos Númenóreanos a Lindon e às costas mais ao sul, bem como de sua amizade com Gil-galad; e ele também ouviu falar de Aldarion, filho de Tar-Meneldur, Rei de Númenor, que agora se tornara um grande armador e aportava suas embarcações bem longe no Harad. Portanto Sauron deixou Eriador em paz por algum tempo, e escolheu a terra de Mordor, como mais tarde se chamou, como fortaleza para se opor à ameaça dos desembarques númenóreanos [isso está datado *c.* 1000 em "O Conto dos Anos"]. Quando se sentiu seguro, enviou emissários a Eriador, e finalmente, por volta do ano de 1200 da Segunda Era, foi para lá ele mesmo, envergando a forma mais bela que pôde inventar.

Nesse meio-tempo, entretanto, o poder de Galadriel e Celeborn havia crescido, e Galadriel, auxiliada nisso por sua amizade com os Anãos de Moria, entrara em contato com o reino nandorin de Lórinand, do outro lado das Montanhas Nevoentas.[5] Ele era povoado por aqueles Elfos que renunciaram à Grande Jornada dos Eldar desde Cuiviénen e se estabeleceram nas florestas do Vale do Anduin [*O Silmarillion*, p. 138]; e se estendia às florestas de ambos os lados do Grande Rio, incluindo a região onde mais tarde foi Dol Guldur. Esses Elfos não tinham príncipes ou governantes, e levavam suas vidas livres de preocupação, enquanto todo o poder de Morgoth se concentrava no Noroeste de Terra-média;[6] "mas muitos Sindar e Noldor vieram morar com eles, e começou sua 'sindarinização' sob o impacto da cultura beleriândica". [Não fica claro quando ocorreu esse movimento para Lórinand; pode ser que viessem de Eregion através de Khazad-dûm e sob os auspícios de Galadriel.] Galadriel, nos esforços para neutralizar as maquinações de Sauron, teve sucesso em Lórinand; enquanto isso, em Lindon, Gil-galad expulsou os emissários de Sauron e até mesmo o próprio Sauron [como se relata mais plenamente em "Dos Anéis de Poder" (*O Silmarillion*, p. 375)]. Mas Sauron teve mais sorte com os Noldor de Eregion, em especial com Celebrimbor, que em seu coração desejava se equiparar à habilidade e à fama de Fëanor. [A forma pela qual Sauron logrou os artífices de Eregion, e o nome de Annatar, Senhor das Dádivas, que assumiu, estão relatados em "Dos Anéis de Poder"; mas lá não há menção a Galadriel.]

Em Eregion, Sauron fez-se passar por emissário dos Valar, enviado por eles à Terra-média ("adiantando-se assim aos Istari") ou mandado por eles para lá permanecer e auxiliar os Elfos. Percebeu imediatamente que Galadriel seria sua principal adversária e obstáculo e, portanto, esforçou-se por aplacá-la, suportando o desprezo dela com aparente paciência e cortesia. [Neste rápido esboço não se dá explicação do motivo por que Galadriel desprezava Sauron, a não ser que conseguisse

A HISTÓRIA DE GALADRIEL E CELEBORN

enxergar por trás de seu disfarce, ou por que, caso percebesse sua verdadeira natureza, lhe permitia ficar em Eregion.][7] Sauron usou todas as suas artes em Celebrimbor e seus coartífices, que haviam formado uma sociedade ou irmandade muito poderosa em Eregion, a Gwaith-i-Mírdain; mas trabalhava em segredo, oculto de Galadriel e Celeborn. Em pouco tempo, Sauron tinha a Gwaith-i-Mírdain sob sua influência, pois de início muito lucraram com sua instrução em assuntos secretos de seu ofício.[8] Tornou-se tão grande sua dominação dos Mírdain que finalmente os persuadiu a se revoltarem contra Galadriel e Celeborn e tomarem o poder em Eregion. Isso ocorreu em alguma época entre 1350 e 1400 da Segunda Era. Diante disso, Galadriel deixou Eregion e passou por Khazad-dûm para chegar a Lórinand, levando consigo Amroth e Celebrían; mas Celeborn não quis entrar nas mansões dos Anãos, e ficou para trás em Eregion, desconsiderado por Celebrimbor. Em Lórinand, Galadriel assumiu o poder e a defesa contra Sauron.

O próprio Sauron partiu de Eregion por volta do ano de 1500, depois que os Mírdain haviam iniciado a feitura dos Anéis de Poder. Agora, Celebrimbor não estava corrompido no coração nem na fé, mas aceitara Sauron como aquilo que este fingia ser. Quando, por fim, descobriu a existência do Um Anel, revoltou-se contra Sauron, e foi a Lórinand para se aconselhar mais uma vez com Galadriel. Deveriam ter destruído todos os Anéis de Poder nessa ocasião, "mas não conseguiram reunir as forças". Galadriel aconselhou-o a esconder os Três Anéis dos Elfos, a jamais usá-los e a dispersá-los, longe de Eregion, onde Sauron cria que estivessem. Foi então que de Celebrimbor ela recebeu Nenya, o Anel Branco, e pelo seu poder o reino de Lórinand foi fortificado e embelezado; mas o poder que exercia sobre ela era também grande e imprevisto, pois aumentou seu desejo latente do Mar e de voltar para o Oeste, de modo que diminuiu sua alegria na Terra-média.[9] Celebrimbor seguiu seu conselho para enviar o Anel do Ar e o Anel do Fogo para fora de Eregion; e confiou-os a Gil-galad em Lindon. [Aqui se diz que nessa época Gil-galad deu Narya, o Anel Vermelho, a Círdan,

Senhor dos Portos, porém mais adiante na narrativa há uma nota marginal dizendo que ele mesmo o guardou até partir para a Guerra da Última Aliança.]

Quando Sauron ouviu falar do arrependimento e da revolta de Celebrimbor, seu disfarce caiu e sua ira se revelou. E, reunindo um grande exército, avançou sobre Calenardhon (Rohan) para invadir Eriador no ano de 1695. Quando Gil-galad recebeu notícias disso, enviou um exército comandado por Elrond Meio-Elfo; mas Elrond tinha um longo caminho a percorrer, e Sauron voltou-se para o norte prosseguindo imediatamente para Eregion. Os batedores e a vanguarda da hoste de Sauron já se aproximavam quando Celeborn fez uma investida e os rechaçou; mas, embora conseguisse reunir suas forças às de Elrond, não puderam voltar a Eregion, pois a hoste de Sauron era muito maior que a deles, grande o suficiente para mantê-los a distância e ao mesmo tempo atacar Eregion com vigor. Finalmente os atacantes irromperam em Eregion com ruína e devastação e capturaram o principal objeto do ataque de Sauron, a Casa dos Mírdain, onde estavam suas forjas e seus tesouros. Celebrimbor, desesperado, enfrentou Sauron ele mesmo na escadaria da grande porta dos Mírdain; mas foi agarrado e feito prisioneiro, e a Casa foi saqueada. Lá Sauron apossou-se dos Nove Anéis e de outras obras menores dos Mírdain; mas não conseguiu encontrar os Sete e os Três. Então Celebrimbor foi torturado, e Sauron descobriu por ele a quem haviam sido confiados os Sete. Isso foi revelado por Celebrimbor porque nem os Sete nem os Nove tinham tanto valor para ele quanto os Três; os Sete e os Nove foram feitos com o auxílio de Sauron, ao passo que os Três foram feitos por Celebrimbor sozinho, com poder e propósito diversos. [Aqui não se diz efetivamente que Sauron nessa época tenha tomado posse dos Sete Anéis, embora esteja claramente implícito que o fez. No Apêndice A (III) de *O Senhor dos Anéis* diz-se que havia uma crença entre os Anãos do Povo de Durin de que o Anel de Durin III, Rei de Khazad-dûm, lhe fora dado pelos próprios artífices-élficos, e não por Sauron; mas no presente texto nada é dito sobre a forma pela qual os

A HISTÓRIA DE GALADRIEL E CELEBORN

Sete Anéis chegaram à posse dos Anãos.] Acerca dos Três Anéis, Sauron nada pôde saber por Celebrimbor; e mandou matá-lo. Mas adivinhava a verdade, de que os Três haviam sido confiados a guardiões élficos: e isso devia significar a Galadriel e Gil-galad. Numa fúria sinistra voltou à batalha; e, levando como estandarte o corpo de Celebrimbor suspenso num mastro, trespassado de flechas de Orques, investiu contra o exército de Elrond. Elrond reunira os poucos Elfos de Eregion que haviam escapado, mas não tinha forças para fazer frente ao ataque. Com efeito teria sido derrotado não tivesse a hoste de Sauron sido atacada pela retaguarda; pois Durin enviou um exército de Anãos de Khazad-dûm, e com eles vieram Elfos de Lórinand liderados por Amroth. Elrond conseguiu desenredar-se, mas foi forçado a fugir para o norte, e foi nessa época [no ano de 1697, de acordo com "O Conto dos Anos"] que estabeleceu um refúgio e uma fortaleza em Imladris (Valfenda). Sauron abandonou a perseguição a Elrond e voltou-se contra os Anãos e os Elfos de Lórinand, que rechaçou; mas os Portões de Moria foram fechados, e ele não conseguiu entrar. Daí em diante, Moria passou a ter o ódio eterno de Sauron, e todos os Orques recebiam ordens de molestar os Anãos sempre que pudessem.

Agora, porém, Sauron tentava obter o domínio sobre Eriador: Lórinand podia esperar. Mas, enquanto assolava as terras, matando ou expulsando todos os pequenos grupos de Homens e caçando os Elfos remanescentes, muitos fugiram para engrossar a hoste de Elrond ao norte. Ora, o objetivo imediato de Sauron era capturar Lindon, onde cria ter a maior chance de se apoderar de um ou mais dos Três Anéis; e chamou, portanto, para junto de si suas forças dispersas e marchou para o oeste em direção à terra de Gil-galad, devastando tudo pelo caminho. Mas seu exército foi enfraquecido pela necessidade de deixar para trás um forte destacamento, destinado a reter Elrond e evitar que ele se abatesse sobre sua retaguarda.

Já havia muitos anos os Númenóreanos vinham trazendo seus navios aos Portos Cinzentos, e lá eram bem-vindos. Assim que Gil-galad começou a temer que Sauron invadisse Eriador em guerra aberta, enviou mensagens a Númenor; e no litoral de Lindon os Númenóreanos começaram a reunir um exército e suprimentos de guerra. Em 1695, quando Sauron invadiu Eriador, Gil-galad pediu auxílio a Númenor. Então o Rei Tar-Minastir enviou uma grande armada; mas esta atrasou-se e só chegou às costas da Terra-média no ano de 1700. Àquela altura Sauron dominara Eriador inteira, à única exceção da sitiada Imladris, e alcançara a linha do Rio Lûn. Havia convocado muitos exércitos, que se aproximavam pelo sudeste, e estavam na verdade em Enedwaith, na Travessia de Tharbad, cuja defesa era fraca. Gil-galad e os Númenóreanos mantinham o Lûn em defesa desesperada dos Portos Cinzentos, quando na última hora chegou o grande armamento de Tar-Minastir; e a hoste de Sauron sofreu pesada derrota e foi repelida. O almirante númenóreano Ciryatur enviou parte de seus navios para um desembarque mais ao sul.

Sauron foi expulso para o sudeste após uma grande carnificina no Vau Sarn (a travessia do Baranduin); e, embora reforçado por seu exército de Tharbad, de repente voltou a encontrar uma hoste númenóreana na sua retaguarda, pois Ciryatur fizera desembarcar um grande exército na foz do Gwathló (Griságua), "onde havia um pequeno porto númenóreano". [Este era Vinyalondë de Tar-Aldarion, mais tarde chamado de Lond Daer; ver Apêndice D, p. 353.] Na Batalha do Gwathló, Sauron foi totalmente derrotado, e ele próprio só escapou por bem pouco. Seu pequeno exército remanescente foi atacado no leste de Calenardhon, e ele, sem mais que uma guarda pessoal, fugiu para a região mais tarde chamada de Dagorlad (Planície da Batalha), de onde retornou, quebrado e humilhado, a Mordor, e jurou vingança contra Númenor. O exército que sitiava Imladris foi apanhado entre Elrond e Gil-galad, sendo totalmente destruído. Eriador estava livre do inimigo, mas estava em grande parte destroçada.

Nessa época realizou-se o primeiro Conselho,[10] e lá foi determinado que uma fortaleza élfica no leste de Eriador deveria ser mantida em Imladris, e não em Eregion. Também nessa época

A HISTÓRIA DE GALADRIEL E CELEBORN

Gil-galad deu Vilya, o Anel Azul, a Elrond, e o nomeou seu vice-regente em Eriador; mas reteve o Anel Vermelho, até que o deu a Círdan quando partiu de Lindon nos dias da Última Aliança.[11] Por muitos anos as Terras-do-Oeste tiveram paz e tempo para cicatrizar as feridas; mas os Númenóreanos haviam provado o poder na Terra-média, e dessa época em diante começaram a construir povoados permanentes nas costas ocidentais [datado de "*c.* 1800" em "O Conto dos Anos"], tornando-se demasiado poderosos para que Sauron tentasse sair de Mordor para o oeste durante muito tempo.

No seu trecho final, a narrativa retorna a Galadriel, contando que o anseio do mar tanto aumentou em seu íntimo que (apesar de ela considerar seu dever permanecer na Terra-média enquanto Sauron ainda não estivesse subjugado) ela se dispôs a deixar Lórinand e a morar perto do mar. Confiou Lórinand a Amroth; e, atravessando Moria outra vez com Celebrían, chegou a Imladris, em busca de Celeborn. Lá (ao que consta) encontrou-o, e lá moraram juntos por muito tempo; e foi então que Elrond viu Celebrían pela primeira vez, e a amou, apesar de nada dizer a respeito. Foi enquanto Galadriel estava em Imladris que ocorreu o Conselho anteriormente mencionado. Mas em algum momento posterior [não há indicação da data] Galadriel e Celeborn, na companhia de Celebrían, partiram de Imladris e foram para as terras esparsamente habitadas entre a foz do Gwathló e Ethir Anduin. Ali moraram em Belfalas, no lugar que mais tarde se chamou Dol Amroth. Ali seu filho Amroth às vezes os visitava, e sua companhia era aumentada por Elfos nandorin de Lórinand. Foi somente quando a Terceira Era estava bem avançada, quando Amroth se perdeu e Lórinand estava em perigo, que Galadriel retornou para lá, no ano de 1981. Aqui termina o texto "Acerca de Galadriel e Celeborn".

Pode-se notar aqui que a ausência de qualquer indicação em contrário em *O Senhor dos Anéis* conduziu os comentaristas à presunção natural de que Galadriel e Celeborn teriam passado a segunda metade da Segunda Era e toda a Terceira em Lothlórien; mas não foi assim, apesar de sua história, como esboçada em "Acerca de Galadriel e Celeborn", ter sido muito modificada depois, como será mostrado a seguir.

Amroth e Nimrodel

Já disse antes (p. 317) que, se Amroth realmente fosse tido como filho de Galadriel e Celeborn quando *O Senhor dos Anéis* foi escrito, uma conexão tão importante dificilmente teria deixado de ser mencionada. Mas, fosse ou não, essa visão sobre seus genitores foi rejeitada mais tarde. Apresento em seguida um pequeno conto (datado de 1969 ou mais tarde) intitulado "Parte da Lenda de Amroth e Nimrodel brevemente relatada".

Amroth foi Rei de Lórien depois que seu pai, Amdír, foi morto na Batalha de Dagorlad [no ano de 3434 da Segunda Era]. Sua terra teve paz por muitos anos após a derrota de Sauron. Apesar de ser de ascendência sindarin, vivia à maneira dos Elfos Silvestres e se alojava nas altas árvores de uma grande colina verde, que depois sempre se chamou Cerin Amroth. Fazia isso por causa de seu amor por Nimrodel. Durante longos anos ele a amara, e não tomara esposa, visto que ela não queria se casar com ele. Ela o amava de fato, pois ele era belo mesmo para um dos Eldar, além de valoroso e sábio; mas ela pertencia aos Elfos Silvestres, e se ressentia da chegada dos Elfos do Oeste, que (como dizia) traziam guerras e destruíam a paz de antigamente. Falava apenas a língua silvestre, mesmo após esta ter caído em desuso entre o povo de Lórien;[12] e morava sozinha ao lado da cascata do rio Nimrodel, ao qual deu seu nome. Mas, quando o terror veio de Moria e os Anãos foram expulsos, e no lugar deles os Orques entraram sorrateiros, ela fugiu sozinha para o sul, atormentada, para as terras vazias [no ano de 1981 da Terceira Era]. Amroth seguiu-a e por fim a encontrou à beira de Fangorn, que naquela época ficava muito mais próximo de Lórien.[13] Ela não ousou entrar na floresta, pois as árvores, dizia, a ameaçavam, e algumas se moviam para lhe impedir o caminho.

A HISTÓRIA DE GALADRIEL E CELEBORN

Lá Amroth e Nimrodel tiveram uma longa conversa; e finalmente comprometeram-se a se casar. "Cumprirei minha palavra", garantiu ela, "e havemos de nos casar quando tu me levares a uma terra de paz." Amroth prometeu por amor a ela deixar seu povo, mesmo em tempo de necessidade, e buscar com ela uma terra assim. "Mas agora não há nenhuma na Terra-média", disse ele "e não haverá nunca mais para o povo-élfico. Precisamos buscar uma passagem sobre o Grande Mar, até o antigo Oeste." Então contou-lhe sobre o porto no sul, aonde muitos da sua própria gente haviam chegado tempos atrás. "Minguaram agora, pois a maioria velejou para o Oeste; mas o remanescente deles ainda constrói navios e oferece passagem para qualquer um da sua gente que venha a eles, cansado da Terra-média. Dizem que a graça que os Valar nos deram, de passar sobre o Mar, agora também é concedida a quem quer que tenha feito a Grande Jornada, mesmo que em eras passadas não tenha chegado às praias e não tenha ainda contemplado a Terra Abençoada."

Não há espaço aqui para contar sobre sua viagem à terra de Gondor. Eram os dias do Rei Eärnil II, o penúltimo dos Reis do Reino do Sul, e suas terras estavam inquietas. [Eärnil II reinou em Gondor de 1945 a 2043.] Em outro lugar está contado [mas não em nenhum escrito existente] como se separaram, e como Amroth, após buscá-la em vão, foi ao porto-élfico e descobriu que apenas uns poucos ainda restavam lá. Menos que a capacidade de um navio; e tinham somente um navio em condições de navegar. Nele agora preparavam-se para partir e abandonar a Terra-média. Deram as boas-vindas a Amroth, contentes em reforçar seu pequeno grupo; mas relutavam em esperar por Nimrodel, cuja vinda agora lhes parecia sem esperança. "Se ela viesse através das terras povoadas de Gondor", comentaram, "não seria molestada e poderia receber ajuda; pois os Homens de Gondor são bondosos, e são governados pelos descendentes dos Amigos-dos-Elfos de outrora, que ainda sabem falar nossa língua de certa maneira; mas nas montanhas há muitos Homens hostis e criaturas malignas."

O ano perdia-se no outono, e grandes ventos eram esperados para logo, hostis e perigosos, mesmo para os navios-élficos,

328

enquanto ainda estivessem próximos à Terra-média. Mas o pesar de Amroth era tão grande que ainda assim retardaram a partida por muitas semanas; e viviam a bordo do navio, pois suas casas na costa estavam desmontadas e vazias. Então, no outono, veio uma grande noite de tempestade, uma das mais ferozes nos anais de Gondor. Chegou dos frios Ermos do Norte, e desceu rugindo através de Eriador até as terras de Gondor, produzindo grande destruição; as Montanhas Brancas não serviam de escudo contra ela, e muitos dos navios dos Homens foram arrastados à Baía de Belfalas e se perderam. O leve navio-élfico foi arrancado de suas amarras e impelido para as águas bravias em direção à costa de Umbar. Nunca mais se ouviram notícias dele na Terra-média; mas os navios-élficos feitos para essa viagem não afundavam, e sem dúvida ele deixou os Círculos do Mundo e chegou por fim a Eressëa. Mas não levou Amroth até lá. A tempestade abateu-se sobre as costas de Gondor no momento em que a aurora espiava através das nuvens em voo; mas, quando Amroth despertou, o navio já estava longe da terra. Gritando em alta voz, desesperado, "Nimrodel!", Amroth saltou no mar e nadou em direção ao litoral que desaparecia. Por muito tempo os marinheiros, com sua visão élfica, conseguiram vê-lo lutando contra as ondas, até que o sol nascente brilhou através das nuvens e bem longe iluminou seus cabelos brilhantes como uma centelha de ouro. Nenhum olho de Elfo ou Homem voltou a vê-lo na Terra-média. Do que aconteceu a Nimrodel nada se diz aqui, apesar de haver muitas lendas acerca de seu destino.

A narrativa acima foi na verdade composta como uma ramificação de uma discussão etimológica dos nomes de certos rios da Terra-média, neste caso o Gilrain, um rio de Lebennin em Gondor, que desaguava na Baía de Belfalas a oeste de Ethir Anduin, e outra faceta da lenda de Nimrodel emerge da discussão do elemento *rain*. Este provavelmente derivava do radical *ran-* "vagar, errar, tomar curso incerto" (como em *Mithrandir*, e no nome *Rána* da Lua).

A HISTÓRIA DE GALADRIEL E CELEBORN

Isso não pareceria adequado a nenhum dos rios de Gondor; mas com frequência os nomes dos rios podem aplicar-se apenas a parte de seu curso, à sua nascente, ao seu trecho inferior ou a outras características que chamaram a atenção dos exploradores que lhes deram o nome. Nesse caso, no entanto, os fragmentos da lenda de Amroth e Nimrodel fornecem uma explicação. O Gilrain descia veloz das montanhas, assim como os demais rios daquela região; mas, ao alcançar a extremidade dos contrafortes das Ered Nimrais que o separavam do Celos [ver o mapa que acompanha o Volume 3 de *O Senhor dos Anéis*], ele entrava numa ampla depressão rasa. Vagava nela por algum tempo, e formava uma pequena lagoa na extremidade sul, antes de atravessar uma crista e voltar a prosseguir veloz até se encontrar com o Serni. Quando Nimrodel fugiu de Lórien, diz-se que, procurando pelo mar, perdeu-se nas Montanhas Brancas, até que finalmente (não está dito por qual estrada ou passagem) chegou a um rio que lhe recordava seu próprio regato em Lórien. Seu coração aliviou-se, e ela se sentou à margem de uma lagoa, vendo as estrelas refletidas nas águas sombrias, e ouvindo as cascatas pelas quais o rio prosseguia em sua descida para o mar. Ali caiu em profundo sono de exaustão, e dormiu tanto tempo que não desceu a Belfalas antes que o navio de Amroth fosse soprado para alto-mar, e ele se perdesse tentando voltar para Belfalas a nado. Essa lenda era bem conhecida na Dor-en-Ernil (a Terra do Príncipe),[14] e sem dúvida o nome foi dado como lembrança disso.

O ensaio continua com uma breve explicação de como Amroth, como Rei de Lórien, estava relacionado com o reinado de Celeborn e Galadriel naquela terra:

> O povo de Lórien era mesmo naquela época [isto é, ao tempo da perda de Amroth] muito semelhante ao que era no fim da Terceira Era: Elfos Silvestres na origem, mas governados por príncipes de ascendência sindarin (assim como o reino de Thranduil nas regiões setentrionais de Trevamata; se bem que

agora não se saiba se Thranduil e Amroth eram parentes).[15] No entanto, haviam se misturado muito aos Noldor (de fala sindarin) que passaram por Moria após a destruição de Eregion por Sauron no ano de 1697 da Segunda Era. Naquela época Elrond foi para o oeste [*sic*; provavelmente significa apenas que ele não atravessou as Montanhas Nevoentas] e estabeleceu o refúgio de Imladris; mas Celeborn foi primeiro a Lórien e a fortificou contra quaisquer outras tentativas de Sauron de atravessar o Anduin. Quando, no entanto, Sauron se retirou para Mordor e (como se relata) se ocupou exclusivamente de conquistas no Leste, Celeborn reuniu-se a Galadriel em Lindon.

Lórien teve então longos anos de paz e obscuridade sob o domínio de seu próprio rei Amdír, até a Queda de Númenor e a súbita volta de Sauron à Terra-média. Amdír obedeceu à convocação de Gil-galad e levou à Última Aliança um exército tão grande quanto conseguiu reunir, mas foi morto na Batalha de Dagorlad, e com ele a maior parte de sua companhia. Amroth, seu filho, tornou-se rei.

Esse relato, naturalmente, diverge muito daquele contido em "Acerca de Galadriel e Celeborn". Amroth não é mais filho de Galadriel e Celeborn, e sim de Amdír, um príncipe de origem sindarin. A história mais antiga, das relações de Galadriel e Celeborn com Eregion e Lórien, parece ter sido modificada sob muitos aspectos importantes, mas não se pode dizer quanto dela teria sido mantido em qualquer narrativa plenamente redigida. A associação de Celeborn com Lórien está agora situada muito mais longe no passado (pois em "Acerca de Galadriel e Celeborn" ele nunca chegou a ir a Lórien durante a Segunda Era); e aqui ficamos sabendo que muitos Elfos noldorin passaram por Moria a caminho de Lórien *após* a destruição de Eregion. No relato anterior não há sugestão disso, e o movimento de Elfos "beleriândicos" para Lórien ocorreu em condições pacíficas muitos anos antes (p. 322). A implicação do excerto recém-mencionado é que, após a queda de Eregion, Celeborn liderou essa migração para Lórien, enquanto

A HISTÓRIA DE GALADRIEL E CELEBORN

Galadriel se uniu a Gil-galad em Lindon; mas em outra parte, num escrito contemporâneo a esse, diz-se explicitamente que ambos naquela época "passaram através de Moria com um considerável séquito de exilados noldorin, e habitaram por muitos anos em Lórien". Não está nem afirmado nem negado nesses escritos tardios que Galadriel (ou Celeborn) tivesse relações com Lórien antes de 1697, e não há outras referências fora de "Acerca de Galadriel e Celeborn" à revolta de Celebrimbor (em alguma época entre 1350 e 1400) contra seu reinado em Eregion, nem à partida de Galadriel para Lórien naquela época, ou ao fato de ela assumir o poder ali, enquanto Celeborn ficava para trás em Eregion. Nos relatos tardios não fica claro onde Galadriel e Celeborn passaram os longos anos da Segunda Era após a derrota de Sauron em Eriador; seja como for, não há outras menções à sua estada secular em Belfalas (p. 326).

A discussão sobre Amroth continua:

> Mas, durante a Terceira Era, Galadriel encheu-se de presságios e com Celeborn viajou a Lórien, lá permanecendo com Amroth por muito tempo, especialmente interessada em saber de todas as notícias e rumores da crescente sombra em Trevamata e da escura fortaleza em Dol Guldur. Mas o povo de Amroth estava contente com ele; ele era valoroso e sábio, e seu pequeno reino ainda era próspero e belo. Portanto, após longas viagens de investigação em Rhovanion, de Gondor e dos limites de Mordor até Thranduil no norte, Celeborn e Galadriel passaram sobre as montanhas para Imladris, e lá moraram por muitos anos; pois Elrond era seu parente, visto que se casara com sua filha Celebrían no começo da Terceira Era [no ano de 109, de acordo com "O Conto dos Anos"].
>
> Após o desastre em Moria [no ano de 1980] e os pesares de Lórien, que estava agora sem monarca (pois Amroth morrera afogado no mar na Baía de Belfalas sem deixar herdeiro), Celeborn e Galadriel voltaram a Lórien, e receberam as boas-vindas do povo. Lá habitaram enquanto durou a Terceira Era, mas não assumiram títulos de Rei nem Rainha; pois diziam que eram

apenas guardiões daquele reino pequeno, mas belo, o último posto avançado dos Elfos a leste.

Em outro lugar existe mais uma referência a seus movimentos durante aqueles anos:

A Lórien Celeborn e Galadriel retornaram duas vezes antes da Última Aliança e do fim da Segunda Era; e, na Terceira Era, quando a sombra da recuperação de Sauron se ergueu, lá habitaram novamente por muito tempo. Em sua sabedoria Galadriel viu que Lórien seria uma fortaleza e um reduto de poder para evitar que a Sombra atravessasse o Anduin na guerra que inevitavelmente teria de vir, antes que fosse derrotada outra vez (caso isso fosse possível); mas que necessitava de um governo de maior força e discernimento do que o povo silvestre possuía. Não obstante, foi só após o desastre em Moria, quando o poder de Sauron, por meios além da capacidade de previsão de Galadriel, realmente atravessou o Anduin e Lórien se encontrou em grande perigo, com o rei perdido, o povo em fuga e arriscando deixar a terra deserta para ser ocupada pelos Orques, que Galadriel e Celeborn assumiram sua morada permanente em Lórien, e seu governo. Mas não assumiram títulos de Rei nem Rainha, e foram os guardiões que por fim a conduziram inviolada por toda a Guerra do Anel.

Em outra discussão etimológica do mesmo período, há uma explicação de que o nome Amroth é um apelido derivado do fato de que morava em um alto *talan* ou *flet*, as plataformas de madeira construídas no alto das árvores de Lothlórien, nas quais moravam os Galadhrim (ver *A Sociedade do Anel*, II, 6): significava "escalador, escalador do alto".[16] Diz-se aqui que o costume de morar em árvores não era hábito dos Elfos Silvestres em geral, mas se desenvolvera em Lórien em virtude da natureza e situação da região: uma terra plana sem boas pedras, exceto as que podiam ser extraídas nas montanhas a oeste e trazidas com dificuldade descendo pelo Veio-de-Prata abaixo. Sua principal riqueza eram suas árvores, um remanescente das grandes florestas dos Dias Antigos. Mas habitar nas árvores não era universal mesmo em Lórien, e os *telain* ou *flets* eram originariamente refúgios para serem usados em caso de ataque, ou então, com maior frequência (em especial aqueles que ficavam bem alto nas grandes árvores) postos de vigia de onde a terra e seus limites podiam ser inspecionados por olhos élficos: pois Lórien, após o fim do primeiro milênio da Terceira Era, tornou-se uma terra de vigilância e desassossego; e Amroth deve ter vivido em crescente inquietação a partir do momento em que Dol Guldur foi construída em Trevamata.

Um desses postos de vigia, usado pelos guardiões das fronteiras do norte, era o *flet* onde Frodo passou a noite. A morada de Celeborn em Caras Galadhon também tinha a mesma origem: seu *flet* superior, que a Sociedade do Anel não viu, era o ponto mais alto da região. Anteriormente o *flet* de Amroth, no topo do grande morro ou colina de Cerin Amroth, erguido pelo trabalho de muitas mãos, fora o mais alto, e destinava-se principalmente à observação de Dol Guldur do outro lado do Anduin. A conversão desses *telain* em habitações permanentes foi um desenvolvimento posterior, e somente em Caras Galadhon tais habitações eram numerosas. Mas a própria Caras Galadhon era uma fortaleza, e apenas uma pequena parte dos Galadhrim morava entre seus muros. Sem dúvida viver em casas tão elevadas foi inicialmente considerado extraordinário, e Amroth provavelmente foi o primeiro a fazê-lo. Assim, é muito provável que seu nome — o único que mais tarde foi lembrado na lenda — tenha se derivado do fato de sua morada ser em um alto *talan*.

Uma nota sobre as palavras "Amroth provavelmente foi o primeiro a fazê-lo" afirma:

A não ser que fosse Nimrodel. Seus motivos eram diferentes. Ela amava as águas e as cascatas de Nimrodel, das quais não gostava de se afastar por muito tempo; mas com o entenebrecimento dos tempos, viu-se que o rio era demasiado próximo das fronteiras do norte, e em uma região onde habitavam então poucos Galadhrim. Talvez tenha sido dela que Amroth tomou a ideia de morar num alto *flet*.[17]

Retornando à lenda de Amroth e Nimrodel apresentada anteriormente, qual era o "porto no sul" onde Amroth aguardou Nimrodel, e aonde (como ele lhe contou) "muitos da sua própria gente haviam chegado tempos atrás" (p. 326)? Dois trechos de *O Senhor dos Anéis* tratam desta questão. Um deles está em *A Sociedade do Anel*, II, 6, no qual Legolas, após cantar a canção de Amroth e Nimrodel, fala da "Baía de Belfalas de onde os Elfos de Lórien zarparam". O outro está em *O Retorno do Rei*, V, 9, no qual Legolas, olhando para o Príncipe Imrahil de Dol Amroth, viu que ele "tinha sangue-élfico nas veias", e lhe disse: "Faz tempo que o povo de Nimrodel deixou as matas de Lórien, porém ainda se pode ver que nem todos zarparam do porto de Amroth rumo ao oeste por sobre as águas." Ao que o Príncipe Imrahil respondeu: "Assim se diz na tradição de minha terra."

Notas tardias e fragmentárias dão alguma contribuição para explicar essas referências. Assim, em um estudo das inter-relações linguísticas e políticas da Terra-média (datado de 1969 ou mais tarde), há uma referência de passagem ao fato de que, nos dias das primeiras povoações de Númenor, as costas da Baía de Belfalas ainda estavam em grande medida desertas, "à exceção de um porto e uma pequena povoação de Elfos ao sul da confluência do Morthond e do Ringló" (isto é, logo ao norte de Dol Amroth).

> Este, de acordo com as tradições de Dol Amroth, fora estabelecido por Sindar navegantes dos portos ocidentais de Beleriand, que fugiram em três pequenos navios quando o poderio de Morgoth sobrepujou os Eldar e os Atani; mas foi depois aumentado por aventureiros dos Elfos Silvestres, que vieram descendo o Anduin em busca do mar.

A HISTÓRIA DE GALADRIEL E CELEBORN

Os Elfos Silvestres (observa-se aqui) "nunca se livraram totalmente de uma inquietação e de um anseio pelo Mar que às vezes impelia alguns deles a vagar longe de suas casas". Para relacionarmos essa história dos "três pequenos navios" com as tradições registradas em *O Silmarillion*, provavelmente teríamos de presumir que escaparam de Brithombar ou Eglarest (os Portos da Falas na costa oeste de Beleriand) quando estes foram destruídos no ano posterior às Nirnaeth Arnoediad (*O Silmarillion*, p. 266), mas que, enquanto Círdan e Gil-galad se refugiaram na Ilha de Balar, as companhias desses três navios navegaram muito mais para o sul, descendo a costa, até Belfalas.

Mas um relato bastante diverso, que situa em época mais tardia o estabelecimento do porto élfico, aparece em um fragmento inacabado sobre a origem do nome *Belfalas*. Aqui se diz que, enquanto o elemento *Bel-* certamente deriva de um nome pré-númenóreano, sua fonte era na verdade sindarin. A nota se acaba antes que seja dada qualquer informação adicional sobre *Bel-*, mas a razão dada para sua origem sindarin é que "havia em Gondor um elemento pequeno, mas importante, de natureza totalmente extraordinária: uma povoação eldarin". Após a destruição das Thangorodrim, os Elfos de Beleriand, caso não zarpassem pelo Grande Mar afora ou permanecessem em Lindon, vagaram para o leste por sobre as Montanhas Azuis, chegando a Eriador. No entanto, ainda assim parece ter havido um grupo de Sindar que foi para o sul no início da Segunda Era. Era um remanescente do povo de Doriath que ainda guardava rancor contra os Noldor; e, tendo permanecido por algum tempo nos Portos Cinzentos, onde aprenderam o ofício da construção de navios, "foram ao longo de anos buscando um lugar para levar sua própria vida, e por fim estabeleceram-se na foz do Morthond. Lá já havia um primitivo porto de pescadores, mas estes, temendo os Eldar, fugiram para as montanhas".[18]

Em nota escrita em dezembro de 1972 ou mais tarde, e entre os últimos escritos de meu pai sobre o tema da Terra-média, há um exame do traço élfico entre os Homens, com relação ao fato de que é observável por serem imberbes aqueles de tal ascendência (ser imberbe era característica de todos os Elfos); e aqui se observa, em relação à casa principesca de Dol Amroth, que "essa linhagem tinha um traço élfico especial, de acordo com suas próprias lendas" (com uma referência ao diálogo entre Legolas e Imrahil em *O Retorno do Rei*, V, 9, citado anteriormente).

Como mostra a menção a Nimrodel feita por Legolas, havia um antigo porto élfico perto de Dol Amroth, e lá existia uma pequena povoação de Elfos Silvestres de Lórien. A lenda da linhagem do príncipe era que um dos seus ancestrais mais remotos se casara com uma donzela-élfica: em algumas versões dizia-se de fato (evidentemente com pouca probabilidade) que fora a própria Nimrodel. Em outros contos, e com maior probabilidade, era uma das companheiras de Nimrodel que se perdeu nas ravinas no alto das montanhas.

Esta última versão da lenda aparece em forma mais detalhada numa nota anexa a uma genealogia inédita da linhagem de Dol Amroth, desde Angelimar, o vigésimo príncipe, pai de Adrahil, pai de Imrahil, príncipe de Dol Amroth à época da Guerra do Anel:

> Na tradição de sua casa, Angelimar era o vigésimo na descendência direta de Galador, primeiro Senhor de Dol Amroth (*c.* 2004–2129 da Terceira Era). De acordo com as mesmas tradições, Galador era filho de Imrazôr, o Númenóreano, que habitava em Belfalas, e da senhora-élfica Mithrellas. Ela era uma das companheiras de Nimrodel, entre muitos dos Elfos que fugiram para a costa por volta do ano de 1980 da Terceira Era, quando o mal se ergueu em Moria; e Nimrodel e suas donzelas desgarraram-se nas colinas cobertas de florestas, e se perderam. Nesse conto, porém, diz-se que Imrazôr acolheu Mithrellas, e a desposou. Mas, quando lhe dera um filho, Galador, e uma filha, Gilmith, Mithrellas fugiu de noite, e ele nunca mais a viu. No entanto, embora Mithrellas pertencesse à raça silvestre menor (e não aos Altos Elfos ou aos Cinzentos), sempre se afirmou que

a casa e a família dos Senhores de Dol Amroth eram tão nobres no sangue quanto eram belos de rosto e mente.

A Elessar

Em escritos inéditos pouco mais se encontra acerca da história de Celeborn e Galadriel, a não ser um manuscrito muito tosco de quatro páginas, intitulado "A Elessar". Está na primeira etapa de composição, mas traz algumas correções a lápis; não há outras versões. Com algumas emendas editoriais muito ligeiras, o seu teor é o seguinte:

Havia em Gondolin um joalheiro chamado Enerdhil, o maior desse ofício entre os Noldor após a morte de Fëanor. Enerdhil amava todas as coisas verdes que cresciam, e sua maior alegria era ver a luz do sol através das folhas das árvores. Veio-lhe ao coração a ideia de fazer uma joia dentro da qual a luz límpida do sol estivesse aprisionada, mas a joia deveria ser verde como as folhas. E fez esse objeto, e até mesmo os Noldor se maravilhavam com ele. Pois diz-se que aqueles que olhavam através dessa pedra viam coisas que haviam murchado ou queimado novamente sãs, ou tais como eram na graça de sua juventude, e que as mãos de quem a segurasse levavam a cura dos ferimentos a todos que tocassem. Essa gema Enerdhil deu a Idril, filha do Rei, e ela a usava sobre o peito; e assim foi salva do incêndio de Gondolin. E, antes de zarpar, Idril disse a seu filho, Eärendil: "A Elessar deixo contigo, pois há feridas atrozes na Terra-média que tu talvez hajas de curar. Mas não hás de entregá-la a ninguém mais." E de fato no Porto do Sirion havia muitos ferimentos a curar, tanto de Homens como de Elfos, e de animais que lá se refugiavam do horror do Norte. E, enquanto Eärendil lá morou, eles foram curados e prosperaram; e todas as coisas por um tempo estiveram verdes e belas. Mas, quando Eärendil começou suas grandes viagens pelo Mar, usava a Elessar sobre o peito, pois entre todas as suas buscas sempre este pensamento estava diante dele: que talvez pudesse reencontrar Idril; e sua primeira lembrança da Terra-média era a pedra verde no colo de

Idril, quando ela cantava sobre seu berço enquanto Gondolin ainda estava em flor. Assim aconteceu que a Elessar se foi, quando Eärendil não mais retornou à Terra-média.

Em eras posteriores houve novamente uma Elessar, e a respeito dela contam-se duas histórias, embora somente aqueles Sábios que agora se foram pudessem dizer qual é a verdadeira. Pois alguns dizem que a segunda era de fato apenas a primeira que retornou, pela graça dos Valar; e que Olórin (que na Terra-média era conhecido como Mithrandir) a trouxe consigo do Oeste. E certa feita Olórin veio ter com Galadriel, que então habitava sob as árvores de Verdemata, a Grande; e tiveram uma longa conversa. Pois os anos de seu exílio começavam a pesar sobre a Senhora dos Noldor, e ela ansiava por notícias de sua gente e pela sua abençoada terra natal. Relutava, porém, em abandonar a Terra-média [esta frase foi alterada para a seguinte redação: mas ainda não tinha permissão de abandonar a Terra-média]. E, quando Olórin lhe contou muitas novas, ela suspirou e declarou: "Aflijo-me na Terra-média, pois as folhas caem e as flores murcham; e meu coração sente saudades das árvores e da relva que não morrem. Queria tê-las em meu lar."

Então Olórin perguntou: "Gostarias então de ter a Elessar?"

E Galadriel perguntou: "Onde está agora a Pedra de Eärendil? E já se foi Enerdhil, que a fez." E Olórin respondeu: "Quem sabe?" "Certamente", arriscou Galadriel, "passaram além do Mar, como quase todas as demais coisas belas. E então a Terra-média terá de minguar e perecer para sempre?" "Esse é seu destino", falou Olórin. "No entanto, por algum tempo isso poderia ser corrigido, caso a Elessar retornasse. Por algum tempo, até que cheguem os Dias dos Homens." "Caso — e, no entanto, como poderia ser isso?", perguntou Galadriel. "Pois certamente os Valar agora estão afastados; a Terra-média, longe de seu pensamento, e todos que se agarram a ela estão debaixo de uma sombra."

"Não é assim", explicou Olórin. "Os olhos dos Valar não se toldaram, nem seus corações estão endurecidos. Como testemunho do que digo, contempla isto!" E segurou diante dela a

A HISTÓRIA DE GALADRIEL E CELEBORN

Elessar, e ela a contemplou com assombro. E Olórin disse: "Isto eu te trago de Yavanna. Usa-a como puder, e por algum tempo há de transformar a região onde habitas no lugar mais belo da Terra-média. Mas não é para ser de tua propriedade. Hás de passá-la adiante quando chegar a hora. Pois antes que tu fiques exausta e finalmente abandones a Terra-média, virá alguém que deverá recebê-la, e seu nome há de ser o da pedra: há de ser chamado Elessar."[19]

O outro conto diz o seguinte: que há muito tempo, antes que Sauron iludisse os artífices de Eregion, Galadriel lá chegou e disse a Celebrimbor, o principal artífice-élfico: "Aflijo-me na Terra-média, pois as folhas caem, e murcham as flores que amei, de forma que a região onde habito está plena de uma tristeza que nenhuma Primavera pode aplacar."

"Como pode ser de outra maneira para os Eldar, se se agarram à Terra-média?", perguntou Celebrimbor. "Então agora queres passar para além do Mar?"

"Não", respondeu ela. "Angrod foi-se, e Aegnor foi-se, e Felagund não mais existe. Dos filhos de Finarfin, eu sou a última.[20] Mas meu coração ainda tem orgulho. Que mal fez a casa dourada de Finarfin para que eu tenha de pedir o perdão dos Valar, ou de me contentar com uma ilha no mar, eu, cuja terra natal foi Aman, a Abençoada? Aqui sou mais poderosa."

"Do que gostarias então?", perguntou Celebrimbor.

"Gostaria de ter ao meu redor árvores e relva que não morressem — aqui na terra que é minha", respondeu ela. "O que foi feito do engenho dos Eldar?" E Celebrimbor questionou: "Onde está agora a Pedra de Eärendil? E Enerdhil, que a fez, foi-se." "Passaram para além do Mar", falou Galadriel "com quase todas as demais coisas belas. Mas a Terra-média então terá de minguar e perecer para sempre?"

"Esse é seu destino, segundo julgo", ponderou Celebrimbor. "Mas tu sabes que te amo (apesar de teres te voltado para Celeborn das Árvores), e por esse amor farei o que puder, caso teu pesar possa ser mitigado por minha arte." Mas não disse a Galadriel que ele mesmo viera de Gondolin muito tempo atrás e que fora amigo de Enerdhil, embora seu amigo o superasse na maioria das atividades. No entanto, se Enerdhil não tivesse existido, então Celebrimbor teria tido maior renome. Meditou, portanto, e iniciou um trabalho longo e delicado, e assim fez para Galadriel a maior de suas obras (à única exceção dos Três Anéis). E diz-se que a gema verde que fez era mais sutil e mais límpida que a de Enerdhil, mas ainda assim sua luz tinha menor poder. Pois, enquanto a de Enerdhil era iluminada pelo Sol em sua juventude, já se haviam passado muitos anos quando Celebrimbor começou seu trabalho, e em nenhum lugar da Terra-média a luz era tão clara como havia sido, pois, apesar de Morgoth ter sido expulso para o Vazio e não poder entrar novamente, sua sombra longínqua pairava sobre ela. Ainda assim era radiante a Elessar de Celebrimbor; e ele a montou em um grande broche de prata, à semelhança de uma águia que se erguia com asas estendidas.[21] Com o uso da Elessar, todas as coisas tornavam-se belas em torno de Galadriel, até a Sombra chegar à Floresta. Porém mais tarde, quando Nenya, o principal dos Três,[22] lhe foi enviado por Celebrimbor, Galadriel (conforme pensava) não mais precisava dela, e a deu a sua filha Celebrían. Foi assim que ela chegou a Arwen e a Aragorn, que foi chamado Elessar.

Ao final está escrito:

A Elessar foi feita em Gondolin por Celebrimbor, e assim chegou a Idril e assim a Eärendil. Mas essa desapareceu. Já a segunda Elessar foi também feita por Celebrimbor em Eregion, a pedido da Senhora Galadriel (a quem ele amava), e não estava sujeita ao Um, pois fora feita antes que Sauron se reerguesse.

Essa narrativa acompanha "Acerca de Galadriel e Celeborn" em certas características, e provavelmente foi escrita mais ou menos na mesma época, ou um pouco antes. Aqui Celebrimbor é de novo um joalheiro de Gondolin, e não um dos Fëanorianos (ver p. 317); e menciona-se que Galadriel *não queria* abandonar

A HISTÓRIA DE GALADRIEL E CELEBORN

a Terra-média (ver p. 315) — embora o texto depois tenha sido emendado, tendo sido introduzido o conceito da interdição, e em um ponto mais adiante na narrativa ela fala do perdão dos Valar.

Enerdhil não aparece em nenhum outro escrito; e as palavras finais do texto mostram que Celebrimbor deveria tomar seu lugar como fabricante da Elessar em Gondolin. Do amor de Celebrimbor por Galadriel não há vestígio em nenhuma outra parte. Em "Acerca de Galadriel e Celeborn" há a sugestão de que ele teria vindo para Eregion com eles (pp. 316–17); mas nesse texto, como em *O Silmarillion*, Galadriel encontrou Celeborn em Doriath, e é difícil compreender as palavras de Celebrimbor "apesar de teres te voltado para Celeborn das Árvores". Também é obscura a referência ao fato de Galadriel habitar "sob as árvores de Verdemata, a Grande". Poder-se-ia interpretar isso como um emprego lato (do qual não há evidências em nenhuma outra parte) da expressão, de modo que incluísse a floresta de Lórien, do outro lado do Anduin; mas "a Sombra chegar à Floresta" sem dúvida refere-se ao surgimento de Sauron em Dol Guldur, que no Apêndice A (III) de *O Senhor dos Anéis* é chamado de "A Sombra na Floresta". Isso pode sugerir que o poder de Galadriel em certa época se estendia até a parte meridional de Verdemata, a Grande; e pode-se encontrar sustentação para isso em "Acerca de Galadriel e Celeborn", p. 319, onde se diz que o reino de Lórinand (Lórien) "se estendia às florestas de ambos os lados do Grande Rio, incluindo a região onde mais tarde foi Dol Guldur". É possível também que o mesmo conceito esteja na base da afirmativa no Apêndice B de *O Senhor dos Anéis*, na nota que encabeça "O Conto dos Anos" da Segunda Era, tal como constava da primeira edição: "muitos dos Sindar passaram para o leste e estabeleceram reinos nas florestas distantes. Os principais destes eram Thranduil, no norte de Verdemata, a Grande, e Celeborn no sul da floresta". Na edição revisada, essa observação sobre Celeborn foi omitida, e em seu lugar aparece uma referência ao fato de ele morar em Lindon (citada anteriormente, p. 320).

CONTOS INACABADOS

Por último, pode-se observar que o poder curativo que aqui se atribui à Elessar nos Portos do Sirion é, em *O Silmarillion* (p. 328), atribuído à Silmaril.

NOTAS

[1]Ver Apêndice E, p. 360.

[2]Em nota em material inédito, diz-se que os Elfos de Harlindon, ou Lindon ao sul do Lûn, eram mormente de origem sindarin, e que a região era um feudo sob o governo de Celeborn. É natural associar isso à afirmativa do Apêndice B; mas a referência possivelmente pode ser a um período posterior, pois os movimentos e as moradias de Celeborn e Galadriel após a queda de Eregion em 1697 são extremamente obscuros.

[3]Ver *A Sociedade do Anel*, I, 2: "A antiga Estrada Leste-Oeste corria através do Condado até seu término nos Portos Cinzentos, e os anãos sempre a tinham usado a caminho de suas minas nas Montanhas Azuis."

[4]Consta no Apêndice A (III) de *O Senhor dos Anéis* que as antigas cidades de Nogrod e Belegost foram arruinadas na destruição das Thangorodrim; mas em "O Conto dos Anos" no Apêndice B: "*c.* 40 Muitos Anão, deixando suas antigas cidades nas Ered Luin, vão a Moria e aumentam sua população."

[5]Em nota ao texto está explicado que *Lórinand* era o nome nandorin dessa região (mais tarde chamada de *Lórien* e *Lothlórien*), e continha a palavra élfica que significava "luz dourada": "vale de ouro". A forma quenya seria *Laurenandë*, a sindarin, *Glornan* ou *Nan Laur*. Tanto aqui como em outros lugares, o significado do nome é explicado por referência às douradas árvores mallorn de Lothlórien; mas elas foram levadas para lá por Galadriel (para a história de sua origem ver pp. 232–33), e em outra análise, mais tardia, diz-se que o próprio nome *Lórinand* era uma transformação, depois da introdução dos mallorns, de um nome ainda mais antigo, *Lindórinand*, "Vale da Terra de Cantores". Como os Elfos dessa terra eram Teleri em sua origem, aqui sem dúvida está presente o nome pelo qual os teleri se chamavam a si mesmos, *Lindar*, "os Cantores". De muitos outros estudos sobre os nomes de Lothlórien, até certo ponto divergentes entre si, surge a ideia de que todos os nomes posteriores eram provavelmente devidos à própria Galadriel, combinando diferentes elementos: *laurë*, "ouro", *nan(d)*, "vale", *ndor*, "terra", *lin-*, "cantar"; e, em *Laurelindórinan*, "Vale do Ouro Cantante" (que Barbárvore disse aos Hobbits ser o nome primitivo), fazendo um eco deliberado ao nome da Árvore Dourada que crescia em Valinor, "pela qual, como é evidente, Galadriel ansiava cada vez mais ano após ano, até ser por fim presa de uma saudade avassaladora".

Lórien por si só era originalmente o nome em quenya de uma região de Valinor, frequentemente usado como nome do Vala (Irmo) a quem pertencia: "um lugar de repouso e árvores de sombra e nascentes, um refúgio das

A HISTÓRIA DE GALADRIEL E CELEBORN

preocupações e dos pesares". A alteração adicional de *Lórinand*, "Vale de Ouro", para *Lórien* "pode muito bem ser devida à própria Galadriel", pois "a semelhança não pode ser acidental. Ela se empenhara em fazer de Lórien um refúgio e uma ilha de paz e beleza, um memorial dos dias antigos, mas agora estava plena de remorso e apreensão, sabendo que o sonho dourado corria em direção a um despertar cinzento. Pode-se observar que Barbárvore interpretou *Lothlórien* como 'Flor-do-Sonho'".

Em "Acerca de Galadriel e Celeborn" mantive o nome *Lórinand* em todo o texto, se bem que, à época da redação, a intenção era que Lórinand fosse o nome nandorin, original e antigo, da região, e a história da introdução dos mallorns por Galadriel ainda não tivesse sido inventada.

[6] Esta é uma emenda posterior; o texto, tal como escrito originalmente, afirmava que Lórinand era governada por príncipes nativos.

[7] Em nota isolada e impossível de datar, diz-se que, apesar de o nome *Sauron* ter sido usado anteriormente em "O Conto dos Anos", seu nome, deixando implícita a identificação com o grande lugar-tenente de Morgoth em *O Silmarillion*, somente veio a ser conhecido por volta do ano de 1600 da Segunda Era, a época em que foi forjado o Um Anel. O misterioso poder de hostilidade, contra os Elfos e os Edain, foi percebido logo após o ano de 500, e entre os Númenóreanos primeiramente por Aldarion, ao redor do final do século VIII (mais ou menos na época em que fundou o porto de Vinyalondë, p. 244). Mas ele não tinha centro conhecido. Sauron empenhava-se em manter distintos seus dois lados: *inimigo* e *tentador*. Quando vinha ter com os Noldor, adotava uma forma enganosa e bela (uma espécie de antecipação simulada dos Istari posteriores), e um belo nome: *Artano*, "alto-artífice", ou *Aulendil*, significando alguém que é devotado ao serviço do vala Aulë. (Em "Dos Anéis de Poder", p. 375, o nome que Sauron se deu nessa época foi *Annatar*, o Senhor das Dádivas; mas esse nome não é mencionado aqui.) A nota prossegue dizendo que Galadriel não foi enganada, pois aquele *Aulendil* não pertencia ao séquito de Aulë em Valinor; "mas isso não é decisivo, já que Aulë existia antes da 'Construção de Arda', e é provável que Sauron fosse de fato um dos Maiar aulëanos, corrompido 'antes que Arda começasse' por Melkor". Com isso, compare as frases iniciais de "Dos Anéis de Poder": "Em tempos antigos havia Sauron, o Maia [...]. No princípio de Arda, Melkor o seduziu à aliança consigo."

[8] Em carta escrita em setembro de 1954 meu pai relatou: "No início da Segunda Era ele [Sauron] ainda era belo de se ver, ou ainda podia assumir uma bela forma visível — e de fato não era totalmente mau, não a menos que todos os 'reformistas' que desejam apressar-se com 'reconstruções' e 'reorganizações' sejam totalmente maus, mesmo antes do orgulho e do desejo de exercer suas vontades devorá-los. O ramo particular dos Altos-Elfos em questão, os Noldor ou Mestres-do-saber, estava sempre do lado da 'ciência e tecnologia', como a chamaríamos: desejavam ter o conhecimento que Sauron

344

genuinamente possuía, e aqueles de Eregion recusaram os avisos de Gil-galad e Elrond. O 'desejo' particular dos Elfos de Eregion — uma 'alegoria', por assim dizer, de um amor pelo maquinário e pelos dispositivos técnicos — também é simbolizado por sua amizade especial com os Anãos de Moria."

[9]Galadriel não pode ter feito uso dos poderes de Nenya até muito mais tarde, após a perda do Anel Regente; mas deve-se admitir que o texto não sugere isso de maneira nenhuma (embora logo acima esteja dito que ela deu a Celebrimbor o conselho de que os Anéis élficos jamais fossem usados).

[10]O texto foi emendado para "o primeiro Conselho Branco". Em "O Conto dos Anos", a formação do Conselho Branco está registrada no ano de 2463 da Terceira Era; mas pode ser que o nome do Conselho da Terceira Era deliberadamente fizesse eco ao deste Conselho, realizado muito tempo antes, ainda mais porque vários dos principais membros de um haviam sido membros do outro.

[11]Anteriormente nesta narrativa (p. 322) está dito que Gil-galad deu Narya, o Anel Vermelho, a Círdan, assim que ele próprio o recebeu de Celebrimbor, e isso concorda com as afirmativas no Apêndice B de *O Senhor dos Anéis* e em "Dos Anéis de Poder", de que Círdan o teve desde o princípio. A afirmativa presente, diversa das demais, foi acrescentada à margem do texto.

[12]Sobre os Elfos Silvestres e sua fala, ver o Apêndice A, p. 346.

[13] Ver o Apêndice C, p. 352, sobre os limites de Lórien.

[14]A origem do nome *Dor-en-Ernil* não é apresentada em nenhum lugar; sua única outra ocorrência é no grande mapa de Rohan, Gondor e Mordor em *O Senhor dos Anéis*. Nesse mapa, encontra-se do outro lado das montanhas em relação a Dol Amroth, mas sua ocorrência no presente contexto sugere que *Ernil* era o Príncipe de Dol Amroth (o que poderia ser suposto de qualquer maneira).

[15]Ver o Apêndice B, p. 349, sobre os príncipes sindarin dos Elfos Silvestres.

[16]A explicação supõe que o primeiro elemento do nome *Amroth* é a mesma palavra élfica que o quenya *amba*, "para cima", também encontrado no sindarin *amon*, uma colina ou montanha com encostas íngremes; ao passo que o segundo elemento deriva de um radical *rath-*, que significa "escalar" (de onde vem também o substantivo *rath*, que no sindarin númenóreano, usado em Gondor para dar nomes a lugares e pessoas, se aplicava a todas as estradas e ruas mais longas de Minas Tirith, que eram quase todas inclinadas: assim *Rath Dínen*, a Rua Silente, que descia da Cidadela às Tumbas dos Reis).

[17]No "Breve Relato" da lenda de Amroth e Nimrodel consta que Amroth habitava nas árvores de Cerin Amroth "por causa de seu amor por Nimrodel" (p. 327).

A HISTÓRIA DE GALADRIEL E CELEBORN

[18]O local do porto élfico em Belfalas está marcado com o nome *Edhellond* ("Porto-élfico", ver o Apêndice de *O Silmarillion* sob *edhel* e *londë*) no mapa ilustrado da Terra-média feito por Pauline Baynes; mas não encontrei nenhuma outra ocorrência desse nome. Ver o Apêndice D, p. 353. Ver *The Adventures of Tom Bombadil* ["As Aventuras de Tom Bombadil"] (1962).

[19]Isso concorda com o trecho em *A Sociedade do Anel*, II, 8, em que Galadriel, dando a pedra verde a Aragorn, disse: "Nesta hora assume o nome que te foi vaticinado, Elessar, Pedra Élfica da Casa de Elendil!"

[20]No texto aqui, e de novo imediatamente adiante, consta *Finrod*, que alterei para *Finarfin* para evitar confusão. Antes de ser publicada a edição revisada de *O Senhor dos Anéis*, em 1966, meu pai alterou Finrod para Finarfin, enquanto seu filho Felagund, anteriormente chamado de Inglor Felagund, tornou-se Finrod Felagund. Dois trechos nos Apêndices B e F foram devidamente emendados para a edição revisada. — É notável que Orodreth, Rei de Nargothrond depois de Finrod Felagund, não seja citado aqui por Galadriel entre seus irmãos. Por alguma razão que desconheço, meu pai deslocou o segundo Rei de Nargothrond e fez dele um membro da mesma família na geração subsequente; mas isso, bem como as mudanças genealógicas associadas, jamais foi incorporado às narrativas de *O Silmarillion*.

[21]Compare a descrição da Pedra-élfica em *A Sociedade do Anel*, II, 8: "Então [Galadriel] apanhou do colo uma grande pedra de verde límpido, engastada em um broche de prata lavrado à semelhança de uma águia de asas estendidas; e, quando a ergueu, a gema reluziu como o sol brilhando através das folhas da primavera."

[22]Mas em *O Retorno do Rei*, VI, 9, quando o Anel Azul é visto no dedo de Elrond, ele é chamado de "Vilya, o mais poderoso dos Três".

APÊNDICES

Apêndice A

Os Elfos Silvestres e sua Fala

De acordo com *O Silmarillion* (p. 138) alguns dos Nandor, os Elfos telerin que abandonaram a marcha dos Eldar do lado oriental das Montanhas Nevoentas, "viveram por eras nas matas do Vale do Grande Rio" (enquanto outros, segundo se diz, desceram o Anduin até as fozes, e outros ainda entraram em Eriador: destes últimos vieram os Elfos-verdes de Ossiriand).

Em uma discussão etimológica tardia dos nomes Galadriel, Celeborn e Lórien, declara-se especificamente que os Elfos Silvestres de Trevamata e de Lórien descendiam dos Elfos telerin que permaneceram no Vale do Anduin:

> Os Elfos Silvestres (*Tawarwaith*) eram originalmente Teleri, e assim parentes mais remotos dos Sindar, apesar de separados deles por mais tempo ainda que os Teleri de Valinor. Descendiam daqueles Teleri que, na Grande Jornada, se intimidaram com as Montanhas Nevoentas e se demoraram no Vale do Anduin, dessa forma jamais tendo chegado a Beleriand ou ao Mar. Eram portanto mais próximos aos Nandor (de outro modo chamados de Elfos-verdes) de Ossiriand, que acabaram atravessando as montanhas e finalmente chegaram a Beleriand.

Os Elfos Silvestres esconderam-se em fortalezas na floresta, além das Montanhas Nevoentas, e se tornaram povos diminutos e esparsos, mal distinguíveis dos Avari;

> mas ainda recordavam que eram Eldar na origem, membros do Terceiro Clã, e deram as boas-vindas àqueles Noldor e especialmente aos Sindar que não atravessaram o Mar, mas migraram para o leste [isto é, no início da Segunda Era]. Sob a liderança destes, tornaram-se novamente um povo ordenado e cresceram em sabedoria. Thranduil, pai de Legolas dos Nove Caminhantes, era sindarin, e essa língua era usada em sua casa, se bem que não por toda a sua gente.
>
> Em Lórien, onde grande parte do povo era de origem sindarin, ou Noldor, sobreviventes de Eregion [ver p. 331], o sindarin tornara-se a língua de todo o povo. Agora, naturalmente não se sabe de que maneira o sindarin deles diferia das formas de Beleriand — ver *A Sociedade do Anel*, II, 6, em que Frodo relata que a fala do povo silvestre, que usavam entre si, era diferente da do Oeste. É provável que diferisse em pouco mais do que hoje seria popularmente chamado de "sotaque": principalmente diferenças nos sons das vogais e na entoação, bastantes para induzir em erro alguém que, como Frodo, não estivesse bem

familiarizado com o sindarin mais puro. É evidente que também podem ter existido alguns regionalismos e outras características que decorressem em última análise da influência da antiga língua silvestre. Lórien estivera extremamente isolada, por muito tempo, do mundo externo. Certamente alguns nomes preservados do passado, tais como *Amroth* e *Nimrodel*, não podem ser totalmente explicados através do sindarin, apesar de terem formas adequadas. *Caras* parece ser uma palavra antiga para uma fortaleza com fosso, não encontrada em sindarin. *Lórien* é provavelmente uma alteração de um nome mais antigo, agora perdido [embora tenha sido afirmado anteriormente que o nome original, silvestre ou nandorin, era *Lórinand*; ver p. 343, nota 5].

Com estas observações sobre os nomes silvestres, compare o Apêndice F (I) de *O Senhor dos Anéis*, seção "Dos Elfos", nota de rodapé (que consta apenas da edição revisada).

Outra afirmativa geral acerca do élfico silvestre encontra-se em uma discussão linguístico-histórica que data do mesmo período tardio que a recém-citada:

> Quando os Elfos Silvestres voltaram a se encontrar com seus parentes de quem havia muito estavam afastados, embora seus dialetos divergissem tanto do sindarin ao ponto de serem quase ininteligíveis, pouco estudo foi necessário para revelar seu parentesco como línguas eldarin. Se bem que a comparação dos dialetos silvestres com sua própria fala despertasse enorme interesse nos mestres-do-saber, especialmente naqueles de origem noldorin, pouco se sabe agora do élfico silvestre. Os Elfos Silvestres não haviam inventado formas de escrita, e aqueles que aprenderam essa arte com os Sindar escreviam em sindarin na medida do possível. No fim da Terceira Era, as línguas silvestres provavelmente já não eram mais faladas nas duas regiões que tinham importância ao tempo da Guerra do Anel: Lórien e o reino de Thranduil em Trevamata setentrional. Tudo que deles sobrevivia nos registros eram algumas palavras e diversos nomes de pessoas e lugares.

Apêndice B

Os Príncipes Sindarin dos Elfos Silvestres

No Apêndice B de *O Senhor dos Anéis*, na nota inicial de "O Conto dos Anos" da Segunda Era, consta que "antes da construção de Barad-dûr muitos dos Sindar passaram para o leste, e alguns estabeleceram reinos nas florestas distantes, onde seu povo era na maioria de Elfos Silvestres. Thranduil, rei no norte de Verdemata, a Grande, era um deles".

Algo mais sobre a história desses príncipes sindarin dos Elfos Silvestres encontra-se nos escritos filológicos tardios de meu pai. Assim, em um ensaio, diz-se que o reino de Thranduil estendia-se às florestas que circundavam a Montanha Solitária e cresciam ao longo das costas ocidentais do Lago Longo, antes da chegada dos Anões exilados de Moria e da invasão do Dragão. O povo élfico desse reino migrara do sul, pois eram parentes e vizinhos dos Elfos de Lórien; mas haviam habitado em Verdemata, a Grande, a leste do Anduin. Na Segunda Era seu rei, Oropher [pai de Thranduil, pai de Legolas], retirara-se para o norte, além dos Campos de Lis. Fez isso para livrar-se do poder e das transgressões dos Anões de Moria, que se tornara a maior das mansões dos Anões registrada na história; e também se ressentia das intrusões de Celeborn e Galadriel em Lórien. Mas na época pouco havia a temer entre Verdemata e as Montanhas, e havia constante intercâmbio entre sua gente e seus parentes do outro lado do Rio, até a Guerra da Última Aliança.

A despeito do desejo dos Elfos Silvestres de se intrometerem o mínimo possível nos assuntos dos Noldor e Sindar, ou de quaisquer outros povos, Anões, Homens ou Orques, Oropher teve a sabedoria de prever que a paz somente voltaria se Sauron fosse derrotado. Reuniu, portanto, um grande exército do seu povo, agora numeroso, e, unindo-se ao exército menor de Malgalad de Lórien, liderou a hoste dos Elfos Silvestres à batalha. Os Elfos Silvestres eram vigorosos e valentes, mas mal equipados com couraças ou armas, em comparação com os Eldar do Oeste; eram também independentes e não estavam dispostos

A HISTÓRIA DE GALADRIEL E CELEBORN

a se submeter ao comando supremo de Gil-galad. Assim, suas perdas foram mais sérias do que precisavam ser, mesmo naquela guerra terrível. Malgalad e mais da metade de seus seguidores pereceram na grande batalha de Dagorlad, pois foram apartados da hoste principal e expulsos para os Pântanos Mortos. Oropher foi morto no primeiro ataque a Mordor, precipitando-se à frente de seus guerreiros mais audazes antes que Gil-galad tivesse dado o sinal para avançar. Seu filho Thranduil sobreviveu; mas, quando a guerra terminou e Sauron foi morto (ao que parecia), ele levou de volta para casa menos de um terço do exército que marchara para a guerra.

Malgalad de Lórien não ocorre em nenhum outro lugar, e aqui não se diz que tenha sido o pai de Amroth. Por outro lado, há duas menções (pp. 325 e 329) de que Amdír, pai de Amroth, teria sido morto na Batalha de Dagorlad. Parece, portanto, que Malgalad pode ser simplesmente identificado com Amdír. Mas sou incapaz de dizer qual nome substituiu o outro. Esse ensaio continua:

> Seguiu-se uma longa paz, em que os Elfos Silvestres mais uma vez se multiplicaram; mas estavam inquietos e ansiosos, sentindo a mudança do mundo que a Terceira Era traria consigo. Também os Homens se multiplicavam, e seu poder crescia. O domínio dos reis númenóreanos de Gondor estendia-se para o norte, em direção dos limites de Lórien e de Verdemata. Os Homens Livres do Norte (assim chamados pelos Elfos porque não estavam sob o governo dos Dúnedain e, na maior parte, não tinham sido subjugados por Sauron ou seus serviçais) espalhavam-se para o sul: mormente a leste de Verdemata, apesar de alguns estarem se estabelecendo nas bordas da floresta e nas pastagens dos Vales do Anduin. O mais ameaçador eram os rumores do Leste mais distante: os Homens Selvagens estavam inquietos. Antigos serviçais e adoradores de Sauron, eles agora haviam sido libertados de sua tirania, mas não do mal e das trevas que ele colocara em seus corações. Guerras cruéis grassavam entre eles, e alguns se retiravam delas para o oeste, com a mente cheia de ódio, considerando todos os que habitavam no Oeste como

seus inimigos, para serem mortos e saqueados. Mas havia no coração de Thranduil uma sombra ainda mais profunda. Ele vira o horror de Mordor e não podia esquecê-lo. Todas as vezes que olhava para o sul, essa lembrança obscurecia a luz do Sol, e apesar de ele saber que agora estava destruída e deserta, sob a vigilância dos Reis de Homens, o temor dizia em seu coração que não estava derrotada para sempre: erguer-se-ia de novo.

Em outro trecho escrito na mesma época que o anterior, consta que, quando haviam passado mil anos da Terceira Era e a Sombra recaiu sobre Verdemata, a Grande, os Elfos Silvestres governados por Thranduil

> recuaram diante dela à medida que se alastrava cada vez mais para o norte, até que por fim Thranduil estabeleceu seu reino no nordeste da floresta, e lá escavou uma fortaleza e grandes salões subterrâneos. Oropher era de origem sindarin, e sem dúvida seu filho Thranduil estava seguindo o exemplo do Rei Thingol de outrora, em Doriath; apesar de seus salões não se compararem com Menegroth. Thranduil não tinha as artes, nem a riqueza nem o auxílio dos Anãos; e em comparação com os Elfos de Doriath sua gente silvestre era rude e rústica. Oropher viera ter com eles, apenas com um punhado de Sindar, que logo se misturaram aos Elfos Silvestres, adotando sua língua e assumindo nomes de forma e estilo silvestres. Fizeram isso deliberadamente, pois eles (e outros aventureiros semelhantes esquecidos nas lendas ou mencionados apenas brevemente) vinham de Doriath após sua ruína e não tinham o desejo de abandonar a Terra-média, nem de se misturarem aos demais Sindar de Beleriand, dominados pelos Exilados noldorin pelos quais a gente de Doriath não sentia grande apreço. Desejavam na verdade tornar-se gente silvestre e voltar, conforme diziam, à vida simples, natural aos Elfos antes que o convite dos Valar a tivesse perturbado.

Em nenhum lugar (segundo creio) está esclarecido como a adoção da fala silvestre pelos governantes sindarin dos Elfos Silvestres de Trevamata, conforme descrito aqui, deve ser

A HISTÓRIA DE GALADRIEL E CELEBORN

relacionada com a afirmativa citada na p. 346, de que ao final da Terceira Era o élfico silvestre não era mais falado no reino de Thranduil. Ver ademais a nota 14 de "O Desastre dos Campos de Lis", pp. 377–78.

Apêndice C

Os Limites de Lórien

No Apêndice A (I, iv) de *O Senhor dos Anéis*, consta que o reino de Gondor, no apogeu de seu poder nos dias do Rei Hyarmendacil I (1015–1149 da Terceira Era), estendia-se ao norte "até o campo de Celebrant e as bordas meridionais de Trevamata". Meu pai afirmou diversas vezes que havia aí um erro: a leitura correta deveria ser "até o Campo de Celebrant". De acordo com seus escritos tardios sobre as inter-relações das línguas da Terra-média,

O rio Celebrant (Veio-de-Prata) ficava dentro dos limites do reino de Lórien, e a fronteira efetiva do reino de Gondor ao norte (a oeste do Anduin) era o rio Limclaro. Todas as pastagens entre o Veio-de-Prata e o Limclaro, sobre as quais as florestas de Lórien antigamente se estendiam mais ao sul, eram conhecidas em Lórien como Parth Celebrant (isto é, o campo, ou pastagem cercada, do Veio-de-Prata) e consideradas parte de seu reino, mesmo que não habitadas por sua gente élfica além das bordas da floresta. Mais tarde Gondor construiu uma ponte sobre o Limclaro superior e muitas vezes ocupou a estreita região entre o Limclaro inferior e o Anduin como parte de suas defesas orientais, visto que as grandes voltas do Anduin (onde descia veloz, passando por Lórien, e entrava em baixadas planas antes de voltar a cair pelo desfiladeiro das Emyn Muil) tinham muitos trechos rasos e amplos baixios pelos quais um inimigo decidido e bem equipado podia forçar a passagem com balsas ou pontões, especialmente nas duas curvas para o oeste, conhecidas como Meandros Norte e Sul. Essa era a terra à qual o nome de Parth

Celebrant era aplicado em Gondor; daí o seu uso na definição da antiga fronteira norte. À época da Guerra do Anel, quando toda a região ao norte das Montanhas Brancas (exceto Anórien) até o Limclaro se tornara parte do Reino de Rohan, o nome Parth (Campo de) Celebrant era aplicado somente à grande batalha na qual Eorl, o Jovem, destruiu os invasores de Gondor [ver p. 401].

Em outro ensaio meu pai salientou que, enquanto a leste e a oeste a terra de Lórien era limitada pelo Anduin e pelas montanhas (e ele nada diz sobre qualquer extensão do reino de Lórien ao outro lado do Anduin, ver p. 342), ela não tinha limites claramente definidos ao norte ou ao sul.

Outrora os Galadhrim afirmavam governar a floresta até as cascatas do Veio-de-Prata onde Frodo foi banhado; ao sul ela se estendia muito além do Veio-de-Prata, até os bosques mais abertos de árvores menores que se confundiam com a Floresta de Fangorn, embora o núcleo do reino sempre tivesse estado no ângulo entre o Veio-de-Prata e o Anduin, onde ficava Caras Galadhon. Não havia fronteiras visíveis entre Lórien e Fangorn, porém nem os Ents nem os Galadhrim jamais as atravessavam. Pois a lenda relatava que o próprio Fangorn se encontrara com o Rei dos Galadhrim em dias antigos, e Fangorn dissera: "Conheço o meu, e tu conheces o teu; que nenhum dos lados moleste o que é do outro. Mas, se um Elfo desejar caminhar na minha terra por prazer, será bem-vindo; e se um Ent for avistado na tua terra, não tema nenhum mal." Longos anos haviam passado, no entanto, desde que um Ent ou um Elfo pusera os pés na outra terra.

Apêndice D

O Porto de Lond Daer

Foi dito em "Acerca de Galadriel e Celeborn" que na guerra contra Sauron em Eriador, ao fim do décimo sétimo século da Segunda Era, o almirante númenóreano Ciryatur mandou

A HISTÓRIA DE GALADRIEL E CELEBORN

desembarcar um grande exército na foz do Gwathló (Griságua), onde havia "um pequeno porto númenóreano" (p. 325). Essa parece ser a primeira referência a esse porto, do qual muito se conta em escritos posteriores.

O relato mais completo está no ensaio filológico acerca dos nomes de rios, que já foi citado a propósito da lenda de Amroth e Nimrodel (pp. 327 ss.). Nesse ensaio, o nome Gwathló é analisado como segue:

> O rio Gwathló é traduzido como "Griságua". Mas *gwath* é uma palavra sindarin para "sombra", no sentido de luz obscurecida, em decorrência de uma nuvem ou nevoeiro, ou em vales profundos. Isso não parece adequar-se à geografia. As vastas terras divididas pelo Gwathló nas regiões chamadas pelos Númenóreanos de Minhiriath ("Entre os Rios", Baranduin e Gwathló) e Enedwaith ("Povo-do-Meio") eram em sua maioria planícies, abertas e desprovidas de montanhas. No ponto da confluência do Glanduin e do Mitheithel [Fontegris] a terra era quase plana, e as águas se tornavam preguiçosas e tendiam a se espalhar em brejos.[A] Mas umas cem milhas abaixo de Tharbad o declive aumentava. O Gwathló, no entanto, nunca se tornava veloz, e navios de menor calado, fossem a vela, fossem a remo, conseguiam chegar sem dificuldade até Tharbad.

[A] O Glanduin ("rio-limite") descia das Montanhas Nevoentas ao sul de Moria para se unir ao Mitheithel acima de Tharbad. No mapa original de *O Senhor dos Anéis*, o nome não foi marcado (ocorre apenas uma vez no livro, no Apêndice A (I, iii). Em 1969 meu pai comunicou à srta. Pauline Baynes certos nomes adicionais para serem incluídos no seu mapa ilustrado da Terra-média: "Edhellond" (mencionado anteriormente, p. 346, nota 18), "Andrast", "Drúwaith Iaur (Velha Terra Púkel)", "Lond Daer (ruínas)", "Eryn Vorn", "R. Adorn", "Cisnefrota" e "R. Glanduin". Os três últimos desses nomes foram então inscritos no mapa original que acompanha o livro, mas não consegui descobrir por que isso foi feito; e, enquanto "R. Adorn" está colocado corretamente, "Cisnefrota" e "Rio Glandin" [*sic*] estão equivocadamente apostos ao curso superior do Isen. Para a interpretação correta da relação entre os nomes *Glanduin* e *Cisnefrota* ver p. 354.

354

A origem do nome Gwathló deve ser buscada na história. À época da Guerra do Anel as terras ainda eram bastante cobertas de florestas em certos trechos, especialmente em Minhiriath e no sudeste de Enedwaith; mas as planícies eram em sua maior parte pastagens. Desde a Grande Peste do ano de 1636 da Terceira Era, Minhiriath estivera quase totalmente deserta, embora alguns caçadores furtivos vivessem nas florestas. Em Enedwaith os remanescentes dos Terrapardenses viviam no leste, no sopé das Montanhas Nevoentas; e um grupo bastante numeroso, mas bárbaro, de pescadores morava entre as fozes do Gwathló e do Angren (Isen).

Nos tempos mais remotos, porém, à época das primeiras explorações dos Númenóreanos, a situação era bem diferente. Minhiriath e Enedwaith eram ocupadas por florestas vastas e quase contínuas, exceto a região central dos Grandes Pântanos. As mudanças que se seguiram foram mormente devidas às operações de Tar-Aldarion, o Rei-Marinheiro, que fez amizade e aliança com Gil-galad. Aldarion tinha enorme avidez por madeira, pois desejava transformar Númenor em uma grande potência naval. Sua derrubada de árvores em Númenor havia causado enorme controvérsia. Em viagens ao longo do litoral, viu maravilhado as grandes florestas e escolheu o estuário do Gwathló para local de um novo porto, inteiramente sob controle númenóreano (Gondor naturalmente ainda não existia). Lá iniciou grandes obras que continuaram a ser estendidas após os seus dias. Esta entrada em Eriador demonstrou mais tarde ser de grande importância na guerra contra Sauron (1693–1701 da Segunda Era); mas era na origem um porto para madeira e construção de navios. O povo nativo era bastante numeroso e aguerrido, mas eram habitantes das florestas, comunidades esparsas sem liderança central. Estavam estupefatos diante dos Númenóreanos, mas só passaram a ser hostis quando a derrubada de árvores se tornou devastadora. Então atacavam e emboscavam os Númenóreanos quando podiam; e os Númenóreanos os tratavam como inimigos, fazendo suas derrubadas de modo implacável, sem atentarem para o cultivo ou o replantio. Inicialmente as derrubadas haviam ocorrido ao longo de ambas as margens do Gwathló, e a madeira descia boiando até o porto (Lond Daer); mas agora os Númenóreanos abriam grandes trilhas e estradas florestas adentro, ao norte e ao sul do Gwathló, e o povo nativo que havia sobrevivido fugiu de Minhiriath para as escuras florestas do grande Cabo de Eryn Vorn, ao sul da foz do Baranduin, que não ousavam atravessar, mesmo que o conseguissem, por temor ao povo-élfico. De Enedwaith refugiaram-se nas montanhas a leste, onde mais tarde foi a Terra Parda; não atravessaram o Isen nem se refugiaram no grande promontório entre o Isen e o Lefnui, que formava a margem norte da Baía de Belfalas [Ras Morthil ou Andrast; ver p. 293, nota 7], por causa dos "Homens-Púkel" [...] [Para a continuação deste trecho, ver p. 507.]

A devastação produzida pelos Númenóreanos foi incalculável. Por muitos anos aquelas terras foram sua principal fonte de madeira, não apenas para seus estaleiros em Lond Daer e em outros locais, mas também para a própria Númenor. Inúmeras cargas de navio passaram para o oeste, atravessando o mar. O desnudamento das terras aumentou durante a guerra em Eriador, pois os nativos exilados deram as boas-vindas a Sauron e esperavam que ele derrotasse os Homens do Mar. Sauron conhecia a importância do Grande Porto e de seus estaleiros para seus inimigos, e usou os que detestavam Númenor como espiões e guias para seus atacantes. Não tinha forças bastantes para qualquer investida contra as fortalezas no Porto ou ao longo das margens do Gwathló, mas seus atacantes causaram muita destruição na borda das florestas, ateando fogo nos bosques e queimando muitos dos grandes depósitos de madeira dos Númenóreanos.

Quando Sauron finalmente foi derrotado e expulso para o leste, para fora de Eriador, a maioria das antigas florestas havia sido destruída. O Gwathló corria por uma terra que, longe em ambas as margens, se tornara deserta, sem árvores mas sem cultivo. Não era assim quando ele recebeu seu nome original dos audazes exploradores do navio de Tar-Aldarion, que se aventuraram a subir o rio em pequenos botes. Assim que era deixada para trás a região costeira, de ar salgado e grandes ventos, a floresta descia até as margens do rio; e, por larga que fosse a corrente, as enormes árvores lançavam grandes sombras sobre as águas, debaixo das quais os botes dos aventureiros se esgueiravam em silêncio para o interior da terra desconhecida. Portanto, o primeiro nome que lhe deram foi "Rio da Sombra", *Gwath-hîr*, *Gwathir*. Mais tarde, porém, penetraram para o norte, até o começo dos grandes pantanais; muito embora ainda faltasse muito tempo para que sentissem necessidade ou dispusessem de homens bastantes para empreender as grandes obras de drenagem e construção de diques que fizeram um grande porto no local onde se erguia Tharbad nos dias dos Dois Reinos. A palavra sindarin que usaram para o pantanal foi *lô*, primitivamente *loga* [de um radical *log-* que significa "molhado, encharcado, pantanoso"]; e pensaram inicialmente que se tratava das nascentes do rio da floresta, pois ainda não conheciam o Mitheithel que descia das montanhas ao norte, e, reunindo as correntezas do Bruinen [Ruidoságua] e do Glanduin, lançava águas de inundação na planície. O nome *Gwathir* foi assim mudado em *Gwathló*, o rio sombrio vindo dos pântanos.

O Gwathló tinha um dos poucos nomes geográficos que se tornaram do conhecimento geral de outros em Númenor além dos marinheiros, e recebeu uma tradução adûnaica. Esta era *Agathurush*.

A história de Lond Daer e Tharbad é mencionada também nesse mesmo ensaio, em uma análise do nome *Glanduin*:

Glanduin significa "rio da fronteira". Foi o primeiro nome dado (na Segunda Era), já que o rio formava o limite meridional de Eregion, além do qual viviam povos pré-númenóreanos e geralmente hostis, tais como os ancestrais dos Terrapardenses. Mais tarde ele, juntamente com o Gwathló, que era formado por sua confluência com o Mitheithel, representou o limite sul do Reino do Norte. A terra mais além, entre o Gwathló e o Isen (Sîr Angren), era chamada de Enedwaith ("Povo-do-Meio"); não pertencia a nenhum dos reinos e não recebeu povoação permanente de homens de origem númenóreana. Mas a grande Estrada Norte-Sul, que era a principal rota de comunicação entre os Dois Reinos, à exceção do mar, cortava essa terra de Tharbad até os Vaus do Isen (Ethraid Engrin). Antes da decadência do Reino do Norte e das catástrofes que assolaram Gondor, na verdade até a chegada da Grande Peste em 1636 da Terceira Era, ambos os reinos tinham um interesse compartilhado nessa região, e juntos construíram e mantiveram a Ponte de Tharbad, bem como os longos diques que levavam a estrada até ela, de ambos os lados do Gwathló e do Mitheithel, atravessando os pântanos das planícies de Minhiriath e Enedwaith.[B] Uma considerável guarnição de soldados, marinheiros e engenheiros fora mantida lá até o décimo sétimo século da Terceira Era. Mas daí em diante a região caiu rapidamente em decadência; e, muito antes da época de *O Senhor dos Anéis*, ela havia retrocedido à condição de pantanal selvagem. Quando Boromir fez sua grande viagem de Gondor a Valfenda — a coragem e a resistência requeridas não são plenamente reconhecidas na narrativa — a Estrada Norte-Sul não mais existia a não ser pelos restos desmoronados dos diques, pelos quais se podia empreender uma perigosa aproximação a Tharbad, apenas para encontrar ruínas sobre morros minguantes, e um arriscado vau formado pelas ruínas da ponte, que seria impossível de atravessar não fosse o rio naquele trecho lento e raso — mas largo.

[B]Nos primórdios dos reinos, descobriu-se que a rota mais expedita de um até o outro (exceto para grandes exércitos) era por mar até o antigo porto na extremidade do estuário do Gwathló, continuando até o porto fluvial de Tharbad, e de lá pela Estrada. O antigo porto marítimo e seus grandes cais estavam em ruínas, mas com intenso trabalho fora construído em Tharbad um porto capaz de receber embarcações de alto-mar, e lá se erguera um forte sobre grandes aterros de ambos os lados do rio, para vigiar a outrora famosa Ponte de Tharbad. O antigo porto era um dos primeiros dos númenóreanos, começado pelo renomado rei-marinheiro Tar-Aldarion, e mais tarde ampliado e fortificado. Era chamado de Lond Daer Enedh, o Grande Porto do Meio (visto que ficava entre Lindon ao norte e Pelargir no Anduin). [N. A.]

Se o nome Glanduin chegava a ser recordado, o era somente em Valfenda, e aplicava-se apenas ao curso superior do rio, onde ainda corria veloz, para logo se perder nas planícies e desaparecer nos pântanos: um emaranhado de brejos, lagoas e ilhotas, cujos únicos habitantes eram bandos de cisnes, e muitas outras aves aquáticas. Se o rio tinha algum nome, era na língua dos Terrapardenses. Em *O Retorno do Rei*, VI, 6, é chamado de rio (não Rio) Cisnefrota, sendo simplesmente o rio que descia para Nîn-in-Eilph, "as Terras Úmidas dos Cisnes".[C]

Era a intenção de meu pai inscrever, num mapa revisado de *O Senhor dos Anéis*, *Glanduin* como nome do curso superior do rio, e marcar os pântanos como tais, com o nome *Nîn-in-Eilph* (ou *Cisnefrota*). Sua intenção acabou sendo mal compreendida, pois no mapa de Pauline Baynes o curso inferior está marcado como "R. Cisnefrota", enquanto no mapa do livro, conforme mencionado em nota anterior (p. 349), os nomes estão apostos ao rio errado.

Pode-se notar que Tharbad está mencionada como "uma cidade em ruínas" em *A Sociedade do Anel*, II, 3, e que Boromir contou em Lothlórien que perdeu seu cavalo em Tharbad, ao vadear o Grságua (*ibid.*, II, 8). Em "O Conto dos Anos", a ruína e a deserção de Tharbad estão datadas com o ano 2912 da Terceira Era, quando grandes inundações devastaram Enedwaith e Minhiriath.

A partir dessas considerações, pode-se ver que a concepção do porto númenóreano na foz do Gwathló tinha sido expandida desde a época em que foi escrito "Acerca de Galadriel e Celeborn", a partir de "um pequeno porto númenóreano" para Lond Daer, o Grande Porto. Trata-se evidentemente do

---

[C]Sindarin *alph*, um cisne, plural *eilph*; quenya *alqua*, como em *Alqualondë*. O ramo telerin do eldarin transformou o *kw* original em *p* (mas o *p* original permaneceu inalterado). O sindarin da Terra-média, muito modificado, transformou as oclusivas em fricativas após *l* e *r*. Assim, o *alkwa* original tornou-se *alpa* em telerin, e *alf* (transcrito como *alph*) em sindarin.

Vinyalondë ou Porto Novo de "Aldarion e Erendis" (p. 244), apesar de esse nome não constar dos estudos recém-mencionados. Consta em "Aldarion e Erendis" (p. 282) que as obras que Aldarion reiniciou em Vinyalondë após tornar-se Rei "nunca foram completadas". Isso provavelmente significa apenas que nunca foram completadas por ele, pois a história posterior de Lond Daer pressupõe que o porto, afinal, tenha sido restaurado, e se tornado seguro contra os ataques do mar. Com efeito o mesmo trecho de "Aldarion e Erendis" prossegue dizendo que Aldarion "estabeleceu as bases para o empreendimento de Tar-Minastir muitos anos após, na primeira guerra contra Sauron; e, não fosse por suas obras, as frotas de Númenor não poderiam ter trazido seu poderio a tempo ao lugar certo — como ele previa".

A afirmativa, no estudo do termo *Glanduin* em nota anterior, de que o porto foi chamado de Lond Daer Enedh "o Grande Porto do Meio", visto que ficava entre os portos de Lindon ao norte e Pelargir no Anduin, deve referir-se a uma época muito posterior à intervenção númenóreana na guerra contra Sauron em Eriador; pois, de acordo com "O Conto dos Anos", Pelargir somente foi construído no ano de 2350 da Segunda Era, e tornou-se o principal porto dos Númenóreanos Fiéis.

Apêndice E

Os Nomes de Celeborn e Galadriel

Em um ensaio acerca dos costumes da atribuição de nomes entre os Eldar em Valinor, consta que eles tinham dois "nomes próprios" (*essi*), o primeiro dos quais era dado pelo pai por ocasião do nascimento; e este normalmente lembrava o próprio nome do pai, assemelhando-se a ele no sentido ou na forma, ou podendo até mesmo ser igual ao nome do pai, ao qual algum prefixo distintivo lhe poderia ser acrescentado mais tarde, quando a criança estivesse crescida. O segundo nome era dado depois, às vezes muito depois, mas às vezes logo após o nascimento, pela mãe; e esses nomes maternos tinham grande significado, pois

as mães dos Eldar possuíam um discernimento das características e habilidades dos filhos, e muitas possuíam também o dom
da previsão profética. Além disso, qualquer Elda podia adquirir um *epessë* ("pós-nome"), não necessariamente dado pela sua
própria família, um apelido — geralmente dado como título de
admiração ou honra; e um *epessë* podia tornar-se o nome geralmente usado e reconhecido nas canções e histórias posteriores
(como foi o caso, por exemplo, de Ereinion, sempre conhecido
por seu *epessë* Gil-galad).

Assim, o nome *Alatáriel*, que, de acordo com a versão tardia
da história da sua relação (pp. 313–14), foi dado a Galadriel
por Celeborn em Aman, era um *epessë* (para sua etimologia, ver
o Apêndice de *O Silmarillion*, verbete *kal-*), que ela resolveu
usar na Terra-média, vertido para o sindarin como *Galadriel*,
de preferência a seu "nome paterno" *Artanis*, ou a seu "nome
materno" *Nerwen*.

Evidentemente é apenas na versão tardia que Celeborn
aparece com um nome alto-élfico, e não sindarin: *Teleporno*.
Afirma-se que ele é na verdade de forma telerin; o antigo radical
da palavra élfica para "prata" era *kyelep-*, que se tornou *celeb* em
sindarin, *telep-*, *telpe* em telerin, e *tyelep-*, *tyelpe* em quenya. Mas
em quenya a forma *telpe* tornou-se usual, através da influência
do telerin; pois os Teleri prezavam a prata mais que o ouro, e
sua habilidade como artífices de prata era apreciada até mesmo
pelos Noldor. Assim, *Telperion* era de uso mais comum que
Tyelperion como o nome da Árvore Branca de Valinor. (*Alatáriel*
também era telerin; sua forma em quenya era *Altáriel*.)

O nome Celeborn foi inventado inicialmente com a intenção
de significar "Árvore de Prata"; era também o nome da Árvore
de Tol Eressëa (*O Silmarillion*, p. 94). Os parentes próximos de
Celeborn tinham "nomes arbóreos" (p. 316): seu pai Galadhon,
seu irmão Galathil e sua sobrinha Nimloth, que tinha o mesmo
nome da Árvore Branca de Númenor. Nos últimos escritos filológicos de meu pai, no entanto, o significado de "Árvore de
Prata" foi abandonado; o segundo elemento de *Celeborn* (como
nome de pessoa) foi derivado da antiga forma adjetiva *ornā*,

A HISTÓRIA DE GALADRIEL E CELEBORN

"ascendente, alto", e não do substantivo cognato *ornē*, "árvore". (*Ornē* aplicava-se originalmente a árvores mais retas e delgadas, como bétulas, ao passo que árvores mais robustas e largas, como carvalhos e faias, eram chamadas, na língua antiga, de *galadā*, "grande crescimento"; mas esta distinção não era sempre observada em quenya, e desapareceu em sindarin, idioma no qual todas as árvores passaram a ser chamadas de *galadh*, e *orn* saiu do uso comum, sobrevivendo apenas em versos e canções, bem como em muitos nomes, tanto de pessoas quanto de árvores.) O fato de Celeborn ser alto é mencionado em uma nota incluída no estudo das Medidas Lineares Númenóreanas, p. 381.

Sobre a confusão ocasional do nome de Galadriel com a palavra *galadh*, meu pai escreveu:

> Quando Celeborn e Galadriel se tornaram governantes dos Elfos de Lórien (que na origem eram principalmente Elfos Silvestres e se chamavam de Galadhrim), o nome de Galadriel ficou associado às árvores, uma associação que foi auxiliada pelo nome de seu marido, que também parecia conter uma palavra arbórea; desse modo, fora de Lórien e entre aqueles cujas lembranças dos dias antigos e da história de Galadriel se haviam embaçado, o nome dela costumava ser alterado para Galadhriel. Não na própria Lórien.

Pode-se mencionar aqui que *Galadhrim* é a grafia correta do nome dos Elfos de Lórien, e de modo semelhante *Caras Galadhon*. Meu pai originalmente alterou a forma sonora do *th* (como em *then*, em inglês moderno) nos nomes élficos para *d*, visto que (como ele escreveu) *dh* não é usado em inglês e parece desajeitado. Depois mudou de ideia sobre esse ponto, mas *Galadhrim* e *Caras Galadon* permaneceram sem correção enquanto não foi publicada a edição revisada de *O Senhor dos Anéis* (em reimpressões recentes a alteração foi feita). Esses nomes estão grafados de forma incorreta no verbete *alda* do Apêndice de *O Silmarillion*.

TERCEIRA PARTE
A TERCEIRA ERA

I

O Desastre dos Campos de Lis

Depois da queda de Sauron, Isildur, o filho e herdeiro de Elendil, retornou a Gondor. Lá assumiu a Elendilmir[1] como Rei de Arnor e proclamou seu domínio soberano sobre todos os Dúnedain no Norte e no Sul; pois era homem de grande orgulho e vigor. Permaneceu em Gondor durante um ano, restaurando sua ordem e definindo seus limites;[2] porém a maior parte do exército de Arnor retornou a Eriador pela estrada númenóreana desde os Vaus do Isen a Fornost.

Quando por fim se sentiu livre para voltar ao seu próprio reino, estava apressado, e desejava ir primeiro a Imladris, pois lá havia deixado sua esposa e seu filho mais jovem,[3] e ademais tinha necessidade urgente de se aconselhar com Elrond. Portanto, decidiu seguir caminho para o norte partindo de Osgiliath, pelos Vales do Anduin acima até Cirith Forn en Andrath, o alto passo do Norte, que descia até Imladris.[4] Isildur conhecia bem a região, pois muitas vezes viajara ali antes da Guerra da Aliança, e por essa via marchara à guerra, com homens de Arnor oriental, em companhia de Elrond.[5]

Era uma viagem longa, mas o único caminho alternativo, para o oeste, depois para o norte até o encontro das estradas em Arnor, e em seguida para o leste até Imladris, era muito mais longo.[6] Talvez fosse igualmente rápido para homens montados, mas ele não dispunha de cavalos em condições;[7] talvez mais seguro em dias passados, mas Sauron fora derrotado, e os povos dos Vales haviam sido seus aliados na vitória. Nada temia, exceto as intempéries e a exaustão, mas essas têm de ser suportadas pelos homens a quem a necessidade envia a lugares longínquos da Terra-média.[8]

Assim foi, como se conta nas lendas de dias posteriores, que estava terminando o segundo ano da Terceira Era quando Isildur partiu de Osgiliath no início de ivanneth,[9] esperando alcançar Imladris em quarenta dias, em meados de narbeleth, antes que o inverno se aproximasse no Norte. No Portão Leste da Ponte, numa clara manhã, Meneldil[10] despediu-se dele. "Vai agora e boa viagem! Que o Sol da tua partida nunca deixe de brilhar sobre tua estrada!"

Com Isildur foram seus três filhos, Elendur, Aratan e Ciryon,[11] e sua Guarda de duzentos cavaleiros e soldados, homens de Arnor severos e endurecidos pela guerra. Nada se relata de sua viagem até que tivessem passado sobre a Dagorlad, e prosseguido para o norte entrando nas terras amplas e desertas ao sul de Verdemata, a Grande. No vigésimo dia, quando já avistavam ao longe a floresta coroando o planalto diante deles com um distante brilho do vermelho e ouro de ivanneth, toldou-se o céu e veio um vento escuro do Mar de Rhûn, carregado de chuva. A chuva durou quatro dias; quando chegaram à entrada dos Vales, entre Lórien e Amon Lanc,[12] Isildur desviou-se, portanto, do Anduin, inchado de águas velozes, e subiu as íngremes encostas em seu lado leste para alcançar as antigas trilhas dos Elfos Silvestres que passavam perto da borda da Floresta.

Assim ocorreu que, ao cair da tarde do trigésimo dia de sua viagem, passavam pela borda norte dos Campos de Lis,[13] marchando por uma trilha que levava ao reino de Thranduil,[14] tal como era então. O dia claro terminava; acima das montanhas distantes, juntavam-se nuvens, tingidas de vermelho pelo sol enevoado, que descia em direção delas; o fundo do vale já estava em sombra cinzenta. Os Dúnedain cantavam, pois a marcha do dia se aproximava do fim, e tinham deixado para trás três quartos da longa estrada até Imladris. À sua direita, a Floresta se erguia acima deles no alto das encostas íngremes que desciam até a sua trilha, abaixo da qual era mais suave a descida até o fundo do vale.

De repente, quando o sol mergulhava nas nuvens, ouviram o horrendo clamor de Orques e os viram sair da Floresta e mover-se encostas abaixo, emitindo seus gritos de guerra.[15] Naquela penumbra, podia-se apenas estimar quantos eram, mas evidentemente superavam em muito os Dúnedain, até mesmo dez vezes. Isildur ordenou que se formasse uma *thangail*,[16] um muro-de-escudos com duas fileiras compactas que podiam ser dobradas para trás em ambas as extremidades caso fossem flanqueadas, até formarem, se necessário, um anel fechado. Se o terreno fosse plano ou a encosta estivesse a seu favor, teria formado com sua companhia uma *dírnaith*[16] e acometido os Orques, esperando poder, pela grande força dos Dúnedain e de suas armas, cortar caminho através deles e dispersá-los atarantados; mas agora não era possível fazê-lo. Uma sombra de presságio abateu-se sobre o seu coração.

"A vingança de Sauron continua viva, embora ele esteja morto", falou a Elendur, que estava a seu lado. "Aqui há astúcia e propósito! Não temos esperança de auxílio: Moria e Lórien agora ficaram muito para trás, e Thranduil está quatro dias de marcha à frente." "E trazemos cargas de valor incalculável", acrescentou Elendur, pois era confidente do pai.

Agora os Orques se aproximavam. Isildur voltou-se para seu escudeiro: "Ohtar,[17] agora confio isto à tua guarda", disse, entregando-lhe a grande bainha e os fragmentos de Narsil, a espada de Elendil. "Salva-a da captura por todos os meios que puderes encontrar e a qualquer custo; até mesmo ao custo de seres considerado um covarde que me desertou. Leva teu companheiro contigo e foge! Vai! Eu te ordeno!" Então Ohtar ajoelhou-se e lhe beijou a mão, e os dois jovens fugiram, descendo ao vale escuro.[18]

Se os Orques de visão aguçada perceberam sua fuga, não lhe deram importância. Detiveram-se brevemente, preparando seu ataque. Primeiro soltaram uma saraivada de flechas, e então, de súbito, com um grande grito, fizeram o que Isildur teria feito, e pela última encosta lançaram uma grande massa dos seus principais guerreiros contra os Dúnedain, esperando romper seu muro-de-escudos. Mas este permaneceu firme. As flechas não haviam sido de nenhuma valia contra as armaduras númenóreanas. Os Homens imponentes elevavam-se acima dos Orques mais altos, e suas espadas e lanças alcançavam muito mais longe que as armas de seus inimigos. O ataque vacilou, rompeu-se e recuou, tendo causado poucos danos aos defensores, inabalados, por trás de montes de Orques tombados.

Pareceu a Isildur que o inimigo se retirava em direção à Floresta. Olhou para trás. A borda vermelha do sol brilhou de dentro das nuvens, enquanto mergulhava por trás das montanhas; logo cairia a noite. Deu ordens para retomar a marcha imediatamente, mas para desviar o trajeto em direção ao terreno mais baixo e plano, onde os Orques teriam menor vantagem.[19] Talvez acreditasse que, depois de serem rechaçados com danos, eles se retrairiam, apesar de seus batedores talvez o seguirem durante a noite e vigiarem seu acampamento. Essa era a maneira dos Orques, que geralmente ficavam intimidados quando sua presa dava a volta e mordia.

Mas enganava-se. Não somente havia astúcia no ataque, mas também ódio feroz e implacável. Os Orques das Montanhas eram obstinados e comandados por cruéis servos de Barad-dûr, enviados havia muito tempo para vigiarem as passagens;[20] e, apesar de não o saberem, o Anel, cortado dois anos antes de sua mão negra, ainda estava carregado da vontade malévola de Sauron, e clamava por ajuda a todos os seus serviçais. Os Dúnedain mal haviam avançado uma milha quando os Orques se moveram novamente. Dessa vez não investiram, mas usaram todas as suas forças. Desceram em uma ampla frente, que se alinhou em meia-lua e logo fechou uma roda ininterrupta em volta dos Dúnedain. Agora estavam em silêncio e se mantinham a uma distância fora do alcance dos temidos arcos-de-aço de Númenor,[21] apesar de a luz estar diminuindo depressa e Isildur ter muito menos arqueiros do que precisava.[22] Ele se deteve.

Houve uma pausa, embora os Dúnedain de visão mais aguçada dissessem que os Orques estavam se aproximando sorrateiros, passo a passo. Elendur foi ter com seu pai, que estava de pé, soturno e sozinho, como que perdido em pensamentos. *"Atarinya"*, questionou, "e quanto ao poder que intimidaria essas criaturas imundas e lhes ordenaria que obedecessem a ti? Então de nada serve?" "Infelizmente não, *senya*. Não posso usá-lo. Temo a dor de tocá-lo.[23] E ainda não encontrei forças para dobrá-lo à minha vontade. Para isso é preciso alguém maior do que eu agora sei que sou. Meu orgulho foi-se. Ele deveria ir para os Guardiões dos Três."

Nesse momento soou um repentino toque de trompas, e os Orques se aproximaram por todos os lados, arremessando-se contra os Dúnedain com ferocidade temerária. A noite caíra, e a esperança se apagava. Os homens tombavam; pois alguns dos Orques maiores saltavam, dois de cada vez, e, mortos ou vivos, derrubavam um Dúnadan com seu peso, de forma que outras garras fortes o pudessem arrastar para fora e matar. Os Orques podiam perder cinco para um nessa permuta, mas ainda saía muito barato. Ciryon foi morto desse modo e Aratan mortalmente ferido em uma tentativa de resgatá-lo.

Elendur, ainda incólume, buscou Isildur. Ele reunia seus homens do lado leste, onde o ataque era mais intenso, pois os Orques ainda temiam a Elendilmir que trazia na fronte e o evitavam. Elendur tocou seu ombro e Isildur se virou feroz, pensando que um Orque se esgueirara por trás dele.

"Meu Rei", disse Elendur, "Ciryon morreu e Aratan está morrendo. Vosso último conselheiro tem de vos recomendar, não ordenar, como vós ordenastes a Ohtar. Ide! Tomai vossa carga e a levai a qualquer custo até os Guardiões, até mesmo ao custo de abandonar vossos homens e a mim!"

"Filho do Rei", respondeu Isildur, "eu sabia que teria de fazer isso, mas temia a dor. Nem poderia partir sem tua permissão. Perdoa a mim e a meu orgulho que te trouxe a esta sina."[24] Elendur beijou-o. "Ide! Ide agora!", despediu-se.

Isildur voltou-se para o oeste e, tirando o Anel de uma bolsinha que pendia de uma fina corrente em torno de seu pescoço, colocou-o no dedo com um grito de dor, e nunca mais foi visto por pessoa alguma na Terra-média. Mas a Elendilmir do Oeste não podia ser apagada, e de repente resplandeceu vermelha e irada como uma estrela em chamas. Os Homens e os Orques recuaram de pavor; e Isildur, puxando um capuz sobre a cabeça, desapareceu noite adentro.[25]

Do que aconteceu aos Dúnedain, só isto se soube depois: não demorou muito para que estivessem todos mortos, à exceção de um, um jovem escudeiro atordoado e sepultado sob homens tombados. Assim pereceu Elendur, que mais tarde deveria ter sido Rei, e, como predisseram todos os que o conheciam, em sua força e sabedoria, e sua majestade sem orgulho, um dos maiores, o mais belo da estirpe de Elendil, o mais semelhante ao seu ancestral.[26]

Já de Isildur conta-se que sofreu grande dor e angústia no coração, mas de início correu como um cervo caçado pelos cães, até chegar ao fundo do vale. Lá parou para se assegurar de que não estava sendo perseguido; pois os Orques conseguiam rastrear um fugitivo no escuro pelo faro, e não precisavam dos olhos. Então prosseguiu com mais cautela, pois uma ampla baixada se estendia na escuridão diante dele, irregular e sem trilhas, com muitas armadilhas para pés errantes.

Assim foi que finalmente chegou à margem do Anduin no meio da noite, e estava exausto; pois fizera um trajeto que os Dúnedain, em terreno semelhante, não fariam mais depressa, marchando sem parar e durante o dia.[27] O rio turbilhonava, escuro e veloz, à sua frente. Ficou parado por algum tempo, em solidão e desespero. Então, apressado, lançou fora toda a sua couraça e suas armas, exceto uma espada curta presa ao cinto,[28] e mergulhou na água. Era um homem de força e resistência que, mesmo entre os Dúnedain daquela época, poucos conseguiam igualar, mas tinha pouca esperança de atingir a margem oposta. Antes de avançar muito, foi forçado a se virar quase para o norte, contra a corrente; e, por mais que se esforçasse, sempre era arrastado para baixo, em direção aos emaranhados dos Campos de Lis. Estavam mais perto do que ele pensara;[29] e, no mesmo instante em que sentiu a correnteza enfraquecer, e quase havia atravessado, estava se debatendo em meio a grandes juncos e plantas pegajosas. Ali deu-se conta subitamente de que o Anel se fora. Por azar, ou por um acaso feliz, o Anel saíra de sua mão e fora aonde Isildur jamais poderia esperar reencontrá-lo. Inicialmente seu sentimento de perda foi tão avassalador que ele não se debateu mais, e teria submergido e se afogado. Mas, ligeiro como havia chegado, esse humor passou. A dor o abandonara. Um grande fardo fora removido. Seus pés encontraram o leito do rio, e ele, erguendo-se da lama, atravessou trôpego o juncal até uma ilhota pantanosa próxima da margem oeste. Ali levantou-se da água: apenas um homem mortal, uma pequena criatura perdida e abandonada nos ermos da Terra-média. Mas, para os Orques de visão noturna que se escondiam à espreita, ele se erguia como uma monstruosa sombra de pavor, com um olho penetrante como uma estrela. Atiraram nele suas flechas envenenadas e fugiram. Desnecessariamente, pois Isildur, desarmado, foi trespassado no coração e na garganta, e sem um grito caiu para trás na água. Nenhum vestígio de seu corpo jamais foi encontrado por Elfos ou Homens. Assim terminou a primeira vítima da malícia do Anel sem mestre: Isildur, segundo Rei de todos os Dúnedain, senhor de Arnor e Gondor, e o último naquela era do Mundo.

As fontes da lenda da morte de Isildur

Houve testemunhas oculares do ocorrido. Ohtar e seu companheiro escaparam, levando consigo os fragmentos de Narsil. A história menciona um jovem que sobreviveu à carnificina: era o escudeiro de Elendur, chamado Estelmo, e ele foi um dos últimos a tombar, mas foi atordoado por uma maça e não morreu, tendo sido encontrado vivo sob o corpo de Elendur. Ouviu as palavras de Isildur e Elendur quando se separaram. Houve um grupo de socorro que chegou à cena tarde demais, mas a tempo de perturbar os Orques e evitar que mutilassem os corpos: pois havia certos Homens-da-floresta que levaram notícias a Thranduil através de mensageiros, e eles próprios reuniram uma tropa para emboscar os Orques — do que estes ficaram sabendo e se dispersaram, pois, apesar da vitória, suas

O DESASTRE DOS CAMPOS DE LIS

perdas haviam sido grandes, e quase todos os grandes Orques haviam tombado; por muitos anos eles não voltaram a tentar nenhum ataque semelhante.

A história das últimas horas de Isildur e de sua morte baseou-se em suposições, mas bem fundadas. A lenda em sua forma plena somente foi composta no reinado de Elessar na Quarta Era, quando se descobriram outras evidências. Até então sabia-se, primeiro, que Isildur tinha o Anel, e que fugira para o Rio; segundo, que sua cota de malha, seu elmo, seu escudo e sua grande espada (mas nada mais) haviam sido encontrados na margem pouco acima dos Campos de Lis; terceiro, que os Orques haviam deixado vigias na margem oeste, armados com arcos, para interceptarem quem quer que escapasse da batalha e fugisse para o Rio (pois encontraram-se vestígios dos seus acampamentos, um próximo aos limites dos Campos de Lis); e quarto, que Isildur e o Anel, separados ou juntos, deviam ter se perdido no Rio, pois, se Isildur tivesse atingido a margem oeste usando o Anel, ele teria iludido os vigias, e um homem tão intrépido e de tão grande resistência não poderia então deixar de chegar a Lórien ou Moria antes de sucumbir. Apesar de ser uma longa viagem, cada um dos Dúnedain levava, em uma bolsa selada suspensa ao cinto, um pequeno frasco de licor e fatias de um pão-de-viagem que lhes sustentaria a vida por muitos dias — na verdade nem o *miruvor*[30] nem o *lembas* dos Eldar, mas algo semelhante, pois a medicina e outras artes de Númenor eram poderosas e ainda não haviam sido esquecidas. Não havia nenhum cinto ou bolsa entre os equipamentos descartados por Isildur.

Muito tempo depois, ao terminar a Terceira Era do Mundo Élfico e aproximar-se a Guerra do Anel, foi revelado ao Conselho de Elrond que o Anel fora encontrado, submerso perto da beira dos Campos de Lis e próximo à margem oeste; apesar de jamais ter sido descoberto vestígio do corpo de Isildur. Então deram-se conta também de que Saruman secretamente estivera fazendo buscas na mesma região; mas, embora ele não tivesse encontrado o Anel (que muito antes havia sido levado para longe), ainda não sabiam o que mais ele poderia ter descoberto.

372

O Rei Elessar, no entanto, ao ser coroado em Gondor, começou a reordenar seu reino, e uma de suas primeiras tarefas foi a restauração de Orthanc, onde pretendia instalar novamente a *palantír* recuperada de Saruman. Foram então vasculhados todos os segredos da torre. Muitas coisas de valor foram encontradas, joias e relíquias de Eorl, furtadas de Edoras por intermédio de Língua-de-Cobra durante o declínio do Rei Théoden, e outras coisas semelhantes, mais antigas e belas, de morros e túmulos em toda a volta. Saruman, em sua degradação, tornara-se não um dragão, mas uma gralha gatuna. Por fim, atrás de uma porta oculta que não poderiam ter encontrado ou aberto se Elessar não tivesse o auxílio de Gimli, o Anão, foi revelado um armário de aço. Talvez tivesse sido planejado para receber o Anel; mas estava quase vazio. Em uma arca numa prateleira alta estavam guardados dois objetos. Um era um pequeno estojo de ouro, preso a uma corrente fina; estava vazio e não trazia letra nem sinal, mas fora de qualquer dúvida contivera outrora o Anel suspenso ao pescoço de Isildur. Ao lado estava um tesouro sem preço, pranteado por muito tempo como algo perdido para sempre: a própria Elendilmir, a estrela branca de cristal élfico sobre um filete de *mithril*,[31] que chegara de Silmarien a Elendil, e fora tomada por ele como sinal de realeza no Reino do Norte.[32] Todos os reis e líderes que se seguiram a eles em Arnor haviam usado a Elendilmir, até o próprio Elessar; mas, apesar de ser uma pedra de grande beleza, feita por artesãos-élficos em Imladris para Valandil, filho de Isildur, não tinha a antiguidade nem a potência daquela que fora perdida quando Isildur fugiu para as trevas e não mais voltou.

Elessar tomou-a para si com reverência, e, quando retornou ao norte e reassumiu a monarquia plena de Arnor, Arwen cingiu-lhe a fronte com a pedra, e os homens silenciavam de espanto ao ver seu esplendor. Mas Elessar não a pôs de novo em risco e somente a usava em dias festivos no Reino do Norte. Em outras ocasiões, quando envergava vestes reais, usava a Elendilmir que lhe fora legada. "E também esta é objeto de reverência", dizia, "e acima do meu valor; quarenta cabeças a usaram antes."[33]

O DESASTRE DOS CAMPOS DE LIS

Quando ponderaram mais detidamente sobre aquele tesouro secreto, os homens ficaram consternados. Pois parecia-lhes que aquelas coisas, e certamente a Elendilmir, não poderiam ter sido encontradas, a não ser que estivessem no corpo de Isildur quando este afundou; no entanto, se isso tivesse ocorrido em água profunda, de forte correnteza, com o tempo elas teriam sido arrastadas para bem longe. Portanto, Isildur não teria caído no rio profundo, mas sim em água rasa, não acima da altura dos ombros. Então por que, apesar de ter se passado uma Era, não havia vestígios dos seus ossos? Saruman os encontrara e os aviltara — queimando-os com desonra em uma das suas fornalhas? Se assim fosse, seria um feito vergonhoso; mas não o pior dele.

NOTAS

[1]A Elendilmir é mencionada em uma nota de rodapé do Apêndice A (I, iii) de *O Senhor dos Anéis*: os Reis de Arnor não usavam coroa, "e sim portavam uma única gema branca, a Elendilmir, Estrela de Elendil, atada à testa com um filete de prata". Essa nota dá referências a outras menções da Estrela de Elendil no decorrer da narrativa. Havia de fato não uma, e sim duas pedras do mesmo nome; ver p. 373.

[2]Como narra o conto de Cirion e Eorl, que se baseia em histórias mais antigas, agora em sua maioria perdidas, para seu relato dos acontecimentos que levaram ao Juramento de Eorl e à aliança de Gondor com os Rohirrim. [N. A.] — Ver p. 412.

[3]O filho mais jovem de Isildur era Valandil, terceiro Rei de Arnor: ver "Dos Anéis de Poder" em *O Silmarillion*, p. 386. No Apêndice A (I, ii) de *O Senhor dos Anéis* afirma-se que ele nasceu em Imladris.

[4]Apenas aqui essa passagem é mencionada por um nome élfico. Muito tempo depois, em Valfenda, Gimli, o Anão, referiu-se a ela como o Passo Alto: "Não fosse pelos Beornings, a passagem entre Valle e Valfenda ter-se-ia tornado impossível muito tempo atrás. São homens valentes, que mantêm aberto o Passo Alto e o Vau da Carrocha" (*A Sociedade do Anel*, II, 1). Foi nessa passagem que Thorin Escudo-de-carvalho e sua companhia foram capturados por Orques (*O Hobbit*, capítulo 4). *Andrath* sem dúvida significa "escalada longa": ver p. 345, nota 16.

[5]Ver "Dos Anéis de Poder" em *O Silmarillion*, p. 386: "[Isildur] marchou de Gondor para o norte pelo caminho usado por Elendil."

CONTOS INACABADOS

[6]Mais de trezentas léguas [isto é, pela rota que Isildur pretendia tomar], e na sua maior parte sem estradas construídas; naquela época as únicas estradas númenóreanas eram a grande estrada que ligava Gondor e Arnor, passando por Calenardhon, seguindo depois ao norte com a travessia do Gwathló em Tharbad e chegando afinal a Fornost; e a Estrada Leste-Oeste dos Portos Cinzentos a Imladris. Essas estradas cruzavam-se em um ponto [Bri] a oeste de Amon Sûl (Topo-do-Vento), de acordo com as medidas númenóreanas das estradas a 392 léguas de Osgiliath, e depois 116 a leste até Imladris: 508 léguas no total. [N. A.] — Ver o Apêndice sobre Medidas Lineares Númenóreanas, p. 381.

[7]Em seu próprio país os Númenóreanos possuíam cavalos, que apreciavam [ver a "Uma Descrição da Ilha de Númenor", p. 233]. Mas não os usavam na guerra; pois todas as suas guerras eram no além-mar. Também tinham grande estatura e força, e seus soldados totalmente equipados estavam acostumados a portar couraças e armas pesadas. Em suas povoações nas costas da Terra-média, adquiriam e criavam cavalos, mas pouco os usavam para cavalgar, exceto por esporte e prazer. Na guerra estes eram usados apenas por estafetas e por grupos de arqueiros de armamento leve (frequentemente não de raça númenóreana). Na Guerra da Aliança, os cavalos que usaram haviam sofrido grandes baixas, e havia poucos disponíveis em Osgiliath. [N. A.]

[8]Precisavam de alguma bagagem e provisões em terras inóspitas, pois não esperavam encontrar nenhuma habitação de Elfos ou Homens até atingirem o reino de Thranduil, quase ao fim da viagem. Na marcha cada homem levava consigo dois dias de provisões (sem contar a "bolsa de emergência" mencionada no texto [p. 372]); o restante, bem como outras bagagens, era carregado por pequenos cavalos robustos, de uma espécie, segundo se diz, que inicialmente fora encontrada, selvagem e livre, nas amplas planícies ao sul e a leste de Verdemata. Haviam sido domesticados; mas, apesar de carregarem pesadas cargas (a passo de caminhada), não permitiam que nenhum homem os montasse. Dispunham de apenas dez destes. [N. A.]

[9]5 de *yavannië*, de acordo com o "Registro do Rei" númenóreano, ainda mantido com poucas alterações no Calendário do Condado. *Yavannië* (*ivanneth*) correspondia assim a *rital*, nosso setembro; e *narbeleth* a nosso outubro. Quarenta dias (até 15 de *narbeleth*) eram suficientes, se tudo corresse bem. É provável que fosse uma viagem de pelo menos 308 léguas de marcha; mas os soldados dos Dúnedain, homens altos de grande força e resistência, estavam acostumados a se deslocar plenamente armados a oito léguas por dia "com facilidade": quando caminhavam em oito etapas de uma légua cada, com interrupções curtas ao fim de cada légua (*lár*, sindarin *daur*, que significava originalmente uma parada ou pausa), e uma hora perto do meio-dia. Isso perfazia uma "marcha" de cerca de dez horas e meia, das quais caminhavam oito horas. Podiam manter esse ritmo por longos períodos, com provisões adequadas. Na pressa podiam mover-se muito mais rápido, a doze léguas por dia (ou mais,

caso houvesse necessidade premente), porém durante períodos mais curtos. Na data do desastre, na latitude de Imladris (da qual se aproximavam), havia pelo menos onze horas de luz diurna em terreno aberto; mas no meio do inverno, menos de oito. No entanto, não se empreendiam viagens longas no Norte entre o começo de *hithui* (*hísimë*, novembro) e o fim de *nínui* (*nénimë*, fevereiro) em tempos de paz. [N. A.] — Um relato detalhado dos Calendários em uso na Terra-média é dado no Apêndice D de *O Senhor dos Anéis*.

[10]Meneldil era sobrinho de Isildur, filho de Anárion, irmão mais novo de Isildur, morto no cerco a Barad-dûr. Isildur estabelecera Meneldil como Rei de Gondor. Era um homem cortês, mas de grande visão e não revelava seus pensamentos. Ficou na verdade contente com a partida de Isildur e seus filhos, e esperava que os assuntos do Norte os mantivessem ocupados por muito tempo. [N. A.] — Afirma-se em anais inéditos sobre os Herdeiros de Elendil que Meneldil era o quarto filho de Anárion, que nasceu no ano de 3318 da Segunda Era, e que foi o último homem a nascer em Númenor. A nota recém-citada é a única referência ao seu caráter.

[11]Todos os três haviam combatido na Guerra da Aliança, mas Aratan e Ciryon não haviam estado na invasão de Mordor e no cerco a Barad-dûr, pois Isildur os enviara para guarnecer sua fortaleza de Minas Ithil, para que Sauron não escapasse a Gil-galad e Elendil e tentasse forçar uma passagem através de Cirith Dúath (mais tarde chamada de Cirith Ungol), vingando-se dos Dúnedain antes de ser derrotado. Elendur, herdeiro de Isildur e caro a ele, havia acompanhado o pai por toda a guerra (exceto pelo último desafio em Orodruin), e tinha a plena confidência de Isildur. [N. A.] — Nos anais mencionados afirma-se, na última nota, que o filho mais velho de Isildur nasceu em Númenor no ano de 3299 da Segunda Era (o próprio Isildur nasceu em 3209).

[12]*Amon Lanc*, "Monte Desnudo", era o ponto mais elevado do planalto no canto sudoeste de Verdemata, e chamava-se assim porque nenhuma árvore crescia em seu topo. Em dias posteriores tornou-se Dol Guldur, a primeira fortaleza de Sauron após seu despertar. [N. A.]

[13]Os Campos de Lis (*Loeg Ningloron*). Nos Dias Antigos, quando os Elfos Silvestres primeiro se estabeleceram ali, eram um lago formado numa profunda depressão, na qual o Anduin desembocava vindo do Norte, descendo pela parte mais veloz de seu curso, um longo declive de cerca de setenta milhas, e lá se misturava à correnteza do Rio de Lis (*Sîr Ninglor*), que descia apressado das Montanhas. O lago fora mais amplo a oeste do Anduin, pois o lado leste do vale era mais íngreme; mas a leste ele provavelmente alcançava os sopés das longas encostas que vinham da Floresta (ainda cobertas de árvores na época), e suas margens juncosas eram marcadas pela inclinação mais suave, logo abaixo da trilha que Isildur estava seguindo. O lago tornara-se um grande pântano, através do qual o rio vagava em uma imensidão de ilhotas, amplas áreas de juncos e caniços, e exércitos de íris amarelos que cresciam mais altos que um

homem e davam o nome a toda a região e ao rio vindo das Montanhas, em torno de cujo curso inferior cresciam mais densos. Mas o pântano recuara a leste, e desde o sopé das encostas inferiores havia agora amplas áreas planas, cobertas de relva e pequenos caniços, onde homens podiam caminhar. [N. A.]

[14]Oropher, Rei dos Elfos Silvestres a leste do Anduin, perturbado por rumores do poder crescente de Sauron, abandonara suas antigas habitações em torno de Amon Lanc, na margem oposta do rio em relação a seus parentes em Lórien. Três vezes mudara-se mais para o norte e, ao fim da Segunda Era, morava nas ravinas ocidentais das Emyn Duir, e seu numeroso povo vivia e vagava nas florestas e nos vales a oeste, até o Anduin, ao norte da antiga Estrada dos Anãos (*Men-i-Naugrim*). Unira-se à Aliança, mas foi morto no ataque aos Portões de Mordor. Seu filho Thranduil retornara com o remanescente do exército dos Elfos Silvestres no ano anterior à marcha de Isildur.

As Emyn Duir (Montanhas Escuras) eram um grupo de altas colinas no nordeste da Floresta, assim chamadas porque cresciam em suas encostas densos bosques de abetos; mas ainda não tinham um mau nome. Em dias posteriores, quando a sombra de Sauron se espalhou por toda Verdemata, a Grande, e mudou seu nome de Eryn Galen para Taur-nu-Fuin (traduzido como Trevamata), as Emyn Duir se tornaram o pouso de muitas das suas piores criaturas, e foram chamadas de Emyn-nu-Fuin, as Montanhas de Trevamata. [N. A.] — Sobre Oropher, ver o Apêndice B de "A História de Galadriel e Celeborn"; em um dos trechos lá mencionados, a retirada de Oropher para o norte, dentro de Verdemata, é atribuída ao seu desejo de sair do alcance dos Anãos de Khazad-dûm e de Celeborn e Galadriel em Lórien.

Os nomes élficos das Montanhas de Trevamata não se encontram em nenhum outro lugar. No Apêndice F (II) de *O Senhor dos Anéis* o nome élfico de Trevamata é Taur-e-Ndaedelos, "floresta do grande temor"; o nome dado aqui, Taur-nu-Fuin, "floresta sob noite", foi o nome posterior de Dorthonion, o planalto coberto de árvores no limite setentrional de Beleriand nos Dias Antigos. É notável a aplicação do mesmo nome, Taur-nu-Fuin, tanto à Trevamata como a Dorthonion, à luz da relação próxima das ilustrações que meu pai fez delas: ver *Pictures by J.R.R. Tolkien*, 1979, nota ao n° 37. — Após o fim da Guerra do Anel, Thranduil e Celeborn renomearam Trevamata outra vez, chamando-a de Eryn Lasgalen, a Floresta das Verdefolhas (Apêndice B de *O Senhor dos Anéis*).

Men-i-Naugrim, a Estrada dos Anãos, é a Velha Estrada da Floresta descrita em *O Hobbit*, capítulo 7. Em um esboço anterior dessa seção da presente narrativa, há uma nota que se refere à "antiga Estrada da Floresta que descia do Passo de Imladris e atravessava o Anduin por uma ponte (que fora ampliada e reforçada para que passassem os exércitos da Aliança), prosseguindo sobre o vale oriental e entrando em Verdemata. O Anduin não podia ser transposto por uma ponte em nenhum ponto inferior; pois algumas milhas abaixo da Estrada da Floresta o terreno descia abruptamente e o rio se tornava muito veloz, até alcançar a grande bacia dos Campos de Lis. Além dos Campos tornava-se rápido outra

O DESASTRE DOS CAMPOS DE LIS

vez, formando uma grande correnteza alimentada por muitos rios, cujos nomes estão esquecidos, à exceção dos maiores: o Lis (Sîr Ninglor), o Veio-de-Prata (Celebrant) e o Limclaro (Limlaith)". Em *O Hobbit* a Estrada da Floresta atravessava o grande rio pelo Velho Vau, e não há menção de que alguma vez tenha havido uma ponte na travessia.

[15]Uma tradição diferente do evento está representada no breve relato dado em "Dos Anéis de Poder" (*O Silmarillion*, p. 386): "Mas Isildur foi sobrepujado por uma hoste de Orques que estava à espreita nas Montanhas Nevoentas; e desceram sobre ele sem aviso em seu acampamento entre a Verdemata e o Grande Rio, perto de Loeg Ningloron, os Campos de Lis, pois tinha se descuidado e não havia posto guarda, julgando que todos os seus inimigos tinham sido derrotados."

[16]*Thangail*, "cerca-de-escudos", era o nome dessa formação em sindarin, a língua falada normal do povo de Elendil; seu nome "oficial" em quenya era *sandastan*, "barreira-de-escudos", derivado do primitivo *thandā*, "escudo", e *stama-*, "barrar, excluir". A palavra sindarin usava um segundo elemento diferente: *cail*, uma cerca ou paliçada de pontas e estacas afiadas. Este, na forma primitiva *keglē*, derivava de um radical *keg-*, "encalhe, farpa", também visto na palavra primitiva *kegyā*, "sebe", de onde derivou o sindarin *cai* (ver o *Morgai* em Mordor).

A *dírnaith*, em quenya *nernehta*, "ponta-de-lança de homens", era uma formação em cunha, lançada a curta distância contra um inimigo reunido, mas ainda não organizado, ou contra uma formação defensiva em campo aberto. O quenya *nehte*, sindarin *naith*, aplica-se a qualquer formação ou projeção afilada em ponta: ponta-de-lança, gomo, cunha, promontório estreito (raiz *nek*, "estreito"); ver o Naith de Lórien, a região no ângulo entre o Celebrant e o Anduin, que na própria junção dos rios era mais estreita e mais pontiaguda do que é possível mostrar num mapa de pequena escala. [N. A.]

[17]*Ohtar* é o único nome usado nas lendas; mas provavelmente é apenas o título de tratamento que Isildur usou naquele trágico momento, ocultando seus sentimentos na formalidade. *Ohtar*, "guerreiro, soldado", era o título de todos que, apesar de plenamente treinados e experientes, ainda não tinham sido admitidos ao grau de *roquen*, "cavaleiro". Mas Ohtar era caro a Isildur e pertencia a sua própria família. [N. A.]

[18]No esboço anterior, Isildur mandou que Ohtar levasse consigo dois companheiros. Em "Dos Anéis de Poder" (*O Silmarillion*, p. 386) e em *A Sociedade do Anel*, II, 2, diz-se que "apenas três homens voltaram por sobre as montanhas". O texto dado aqui implica que o terceiro foi Estelmo, escudeiro de Elendur, que sobreviveu à batalha (ver p. 371).

[19]Haviam passado pela profunda depressão dos Campos de Lis, além da qual o terreno do lado leste do Anduin (que fluía num fundo canal) era mais

378

firme e seco, pois a topografia da região mudava. Começava a subir em direção ao norte até que, ao se aproximar da Estrada da Floresta e das terras de Thranduil, ficava quase no nível das bordas de Verdemata. Isildur sabia bem disso. [N. A.]

[20]Não há dúvida de que Sauron, bem informado sobre a Aliança, havia enviado as tropas de Orques do Olho Vermelho de que podia dispor, para fazer o possível para acossar qualquer exército que tentasse cortar caminho atravessando as Montanhas. Nesse caso, a força principal de Gil-galad, junto com Isildur e parte dos Homens de Arnor, havia vindo pelos Passos de Imladris e Caradhras; e os Orques ficaram consternados e se esconderam. Mas permaneceram alertas e vigilantes, decididos a atacar quaisquer companhias de Elfos ou Homens que fossem em menor número que eles. Haviam deixado Thranduil passar, pois até mesmo seu exército reduzido era forte demais para eles; mas esperaram o momento oportuno, ocultos na Floresta a maior parte do tempo, enquanto outros espreitavam ao longo das margens do rio. É improvável que alguma notícia da queda de Sauron os tivesse alcançado, pois ele fora estreitamente cercado em Mordor, e todas as suas forças haviam sido destruídas. Se alguns poucos tinham escapado, haviam fugido longe para o Leste com os Espectros-do-Anel. Aquele pequeno destacamento no Norte, sem nenhuma importância, estava esquecido. Provavelmente pensavam que Sauron fora vitorioso, e que o exército de Thranduil, marcado pelas batalhas, estava em retirada para se esconder nas fortalezas da Floresta. Assim, deviam estar atrevidos e ansiosos por ganhar o elogio de seu senhor, apesar de não terem participado das batalhas principais. Mas não era o elogio dele que teriam ganho, caso algum deles vivesse o bastante para ver seu retorno. Nenhuma tortura teria satisfeito sua ira contra os tolos desajeitados que haviam deixado passar a maior presa da Terra-média; muito embora eles nada pudessem saber sobre o Um Anel, que, além do próprio Sauron, era conhecido apenas dos Nove Espectros-do-Anel, seus escravos. Porém muitos creem que a ferocidade e a determinação de seu ataque a Isildur foram em parte devidas ao Anel. Fazia pouco mais de dois anos que ele deixara sua mão e, apesar de estar esfriando depressa, ainda estava carregado com sua vontade malévola, e buscava por todos os meios voltar a seu senhor (como voltou a fazer quando ele se recuperou e foi reinstalado). Assim, segundo se crê, apesar de não o compreenderem, os chefes dos Orques estavam plenos de um desejo feroz de destruir os Dúnedain e capturar seu líder. Não obstante, acabou se demonstrando que a Guerra do Anel foi perdida no Desastre dos Campos de Lis. [N. A.]

[21]Sobre os arcos dos Númenóreanos, ver "Uma Descrição da Ilha de Númenor", p. 236.

[22]Não mais de vinte, segundo se diz; pois não se esperava tal necessidade. [N. A.]

[23]Compare as palavras do rolo que Isildur escreveu acerca do Anel antes de partir de Gondor em sua última viagem, e que Gandalf relatou ao Conselho

de Elrond em Valfenda: "Estava quente quando o tomei pela primeira vez, quente como brasa, e minha mão foi chamuscada, de tal maneira que duvido que algum dia me livre dessa dor. Mas enquanto escrevo, ele arrefeceu, e parece encolher [...]" (*A Sociedade do Anel*, II, 2).

[24]O orgulho que o levou a ficar com o Anel contra as opiniões de Elrond e Círdan, de que deveria ser destruído nos fogos de Orodruin (*A Sociedade do Anel*, II, 2, e "Dos Anéis de Poder", em *O Silmarillion*, p. 385).

[25]O significado, bastante notável, desse trecho parece ser que a luz da Elendilmir era à prova da invisibilidade conferida pelo Um Anel quando este era usado, caso sua luz fosse visível não sendo usado o Anel; mas, quando Isildur cobriu a cabeça com o capuz, sua luz foi extinta.

[26]Diz-se que, em dias posteriores, aqueles (tais como Elrond) que tinham lembranças dele ficavam impressionados com a grande semelhança, de corpo e mente, que lhe tinha o Rei Elessar, o vencedor da Guerra do Anel, na qual tanto o Anel como Sauron encontraram seu fim definitivo. De acordo com os registros dos Dúnedain, Elessar era descendente em trigésimo oitavo grau de Valandil, irmão de Elendur. Levou muito tempo para que ele fosse vingado. [N. A.]

[27]Sete léguas ou mais do lugar da batalha. A noite havia caído quando ele fugiu. Alcançou o Anduin à meia-noite ou perto dessa hora. [N. A.]

[28]Esta era de um tipo chamado *eket*: uma espada curta para dar estocadas, com uma lâmina larga, pontiaguda e de dois gumes, de um pé a um pé e meio de comprimento. [N. A.]

[29]O lugar da última resistência fora uma milha ou mais além da sua borda setentrional, mas no escuro talvez a inclinação do terreno tenha desviado seu trajeto um pouco para o sul. [N. A.]

[30]Um frasco de *miruvor*, "o licor de Imladris", foi dado a Gandalf por Elrond quando a companhia partiu de Valfenda (*A Sociedade do Anel*, II, 3); ver também *The Road Goes Ever On*, p. 61.

[31]Pois esse metal era encontrado em Númenor. [N. A.] — Em "A Linhagem de Elros" (p. 301) diz-se que Tar-Telemmaitë, o décimo quinto Governante de Númenor, era chamado por esse nome (isto é, "mãos-de-prata") por causa do seu amor pela prata, "e mandava seus serviçais procurarem sempre por *mithril*". Mas Gandalf informou que *mithril* era encontrado em Moria "só aqui em todo o mundo" (*A Sociedade do Anel*, II, 4).

[32]Está dito em "Aldarion e Erendis" (p. 254) que Erendis fez com que o diamante que Aldarion lhe trouxe da Terra-média fosse engastado "como uma estrela em um filete de prata; e a pedido de Erendis ele lhe atou o filete na testa". Por esse motivo ela era conhecida como Tar-Elestirnë, a Senhora da

Fronte-estrelada; "assim nasceu, dizem, o costume dos Reis e Rainhas posteriores, de usar como estrela uma pedra preciosa branca sobre a fronte, e não tinham coroa" (p. 294, nota 19). Esta tradição certamente está ligada à da Elendilmir, uma pedra semelhante a uma estrela, portada na fronte como símbolo de realeza em Arnor; mas a própria Elendilmir original, visto que pertencia a Silmarien, existia em Númenor (qualquer que fosse sua origem) antes que Aldarion trouxesse a pedra de Erendis da Terra-média, e as duas não podem ser a mesma.

[33]O número real era 38, pois a segunda Elendilmir foi feita para Valandil (ver nota 26 acima). — Em "O Conto dos Anos", no Apêndice B de *O Senhor dos Anéis*, o registro do ano 16 da Quarta Era (dado como 1436 do Registro do Condado) afirma que, quando o Rei Elessar foi à Ponte do Brandevin para saudar seus amigos, deu a Estrela dos Dúnedain a Mestre Samwise, enquanto sua filha Elanor se tornou dama de honra da Rainha Arwen. Com base nesse registro, o sr. Robert Foster diz em *The Complete Guide to Middle-earth* que "a Estrela [de Elendil] era usada na fronte pelos Reis do Reino do Norte até que Elessar a desse a Sam Gamgi em 16 Quarta Era". A clara implicação do presente trecho é que o Rei Elessar reteve indefinidamente a Elendilmir que fora feita para Valandil; e de qualquer maneira parece-me despropositado que ele a tivesse dado de presente ao Prefeito do Condado, por muito que o estimasse. A Elendilmir é chamada por vários nomes: a Estrela de Elendil, a Estrela do Norte, a Estrela do Reino do Norte; e supõe-se que a Estrela dos Dúnedain (que aparece apenas nesse registro de "O Conto dos Anos") seja outra ainda, tanto no *Guide* de Robert Foster quanto no *Tolkien Companion* de J. E. A. Tyler. Não encontrei outra referência a ela; mas parece-me quase certo que não era a mesma, e que Mestre Samwise recebeu alguma distinção diferente (e mais adequada).

APÊNDICE

Medidas Lineares Númenóreanas

Uma nota associada ao trecho em "O desastre dos Campos de Lis", que trata das diferentes rotas de Osgiliath a Imladris (pp. 365 e 375, nota 6), diz o seguinte:

> As medidas de distância estão convertidas com a exatidão possível em termos modernos. Usa-se "légua" porque essa era a mais longa medida de distância: no sistema númenóreano (que era decimal) cinco mil *rangar* (passos completos) perfaziam uma *lár*, que equivalia muito aproximadamente a três das nossas

milhas.[A] *Lár* significava "pausa", porque, exceto em marchas forçadas, normalmente se fazia uma breve parada após percorrer essa distância [ver nota 9, p. 375]. O *ranga* númenóreano era um pouco maior que nossa jarda, cerca de 38 polegadas,[B] em virtude de sua maior estatura. Portanto, cinco mil *rangar* equivaleriam quase exatamente a 5.280 jardas,[C] nossa "légua": 5.277 jardas, dois pés e quatro polegadas, supondo que a equivalência acima fosse exata. Isso não pode ser determinado, pois tem como base os comprimentos que as histórias dão de várias coisas, e distâncias que podem ser comparadas com as de nossos tempos.

Tem-se de levar em conta a maior estatura dos Númenóreanos (visto que as mãos, os pés, os dedos e os passos são origens prováveis dos nomes das unidades de comprimento), e também as variações dessas médias ou normas no processo de fixação e organização de um sistema de medidas, tanto para o uso diário como para cálculos exatos. Assim, costumava-se chamar dois *rangar* "altura de homem", o que com base em 38 polegadas dá uma altura média de seis pés e quatro polegadas; mas isso foi em uma época mais tardia, quando a estatura dos Dúnedain parece ter diminuído, e também não se pretendia que fosse uma medida exata da média observada da estatura masculina entre eles, mas sim um comprimento aproximado expresso na unidade bem conhecida *ranga*. (Muitas vezes se diz que o *ranga* era o comprimento do passo, do calcanhar traseiro até o artelho dianteiro, de um homem adulto marchando depressa, mas à vontade; um passo largo "podia ser aproximadamente um *ranga* e meio".) No entanto, diz-se das grandes pessoas do passado que tinham mais que uma altura de homem. Afirma-se que Elendil "era maior que uma altura de homem em quase meio *ranga*"; mas ele era considerado o mais alto de todos os Númenóreanos que escaparam da Queda [e de fato era geralmente conhecido como Elendil, o Alto]. Os Eldar dos Dias Antigos também

---

[A]Aproximadamente 5 quilômetros. [N. T.]
[B]Aproximadamente 97 centímetros. [N. T.]
[C]Aproximadamente 5 quilômetros. [N. T.]

eram muito altos. Diz-se que Galadriel, "a mais alta de todas as mulheres dos Eldar de quem falam os contos", media uma altura de homem, mas está observado "de acordo com a medida dos Dúnedain e dos homens de outrora", indicando uma altura de cerca de seis pés e quatro polegadas.

Os Rohirrim eram em geral mais baixos, pois em sua ascendência remota haviam se misturado com homens de compleição mais larga e mais pesada. Diz-se que Éomer era alto, da mesma estatura que Aragorn; mas ele e outros descendentes do Rei Thengel eram mais altos que a norma de Rohan, derivando essa característica (em alguns casos junto com cabelos mais escuros) de Morwen, esposa de Thengel, uma senhora de Gondor de alta ascendência númenóreana.

Uma nota ao texto recém-citado acrescenta algumas informações sobre Morwen àquilo que se diz em *O Senhor dos Anéis* (Apêndice A, II, "Os Reis da Marca"):

> Ela era conhecida como Morwen de Lossarnach, pois lá vivia; mas não pertencia ao povo daquela terra. Seu pai mudara-se de Belfalas para lá, por amor aos seus vales floridos; ele descendia de um antigo Príncipe daquele feudo, e era portanto parente do Príncipe Imrahil. Seu parentesco com Éomer de Rohan, apesar de distante, era reconhecido por Imrahil, e grande amizade cresceu entre eles. Éomer casou-se com a filha de Imrahil [Lothíriel], e o filho deles, Elfwine, o Belo, era notavelmente parecido com o pai de sua mãe.

Outra nota sobre Celeborn afirma que ele era "um Linda de Valinor" (isto é, um dos Teleri, cujo nome para si mesmos era Lindar, os Cantores), e que

> era considerado alto por eles, como indica seu nome ("alto de prata"); mas os Teleri eram em geral um tanto menores de compleição e estatura que os Noldor.

Essa é a versão tardia da história da origem de Celeborn e do significado de seu nome; ver pp. 316, 360.

Em outro lugar meu pai escreveu sobre a estatura dos Hobbits em relação à dos Númenóreanos e sobre a origem do nome Pequenos:[D]

As observações [sobre a estatura dos Hobbits] no Prólogo de *O Senhor dos Anéis* são desnecessariamente vagas e complicadas, em virtude da inclusão de referências à sobrevivência da raça em tempos posteriores; mas no que concerne a *O Senhor dos Anéis* elas se resumem ao seguinte: os Hobbits do Condado tinham uma altura entre três e quatro pés, nunca menos e raramente mais. É claro que não se chamavam de Pequenos; esse era o termo númenóreano para eles. O termo evidentemente se referia à sua altura em comparação com os homens númenóreanos, e era bastante exato quando foi dado. Aplicou-se primeiro aos Pés-Peludos, que se tornaram conhecidos dos governantes de Arnor no século XI [ver o registro de 1050 em "O Conto dos Anos"], e depois, mais tarde, também aos Cascalvas e Grados. Os Reinos do Norte e do Sul permaneciam em estreita comunicação naquela época, e de fato até muito depois, e cada um deles estava bem informado de todos os acontecimentos na outra região, em especial da migração de todos os tipos de povos. Assim, apesar de nenhum "pequeno" ter efetivamente surgido em Gondor antes de Peregrin Tûk, ao que se saiba, a existência desse povo no reino de Arthedain era conhecida em Gondor, e cada um deles era chamado de Pequeno, ou em sindarin *perian*. Assim que Frodo foi trazido ao conhecimento de Boromir [no Conselho de Elrond], este o reconheceu como membro daquela raça. É provável que até então ele os tivesse considerado criaturas daquilo que nós chamaríamos de contos de fadas ou folclore. Parece evidente, pela recepção de Pippin em Gondor, que os "pequenos" de fato eram lembrados ali.

[D]No original *Halflings*, palavra derivada do inglês *half*, "metade". [N. T.]

Em outra versão dessa nota diz-se mais sobre a estatura minguante, tanto dos Pequenos como dos Númenóreanos:

O decréscimo na estatura dos Dúnedain não era uma tendência normal, compartilhada por povos cujo lar normal era a Terra-média; mas era decorrente da perda de sua antiga terra, no longínquo Oeste, de todas as terras mortais a mais próxima do Reino Imortal. O decréscimo na estatura dos Hobbits, muito mais tarde, deve ser devido a uma mudança em seu estado e modo de vida; tornaram-se um povo fugidio e secreto, impelido (à medida que os Homens, o Povo Grande, se tornavam cada vez mais numerosos, usurpando as terras mais férteis e habitáveis) ao refúgio na floresta ou nos ermos: um povo errante e pobre, esquecido de suas artes, vivendo uma vida precária, dedicado à busca por alimento e temeroso de ser visto.

II

CIRION E EORL
E A AMIZADE ENTRE
GONDOR E ROHAN

(i)

Os Nortistas e os Carroceiros

A Crônica de Cirion e Eorl[1] só se inicia com o primeiro encontro entre Cirion, Regente de Gondor, e Eorl, Senhor dos Éothéod, depois de encerrada a Batalha do Campo de Celebrant com a destruição dos invasores de Gondor. Mas houve baladas e lendas da grande cavalgada dos Rohirrim do Norte, tanto em Rohan como em Gondor, de onde foram tirados relatos que aparecem em Crônicas posteriores,[2] junto com muitos outros textos a respeito dos Éothéod. Aqui eles são reunidos brevemente em forma de crônica.

Os Éothéod primeiro se tornaram conhecidos com esse nome nos dias do Rei Calimehtar de Gondor (que morreu no ano de 1936 da Terceira Era), época em que eram um pequeno povo que vivia nos Vales do Anduin entre a Carrocha e os Campos de Lis, na sua maioria do lado oeste do rio. Eram um remanescente dos Nortistas, que outrora haviam sido uma numerosa e potente confederação de povos que viviam nas amplas planícies entre Trevamata e o Rio Rápido, grandes criadores de cavalos e cavaleiros renomados por sua habilidade e resistência, apesar de seus lares estabelecidos ficarem nas beiras da Floresta, e especialmente na Angra Leste, que fora produzida em sua maior parte pela derrubada de árvores.[3]

Esses Nortistas eram descendentes da mesma raça de Homens dos que na Primeira Era chegaram ao Oeste da Terra-média e se tornaram os aliados dos Eldar em suas guerras contra Morgoth.[4] Portanto, eram parentes distantes dos Dúnedain ou Númenóreanos, e havia grande amizade entre eles e o povo de Gondor. Eram na verdade um baluarte de Gondor, protegendo de invasões suas fronteiras norte e leste; embora isso só viesse a ser plenamente percebido pelos Reis quando o baluarte enfraqueceu e foi por fim destruído. O declínio dos Nortistas de Rhovanion começou com a Grande Peste, que surgiu ali no inverno do ano de 1635 e logo se estendeu até Gondor. Em Gondor a mortalidade foi grande, em especial entre os que moravam em cidades. Foi maior em Rhovanion, pois, apesar de o povo viver mais ao ar livre e não ter grandes cidades, a Peste veio com um inverno frio, que forçou os cavalos e os homens a se abrigarem, e eles apinharam suas casas e seus estábulos baixos de madeira; ademais tinham poucas habilidades nas artes da cura e da medicina, muitas das quais ainda eram conhecidas em Gondor, preservadas da sabedoria de Númenor. Quando a Peste passou, diz-se que havia perecido mais da metade das pessoas de Rhovanion, e também dos seus cavalos.

A recuperação foi lenta, mas sua fraqueza não foi posta à prova por muito tempo. Sem dúvida os povos mais a leste tinham sido igualmente atingidos, de modo que os inimigos de Gondor vinham principalmente do sul ou pelo mar. Mas, quando as invasões dos Carroceiros começaram e envolveram Gondor em guerras que duraram quase cem anos, os Nortistas suportaram o pior impacto dos primeiros ataques. O Rei Narmacil II levou um grande exército para o norte, às planícies ao sul de Trevamata, e reuniu todos os remanescentes dispersos dos Nortistas que conseguiu. Foi derrotado, porém, e ele mesmo tombou na batalha. O resto de seu exército recuou atravessando a Dagorlad até Ithilien, e Gondor abandonou todas as terras a leste do Anduin, salvo Ithilien.[5]

Quanto aos Nortistas, diz-se que alguns fugiram atravessando o Celduin (Rio Rápido) e se misturaram ao povo de Valle aos pés do Erebor (com quem eram aparentados), alguns se refugiaram em Gondor e outros foram reunidos por Marhwini, filho de Marhari (que tombou na ação de retaguarda após a Batalha das Planícies).[6] Passando ao norte entre Trevamata e o

— CIRION E EORL E A AMIZADE ENTRE GONDOR E ROHAN —

Anduin, estabeleceram-se nos Vales do Anduin, onde se reuniram a eles muitos fugitivos que vieram através da Floresta. Esse foi o começo dos Éothéod,[7] embora nada se soubesse a seu respeito em Gondor por muitos anos. A maioria dos Nortistas caiu na servidão, e todas as suas antigas terras foram ocupadas pelos Carroceiros.[8]

Mas por fim o Rei Calimehtar, filho de Narmacil II, vendo-se livre de outros perigos,[9] dispôs-se a vingar a derrota na Batalha das Planícies. Chegaram a ele mensageiros de Marhwini, com o aviso de que os Carroceiros planejavam atacar Calenardhon passando pelos Meandros;[10] mas disseram também que estava em preparação uma revolta dos Nortistas que haviam sido escravizados, e que esta irromperia caso os Carroceiros se envolvessem em alguma guerra. Portanto Calimehtar, assim que pôde, saiu de Ithilien com um exército, cuidando para que sua aproximação fosse bem conhecida do inimigo. Os Carroceiros abateram-se sobre eles com todas as forças que puderam reunir, e Calimehtar recuou, atraindo-os para longe de suas casas. Finalmente a batalha foi travada na Dagorlad, e o resultado por muito tempo permaneceu duvidoso. Mas, no auge da batalha, os cavaleiros que Calimehtar havia mandado atravessar os Meandros (que o inimigo deixara desguarnecidos), unidos a um grande *éored*[11] liderado por Marhwini, atacaram os Carroceiros pelo flanco e pela retaguarda. A vitória de Gondor foi avassaladora — porém acabou não sendo decisiva. Quando o inimigo se dispersou e logo fugiu desordenadamente para o norte, em direção de suas casas, Calimehtar sabiamente não os perseguiu. Haviam deixado mortos cerca de um terço de sua hoste, para apodrecer na Dagorlad entre os ossos de outras, mais nobres, batalhas do passado. Mas os cavaleiros de Marhwini assolaram os fugitivos e lhes infligiram grandes perdas em sua longa debandada pelas planícies, até chegarem a avistar ao longe Trevamata. Lá os abandonaram, com provocações: "Fugi para o leste, não para o norte, povo de Sauron! Vede, os lares que vós roubastes estão em chamas!" Pois subia uma grande fumaça.

A revolta planejada e auxiliada por Marhwini de fato havia irrompido; proscritos desesperados, vindos da Floresta, haviam sublevado os escravos, e juntos haviam conseguido incendiar muitas das habitações dos Carroceiros, seus depósitos e seus acampamentos fortificados de carroças. Porém a maioria deles havia perecido na tentativa; pois estavam mal armados, e o inimigo não deixara seus lares indefesos: seus jovens e velhos eram ajudados pelas mulheres mais moças, que naquele povo também eram treinadas em armas e lutavam ferozmente em defesa de seus lares e filhos. Assim, ao final Marhwini foi obrigado a se retirar novamente à sua terra à margem do Anduin, e os Nortistas de sua raça nunca mais retornaram aos seus antigos lares. Calimehtar recolheu-se em Gondor, que por algum tempo (de 1899 a 1944) gozou de uma trégua antes do grande ataque no qual a linhagem de seus reis quase terminou.

Ainda assim, a aliança de Calimehtar e Marhwini não fora em vão. Se não tivesse sido rompido o poderio dos Carroceiros de Rhovanion, esse ataque teria vindo mais cedo e com maior força, e o reino de Gondor poderia ter sido destruído. Porém o maior efeito da aliança estava longe, em um futuro que ninguém poderia prever então: as duas grandes cavalgadas dos Rohirrim para a salvação de Gondor, a chegada de Eorl ao Campo de Celebrant, e as trompas do Rei Théoden na Pelennor, sem as quais o retorno do Rei teria sido em vão.[12]

Entretanto, os Carroceiros lambiam suas feridas e tramavam vingança. Além do alcance das armas de Gondor, em terras a leste do Mar de Rhûn de onde nenhuma notícia chegava a seus Reis, sua gente se espalhava e se multiplicava, ávida de conquistas e presas, e cheia de ódio por Gondor, que se interpunha diante deles. Passou muito tempo, porém, antes que se movessem. Por um lado temiam o poderio de Gondor e, nada sabendo do que acontecia a oeste do Anduin, criam que seu reino era maior e mais populoso do que realmente era naquela época. Por outro lado, os Carroceiros orientais haviam-se espalhado para o sul, além de Mordor, e estavam em conflito com os povos de Khand e seus vizinhos mais ao sul. Uma paz e aliança acabou surgindo entre esses inimigos de Gondor, e preparou-se um ataque que deveria ocorrer ao mesmo tempo pelo norte e pelo sul.

Evidentemente, pouco ou nada se sabia em Gondor desses planos e movimentos. O que se diz aqui foi deduzido a partir dos eventos muito tempo depois, pelos historiadores, para quem também ficou claro que o ódio a Gondor e a aliança de seus inimigos em ação concertada (para a qual eles próprios não tinham nem a vontade, nem a sabedoria) eram devidos às maquinações de Sauron. Forthwini, filho de Marhwini, com efeito alertou o Rei Ondoher (que sucedeu a seu pai Calimehtar no ano de 1936) para o fato de que os Carroceiros de Rhovanion estavam se recuperando de sua fraqueza e seu temor, e de que ele suspeitava de que recebiam novas forças do Leste, pois muito o perturbavam incursões no sul de sua terra, que vinham rio acima e também através dos Estreitos da Floresta.[13] Mas Gondor nessa época nada mais podia fazer senão reunir e treinar o maior exército que pudesse encontrar ou que tivesse condições de manter. Assim, quando o ataque por fim sobreveio, não encontrou Gondor despreparada, apesar de sua força ser inferior à que seria necessária.

Ondoher dava-se conta de que seus inimigos ao sul se preparavam para a guerra, e teve a sabedoria de dividir suas forças em um exército do norte e um do sul. Este último era o menor, pois o perigo daquele lado era considerado menos grave.[14] Estava sob o comando de Eärnil, um membro da Casa Real que era descendente do Rei Telumehtar, pai de Narmacil II. Sua base ficava em Pelargir. O exército do norte era comandado pelo próprio Rei Ondoher. Este sempre fora o costume de Gondor, de que o Rei, se quisesse, comandasse seu exército em uma batalha importante, contanto que fosse deixado para trás um herdeiro com direito indisputado ao trono. Ondoher descendia de uma linhagem aguerrida, era amado e estimado pelo seu exército e tinha dois filhos, ambos em idade de portar armas: Artamir, o mais velho, e Faramir, cerca de três anos mais jovem.

As notícias da aproximação do inimigo chegaram a Pelargir no nono dia de cermië do ano de 1944. Eärnil já fizera seus arranjos: atravessara o Anduin com metade de suas forças e, deixando os Vaus do Poros propositadamente indefesos, montara acampamento umas quarenta milhas ao norte, em Ithilien do Sul. O Rei Ondoher pretendia conduzir sua hoste para o norte, através de Ithilien, e dispô-la na Dagorlad, um campo de mau agouro para os inimigos de Gondor. (Naquela época os fortes na linha do Anduin ao norte de Sarn Gebir, que haviam sido construídos por Narmacil I, ainda estavam em boas condições e guarnecidos por suficientes soldados de Calenardhon para evitar qualquer tentativa por parte de algum inimigo de atravessar o rio nos Meandros.) Mas as notícias do ataque ao norte somente chegaram a Ondoher na manhã do décimo segundo dia de cermië, e a essa altura o inimigo já se aproximava, ao passo que o exército de Gondor estivera se movimentando mais devagar do que faria caso Ondoher tivesse sido avisado com maior antecedência, e sua vanguarda ainda não alcançara os Portões de Mordor. O grupo principal ia à frente com o Rei e seus Guardas, seguido pelos soldados da Ala Direita e da Ala Esquerda, que tomariam seus lugares quando saíssem de Ithilien e se aproximassem da Dagorlad. Lá esperavam que o ataque viesse do Norte ou do Nordeste, como acontecera antes na Batalha das Planícies e na vitória de Calimehtar na Dagorlad.

Mas não foi assim. Os Carroceiros haviam reunido uma grande hoste perto das margens meridionais do Mar Interior de Rhûn, reforçada por homens dos seus parentes em Rhovanion e dos seus novos aliados em Khand. Quando tudo estava pronto, partiram para Gondor vindos do Leste, movendo-se a toda a velocidade possível ao longo da linha das Ered Lithui, onde sua aproximação só foi observada quando já era tarde demais. Assim ocorreu que a cabeça do exército de Gondor acabava apenas de alinhar-se com os Portões de Mordor (o Morannon) quando uma grande poeira, trazida por um vento do Leste, anunciou a chegada da vanguarda inimiga.[15] Esta compunha-se não só dos carros-de-guerra dos Carroceiros, mas também de uma cavalaria muito maior que qualquer força que tivessem esperado. Ondoher só teve tempo de se virar e enfrentar o ataque com seu flanco direito próximo ao Morannon, e de mandar ordens a Minohtar, Capitão da Ala Direita, atrás dele, para cobrir seu flanco esquerdo o mais depressa possível, quando os carros e os cavaleiros investiram contra sua linha desordenada. Da confusão do desastre que se seguiu, poucos relatos claros chegaram a ser levados a Gondor.

Ondoher estava totalmente despreparado para enfrentar uma carga de cavaleiros e carros em grande número. Com sua Guarda e seu estandarte, havia ocupado às pressas uma posição numa colina baixa, mas isso de nada lhe adiantou.[16] O ataque principal foi lançado contra seu estandarte, e este foi capturado, sua Guarda foi quase aniquilada, e ele próprio foi morto, bem como seu filho Artamir a seu lado. Seus corpos jamais foram recuperados. O assalto do inimigo passou sobre eles e em volta de ambos os lados da colina, penetrando fundo nas desordenadas fileiras de Gondor, arremessando-as de volta em confusão sobre os que vinham atrás, e dispersando e perseguindo muitos outros para o oeste, para dentro dos Pântanos Mortos.

Minohtar assumiu o comando. Era um homem ao mesmo tempo valente e experimentado na guerra. A primeira fúria da investida consumira-se, com muito menos perdas e maior sucesso que o inimigo esperara. A cavalaria e os carros retiraram-se então, pois a hoste principal dos Carroceiros se aproximava. No tempo que lhe restava, Minohtar, erguendo seu próprio estandarte, reagrupou os homens restantes do Centro e aqueles do seu próprio comando que estavam por perto. Imediatamente enviou mensageiros a Adrahil de Dol Amroth,[17] o Capitão da Ala Esquerda, ordenando-lhe que retirasse com toda a pressa possível tanto seus próprios comandados como aqueles, na retaguarda da Ala Direita, que ainda não haviam travado combate. Com essas forças, devia assumir uma posição defensiva entre Cair Andros (que estava guarnecida) e as montanhas de Ephel Dúath, onde o terreno era mais estreito em virtude da grande curva do Anduin para o leste, para cobrir pelo máximo tempo possível os acessos a Minas Tirith. O próprio Minohtar, para dar tempo a essa retirada, formaria uma retaguarda e tentaria deter o avanço da principal hoste dos Carroceiros. Adrahil devia imediatamente enviar mensageiros para encontrarem Eärnil, caso conseguissem, e informá-lo do desastre do Morannon e da posição do exército do norte, em retirada.

Quando a hoste principal dos Carroceiros avançou para o ataque, passavam duas horas do meio-dia, e Minohtar havia recuado sua linha até a extremidade da grande Estrada Norte de Ithilien, meia milha além do ponto onde ela se voltava para o leste, em direção das Torres-de-vigia do Morannon. O primeiro triunfo dos Carroceiros era agora o começo de sua derrocada. Ignorando os números e a disposição do exército defensor, haviam lançado sua primeira investida cedo demais, antes que a maior parte do exército inimigo tivesse saído da região estreita de Ithilien, e a carga de seus carros e sua cavalaria tivera um sucesso muito mais rápido e avassalador do que esperavam. Sua investida principal foi então demasiado retardada, e eles não puderam mais se valer plenamente de sua superioridade numérica, de acordo com a tática que pretendiam, pois estavam acostumados à guerra em terrenos abertos. Bem pode-se supor que, entusiasmados com a queda do Rei e a debandada de grande parte do Centro oponente, imaginassem já ter derrotado o exército defensor, e que seu próprio exército principal pouco mais tinha a fazer além de avançar para a invasão e ocupação de Gondor. Se era assim, estavam enganados.

Os Carroceiros avançaram de modo pouco ordenado, ainda exultantes e entoando canções de vitória, não vendo ainda sinais de nenhum defensor que se opusesse a eles, até descobrirem que a estrada que conduzia a Gondor se virava para o sul, entrando em uma estreita terra de árvores à sombra escura de Ephel Dúath, onde um exército podia marchar ou cavalgar em boa ordem apenas acompanhando uma grande estrada. Esta estendia-se diante deles através de um profundo corte [...]

> Aqui o texto se interrompe abruptamente, e as notas e rascunhos para sua continuação são ilegíveis em sua maior parte. É possível, no entanto, deduzir que os homens dos Éothéod lutaram

CIRION E EORL E A AMIZADE ENTRE GONDOR E ROHAN

ao lado de Ondoher; e também que Faramir, o segundo filho de Ondoher, recebeu ordens para permanecer em Minas Tirith como regente, pois a lei não permitia que ambos os seus filhos fossem combater ao mesmo tempo (uma observação semelhante é feita anteriormente na narrativa, p. 390). Mas Faramir não fez isso; foi à guerra disfarçado e foi morto. Aqui é quase impossível decifrar a escrita, mas parece que Faramir juntou-se aos Éothéod e foi capturado com um grupo deles ao recuarem em direção dos Pântanos Mortos. O líder dos Éothéod (cujo nome é indecifrável depois do primeiro elemento Marh-) veio em socorro deles, mas Faramir morreu nos seus braços, e foi somente ao revistar o corpo que encontrou sinais de que era o Príncipe. O líder dos Éothéod foi então reunir-se na extremidade da Estrada Norte em Ithilien com Minohtar, que naquele mesmo momento ordenava que uma mensagem fosse levada ao Príncipe em Minas Tirith, que agora havia se tornado Rei. Foi então que o líder dos Éothéod lhe deu a notícia de que o Príncipe fora à batalha disfarçado, e que fora morto.

A presença dos Éothéod e o papel desempenhado por seu líder pode explicar a inclusão da elaborada história da batalha entre o exército de Gondor e os Carroceiros nessa narrativa, com a intenção ostensiva de ser um relato dos primórdios da amizade entre Gondor e os Rohirrim.

O trecho final do texto plenamente redigido dá a impressão de que a hoste dos Carroceiros estava prestes a ter frustradas sua exaltação e sua ufania, ao descer pela estrada que entrava no corte profundo; mas as notas no fim mostram que não foram detidos por muito tempo pela defesa de retaguarda de Minohtar. "Os Carroceiros abateram-se implacavelmente sobre Ithilien", e "ao final do décimo terceiro dia de cermië esmagaram Minohtar", que foi morto por uma flecha. Aqui diz-se que ele era o filho da irmã do Rei Ondoher. "Seus homens carregaram-no para fora do embate, e todos os que restavam da retaguarda fugiram para o sul em busca de Adrahil." O comandante principal dos Carroceiros mandou então interromper o avanço, e deu um banquete. Nada mais pode ser deduzido; mas o breve relato no Apêndice A de *O Senhor dos Anéis* conta como Eärnil veio do sul para derrotá-los:

Em 1944, o Rei Ondoher e seus dois filhos, Artamir e Faramir, pereceram em batalha ao norte do Morannon, e o inimigo se espalhou por Ithilien. Mas Eärnil, Capitão do Exército Meridional, conquistou grande vitória em Ithilien do Sul e destruiu o exército de Harad que atravessara o Rio Poros. Dirigindo-se às pressas para o norte, reuniu tudo o que pôde do Exército Setentrional, que recuava, e acossou o acampamento principal dos Carroceiros enquanto estes banqueteavam e festejavam, crendo que Gondor fora derrotada e nada restava senão tomar a pilhagem. Eärnil tomou o acampamento de assalto, pôs fogo nas carroças e expulsou o inimigo de Ithilien em grande alvoroço. Muitos dos que fugiram dele pereceram nos Pântanos Mortos.

Em "O Conto dos Anos" a vitória de Eärnil é chamada de Batalha do Acampamento. Depois das mortes de Ondoher e seus dois filhos no Morannon, Arvedui, o último rei do reino do norte, reivindicou a coroa de Gondor; mas sua reivindicação foi rejeitada, e, no ano seguinte à Batalha do Acampamento, Eärnil tornou-se Rei. Seu filho foi Eärnur, que morreu em Minas Morgul depois de aceitar o desafio do Senhor dos Nazgûl, e foi o último Rei do reino do sul.

(ii)

A Cavalgada de Eorl

Enquanto os Éothéod ainda habitavam em seu antigo lar,[18] eram bem conhecidos em Gondor como um povo confiável, de quem recebiam notícias de tudo o que se passava naquela região. Eram um remanescente dos Nortistas, que se consideravam aparentados, em eras passadas, com os Dúnedain, e que nos dias dos grandes Reis haviam sido seus aliados e contribuído com muito do seu sangue para o povo de Gondor. Assim, foi para

Gondor motivo de grande preocupação quando os Éothéod se mudaram para o extremo Norte, nos dias de Eärnil II, penúltimo dos Reis do reino do sul.[19]

A nova terra dos Éothéod ficava ao norte de Trevamata, entre as Montanhas Nevoentas a oeste e o Rio da Floresta a leste. Para o sul, estendia-se até a confluência dos dois rios curtos que chamavam de Cinzalin e Fontelonga. O Cinzalin descia das Ered Mithrin, as Montanhas Cinzentas, mas o Fontelonga vinha das Montanhas Nevoentas, e levava este nome porque era o nascedouro do Anduin, que desde sua junção com o Cinzalin chamavam de Fluxolongo.[20]

Ainda transitavam mensageiros entre Gondor e os Éothéod depois da partida destes; mas havia cerca de quatrocentas e cinquenta das nossas milhas entre a confluência do Cinzalin e do Fontelonga (onde ficava seu único *burg* fortificado) e o ponto onde o Limclaro entrava no Anduin, em linha reta como voaria um pássaro, e muitas mais para aqueles que viajavam por terra; e do mesmo modo cerca de oitocentas milhas até Minas Tirith.

A Crônica de Cirion e Eorl não relata nenhum evento antes da Batalha do Campo de Celebrant; mas a partir de outras fontes pode-se deduzir que tenham sido desta maneira.

As amplas terras ao sul de Trevamata, desde as Terras Castanhas até o Mar de Rhûn, que não ofereciam obstáculo aos invasores do Leste até que chegassem ao Anduin, eram a principal fonte de preocupações e inquietação dos governantes de Gondor. Mas, durante a Paz Vigilante,[21] as fortalezas ao longo do Anduin, especialmente na margem oeste dos Meandros, haviam ficado desertas e abandonadas.[22] Depois dessa época, Gondor era assaltada tanto por Orques vindos de Mordor (que por muito tempo ficara descuidada) como pelos Corsários de Umbar, e não tinha homens nem oportunidade para guarnecer a linha do Anduin ao norte das Emyn Muil.

Cirion tornou-se Regente de Gondor no ano de 2489. Tinha sempre em mente a ameaça do Norte, e muito pensava em criar maneiras que pudessem evitar o risco de invasão daquele lado, à medida que minguava o poderio de Gondor. Colocou alguns homens nos velhos fortes para vigiar os Meandros, e enviou batedores e espiões às terras entre Trevamata e Dagorlad. Assim logo deu-se conta de que novos e perigosos inimigos, vindos do Leste, de além do Mar de Rhûn, chegavam em fluxo contínuo. Matavam ou expulsavam para o norte, pelo Rio Rápido acima e pela Floresta adentro, o remanescente dos Nortistas, amigos de Gondor que ainda viviam a leste de Trevamata.[23] Mas nada podia fazer para ajudá-los, e tornou-se cada vez mais perigoso obter notícias. Um número excessivo de seus batedores jamais retornava.

Assim, foi só quando terminou o inverno do ano de 2509 que Cirion se deu conta da preparação de um grande movimento contra Gondor: hostes de homens estavam se concentrando em toda a margem meridional de Trevamata. Estavam apenas toscamente armados e não tinham grande número de cavalos de montaria, empregando estes principalmente para tiro, visto que tinham muitas grandes carroças, à semelhança dos Carroceiros (com quem sem dúvida eram aparentados) que haviam atacado Gondor nos últimos dias dos Reis. Mas o que lhes faltava em equipamentos bélicos era compensado pelo número de homens, conforme se podia estimar.

Diante desse risco, o pensamento de Cirion voltou-se por fim, desesperado, para os Éothéod, e ele resolveu mandar-lhes mensageiros. Mas esses teriam de atravessar Calenardhon e passar pelos Meandros, para depois seguir por terras que já eram vigiadas e patrulhadas pelos Balchoth,[24] antes que pudessem atingir os Vales do Anduin. Isso significaria uma viagem de cerca de quatrocentas e cinquenta milhas até os Meandros, e mais de quinhentas de lá até os Éothéod, e, a partir dos Meandros, seriam forçados a viajar com cautela e principalmente à noite até passarem da sombra de Dol Guldur. Cirion tinha poucas esperanças de que algum deles conseguisse atravessar. Pediu voluntários e, escolhendo seis cavaleiros de grande coragem e resistência, enviou-os aos pares com um dia de intervalo entre eles. Cada um levava uma mensagem decorada e também uma pequena pedra gravada com o selo dos Regentes,[25] para ser entregue ao Senhor dos Éothéod em pessoa, caso conseguisse alcançar aquela terra. A mensagem era dirigida a Eorl, filho de Léod, pois Cirion sabia que ele sucedera ao pai alguns anos antes, quando era apenas um jovem de dezesseis anos de idade, e agora, apesar de não ter mais de cinco e vinte, era louvado em todas as notícias que chegavam a Gondor como homem de grande coragem e sabedoria para sua idade. No entanto, Cirion tinha apenas uma tênue esperança de que a mensagem fosse respondida, mesmo que a recebessem. Não tinha nenhuma autoridade sobre os Éothéod, além de sua antiga amizade com Gondor, para trazê-los de tão longe com alguma força que fosse de serventia. A notícia de que os Balchoth estavam destruindo o restante de sua gente no Sul, caso já não a soubessem, poderia dar peso ao apelo de Cirion, mesmo que os próprios Éothéod não fossem ameaçados por nenhum ataque. Cirion nada mais disse,[26] e reuniu as forças que tinha para enfrentar a tempestade. Convocou todos os homens possíveis e, assumindo ele mesmo o comando, aprestou-se o mais depressa que pôde para levá-los ao norte, até Calenardhon. Deixou seu filho Hallas no comando em Minas Tirith.

O primeiro par de mensageiros partiu no décimo dia de súlimë; e acabou sendo um deles, o único dentre os seis, que chegou até os Éothéod. Era Borondir, um grande cavaleiro de uma família que afirmava descender de um capitão dos Nortistas a serviço dos Reis de outrora.[27] Dos outros jamais se ouviram notícias, exceto do companheiro de Borondir. Foi morto a flechadas numa emboscada, quando passavam perto de Dol Guldur, da qual Borondir escapou por sorte e graças à velocidade de seu cavalo. Foi perseguido em direção ao norte, até os Campos de Lis, e muitas vezes atocaiado por homens que saíam da Floresta e o forçavam a se afastar muito do caminho direto. Por fim alcançou os Éothéod após quinze dias, os dois últimos sem comida; e estava tão exausto que mal conseguiu dizer sua mensagem a Eorl.

Era então o vigésimo quinto dia de súlimë. Eorl aconselhou-se consigo mesmo em silêncio; mas não por muito tempo.

CONTOS INACABADOS

Logo ergueu-se e anunciou: "Eu irei. Se a Mundburg cair, aonde haveremos de fugir da Escuridão?" Então tomou a mão de Borondir como sinal de sua promessa.

Eorl imediatamente convocou seu conselho dos Anciãos e começou a fazer preparativos para a grande cavalgada. Mas isso levou muitos dias, pois a hoste tinha de ser reunida e recrutada, e era necessário pensar no ordenamento do povo e na defesa da terra. Naquela época, os Éothéod estavam em paz e não temiam a guerra. Poderia ocorrer o contrário, porém, quando se tornasse conhecido que seu senhor partira a cavalo para uma batalha no Sul longínquo. Não obstante, Eorl percebeu claramente que de nada valeria levar menos que o total de suas forças, e que teria de arriscar tudo ou recuar e quebrar sua promessa.

Finalmente toda a hoste estava reunida; e só foram deixadas para trás algumas centenas de homens para apoiar aqueles que a juventude ou a idade avançada tornava inadequados para uma aventura tão desesperada. Era então o sexto dia do mês de víressë. Naquele dia a grande *éoherë* partiu em silêncio, deixando medo atrás de si, e levando consigo pouca esperança; pois não sabiam o que os aguardava nem na estrada nem no fim desta. Diz-se que Eorl levou consigo cerca de sete mil cavaleiros completamente armados, e algumas centenas de arqueiros montados. À sua direita cavalgava Borondir, para servir de guia na medida do possível, visto que recentemente passara pela região. Mas essa grande hoste não foi ameaçada nem assaltada durante sua longa viagem pelos Vales do Anduin abaixo. As gentes de natureza boa ou má que a viam chegar fugiam de seu trajeto por temor a seu poderio e esplendor. Quando foram se aproximando do sul e passaram por Trevamata meridional (abaixo da grande Angra Leste), que estava agora infestada de Balchoth, ainda não havia sinal de homens, em exército ou grupos de batedores, que lhes barrassem a estrada ou espionassem sua chegada. Isso em parte decorria de eventos que eles desconheciam, e que haviam ocorrido depois que Borondir partira; mas também havia outros poderes em atividade. Pois, quando a hoste finalmente se aproximou de Dol Guldur, Eorl voltou-se

399

— CIRION E EORL E A AMIZADE ENTRE GONDOR E ROHAN —

para o oeste por medo da sombra escura e da nuvem que de lá fluíam, e então seguiu cavalgando à vista do Anduin. Muitos cavaleiros voltaram os olhares para lá, meio temerosos e meio esperançosos de avistar de longe o brilho de Dwimordene, a perigosa terra que as lendas do seu povo diziam reluzir como ouro na primavera. Mas ela parecia agora envolta em uma névoa cintilante; e para sua consternação a névoa atravessou o rio e se espalhou pela terra à sua frente.

Eorl não parou. "Continuai cavalgando!", ordenou. "Não há outro caminho a tomar. Depois de uma estrada tão longa, haveremos de ser afastados da batalha por uma névoa de rio?"

Quando se aproximaram, viram que a névoa branca fazia recuar as trevas de Dol Guldur, e logo penetraram nela, inicialmente cavalgando devagar e com cautela. Mas sob aquele teto tudo estava iluminado com uma luz límpida e sem sombras, enquanto pela esquerda e pela direita estavam como que protegidos por paredes brancas de sigilo.

"A Senhora da Floresta Dourada está do nosso lado, parece", comentou Borondir.

"Talvez", respondeu Eorl. "Mas pelo menos confiarei na sabedoria de Felaróf.[28] Ele não fareja nenhum mal. Seu coração está contente, e sua exaustão está curada: ele está forçando para que eu o deixe correr. Assim seja! Pois nunca precisei tanto de sigilo e pressa."

Então Felaróf lançou-se em disparada, e toda a hoste seguiu atrás como um grande vento, mas em estranho silêncio, como se seus cascos não tocassem o chão. Assim seguiram, confiantes e animados como na manhã da partida, por todo aquele dia e o dia seguinte; mas, ao amanhecer do terceiro dia, quando se levantaram do repouso, subitamente a névoa desapareceu, e viram que muito haviam avançado nas terras abertas. O Anduin corria perto à sua direita, mas haviam quase passado pela sua grande curva para o leste,[29] e os Meandros estavam à vista. Era a manhã do décimo quinto dia de víressë, e haviam chegado até ali uma velocidade inesperada.[30]

400

Aqui o texto termina, com uma nota dizendo que se seguiria uma descrição da Batalha do Campo de Celebrant. No Apêndice A (II) de *O Senhor dos Anéis* há um relato sumário da guerra:

Uma grande hoste de homens selvagens do Nordeste varreu Rhovanion e, descendo das Terras Castanhas, atravessou o Anduin em balsas. Ao mesmo tempo, por acaso ou de propósito, os Orques (que naquele tempo, antes de suas guerras com os Anãos, eram muito numerosos) realizaram a descida das Montanhas. Os invasores assolaram Calenardhon, e Cirion, Regente de Gondor, mandou buscar auxílio no norte [...]

Quando Eorl e seus Cavaleiros chegaram ao Campo de Celebrant

o exército setentrional de Gondor estava em perigo. Vencido no Descampado e isolado do sul, fora impelido a atravessar o Limclaro e então foi subitamente assaltado pela hoste de Orques que o apertou na direção do Anduin. Toda esperança fora perdida quando, sem serem esperados, os Cavaleiros vieram do Norte e irromperam na retaguarda do inimigo. Então a sorte da batalha se inverteu, e o inimigo foi forçado a atravessar o Limclaro com matança. Eorl liderou seus homens em perseguição, e era tão grande o temor que precedia os cavaleiros do Norte, que os invasores do Descampado também caíram em pânico, e os Cavaleiros os caçaram por sobre as planícies de Calenardhon.

Um relato semelhante, mais curto, é dado em outro lugar do Apêndice A (I, iv). Talvez nenhum deles deixe perfeitamente claro o decurso da batalha, mas parece certo que os Cavaleiros, depois de passarem pelos Meandros, atravessaram então o Limclaro (ver nota 29, p. 419) e se abateram sobre a retaguarda do inimigo no Campo de Celebrant; e que "o inimigo foi forçado a atravessar o Limclaro com matança" significa que os Balchoth foram rechaçados rumo ao sul, para o Descampado.

— CIRION E EORL E A AMIZADE ENTRE GONDOR E ROHAN —

(iii)

Cirion e Eorl

A história é precedida por uma nota sobre o Halifirien, o mais ocidental dos faróis de Gondor ao longo da linha das Ered Nimrais.

O Halifirien[31] era o mais alto dos faróis e, como Eilenach, o segundo em altura, parecia erguer-se solitário de dentro de uma grande floresta; pois atrás dele havia uma profunda fenda, o escuro Vale Firien, no longo esporão das Ered Nimrais que se estendia para o norte, do qual formava o ponto mais alto. Subia da fenda como uma muralha íngreme, mas suas encostas exteriores, especialmente ao norte, eram extensas e sem aclives acentuados, e nelas cresciam árvores quase até o topo. À medida que desciam, as árvores ficavam cada vez mais densas, em especial ao longo do Ribeirão Mering (que nascia na fenda) e rumo ao norte, saindo pela planície que o Ribeirão atravessava a caminho do Entágua. A grande Estrada Oeste passava através de um longo corte na floresta para evitar o terreno alagadiço além da sua borda norte; no entanto, essa estrada fora feita nos dias antigos,[32] e, após a partida de Isildur, nenhuma árvore jamais foi derrubada na Floresta Firien, exceto apenas pelos Guardiões-dos-faróis, cuja tarefa era manter aberta a grande estrada e a trilha até o topo da colina. Essa trilha saía da Estrada perto do ponto onde esta entrava na Floresta, e subia serpenteando até o fim das árvores, além do qual havia uma antiga escadaria de pedra que conduzia ao lugar do farol, um amplo círculo nivelado por aqueles que haviam feito a escadaria. Os Guardiões-dos-faróis eram os únicos habitantes da Floresta, além dos animais selvagens; moravam em cabanas nas árvores perto do topo, mas não ficavam por muito tempo, a não ser que o tempo ruim os retivesse, e iam e vinham em turnos de serviço. Em sua maioria ficavam contentes de voltar para casa. Não por causa do perigo dos animais selvagens, nem persistia na Floresta alguma sombra maligna dos dias escuros; mas, por trás dos sons dos ventos, dos gritos das aves e dos animais ou às vezes do barulho de cavaleiros correndo pela Estrada, pairava um silêncio, e um homem se flagrava falando aos sussurros com os companheiros, como se esperasse ouvir o eco de uma grande voz que chamasse de muito longe e muito tempo atrás.

O nome Halifirien significava, na língua dos Rohirrim, "montanha sagrada".[33] Antes de sua chegada era conhecida em sindarin como Amon Anwar, "Monte da Admiração"; por qual razão em Gondor ninguém sabia, exceto apenas (como mais tarde ficou evidente) o Rei ou Regente governante. Para os poucos que se aventuravam a deixar a Estrada e vagar sob as árvores, a própria Floresta parecia razão suficiente: na fala comum era chamada de "a Floresta Sussurrante". Nos grandes dias de Gondor, não foi construído farol sobre a Colina enquanto as *palantíri* ainda mantinham a comunicação entre Osgiliath e as três torres do reino,[34] sem necessidade de mensagens ou sinais. Posteriormente, pouca ajuda podia ser esperada do Norte, à medida que declinavam os povos de Calenardhon, nem era mandada força armada para lá, visto que Minas Tirith tinha cada vez mais dificuldade para manter a linha do Anduin e proteger sua costa meridional. Em Anórien ainda vivia muita gente, que tinha a tarefa de guardar os acessos pelo norte, fosse por Calenardhon, fosse através do Anduin em Cair Andros. Para a comunicação com eles os três faróis mais antigos (Amon Dîn, Eilenach e Min-Rimmon) foram construídos e mantidos;[35] mas, apesar de ser fortificada a linha do Ribeirão Mering (entre os pântanos intransitáveis de sua confluência com o Entágua e a ponte onde a Estrada saía da Floresta Firien rumo ao oeste), não era permitido que nenhum forte ou farol fosse construído sobre Amon Anwar.

Nos dias de Cirion, o Regente, houve um grande ataque dos Balchoth, que, aliados aos Orques, atravessaram o Anduin Descampado adentro e começaram a conquista de Calenardhon. Desse perigo mortal, que teria trazido a ruína sobre Gondor, o reino foi salvo pela chegada de Eorl, o Jovem, e dos Rohirrim.

Quando a guerra terminou todos se perguntaram de que maneira o Regente honraria Eorl e o recompensaria, e esperavam que se fizesse um grande banquete em Minas Tirith durante o qual isso seria revelado. Mas Cirion era homem de guardar suas ideias. Quando o exército reduzido de Gondor seguiu para o sul, ele foi acompanhado por Eorl e um *éored*[36] dos Cavaleiros do Norte. Ao chegar ao Ribeirão Mering, Cirion voltou-se para Eorl e disse, para espanto de todos:

"Agora adeus, Eorl, filho de Léod. Voltarei a meu lar, onde muito precisa ser posto em ordem. Por enquanto, confio Calenardhon aos teus cuidados, se não estiveres com pressa de retornar a teu próprio reino. Daqui a três meses vou reencontrar-te aqui, e então trocaremos ideias."

"Virei", respondeu Eorl; e assim se separaram.

Assim que Cirion chegou a Minas Tirith, convocou alguns de seus servidores mais confiáveis. "Ide agora à Floresta Sussurrante", instruiu ele. "Lá devereis reabrir a antiga trilha para Amon Anwar. Há muito ela está coberta pela vegetação; mas a entrada ainda está marcada por uma pedra fincada ao lado da Estrada, no ponto onde a região norte da Floresta se fecha sobre ela. A trilha faz curvas para lá e para cá, mas há uma pedra fincada em cada volta. Seguindo-as, vós acabareis chegando ao fim das árvores e encontrareis uma escadaria de pedra que conduz para o alto. Encarrego-vos de não ir mais adiante. Fazei este trabalho o mais depressa possível e depois voltai a mim. Não derrubeis nenhuma árvore; apenas limpai um caminho pelo qual alguns homens a pé possam subir com facilidade. Deixai ainda encoberto o acesso perto da Estrada, para que ninguém que use a Estrada seja tentado a usar a trilha antes que eu mesmo lá chegue. Não conteis a ninguém aonde ides ou o que fizestes. Se alguém perguntar, dizei apenas que o Senhor Regente deseja que se prepare um local para seu encontro com o Senhor dos Cavaleiros."

No devido tempo Cirion partiu com seu filho Hallas e o Senhor de Dol Amroth, além de dois outros de seu Conselho; e encontrou Eorl na travessia do Ribeirão Mering. Estavam com

Eorl três dos seus principais capitães. "Vamos agora ao local que preparei", falou Cirion. Então deixaram uma guarda de Cavaleiros na ponte, e voltaram pela Estrada sombreada de árvores até chegar à pedra fincada. Lá deixaram seus cavalos e outra forte guarda de soldados de Gondor; e Cirion, de pé ao lado da pedra, encarou seus companheiros e disse: "Vou agora ao Monte da Admiração. Segui-me se quiserdes. Há de vir comigo um escudeiro, e outro com Eorl, para levarem nossas armas; todos os demais hão de ir desarmados, como testemunhas de nossas palavras e nossos atos no local elevado. A trilha foi preparada, apesar de ninguém a ter usado desde que aqui vim com meu pai."

Então Cirion conduziu Eorl por entre as árvores, e os demais os seguiram em ordem. Depois que passaram pela primeira das pedras interiores, suas vozes se calaram, e caminharam com cautela como se relutassem em produzir qualquer som. Assim, chegaram finalmente às encostas superiores da Colina, atravessaram um cinturão de bétulas brancas e viram a escadaria de pedra que subia para o topo. Após a sombra da Floresta, o sol parecia quente e brilhante, pois era o mês de úrimë; no entanto, o cume da Colina estava verde como se o ano ainda estivesse em lótessë.

Ao pé da escadaria, havia uma pequena plataforma ou recesso feito na encosta com montes baixos de relva. Ali a companhia sentou-se por alguns instantes, até que Cirion se ergueu e tomou do seu escudeiro o bastão branco de seu cargo e o manto branco dos Regentes de Gondor. Então, de pé no primeiro degrau da escadaria, rompeu o silêncio, dizendo em voz baixa, mas nítida:

"Agora declararei o que resolvi, com a autoridade dos Regentes dos Reis, oferecer a Eorl, filho de Léod, Senhor dos Éothéod, em reconhecimento pelo valor de seu povo e pelo auxílio superior a qualquer esperança que ele trouxe a Gondor em tempos de terrível necessidade. A Eorl darei, como dádiva espontânea, toda a grande terra de Calenardhon do Anduin até o Isen. Ali, se quiser, há de ser rei, e seus herdeiros depois dele, e seu povo há de habitar em liberdade enquanto durar a autoridade dos Regentes, até que retorne o Grande Rei.[37] Nenhuma obrigação há de lhes ser imposta, a não ser suas próprias leis e sua vontade, à única exceção do seguinte: hão de viver em amizade perpétua com Gondor, e os inimigos dela hão de ser seus inimigos enquanto ambos os reinos perdurarem. Mas a mesma obrigação há de ser imposta também ao povo de Gondor."

Então Eorl ergueu-se, mas permaneceu em silêncio por algum tempo. Pois estava perplexo com a grande generosidade da dádiva e os nobres termos com os quais fora ofertada; e viu a sabedoria de Cirion tanto em seu próprio interesse, como governante de Gondor, buscando proteger o que restava do seu reino, quanto como amigo dos Éothéod, de cujas necessidades tinha consciência. Pois agora haviam se multiplicado, tornando-se um povo demasiado numeroso para sua terra no Norte, e ansiavam por voltar ao sul, a seu antigo lar, mas eram reprimidos pelo temor a Dol Guldur. Mas em Calenardhon teriam mais espaço do que esperavam, e ainda assim estariam longe das sombras de Trevamata.

Porém, além da sabedoria e da política, tanto Cirion como Eorl eram movidos naquela época pela grande amizade que unia seus povos, e pelo amor que havia entre eles como verdadeiros homens. Por parte de Cirion, o amor era o de um pai sábio, envelhecido nos cuidados do mundo, por um filho na força e esperança de sua juventude; enquanto, em Cirion, Eorl via o mais elevado e nobre homem do mundo que conhecia, e o mais sábio, em quem se assentava a majestade dos Reis de Homens de outrora.

Por fim, quando Eorl havia rapidamente repassado tudo isso em pensamento, ele agradeceu, dizendo: "Senhor Regente do Grande Rei, por mim e por meu povo aceito a dádiva que ofereceis. Ela excede em muito qualquer recompensa que nossos feitos possam merecer, não tivessem sido eles próprios uma livre dádiva de amizade. Mas agora selarei essa amizade com um juramento que não há de ser esquecido."

"Então vamos agora ao local elevado", assentiu Cirion "e façamos diante destas testemunhas os juramentos que considerarmos adequados."

Então Cirion subiu a escadaria com Eorl, e os demais os seguiram; e, quando chegaram ao topo, viram ali uma ampla área oval de relva plana, sem cerca, mas tendo na extremidade leste um montículo baixo no qual cresciam as flores brancas de *alfirin*,[38] e o sol poente as retocava de ouro. Então o Senhor de Dol Amroth, o mais importante da companhia de Cirion, aproximou-se do montículo e viu, deitada na relva em frente, e no entanto sem dano de planta ou intempérie, uma pedra negra; e na pedra estavam gravadas três letras. Questionou então a Cirion:

"Então isto é um túmulo? Mas qual grande homem de outrora jaz aqui?"

"Não leste as letras?", perguntou Cirion.

"Li-as", respondeu o Príncipe,[39] "e por isso me espanto; pois as letras são *lambe, ando,* e *lambe,* mas não há túmulo para Elendil, nem homem algum desde os dias dele atreveu-se a usar esse nome."[40]

"Entretanto este é seu túmulo", assegurou Cirion, "e dele vem a admiração que reside nesta colina e na floresta abaixo. Desde Isildur que o ergueu até Meneldil que lhe sucedeu, e por toda a linhagem dos Reis, bem como pela linhagem dos Regentes até chegar a mim, este túmulo foi mantido em segredo por ordem de Isildur. Pois ele disse: 'Aqui fica o ponto central do Reino do Sul,[41] e aqui há de permanecer o memorial de Elendil, o Fiel, aos cuidados dos Valar, enquanto durar o Reino. Esta colina há de ser um local sagrado, e que ninguém perturbe sua paz e seu silêncio, a não ser que seja herdeiro de Elendil.' Eu vos trouxe aqui para que os juramentos que aqui fizermos possam assumir a mais profunda solenidade para nós mesmos e para nossos herdeiros de ambos os lados."

Então todos os presentes ficaram em silêncio por alguns instantes, de cabeça baixa, até que Cirion falou a Eorl: "Se estiveres pronto, faça agora teu juramento da forma que te parecer adequada, de acordo com os costumes de teu povo."

Eorl adiantou-se então, e, tomando sua lança do escudeiro, fincou-a ereta no solo. Então puxou da espada e a lançou para

CIRION E EORL E A AMIZADE ENTRE GONDOR E ROHAN

cima, rebrilhando ao sol, e ao retomá-la deu um passo para a frente e deitou a lâmina sobre o montículo, mas ainda com a mão na empunhadura. Então proferiu em alta voz o Juramento de Eorl. Este foi feito no idioma dos Éothéod, que se interpreta na fala comum:[42]

> Ouçam agora todos os povos que não se inclinam diante da Sombra no Leste, por dádiva do Senhor da Mundburg viremos habitar na terra que ele chama de Calenardhon, e portanto prometo em meu próprio nome e em nome dos Éothéod do Norte que entre nós e o Grande Povo do Oeste há de existir amizade para sempre: seus inimigos hão de ser nossos inimigos, sua necessidade há de ser nossa necessidade, e não importa que mal, ameaça ou ataque possa acometê-los, havemos de auxiliá-los até o derradeiro extremo de nossas forças. Este juramento há de passar a meus herdeiros, todos os que possam me suceder em nossa nova terra, e que eles o mantenham com fé ininterrupta, para que a Sombra não recaia sobre eles e não se tornem malditos.

Eorl então embainhou a espada, fez uma reverência e voltou a seus capitães.

Cirion em seguida replicou. Erguendo-se à sua plena estatura, pôs a mão sobre o túmulo, e na direita levantou o bastão branco dos Regentes, pronunciando palavras que encheram de admiração todos os que as ouviram. Pois, enquanto estava de pé, o sol desceu em chamas no Oeste, e sua túnica branca pareceu inflamar-se; e, depois de jurar que Gondor haveria de se obrigar a uma semelhante ligação de amizade e auxílio em todas as necessidades, ergueu a voz e declamou em quenya:

> *Vanda sina termaruva Elenna·nóreo alcar enyalien ar Elendil Vorondo voronwë. Nai tiruvantes i hárar mahalmassen mi Númen ar i Eru i or ilyë mahalmar eä tennoio.*[43]

E declarou de novo, na fala comum:

Este juramento há de permanecer em memória da glória da Terra da Estrela, e da fé de Elendil, o Fiel, aos cuidados daqueles que se assentam sobre os tronos do Oeste e do Uno que está acima de todos os tronos para sempre.

Um juramento semelhante não se ouvira na Terra-média desde que o próprio Elendil havia jurado aliança com Gil-galad, Rei dos Eldar.[44]

Quando tudo estava terminado e caíam as sombras da tarde, Cirion e Eorl, com suas companhias, voltaram a descer em silêncio através da Floresta sombria e retornaram ao acampamento à margem do Ribeirão Mering onde haviam sido preparadas tendas para eles. Depois de comerem, Cirion e Eorl, com o Príncipe de Dol Amroth e Éomund, principal capitão da hoste dos Éothéod, sentaram-se juntos e definiram as fronteiras da autoridade do Rei dos Éothéod e do Regente de Gondor.

Os limites do reino de Eorl seriam os seguintes: a oeste o rio Angren desde sua confluência com o Adorn, de lá rumo ao norte até as muralhas exteriores de Angrenost e de lá rumo ao oeste e ao norte, seguindo as bordas da Floresta de Fangorn até o rio Limclaro; e esse rio era sua fronteira setentrional, pois a terra da outra margem nunca fora reivindicada por Gondor.[45] A leste seus limites eram o Anduin e o penhasco ocidental das Emyn Muil, descendo até os pântanos das Fozes do Onodló, e além desse rio o curso do Glanhír que corria através da Floresta de Anwar para unir-se ao Onodló; e ao sul seus limites eram as Ered Nimrais até o fim de seu braço setentrional, mas todos os vales e aberturas que davam para o norte deveriam pertencer aos Éothéod, assim como a terra ao sul das Hithaeglir que ficava entre os rios Angren e Adorn.[46]

Em todas essas regiões, Gondor retinha ainda, sob seu próprio comando, somente a fortaleza de Angrenost, em cujo interior ficava a terceira Torre de Gondor, a inexpugnável Orthanc onde se mantinha a quarta das *palantíri* do reino do sul. Nos dias de Cirion, Angrenost ainda era guarnecida por uma guarda de Gondorianos, mas eles haviam se transformado em uma gente

CIRION E EORL E A AMIZADE ENTRE GONDOR E ROHAN

pouco numerosa e assentada, governada por um Capitão hereditário, e as chaves de Orthanc estavam aos cuidados do Regente de Gondor. As "muralhas exteriores" nomeadas na descrição dos limites do reino de Eorl eram um muro e um dique que corriam cerca de duas milhas ao sul dos portões de Angrenost, entre as colinas onde terminavam as Montanhas Nevoentas; para além delas ficavam as terras cultivadas do povo da fortaleza.

Combinou-se também que a Grande Estrada que outrora passara por Anórien e Calenardhon a caminho de Athrad Angren (os Vaus do Isen),[47] e dali rumo ao norte, em direção a Arnor, deveria ficar aberta a viajantes de ambos os povos sem impedimento em tempos de paz, e que sua manutenção desde o Ribeirão Mering até os Vaus do Isen estava a cargo dos Éothéod.

Por esse pacto, apenas uma pequena parte da Floresta de Anwar, a oeste do Ribeirão Mering, foi incluída no reino de Eorl; mas Cirion declarou que o Monte de Anwar era agora um local sagrado de ambos os povos, e os Eorlings e os Regentes deveriam daí em diante compartilhar sua guarda e manutenção. No entanto, em dias posteriores, quando os Rohirrim cresceram em poder e população enquanto Gondor declinava e era sempre ameaçada pelo Leste e pelo mar, os guardiões de Anwar vinham inteiramente do povo Eastfolde, e a Floresta tornou-se por costume parte do domínio real dos Reis da Marca. Chamaram a Colina de Halifirien, e a Floresta de Firienholt.[48]

Em épocas posteriores, o dia do Juramento foi considerado o primeiro dia do novo reino, quando Eorl assumiu o título de Rei da Marca dos Cavaleiros. Mas acabou levando algum tempo até que os Rohirrim tomassem posse da terra, e durante sua vida Eorl foi conhecido como Senhor dos Éothéod e Rei de Calenardhon. O termo Marca significava uma região fronteiriça, em especial uma que servia de defesa às terras interiores de um reino. Os nomes sindarin Rohan, para a Marca, e Rohirrim, para o povo, foram criados primeiramente por Hallas, filho e sucessor de Cirion, mas costumavam ser usados tanto em Gondor como pelos próprios Éothéod.[49]

No dia seguinte ao Juramento, Cirion e Eorl se abraçaram e se despediram a contragosto. Pois Eorl explicou: "Senhor Regente, tenho muito para fazer às pressas. Esta terra está agora livre de inimigos; mas eles não estão destruídos na raiz, e além do Anduin e sob as beiradas de Trevamata ainda não sabemos que perigo espreita. Ontem à tardinha enviei três mensageiros para o norte, cavaleiros bravos e habilidosos, na esperança de que um pelo menos alcance meu lar antes de mim. Pois agora eu mesmo preciso voltar, e com alguma força. Minha terra foi deixada com poucos homens, os jovens demais e os velhos demais; e, se tiverem de empreender tão grande viagem, nossas mulheres e crianças, com os bens de que não podemos abrir mão, têm de ser protegidas, e só seguirão o próprio Senhor dos Éothéod. Deixarei atrás de mim todas as forças de que posso abrir mão, quase metade da hoste que está agora em Calenardhon. Haverá algumas companhias de arqueiros montados, para irem aonde a necessidade chamar, caso algum bando de inimigos ainda espreite na terra. Mas a força principal há de ficar no Nordeste, para guardar principalmente o lugar onde os Balchoth fizeram uma travessia do Anduin, vindo das Terras Castanhas; pois ali está ainda o maior perigo, e ali está também minha principal esperança, caso eu retorne, de conduzir meu povo à sua nova terra com o mínimo possível de pesar e perda. Caso eu retorne, digo, mas tende a certeza de que hei de retornar, para cumprir meu juramento, a não ser que a desgraça nos acometa e eu pereça com minha gente na longa estrada. Pois essa tem de ser do lado leste do Anduin, sempre sob a ameaça de Trevamata, e terá de passar afinal pelo vale que é assombrado pela sombra da colina que vós chamais de Dol Guldur. Do lado oeste, não há estrada para cavaleiros, nem para uma grande hoste de gente e carroças, mesmo que as Montanhas não estivessem infestadas de Orques; e ninguém pode passar, nem poucos nem muitos, através de Dwimordene onde a Senhora Branca habita e tece teias que nenhum mortal consegue atravessar.[50] Pela estrada do leste virei, como vim a Celebrant; e que aqueles que invocamos como testemunhas de nossos juramentos zelem por nós. Separemo-nos agora com esperança! Tenho vossa permissão?"

"Tens minha permissão de fato", assentiu Cirion, "pois agora vejo que não pode ser de outra maneira. Percebo que, no risco que corríamos, atentei de menos para os perigos que vós enfrentastes e a maravilha de vossa chegada, depois de percorrer longas léguas desde o Norte, quando não nos restava mais esperança. A recompensa que ofereci, na alegria e plenitude do coração por nossa salvação, agora parece pequena. Mas creio que as palavras de meu juramento, que não planejei antes de serem pronunciadas, não foram postas na minha boca em vão. Separar-nos-emos, então, com esperança."

Ao modo das Crônicas, sem dúvida muito do que aqui se atribui a Eorl e Cirion ao se separarem foi dito e considerado no debate da noite anterior; mas é certo que Cirion disse na partida suas palavras acerca da inspiração de seu juramento, pois era homem de pouco orgulho e grande coragem e generosidade do coração, o mais nobre dos Regentes de Gondor.

(iv)

A Tradição de Isildur

Diz-se que, quando Isildur voltou da Guerra da Última Aliança, permaneceu por algum tempo em Gondor, ordenando o reino e instruindo seu sobrinho Meneldil, antes de partir ele mesmo para assumir o reino de Arnor. Com Meneldil e uma companhia de amigos confiáveis, viajou pelos limites de todas as terras que Gondor reivindicava; e, quando voltavam da fronteira norte para Anórien, chegaram à alta colina que então se chamava Eilenaer, mas chamou-se depois Amon Anwar, "Monte da Admiração".[51] Ficava próxima ao centro das terras de Gondor. Abriram uma trilha através da densa floresta de suas encostas setentrionais, e assim alcançaram o topo, que era verde e sem árvores. Lá fizeram uma área plana, e na sua extremidade leste ergueram um montículo; no interior deste Isildur depositou uma urna que trazia consigo. Decretou então: "Este é um túmulo e memorial de Elendil, o Fiel. Aqui há de permanecer, no ponto central do Reino do Sul, aos cuidados dos Valar, enquanto durar o Reino; e este lugar há de ser sagrado e ninguém o há de profanar. Que nenhum homem perturbe seu silêncio e sua paz, a não ser que seja herdeiro de Elendil."

Construíram uma escadaria de pedra desde a borda da floresta até o topo da colina; e Isildur determinou: "Que nenhum homem suba por esta escadaria, exceto o Rei, e aqueles que trouxer consigo, se lhes ordenar que o sigam." Então todos os presentes juraram segredo; mas Isildur deu a Meneldil o conselho de que o Rei deveria visitar o local sagrado de tempos em tempos, e especialmente quando sentisse necessidade de sabedoria em dias de perigo ou distúrbio; e que também levasse até lá seu herdeiro, quando este tivesse atingido a plena maioridade, e lhe relatasse a feitura do local sagrado, além de lhe revelar os segredos do reino e outros assuntos que tivesse de saber.

Meneldil seguiu o conselho de Isildur, assim como todos os Reis que se sucederam a ele, até Rómendacil I (o quinto após Meneldil). No tempo deste, Gondor foi primeiro atacada pelos Lestenses;[52] e, para que a tradição não fosse interrompida em virtude de guerra, morte súbita ou outro infortúnio, ele ordenou que a "Tradição de Isildur" fosse registrada em um rolo lacrado, junto com outras informações que um novo Rei deveria saber; e esse rolo era entregue pelo Regente ao Rei, antes que este fosse coroado.[53] Daí em diante essa entrega sempre se realizou, embora o costume de visitar o local sagrado de Amon Anwar com seu herdeiro fosse mantido por quase todos os Reis de Gondor.

Quando os dias dos Reis chegaram ao fim, e Gondor foi governada pelos Regentes descendentes de Húrin, regente do Rei Minardil, considerou-se que eles assumiriam todos os direitos e deveres dos Reis "até que o Grande Rei retornasse". Mas quanto à "Tradição de Isildur" somente eles eram os juízes, visto que apenas eles a conheciam. Julgavam que as palavras de Isildur "herdeiro de Elendil" significavam alguém da linhagem real que descendesse de Elendil e tivesse herdado o trono: mas que ele não previra o governo dos Regentes. Se Mardil, portanto, tinha exercido a autoridade do Rei em sua ausência,[54] os herdeiros de Mardil que haviam herdado a Regência tinham o mesmo direito e dever até que retornasse um Rei; portanto cada Regente tinha o direito de visitar o local sagrado quando quisesse, e lá admitir os que o acompanhavam, conforme achasse conveniente. Quanto às palavras "enquanto durar o Reino", diziam que Gondor era ainda um "reino", governado por um vice-monarca, e que portanto as palavras deviam ser interpretadas com o significado de "enquanto durar o estado de Gondor".

Não obstante, os Regentes, em parte por respeito e em parte pelas preocupações do reino, muito raramente iam ao local sagrado no Monte de Anwar, exceto quando levavam seu herdeiro ao topo, de acordo com o costume dos Reis. Às vezes ele permanecia sem ser visitado durante vários anos e, conforme Isildur pedira, estava aos cuidados dos Valar. Pois, apesar de a floresta crescer emaranhada e ser evitada pelos homens por causa do silêncio, de modo que a trilha ascendente se perdeu, ainda assim, quando foi reaberto o caminho, encontrou-se o local sagrado intocado pelas intempéries e sem profanação, sempre verde e em paz sob o firmamento, até que se transformasse o Reino de Gondor.

Pois aconteceu que Cirion, o décimo segundo Regente Governante, enfrentou um novo grande perigo: invasores ameaçavam conquistar todas as terras de Gondor ao norte das Montanhas Brancas, e se isso ocorresse, a queda e a destruição de todo o reino logo se seguiria. Conforme se sabe pelas histórias, esse perigo só foi evitado graças ao auxílio dos Rohirrim; e a eles Cirion, com grande sabedoria, concedeu todas as terras do norte, exceto Anórien, para as tomarem sob seu próprio governo e rei, porém em aliança perpétua com Gondor. Não havia mais gente bastante no reino para povoar a região setentrional, nem mesmo para manter guarnecida a linha de fortes ao longo do Anduin que havia guardado sua fronteira do leste. Cirion muito pensou sobre este assunto antes de conceder Calenardhon aos

Cavaleiros do Norte; e julgou que sua cessão deveria alterar totalmente a "Tradição de Isildur" com respeito ao local sagrado de Amon Anwar. Àquele lugar ele levou o Senhor dos Rohirrim, e lá, ao lado do túmulo de Elendil, este fez com a maior solenidade o Juramento de Eorl, e foi respondido pelo Juramento de Cirion, confirmando para sempre a aliança dos Reinos dos Rohirrim e de Gondor. No entanto, depois dos juramentos e quando Eorl retornara ao Norte para trazer todo o seu povo de volta à sua nova morada, Cirion removeu o túmulo de Elendil. Pois julgava que a "Tradição de Isildur" estava agora anulada. O local sagrado não ficava mais "no ponto central do Reino do Sul", e sim na fronteira de outro reino; e ademais as palavras "enquanto durar o Reino" referiam-se ao Reino tal como era quando Isildur falara, após inspecionar seus limites e defini-los. Era verdade que outras partes do Reino haviam sido perdidas desde aqueles dias: Minas Ithil estava nas mãos dos Nazgûl, e Ithilien estava desolada; mas Gondor não abdicara a seu direito sobre elas. A Calenardhon renunciara para sempre sob juramento. Portanto, a urna que Isildur depositara no montículo foi removida por Cirion para os Fanos de Minas Tirith; mas o montículo verde permaneceu como memorial de um memorial. Não obstante, mesmo quando se tornara o lugar de um grande farol, o Monte de Anwar ainda era lugar de reverência para Gondor e os Rohirrim, que na sua própria língua a chamavam de Halifirien, o Monte Sagrado.

NOTAS

[1]Não existe escrito com esse título, mas sem dúvida a narrativa apresentada na terceira seção ("Cirion e Eorl", p. 402) representa uma parte dele.

[2]Tais como o Livro dos Reis. [N. A.] — Essa obra era mencionada no trecho inicial do Apêndice A de *O Senhor dos Anéis* como estando (juntamente com *O Livro dos Regentes* e o *Akallabêth*) entre os registros de Gondor que foram abertos a Frodo e Peregrin pelo Rei Elessar; mas na edição revisada a referência foi removida.

[3]A Angra Leste, que não é mencionada em outro lugar, era a grande concavidade na beira leste de Trevamata que se vê no mapa de *O Senhor dos Anéis*.

CIRION E EORL E A AMIZADE ENTRE GONDOR E ROHAN

[4]Parece que os Nortistas eram em sua maioria aparentados com o terceiro e maior povo dos Amigos-dos-Elfos, governado pela Casa de Hador. [N. A.]

[5]O escape do exército de Gondor da destruição total foi em parte devido à coragem e lealdade dos cavaleiros dos Nortistas sob o comando de Marhari (um descendente de Vidugavia, "Rei de Rhovanion"), que agiram como retaguarda. Mas as forças de Gondor haviam infligido tais perdas aos Carroceiros que estes não tinham forças bastantes para prosseguir na invasão enquanto não chegassem reforços do Leste, e contentaram-se no momento em completar sua conquista de Rhovanion. [N. A.] — Consta no Apêndice A (I, iv) de *O Senhor dos Anéis* que Vidugavia, que se intitulava Rei de Rhovanion, era o mais poderoso dos príncipes dos Nortistas; recebeu favores de Rómendacil II, Rei de Gondor (morto em 1366), a quem ajudara na guerra contra os Lestenses, e o casamento de Valacar, filho de Rómendacil, com Vidumavi, filha de Vidugavia, conduziu à destruidora Contenda-das-Famílias em Gondor, no século XV.

[6]É um fato interessante, que creio não estar mencionado em nenhum escrito de meu pai, que os nomes dos primeiros reis e príncipes dos Nortistas e dos Éothéod têm forma em gótico, não em inglês antigo (anglo-saxão) como no caso de Léod, Eorl e os Rohirrim posteriores. *Vidugavia* está latinizado na grafia, representando o gótico *Widugauja* ("habitante-da-floresta"), um nome gótico registrado, e de modo semelhante *Vidumavi*, em gótico *Widumawi* ("donzela-da-floresta"). *Marhwini* e *Marhari* contêm a palavra gótica *marh*, "cavalo", correspondente ao inglês antigo *mearh*, plural *mearas*, a palavra usada em *O Senhor dos Anéis* para os cavalos de Rohan; *wini*, "amigo", corresponde ao inglês antigo *winë*, visto nos nomes de vários Reis da Marca. Uma vez que, como está explicado no Apêndice F (II), a intenção era que a língua de Rohan fosse "semelhante ao antigo inglês", os nomes dos ancestrais dos Rohirrim foram expressos nas formas da mais antiga língua germânica registrada.

[7]Como foi a forma do nome em dias posteriores. [N. A.] — Isto é inglês antigo, "povo-dos-cavalos"; ver nota 36.

[8]A narrativa precedente não contradiz os relatos no Apêndice A (I, iv e II) de *O Senhor dos Anéis*, apesar de ser muito mais breve. Aqui nada se diz da guerra travada contra os Lestenses no século XIII por Minalcar (que assumiu o nome de Rómendacil II), da absorção de muitos Nortistas nos exércitos de Gondor por esse rei, ou do casamento de seu filho Valacar com uma princesa dos Nortistas e da Contenda-das-Famílias de Gondor que daí resultou; mas são acrescidas certas características que não estão mencionadas em *O Senhor dos Anéis*: que a diminuição dos Nortistas em Rhovanion foi devida à Grande Peste; que a batalha onde foi morto o Rei Narmacil II no ano de 1856, que o Apêndice A afirma ter ocorrido "além do Anduin", foi nas amplas terras ao sul de Trevamata, e ficou conhecida como Batalha das Planícies; e que seu grande exército foi salvo da aniquilação pelos Carroceiros através da defesa de retaguarda de Marhari, descendente de Vidugavia. Também torna-se mais claro

416

aqui que foi após a Batalha das Planícies que os Éothéod, um remanescente dos Nortistas, tornaram-se um povo separado, morando nos Vales do Anduin entre a Carrocha e os Campos de Lis.

[9]Seu avô Telumehtar havia capturado Umbar e rompido o poderio dos Corsários, e os povos de Harad estavam nesse período empenhados em suas próprias guerras e contendas. [N. A.] — A tomada de Umbar por Telumehtar Umbardacil foi no ano de 1810.

[10]As grandes curvas do Anduin para o oeste, a leste da Floresta de Fangorn; ver a primeira citação dada no Apêndice C de "A História de Galadriel e Celeborn", p. 352.

[11]Sobre a palavra *éored*, ver a nota 36.

[12]Essa história é muito mais completa que o relato sumário no Apêndice A (I, iv) de *O Senhor dos Anéis*: "Calimehtar, filho de Narmacil II, auxiliado por uma revolta em Rhovanion, vingou o pai com uma grande vitória sobre os Lestenses em Dagorlad, em 1899, e por algum tempo o perigo foi afastado."

[13]Os Estreitos da Floresta devem referir-se ao estreito "acinturamento" de Trevamata no sul, causado pela concavidade da Angra Leste (ver nota 3).

[14]Correto. Pois poderiam oferecer resistência a um ataque proveniente do Harad Próximo — a não ser que tivesse auxílio de Umbar, que não estava disponível naquela época — e contê-los mais facilmente. Ele não podia atravessar o Anduin e, indo para o norte, passaria por uma terra cada vez mais estreita entre o rio e as montanhas. [N. A.]

[15]Uma nota isolada associada com o texto observa que nesse período o Morannon ainda estava sob o controle de Gondor, e as duas Torres-de-vigia a leste e oeste dele (as Torres dos Dentes) ainda estavam guarnecidas. A estrada através de Ithilien estava ainda em plenas condições até o Morannon; e lá encontrava-se com uma estrada que ia rumo ao norte em direção à Dagorlad, e com outra rumo ao leste pela linha das Ered Lithui. [Nenhuma dessas estradas está marcada nos mapas de *O Senhor dos Anéis*.] A estrada para o leste estendia-se até um ponto ao norte do local de Barad-dûr; nunca fora completada mais além, e o que fora feito estava abandonado havia muito tempo. No entanto, suas primeiras cinquenta milhas, que outrora haviam sido totalmente construídas, em muito aceleraram a aproximação dos Carroceiros.

[16]Os historiadores supuseram que era a mesma colina sobre a qual o Rei Elessar manteve a posição na última batalha contra Sauron, com a qual terminou a Terceira Era. Mas, se assim foi, tratava-se apenas de uma elevação natural que representava um pequeno obstáculo aos cavaleiros e ainda não fora elevada pelo trabalho dos Orques. [N. A.] — Os trechos em *O Retorno do Rei* (V, 10) que aqui são mencionados dizem que "Aragorn dispôs a hoste do melhor modo que pôde ser planejado; e estavam colocados em dois grandes morros de pedra

e terra fulminada que os orques haviam empilhado em anos de labuta", e que Aragorn, junto com Gandalf, postou-se em um deles enquanto os estandartes de Rohan e Dol Amroth foram erguidos no outro.

[17] Sobre a presença de Adrahil de Dol Amroth, ver nota 39.

[18] Seu antigo lar: nos Vales do Anduin entre a Carrocha e os Campos de Lis, ver p. 389.

[19] A causa da migração dos Éothéod para o norte é dada no Apêndice A (II) de *O Senhor dos Anéis*: "[Os antepassados de Eorl] apreciavam mais as planícies e se deleitavam com cavalos e todos os feitos de cavalaria, mas havia naqueles dias muitos homens nos vales médios do Anduin, e, ademais, a sombra de Dol Guldur se estendia; portanto, quando ouviram falar da derrota do Rei-bruxo [no ano de 1975], buscaram mais espaço no Norte e expulsaram os remanescentes do povo de Angmar do lado leste das Montanhas. Mas nos dias de Léod, pai de Eorl, haviam-se multiplicado e eram um povo numeroso, e outra vez estavam um tanto confinados na terra em que habitavam." O líder da migração dos Éothéod chamava-se Frumgar; e em "O Conto dos Anos" sua data é dada como 1977.

[20] Esses rios, sem nome, estão marcados no mapa de *O Senhor dos Anéis*. O Cinzalin lá aparece com dois ramos afluentes.

[21] A Paz Vigilante durou do ano de 2063 até 2460, quando Sauron estava ausente de Dol Guldur.

[22] Sobre os fortes ao longo do Anduin ver p. 391, e sobre os Meandros, p. 347.

[23] De um trecho anterior desse texto (p. 389) obtém-se a impressão de que não restavam Nortistas nas terras a leste de Trevamata depois da vitória de Calimehtar sobre os Carroceiros na Dagorlad, no ano de 1899.

[24] Assim chamava-se então esse povo em Gondor: uma palavra mista na fala popular, do westron *balc*, "horrível", e do sindarin *hoth*, "horda", aplicada a povos tais como os Orques. [N. A.] — Ver o verbete *hoth* no Apêndice de *O Silmarillion*.

[25] As letras R · ND · R encimadas por três estrelas, significando *arandur* (serviçal do rei), regente. [N. A.]

[26] Não falou sobre o pensamento que também lhe ocorrera: de que os Éothéod estavam irrequietos, conforme soubera, achando suas terras no norte demasiado estreitas e inférteis para sustentar todo o povo, que aumentara muito. [N. A.]

[27] Seu nome foi lembrado por muito tempo na canção *Rochon Methestel* (Cavaleiro da Última Esperança) como Borondir Udalraph (Borondir, o Sem-Estribo), pois cavalgou de volta com a *éoherë* à direita de Eorl, e foi o primeiro a atravessar o Limclaro e abrir caminho em auxílio de Cirion.

418

CONTOS INACABADOS

Tombou por fim no Campo de Celebrant, defendendo seu senhor, para grande pesar de Gondor e dos Éothéod, e mais tarde foi sepultado nos Fanos de Minas Tirith. [N. A.]

[28] O cavalo de Eorl. No Apêndice A (II) de *O Senhor dos Anéis* conta-se que Léod, pai de Eorl, que era domador de cavalos selvagens, foi lançado ao chão por Felaróf quando ousou montá-lo, e assim veio a morrer. Mais tarde, Eorl exigiu que o cavalo renunciasse à sua liberdade até o fim da vida, como compensação por seu pai; e Felaróf submeteu-se, apesar de não permitir que nenhum homem, exceto Eorl, o montasse. Compreendia tudo o que diziam os homens e teve vida longa como eles, assim como seus descendentes, os *mearas*, "que não levavam senão o Rei da Marca ou seus filhos até o tempo de Scadufax". *Felaróf* é uma palavra do vocabulário poético anglo-saxão, apesar de não estar de fato registrada na poesia existente: "muito valente, muito forte".

[29] Entre a confluência do Limclaro e os Meandros. [N. A.] — Isso parece certamente contradizer a primeira citação dada no Apêndice C de "A História de Galadriel e Celeborn", p. 347, onde os "Meandros Norte e Sul" são as "duas curvas para o oeste" do Anduin, sendo que o Limclaro corria para a mais setentrional.

[30] Em nove dias haviam percorrido mais de quinhentas milhas em linha direta, provavelmente mais de seiscentas do modo como cavalgavam. Apesar de não haver grandes obstáculos naturais do lado leste do Anduin, boa parte da terra estava agora desolada, e as estradas ou trilhas de cavalos que iam rumo ao sul estavam perdidas ou eram pouco usadas; apenas por curtos períodos conseguiam imprimir velocidade à cavalgada, e também precisavam poupar sua própria força e a dos seus cavalos, visto que esperavam uma batalha assim que alcançassem os Meandros. [N. A.]

[31] O Halifirien é mencionado duas vezes em *O Senhor dos Anéis*. Em *O Retorno do Rei*, V, 1, quando Pippin, cavalgando em Scadufax com Gandalf para Minas Tirith, exclamou que via fogos, Gandalf respondeu: "Os faróis de Gondor estão acesos, chamando ajuda. A guerra se inflamou. Veja, ali está o fogo em Amon Dîn e a chama em Eilenach; e lá vão eles correndo para o oeste: Nardol, Erelas, Min-Rimmon, Calenhad e Halifirien nos limites de Rohan." Em V, 3, os Cavaleiros de Rohan, a caminho de Minas Tirith, passaram por Fenmark, "onde, do lado direito, grandes florestas de carvalhos subiam pelos contrafortes das colinas sob a sombra da escura Halifirien, junto às divisas de Gondor". Ver o mapa de Gondor e Rohan em escala grande em *O Senhor dos Anéis*.

[32] Era a grande estrada númenóreana que ligava os Dois Reinos, atravessando o Isen nos Vaus do Isen e o Griságua em Tharbad, para depois prosseguir rumo ao norte até Fornost; chamada em outro lugar de Estrada Norte-Sul. Ver p. 352.

[33] Esta é uma grafia modernizada do anglo-saxão *hálig-firgen*; de modo semelhante Firien-dale [Vale Firien] para *firgen-dæl*, Firien Wood [Floresta Firien]

para *firgen-wudu*. [N. A.] — O *g* na palavra anglo-saxã *firgen*, "montanha", veio a ser pronunciado como o *y* do inglês moderno.

[34] Minas Ithil, Minas Anor e Orthanc.

[35] Consta em outro lugar, em uma nota sobre os nomes dos faróis, que "o sistema pleno de faróis que ainda operava na época da Guerra do Anel não pode ter sido anterior ao estabelecimento dos Rohirrim em Calenardhon cerca de quinhentos anos antes; pois sua principal função era alertar os Rohirrim de que Gondor estava em perigo, ou (mais raramente) o inverso".

[36] De acordo com uma nota sobre a ordenação dos Rohirrim, o *éored* "não tinha um número fixado com precisão, mas em Rohan só se aplicava a Cavaleiros, plenamente treinados para a guerra: homens que servissem na Hoste do Rei por um período ou em alguns casos permanentemente. Qualquer grupo considerável de tais homens, cavalgando como uma unidade em exercício ou a serviço, era chamado de *éored*. Mas, após a recuperação dos Rohirrim e a reorganização de suas forças nos dias do Rei Folcwine, cem anos antes da Guerra do Anel, considerava-se que um '*éored* pleno' em ordem de batalha não continha menos de 120 homens (incluindo o Capitão), e que compunha um centésimo da Tropa Completa dos Cavaleiros da Marca, não incluindo os da Casa do Rei. [O *éored* com que Éomer perseguiu os Orques, *As Duas Torres*, III, 2, tinha 120 Cavaleiros: Legolas contou 105 quando estavam muito longe, e Éomer informou que quinze homens haviam sido perdidos em batalha contra os Orques.] Evidentemente nenhuma hoste dessa magnitude jamais cavalgara junta para a guerra além da Marca; mas a afirmativa de Théoden, de que naquele grande perigo poderia ter saído liderando uma expedição de dez mil Cavaleiros (*O Retorno do Rei*, V, 3) sem dúvida era justificada. Os Rohirrim haviam se multiplicado desde os dias de Folcwine e, antes dos ataques de Saruman, uma Tropa Completa teria provavelmente apresentado muito mais que doze mil Cavaleiros, de modo que Rohan não teria sido inteiramente despojada de defensores treinados. Em virtude de perdas na guerra do oeste, da pressa da Convocação e da ameaça do Norte e do Leste, Théoden acabou levando um exército de apenas umas seis mil lanças, apesar de esta ainda ter sido a maior cavalgada dos Rohirrim que se registrou desde a chegada de Eorl".

A tropa completa de cavalaria era chamada de *éoherë* (ver nota 49). Essas palavras, e também *Éothéod*, são naturalmente de forma anglo-saxã, visto que a verdadeira língua de Rohan é assim traduzida em toda parte (ver nota 6 acima): elas contêm como primeiro elemento *eoh*, "cavalo". *Éored*, *éorod* é uma palavra anglo-saxã registrada, com um segundo elemento derivado de *rád*, "cavalgada"; em *éoherë* o segundo elemento é *herë*, "hoste, exército". *Éothéod* contém *théod*, "povo" ou "terra", e usa-se tanto para os próprios Cavaleiros como para seu país. (O anglo-saxão *eorl* no nome de Eorl, o Jovem, é uma palavra sem nenhuma relação com aquelas.)

[37] Isso sempre se dizia nos dias dos Regentes, em qualquer pronunciamento solene, apesar de na época de Cirion (o décimo segundo Regente Governante)

CONTOS INACABADOS

ter-se transformado numa fórmula que poucos acreditavam que um dia se tornaria realidade. [N. A.]

[38] *alfirin*: a *simbelmynë* dos túmulos dos Reis sob Edoras, e a *uilos* que Tuor viu na grande ravina de Gondolin nos Dias Antigos; ver pp. 84–5, nota 27. *Alfirin* é mencionada, mas aparentemente trata-se de outra flor, em um poema que Legolas cantou em Minas Tirith (*O Retorno do Rei*, V, 9): "E se agitam os sinos dourados de mallos e alfirin / Nos verdes campos de Lebennin."

[39] O Senhor de Dol Amroth tinha esse título. Fora dado aos seus ancestrais por Elendil, com quem eram aparentados. Eram uma família de Fiéis que zarparam de Númenor antes da Queda e se estabeleceram na terra de Belfalas, entre as fozes do Ringló e do Gilrain, com uma fortaleza sobre o alto promontório de Dol Amroth (cujo nome era uma homenagem ao último Rei de Lórien). [N. A.] — Em outro lugar consta (p. 335) que, de acordo com a tradição de sua casa, o primeiro Senhor de Dol Amroth foi Galador (cerca de 2004–2129 da Terceira Era), filho de Imrazôr, o Númenóreano, que morava em Belfalas, e da senhora-élfica Mithrellas, uma das companheiras de Nimrodel. A nota recém-mencionada parece sugerir que essa família de Fiéis se estabeleceu em Belfalas com uma fortaleza em Dol Amroth antes da Queda de Númenor; e, se assim for, as duas afirmativas só podem ser reconciliadas se supusermos que a linhagem dos Príncipes, e na verdade seu local de moradia, remontasse a mais de dois mil anos antes dos dias de Galador, e que Galador foi chamado de primeiro Senhor de Dol Amroth porque só em sua época (após o afogamento de Amroth no ano de 1981) Dol Amroth recebeu esse nome. Uma dificuldade adicional é a presença de um certo Adrahil de Dol Amroth (claramente um ancestral de Adrahil, pai de Imrahil, Senhor de Dol Amroth ao tempo da Guerra do Anel) como comandante das forças de Gondor na batalha contra os Carroceiros no ano de 1944 (pp. 392–93); mas pode-se supor que esse Adrahil anterior não fosse chamado "de Dol Amroth" naquela época.

Mesmo não sendo impossíveis, essas explicações para salvar a consistência me parecem menos prováveis do que as duas "tradições" distintas e independentes das origens dos Senhores de Dol Amroth.

[40] As letras eram [˙˙.] (L · ND · L): o nome de Elendil sem marcas de vogais, que ele usava como insígnia, e como emblema sobre seus sinetes. [N. A.]

[41] Amon Anwar era de fato o lugar elevado mais próximo do centro de uma linha desde a confluência do Limclaro até o cabo meridional de Tol Falas; e a distância dali até os Vaus do Isen era igual à sua distância de Minas Tirith. [N. A.]

[42] Porém imperfeitamente; pois era em termos antigos e expresso nas formas de verso e fala elevada que se usavam entre os Rohirrim, nos quais Eorl tinha grande habilidade. [N. A.] — Não parece existir outra versão do Juramento de Eorl além da versão na fala comum, apresentada no texto.

— CIRION E EORL E A AMIZADE ENTRE GONDOR E ROHAN —

[43] *Vanda*: um juramento, voto, promessa solene; *ter-maruva*: *ter* "através", *mar-* "permanecer, ser assentado ou fixo"; tempo futuro. *Elenna·nóreo*: caso genitivo, dependente de *alcar*, de *Elenna·nórë*; "a terra chamada Rumo-à-estrela". *alcar*: "glória". *enyalien*: *en-* "outra vez", *yal-* "convocar", na forma do infinitivo (ou o gerúndio) *en-yalië*, aqui no dativo "para o rechamamento", mas regendo um objeto direto, *alcar*: portanto "rememorar ou 'comemorar' a glória". *Vorondo*: genitivo de *voronda*, "inabalável na lealdade, no cumprimento do juramento ou da promessa, fiel"; adjetivos usados como "título", ou como frequente atributo de um nome, são colocados depois do nome, e, como é costumeiro em quenya no caso de dois nomes contíguos declináveis, apenas o último é declinado. [Outra leitura dá o adjetivo como *vórimo*, genitivo de *vórima*, com o mesmo significado de *voronda*.] *voronwë*: "firmeza inabalável, lealdade, fidelidade", objeto de *enyalien*.

Nai: "seja que, possa ser que"; *Nai tiruvantes*: "seja que eles o guardem", isto é, "que o guardem" (-*nte*, inflexão da 3ª do plural quando não se menciona o sujeito previamente). *i hárar*: "os que estão sentados sobre". *mahalmassen*: locativo plural de *mahalma* "trono". *mi*: "no". *Númen*: "Oeste". *i Eru i*: "o Uno que". *eä*: "é, está". *tennoio*: *tenna* "até", *oio* "um período infinito"; *tennoio* "para sempre". [N. A.]

[44]E não voltou a ser usado até que o Rei Elessar retornasse e renovasse naquele mesmo lugar os laços com o Rei dos Rohirrim, Éomer, o décimo oitavo descendente de Eorl. Considerava-se lícito que somente o Rei de Númenor invocasse Eru por testemunha, e mesmo ele apenas nas ocasiões mais graves e solenes. A linhagem dos Reis terminara com Ar-Pharazôn, que pereceu na Queda; mas Elendil Voronda descendia de Tar-Elendil, o quarto Rei, e era considerado senhor legítimo dos Fiéis, que não haviam participado da rebelião dos Reis e haviam sido preservados da destruição. Cirion era o Regente dos Reis descendentes de Elendil e, no que tangia a Gondor, tinha, como regente, todos os poderes deles — até que o Rei houvesse de voltar. Não obstante, seu juramento espantou os que o ouviram, enchendo-os de assombro, e foi por si só (muito mais que o túmulo venerável) suficiente para santificar o local onde foi proferido. [N. A.] — O nome de Elendil, Voronda, "o Fiel", que também ocorre no Juramento de Cirion, nessa nota foi primeiramente escrito como Voronwë, que no Juramento é um substantivo que significa "fidelidade, firmeza inabalável". Mas no Apêndice A (I, ii) de *O Senhor dos Anéis*, Mardil, primeiro Regente Governante de Gondor, é chamado de "Mardil Voronwë, 'o Resoluto'"; e na Primeira Era o Elfo de Gondolin que guiou Tuor desde Vinyamar chamava-se Voronwë, que no índice de nomes de *O Silmarillion* também traduzi por "O Resoluto".

[45]Ver a primeira citação no Apêndice C de "A História de Galadriel e Celeborn", p. 347.

[46]Esses nomes estão dados em sindarin de acordo com o costume de Gondor; mas muitos deles foram redenominados pelos Éothéod, como alterações dos

CONTOS INACABADOS

nomes mais antigos para se adaptarem à sua própria língua, como traduções deles ou como nomes de sua própria invenção. Na narrativa de *O Senhor dos Anéis* usam-se mormente os nomes na língua dos Rohirrim. Assim Angren = Isen; Angrenost = Isengard; Fangorn (que também é usado) = Floresta Ent; Onodló = Entágua; Glanhír = Ribeirão Mering (ambos significam "ribeirão da fronteira"). [N. A.] — O nome do rio Limclaro é confuso. Há duas versões do texto e da nota neste ponto, e por uma delas parece que o nome em sindarin era *Limlich*, adaptado na língua de Rohan como *Limliht* ("modernizado" como *Limlight* [Limclaro]). Na outra versão (mais tardia), *Limlich* está emendado no texto, estranhamente, para *Limliht*, de modo que esta passa a ser a forma sindarin. Em outro lugar (p. 381), o nome deste rio em sindarin é dado como *Limlaith*. À vista desta incerteza, usei *Limlight* [Limclaro] no texto. Qualquer que tenha sido o nome original em sindarin, está claro pelo menos que a forma de Rohan era uma alteração dele, e não uma tradução, e que seu significado não era conhecido (apesar de uma nota escrita muito antes das mencionadas dizer que o nome *Limlight* é uma tradução parcial do élfico *Limlint*, "veloz-claro"). Os nomes sindarin do Entágua e do Ribeirão Mering só se encontram aqui; com Onodló compare *Onodrim, Enyd*, os Ents (*O Senhor dos Anéis*, Apêndice F, "De outras raças").

[47]*Athrad Angren*: ver p. 352, onde o nome sindarin para os Vaus do Isen é dado como Ethraid Engrin. Parece, portanto, que existiam ambas as formas, a singular e a plural, do nome do(s) Vau(s).

[48]Em outros lugares, a floresta é sempre chamada de Floresta Firien (uma redução de Floresta Halifirien). Firienholt — uma palavra registrada na poesia anglo-saxá (*firgenholt*) — significa o mesmo: "floresta da montanha". Ver nota 33.

[49]Sua forma correta era *Rochand* e *Rochír-rim*, e grafavam-se como *Rochand*, ou *Rochan*, e *Rochirrim* nos registros de Gondor. Contêm o sindarin *roch*, "cavalo", como tradução de *éo-* em *Éothéod* e em muitos nomes pessoais dos Rohirrim [ver nota 36]. Em *Rochand*, a desinência sindarin *-nd* (*-and, -end, -ond*) foi acrescentada. Ela costumava ser usada nos nomes de regiões ou países, mas era comum que o *-d* desaparecesse na fala, especialmente em nomes longos, tais como *Calenardhon, Ithilien, Lamedon* etc. *Rochirrim* seguiu o modelo de *éo-herë*, o termo usado pelos Éothéod para a tropa completa de sua cavalaria em tempos de guerra; provinha de *roch* + sindarin *hír*, "senhor, mestre" (inteiramente sem conexão com [a palavra anglo-saxá] *herë*). Em nomes de povos, o sindarin *rim*, "grande número, hoste" (quenya *rimbë*), era comumente usado para formar plurais coletivos, como em *Eledhrim* (*Edhelrim*), "todos os Elfos", *Onodrim*, "a gente dos Ents", *Nogothrim*, "todos os Anãos, o povo-anânico". A língua dos Rohirrim continha o som aqui representado por *ch* (uma aspirada posterior como *ch* em galês), e, apesar de ele ser infrequente entre vogais no meio de palavras, não lhes apresentava dificuldade. Mas a fala comum não o possuía, e ao pronunciar o sindarin (idioma no qual era muito frequente) o povo de Gondor, salvo os eruditos, o representavam por *h* no

meio das palavras e por *k* no final (quando era pronunciado com mais força no sindarin correto). Assim surgiram os nomes *Rohan* e *Rohirrim* conforme usados em *O Senhor dos Anéis*. [N. A.]

[50]Eorl parece não ter se convencido com o sinal de benevolência da Senhora Branca; ver p. 387.

[51]*Eilenaer* era um nome de origem pré-númenóreana, evidentemente relacionado com *Eilenach*. [N. A.] — De acordo com uma nota sobre os faróis, Eilenach era "provavelmente um nome alienígena: nem sindarin, númenóreano, nem da fala comum [...] Tanto Eilenach quanto Eilenaer eram acidentes geográficos notáveis. Eilenach era o ponto mais alto da Floresta Drúadan. Podia ser visto ao longe no Oeste, e sua função nos dias dos faróis era transmitir o alerta de Amon Dîn; mas não era adequado a uma grande fogueira de farol, pois havia pouco espaço em seu topo afilado. Daí o nome Nardol, 'Topo-de-Fogo', do próximo farol a oeste; ficava na extremidade de uma alta crista, originariamente parte da Floresta Drúadan, mas há muito privada de árvores pelos pedreiros e trabalhadores de canteira que subiam pelo Vale das Carroças-de-pedra. Nardol era guarnecido por uma guarda, que também protegia as pedreiras; estava bem provido de combustível e, se necessário, podia ser acesa uma grande fogueira, visível em noite clara até mesmo do último farol (Halifirien), cerca de 120 milhas a oeste".

Na mesma nota, afirma-se que "Amon Dîn, 'o monte silencioso', era talvez o farol mais antigo, com a função original de posto avançado fortificado de Minas Tirith, de onde seu farol podia ser visto, para vigiar a passagem da Dagorlad para Ithilien do Norte, e qualquer tentativa por parte dos inimigos de atravessarem o Anduin em Cair Andros ou perto de lá. Não está registrado por que recebeu esse nome. Provavelmente porque era notável, uma colina rochosa e estéril destacada e isolada das colinas muito arborizadas da Floresta Drúadan (Tawar-in-Drúedain), pouco visitada por homens, animais ou aves".

[52]De acordo com o Apêndice A (I, iv) de *O Senhor dos Anéis*, foi nos dias de Ostoher, quarto rei depois de Meneldil, que Gondor foi pela primeira vez atacada por homens selvagens vindos do Leste; "mas seu filho Tarostar os derrotou, os expulsou e tomou o nome de Rómendacil 'Vitorioso-do-Leste'".

[53]Foi também Rómendacil I quem estabeleceu o cargo de Regente (*Arandur*, "serviçal do rei"), mas este era escolhido pelo Rei como homem de alta confiança e sabedoria, geralmente de idade avançada, visto que não lhe era permitido ir à guerra nem deixar o reino. Nunca era um membro da Casa Real. [N. A.]

[54]Mardil foi o primeiro dos Regentes Governantes de Gondor. Foi Regente de Eärnur, o último Rei, que desapareceu em Minas Morgul no ano de 2050. "Em Gondor cria-se que o inimigo traiçoeiro capturara o rei e que este morrera em tormento em Minas Morgul; mas, visto que não havia testemunhas de sua morte, Mardil, o Bom Regente, governou Gondor em seu nome por muitos anos" (*O Senhor dos Anéis*, Apêndice A, I, iv).

III

A DEMANDA
DE EREBOR

Para sua plena compreensão, esta história depende da narrativa dada no Apêndice A (III, "O Povo de Durin") de *O Senhor dos Anéis*, da qual este é um resumo:

Os Anãos Thrór e seu filho Thráin (juntamente com Thorin, filho de Thráin, mais tarde chamado de Escudo-de-carvalho) escaparam da Montanha Solitária (Erebor) por uma porta secreta quando o dragão Smaug desceu sobre ela. Thrór retornou a Moria depois de dar a Thráin o último dos Sete Anéis dos Anãos, e ali foi morto pelo Orque Azog, que marcou seu nome a fogo na fronte de Thrór. Foi isso que levou à Guerra dos Anãos e dos Orques, que terminou na grande Batalha de Azanulbizar (Nanduhirion) diante do Portão-leste de Moria no ano de 2799. Mais tarde Thráin e Thorin Escudo-de-carvalho habitaram nas Ered Luin, mas no ano de 2841 Thráin partiu de lá para voltar à Montanha Solitária. Enquanto vagava nas terras a leste do Anduin, ele foi capturado e aprisionado em Dol Guldur, onde o Anel lhe foi tomado. Em 2850 Gandalf penetrou em Dol Guldur e descobriu que seu senhor era de fato Sauron; e lá topou com Thráin antes que este morresse.

Há mais de uma versão de "A Demanda de Erebor", como está explicado em um Apêndice que se segue ao texto, onde são também apresentados extratos substanciais de uma versão anterior.

Não encontrei nenhum escrito que preceda as palavras iniciais do texto presente ("Naquele dia ele nada mais quis dizer").

O "ele" da frase inicial é Gandalf; "nós" são Frodo, Peregrin, Meriadoc e Gimli; e "eu" é Frodo, que registra a conversa; o cenário é uma casa em Minas Tirith, depois da coroação do Rei Elessar (ver p. 435).

Naquele dia ele nada mais quis dizer. Porém mais tarde voltamos ao assunto, e ele nos contou toda a estranha história; como chegou a arranjar a viagem a Erebor, por que pensou em Bilbo, e como persuadiu o altivo Thorin Escudo-de-carvalho a admiti-lo em sua companhia. Agora não consigo me lembrar de toda a história, mas deduzimos que no começo Gandalf estava pensando apenas na defesa do Oeste contra a Sombra.

"Eu estava muito perturbado naquela época", explicou, "pois Saruman estava impedindo todos os meus planos. Eu sabia que Sauron se erguera de novo e logo iria declarar-se, e sabia que ele se preparava para uma grande guerra. Como começaria? Tentaria primeiro reocupar Mordor, ou primeiro atacaria as principais fortalezas de seus inimigos? Pensei na época, e agora tenho certeza disso, que atacar Lórien e Valfenda, assim que estivesse forte o bastante, era seu plano original. Teria sido um plano muito melhor para ele, e muito pior para nós.

"Vós podeis pensar que Valfenda estava fora de seu alcance, mas eu não pensava assim. O estado de coisas no Norte estava muito ruim. O Reino sob a Montanha e os fortes Homens de Valle não existiam mais. Para resistir a qualquer tropa que Sauron pudesse enviar para recuperar as passagens do norte nas montanhas e as antigas terras de Angmar, havia apenas os Anãos das Colinas de Ferro, e atrás deles estendia-se uma desolação e um Dragão. O Dragão poderia ser usado por Sauron com efeito terrível. Muitas vezes disse para mim mesmo: 'Preciso encontrar algum meio de lidar com Smaug. Mas um golpe direto contra Dol Guldur é ainda mais necessário. Temos de perturbar os planos de Sauron. Tenho de fazer o Conselho enxergar isso.'

"Estes eram meus pensamentos sombrios enquanto eu seguia pela estrada. Estava cansado, e ia ao Condado para um breve descanso, depois de ter passado mais de vinte anos longe de lá. Pensava que, se eu as tirasse da cabeça por algum tempo, eu talvez pudesse achar algum modo de lidar com essas preocupações. E de fato foi o que fiz, porém não me foi permitido tirá-las da cabeça.

"Pois exatamente quando eu me aproximava de Bri fui alcançado por Thorin Escudo-de-carvalho,[1] que então vivia no exílio além da fronteira noroeste do Condado. Para minha surpresa ele falou comigo; e foi nesse momento que a maré começou a virar.

"Ele também estava preocupado, tanto que chegou a pedir meu conselho. Assim, fui com ele até seus salões nas Montanhas Azuis e escutei sua longa história. Logo compreendi que seu coração estava agitado de tanto remoer injustiças sofridas e a perda do tesouro de seus ancestrais, além de estar também sobrecarregado com o dever da vingança contra Smaug, que ele herdara. Os Anãos levam tais deveres muito a sério.

"Prometi ajudá-lo caso pudesse. Eu estava tão ansioso quanto ele por ver o fim de Smaug, mas Thorin estava entusiasmado com planos de batalha e guerra, como se realmente fosse o Rei Thorin II, e nisso eu não conseguia ver esperança. Assim deixei-o, fui ao Condado e apanhei o fio da meada das notícias. Era um negócio estranho. Nada mais fiz que seguir a deixa da 'sorte', e cometi muitos erros pelo caminho.

"De algum modo eu havia sido atraído por Bilbo há muito tempo, quando ele era criança, e um jovem hobbit: ele não tinha ainda alcançado a maioridade quando eu o vira pela última vez. Ficara em meus pensamentos desde então, com sua avidez e seus olhos brilhantes, seu amor por histórias e suas perguntas sobre o grande mundo fora do Condado. Assim que entrei no Condado ouvi novas dele. Ele estava na boca de todos, ao que parecia. Seus pais haviam morrido cedo para a gente do Condado, com oitenta anos mais ou menos; e ele nunca se casara. Já estava se tornando um tanto esquisito, diziam, e saía sozinho durante dias. Podia ser visto falando com estranhos, até mesmo com Anãos.

"'Até mesmo com Anãos!' De repente estas três coisas se juntaram em minha mente: o grande Dragão com sua concupiscência, e sua audição e faro aguçados; os robustos Anãos de botas pesadas com seu velho rancor ardente; e o Hobbit rápido, de passos leves, com o coração aflito (eu achava) por uma visão do grande mundo. Ri para mim mesmo; mas parti imediatamente para dar uma olhada em Bilbo, para ver o que vinte anos haviam feito dele, e se ele era tão promissor quanto os mexericos pareciam sugerir. Mas ele não estava em casa. Balançaram as cabeças na Vila-dos-Hobbits quando perguntei por ele. 'Foi-se de novo', informou um hobbit. Era Holman, o jardineiro, creio eu.[2] 'Foi-se de novo. Um dia desses irá para valer, se não tomar cuidado. Ora, eu lhe perguntei aonde ia, e quando ia voltar, e ele respondeu *não sei*; e então olhou para mim de um jeito esquisito. *Depende de eu encontrar algum, Holman*, falou ele. *Amanhã é o Ano Novo dos Elfos!*[3] É pena, e ele é um sujeito tão bondoso. Não se pode achar melhor das Colinas até o Rio.'

"'Cada vez melhor!', pensei eu. 'Acho que vou arriscar.' O tempo estava passando. Eu tinha de me reunir com o Conselho Branco em agosto, o mais tardar, ou Saruman teria sua vontade satisfeita e nada seria feito. E, bem à parte dos assuntos mais importantes, isso poderia demonstrar ser fatal para a busca: o poder em Dol Guldur não deixaria de obstruir nenhuma tentativa contra Erebor, a não ser que tivesse algo diferente com que lidar.

"Assim, cavalguei apressado de volta a Thorin, para enfrentar a difícil tarefa de persuadi-lo a pôr de lado seus elevados desígnios e partir em segredo — levando Bilbo consigo. Sem ver Bilbo antes. Foi um erro, e ele quase provou ser desastroso. Pois Bilbo mudara, naturalmente. Pelo menos, estava ficando bastante avarento e gordo, e seus antigos desejos haviam se reduzido a uma espécie de sonho particular. Nada poderia ser mais consternador do que descobrir que ele corria o risco de se realizar de verdade! Ele ficou totalmente desorientado e se comportou de maneira ridícula. Thorin teria partido raivoso, não fosse por outra estranha coincidência que mencionarei num momento.

"Mas vós sabeis como as coisas aconteceram, ao menos como Bilbo as viu. A história soaria bem diferente se eu a tivesse escrito. Por um lado, ele não percebia em absoluto até que ponto os Anãos o consideraram néscio, nem como ficaram furiosos comigo. De fato Thorin ficou muito mais indignado e desdenhoso do que ele mesmo percebia. Na verdade, estava desdenhoso desde o começo, e então pensou que eu havia planejado todo o caso simplesmente para fazê-lo de tolo. Foram só o mapa e a chave que salvaram a situação.

"Mas eu não pensara neles durante anos. Foi só quando cheguei ao Condado e tive tempo de refletir sobre a história de Thorin que de repente me lembrei da estranha coincidência que os pusera em minhas mãos; e agora aquilo começava a parecer menos uma coincidência. Recordei uma perigosa viagem que fizera, noventa e um anos antes, quando penetrei disfarçado em Dol Guldur e lá encontrei um infeliz Anão morrendo nos poços. Eu não tinha ideia de quem ele era. Ele possuía um mapa que pertencera ao povo de Durin em Moria e uma chave que parecia acompanhá-lo, mas estava demasiado fraco para explicar. E disse que tinha possuído um grande Anel.

"Quase todos os seus delírios eram sobre isso. 'O último dos Sete', ele dizia e repetia. Mas todos aqueles objetos podiam ter chegado a ele de muitas maneiras. Poderia ter sido um mensageiro capturado ao fugir, ou mesmo um ladrão apanhado por um ladrão maior. Mas deu-me o mapa e a chave. 'Para meu filho', designou; e então morreu, e logo depois eu mesmo escapei. Escondi os objetos e, graças a algum aviso do coração, sempre os mantive comigo, a salvo mas logo quase esquecidos. Eu tinha outros negócios em Dol Guldur, mais importantes e perigosos que todos os tesouros de Erebor.

"Agora eu relembrava tudo, e parecia claro que tinha ouvido as últimas palavras de Thráin II,[4] apesar de ele não ter dado seu nome, nem o do filho; e Thorin naturalmente não sabia o que fora feito do seu pai, nem jamais mencionou 'o último dos Sete Anéis'. Eu tinha o plano e a chave da entrada secreta de Erebor, pela qual Thrór e Thráin haviam escapado, de acordo com a história de Thorin. E eu os tinha guardado, se bem que sem qualquer desígnio meu, até o momento em que se revelariam mais úteis.

A DEMANDA DE EREBOR

"Felizmente, não cometi nenhum erro ao usá-los. Mantive-os na manga, como vocês dizem no Condado, até que parecesse não haver mais esperança. Assim que Thorin os viu, ele realmente se decidiu a seguir meu plano, pelo menos no que dizia respeito à expedição secreta. Não obstante o que pensasse de Bilbo, ele mesmo teria partido. A existência de uma porta secreta que só os Anãos poderiam encontrar fazia com que parecesse ao menos possível descobrir algo sobre os atos do Dragão, talvez até recuperar algum ouro, ou algum objeto herdado para aplacar a saudade em seu coração.

"Mas isso não me bastava. Eu sabia no fundo do coração que Bilbo tinha de ir com ele, pois do contrário toda a demanda seria um fracasso — ou, como eu diria agora, os acontecimentos muito mais importantes durante o caminho não iriam ocorrer. Assim eu ainda precisava persuadir Thorin a levá-lo. Houve muitas dificuldades no percurso depois disso, mas para mim essa foi a parte mais difícil de todo o caso. Apesar de eu discutir com ele até de madrugada depois que Bilbo foi dormir, a questão somente foi decidida de fato ao amanhecer do dia seguinte.

"Thorin estava cheio de menosprezo e suspeita. 'Ele é mole', bufou. 'Mole como a lama do seu Condado, e tolo. Sua mãe morreu cedo demais. Tu estás armando alguma das tuas, Mestre Gandalf. Tenho certeza de que tu tens outros propósitos além de me ajudar.'

"'Tu tens toda a razão', concordei eu. 'Se eu não tivesse outros propósitos, nem te estaria ajudando. Por muito que teus negócios te possam parecer importantes, eles são apenas um pequeno fio na grande teia. Eu me ocupo de muitos fios. Mas isso deveria dar mais peso a meu conselho, não menos.' Por fim, falei irado. 'Escuta-me, Thorin Escudo-de-carvalho! Se esse hobbit for contigo, tu terás êxito. Se não for, tu fracassarás. Tenho esse presságio, e te estou prevenindo.'

"'Conheço tua fama', respondeu Thorin. 'Espero que seja merecida. Mas toda essa bobagem com teu hobbit faz com que eu me pergunte se é mesmo um presságio o que tu tens e se tu não estás maluco em vez de presciente. Tantas preocupações podem ter desordenado teu juízo.'

"'Com certeza tive suficientes para isso acontecer', assenti eu. 'E, entre elas, a que acho mais irritante é um Anão orgulhoso que me pede um conselho (sem nenhum direito sobre mim, que eu saiba) e depois me retribui com insolência. Trilha teu próprio caminho se quiseres, Thorin Escudo-de-carvalho. Mas, se menosprezares meu conselho, caminharás para um desastre. E não vais mais receber conselhos nem ajuda minha até que a Sombra se abata sobre ti. E controla teu orgulho e tua ganância, ou vais tombar ao fim de qualquer caminho que tomares, por muito que tenhas as mãos cheias de ouro.'

"A estas palavras ele empalideceu um pouco; mas seus olhos estavam em brasa. 'Não me ameaces!', exclamou. 'Usarei meu próprio discernimento neste caso, como faço em tudo que me diz respeito.'

"'Então faz isso!', insisti eu. 'Nada mais posso dizer a não ser o seguinte: não dou meu amor nem minha confiança à toa, Thorin; mas gosto desse hobbit e quero o bem dele. Trata-o bem e tu hás de ter minha amizade até o fim de teus dias.'

"Falei isso sem esperança de persuadi-lo; mas não poderia ter dito nada melhor. Os Anãos compreendem a devoção aos amigos e a gratidão aos que os ajudam. 'Muito bem', aceitou Thorin finalmente, depois de um período em silêncio. 'Ele há de partir com minha companhia, se tiver coragem para isso (do que duvido). Mas, se insistires em me sobrecarregar com ele, tu também terás de vir para cuidar do teu favorito.'

"'Bom!', respondi. 'Irei e permanecerei convosco o quanto puder: pelo menos até tu descobrires o quanto ele vale.' Acabou sendo bom, mas naquele momento fiquei preocupado, pois tinha nas mãos o assunto urgente do Conselho Branco.

"Foi assim que partiu a Demanda de Erebor. Imagino que, quando começou, Thorin não tivesse esperança real de destruir Smaug. Não havia esperança. No entanto aconteceu. Mas ai! Thorin não viveu para desfrutar seu triunfo nem seu tesouro. O orgulho e a ganância o venceram a despeito de meu aviso."

A DEMANDA DE EREBOR

"Mas certamente", ponderei, "ele não poderia ter tombado em batalha de um modo ou de outro? Teria ocorrido um ataque de Orques por mais generoso que Thorin tivesse sido com seu tesouro."

"Isso é verdade", concordou Gandalf. "Pobre Thorin! Foi um grande Anão de uma grande Casa, não importam seus defeitos; e, apesar de ele ter caído ao fim da viagem, foi principalmente graças a ele que o Reino sob a Montanha foi restaurado, como eu desejava. Mas Dáin Pé-de-Ferro foi um sucessor à altura. E agora ouvimos que ele tombou em outra guerra diante de Erebor, ao mesmo tempo em que lutávamos aqui. Eu diria que foi uma grande perda, se não tivesse sido espantoso que ele, em na sua idade avançada,[5] ainda conseguisse brandir o machado com tanta força quanto disseram, de pé sobre o corpo do Rei Brand diante do Portão de Erebor, até cair a escuridão.

"De fato tudo poderia ter acabado de modo muito diferente. O ataque principal foi desviado para o sul, é verdade; mas ainda assim, com sua mão direita bem estendida, Sauron poderia ter causado danos terríveis no Norte enquanto nós defendíamos Gondor, se o Rei Brand e o Rei Dáin não se tivessem interposto em seu caminho. Quando pensardes na grande Batalha de Pelennor, não vos esqueçais da Batalha de Valle. Imaginai como poderia ter sido. Fogo de dragão e espadas selvagens em Eriador! Poderia não haver Rainha em Gondor. Agora somente poderíamos esperar voltar da vitória daqui para ruínas e cinzas. Mas isso foi evitado — porque me encontrei com Thorin Escudo-de-carvalho certo dia ao anoitecer, à beira da primavera, não longe de Bri. Um encontro casual, como dizemos na Terra-média."

NOTAS

[1]O encontro de Gandalf com Thorin também está relatado no Apêndice A (III) de *O Senhor dos Anéis*, e lá está indicada a data: 15 de março de 2941. Existe uma pequena diferença entre os dois relatos, porque no Apêndice A o encontro se deu na estalagem em Bri, e não na estrada. Gandalf havia visitado o Condado vinte anos antes, portanto em 2921, quando Bilbo tinha 31 anos de idade: Gandalf diz mais adiante que Bilbo ainda não tinha atingido a plena maioridade [aos 33 anos] quando ele o vira da última vez.

²Holman, o jardineiro: Holman Mão-Verde, de quem Hamfast Gamgi (o pai de Sam, o Feitor) era aprendiz: *A Sociedade do Anel*, I, 1, e Apêndice C.

³O ano solar élfico (*loa*) começava no dia chamado *yestarë*, que era a véspera do primeiro dia de *tuilë* (primavera); e no Calendário de Imladris *yestarë* correspondia "mais ou menos a 6 de abril do Condado" (*O Senhor dos Anéis*, Apêndice D).

⁴Thráin II: Thráin I, ancestral distante de Thorin, escapou de Moria no ano de 1981 e se tornou o primeiro Rei sob a Montanha (*O Senhor dos Anéis*, Apêndice A, III).

⁵Dáin II Pé-de-Ferro nasceu no ano de 2767; na Batalha de Azanulbizar (Nanduhirion), em 2799, matou o grande Orque Azog diante do Portão-leste de Moria, e assim vingou Thrór, avô de Thorin. Morreu na Batalha de Valle em 3019 (*O Senhor dos Anéis*, Apêndices A, III, e B). Frodo soube por Glóin em Valfenda que "Dáin ainda era Rei sob a Montanha, e já era velho (tendo ultrapassado os duzentos e cinquenta anos), venerável e fabulosamente rico" (*A Sociedade do Anel*, II, 1).

APÊNDICE

Nota sobre os textos de "A Demanda de Erebor"

A situação textual desta peça é complexa e difícil de desemaranhar. A versão mais antiga é um manuscrito completo, mas tosco e muito emendado, que aqui chamarei de A; ele leva o título de "A História dos Tratos de Gandalf com Thráin e Thorin Escudo-de-carvalho". A partir dele foi feita uma versão datilografada, B, com muitas alterações adicionais, porém em sua maioria de caráter bem secundário. Essa está intitulada "A Demanda de Erebor", e também "Relato de Gandalf sobre como veio a arranjar a Expedição a Erebor e mandar Bilbo com os Anãos". Alguns extratos extensos do texto datilografado estão apresentados a seguir.

Além de A e B ("a versão mais antiga"), existe outro manuscrito, C, sem título, que conta a história em forma mais econômica e de construção mais compacta, omitindo muitos pontos da primeira versão e introduzindo alguns elementos novos, mas também (especialmente na parte final) mantendo em grande medida a escrita original. Parece-me bastante certo que C seja posterior a B, e C é a versão que foi dada nas páginas anteriores, embora pareça ter sido perdida uma parte do texto inicial, que estabelece a cena em Minas Tirith para as reminiscências de Gandalf.

Os parágrafos iniciais de B (dados a seguir) são quase idênticos a um trecho no Apêndice A (III, "O Povo de Durin") de *O Senhor dos Anéis*, e obviamente dependem da narrativa acerca de Thrór e Thráin que os precede no Apêndice A; enquanto o final de "A Demanda de Erebor" também se encontra, quase exatamente com as mesmas palavras, no Apêndice A (III), aí de novo nas palavras de Gandalf, falando a Frodo e Gimli em Minas Tirith. À vista da carta citada na introdução (p. 26) está claro que meu pai escreveu "A Demanda de Erebor" para fazer parte da narrativa em "O Povo de Durin" no Apêndice A.

EXTRATOS DA VERSÃO MAIS ANTIGA

O texto datilografado B da versão mais antiga começa assim:

> Assim Thorin Escudo-de-carvalho tornou-se Herdeiro de Durin, mas herdeiro sem esperança. No saque de Erebor, ele era jovem demais para portar armas, mas em Azanulbizar lutara na vanguarda do ataque. E, quando Thráin se perdeu, ele tinha noventa e cinco anos de idade, um grande anão de postura altiva. Não tinha Anel, e (talvez por essa razão) parecia contente em ficar em Eriador. Ali labutou por muito tempo, e ganhou a fortuna que conseguiu; e seu povo aumentou graças a muitos do Povo de Durin vagante, que ouviram de sua morada e vieram ter com ele. Agora tinham belos salões nas montanhas, estoques de bens e seus dias não pareciam tão difíceis, porém nas canções falavam sempre da Montanha Solitária lá longe, do tesouro e da alegria do Grande Salão à luz da Pedra Arken.
>
> Os anos se passaram. As brasas no coração de Thorin voltaram a se inflamar enquanto ele remoía as injustiças de sua Casa e a vingança contra o Dragão que lhe fora legada. Pensava em armas, exércitos e alianças quando seu grande martelo ressoava na forja; mas os exércitos estavam dispersos, e as alianças,

rompidas, e os machados de seu povo eram poucos; e uma grande ira sem esperança o queimava enquanto batia o ferro rubro na bigorna.

Gandalf ainda não desempenhara nenhum papel na sorte da Casa de Durin. Não tinha muitos tratos com os Anãos; porém era amigo dos de boa vontade e gostava bastante dos exilados do Povo de Durin que viviam no Oeste. Mas certa vez ocorreu que ele passava por Eriador (a caminho do Condado, que ele não vira por alguns anos) quando topou com Thorin Escudo-de-carvalho. Conversaram na estrada, e repousaram naquela noite em Bri.

Pela manhã Thorin disse a Gandalf: "Tenho muitas coisas a me preocupar, e dizem que tu és sábio e conheces mais do que a maioria sobre o que se passa no mundo. Queres vir a minha casa para me ouvires e dar teu conselho?"

A isso Gandalf assentiu e, quando chegaram ao salão de Thorin, sentou-se e escutou toda a história dos agravos sofridos por ele.

Desse encontro decorreram muitos feitos e eventos de grande importância: na verdade o achamento do Um Anel, sua vinda ao Condado e a escolha do Portador-do-Anel. Portanto, muitos supõem que Gandalf previra todas essas coisas e escolhera o momento para se encontrar com Thorin. Acreditamos porém que não foi assim. Pois, em sua história da Guerra do Anel, Frodo, o Portador-do-Anel, deixou um registro das palavras de Gandalf sobre este mesmo ponto. Foi isto o que ele escreveu:

No lugar das palavras "Foi isto o que ele escreveu", A, o manuscrito mais antigo, tem: "Esse trecho foi omitido da história, pois parecia longo; mas agora apresentamos aqui a maior parte."

Após a coroação, moramos com Gandalf em uma bela casa em Minas Tirith, e ele estava muito alegre, e, por muito que lhe fizéssemos perguntas sobre tudo o que nos ocorria, sua paciência parecia tão infinita quanto seu conhecimento. Agora não consigo relembrar a maioria das coisas que ele nos contou; muitas vezes não as compreendíamos. Mas lembro-me muito claramente desta conversa. Gimli estava lá conosco, e ele falou a Peregrin:

"Há uma coisa que preciso fazer um dia destes; preciso visitar esse teu Condado.[A] Não para ver mais Hobbits! Duvido que possa aprender algo sobre eles que eu já não saiba. Mas nenhum Anão da Casa de Durin pode deixar de olhar aquela terra com assombro. Não começou lá a recuperação do Reino sob a Montanha e a queda de Smaug? Sem mencionar o fim de Barad-dûr, apesar de que ambos estavam estranhamente enredados. Estranho, muito estranho", comentou, e fez uma pausa.

Então, olhando firme para Gandalf, prosseguiu: "Mas quem teceu a teia? Não creio que eu jamais tenha ponderado isso antes. Então planejaste tudo isso, Gandalf? Se não, por que levaste Thorin Escudo-de-carvalho a uma porta tão improvável? Encontrar o Anel, levá-lo longe rumo ao Oeste para escondê-lo e depois escolher o Portador-do-Anel — e restaurar o Reino da Montanha como um mero ato à margem do caminho: não era esse teu intento?"

Gandalf não respondeu de pronto. Levantou-se e olhou pela janela, para o oeste, em direção ao mar; o sol estava se pondo, e havia um brilho em seu rosto. Por bastante tempo permaneceu assim, em silêncio. Mas finalmente voltou-se para Gimli e declarou: "Não sei a resposta. Pois mudei desde aqueles dias, e não estou mais entravado pelo fardo da Terra-média como estava então. Naquela época eu teria te respondido com palavras como as que disse a Frodo, ainda na primavera do ano passado. Ainda no ano passado! Mas tais medidas não têm significado. Naquela época extremamente distante eu falei a um pequeno hobbit amedrontado: 'Bilbo estava *destinado* a encontrar o Anel, e *não*

[A]Gimli deve pelo menos ter atravessado o Condado em viagens desde seu lar original nas Montanhas Azuis (ver p. 445).

por seu artífice, e portanto você estava *destinado* a portá-lo.'
E eu poderia ter acrescentado: 'e eu fui *destinado* a conduzi-los a
ambos a esses pontos.'

"Para fazer isso, usei em minha mente desperta somente
aqueles meios que me eram permitidos, fazendo o que estava à
mão de acordo com as razões que tinha. Mas o que eu sabia em
meu coração, ou sabia antes de pisar nesta costa cinzenta: isso
é outro assunto. Olórin eu era no Oeste que está esquecido, e
somente aos que lá estão hei de falar mais abertamente."

O manuscrito A tem aqui: "e somente aos que lá estão (ou
que talvez possam retornar comigo para lá) hei de falar mais
abertamente".

Então eu disse: "Agora, Gandalf, compreendo-o um pouco
melhor do que compreendia antes. Porém suponho que, *destinado* ou não, Bilbo poderia ter-se recusado a sair de casa, e eu
também. Você não podia nos compelir. Você nem tinha permissão para tentar. Mas ainda estou curioso para saber por que você
fez o que fez, assim como você era então, aparentemente um
ancião grisalho."

Então Gandalf lhes explicou suas dúvidas daquela época a
respeito do primeiro movimento de Sauron, e seus temores por
Lórien e Valfenda (ver p. 426). Nesta versão, depois de dizer
que um golpe direto contra Sauron era ainda mais urgente que
a questão de Smaug, ele prosseguiu:

"Para dar um salto adiante, foi por isso que parti assim que
estava bem encaminhada a expedição contra Smaug, e persuadi
o Conselho a atacar Dol Guldur primeiro, antes que ele atacasse
Lórien. Fizemos isso, e Sauron fugiu. Mas ele sempre estava à
nossa frente em seus planos. Preciso confessar que pensei que
ele realmente se retraíra, e que poderíamos ter outro período
de paz vigilante. Mas não durou muito. Sauron decidiu dar o
próximo passo. Retornou imediatamente a Mordor, e em dez
anos declarou-se.

"Então tudo ficou escuro. E no entanto não era esse seu plano original; e ao final foi um erro. A resistência ainda tinha um lugar onde podia se aconselhar livre da Sombra. Como poderia ter escapado o Portador-do-Anel se não houvesse Lórien nem Valfenda? E esses lugares poderiam ter caído, penso eu, se Sauron tivesse lançado todo o seu poder contra eles primeiro, e não gasto mais de metade no ataque a Gondor.

"Bem, aí está. Essa foi minha razão principal. Mas é uma coisa ver o que precisa ser feito, e outra bem diferente encontrar os meios. Eu começava a me preocupar seriamente com a situação no norte quando encontrei Thorin Escudo-de-carvalho certo dia: em meados de março de 2941, acho. Ouvi toda a sua história e pensei: 'Bem, eis pelo menos um inimigo de Smaug! E um que é digno de ajuda. Preciso fazer o que puder. Devia ter pensado nos Anãos antes.'

"E havia o povo do Condado. Comecei a ter uma pontinha de afeto por eles em meu coração durante o Inverno Longo, que nenhum de vocês consegue recordar.[B] Sofreram muito naquela ocasião: um dos piores apertos em que estiveram, morrendo de frio e passando fome na terrível escassez que se seguiu. Mas essa foi a hora de ver sua coragem e compaixão de uns pelos outros. Foi por sua compaixão, tanto quanto por sua dura coragem sem queixas, que sobreviveram. Eu queria que sobrevivessem ainda. Mas vi que as Terras-do-Oeste ainda viveriam situações muito ruins, mais cedo ou mais tarde, porém de um tipo bem diferente: uma guerra impiedosa. Para superar essa dificuldade pensei que necessitariam de algo mais do que tinham então. Não é fácil dizer o quê. Bem, precisariam de saber um pouco mais, compreender com um pouco mais de clareza do que se tratava e qual era sua situação.

"Haviam começado a esquecer: esquecer seus próprios primórdios e suas lendas, esquecer o pouco que tinham conhecido

---

[B]Há um relato do Inverno Longo de 2758–59, no que afetou Rohan, no Apêndice A (II) de *O Senhor dos Anéis*; e o registro em "O Conto dos Anos" menciona que "Gandalf vem em auxílio do povo do Condado".

da grandeza do mundo. Ainda não se fora, mas estava sendo sepultada: a lembrança do sublime e do perigoso. Mas não se pode ensinar essa espécie de coisa rapidamente a todo um povo. Não havia tempo. E de qualquer modo é preciso começar em algum ponto, com alguma pessoa determinada. Atrevo-me a dizer que ele foi 'escolhido' e eu apenas fui escolhido para escolhê-lo; mas dei a preferência a Bilbo."

"Ora, é bem isso o que quero saber", questionou Peregrin. "Por que fez isso?"

"Como selecionar um certo Hobbit para tal propósito?", perguntou Gandalf. "Eu não tinha tempo de testá-los a todos; mas a essa altura conhecia muito bem o Condado, apesar de, quando encontrei Thorin, ter estado afastado por mais de vinte anos em atividades menos agradáveis. Assim, repassando naturalmente os Hobbits que conhecia, disse a mim mesmo: 'Quero uma pitada de Tûk' (porém não demais, Mestre Peregrin) 'e quero uma boa fundação do tipo mais impassível, quem sabe um Bolseiro.' Isso apontava para Bilbo imediatamente. E eu o conhecera muito bem, quase até ele chegar à maioridade, melhor do que ele me conhecia. Gostava dele então. E agora descobria que ele estava "solteiro" — saltando adiante mais uma vez, pois evidentemente eu não sabia de tudo isso antes de voltar ao Condado. Descobri que ele nunca se casara. Achei isso esquisito, apesar de imaginar por quê; e o motivo que suspeitei *não* era o que a maioria dos Hobbits me dava: que cedo ele ficara bem de vida e era seu próprio patrão. Não, imaginei que ele queria permanecer "solteiro" por alguma razão bem profunda, que ele mesmo não compreendia ou não queria reconhecer, pois ela o alarmava. Queria, mesmo assim, ser livre para partir quando surgisse a oportunidade ou quando ele tivesse reunido coragem. Lembro-me de como costumava me atormentar com perguntas, quando era jovem, sobre os Hobbits que às vezes "tinham-se ido", como dizem no Condado. Havia pelo menos dois tios seus, do lado Tûk, que tinham feito isso.

Esses tios eram Hildifons Tûk, que "saiu numa jornada e nunca mais voltou", e Isengar Tûk (o mais novo dos doze filhos do Velho Tûk), do qual diziam "que 'se fez ao mar' em sua juventude" (*O Senhor dos Anéis*, Apêndice C, Árvore genealógica dos Tûk de Grandes Smials).

Quando Gandalf aceitou o convite de Thorin para acompanhá-lo até seu lar nas Montanhas Azuis

> "nós de fato passamos através do Condado, embora Thorin não quisesse se deter o bastante para que isso fosse útil. Na verdade, penso que foi a irritação com seu altivo menosprezo pelos Hobbits que primeiro me deu a ideia de enredá-lo com eles. No que lhe tangia, tratava-se de meros produtores de alimentos que por acaso cultivavam os campos de ambos os lados da ancestral estrada dos Anãos para as Montanhas."

Nesta versão mais antiga, Gandalf fazia um longo relato de como, após sua visita ao Condado, voltou a Thorin e o persuadiu "a pôr de lado seus elevados desígnios e partir em segredo — levando Bilbo consigo" — sendo que essa frase é tudo o que se diz a respeito na versão posterior (p. 428).

> "Por fim decidi-me e voltei a Thorin. Encontrei-o em conclave com alguns de seus parentes. Balin e Glóin estavam lá, bem como vários outros.
>
> "'Bem, o que tens a dizer?', perguntou-me Thorin assim que entrei.
>
> "'Primeiro isto', respondi. 'Tuas próprias ideias são as de um rei, Thorin Escudo-de-carvalho; mas teu reino foi-se. Se for para ser restaurado, do que duvido, isso tem de acontecer a partir de um pequeno começo. Eu me pergunto se tu, aqui tão longe, compreendes plenamente a força de um grande Dragão. Mas isso não é tudo: há uma Sombra muito mais terrível crescendo depressa no mundo. Eles se ajudarão entre si.' E certamente já o teriam feito, se eu não tivesse atacado Dol Guldur ao mesmo tempo. 'A guerra aberta seria totalmente inútil; e de qualquer forma para ti é impossível organizá-la. Tu terás de tentar algo mais simples e no entanto mais ousado, na verdade algo desesperado.'

"'Tu és ao mesmo tempo vago e inquietante', impacientou-se Thorin. 'Fala mais claro!'

"'Bem, por um lado', expliquei eu, 'tu próprio terás de ir nesta busca, e terás de ir *secretamente*. Sem mensageiros, arautos ou desafios, Thorin Escudo-de-carvalho. No máximo poderás levar contigo alguns parentes ou seguidores fiéis. Mas precisarás de algo mais, algo inesperado.'

"'Diz o que é!', reclamou Thorin.

"'Um momento!', pedi eu. 'Tu esperas lidar com um Dragão; e ele não apenas é muito grande, mas agora também é muito velho e astucioso. Desde o começo de tua aventura tu terás de levar isso em conta: a memória e o olfato dele.'

"'Naturalmente', assentiu Thorin. 'Os Anãos trataram mais com Dragões que a maioria, e tu não estás instruindo um ignorante.'

"'Muito bem', respondi; 'mas teus próprios planos não me pareciam considerar este ponto. Meu plano é de dissimulação. *Dissimulação*.[C] Smaug não se deita sem sonhos em seu precioso leito, Thorin Escudo-de-carvalho. Ele sonha com Anãos! Podes ter certeza de que ele explora seu palácio dia após dia, noite após noite, até se certificar de que não haja por perto nem o mais tênue ar de Anão, antes de buscar o sono: seu meio-sono, com as orelhas em pé para o som de... pés de Anãos.'

"'Tu fazes tua *dissimulação* soar tão difícil e sem esperança quanto qualquer ataque aberto', falou Balin. 'Impossivelmente difícil!'

"'Sim, é difícil', respondi eu. 'Mas não *impossivelmente* difícil, do contrário eu não perderia meu tempo aqui. Eu diria *absurdamente* difícil. Portanto, vou sugerir uma solução absurda para o problema. Levai convosco um Hobbit! Smaug provavelmente nunca ouviu falar de Hobbits e certamente nunca os farejou.'

[C]Neste ponto uma frase no manuscrito A foi omitida no texto datilografado, talvez não propositadamente, à vista da observação subsequente de Gandalf sobre Smaug nunca ter farejado um Hobbit: "Também um odor que não pode ser identificado, pelo menos não por Smaug, o inimigo dos Anãos."

"'O quê!', exclamou Glóin. 'Um desses simplórios lá do Condado? De que poderia servir um deles na face da terra, ou debaixo dela? Não importa o cheiro que tenha, ele nunca se atreveria a chegar à distância de faro do mais pelado dragonete recém-saído da casca!'

"'Vamos lá!', defendi, 'isso é bem injusto. Tu não sabes muito sobre o povo do Condado, Glóin. Suponho que tu os consideres simplórios porque são generosos e não barganham; e os consideres tímidos porque nunca lhes vendes armas. Tu estás errado. Seja como for, existe um que estou destinando a ser vosso companheiro, Thorin. Tem mãos hábeis e é esperto, porém astuto e nem um pouco precipitado. E creio que tem coragem. Grande coragem, eu acho, conforme a maneira do seu povo. Poderíamos dizer que são "bravos no aperto". É preciso pôr esses hobbits num lugar apertado para descobrir como são de fato.'

"'O teste não pode ser feito', respondeu Thorin. 'Pelo que observei, eles fazem o possível para evitar lugares apertados.'

"'É bem verdade' concordei eu. 'São um povo muito sensato. Mas este Hobbit é bastante incomum. Penso que ele possa ser persuadido a entrar em um lugar apertado. Creio que no fundo do coração ele de fato deseja isso — viver, como ele diria, uma aventura.'

"'Não à minha custa!', contestou Thorin, levantando-se e andando furioso de um lado para o outro. 'Isso não é conselho, é tolice! Não consigo ver o que qualquer Hobbit, bom ou mau, poderia fazer que me compensasse o sustento de um dia, mesmo que ele pudesse ser persuadido a partir.'

"'Não consegues ver! O mais provável é que não consigas ouvir', respondi. 'Hobbits movem-se sem esforço em maior silêncio que qualquer Anão do mundo conseguiria, mesmo que sua vida dependesse disso. Suponho que tenham os passos mais leves de todas as espécies mortais. De qualquer forma tu, Thorin Escudo-de-carvalho, não pareces ter observado isso ao marchar pelo Condado, fazendo um barulho (devo dizê-lo) que os habitantes escutavam a uma milha de distância. Quando eu falei que tu precisarias de dissimulação, foi isso o que quis dizer: dissimulação profissional.'

"'Dissimulação profissional?', exclamou Balin, interpretando minhas palavras de modo bem diverso do que eu pretendia. 'Queres dizer um caçador de tesouros treinado? Ainda se pode encontrá-los?'

"Hesitei. Essa era uma faceta nova, e eu não tinha certeza de como encará-la. 'Penso que sim', respondi afinal. 'Mediante um prêmio, eles entram onde tu não te atreves, ou quem sabe não consegues, e obtêm o que tu desajares.'

"Os olhos de Thorin brilharam à medida que as lembranças de tesouros perdidos se agitavam em sua mente; mas comentou com desdém, 'Um ladrão pago, queres dizer. Isso poderá ser considerado, se o prêmio não for alto demais. Mas o que tudo isso tem a ver com um desses aldeões? Eles bebem em recipientes de barro, e não distinguem uma pedra preciosa de uma conta de vidro.'

"'Gostaria que tu não falasses sempre com tanta confiança sem conhecimento', repreendi-o com aspereza. 'Esses aldeões moram no Condado há uns mil e quatrocentos anos, e aprenderam muitas coisas nesse tempo. Tratavam com os Elfos e com os Anãos, mil anos antes de Smaug chegar a Erebor. Nenhum deles é rico como seus antepassados julgavam a riqueza, mas tu descobrirás que algumas das suas moradias contêm coisas mais belas do que tu podes vangloriar-te aqui, Thorin. O Hobbit em quem estou pensando possui ornamentos de ouro, come com talheres de prata e bebe vinho em cristais elegantes.'

"'Ah! Finalmente percebo aonde queres chegar', concluiu Balin. 'Então é um ladrão? É por isso que tu o recomendas?'

"Diante desse medo perdi minha paciência e minha cautela. Essa presunção dos Anãos, de que ninguém pode ter ou fazer nada 'de valor' exceto eles próprios, e de que todos os objetos refinados em mãos alheias devem ter sido obtidos, se não roubados, dos Anãos em alguma ocasião, era mais do que eu podia suportar naquele momento. 'Um ladrão?', disse eu, rindo. 'Ora, sim, um ladrão profissional, é claro! De que outro modo um Hobbit conseguiria uma colher de prata? Vou pôr a marca dos ladrões em sua porta, e assim vós a encontrareis.' Então levantei-me, já que estava com raiva, e adverti com uma veemência que me surpreendeu a mim mesmo: 'Tu tens de procurar essa porta, Thorin Escudo-de-carvalho! Falo *sério*.' E de repente senti que de fato eu estava sendo extremamente sincero. Essa minha ideia esquisita não era piada, estava *certa*. Era desesperadoramente importante que se realizasse. Os Anãos tinham de deixar de ser cabeçudos. "'Escutai-me, Povo de Durin!', exclamei. 'Se persuadirdes esse Hobbit a se unir a vós, vós tereis êxito. Se não, fracassareis. Se vos recusardes mesmo a tentar, não vou mais querer saber de vós. Não mais recebereis conselhos nem ajuda minha até que a Sombra se abata sobre vós!'

"Thorin voltou-se e me olhou espantado, como era de esperar. 'Palavras vigorosas!', observou ele. 'Muito bem, irei. Tu tiveste algum presságio, se não estiveres simplesmente maluco.'

"'Ótimo!', respondi. 'Mas tu tens de ir de boa vontade, não apenas esperando demonstrar que sou um tolo. Precisas ter paciência e não desistir facilmente, caso nem a coragem nem o desejo de aventura dos quais falei estejam evidentes à primeira vista. Ele os negará. Ele tentará esquivar-se; mas *tu* não *podes* deixá-lo fazer isso.'

"'Barganhar não vai lhe adiantar nada, se é isso o que queres dizer', comentou Thorin. 'Eu lhe oferecerei um prêmio justo por tudo o que recuperar, e nada mais.'

"Não era o que eu queria dizer, mas parecia inútil tentar esclarecer. 'Mais uma coisa', prossegui, 'tu tens de fazer todos os teus planos e preparativos com antecedência. Apronta tudo! Uma vez persuadido, ele não pode ter tempo para pensar melhor. Vós tendes de partir direto do Condado, para leste em sua demanda.'

"'Parece ser uma criatura muito estranha, esse teu ladrão', notou um Anão jovem chamado Fili (um sobrinho de Thorin, como descobri depois). 'Como se chama, ou que nome ele usa?'

"'Os Hobbits usam seus verdadeiros nomes', respondi eu. 'O único que ele tem é Bilbo Bolseiro.'

"'Que nome!', comentou Fili, e riu.

"'Ele o considera muito respeitável', revidei eu. 'E lhe assenta bastante bem; pois Bilbo é um solteirão de meia-idade, e está ficando um tanto flácido e gordo. Talvez a comida seja seu principal interesse no momento. Dizem que mantém uma excelente despensa, e talvez mais de uma. Pelo menos sereis bem servidos.'

"'Já basta', interrompeu Thorin. 'Se não tivesse dado minha palavra, eu não iria agora. Não estou com humor para ser feito de tolo. Pois eu também falo sério. Muito sério, e meu coração está quente aqui.'

"Não dei atenção a isso. 'Agora vê, Thorin', retomei eu, 'abril está passando e a primavera chegou. Apronta tudo assim que puderes. Tenho alguns assuntos a resolver, mas estarei de volta em uma semana. Quando eu voltar, se tudo estiver em ordem, cavalgarei na frente para preparar o terreno. Então todos nós o visitaremos juntos no dia seguinte.'

"E com essas palavras despedi-me, sem querer dar a Thorin mais oportunidades do que Bilbo teria para pensar melhor. O resto da história é bem conhecido de vós — do ponto de vista de Bilbo. Se eu tivesse escrito o relato, teria soado bem diferente. Ele não sabia tudo o que estava acontecendo: o cuidado que tomei, por exemplo, para que a chegada em Beirágua de um grande grupo de Anões, fora da estrada principal e de seu trajeto usual, não lhe chegasse aos ouvidos cedo demais.

"Foi na manhã da terça-feira, 25 de abril de 2941, que fiz uma visita a Bilbo; e, apesar de saber mais ou menos o que esperar, devo dizer que minha confiança ficou abalada. Vi que as coisas seriam muito mais difíceis do que eu pensara. Mas perseverei. No dia seguinte, quarta-feira, 26 de abril, levei Thorin e seus companheiros a Bolsão; com grande dificuldade, no que tangia a Thorin — ele relutou na última hora. E é claro que Bilbo ficou completamente aturdido e se comportou de modo ridículo. Na verdade tudo correu extremamente mal para mim desde o princípio; e aquela história infeliz do 'ladrão profissional', que os Anões haviam metido firmemente na cabeça, só piorou as coisas. Fiquei grato por ter dito a Thorin que devíamos todos passar a noite em Bolsão, pois precisaríamos de tempo para discutir os aspectos práticos. Isso me deu uma última chance. Se Thorin tivesse saído de Bolsão antes que eu pudesse falar com ele a sós, meu plano teria sido arruinado."

Ver-se-á que alguns elementos dessa conversa foram utilizados na versão posterior, na discussão entre Gandalf e Thorin em Bolsão.

A partir desse ponto, a narrativa da versão posterior segue a antiga muito de perto, e esta portanto não é mais citada aqui, exceto um trecho ao final. Na anterior, quando Gandalf parou de falar, Frodo registra que Gimli riu.

"Ainda parece absurdo", comentou ele, "mesmo agora que tudo saiu mais do que bem. Conheci Thorin, é claro; e gostaria de ter estado lá, mas eu estava longe na ocasião da primeira visita que nos fez. E não me foi permitido partir na busca: jovem demais, disseram, embora aos sessenta e dois anos eu me considerasse apto a qualquer coisa. Bem, estou contente de ter ouvido a história completa. Se é que é completa. Na verdade não acho que mesmo agora tu estejas nos contando tudo o que sabes."

"Claro que não", respondeu Gandalf.

E depois disso Meriadoc fez mais perguntas a Gandalf acerca do mapa e da chave de Thráin; e no decorrer de sua resposta (a maior parte da qual está mantida na versão posterior, em um ponto diferente da narrativa) Gandalf disse:

"Fazia nove anos que Thráin havia deixado seu povo quando o encontrei, e estava nos poços de Dol Guldur havia cinco anos pelo menos. Não sei como suportou tanto tempo, nem como mantivera aqueles objetos escondidos ao longo de todas as torturas. Penso que o Poder Escuro nada desejava dele além do Anel e, quando o tomou, não se importou mais, mas somente lançou o prisioneiro alquebrado nos poços, para delirar até morrer. Um pequeno descuido; mas que demonstrou ser fatal. É o que costuma acontecer com pequenos descuidos."

IV

A Caçada ao Anel

(i)

*Da Viagem dos Cavaleiros Negros, de acordo
com o relato que Gandalf fez a Frodo*

Gollum foi capturado em Mordor no ano de 3017 e levado a Barad-dûr, tendo lá sido interrogado e torturado. Quando descobriu dele o que queria, Sauron o soltou e o mandou embora outra vez. Não confiava em Gollum, pois adivinhava nele algo indomável que não podia ser derrotado, nem pela Sombra do Medo, a não ser pela destruição. Mas Sauron percebeu a profundidade do rancor de Gollum contra os que o haviam "roubado" e, imaginando que ele iria em busca deles para se vingar, Sauron esperava que seus espiões assim fossem conduzidos ao Anel.

Gollum, no entanto, foi logo capturado por Aragorn e levado ao norte de Trevamata; e, apesar de seguido, não pôde ser resgatado antes de estar sob custódia segura. Ora, Sauron jamais havia atentado para os "pequenos", mesmo tendo ouvido falar deles, e ainda não sabia onde ficava sua terra. De Gollum, mesmo submetido a dor, não conseguiu obter nenhum relato claro, tanto porque o próprio Gollum de fato não tinha um conhecimento certo como porque falsificava o que sabia. Ele era em última análise indomável, exceto pela morte, como Sauron imaginava, tanto por sua natureza de pequeno como por uma causa que Sauron não compreendia plenamente, visto que ele mesmo era consumido pelo desejo do Anel. Então Gollum se encheu de um ódio por Sauron ainda maior que seu terror, pois nele via de fato seu maior inimigo e rival. Foi assim que ele ousou fingir acreditar que a terra dos Pequenos ficava próxima aos locais onde morara outrora, às margens do Lis.

A CAÇADA AO ANEL

Ora, Sauron, sabendo da captura de Gollum por seus princi-pais inimigos, foi tomado de grande pressa e temor. No entanto, todos os seus espiões e emissários costumeiros não conseguiam lhe trazer notícias. E isso em grande parte decorria tanto da vigilância dos Dúnedain como da traição de Saruman, cujos próprios serviçais emboscavam ou extraviavam os serviçais de Sauron. Sauron deu-se conta disso, mas seu braço ainda não era bastante longo para alcançar Saruman em Isengard. Portanto escondeu seu conhecimento da duplicidade de Saruman e ocul-tou sua ira, aguardando o tempo propício e preparando-se para a grande guerra em que planejava varrer todos os seus inimigos para o mar ocidental. Por fim, resolveu que naquele caso só lhe serviriam os seus serviçais mais poderosos, os Espectros-do-Anel, que não tinham vontade senão a dele próprio, já que cada um deles era totalmente subserviente ao anel que o escravizara, que Sauron detinha.

Ora, poucos podiam resistir até mesmo a uma só daque-las cruéis criaturas, e (como Sauron julgava) ninguém podia resistir-lhes quando estavam reunidos sob o comando de seu terrível capitão, o Senhor de Morgul. No entanto, para o pro-pósito atual de Sauron, tinham o seguinte ponto fraco: era tão grande o terror que os acompanhava (mesmo invisíveis e des-pidos) que sua chegada podia logo ser pressentida, e sua missão adivinhada, pelos Sábios.

Assim foi que Sauron preparou dois golpes — nos quais mais tarde muitos viram as origens da Guerra do Anel. Foram des-feridos juntos. Os Orques atacaram o reino de Thranduil com ordens de recapturar Gollum; e o Senhor de Morgul foi enviado abertamente para combater contra Gondor. Essas ações ocor-reram perto do final de junho de 3018. Assim Sauron testou a força e o preparo de Denethor, e descobriu que eram maiores do que esperara. Mas isso pouco o perturbou, pois usara pouca força no ataque, e seu principal objetivo era que o surgimento dos Nazgûl parecesse apenas parte de sua política de guerra contra Gondor.

Portanto, quando Osgiliath foi tomada e a ponte foi des-truída, Sauron deteve o ataque e ordenou aos Nazgûl que

448

iniciassem a busca do Anel. Mas Sauron não subestimava os poderes e a vigilância dos Sábios, e mandou que os Nazgûl agissem com o máximo sigilo possível. Naquela época, o Chefe dos Espectros-do-Anel habitava em Minas Morgul com seis companheiros enquanto seu segundo, Khamûl, a Sombra do Leste, habitava em Dol Guldur como lugar-tenente de Sauron, com mais um como seu mensageiro.[1]

O Senhor de Morgul, portanto, atravessou o Anduin, conduzindo seus companheiros, despidos, desmontados e invisíveis aos olhos, e no entanto terríveis para todos os seres vivos que passavam por perto. Era talvez o primeiro dia de julho quando partiram. Passaram devagar e furtivos, através de Anórien, sobre o Vau Ent e pelo Descampado e um rumor de trevas e um terror não se sabia de quê os precediam. Alcançaram a margem oeste do Anduin um pouco ao norte de Sarn Gebir, como haviam combinado; e ali receberam cavalos e trajes que atravessaram o Rio secretamente numa balsa. Isso foi (pensa-se) por volta de 17 de julho. Então saíram rumo ao norte buscando o Condado, a terra dos Pequenos.

Por volta de 22 de julho, encontraram seus companheiros, os Nazgûl de Dol Guldur, no Campo de Celebrant. Lá souberam que Gollum havia escapado tanto aos Orques que o recapturaram como aos Elfos que os perseguiam, e tinha desaparecido.[2] Também ficaram sabendo por Khamûl que nenhuma habitação de Pequenos podia ser descoberta nos Vales do Anduin, e que as aldeias dos Grados junto ao Lis estavam desertas havia muito. Mas o Senhor de Morgul, não vendo melhor alternativa, ainda insistia em buscar ao norte, talvez esperando topar com Gollum e também descobrir o Condado. Não lhe parecia improvável que este ficasse perto da odiada terra de Lórien, se é que não estava de fato no interior das cercas de Galadriel. Mas não desejava desafiar o poder do Anel Branco, nem ainda penetrar em Lórien. Portanto, passando entre Lórien e as Montanhas, os Nove cavalgaram sempre para o norte; e o terror os precedia e subsistia atrás deles; mas não encontraram o que buscavam nem souberam de nenhuma notícia que lhes fosse útil.

Por fim retornaram; mas agora havia muito que o verão acabara, e a ira e o temor de Sauron aumentavam. Quando voltaram ao Descampado, setembro chegara; e ali encontraram mensageiros de Barad-dûr que transmitiam ameaças de seu Mestre, que encheram de pavor até mesmo o Senhor de Morgul. Pois Sauron já havia ouvido falar das palavras proféticas escutadas em Gondor, da partida de Boromir, dos atos de Saruman, e da captura de Gandalf. De tudo isso concluiu de fato que nem Saruman, nem qualquer outro dos Sábios, ainda estava de posse do Anel, mas que Saruman ao menos sabia onde ele poderia estar escondido. Agora só a velocidade serviria, e o sigilo teria de ser abandonado.

Portanto, os Espectros-do-Anel receberam ordens de ir direto a Isengard. Atravessaram, então, Rohan às pressas, e o terror de sua passagem era tão grande que muita gente fugiu da região e partiu em debandada para o norte e o oeste, crendo que a guerra oriunda do Leste seguia de perto os cavalos negros.

Dois dias depois de Gandalf ter partido de Orthanc, o Senhor de Morgul deteve-se diante do Portão de Isengard. Então Saruman, já pleno de ira e temor em decorrência da fuga de Gandalf, percebeu o risco de se interpor entre inimigos, sendo traidor conhecido de ambos. Seu pavor era enorme, pois sua esperança de enganar Sauron, ou pelo menos receber seu favor em caso de vitória, perdeu-se totalmente. Agora ele próprio teria de conquistar o Anel ou então cair na ruína e no tormento. Mas ainda era alerta e astuto, e tinha organizado Isengard exatamente para enfrentar uma tal falta de sorte. O Círculo de Isengard era forte demais até mesmo para ser atacado pelo Senhor de Morgul e sua companhia sem grande força militar. Portanto seus desafios e suas exigências foram respondidos apenas pela voz de Saruman, que por alguma arte falava como se viesse do próprio Portão.

"Não é uma terra que buscais", dizia ela. "Sei o que procurais, mesmo que vós não lhe pronuncieis o nome. Eu não o possuo, como seus serviçais certamente percebem sem o dizer; pois, se o tivesse, vós vos inclinaríeis diante de mim e me chamaríeis de Senhor. E, se eu soubesse onde esse objeto está oculto, eu não estaria aqui, mas teria partido muito antes de vós para tomá-lo. Só há uma pessoa que imagino tenha esse conhecimento: Mithrandir, inimigo de Sauron. E, já que faz apenas dois dias que ele partiu de Isengard, procurai por ele aqui perto."

O poder da voz de Saruman ainda era tamanho que nem mesmo o Senhor dos Nazgûl questionou o que ela dizia, quer suas palavras fossem falsas, quer estivessem aquém da plena verdade. Ele se afastou de imediato do Portão e começou a caçar Gandalf em Rohan. Assim foi que, na tardinha do dia seguinte, os Cavaleiros Negros toparam com Gríma Língua-de-Cobra, que se apressava a levar notícias a Saruman de que Gandalf chegara a Edoras, e alertara o Rei Théoden dos desígnios traiçoeiros de Isengard. Naquela hora, o Língua-de-Cobra quase morreu de terror; mas, habituado à traição, teria dito tudo o que sabia diante de ameaças menores.

"Sim, sim, em verdade posso dizer-vos, Senhor", afirmou. "Escutei o que conversavam em Isengard. A terra dos Pequenos: era de lá que Gandalf vinha, e para onde deseja voltar. Agora ele apenas busca um cavalo.

"Poupai-me! Falo com a rapidez possível. Para o oeste atravessando o Desfiladeiro de Rohan mais além, e depois rumo ao norte e um pouco a oeste, até que o próximo grande rio impeça o caminho. Chama-se Griságua. De lá, pela travessia em Tharbad, a antiga estrada vos levará à fronteira. 'O Condado', é como o chamam."

"Sim, em verdade Saruman sabe a respeito. Chegaram-lhe mercadorias dessa terra pela estrada. Poupai-me, Senhor! De fato nada direi sobre nosso encontro a qualquer vivente."

O Senhor dos Nazgûl poupou a vida do Língua-de-Cobra, não por compaixão, mas porque julgava que ele fora acometido de tão grande terror que jamais ousaria falar de seu encontro (como de fato ocorreu), e via que a criatura era malévola e provavelmente ainda causaria grandes danos a Saruman, caso vivesse. Por isso, deixou-o prostrado no chão e seguiu a cavalo, sem se preocupar em voltar a Isengard. A vingança de Sauron podia esperar.

Dividiu então sua companhia em quatro pares, que cavalgariam separados, mas ele próprio seguiu à frente com o par mais veloz. Assim, saíram de Rohan pelo oeste e exploraram a desolação de Enedwaith, chegando por fim a Tharbad. De lá atravessaram Minhiriath; e, apesar de ainda não estarem reunidos, um rumor de medo se espalhou ao seu redor, e as criaturas selvagens se esconderam, e os homens solitários bateram em fuga. Mas capturaram alguns fugitivos na estrada; e, para deleite do Capitão, descobriram que dois deles eram espiões e serviçais de Saruman. Um fora frequentemente empregado no tráfico entre Isengard e o Condado, e, apesar de ele mesmo não ter passado além da Quarta Sul, possuía mapas preparados por Saruman que claramente representavam e descreviam o Condado. Os Nazgûl apossaram-se deles e o mandaram prosseguir até Bri para continuar espionando; mas o preveniram de que estava agora a serviço de Mordor; e, se um dia tentasse voltar a Isengard, eles o matariam sob tortura.

A noite estava terminando no dia 22 de setembro quando, reunindo-se outra vez, chegaram ao Vau Sarn e aos limites mais meridionais do Condado. Encontraram-nos vigiados, pois os Caminheiros lhes impediam o caminho. Mas essa era uma tarefa além do poder dos Dúnedain; e talvez assim tivesse sido mesmo que seu capitão Aragorn estivesse com eles. Mas ele estava longe no norte, na Estrada Leste perto de Bri; e o coração dos próprios Dúnedain os deixou apreensivos. Alguns fugiram para o norte, esperando levar notícias a Aragorn, mas foram perseguidos e mortos ou expulsos para os ermos. Alguns ainda se atreveram a fechar o vau e mantiveram posição enquanto durou o dia, mas à noite o Senhor de Morgul os arrasou, e os Cavaleiros Negros entraram no Condado. Antes que os galos cantassem na madrugada do dia 23 de setembro, alguns cavalgavam para o norte através da região, ao mesmo tempo em que Gandalf, montado em Scadufax, cavalgava por Rohan muito atrás deles.

CONTOS INACABADOS

(ii)

Outras Versões da História

Decidi publicar a versão apresentada nas páginas anteriores por ser a narrativa mais bem acabada; mas há muitos outros escritos que dizem respeito a esses eventos, fazendo acréscimos ou modificando a história em detalhes importantes. Esses manuscritos são confusos e suas relações são obscuras, apesar de todos sem dúvida derivarem do mesmo período, e é suficiente notar a existência de dois outros relatos básicos além do recém-mencionado (chamado aqui, por conveniência, de A). Uma segunda versão (B) concorda em geral com A na estrutura narrativa, mas uma terceira (C), em forma de esboço de enredo, com início num ponto posterior da história, introduz algumas diferenças substanciais, e inclino-me a crer que ela seja a mais recente em ordem de composição. Existe ainda algum material (D) que trata mais de perto do papel de Gollum nos acontecimentos, bem como várias outras notas acerca dessa parte da história.

Em D consta que o que Gollum revelou a Sauron sobre o Anel e o lugar onde foi encontrado foi suficiente para prevenir Sauron de que aquele era de fato o Um, mas que, sobre seu paradeiro atual, só conseguiu descobrir que fora roubado nas Montanhas Nevoentas por uma criatura chamada *Bolseiro*, e que *Bolseiro* vinha de uma terra chamada *Condado*. Os temores de Sauron foram bastante minorados quando percebeu, pelo relato de Gollum, que *Bolseiro* devia ser uma criatura da mesma espécie.

Gollum não conheceria o termo "Hobbit", que era local e não uma palavra universal em westron. Provavelmente não usaria "Pequeno", visto que ele mesmo era um, e os Hobbits não gostavam desse nome. Foi por isso que, ao que parece, os Cavaleiros só tinham duas informações principais a norteá-los: *Condado* e *Bolseiro*.

Por todos os relatos está claro que Gollum sabia pelo menos em que direção ficava o Condado; mas, se bem que a tortura

453

certamente pudesse arrancar mais dele, Sauron evidentemente não fazia ideia de que *Bolseiro* vinha de uma região muito distante das Montanhas Nevoentas, nem de que Gollum sabia onde ela ficava, e presumiu que ele seria encontrado nos Vales do Anduin, na mesma região em que o próprio Gollum vivera outrora.

Esse foi um engano muito pequeno e natural — mas possivelmente o erro mais importante que Sauron cometeu em todo o caso. Não fosse por ele, os Cavaleiros Negros teriam chegado ao Condado semanas antes.

No texto B conta-se mais sobre a viagem de Aragorn, com Gollum capturado, rumo ao norte até o reino de Thranduil, e consideram-se com maior atenção as dúvidas de Sauron acerca do uso dos Espectros-do-Anel na busca do Anel.

[Após sua libertação de Mordor] Gollum logo desapareceu nos Pântanos Mortos, aonde os emissários de Sauron não puderam ou não quiseram segui-lo. Nenhum outro espião de Sauron pôde trazer-lhe qualquer notícia. (Sauron provavelmente ainda tinha muito pouco poder em Eriador, e poucos agentes; e os que enviava eram frequentemente tolhidos ou enganados pelos serviçais de Saruman.) Assim, por fim ele resolveu usar os Espectros-do-Anel. Relutara em fazê-lo até saber precisamente onde estava o Anel, por várias razões. Eles eram de longe os mais poderosos dentre seus serviçais, e os mais adequados para uma tal missão, pois estavam inteiramente escravizados por seus Nove Anéis, que ele mesmo detinha agora; eram totalmente incapazes de agir contra sua vontade; e, se um deles, mesmo seu capitão, o Rei-bruxo, tivesse se apossado do Um Anel, ele o teria trazido de volta a seu Mestre. Mas apresentavam desvantagens enquanto não começasse a guerra aberta (para a qual Sauron ainda não estava preparado). Todos, exceto o Rei-bruxo, estavam sujeitos a se extraviar andando a sós durante o dia; e todos, mais uma vez à exceção do Rei-bruxo, temiam a água e relutavam, salvo na mais extrema necessidade, em entrar nela ou atravessar correntezas, a não ser que uma ponte lhes garantisse fazê-lo a seco.[3] Ademais, sua principal arma era o terror. Este era de fato maior quando estavam despidos e invisíveis; e era também maior quando estavam todos juntos. Assim, qualquer missão na qual fossem enviados dificilmente poderia ser executada em segredo, enquanto a travessia do Anduin e de outros rios representava um obstáculo. Por essas razões, Sauron hesitou muito tempo, pois não desejava que seus principais inimigos se dessem conta do mandado de seus serviçais. Deve-se supor que Sauron inicialmente não sabia que alguém, além de Gollum e do "ladrão Bolseiro", tinha qualquer conhecimento sobre o Anel. Até Gandalf chegar e interrogá-lo,[4] Gollum não sabia que Gandalf tinha qualquer ligação com Bilbo. Nem sabia da existência de Gandalf.

Mas, quando Sauron soube da captura de Gollum por seus inimigos, a situação sofreu uma drástica mudança. Evidentemente não se pode saber com certeza quando e como isso aconteceu. É provável que tenha sido muito tempo depois. De acordo com Aragorn, Gollum foi capturado ao cair da noite em 1º de fevereiro. Esperando evitar ser detectado por algum dos espiões de Sauron, ele levou Gollum através do extremo norte das Emyn Muil, e atravessou o Anduin logo acima de Sarn Gebir. Era frequente que ali houvesse madeira flutuante lançada sobre os baixios perto da margem leste; e, amarrando Gollum a um tronco, Aragon atravessou a nado com ele. Continuou sua viagem rumo ao norte, pelas trilhas mais ocidentais que pôde encontrar, seguindo pelas beiradas de Fangorn, atravessando o Limclaro, depois o Nimrodel e o Veio-de-Prata, passando pelas bordas de Lórien,[5] e seguindo adiante, evitando Moria e o Vale do Riacho-escuro, atravessou o Lis até se aproximar da Carrocha. Lá voltou a atravessar o Anduin com a ajuda dos Beornings e penetrou na Floresta. Toda a viagem, a pé, não ficou muito abaixo de novecentas milhas, e Aragorn a realizou com exaustão em cinquenta dias, alcançando Thranduil no dia 21 de março.[6]

A CAÇADA AO ANEL

Assim, o mais provável é que as primeiras notícias sobre Gollum tivessem chegado aos serviçais de Dol Guldur depois de Aragorn entrar na Floresta; pois, embora o poder de Dol Guldur supostamente terminasse na Velha Estrada da Floresta, eram muitos seus espiões nas matas. É claro que a notícia levou algum tempo para chegar ao comandante Nazgûl de Dol Guldur, e ele provavelmente só informou Barad-dûr depois de tentar saber mais sobre o paradeiro de Gollum. Então teria sido sem dúvida no final de abril que Sauron ouviu dizer que Gollum fora visto de novo, aparentemente prisioneiro nas mãos de um Homem. Isso podia significar pouca coisa. Nem Sauron nem qualquer dos seus serviçais ainda tinham conhecimento de Aragorn ou de quem ele era. Porém evidentemente mais tarde (visto que as terras de Thranduil estariam então sob vigilância estrita), talvez um mês mais tarde, Sauron tenha ouvido a notícia inquietante de que os Sábios sabiam de Gollum e de que Gandalf havia entrado no reino de Thranduil.

Então Sauron deve ter-se enchido de ira e apreensão. Decidiu usar os Espectros-do-Anel assim que fosse possível, pois agora a velocidade era mais importante que o sigilo. Esperando assustar seus inimigos e perturbar seus conselhos com o temor da guerra (que ele não pretendia deflagrar por algum tempo), atacou Thranduil e Gondor quase ao mesmo tempo.[7] Tinha estes dois objetivos adicionais: capturar ou matar Gollum, ou pelo menos privar dele seus inimigos; e forçar a passagem da ponte de Osgiliath, de forma que os Nazgûl pudessem atravessar, enquanto testava a força de Gondor.

Gollum acabou escapando. Mas a passagem da ponte ocorreu. As forças ali empregadas foram provavelmente muito menores do que pensavam os homens de Gondor. No pânico do primeiro ataque, quando foi permitido ao Rei-bruxo revelar-se brevemente em seu pleno terror,[8] os Nazgûl atravessaram a ponte à noite e se dispersaram rumo ao norte. Sem menosprezar o valor de Gondor, que Sauron de fato considerou muito maior do que esperara, está claro que Boromir e Faramir conseguiram rechaçar o inimigo e destruir a ponte apenas porque o ataque agora alcançara seu objetivo principal.

Em nenhum lugar meu pai explicou o terror que os Espectros--do-Anel sentiam pela água. No relato recém-mencionado este torna-se um importante motivo para o ataque de Sauron a Osgiliath, e ele ressurge em notas detalhadas sobre os movimentos dos Cavaleiros Negros no Condado: assim, diz-se do Cavaleiro (que era de fato Khamûl de Dol Guldur, ver nota 1) visto do lado oposto da Balsa de Buqueburgo, logo depois que os Hobbits atravessaram (*A Sociedade do Anel*, I, 5), que "ele estava bem consciente de que o Anel atravessara o rio; mas o rio era uma barreira ao seu senso de movimento", e os Nazgûl não queriam tocar as águas "élficas" do Baranduin. Mas não está claro como atravessaram outros rios que ficavam em seu caminho, tais como o Griságua, onde havia apenas "um arriscado vau formado pelas ruínas da ponte" (p. 353). De fato, meu pai observou que a ideia era difícil de sustentar.

O relato, na versão B, da vã viagem dos Nazgûl pelos Vales do Anduin acima, é bem parecido com o apresentado anteriormente na íntegra (A), mas com a diferença de que em B os povoados dos Grados não estavam inteiramente desertos naquela época; e os Grados que ali viviam foram mortos ou expulsos pelos Nazgûl.[9] Em todos os textos, as datas precisas divergem ligeiramente entre si e das indicadas em "O Conto dos Anos"; essas diferenças não são consideradas aqui.

Em D encontra-se um relato de como Gollum viveu após escapar dos Orques de Dol Guldur e antes que a Sociedade entrasse pelo Portão-oeste de Moria. Está mal-acabado e necessitou de algumas pequenas revisões editoriais.

Parece claro que, perseguido tanto pelos Elfos como pelos Orques, Gollum atravessou o Anduin, provavelmente a nado, e assim esquivou-se da caçada de Sauron; mas, visto que era ainda caçado pelos Elfos e não ousava passar perto de Lórien (somente a atração do próprio Anel fez com que mais tarde ousasse fazer isso), escondeu-se em Moria.[10] Isso foi provavelmente no outono daquele ano; daí em diante perderam-se todos os vestígios dele.

A CAÇADA AO ANEL

Evidentemente não se pode saber ao certo o que aconteceu com Gollum em seguida. Gollum possuía uma aptidão peculiar para sobreviver em tais apuros, mesmo que à custa de grande aflição; mas corria enorme risco de ser descoberto pelos serviçais de Sauron que espreitavam em Moria,[11] especialmente porque a pouca comida de que necessitava só podia ser obtida por meio de furtos arriscados. Sem dúvida pretendera usar Moria simplesmente como passagem secreta rumo ao oeste, tendo como propósito encontrar o "Condado" o mais depressa possível; mas perdeu-se, e passou muito tempo antes que conseguisse se orientar. Assim, parece provável que não alcançara o Portão-oeste havia muito tempo quando os Nove Andantes chegaram. Nada sabia, é claro, sobre a ação das portas. A ele deviam parecer enormes e imóveis; e, apesar de não terem fechadura nem tranca, e se abrirem para fora quando empurradas, ele não descobriu isso. Fosse como fosse, estava agora longe de qualquer fonte de comida, pois os Orques ficavam principalmente na extremidade leste de Moria, e tornara-se fraco e desesperado, de forma que, mesmo que soubesse tudo acerca das portas, ainda assim não teria conseguido abri-las.[12] Foi portanto uma sorte singular para Gollum que os Nove Caminheiros chegassem quando chegaram.

A história da chegada dos Cavaleiros Negros a Isengard em setembro de 3018, e da subsequente captura de Gríma Língua-de-Cobra, conforme contada em A e B, está muito alterada na versão C, que só retoma a narrativa quando eles voltam rumo ao sul na travessia do Limclaro. Em A e B foi dois dias após a fuga de Gandalf de Orthanc que os Nazgûl chegaram a Isengard; Saruman informou-lhes que Gandalf se fora, e negou qualquer conhecimento do Condado,[13] mas foi traído por Gríma, que eles capturaram no dia seguinte enquanto corria para Isengard com notícias da chegada de Gandalf a Edoras. Em C, por outro lado, os Cavaleiros Negros chegaram ao Portão de Isengard enquanto Gandalf ainda estava prisioneiro na torre. Nesse relato, Saruman, temeroso e desesperado, e percebendo o pleno horror da servidão a Mordor, resolveu subitamente ceder diante de Gandalf e implorar seu perdão e sua ajuda. Contemporizando ao Portão, confessou que Gandalf estava dentro e garantiu que tentaria descobrir o que este sabia. Se isso de nada adiantasse, entregaria Gandalf a eles. Então Saruman foi às pressas ao topo de Orthanc — e descobriu que Gandalf se fora. Para o sul, com a lua poente ao fundo, ele viu uma grande Águia voando em direção a Edoras.

Agora o caso de Saruman piorara. Se Gandalf tinha escapado, ainda havia uma probabilidade real de que Sauron não conseguiria o Anel e seria derrotado. Em seu coração, Saruman reconhecia o grande poder e a estranha "boa sorte" que acompanhavam Gandalf. Mas agora estava sozinho para lidar com os Nove. Sua disposição mudou, e seu orgulho reafirmou-se em ira aliada a um acesso de inveja diante da fuga de Gandalf da impenetrável Isengard. Voltou ao Portão e mentiu, dizendo que fizera Gandalf confessar. Não admitiu que aquele era seu próprio conhecimento, pois não estava a par do quanto Sauron sabia da sua mente e do seu coração.[14] "Eu mesmo relatarei isto ao Senhor de Barad-dûr", anunciou altivo, "a quem falo de longe sobre assuntos importantes que nos dizem respeito. Mas tudo o que precisais saber na missão que vos confiou é onde fica 'o Condado'. Isso, diz Mithrandir, é a noroeste daqui, a umas seiscentas milhas, nos limites da região élfica perto do mar." Para seu prazer, Saruman viu que isso não agradou nem mesmo ao Rei-bruxo. "Precisais atravessar o Isen pelos Vaus, e depois, contornando o fim das Montanhas, dirigir-vos a Tharbad no Griságua. Ide depressa, e relatarei ao vosso Mestre que assim fizestes."

Essa hábil fala convenceu até mesmo o Rei-bruxo, por aquele momento, de que Saruman era um aliado fiel, de extrema confiança de Sauron. Os Cavaleiros deixaram o Portão imediatamente e cavalgaram a toda para os Vaus do Isen. Atrás deles, Saruman mandou lobos e Orques em vã perseguição a Gandalf; mas nisso tinha também outros propósitos: o de impressionar os Nazgûl com seu poderio, talvez também o de evitar que se detivessem por perto; e em sua ira desejava causar algum dano a Rohan, e aumentar o medo dele que seu agente Língua-de-Cobra estava construindo no coração de Théoden. Língua-de-Cobra estivera em Isengard fazia pouco, e estava então retornando a Edoras; entre os perseguidores havia alguns que lhe levavam mensagens.

Quando se livrou dos Cavaleiros, Saruman fechou-se em Orthanc e permaneceu sentado em meditação austera e terrível. Parece que se decidiu a contemporizar ainda, e ainda a esperar obter o Anel para si. Pensava que, dirigindo os Cavaleiros para o Condado, haveria de impedi-los, não ajudá-los, pois sabia da vigia dos Caminheiros, e cria também (conhecendo as palavras oraculares do sonho e a missão de Boromir) que o Anel se fora e já estava a caminho de Valfenda. Imediatamente reuniu e enviou para Eriador todos os espiões, pássaros sentinelas e agentes que pôde convocar.

Nessa versão, portanto, está ausente o elemento da captura de Gríma pelos Espectros-do-Anel e de sua traição contra Saruman; pois, de acordo com esse relato, está claro que não há tempo suficiente para Gandalf alcançar Edoras e tentar avisar o Rei Théoden, nem para Gríma, por sua vez, partir para Isengard para avisar Saruman, antes de os Cavaleiros Negros deixarem Rohan.[15] Aqui a revelação de que Saruman lhes mentira acontece através do homem que capturaram e descobriram levar mapas do Condado (p. 452); e diz-se mais sobre esse homem e os negócios de Saruman com o Condado.

Quando os Cavaleiros Negros haviam avançado muito Enedwaith adentro e se aproximavam por fim de Tharbad, tiveram o que foi um grande golpe de sorte para eles, porém desastroso para Saruman,[16] e mortalmente arriscado para Frodo.

Por muito tempo, Saruman sentira interesse pelo Condado — porque Gandalf se interessava, e Saruman suspeitava dele. Também porque (mais uma vez imitando Gandalf em segredo) passara a apreciar a "erva dos Pequenos", e precisava de suprimentos, mas por orgulho (visto que certa vez zombara do uso da erva por Gandalf) mantinha o máximo segredo a esse respeito. Em épocas mais recentes acrescentaram-se outros motivos.

Gostava de estender seu poderio, especialmente para invadir a esfera de ação de Gandalf, e descobriu que o dinheiro que podia fornecer para a compra da "erva" lhe dava poder, e corrompia alguns dos Hobbits, em especial os Justa-Correias, que possuíam muitas plantações, e da mesma forma os Sacola-Bolseiros.[17] Mas também começara a ter certeza de que, de algum modo, o Condado estava ligado ao Anel na mente de Gandalf. Por que essa forte guarda em seu redor? Portanto começou a coletar informações detalhadas sobre o Condado, suas pessoas e famílias principais, suas estradas e outros assuntos. Para tanto usava Hobbits de dentro do Condado, a soldo dos Justa-Correias e dos Sacola-Bolseiros, mas seus agentes eram Homens, de origem terrapardense. Quando Gandalf se recusara a negociar com ele, Saruman redobrara seus esforços. Os Caminheiros tinham suspeitas, mas não chegavam a proibir a entrada aos serviçais de Saruman — pois Gandalf não estava disponível para avisá-los; e, quando se fora a Isengard, Saruman ainda era reconhecido como aliado.

Algum tempo antes, um dos serviçais mais confiáveis de Saruman (porém um indivíduo desordeiro, um proscrito da Terra Parda, onde muitos diziam que tinha sangue de Orque) voltara das fronteiras do Condado, onde estivera negociando a compra de "erva" e outros suprimentos. Saruman começava a abastecer Isengard para o caso de guerra. Aquele homem estava então voltando para dar prosseguimento aos negócios e para organizar o transporte de muitas mercadorias antes que o outono acabasse.[18] Também tinha ordens para entrar no Condado, se possível, e descobrir se houvera alguma partida recente de pessoas bem conhecidas. Estava bem suprido de mapas, listas de nomes e notas acerca do Condado.

Esse Terrapardense foi alcançado por vários Cavaleiros Negros quando estes se aproximavam da travessia de Tharbad. Em extremo terror, foi arrastado até o Rei-bruxo e interrogado. Salvou a vida traindo Saruman. Assim, o Rei-bruxo descobriu que Saruman sabia muito bem, todo o tempo, onde ficava o Condado, e sabia muitas coisas a seu respeito que poderia e

A CAÇADA AO ANEL

deveria ter contado aos serviçais de Sauron se fosse um aliado fiel. O Rei-bruxo também obteve muitas informações, incluindo algumas sobre o único nome que lhe interessava: *Bolseiro*. Foi por essa razão que a Vila-dos-Hobbits foi designada como um dos pontos para visita e interrogatório imediatos.

O Rei-bruxo tinha agora uma compreensão mais clara do assunto. Muito tempo atrás conhecera algo sobre a região, em suas guerras contra os Dúnedain, e especialmente sobre as Tyrn Gorthad de Cardolan, agora as Colinas-dos-túmulos, cujos espíritos malignos ele mesmo mandara para lá.[19] Vendo que seu Mestre suspeitava de algum movimento entre o Condado e Valfenda, viu também que Bri (cuja posição conhecia) seria um ponto importante, ao menos para informações.[20] Portanto lançou a Sombra do terror sobre o Terrapardense e o enviou a Bri como agente. Era ele o sulista estrábico na estalagem.[21]

Na versão B está mencionado que o Capitão Negro não sabia se o Anel ainda estava no Condado; que tinha de descobrir. O Condado era muito grande para uma investida violenta como a que fizera contra os Grados. Precisava recorrer ao máximo de segredo e ao mínimo de terror possível, e ainda assim vigiar os limites do leste. Portanto mandou alguns Cavaleiros entrar no Condado, com ordens de se dispersarem ao atravessá-lo; e entre eles Khamûl deveria encontrar a Vila-dos-Hobbits (ver nota 1), onde vivia "Bolseiro", de acordo com os papéis de Saruman. Mas o Capitão Negro estabeleceu um acampamento em Andrath, onde o Caminho Verde passava por um desfiladeiro entre as Colinas-dos-túmulos e as Colinas do Sul;[22] e de lá outros foram enviados para vigiar e patrulhar os limites do leste, enquanto ele próprio visitava as Colinas-dos-túmulos. Em notas sobre os movimentos dos Cavaleiros Negros naquela época está dito que o Capitão Negro permaneceu lá por alguns dias, e que as Cousas-tumulares foram despertadas, e todas as coisas de espírito maligno, hostis aos Elfos e aos Homens, estavam em alerta com malevolência na Floresta Velha e nas Colinas-dos-túmulos.

(iii)

Acerca de Gandalf, de Saruman e do Condado

Outro conjunto de papéis do mesmo período consiste em um grande número de relatos inacabados sobre os negócios anteriores entre Saruman e o Condado. Especialmente no que diziam respeito à "erva dos Pequenos", assunto que com relação ao "sulista estrábico" (ver p. 462). O texto seguinte é uma versão dentre muitas, mas é a mais bem-acabada, apesar de mais breve que outras.

Saruman logo ficou com inveja de Gandalf, e essa rivalidade por fim se transformou em ódio, mais profundo por estar oculto, e mais amargo porque Saruman sabia em seu coração que o Errante Cinzento tinha maior força e maior influência sobre os habitantes da Terra-média, embora escondesse seu poder e não desejasse nem temor nem reverência. Saruman não o reverenciava, mas passou a temê-lo, pois estava sempre inseguro quanto até que ponto Gandalf percebia o íntimo de sua mente, perturbando-se mais com seus silêncios que com suas palavras. Assim era que abertamente tratava Gandalf com menos respeito que outros dentre os Sábios, e estava sempre pronto a contradizê-lo ou a fazer pouco de seus conselhos. Em segredo, porém, notava e ponderava tudo o que ele dizia, mantendo guarda, o mais que podia, sobre todos os seus movimentos.

Foi dessa maneira que Saruman veio a reparar nos Pequenos e no Condado, que de outro modo teria julgado indignos de sua atenção. Inicialmente não imaginava que o interesse de seu rival por aquele povo estivesse de algum modo relacionado às grandes preocupações do Conselho, e muito menos aos Anéis de Poder. Pois de fato no começo tal relação não existia, e o interesse de Gandalf devia-se apenas ao amor que sentia pelo Povo Pequeno, a não ser que seu coração tivesse alguma premonição profunda fora do alcance de seus pensamentos despertos. Por muitos anos, visitou o Condado abertamente e falava sobre sua gente a quem quisesse ouvir; e Saruman sorria, como que ante as histórias ociosas de um velho andarilho, mas prestava atenção ainda assim.

Vendo então que Gandalf considerava o Condado digno de uma visita, o próprio Saruman o visitou, porém disfarçado e no mais absoluto sigilo, até ter explorado e observado todos os seus costumes e terras, e pensar que descobrira tudo o que havia para saber a respeito. E, mesmo quando lhe pareceu que ir até lá não era mais nem prudente nem proveitoso, ainda tinha espiões e serviçais que lá entravam ou mantinham sob vigilância suas fronteiras. Pois ainda tinha suspeitas. Ele mesmo decaíra tanto que cria que cada um dos demais membros do Conselho tinha suas políticas profundas e de longo alcance para o próprio engrandecimento, e que tudo o que faziam de algum modo se referia a elas. Assim, quando muito tempo depois descobriu algo sobre o achamento do Anel de Gollum pelo Pequeno, só conseguia acreditar que Gandalf soubera disso o tempo todo; e esse era seu maior ressentimento, pois considerava território seu tudo o que dissesse respeito aos Anéis. Sua ira não foi nem um pouco diminuída por ser merecida e justa a desconfiança que Gandalf sentia dele.

Na realidade, porém, a espionagem e o grande sigilo de Saruman não tinham no começo um propósito maligno, mas eram tão-somente uma insensatez nascida do orgulho. Assuntos pequenos, aparentemente indignos de serem relatados, podem ainda demonstrar sua grande importância antes do fim. Para dizer a verdade, ao observar a predileção de Gandalf pela erva que chamava de "erva-de-fumo" (pela qual, dizia, se não por nada mais, o Povo Pequeno deveria merecer honrarias). Saruman fingira zombar dela, mas em particular a experimentou, e logo passou a usá-la; e por esse motivo o Condado mantinha sua importância para ele. No entanto, ele temia que isso fosse descoberto, e que sua própria zombaria se voltasse contra ele, de forma que seria ridicularizado por imitar Gandalf, e desprezado por fazê-lo em segredo. Essa era portanto a razão para seu grande sigilo em todos os seus negócios com o Condado, mesmo desde o início, antes que qualquer sombra de dúvida tivesse surgido a respeito do local, quando era pouco vigiado, livre para os que desejassem entrar. Também por esse motivo Saruman deixou de ir até lá em pessoa; pois ficou sabendo que não passara inteiramente despercebido dos Pequenos de vista aguçada, e alguns, vendo o vulto como que de um velho em traje cinzento ou castanho-avermelhado, esgueirando-se pelos bosques ou passando pela penumbra, haviam-no confundido com Gandalf.

Depois disso, Saruman não foi mais ao Condado, temendo que tais histórias se espalhassem e talvez chegassem aos ouvidos de Gandalf. Mas Gandalf sabia dessas visitas, e adivinhava seu objetivo. E ria, pensando que esse era o mais inofensivo dos segredos de Saruman; mas nada contou aos outros, pois nunca era seu desejo envergonhar qualquer pessoa. No entanto, não ficou desagradado quando as visitas de Saruman cessaram, pois já suspeitava dele; mas nem o próprio Gandalf era capaz de prever que chegaria uma época em que o conhecimento de Saruman sobre o Condado demonstraria ser perigoso e da maior utilidade para o Inimigo, trazendo a vitória até muito perto do seu alcance.

Em outra versão está descrita a ocasião em que Saruman zombou abertamente do uso da "erva-de-fumo" por Gandalf:

Ora, por causa de sua aversão e seu medo, nos tempos posteriores, Saruman evitava Gandalf, e os dois raramente se encontravam, salvo nas assembleias do Conselho Branco. Foi no grande Conselho realizado em 2851 que pela primeira vez se falou na "erva dos Pequenos", e na época o assunto foi considerado divertido, apesar de mais tarde ser relembrado a uma luz diferente. O Conselho reuniu-se em Valfenda, e Gandalf ficou sentado à parte, em silêncio, mas fumando prodigiosamente (algo que nunca fizera até então em ocasiões semelhantes), enquanto Saruman falava contra ele, e insistia em que, contrariando o conselho de Gandalf, Dol Guldur ainda não fosse molestado. Tanto o silêncio como a fumaça pareciam incomodar Saruman enormemente; e, antes que o Conselho se dispersasse, ele disse a Gandalf: "Quando assuntos de peso estão em debate, Mithrandir, espanta-me um pouco que tu te divirtas com teus brinquedos de fogo e fumaça, enquanto outros debatem a sério."

Mas Gandalf riu e respondeu: "Não te espantarias se tu mesmo usasses esta erva. Descobririas que a fumaça soprada limpa sua mente das sombras interiores. Seja como for, ela confere paciência, para escutar os desacertos sem se enraivecer. Mas não é um dos meus brinquedos. É uma arte do Povo Pequeno lá no Oeste: gente alegre e valorosa, apesar de ter pouca importância, quem sabe, nas tuas altas políticas."

Saruman ficou pouco aplacado com esta resposta (pois odiava a zombaria, por muito comedida que fosse), e recriminou-o então com frieza: "Estás brincando, Senhor Mithrandir, como costumas fazer. Sei muito bem que te tornaste um curioso explorador do miúdo: plantinhas, criaturas selvagens e gente pueril. Gasta teu tempo como quiseres, se não tens nada de mais valia para fazer; e podes fazer os amigos que bem entenderes. Mas a ocasião me parece demasiado sombria para histórias de viandantes, e não tenho tempo para as ervas dos camponeses."

Gandalf não riu outra vez; e não respondeu, mas, olhando atentamente para Saruman, deu uma tragada no cachimbo e emitiu um grande anel de fumaça, com muitos anéis menores a segui-lo. Então ergueu a mão como quem quisesse agarrá-los, e eles desapareceram. Com isso, levantou-se e deixou Saruman sem mais palavra; mas Saruman permaneceu em silêncio por algum tempo, e seu rosto estava carregado de dúvida e desagrado.

Essa história aparece em meia dúzia de manuscritos diferentes, e em um deles consta que Saruman tinha suspeitas,

imaginando se interpretara corretamente o significado do gesto de Gandalf com os anéis de fumaça (acima de tudo, se demonstrava alguma conexão ente os Pequenos e o importante assunto dos Anéis de Poder, por muito improvável que isso parecesse); e duvidando que alguém tão importante pudesse se ocupar de um povo como os Pequenos, apenas em consideração a eles próprios.

Em outro trecho (riscado), o propósito de Gandalf é explicitado:

Foi uma estranha coincidência que, irado com sua insolência, Gandalf tivesse escolhido aquele modo de mostrar a Saruman sua suspeita de que o desejo de possuí-los houvesse começado a entrar em suas políticas e seu estudo da tradição dos Anéis; e de avisá-lo de que eles lhe escapariam. Pois não se pode duvidar de que Gandalf ainda não imaginasse que os Pequenos (e muito menos seu hábito de fumar) tivessem qualquer conexão com os Anéis.[23] Se tivesse alguma ideia nesse sentido, certamente não teria feito o que fez então. No entanto, mais tarde, quando os Pequenos de fato foram envolvidos naquele assunto importantíssimo, Saruman só pôde acreditar que Gandalf tivera conhecimento ou premonição dele, e escondera o conhecimento dele e do Conselho — exatamente com a finalidade que Saruman conceberia: obter a posse e adiantar-se a ele.

Em "O Conto dos Anos", o registro de 2851 refere-se à reunião do Conselho Branco naquele ano, quando Gandalf recomendou um ataque a Dol Guldur, mas seu voto foi indeferido por Saruman; e uma nota de rodapé desse registro diz: "Mais tarde torna-se evidente que Saruman, àquela altura, começara a desejar possuir o Um Anel para si e esperava que ele haveria de se revelar, buscando seu mestre, se Sauron fosse deixado em paz por um tempo." A história precedente demonstra que o próprio Gandalf suspeitava de que Saruman tivesse esse desejo à época do Conselho de 2851; porém meu pai mais tarde comentou que parecia, pela história contada por Gandalf ao Conselho de Elrond sobre seu encontro com Radagast, que ele não tinha sérias suspeitas de que Saruman fosse um traidor (ou desejasse o Anel para si) antes que ele, Galdalf, fosse aprisionado em Orthanc.

NOTAS

[1]De acordo com o registro em "O Conto dos Anos" para 2951, Sauron enviou três, e não dois, dos Nazgûl para reocuparem Dol Guldur. As duas afirmativas podem ser reconciliadas, presumindo-se que um dos Espectros-do-Anel de Dol Guldur tivesse depois retornado para Minas Morgul, mas creio ser mais provável que a formulação do presente texto tenha sido superada quando "O Conto dos Anos" foi compilado; pode-se também observar que, em uma versão rejeitada do presente trecho, havia apenas um Nazgûl em Dol Guldur (não mencionado como Khamûl, mas referido como "o Segundo Chefe (O Lestense Negro)"), enquanto um ficou com Sauron como principal mensageiro. — De notas com detalhes dos movimentos dos Cavaleiros Negros no Condado, fica evidente que foi Khamûl quem chegou à Vila-dos-Hobbits e falou com o Feitor Gamgi, quem seguiu os Hobbits pela estrada até Tronco, e quem os perdeu por pouco na Balsa de Buqueburgo (ver p. 457). O Cavaleiro que o acompanhava, que ele chamou aos gritos na crista acima da Vila-do-Bosque, e com quem visitou o Fazendeiro Magote, era "seu companheiro de Dol Guldur". Sobre Khamûl diz-se aqui que era o mais apto dentre todos os Nazgûl, depois do próprio Capitão Negro, a perceber a presença do Anel, mas também era aquele cujo poder ficava mais confuso e diminuído pela luz do dia.

[2]De fato, em seu terror dos Nazgûl ousara esconder-se em Moria. [N. A.]

[3]No Vau do Bruinen apenas o Rei-bruxo e dois outros, com a atração do Anel bem à frente deles, haviam ousado entrar no rio; os demais foram impelidos para dentro dele por Glorfindel e Aragorn. [N. A.]

[4]Gandalf, como relatou ao Conselho de Elrond, interrogou Gollum enquanto este estava prisioneiro dos Elfos de Thranduil.

[5]Gandalf contou ao Conselho de Elrond que, depois de deixar Minas Tirith, "chegaram-me mensagens de Lórien, de que Aragorn passara por ali e que encontrara a criatura chamada Gollum".

[6]Gandalf chegou dois dias depois, e partiu no dia 29 de março logo pela manhã. Depois da Carrocha, ele tinha um cavalo, mas precisava atravessar o Passo Alto sobre as Montanhas. Obteve um cavalo novo em Valfenda e, à máxima velocidade possível, alcançou a Vila-dos-Hobbits tarde em 12 de abril, após uma viagem de cerca de oitocentas milhas. [N. A.]

[7]Tanto aqui como em "O Conto dos Anos" o ataque a Osgiliath está datado como 20 de junho.

[8]Essa afirmativa está sem dúvida relacionada com o relato de Boromir sobre a batalha de Osgiliath, que fez diante do Conselho de Elrond: "Havia ali um poder que não havíamos sentido antes. Alguns diziam que ele podia ser visto como um grande cavaleiro negro, uma sombra obscura sob a lua."

[9]Em carta escrita em 1959, meu pai relatou: "Entre 2463 [quando Déagol, o Grado, encontrou o Um Anel, de acordo com "O Conto dos Anos"] e o início das investigações especiais de Gandalf acerca do Anel (quase 500 anos depois) eles [os Grados] de fato parecem ter se extinguido completamente (exceto, é claro, Sméagol); ou ter fugido da sombra de Dol Guldur."

[10]De acordo com o esclarecimento do autor dada na nota 2 anterior, Gollum fugiu para Moria por terror dos Nazgûl; ver também a sugestão na p. 448 de que um dos propósitos do Senhor de Morgul, ao cavalgar rumo ao norte para além do Lis, era a esperança de encontrar Gollum.

[11]Estes não eram de fato muito numerosos, ao que parece; mas suficientes para impedir a entrada de quaisquer intrusos que não estivessem mais bem armados ou preparados que a companhia de Balin, nem em números maiores. [N. A.]

[12]De acordo com os Anões geralmente era necessário para tanto o empurrão de duas pessoas; apenas um Anão muito forte conseguiria abri-las sem ajuda. Antes do abandono de Moria, eram mantidos guardiões das portas no interior do Portão-oeste, e pelo menos um estava sempre ali. Desse modo uma única pessoa (e portanto qualquer intruso ou pessoa que tentasse escapar) não poderia sair sem permissão. [N. A.]

[13]Em A, Saruman negou ter conhecimento de onde estava escondido o Anel; em B "negou qualquer conhecimento da terra que buscavam". Mas isso provavelmente nada mais é que uma diferença de expressão.

[14]Em trecho anterior, nessa versão, está dito que Sauron naquela época, por meio das *palantíri*, tinha pelo menos começado a intimidar Saruman, e de qualquer modo frequentemente conseguia ler-lhe os pensamentos, mesmo quando este recusava informações. Assim Sauron dava-se conta de que Saruman tinha alguma conjetura sobre o lugar onde estava o Anel; e Saruman realmente revelou que tinha Gandalf como prisioneiro, que sabia mais ainda.

[15]O registro de 18 de setembro de 3018 em "O Conto dos Anos" diz: "Gandalf escapa de Orthanc nas primeiras horas da madrugada. Os Cavaleiros Negros atravessam os Vaus do Isen." Por muito lacônico que seja esse registro, sem sugerir que os Cavaleiros visitaram Isengard, parece estar baseado na história contada na versão C.

[16]Em nenhum desses textos dá-se qualquer indicação do que ocorreu entre Sauron e Saruman como resultado do desmascaramento deste.

[17]Lobélia Justa-Correia casou-se com Otho Sacola-Bolseiro; o filho deles era Lotho, que assumiu o controle do Condado na época da Guerra do Anel, e era então conhecido como "o Chefe". O Fazendeiro Villa, em conversa com Frodo, referiu-se aos bens de Lotho, que incluíam plantações de erva na Quarta Sul (*O Retorno do Rei*, VI, 8).

A CAÇADA AO ANEL

[18]A maneira usual era pela travessia de Tharbad até a Terra Parda (e não diretamente para Isengard), de onde as mercadorias eram enviadas mais secretamente a Saruman. [N. A.]

[19]Ver *O Senhor dos Anéis*, Apêndice A (I, iii, "O Reino do Norte e os Dúnedain"): "Foi nessa época [durante a Grande Peste que alcançou Gondor em 1636] que chegaram ao fim os Dúnedain de Cardolan, e espíritos maus de Angmar e Rhudaur entraram nos morros desertos e habitaram ali."

[20]Já que o Capitão Negro sabia tanto, é talvez estranho que tivesse tão pouca ideia de onde ficava o Condado, a terra dos Pequenos. De acordo com "O Conto dos Anos", já havia Hobbits estabelecidos em Bri no início do século XIV da Terceira Era, quando o Rei-bruxo veio ao norte para Angmar.

[21]Ver *A Sociedade do Anel*, I, 9. Quando Passolargo e os Hobbits deixaram Bri (*ibid.*, I, 11), Frodo teve um vislumbre do Terrapardense ("um rosto lívido com olhos matreiros e oblíquos") na casa de Bill Samambaia nos arredores de Bri, e pensou: "Parece mais do que metade gobelim."

[22]Ver as palavras de Gandalf no Conselho de Elrond: "o Capitão deles ficou em segredo ao Sul de Bri."

[23]Como mostra a frase final dessa citação, o significado é: "Gandalf ainda não imaginava que os Pequenos viessem a ter no futuro qualquer conexão com os Anéis." A reunião do Conselho Branco em 2851 ocorreu noventa anos antes de Bilbo encontrar o Anel.

V

As Batalhas dos Vaus do Isen

Os principais obstáculos a uma conquista fácil de Rohan por Saruman eram Théodred e Éomer: homens vigorosos, devotados ao Rei e detentores de seu alto afeto, como seu filho único e filho de sua irmã; e fizeram tudo o que puderam para frustrar a influência que Gríma obteve sobre o Rei quando a saúde deste começou a se deteriorar. Isso ocorreu no início do ano de 3014, quando Théoden estava com 66 anos de idade; seu mal pode portanto ter decorrido de causas naturais, embora os Rohirrim normalmente vivessem até perto dos oitenta anos ou ainda mais. Mas pode muito bem ter sido induzido ou agravado por venenos sutis administrados por Gríma. Seja como for, o sentido que Théoden tinha de debilidade e dependência de Gríma derivava mormente da esperteza e habilidade das sugestões desse conselheiro malévolo. Era sua política desacreditar seus principais oponentes diante de Théoden, e livrar-se deles, se possível. Demonstrou ser impossível criar rivalidade entre eles: Théoden, antes de sua "doença", fora muito amado por toda a sua família e seu povo, e a lealdade de Théodred e Éomer permaneceu firme, mesmo na sua aparente senilidade. Tampouco era Éomer um homem ambicioso, e seu amor e respeito por Théodred (treze anos mais velho que ele) só ficava atrás de seu amor pelo pai de criação.[1] Portanto, Gríma tentou jogá-los um contra o outro na mente de Théoden, mostrando Éomer como sempre ávido por aumentar sua própria autoridade e por agir sem consultar o Rei nem seu Herdeiro. Nisso teve algum sucesso, que deu frutos quando Saruman finalmente conseguiu obter a morte de Théodred.

AS BATALHAS DOS VAUS DO ISEN

Foi visto claramente em Rohan, quando ficaram conhecidos os relatos verdadeiros das batalhas nos Vaus, que Saruman dera ordens especiais para que Théodred fosse morto a qualquer custo. Na primeira batalha, todos os seus guerreiros mais ferozes foram engajados em ataques implacáveis a Théodred e sua guarda, sem dar atenção aos demais acontecimentos da batalha, que de outra forma poderia ter resultado em uma derrota muito mais danosa para os Rohirrim. Quando Théodred foi morto afinal, o comandante de Saruman (sem dúvida obedecendo a ordens) pareceu satisfeito por ora, e Saruman cometeu o erro, que demonstrou ser fatal, de não introduzir imediatamente novas forças e não empreender de pronto uma invasão maciça de Westfolde;[2] embora o valor de Grimbold e Elfhelm contribuísse para o atraso. Se a invasão de Westfolde tivesse começado cinco dias antes, há pouca dúvida de que os reforços de Edoras jamais teriam se aproximado do Abismo de Helm, mas teriam sido cercados e derrotados na planície aberta; isso, se na verdade a própria Edoras não fosse atacada e capturada antes da chegada de Gandalf.[3]

Foi dito que o valor de Grimbold e Elfhelm contribuiu para o atraso de Saruman, que demonstrou ser desastroso para ele. O relato anterior talvez subestime sua importância.

O Isen descia veloz desde sua nascente acima de Isengard, mas na região plana do desfiladeiro tornava-se lento até voltar-se para o oeste; então prosseguia através de terras que desciam em longas encostas até as baixadas costeiras da Gondor mais distante e de Enedwaith, e tornava-se fundo e rápido. Logo acima dessa curva para o oeste ficavam os Vaus do Isen. Ali o rio era largo e raso, passando em dois ramos à volta de uma ampla ilhota, sobre uma plataforma rochosa coberta de pedras e seixos arrastados do norte. Somente aqui, ao sul de Isengard, era possível que grandes tropas atravessassem o rio, especialmente se portassem armas pesadas ou estivessem montadas. Assim, Saruman tinha esta vantagem: podia mandar suas tropas descer por qualquer margem do Isen e atacar os Vaus, caso fossem guarnecidos contra ele, por ambos os lados. Qualquer força sua a oeste do

Isen podia, se necessário, recuar até Isengard. Por outro lado, Théodred podia mandar homens atravessar os Vaus, quer com força suficiente para enfrentar as tropas de Saruman, quer para defender a cabeça de ponte ocidental; mas se fossem derrotados não teriam como recuar, a não ser voltando pelos Vaus com o inimigo nos calcanhares, e possivelmente também esperando por eles na margem leste. Ao sul e a oeste, ao longo do Isen, não tinham como voltar para casa,[4] salvo se estivessem aprovisionados para uma longa viagem através de Gondor Ocidental.

O ataque de Saruman não foi imprevisto, mas chegou antes do que se esperava. Os batedores de Théodred o haviam avisado de uma concentração de tropas diante dos Portões de Isengard, principalmente (conforme parecia) na margem oeste do Isen. Portanto, ele guarneceu os acessos aos Vaus, do leste e do oeste, com robustos homens a pé recrutados em Westfolde. Deixando três companhias de Cavaleiros, com manadas de cavalos e montarias de reserva, na margem leste, ele próprio atravessou com a força principal de sua cavalaria: oito companhias e uma companhia de arqueiros, com a intenção de aniquilar o exército de Saruman antes que este estivesse plenamente preparado.

Mas Saruman não tinha revelado suas intenções, nem a plena força de suas tropas. Já estavam em marcha quando Théodred partiu. A cerca de vinte milhas ao norte dos Vaus, Théodred encontrou a vanguarda deles e a dispersou com perdas. Mas, quando seguiu cavalgando para atacar a hoste principal, a resistência recrudesceu. O inimigo estava de fato em posições preparadas para o evento, atrás de trincheiras guarnecidas com lanceiros, e Théodred, no *éored* dianteiro, foi detido e quase cercado, pois novas forças vindas às pressas de Isengard agora o flanqueavam pelo oeste.

Desvencilhou-se com a chegada das companhias que vinham por trás dele; mas, quando olhou em direção ao leste, ficou consternado. A manhã havia sido turva e nevoenta, mas agora as brumas se afastavam através do Desfiladeiro, levadas por uma brisa do oeste, e longe, a leste do rio, ele divisou outras forças que agora se apressavam na direção dos vaus, se bem que não se podia adivinhar sua grandeza. Ordenou uma retirada imediata. Esta foi realizada em boa ordem e com poucas perdas adicionais pelos Cavaleiros, bem treinados na manobra; mas não se livraram do inimigo nem se afastaram muito dele, pois a retirada sofreu muitos atrasos, quando a retaguarda sob o comando de Grimbold foi obrigada a encarar os perseguidores e rechaçar os mais agressivos.

Quando Théodred alcançou os Vaus, o dia estava terminando. Pôs Grimbold no comando da guarnição da margem oeste, reforçada com cinquenta Cavaleiros a pé. O resto de seus Cavaleiros e todos os cavalos foram imediatamente mandados ao lado oposto do rio, exceto sua própria companhia: com estes, a pé, guarneceu a ilhota para cobrir a retirada de Grimbold, caso fosse rechaçado. Isso mal estava feito quando o desastre ocorreu. A tropa oriental de Saruman atacou com velocidade insuspeitada; era muito menor que a tropa ocidental, porém mais perigosa. Na vanguarda estavam alguns cavaleiros terrapardenses e uma grande matilha dos terríveis Orques cavalga-lobos, temidos pelos cavalos.[5] Atrás deles vinham dois batalhões dos ferozes Uruks, com armamento pesado e treinados para se movimentarem a grande velocidade por muitas milhas. Os cavaleiros e os cavalga-lobos acometeram as manadas de cavalos e cercaram os animais para matá-los ou dispersá-los. A guarnição da margem leste, surpreendida pelo súbito ataque dos Uruks em massa, foi aniquilada, e os Cavaleiros que tinham acabado de atravessar do oeste foram apanhados ainda desorganizados, e, embora lutassem desesperadamente, foram expulsos dos Vaus ao longo da linha do Isen, com os Uruks a persegui-los.

Assim que o inimigo se apossou da extremidade leste dos Vaus, surgiu uma companhia de homens ou homens-orques (evidentemente despachados com esse fim), ferozes, trajando cotas de malha e armados com machados. Correram até a ilhota e a atacaram por ambos os lados. Ao mesmo tempo Grimbold, na margem oeste, foi atacado pelas forças de Saruman daquele lado do Isen. Olhando para o leste, aturdido com os ruídos da batalha e os hediondos gritos de vitória dos Orques, Grimbold viu os homens com machados expulsando os de Théodred das margens da ilhota em direção ao pequeno outeiro em seu centro, e ouviu a forte voz de Théodred gritando "A mim, Eorlingas!". Imediatamente Grimbold, tomando alguns homens que estavam próximos, voltou correndo à ilhota. Foi tão feroz sua investida por trás dos atacantes que Grimbold, homem de grande força e estatura, abriu caminho a golpes de espada, até que com dois outros alcançou Théodred, acuado no outeiro. Tarde demais. Quando chegou a seu lado, Théodred tombou, golpeado por um grande homem-orque. Grimbold matou-o e ficou de pé sobre o corpo de Théodred, crendo-o morto; e lá ele mesmo logo teria morrido, não fosse a vinda de Elfhelm.

Em obediência à convocação de Théodred, Elfhelm vinha apressado de Edoras pela estrada dos cavalos, liderando quatro companhias. E esperava uma batalha, porém só após alguns dias. Mas, perto da junção daquela estrada com outra que descia do Abismo,[6] seus batedores do flanco direito relataram que haviam visto dois cavalga-lobos à solta nos campos. Pressentindo que algo estava errado, não se desviou para o Abismo de Helm por aquela noite, como pretendia, mas cavalgou a toda velocidade para os Vaus. A estrada dos cavalos voltava-se para o noroeste depois de se encontrar com a estrada do Abismo, mas fazia outra curva fechada para o oeste quando atingia o nível dos Vaus, dos quais se aproximava em um trecho reto de cerca de duas milhas. Assim, Elfhelm nada ouviu nem viu das lutas entre a guarnição em retirada e os Uruks ao sul dos Vaus. O sol havia descido e a luz era escassa quando se aproximou da última curva da estrada, e ali encontrou alguns cavalos correndo soltos e uns poucos fugitivos que lhe falaram do desastre. Apesar de ter agora homens e cavalos exaustos, cavalgou pela reta com a máxima velocidade possível e, ao chegar à vista da margem leste, ordenou a suas companhias que atacassem.

Foi a vez de as tropas de Isengard ficarem atônitas. Ouviram o trovejar dos cascos e viram, chegando como sombras negras diante do Leste que escurecia, uma grande hoste (assim parecia) com Elfhelm à cabeça, e a seu lado um estandarte branco levado para guiar os que vinham atrás. Poucos aguentaram firmes. A maioria fugiu rumo ao norte, perseguida por duas das companhias de Elfhelm. As demais ele fez desmontar para guardarem a margem leste, mas imediatamente, com os homens de sua própria companhia, correu para a ilhota. Os homens armados com machados estavam agora apanhados entre os defensores sobreviventes e a investida de Elfhelm, com ambas as margens ainda mantidas pelos Rohirrim. Continuaram lutando, mas antes do fim foram todos mortos. O próprio Elfhelm, no entanto, saltou sobre o outeiro; e lá encontrou Grimbold combatendo contra dois grandes homens com machados pela posse do corpo de Théodred. Um foi morto imediatamente por Elfhelm, e o outro tombou diante de Grimbold.

Pararam então para erguer o corpo, e descobriram que Théodred ainda respirava; mas só viveu o bastante para pronunciar suas últimas palavras: "Deixai-me deitado aqui... para manter os Vaus até Éomer chegar!" Caiu a noite. Soou uma trompa estridente, e depois tudo ficou em silêncio. O ataque na margem oeste cessou, e ali o inimigo dissolveu-se na escuridão. Os Rohirrim dominavam os Vaus do Isen; mas suas perdas eram pesadas, mesmo as de cavalos; o filho do Rei estava morto, eles não tinham líder e não sabiam o que ainda poderia acontecer.

Quando, após uma noite fria e sem sono, voltou a luz cinzenta, não havia vestígio das tropas de Isengard, a não ser os muitos que haviam sido deixados mortos no campo. Lobos uivavam ao longe, esperando que os homens vivos partissem. Muitos homens dispersos pelo súbito ataque de Isengard começaram a voltar, alguns ainda montados, alguns conduzindo cavalos recapturados. Mais tarde naquela manhã, a maior parte dos Cavaleiros de Théodred que havia sido expulsa rumo ao sul, ao longo do rio, por um batalhão de Uruks negros, voltou desgastada pelo combate, mas em boa ordem. Tinham uma história semelhante para contar. Haviam parado em uma colina baixa e se prepararam para defendê-la. Apesar de terem atraído para longe parte da força de ataque de Isengard, a retirada para o sul sem provisões era finalmente sem esperança. Os Uruks haviam resistido a todas as tentativas de fuga para o leste, e os impeliam em direção da região, agora hostil, da "marca ocidental" da Terra Parda. Mas, quando os Cavaleiros se preparavam para resistir a seu ataque, apesar de já ser noite alta, soou uma trompa; e logo descobriram que o inimigo se fora. Tinham muito poucos cavalos para tentar uma perseguição, ou mesmo para atuar como batedores, na medida em que isso lhes teria adiantado de noite. Após algum tempo começaram cautelosos a avançar outra vez rumo ao norte, mas não encontraram oposição. Pensavam que os Uruks haviam voltado para reforçar a dominação dos Vaus, e lá esperavam travar combate outra vez, e grande foi seu espanto ao encontrar os Rohirrim no comando. Foi só mais tarde que descobriram aonde haviam ido os Uruks.

Assim terminou a Primeira Batalha dos Vaus do Isen. Da Segunda Batalha jamais foram feitos relatos tão claros, em virtude dos eventos muito mais importantes que se seguiram imediatamente. Erkenbrand de Westfolde assumiu o comando da Marca-ocidental quando as notícias da morte de Théodred lhe chegaram no Forte-da-Trombeta no dia seguinte. Enviou mensageiros a Edoras para anunciar isso e para levar a Théoden as últimas palavras de seu filho, acrescentando seu próprio pedido de que Éomer fosse enviado de pronto com todo o auxílio de que pudesse dispor.[7] "Que a defesa de Edoras seja feita aqui no Oeste", declarou, "e que não se espere até que ela mesma esteja sitiada." Mas Gríma usou o tom abrupto desse conselho para reforçar sua política de tardança. Foi só quando ele foi derrotado por Gandalf que se empreendeu qualquer ação. Os reforços, com Éomer e o próprio Rei, partiram na tarde de 2 de março, mas naquela noite a Segunda Batalha dos Vaus foi travada e perdida, e a invasão de Rohan começou.

Erkenbrand não seguiu ele mesmo de imediato para o campo de batalha. Tudo estava em confusão. Não sabia que tropas podia recrutar às pressas; nem podia ainda estimar as perdas que as tropas de Théodred efetivamente tinham sofrido. Julgou, com acerto, que a invasão era iminente, mas que Saruman não ousaria passar para o leste para atacar Edoras enquanto o Forte-da-Trombeta permanecesse invicto, caso estivesse guarnecido e bem abastecido. Com esse assunto e a reunião do maior contingente possível de homens de Westfolde, ocupou-se por três dias. Deu o comando em campo a Grimbold, até que ele mesmo pudesse ir; mas não assumiu comando sobre Elfhelm e seus Cavaleiros, que pertenciam à Convocação de Edoras. Os dois comandantes eram amigos, porém, e ambos homens leais sábios, não havendo dissensão entre eles; a organização de suas tropas era um acordo conciliatório entre suas opiniões divergentes. Elfhelm afirmava que os Vaus não eram mais importantes, mas sim uma armadilha para prender homens que em outro lugar estariam mais bem empregados, visto que Saruman evidentemente podia mandar tropas descerem por qualquer margem do Isen, conforme lhe conviesse; e seu propósito imediato seria sem dúvida devastar Westfolde e investir contra o Forte-da-Trombeta, antes que qualquer ajuda efetiva pudesse chegar de Edoras. Seu exército, ou a maior parte dele, desceria portanto pela margem leste do Isen; pois, embora daquele lado, por terreno mais acidentado e sem estradas, sua aproximação fosse mais lenta, não teriam de forçar a travessia dos Vaus. Elfhelm recomendou, portanto, que os Vaus fossem abandonados; que todos os homens de infantaria disponíveis fossem reunidos na margem leste e dispostos em posição adequada para deter o avanço do inimigo: uma longa linha de terreno em aclive que corria do oeste para o leste algumas milhas ao norte dos Vaus; mas que a cavalaria se retirasse rumo ao leste, até um ponto de onde, quando o inimigo em avanço estivesse em combate com a defesa, uma investida com o maior impacto pudesse ser efetuada contra seu flanco e os impelisse para dentro do rio. "Que o Isen seja a armadilha para eles e não para nós!"

Grimbold, por outro lado, não desejava abandonar os Vaus. Isso se devia em parte à tradição de Westfolde, na qual ele e Erkenbrand haviam sido criados; mas não era totalmente sem razão. "Não sabemos", disse, "que tropa Saruman ainda tem sob seu comando. Mas se de fato seu propósito for assolar

Westfolde, expulsar seus defensores para o Abismo de Helm e contê-los lá, então ela deve ser muito grande. É improvável que ele a exiba toda de uma vez. Assim que adivinhe ou descubra como dispusemos nossa defesa, certamente enviará grande força a toda a pressa pela estrada de Isengard e, atravessando os Vaus indefesos, nos atacará pelas costas, se estivermos todos reunidos no norte."

Por fim, Grimbold guarneceu a extremidade oeste dos Vaus com a maior parte de seus soldados de infantaria; ali estavam em posição vantajosa nos fortes de terra que guardavam os acessos. Ele permaneceu com o restante de seus homens, incluindo o que lhe restava da cavalaria de Théodred, na margem leste. Deixou a ilhota desguarnecida.[8] Elfhelm, porém, retirou seus Cavaleiros e assumiu posição na linha onde desejara dispor a defesa principal; seu propósito era divisar o mais depressa possível qualquer ataque que descesse ao leste do rio, e dispersá-lo antes que pudesse alcançar os Vaus.

Tudo transcorreu mal, como era muito provável que tivesse transcorrido de qualquer maneira: a força de Saruman era demasiadamente grande. Iniciou seu ataque durante o dia, e antes do meio-dia de 2 de março uma forte tropa de seus melhores combatentes, descendo a Estrada de Isengard, atacou os fortes a oeste dos Vaus. Essa tropa era na verdade apenas uma pequena parte daquilo de que dispunha, não mais do que julgava suficiente para dar cabo da defesa debilitada. Mas a guarnição dos Vaus, embora em número muito menor, resistiu com obstinação. Por fim, porém, quando ambos os fortes estavam em franco combate, uma tropa de Uruks forçou passagem entre eles e começou a atravessar os Vaus. Grimbold, confiando que Elfhelm deteria o ataque do lado leste, cruzou com todos os homens que lhe restavam e os rechaçou — por algum tempo. Mas então o comandante inimigo lançou mão de um batalhão que não estivera comprometido e rompeu as defesas. Grimbold foi obrigado a se retirar para o lado oposto do Isen. Já era quase a hora do pôr-do-sol. Ele sofrera grandes perdas, mas infligira perdas muito mais pesadas ao inimigo (principalmente Orques), e ainda dominava a margem leste. O inimigo não tentou atravessar os Vaus e subir combatendo as encostas íngremes para deslocá-lo; ainda não.

Elfhelm não conseguira participar dessa ação. No crepúsculo, retirou suas companhias e retrocedeu até o acampamento de Grimbold, dispondo seus homens em grupos a alguma distância, para agirem como anteparo contra ataques do norte e do leste. Pelo sul não temiam mal nenhum, e esperavam por auxílio. Depois da retirada pelos Vaus, imediatamente haviam sido despachados mensageiros para Erkenbrand e para Edoras, com notícias de seus apuros. Temendo, em verdade sabendo, que um mal maior os acometeria dentro em breve, a não ser que logo os alcançasse um auxílio do que já não tinham esperança, os defensores prepararam-se para fazer o possível para deter o avanço de Saruman antes de serem esmagados.[9] A maior parte ficou de prontidão, e apenas alguns de cada vez tentavam repousar brevemente e dormir o quanto pudessem. Grimbold e Elfhelm estavam insones, aguardando a aurora e temendo o que ela haveria de trazer.

Não tiveram de esperar tanto. Ainda não era meia-noite quando pontos de luz vermelha foram vistos, chegando do norte e já se aproximando pelo oeste do rio. Era a vanguarda de todas as tropas restantes de Saruman, que ele agora lançava na batalha para a conquista de Westfolde.[10] Vinham a grande velocidade, e de repente pareceu que toda a hoste irrompeu em chamas. Centenas de tochas foram acesas com aquelas levadas pelos líderes das tropas, e, reunindo ao seu fluxo as forças que já guarneciam a margem oeste, precipitaram-se por sobre os Vaus como um rio de fogo, com grande clamor de ódio. Uma grande companhia de arqueiros poderia tê-los feito arrepender-se da luz de suas tochas, mas Grimbold tinha apenas um punhado de arqueiros. Não conseguiria manter a margem leste, e retirou-se dela, formando uma grande muralha-de-escudos em torno de seu acampamento. Logo este estava cercado, e os atacantes jogavam tochas entre eles, e lançavam algumas por sobre o topo da muralha-de-escudos, esperando atear fogo entre as provisões e aterrorizar os cavalos que Grimbold ainda possuía. Mas a muralha-de-escudos aguentava. Então, visto que os Orques eram de menor valia em tais combates por causa de sua estatura, ferozes companhias dos homens terrapardenses das colinas foram arremessadas contra ela. No entanto, apesar de todo o seu ódio, os Terrapardenses ainda temiam os Rohirrim quando os encontravam face a face, além de serem menos hábeis no combate e menos bem armados.[11] A muralha-de-escudos ainda aguentava. Grimbold em vão esperou que viesse auxílio de Elfhelm. Não veio nenhum. Então por fim resolveu realizar, se pudesse, o plano que já fizera para o caso de se encontrar em tal situação desesperadora. Finalmente reconhecera a sabedoria de Elfhelm, e compreendeu que, por muito que seus homens lutassem até estarem todos mortos, e isso fariam se ele ordenasse, um tal valor não ajudaria Erkenbrand: cada homem que conseguisse escapar e fugir para o sul seria mais útil, embora pudesse parecer inglório.

A noite fora encoberta e escura, mas agora a lua crescente começava a luzir através das nuvens em movimento. Vinha um vento do Leste: o precursor da grande tempestade que, chegado o dia, passaria por cima de Rohan e romperia sobre o Abismo de Helm na noite seguinte. Grimbold deu-se conta de repente de que a maioria das tochas havia sido apagada e a fúria do ataque se extinguira.[12] Portanto fez montar imediatamente os cavaleiros para os quais havia montarias disponíveis, não muito mais que meio *éored*, e os pôs sob o comando de Dúnhere.[13] A muralha-de-escudos foi aberta do lado leste e os Cavaleiros passaram, rechaçando seus atacantes daquele lado; depois, dividindo-se e dando a volta, investiram contra o inimigo ao norte e ao sul do acampamento. A súbita manobra teve êxito durante algum tempo. O inimigo ficou confuso e atônito; muitos pensaram inicialmente que viera uma grande tropa de Cavaleiros do leste. O próprio Grimbold permaneceu a pé, com uma retaguarda de homens seletos, já escolhidos, e, cobertos naquele momento por eles e pelos Cavaleiros sob o comando de Dúnhere, os remanescentes recuaram o mais depressa que puderam. Mas o comandante de Saruman logo percebeu que a muralha-de-escudos estava rompida e os defensores estavam em fuga. Felizmente a lua foi encoberta por nuvens, deixando tudo escuro mais uma vez, e ele se apressou. Não permitiu que suas tropas prolongassem a perseguição dos fugitivos muito longe na escuridão, agora que os Vaus haviam sido capturados. Reuniu suas forças da melhor maneira que pôde e se dirigiu à estrada rumo ao sul. Foi assim que sobreviveu a maior parte dos homens de Grimbold. Foram dispersos na noite, mas, conforme ele ordenara, seguiram seus caminhos longe da Estrada, a leste da grande curva onde ela se voltava para o oeste, em direção ao Isen. Ficaram aliviados, mas espantados, de não encontrar inimigos, sem saber que um grande exército já havia algumas horas passara rumo ao sul, e que Isengard estava agora protegida por pouco mais do que seus próprios reforços de muralha e portão.[14]

Foi por essa razão que não viera ajuda de Elfhelm. Mais da metade das tropas de Saruman fora na verdade enviada para o leste do Isen. Chegaram mais devagar que a divisão ocidental, pois o terreno era mais acidentado e desprovido de estradas; e não levavam luzes. Mas diante deles, velozes e silenciosos, iam vários grupos dos temidos cavalga-lobos. Antes que Elfhelm tivesse qualquer aviso da aproximação dos inimigos pelo seu lado do rio, os cavalga-lobos estavam entre ele e o acampamento de Grimbold; e também tentavam cercar cada um dos seus pequenos grupos de Cavaleiros. Estava escuro, e toda a sua tropa estava desorganizada. Reuniu todos os que pôde em um grupo compacto de cavaleiros, mas foi obrigado a recuar para o leste. Não podia alcançar Grimbold, apesar de saber que este estava em apuros e estivera prestes a vir em sua ajuda quando fora atacado pelos cavalga-lobos. Mas também teve a impressão correta de que os cavalga-lobos eram apenas os precursores de uma força numerosa demais para ser enfrentada, que se dirigiria para a estrada rumo ao sul. A noite estava terminando; só lhe restava aguardar a aurora.

O que se seguiu está menos claro, pois apenas Gandalf tinha pleno conhecimento a esse respeito. Recebeu notícias do desastre somente no final da tarde de 3 de março.[15] O Rei estava então em um ponto não longe a leste do entroncamento da Estrada com o ramal que ia para o Forte-da-Trombeta. De lá, eram cerca de noventa milhas em linha reta até Isengard; e Gandalf deve ter cavalgado até lá à maior velocidade de que Scadufax era capaz. Alcançou Isengard quando começava a escurecer,[16] e partiu de novo não mais de vinte minutos depois. Tanto na viagem de ida, quando sua rota direta o faria passar perto dos Vaus, quanto na volta para o sul ao encontro de Erkenbrand, deve ter encontrado Grimbold e Elfhelm. Estavam convencidos de que ele agia em nome do Rei, não somente pela sua aparição montado em Scadufax, mas também porque conhecia o nome do mensageiro, Ceorl, e a mensagem que ele levara; e aceitaram como ordens o conselho que deu.[17] Mandou os homens de Grimbold para o sul para se unirem a Erkenbrand [...].

NOTAS

[1]Éomer era filho de Théodwyn, irmã de Théoden, e de Éomund de Westfolde, principal Marechal da Marca. Éomund foi morto por Orques em 3002, e Théodwyn morreu logo depois; seus filhos Éomer e Éowyn foram então levados para viver na casa do Rei Théoden, junto com Théodred, o filho único do Rei. (*O Senhor dos Anéis*, Apêndice A, II.)

[2]Os Ents não são levados em conta aqui, como faziam todos menos Gandalf. Mas, a não ser que Gandalf pudesse ter causado o levante dos Ents vários dias antes (o que evidentemente não era possível de acordo com a narrativa), isso não teria salvo Rohan. Os Ents poderiam ter destruído Isengard e até mesmo capturado Saruman (se ele, após a vitória, não tivesse seguido seu exército). Os Ents e Huorns, com a ajuda dos Cavaleiros da Marca-oriental que ainda não tinham sido engajados, poderiam ter destruído as forças de Saruman em Rohan, mas a Marca teria ficado em ruínas e sem líder. Mesmo que a Flecha Vermelha tivesse encontrado alguém com autoridade para recebê-la, o chamado de Gondor não teria sido atendido — ou no máximo algumas companhias de homens exaustos teriam alcançado Minas Tirith, tarde demais exceto para perecer com ela. [N. A.] — Para a Flecha Vermelha, ver *O Retorno do Rei*, V, 3, em que ela foi levada a Théoden por um mensageiro de Gondor como sinal da necessidade de Minas Tirith.

[3]A primeira batalha dos Vaus do Isen, na qual Théodred foi morto, deu-se em 25 de fevereiro; Gandalf chegou a Edoras sete dias depois, em 2 de março (*O Senhor dos Anéis*, Apêndice B, ano de 3019). Ver nota 7.

AS BATALHAS DOS VAUS DO ISEN

[4]Além do Desfiladeiro, a região entre o Isen e o Adorn era nominalmente parte do reino de Rohan; mas, apesar de Folcwine tê-la reconquistado, expulsando os Terrapardenses que a ocupavam, o povo que restava era mormente de sangue misto, e sua lealdade a Edoras era fraca: o fato de seu senhor Freca ter sido morto pelo Rei Helm ainda era lembrado. Na verdade, naquela época estavam mais dispostos a tomar o partido de Saruman, e muitos de seus guerreiros haviam se juntado às tropas de Saruman. De qualquer modo, não havia como entrar em sua terra pelo oeste, exceto para nadadores destemidos. [N. A.] — A região entre o Isen e o Adorn foi declarada parte do reino de Eorl na época do Juramento de Cirion e Eorl: ver p. 408.

No ano de 2754, Helm Mão-de-Martelo matou com seu próprio punho seu arrogante vassalo Freca, senhor das terras em ambos os lados de Adorn; ver *O Senhor dos Anéis*, Apêndice A, II.

[5]Eram muito velozes e hábeis ao evitarem homens organizados em agrupamentos compactos, e eram usados principalmente para destruir grupos isolados ou caçar fugitivos; mas quando necessário podiam passar com ferocidade indômita através de quaisquer brechas em companhias de cavaleiros, retalhando as barrigas dos cavalos. [N. A.]

[6]The Deeping [O Abismo]: está escrito assim e claramente está correto, visto que ocorre de novo mais tarde. Meu pai observou em outro lugar que Deeping-coomb [Garganta-do-Abismo] (e Deeping-stream [Riacho-do-Abismo]) deviam ser grafados assim, e não Deeping Coomb, "visto que *deeping* não é uma terminação verbal, e sim uma que indica relação: o vale profundo pertencente ao *Deep* (*Helm's Deep* [Abismo de Helm]) ao qual conduzia". (Notas sobre Nomenclatura para auxiliar tradutores, publicadas em *A Tolkien Compass*, editado por Jared Lobdell, 1975, p. 181.)

[7] As mensagens só chegaram a Edoras por volta do meio-dia em 27 de fevereiro. Gandalf lá chegou de manhãzinha no dia 2 de março (fevereiro tinha trinta dias!): portanto não fazia então, como disse Gríma, cinco dias completos desde que a notícia da morte de Théodred alcançara o Rei. [N. A.] — A referência é a *As Duas Torres*, III, 6.

[8]Conta-se que ele colocou em estacas, a toda a volta da ilhota, as cabeças dos combatentes com machados que ali haviam sido mortos, mas sobre o apressado túmulo de Théodred, no meio, foi posto seu estandarte. "Isto será defesa bastante", disse. [N. A.]

[9]Essa, diz-se, foi a resolução de Grimbold. Elfhelm não o desertaria, mas, se ele próprio estivesse no comando, teria abandonado as Vaus sob o manto da noite, e se teria retirado para o sul para encontrar Erkenbrand e reforçar as tropas ainda disponíveis para a defesa da Garganta-do-Abismo e do Forte-da-Trombeta. [N. A.]

[10]Essa foi a grande hoste que Meriadoc viu saindo de Isengard, como relatou depois a Aragorn, Legolas e Gimli (*As Duas Torres*, III, 9): "Vi o inimigo

CONTOS INACABADOS

partindo: filas infindáveis de Orques em marcha; e tropas deles cavalgando grandes lobos. E havia batalhões de Homens também. Muitos deles levavam tochas, e no clarão consegui ver-lhes os rostos. [...] Levaram uma hora saindo pelos portões. Alguns partiram estrada abaixo até os Vaus, e alguns se desviaram e foram para o leste. Ali foi construída uma ponte, a cerca de uma milha daqui, onde o rio corre em um canal muito fundo."

[11]Não usavam armadura, pois entre eles tinham apenas umas poucas cotas de malha obtidas por roubo ou pilhagem. Os Rohirrim tinham a vantagem de serem supridos pelos artesãos de metal de Gondor. Em Isengard só era feita na época a pesada e desajeitada cota de malha dos Orques, por eles mesmos e para seu próprio uso. [N. A.]

[12]Parece que a valente defesa de Grimbold não fora totalmente em vão. Fora inesperada, e o comandante de Saruman estava atrasado: fora detido por algumas horas, ao passo que havia sido planejado que ele varresse os Vaus, dispersasse as fracas defesas e, sem esperar para persegui-las, se apressasse em ganhar a estrada e então prosseguisse rumo ao sul para se unir ao ataque contra o Abismo. Estava agora em dúvida. Aguardava, talvez, algum sinal do outro exército que fora mandado descer pela margem leste do Isen. [N. A.]

[13]Um valoroso capitão, sobrinho de Erkenbrand. Pela coragem e habilidade das armas, sobreviveu ao desastre dos Vaus, mas tombou na Batalha da Pelennor, para grande consternação de Westfolde. [N. A.] — Dúnhere era Senhor do Vale Harg (*O Retorno do Rei*, V, 3).

[14]Essa frase não está muito clara, mas à vista do que se segue parece referir-se àquela parte do grande exército vindo de Isengard que desceu pela margem leste do Isen.

[15]A notícia foi trazida pelo cavaleiro chamado Ceorl, que na volta dos Vaus juntou-se a Gandalf, Théoden e Éomer quando estes cavalgavam rumo ao oeste, com reforços de Edoras: *As Duas Torres*, III, 7.

[16]Como a narrativa sugere, Gandalf já devia ter feito contato com Barbárvore, e sabia que a paciência dos Ents chegara ao fim. Compreendera também o significado das palavras de Legolas (*As Duas Torres*, III, 7, no início do capítulo): Isengard estava envolta em uma sombra impenetrável, os Ents já a tinham cercado. [N. A.]

[17]Quando Gandalf chegou com Théoden e Éomer aos Vaus do Isen, após a Batalha do Forte-da-Trombeta, ele lhes explicou: "Alguns homens enviei com Grimbold de Westfolde para se unirem a Erkenbrand. Alguns pus a fazer este sepultamento. Estes agora seguiram teu marechal Elfhelm. Mendei-o com muitos Cavaleiros a Edoras" (*As Duas Torres*, III, 8). O texto presente termina no meio da frase seguinte.

APÊNDICE

(i)

Em escritos associados com o presente texto, dão-se alguns detalhes adicionais a respeito dos Marechais da Marca no ano de 3019 e após o fim da Guerra do Anel:

Marechal da Marca (ou Marca-dos-Cavaleiros) era o mais alto posto militar, e o título dos lugares-tenentes do Rei (originalmente três), comandantes das tropas reais de Cavaleiros totalmente equipados e treinados. O distrito do Primeiro Marechal era a capital, Edoras, com as Terras do Rei adjacentes (incluindo o Vale Harg). Ele comandava os Cavaleiros da Convocação de Edoras, recrutados daquele distrito, e de algumas partes da Marca-ocidental e da Marca-oriental[A] para as quais Edoras era o lugar de reunião mais conveniente. O Segundo e o Terceiro Marechal recebiam comandos de acordo com as necessidades da época. No começo do ano de 3019, a ameaça de Saruman era a mais urgente, e o Segundo Marechal, Théodred, filho do Rei, tinha o comando da Marca-ocidental, com sua base no Abismo de Helm; o Terceiro Marechal, Éomer, sobrinho do Rei, tinha por distrito a Marca-oriental, com base no seu lar, Aldburg no Folde.[B]

Nos dias de Théoden ninguém detinha o posto de Primeiro Marechal. Ele assumiu o trono ainda jovem (com 32 anos), vigoroso e com espírito marcial, além de ser grande cavaleiro. Se viesse a guerra, ele mesmo comandaria a Convocação

---

[A]Estes eram termos usados apenas com referência à organização militar. Seu limite era o Riacho-de-Neve até sua confluência com o Entágua, e de lá rumo ao norte pelo Entágua. [N. A.]

[B]Aqui ficava a casa de Eorl; depois que Brego, filho de Eorl, se mudou para Edoras, ela passou às mãos de Eofor, terceiro filho de Brego, de quem descendia Éomund, pai de Éomer. O Folde era parte das Terras do Rei, mas Aldburg continuava sendo a base mais conveniente para a Tropa da Marca-oriental. [N. A.]

de Edoras; mas seu reino esteve em paz por muitos anos, e ele saía com seus cavaleiros e sua Tropa somente em exercícios e exibições, embora a sombra de Mordor novamente desperta crescesse continuamente desde sua infância até sua velhice. Nessa paz, os Cavaleiros e outros homens armados da guarnição de Edoras eram governados por um oficial da patente de marechal (nos anos de 3012–19 era Elfhelm). Quando Théoden envelheceu, prematuramente, ao que parecia, essa situação continuou, e não havia comando central efetivo: um estado de coisas encorajado por seu conselheiro Gríma. O Rei, caindo em decrepitude e raramente deixando sua casa, adquiriu o hábito de expedir ordens a Háma, Capitão de sua Casa, a Elfhelm, e até mesmo aos Marechais da Marca, através da boca de Gríma Língua-de-Cobra. Havia ressentimento contra isso, mas as ordens eram obedecidas, no interior de Edoras. Quanto ao combate, quando começou a guerra contra Saruman, Théodred assumiu o comando geral sem receber ordens. Recrutou tropas em Edoras e enviou grande parte de seus Cavaleiros sob o comando de Elfhelm para reforçar a Tropa de Westfolde e ajudar a resistir à invasão.

Em tempos de guerra ou distúrbios, cada Marechal da Marca tinha sob suas ordens imediatas, como parte de sua "casa" (isto é, aquartelado em armas em sua residência), um *éored* preparado para combate, que em caso de emergência podia usar a seu próprio critério. Era isso que Éomer fizera de fato;[C] mas a acusação contra ele, pronunciada por Gríma, era que naquele caso o Rei o proibira de levar qualquer uma das tropas ainda não comprometidas da Marca-oriental para longe de Edoras, que estava com defesas insuficientes; que ele sabia do desastre dos Vaus do Isen e da morte de Théodred antes de perseguir os Orques para o remoto Descampado; e que também tinha permitido,

---

[C]Isto é, quando Éomer perseguiu os Orques, captores de Meriadoc e Peregrin, que haviam descido a Rohan das Emyn Muil. As palavras que Éomer usou com Aragorn foram: "Parti com meu *éored*, homens de minha própria casa" (*As Duas Torres*, III, 2).

AS BATALHAS DOS VAUS DO ISEN

contra as ordens gerais, que estranhos andassem livres, e até lhes emprestara cavalos.

Após a morte de Théodred, o comando da Marca-ocidental (mais uma vez sem ordens de Edoras) foi assumido por Erkenbrand, Senhor da Garganta-do-Abismo e de muitas outras terras em Westfolde. Na juventude fora, como a maioria dos senhores, um oficial dos Cavaleiros do Rei, mas não era mais. Era, no entanto, o principal senhor da Marca-ocidental, e, como seu povo estava em perigo, era seu direito e sua obrigação reunir todos dentre eles que fossem capazes de portar armas para resistir à invasão. Assim assumiu também o comando dos Cavaleiros da Tropa Ocidental; mas Elfhelm permaneceu no comando independente dos Cavaleiros da Convocação de Edoras que Théodred convocara em seu auxílio.

Após a cura de Théoden por Gandalf, a situação mudou. O Rei voltou a assumir o comando pessoalmente. Éomer foi reempossado e tornou-se praticamente Primeiro Marechal, pronto a tomar o comando caso o Rei tombasse ou sua força falhasse; mas o título não era usado, e na presença do Rei em armas ele podia apenas aconselhar e não emitir ordens. O papel que ele efetivamente desempenhava era, portanto, muito semelhante ao de Aragorn: um temível campeão entre os companheiros do Rei.[D]

Quando a Tropa Completa se reuniu no Vale Harg, e a "linha de viagem" e a ordem de batalha foram consideradas e determinadas na medida do possível,[E] Éomer permaneceu nessa

---

[D]Os que não conheciam os acontecimentos da corte naturalmente presumiam que os reforços enviados para o oeste estavam sob o comando de Éomer, como único Marechal da Marca remanescente. [N. A.] — Aqui a referência é às palavras de Ceorl, o Cavaleiro, que encontrou os reforços vindos de Edoras e lhes contou o que ocorrera na Segunda Batalha dos Vaus do Isen (*As Duas Torres*, III, 7).

[E]Théoden convocou um conselho dos "marechais e capitães" imediatamente, e antes de fazer sua refeição; mas este não está descrito, pois Meriadoc não estava presente ("Pergunto-me do que todos estão falando"). [N. A.] — A referência é a *O Retorno do Rei*, V, 3.

posição, cavalgando com o Rei (como comandante do *éored* líder, a Companhia do Rei) e agindo como seu principal conselheiro. Elfhelm tornou-se Marechal da Marca, liderando o primeiro *éored* da tropa da Marca-oriental. Grimbold (não mencionado antes na narrativa) tinha a função, mas não o título, de Terceiro Marechal, e comandava a tropa da Marca-ocidental.[F] Grimbold morreu na Batalha dos Campos de Pelennor, e Elfhelm tornou-se lugar-tenente de Éomer como Rei. Foi deixado no comando de todos os Rohirrim em Gondor quando Éomer foi ao Portão Negro, e derrotou o exército hostil que invadira Anórien (*O Retorno do Rei*, V, final do capítulo 9 e início do 10). Ele é mencionado como uma das principais testemunhas da coroação de Aragorn (*ibid.*, VI, 5).

Está registrado que após o funeral de Théoden, quando Éomer reorganizou seu reino, Erkenbrand foi nomeado Marechal da Marca-ocidental, e Elfhelm, Marechal da Marca-oriental, e esses títulos foram mantidos, em vez de Primeiro e Segundo Marechal, sendo que nenhum deles tinha precedência sobre o outro. Em tempos de guerra, fazia-se uma nomeação especial ao cargo de Sub-Rei: seu detentor governava o reino enquanto o Rei estivesse ausente com o exército, ou então assumia o comando no campo se o Rei, por qualquer razão, permanecesse em casa. Em tempos de paz, o cargo só era preenchido quando o Rei delegava sua autoridade em virtude de doença ou velhice; o detentor era então o Herdeiro natural do trono, caso fosse homem de idade suficiente. Mas na guerra o Conselho não concordava que um Rei idoso enviasse seu Herdeiro à batalha fora do reino, a não ser que tivesse pelo menos mais um filho.

[F] Grimbold era um marechal menor dos Cavaleiros da Marca-ocidental sob comando de Théodred, e recebeu esse posto, como homem valoroso em ambas as batalhas dos Vaus, porque Erkenbrand era mais velho, e o Rei sentia que era necessário alguém com dignidade e autoridade para ser deixado no comando das tropas de que podia dispor para a defesa de Rohan. [N. A.] — Grimbold não é mencionado na narrativa de *O Senhor dos Anéis* antes da organização final dos Rohirrim diante de Minas Tirith (*O Retorno do Rei*, V, 5).

AS BATALHAS DOS VAUS DO ISEN

(ii)

Uma longa nota sobre o texto (na parte em que se discutem as opiniões divergentes dos comandantes sobre a importância dos Vaus do Isen, p. 478) é apresentada aqui. Seu primeiro trecho repete em larga medida a história relatada em outro lugar deste livro, mas julguei melhor publicá-la na íntegra.

Nos dias antigos, o limite meridional e oriental do Reino do Norte havia sido o Griságua; o limite ocidental do Reino do Sul era o Isen. À terra entre eles (a Enedwaith ou "região média") poucos Númenóreanos jamais haviam ido, e nenhum se estabelecera ali. Nos dias dos Reis era parte do reino de Gondor,[G] mas era de pouca importância para eles, exceto para a patrulha e manutenção da grande Estrada Real. Esta se estendia desde Osgiliath e Minas Tirith até Fornost no Norte longínquo, atravessava os Vaus do Isen e cruzava Enedwaith, mantendo-se nas terras mais altas no centro e no nordeste até precisar descer à região ocidental em torno do baixo Griságua, que atravessava por um dique elevado que levava a uma grande ponte em Tharbad. Naquela época, a região era pouco populosa. Nos pântanos das fozes do Griságua e do Isen viviam algumas tribos de "Homens Selvagens", pescadores e caçadores de aves, mas aparentados, na raça e no idioma, com os Drúedain das florestas de Anórien.[H] Nos sopés ocidentais das Montanhas Nevoentas morava o remanescente do povo que os Rohirrim mais tarde chamaram de Terrapardenses: um povo taciturno, aparentado

---

[G]A afirmativa de que Enedwaith, nos dias dos Reis, era parte do reino de Gondor parece conflitar com a imediatamente anterior, de que "o limite ocidental do Reino do Sul era o Isen". Em outro lugar (ver p. 352) consta que Enedwaith "não pertencia a nenhum dos reinos".

[H]Ver pp. 349–50, onde se diz que "um grupo bastante numeroso, mas bárbaro, de pescadores morava entre as fozes do Gwathló e do Angren (Isen)". Lá não se faz menção a qualquer parentesco entre esses povos e os Drúedain, embora conste que estes viviam (e lá sobreviveram até a Terceira Era) no promontório de Andrast, ao sul das fozes do Isen (p. 511, nota 13).

com os antigos habitantes dos vales das Montanhas Brancas que foram amaldiçoados por Isildur.[1] Tinham pouco apreço por Gondor, mas, apesar de bastante intrépidos e ousados, eram muito poucos e tinham excessivo respeito pelo poderio dos Reis para incomodá-los, ou para desviar os olhos do Leste, de onde vinham todos os seus principais perigos. Os Terrapardenses sofreram, como todos os povos de Arnor e Gondor, na Grande Peste dos anos de 1636–37 da Terceira Era, porém menos que a maioria, visto que moravam separados e pouco tratavam com outros homens. Quando terminaram os dias dos Reis (1975–2050) e começou o declínio de Gondor, deixaram efetivamente de ser súditos de Gondor; a Estrada Real não era mantida em Enedwaith, e a Ponte de Tharbad, arruinada, foi substituída apenas por um perigoso vau. Os limites de Gondor eram o Isen e o Desfiladeiro de Calenardhon (como se chamava então). O Desfiladeiro era vigiado pelas fortalezas de Aglarond (o Forte-da-Trombeta) e Angrenost (Isengard); e os Vaus do Isen, o único acesso fácil a Gondor, eram sempre guardados contra qualquer incursão vinda das "Terras Selvagens".

Mas, durante a Paz Vigilante (de 2063 a 2460), o povo de Calenardhon minguou: os mais vigorosos, ano após ano, iam para o leste para manter a linha do Anduin; os que ficavam tornaram-se rústicos e muito afastados das preocupações de Minas Tirith. As guarnições dos fortes não eram renovadas, e eram deixadas aos cuidados de chefes hereditários locais cujos súditos tinham sangue cada vez mais misto. Pois os Terrapardenses

---

[1] Ver *O Senhor dos Anéis*, Apêndice F ("Dos Homens"): "Estes [os habitantes da Terra Parda] eram o resto dos povos que tinham morado nos vales das Montanhas Brancas em eras passadas. Os Mortos do Fano-da-Colina eram seus parentes. Mas nos Anos Sombrios outros se haviam mudado para os vales meridionais das Montanhas Nevoentas; e dali alguns haviam penetrado nas terras vazias que se estendiam ao norte, até as Colinas-dos-túmulos. Deles descendiam os Homens de Bri; mas muito tempo antes eles se haviam tornado súditos do Reino do Norte de Arnor e adotado a língua westron. Só na Terra Parda os Homens dessa raça mantinham sua antiga fala e seus costumes: um povo secreto, hostil aos Dúnedain e que odiava os Rohirrim."

continuamente atravessavam o Isen, sem serem detidos. Era assim quando se renovaram os ataques a Gondor vindos do Leste, e Orques e Lestenses invadiram Calenardhon e sitiaram os fortes, que não teriam resistido por muito tempo. Então chegaram os Rohirrim; e, após a vitória de Eorl no Campo de Celebrant no ano de 2510, seu povo numeroso e aguerrido precipitou-se Calenardhon adentro com inúmeros cavalos, expulsando ou destruindo os invasores do leste. Cirion, o Regente, deu-lhes a posse de Calenardhon, que daí em diante foi chamada de Marca-dos-Cavaleiros, ou em Gondor Rochand (mais tarde Rohan). Os Rohirrim começaram imediatamente a povoar aquela região, porém durante o reinado de Eorl suas fronteiras orientais, ao longo das Emyn Muil e do Anduin, estavam ainda sob ataque. Mas no tempo de Brego e Aldor os Terrapardenses foram outra vez desenraizados e expulsos para além do Isen, e os Vaus do Isen foram guardados. Assim os Rohirrim atraíram o ódio dos Terrapardenses, que somente seria apaziguado quando do retorno do Rei, então ainda num futuro longínquo. Sempre que os Rohirrim estavam fracos ou em apuros, os Terrapardenses renovavam seus ataques.

Jamais houve uma aliança entre povos observada mais à risca por ambos os lados que a aliança entre Gondor e Rohan sob o Juramento de Cirion e Eorl; nem jamais houve guardião das amplas planícies relvadas de Rohan que fosse mais condizente com sua terra que os Cavaleiros da Marca. Não obstante, havia em sua posição uma grave fraqueza, como se demonstrou com maior clareza nos dias da Guerra do Anel, quando ela quase causou a ruína de Rohan e de Gondor. Era decorrente de muitos fatores. O principal era que os olhos de Gondor sempre tinham-se voltado para o leste, de onde vinham todos os seus perigos; a inimizade dos Terrapardenses "selvagens" parecia aos Regentes ter pouca importância. Outro fator era que os Regentes mantinham sob seu próprio domínio a Torre de Orthanc e o Círculo de Isengard (Angrenost); as chaves de Orthanc foram levadas para Minas Tirith, a Torre foi fechada, e o Círculo de Isengard ficou guarnecido apenas por um chefe

CONTOS INACABADOS

hereditário gondoriano e seu reduzido povo, aos quais se uniram os antigos guardas hereditários de Aglarond. A fortaleza dali foi reparada com a ajuda de pedreiros de Gondor, e depois entregue aos Rohirrim.[J] Dali eram supridos os guardas dos Vaus. A maior parte de suas habitações estabeleceu-se em volta dos sopés das Montanhas Brancas e nas ravinas e vales do sul. Aos limites setentrionais de Westfolde só iam raramente e se fosse necessário, encarando com temor as beiras de Fangorn (a Floresta Ent) e as muralhas sombrias de Isengard. Pouco interfeririam com o "Senhor de Isengard" e sua gente secreta, que acreditavam ser praticantes de magia negra. E de Minas Tirith era cada vez mais raro que viessem emissários a Isengard, até que cessaram; parecia que, em meio às suas preocupações, os Regentes haviam esquecido a Torre, apesar de guardarem as chaves.

No entanto, a fronteira ocidental e a linha do Isen eram naturalmente comandadas por Isengard, e isso evidentemente fora bem compreendido pelos Reis de Gondor. O Isen descia da nascente ao longo da muralha oriental do Círculo e, enquanto seguia rumo ao sul, era ainda um rio jovem que não oferecia grande obstáculo a invasores, apesar de suas águas serem ainda muito velozes e estranhamente frias. Mas o Grande Portão de Angrenost abria-se a oeste do Isen; e, se a fortaleza estivesse bem guarnecida, os inimigos das Terras-do-Oeste teriam de ser muito numerosos para pretender penetrar em Westfolde. Ademais, Angrenost distava dos Vaus menos da metade da distância de Aglarond, e uma ampla estrada para cavalos levava dos Portões aos Vaus, na maior parte do percurso sobre terreno plano. O temor que assombrava a grande Torre e o medo das trevas de Fangorn, que se estendia atrás, poderiam protegê-la por algum tempo; mas, se estivesse desguarnecida e abandonada, como ficou nos últimos dias dos Regentes, essa proteção não valeria muito.

[J]Que a chamavam de *Glǽmscrafu*, mas à fortaleza de Súthburg, e após os dias do Rei Helm de Forte-da-Trombeta. [N. A.] — *Glǽmscrafu* (em que o *sc* é pronunciado como *sh*) é anglo-saxão, "cavernas de radiância", com o mesmo significado de *Aglarond*.

E foi o que aconteceu. No reinado do Rei Déor (2699 a 2718), os Rohirrim descobriram que não bastava vigiar os Vaus. Já que nem Rohan nem Gondor davam importância àquele canto afastado do reino, só mais tarde foi que se soube o que acontecera ali. A linhagem dos chefes gondorianos de Angrenost terminara, e o comando da fortaleza passou às mãos de uma família do povo. Estes, como se disse, já havia muito eram de sangue misto e tinham agora mais simpatia pelos Terrapardenses que pelos "Homens selvagens do Norte" que haviam usurpado a terra. Não se ocupavam mais da longínqua Minas Tirith. Após a morte do Rei Aldor, que havia expulsado os últimos Terrapardenses e até mesmo assolado suas terras em Enedwaith à guisa de represália, os Terrapardenses, sem serem notados por Rohan, mas com a conivência de Isengard, começaram a infiltrar-se outra vez no norte de Westfolde, estabelecendo povoados nas ravinas das montanhas a oeste e a leste de Isengard, e até mesmo nas bordas meridionais de Fangorn. No reinado de Déor, tornaram-se abertamente hostis, atacando as manadas e coudelarias dos Rohirrim em Westfolde. Logo ficou claro para os Rohirrim que esses atacantes não haviam atravessado o Isen pelos Vaus ou em qualquer ponto muito ao sul de Isengard, pois os Vaus estavam vigiados.[K] Déor liderou, portanto, uma expedição rumo ao norte e topou com uma hoste de Terrapardenses. Derrotou-os; mas ficou atônito ao descobrir que Isengard também era hostil. Pensando ter libertado Isengard de um cerco terrapardense, enviou mensageiros a seus Portões com palavras de boa vontade, mas os Portões se fecharam diante deles, e a única resposta que receberam foram flechadas. Como se soube mais tarde, os Terrapardenses, tendo sido recebidos como amigos, haviam tomado o Círculo de Isengard, matando os poucos sobreviventes de seus antigos guardas que não queriam (como a maioria) se misturar ao povo terrapardense. Déor imediatamente mandou notícias ao Regente

---

[K]Muitas vezes faziam-se ataques contra a guarnição da margem oeste, mas não eram levados adiante: na verdade só eram feitos para desviar do norte a atenção dos Rohirrim. [N. A.]

em Minas Tirith (à época, no ano de 2710, Egalmoth), mas este não pôde enviar auxílio, e os Terrapardenses permaneceram ocupando Isengard até que, reduzidos pela grande penúria após o Inverno Longo (2758–59), renderam-se à fome e capitularam a Fréaláf (mais tarde, primeiro Rei da Segunda Linhagem). Déor, entretanto, não tinha forças para assaltar ou sitiar Isengard; e por muitos anos os Rohirrim tiveram de deixar uma forte tropa de Cavaleiros no norte de Westfolde; esta foi mantida até as grandes invasões de 2758.[1]

Assim, é fácil compreender as boas-vindas que Saruman recebeu tanto do Rei Fréaláf como de Beren, o Regente, quando se ofereceu para assumir o comando de Isengard, repará-la e reorganizá-la como parte das defesas do Oeste. Portanto, quando Saruman fixou residência em Isengard, e Beren lhe deu as chaves de Orthanc, os Rohirrim voltaram à sua política de guardar os Vaus do Isen, como ponto mais vulnerável da sua fronteira ocidental.

Pouca dúvida pode haver de que Saruman fez sua oferta de boa-fé, ou pelo menos com boa vontade em relação à defesa do Oeste, desde que ele próprio permanecesse como principal pessoa dessa defesa, e chefe do seu conselho. Era sábio e percebia claramente que Isengard, com sua posição e grande força, natural e artificial, era da máxima importância. A linha do Isen, entre as pinças de Isengard e do Forte-da-Trombeta, era um baluarte contra invasões do Leste (fossem incitadas e guiadas por Sauron ou outras), que se destinassem a circundar Gondor ou a invadir Eriador. Acabou, porém, voltando-se para o mal e se tornou um inimigo; no entanto, os Rohirrim, apesar de terem avisos de sua crescente hostilidade a eles, continuaram a concentrar nos Vaus sua força principal no oeste, até que Saruman, em guerra aberta, lhes mostrou que os Vaus ofereciam pouca proteção sem Isengard, e menos ainda contra ela.

---

[1] Um relato dessas invasões de Gondor e Rohan é apresentado em *O Senhor dos Anéis*, Apêndice A (I, iv, e II).

QUARTA PARTE

QUARTA PARTE

I

OS DRÚEDAIN

O Povo de Haleth era estranho aos demais Atani, pois falava um idioma forâneo; e, apesar de se unirem a eles em aliança com os Eldar, permaneciam como um povo separado. Entre si mantinham-se fiéis a seu próprio idioma, e, embora aprendessem por necessidade o sindarin para se comunicarem com os Eldar e os demais Atani, muitos falavam essa língua com hesitação, e alguns dentre os que raramente ultrapassavam os limites de suas próprias florestas não a usavam em absoluto. Não adotavam de bom grado objetos ou costumes novos e mantinham muitas práticas que pareciam estranhas aos Eldar e aos demais Atani, com quem pouco tratavam, salvo na guerra. No entanto, eram estimados como aliados leais e guerreiros temíveis, se bem que fossem pequenas as companhias que mandavam para combater fora de suas fronteiras. Pois eram, e permaneceram até seu fim, um povo diminuto, preocupado mormente em proteger suas próprias florestas, e destacavam-se no combate nos bosques. Na verdade, por muito tempo nem mesmo os Orques especialmente treinados para essa atividade ousavam aproximar-se de suas fronteiras. Uma das estranhas práticas mencionadas era que muitos de seus guerreiros eram mulheres, apesar de poucas irem a campo para lutar nas grandes batalhas. Esse costume era evidentemente antigo;[1] pois sua chefe Haleth era uma renomada amazona com uma seleta escolta de mulheres.[2]

O mais estranho de todos os costumes do Povo de Haleth era a presença entre eles de um povo de espécie totalmente diversa,[3] tal como nem os Eldar em Beleriand nem os demais Atani jamais haviam visto. Não eram muitos, talvez algumas centenas, vivendo separados em famílias ou pequenas tribos, mas em amizade, como membros da mesma comunidade.[4] O Povo de Haleth chamava-os pelo nome *drûg*, que era uma palavra de sua própria língua. Aos olhos dos Elfos e dos outros Homens tinham aspecto desgracioso: eram atarracados (com cerca de quatro pés de altura), mas muito espadaúdos, com nádegas pesadas e pernas curtas e grossas; seus rostos largos tinham olhos profundos com sobrancelhas espessas e nariz chatos, e não apresentavam pelos abaixo das sobrancelhas, exceto no caso de alguns homens (que se orgulhavam da distinção), que tinham um pequeno tufo de pelos negros no meio do queixo. Suas feições eram em geral impassíveis, sendo a boca larga o que mais se movia; e o movimento de seus olhos alertas só podia ser observado de perto, pois eram tão negros que as pupilas não podiam ser distinguidas, mas na ira tinham um fulgor vermelho. A voz era grave e gutural, mas seu riso era uma surpresa: era cheio e retumbante, e fazia com que todos que o ouvissem, Elfos ou Homens, rissem também por seu puro regozijo sem contaminação de zombaria ou maldade.[5] Na paz, frequentemente riam enquanto trabalhavam ou brincavam, quando outros Homens talvez cantassem. Mas podiam ser inimigos inexoráveis, e sua ira rubra, uma vez inflamada, esfriava devagar, apesar de não demonstrar sinal, exceto a luz em seus olhos; pois lutavam em silêncio e não exultavam na vitória, nem mesmo contra os Orques, as únicas criaturas pelas quais tinham ódio implacável.

Os Eldar os chamavam de Drúedain, admitindo-os na classe dos Atani,[6] pois foram muito amados enquanto duraram. Ai deles! Não tinham vida longa e sempre foram poucos, tendo suas perdas sido pesadas na contenda com os Orques, que retribuíam seu ódio e se deleitavam em capturá-los e torturá-los. Quando as vitórias de Morgoth destruíram todos os reinos e baluartes dos Elfos e dos Homens em Beleriand, diz-se que haviam minguado, restando apenas algumas famílias, mormente de mulheres e crianças, algumas das quais foram ter com os últimos refugiados nas Fozes do Sirion.[7]

Nos tempos de outrora, haviam sido de grande valia àqueles entre quem viviam, e eram muito requisitados; porém poucos chegaram a abandonar a terra do Povo de Haleth.[8] Tinham uma maravilhosa habilidade para seguir a pista de todas as criaturas viventes e ensinavam aos amigos o que pudessem de seu ofício; mas seus pupilos não os igualavam, pois os Drúedain usavam o faro como cães, só que também tinham a visão aguçada. Gabavam-se de ser capazes de farejar um Orque a favor do vento mais longe do que outros Homens os conseguiam ver, e podiam seguir seu rastro por semanas, exceto através da água corrente. Seu conhecimento de todas as coisas que crescem era quase igual ao dos Elfos (porém não ensinado por estes); e diz-se que, quando se mudavam para uma nova região, em pouco tempo conheciam todas as coisas que lá cresciam, grandes ou diminutas, e davam nomes àquelas que lhes eram novas, distinguindo as venenosas e as úteis para a alimentação.[9]

Os Drúedain, assim como os demais Atani, não tinham forma de escrita até encontrarem os Eldar; mas nunca aprenderam as runas e as escritas dos Eldar. Não chegaram mais perto da escrita, pela sua própria invenção, do que o uso de uma série de sinais, simples na maior parte, para marcar trilhas ou dar informações e avisos. No passado remoto, parece que já possuíam pequenos implementos de sílex para raspar e cortar, e ainda os usavam, pois, embora os Atani conhecessem metais e alguma arte da forja antes de chegarem a Beleriand,[10] os metais eram difíceis de conseguir e as armas e ferramentas forjadas eram muito custosas. Mas quando, em Beleriand, pela associação com os Eldar e o comércio com os Anãos das Ered Lindon, tais objetos se tornaram mais comuns, os Drúedain demonstraram grande talento para o entalhe em madeira ou pedra. Já tinham conhecimento de pigmentos, principalmente derivados de plantas, e desenhavam figuras e motivos na madeira ou em superfícies planas de pedra; e às vezes raspavam nós de madeira para formar rostos que podiam ser pintados. Mas com ferramentas mais afiadas e mais fortes deleitavam-se em esculpir figuras de homens e animais, fossem brinquedos e ornamentos,

OS DRÚEDAIN

fossem imagens grandes, às quais os mais habilidosos dentre eles conseguiam imprimir um vigoroso aspecto de vida. Às vezes essas imagens eram estranhas e fantásticas, ou mesmo terríveis: entre as brincadeiras cruéis em que empregavam sua habilidade estava a feitura de formas de Orques que punham nas fronteiras da região, com aspecto de quem está fugindo dali, uivando de terror. Também faziam imagens de si próprios e as colocavam nas entradas de trilhas ou nas curvas de caminhos da floresta. Chamavam-nas de "pedras-de-vigia"; as mais notáveis delas estavam dispostas perto das Travessias do Teiglin, cada uma representando um Drúadan, maior que o tamanho natural, agachado com todo o peso sobre um Orque morto. Essas figuras não serviam meramente como insultos a seus inimigos; pois os Orques as temiam e criam que estavam cheias do rancor dos *Oghor-hai* (pois assim chamavam os Drúedain), e que podiam se comunicar com eles. Portanto, raramente ousavam tocá-las ou tentar destruí-las; e, exceto quando eram numerosos, davam a volta diante da "pedra-de-vigia" e não iam adiante.

No entanto, entre os poderes desse estranho povo talvez o mais notável fosse sua capacidade de total silêncio e imobilidade, que às vezes podiam suportar por muitos dias a fio, sentados de pernas cruzadas, mãos nos joelhos ou no colo, e olhos fechados ou fitando o chão. Acerca disso relatava-se um conto entre o Povo de Haleth:

> Certa vez, um dos mais hábeis escultores de pedra entre os Drûgs fez uma imagem de seu pai, que havia morrido; e colocou-a ao lado de um caminho próximo à sua morada. Então sentou-se ao seu lado e caiu num profundo silêncio de recordação. Ocorreu que, pouco tempo depois, um homem da floresta passou por ali em viagem a uma aldeia distante; e, vendo dois Drûgs, fez uma reverência e lhes desejou um bom dia. Mas não recebeu resposta e ficou parado por algum tempo, surpreso, olhando-os atentamente. Então seguiu caminho, dizendo consigo: "Grande habilidade têm eles ao trabalhar a pedra, mas nunca vi estátua mais natural." Três dias depois voltou e, como estava muito cansado,

sentou-se e apoiou as costas em uma das figuras. Jogou-lhe o manto em torno dos ombros para secar, pois chovera, mas agora o sol brilhava forte. Ali caiu no sono; mas após algum tempo foi despertado por uma voz atrás dele. "Espero que tenhas repousado", dizia, "porém, se desejas dormir mais, peço-te que te mudes para o outro. Ele nunca mais vai precisar esticar as pernas; e teu manto ao sol está quente demais para mim."

Consta que os Drúedain muitas vezes se sentavam assim, em tempos de pesar ou perda, mas às vezes pelo prazer de pensar, ou fazendo planos. Mas também podiam usar essa imobilidade quando estavam de guarda; e então sentavam-se ou ficavam em pé, ocultos na sombra, e apesar de seus olhos parecerem fechados ou fixos com um olhar vazio, nada passava ou se aproximava que não fosse notado e lembrado. Era tão intensa sua vigilância invisível que podia ser sentida como ameaça hostil pelos intrusos, que recuavam de temor antes que fosse dado qualquer alerta; mas, se passasse alguma criatura malévola, emitiam como sinal um assobio estridente, doloroso de suportar a curta distância e ouvido ao longe. O serviço dos Drúedain como vigias era muito estimado pelo Povo de Haleth em tempos de perigo; e, se tais vigias não estivessem disponíveis, mandavam esculpir figuras à sua semelhança, para serem postas perto de suas casas, crendo que (como eram feitas pelos próprios Drúedain com esse fim) continham parte da ameaça dos homens viventes.

De fato, apesar de terem pelos Drúedain amor e confiança, muitos dentre o Povo de Haleth acreditavam que eles possuíam poderes misteriosos e mágicos; e entre suas histórias maravilhosas havia diversas que falavam desses aspectos. Uma delas está registrada aqui.

A Pedra Fiel

Era uma vez um Drûg chamado Aghan, famoso como curandeiro. Tinha grande amizade com Barach, um homem da floresta pertencente ao Povo, que vivia em uma casa no bosque a duas milhas ou mais da aldeia mais próxima. Como as moradias da família de Aghan ficavam mais perto, ele passava a maior parte do seu tempo com Barach e sua esposa, e as crianças gostavam muito dele. Veio uma época de dificuldades, pois alguns Orques atrevidos haviam em segredo penetrado na floresta nas redondezas e se haviam dispersado em grupos de dois ou três, emboscando todos os que saíam sozinhos e atacando à noite casas afastadas dos vizinhos. A família de Barach não temia muito, pois Aghan passava a noite com eles e vigiava do lado de fora. Mas certa manhã Aghan veio ter com Barach e anunciou: "Amigo, tenho más novas da minha família e lamento precisar deixar-te por algum tempo. Meu irmão foi ferido. Agora jaz em grande sofrimento e chama por mim, pois sou habilidoso no tratamento de feridas infligidas pelos Orques. Voltarei assim que puder." Barach ficou muito preocupado, e sua esposa e filhos choraram, mas Aghan tranquilizou-o: "Farei o que puder. Mandei trazer para cá uma pedra-de-vigia, que foi colocada perto de tua casa." Barach saiu com Aghan e observou a pedra-de-vigia. Era grande e pesada, e estava debaixo de alguns arbustos, não longe das suas portas. Aghan apoiou a mão nela, e após um instante de silêncio falou: "Vê, deixei nela alguns dos meus poderes. Que ela te proteja do mal!"

Nada desfavorável aconteceu por duas noites, mas na terceira noite Barach ouviu o estridente chamado de alerta dos Drûgs — ou sonhou que o ouvira, pois ninguém mais despertou com ele. Saindo da cama, pegou o arco suspenso à parede e foi até uma janela estreita. Dali viu dois Orques encostando material combustível à casa e preparando-se para lhe atear fogo. Então Barach tremeu de medo, pois os Orques saqueadores levavam consigo enxofre ou outra substância diabólica que se inflamava depressa e não podia ser apagada com água. Recuperando-se, armou o arco, mas naquele momento, bem quando as chamas começavam a saltar, viu um Drûg chegar correndo por trás dos Orques. O Drûg abateu um deles com um soco, e o outro fugiu. Então lançou-se descalço no fogo, espalhando o combustível que ardia e pisoteando as chamas-órquicas que corriam pelo chão. Barach apressou-se a abrir as portas, mas, quando havia tirado a trava

CONTOS INACABADOS

e saltado para fora, o Drûg desaparecera. Não havia vestígio do Orque derrubado. O fogo morrera, e restavam apenas fumaça e mau cheiro.

Barach voltou para dentro para consolar a família, que fora despertada pelo barulho e pelo cheiro do incêndio; mas à luz do dia saiu de novo e olhou em volta. Descobriu que a pedra-de-vigia desaparecera, mas manteve o fato em segredo. "Hoje à noite eu terei de ser o vigia", pensou; porém mais tarde naquele dia Aghan retornou, e foi recebido com alegria. Calçava borzeguins altos, que os Drûgs às vezes usavam em terrenos bravios, entre espinhos ou rochedos, e estava exausto. Mas sorria e parecia contente; e anunciou: "Trago boas novas. Meu irmão não sente mais dor e não morrerá, pois cheguei a tempo de neutralizar o veneno. E agora ouvi dizer que os saqueadores foram mortos, ou que fugiram. Como tendes passado?"

"Ainda estamos vivos", respondeu Barach. "Mas vem comigo, e vou mostrar-te e contar-te mais." Então levou Aghan ao lugar do fogo, e lhe falou do ataque noturno. "A pedra-de-vigia sumiu — obra dos Orques, acho. O que tens a dizer sobre isso?"

"Falarei quando tiver observado e pensado por mais tempo", respondeu Aghan; e então andou para cá e para lá esquadrinhando o chão, seguido por Barach. Por fim, Aghan levou-o até uma moita à beira da clareira onde ficava a casa. Lá estava a pedra-de-vigia, sentada sobre um Orque morto; mas suas pernas estavam enegrecidas e rachadas, e um dos pés se partira e estava jogado solto a seu lado. Aghan pareceu aflito; mas ponderou: "Ora, bem! Ele fez o que podia. E é melhor que as pernas dele pisoteiem o fogo dos Orques que as minhas."

Então sentou-se e desamarrou os borzeguins, e Barach viu que por baixo deles havia ataduras em suas pernas. Aghan soltou-as. "Já estão sarando", tranquilizou-o. "Mantive vigília junto a meu irmão por duas noites, e na noite passada dormi. Acordei antes que raiasse a manhã, sentindo dor, e descobri que minhas pernas estavam cheias de bolhas. Então adivinhei o que ocorrera. Ai de mim! Quando se transmite algum poder para algum objeto que se fez, tem-se de compartilhar seu sofrimento."[11]

505

OS DRÚEDAIN

Notas adicionais sobre os Drúedain

Meu pai esforçou-se para ressaltar a diferença radical entre os Drúedain e os Hobbits. Tinham forma física e aparência bem diferentes. Os Drúedain eram mais altos e de constituição mais pesada e mais forte. Seus traços faciais eram desgraciosos (julgados pelos padrões humanos gerais); e, enquanto os cabelos da cabeça dos Hobbits eram abundantes (mas densos e encaracolados), os Drúedain tinham apenas cabelos esparsos e lisos na cabeça, e nenhum pelo nas pernas e nos pés. Eram às vezes risonhos e alegres, como os Hobbits, mas sua natureza possuía um lado mais sinistro, e eles podiam ser sardônicos e cruéis; e tinham, ou se lhes creditavam, poderes estranhos ou mágicos. Eram ademais um povo frugal, que se alimentava parcamente mesmo em épocas de abundância e nada bebia além de água. Sob alguns aspectos pareciam-se mais com os Anãos: na constituição, na estatura e na resistência; na habilidade de esculpir a pedra; no lado ríspido de seu caráter; e em seus estranhos poderes. Mas as habilidades "mágicas" atribuídas aos Anãos eram bem diferentes; e os Anãos eram muito mais ríspidos, além de também viver mais tempo, enquanto os Drúedain tinham vida curta em comparação com outras espécies de Homens.

Apenas uma vez, em uma nota isolada, há menção explícita ao relacionamento entre os Drúedain de Beleriand na Primeira Era, que vigiavam as casas do Povo de Haleth na Floresta de Brethil, e os ancestrais remotos de Ghân-buri-Ghân, que guiou os Rohirrim pelo Vale das Carroças-de-pedra a caminho de Minas Tirith (*O Retorno do Rei*, V, 5), ou os criadores das imagens na estrada para o Fano-da-Colina (*ibid.*, V, 3).[12] Essa nota afirma:

Um ramo emigrante dos Drúedain acompanhou o Povo de Haleth ao final da Primeira Era, e habitou na Floresta [de Brethil] com eles. Mas a maioria havia permanecido nas Montanhas Brancas, a despeito da perseguição pelos Homens que chegaram depois, que haviam recaído no serviço das Trevas.

Também se diz aqui que a identidade das estátuas do Fano-da-Colina com os remanescentes dos Drúath (percebida por Meriadoc Brandebuque quando pôs os olhos pela primeira vez em Ghân-buri-Ghân) era reconhecida originalmente em Gondor, embora à época do estabelecimento do reino númenóreano por Isildur eles sobrevivessem somente na Floresta Drúadan e em Drúwaith Iaur (ver adiante).

Assim, se quisermos, podemos elaborar a antiga lenda da chegada dos Edain em *O Silmarillion* (pp. 150–54) com a adição dos Drúedain, descendo das Ered Lindon para Ossiriand com os Haladin (o Povo de Haleth). Outra nota diz que os historiadores de Gondor acreditavam que os primeiros Homens a atravessar o Anduin foram de fato os Drúedain. Vieram (cria-se) de terras ao sul de Mordor, mas, antes de alcançarem as costas de Haradwaith, voltaram-se rumo ao norte para Ithilien, e por fim, encontrando um caminho para atravessar o Anduin (provavelmente perto de Cair Andros), estabeleceram-se nos vales das Montanhas Brancas e nas terras arborizadas em seus sopés setentrionais. "Eram um povo reservado, que suspeitava das outras espécies de Homens, pelas quais haviam sido oprimidos e perseguidos desde suas lembranças mais antigas, e haviam vagueado para o oeste em busca de uma terra onde pudessem esconder-se e ter paz." Mas nada mais se diz, aqui ou em outro lugar, acerca da história de sua associação com o Povo de Haleth.

Em um ensaio, previamente mencionado, sobre os nomes dos rios na Terra-média, vislumbram-se os Drúedain na Segunda Era. Lá se diz (ver p. 356) que o povo nativo de Enedwaith, fugindo das devastações dos Númenóreanos ao longo do curso do Gwathló,

não atravessaram o Isen nem se refugiaram no grande promontório entre o Isen e o Lefnui, que formava a margem norte da Baía de Belfalas, por causa dos "Homens-Púkel", que eram um povo reservado e cruel, caçadores incansáveis e silenciosos, que usavam dardos envenenados. Diziam que sempre haviam estado ali, e outrora haviam vivido também nas Montanhas Brancas.

OS DRÚEDAIN

Em eras passadas, não haviam dado atenção ao Grande Escuro (Morgoth), nem mais tarde se aliaram a Sauron, pois odiavam todos os invasores do Leste. Do Leste, diziam, haviam vindo os Homens altos que os expulsaram das Montanhas Brancas, Homens que tinham maldade no coração. Talvez até mesmo nos dias da Guerra do Anel alguns dentre o povo-drû restassem nas montanhas de Andrast, a extensão ocidental das Montanhas Brancas, mas apenas o remanescente nos bosques de Anórien era conhecido pelo povo de Gondor.

Essa região entre o Isen e o Lefnui era Drúwaith Iaur; e, em mais outro fragmento de escrita sobre esse assunto, afirma-se que a palavra *Iaur*, "velho", nesse nome não significa "original", e sim "anterior":

Os "Homens-Púkel" ocuparam as Montanhas Brancas (de ambos os lados) na Primeira Era. Quando começou a ocupação das terras costeiras pelos Númenóreanos, na Segunda Era, sobreviveram nas montanhas do promontório [de Andrast], que jamais foi ocupado pelos Númenóreanos. Outro remanescente sobreviveu na extremidade leste da cadeia de montanhas [em Anórien]. Ao fim da Terceira Era acreditava-se que estes últimos, muito reduzidos em número, fossem os únicos sobreviventes; por isso a outra região foi chamada "o Antigo Ermo-dos-Púkel" (Drúwaith Iaur). Permanecia como "ermo", e não era habitada por Homens de Gondor ou de Rohan, e raramente algum deles lá entrava; mas os Homens do Anfalas acreditam que alguns dos antigos "Homens Selvagens" ainda vivessem lá em segredo.[13]

Mas em Rohan a identidade das estátuas do Fano-da-Colina, chamadas de "Homens-Púkel", com os "Homens Selvagens" da Floresta Drúadan não era reconhecida, nem sua "humanidade"; vem daí a referência de Ghân-buri-Ghân à perseguição dos "Homens Selvagens" pelos Rohirrim, no passado ["deixem os Homens Selvagens sozinhos na mata e não cacem mais eles como animais"]. Visto que Ghân-buri-Ghân estava tentando usar a fala comum, ele chamava sua gente de "Homens Selvagens" (não sem ironia); mas este evidentemente não era o nome que usavam para si mesmos.[14]

NOTAS

[1]Não em decorrência de sua situação especial em Beleriand, e talvez mais uma causa de seu reduzido número do que resultado disso. Multiplicavam-se muito mais devagar que os demais Atani, pouco mais do que bastava para repor as perdas da guerra; no entanto muitas de suas mulheres (que eram menos numerosas que os homens) permaneciam solteiras. [N. A.]

[2]Em *O Silmarillion*, Bëor descreveu os Haladin (mais tarde chamados de Povo de Haleth) a Felagund como "um povo do qual estamos separados em fala" (p. 199). Também está dito que "permaneceram como um povo à parte" (p. 205), e que eram menores de estatura que os homens da Casa de Bëor; "usavam poucas palavras e não amavam grande multidão de homens; e muitos entre eles se deleitavam na solidão, vagando livres nas matas verdes enquanto as maravilhas das terras dos Eldar lhes eram novas" (p. 208). Nada consta em *O Silmarillion* sobre o elemento das amazonas em sua sociedade, além do fato de a Senhora Haleth ser guerreira e líder do povo, nem sobre a questão que fizeram de preservar sua própria língua em Beleriand.

[3]Apesar de falarem a mesma língua (à sua moda). Retiveram, porém, algumas das suas próprias palavras. [N. A.]

[4]Da mesma forma como, na Terceira Era, viviam juntos os Homens e Hobbits de Bri; não havia, porém, parentesco entre o povo-drû e os Hobbits. [N. A.]

[5]Aos hostis que, sem conhecê-los bem, declaravam que Morgoth talvez tivesse criado os Orques de tal estirpe, os Eldar respondiam: "Visto que não pode fazer criatura viva, Morgoth sem dúvida criou os Orques a partir de várias espécies de Homens, mas os Drúedain devem ter escapado à sua Sombra; pois o riso deles é tão diferente do riso dos Orques quanto a luz de Aman das trevas de Angband." Mas alguns pensavam, ainda assim, que houvera um remoto parentesco, o que explicaria sua inimizade especial. Tanto os Orques como os Drûgs consideravam o outro grupo como renegados. [N. A.] — Em *O Silmarillion* consta que os Orques foram criados por Melkor a partir de Elfos capturados, no início de seus dias (p. 82; ver p. 137); mas esta era apenas uma de várias especulações divergentes sobre a origem dos Orques. Pode-se notar que, em *O Retorno do Rei*, V, 5, o riso de Ghân-buri-Ghân é descrito: "Com essas palavras, Ghân fez um curioso ruído gorgolejante, e parecia que estava rindo." Ele é descrito como pessoa de barba rala cujos pelos "se dispersavam como musgo seco em seu queixo de rugas", e olhos escuros que nada demonstravam.

OS DRÚEDAIN

[6]Em notas isoladas afirma-se que o nome que tinham para si mesmos era *Drughu* (onde o *gh* representa um som aspirado). Esse nome, adaptado ao sindarin em Beleriand, tornou-se *Drû* (plurais *Drúin* e *Drúath*); mas, quando os Eldar descobriram que o povo-drû era inimigo ferrenho de Morgoth, e especialmente dos Orques, o "título" *adan* foi acrescentado, e eles passaram a ser chamados de *Drúedain* (singular *Drúadan*), tanto para marcar sua humanidade e amizade com os Eldar como sua diferença racial do povo das Três Casas dos Edain. *Drû* era então usado apenas em compostos tais como *Drúnos*, "uma família do povo-drû", *Drúwaith*, "os ermos do povo-drû". Em quenya *Drughu* tornou-se *Rú*, e *Rúatan*, plural *Rúatani*. Para seus outros nomes em tempos posteriores (Homens Selvagens, Woses, Homens-Púkel), ver p. 508 e nota 14.

[7]Nos anais de Númenor, consta que foi permitido a esse remanescente cruzar os mares com os Atani, e que na paz da nova terra prosperaram e se multiplicaram outra vez, mas não participaram mais de guerras, pois temiam o mar. O que lhes aconteceu depois só está registrado em uma das poucas lendas que sobreviveram à Queda, a história das primeiras navegações dos Númenóreanos de volta à Terra-média, conhecida como "A Esposa do Marinheiro". Em uma cópia dessa obra, escrita e conservada em Gondor, há uma nota do escriba sobre um trecho no qual os Drúedain da casa do Rei Aldarion, o Marinheiro, são mencionados. Ela relata que os Drúedain, que sempre foram célebres por sua estranha premonição, perturbaram-se ao ouvir de suas viagens, pressentindo que daí adviria algum mal, e lhe pediram que não viajasse mais. Mas não tiveram êxito, visto que nem seu pai nem sua esposa conseguiam induzi-lo a mudar de rumo, e os Drúedain partiram aflitos. Daquela época em diante os Drúedain de Númenor ficaram inquietos e, a despeito de seu temor do mar, um por um ou em grupos de dois ou três pediam passagem nos grandes navios que zarpavam para as costas do Noroeste da Terra-média. Caso alguém perguntasse: "Por que desejais ir, e aonde?", eles respondiam: "A Grande Ilha não parece mais segura debaixo dos nossos pés, e desejamos retornar às terras de onde viemos." Assim, foram diminuindo em número outra vez, lentamente, ao longo de anos, e não restava mais nenhum quando Elendil escapou da Queda: o último fugira do país quando Sauron fora levado para lá. [N. A.] — Não há vestígio, nem nos materiais relativos à história de Aldarion e Erendis nem em qualquer outro lugar, da presença de Drúedain em Númenor além do trecho precedente, salvo uma nota isolada que diz que "os Edain que cruzaram os mares até Númenor, ao fim da Guerra das Joias, continham poucos remanescentes do Povo de Haleth, e os pouquíssimos Drúedain que os acompanhavam extinguiram-se muito tempo antes da Queda".

[8]Alguns viviam com a família de Húrin da Casa de Hador, pois ele morara entre o Povo de Haleth em sua juventude e era parente de seu senhor. [N. A.] — Sobre o relacionamento de Húrin com o Povo de Haleth ver *O Silmarillion*, p. 219. — Era intenção de meu pai acabar transformando Sador, o velho serviçal da casa de Húrin em Dor-lómin, em um *Drûg*.

510

[9]Tinham uma lei contra o uso de todos os venenos para fazer mal a qualquer criatura viva, mesmo àquelas que lhes tivessem causado ferimentos — exceto os Orques, cujos dardos envenenados combatiam com outros mais mortíferos. [N. A.] — Elfhelm contou a Meriadoc Brandebuque que os Homens Selvagens usavam flechas envenenadas (*O Retorno do Rei*, V, 5), e os habitantes de Enedwaith na Segunda Era acreditavam o mesmo sobre eles (pp. 507–08). Em um ponto posterior deste ensaio diz-se sobre as moradas dos Drúedain algo que convém citar aqui. Vivendo entre o Povo de Haleth, que eram gente da floresta, "contentavam-se em morar em tendas ou abrigos, construídos fragilmente em volta dos troncos de grandes árvores, pois eram uma raça resistente. Em seus antigos lares, de acordo com suas próprias histórias, haviam usado cavernas nas montanhas, mas principalmente como depósitos, só ocupados como moradias e lugares para dormir em tempo inclemente. Tinham refúgios semelhantes em Beleriand, onde todos, exceto os mais resistentes, refugiavam-se em épocas de tempestade ou inverno rigoroso; mas esses lugares eram vigiados, e nem mesmo seus amigos mais próximos dentre o Povo de Haleth eram bem-vindos ali".

[10]Adquiridos, de acordo com suas lendas, dos Anãos. [N. A.]

[11]Sobre esta história meu pai observou: "Os contos, tais como 'A Pedra Fiel', que falam sobre como transferiam parte de seus 'poderes' a seus artefatos, lembram-nos em miniatura a transferência do poder de Sauron às fundações de Barad-dûr e ao Anel Regente."

[12]"Em cada curva da estrada havia grandes pedras fincadas que tinham sido esculpidas à semelhança de homens, enormes e de membros grosseiros, acocorados de pernas cruzadas e cruzando os braços atarracados nas gordas barrigas. Algumas, pelo desgaste do tempo, haviam perdido todas as feições, exceto pelos buracos escuros dos olhos, que ainda encaravam tristemente os transeuntes."

[13]O nome *Drúwaith Iaur* (*Antiga Terra-Púkel*) aparece no mapa ilustrado da Terra-média da srta. Pauline Baynes, colocado bem ao norte das montanhas do promontório de Andrast. Meu pai afirmou, no entanto, que o nome fora inserido por ele e estava corretamente colocado. — Uma anotação à margem afirma que, após as Batalhas dos Vaus do Isen, descobriu-se que muitos Drúedain de fato sobreviviam em Drúwaith Iaur, pois saíram das cavernas onde viviam para atacar remanescentes das forças de Saruman que haviam sido expulsos rumo ao sul. — Em um trecho citado na p. 488 há uma referência a tribos de "Homens Selvagens", pescadores e caçadores de aves, nas costas de Enedwaith, que em raça e fala eram aparentados com os Drúedain de Anórien.

[14]Em *O Senhor dos Anéis* usa-se uma vez o termo "Woses", quando Elfhelm falou a Meriadoc Brandebuque: "Ouves os Woses, os Homens Selvagens das Matas." — *Wose* é uma modernização (neste caso, a forma que a palavra teria

OS DRÚEDAIN

agora caso ainda existisse na língua[A]) de uma palavra anglo-saxã, *wása*, que na verdade só se encontra no composto *wudu-wása*, "homem selvagem da floresta". (O Elfo Saeros de Doriath chamou Túrin de "selvagem-da-floresta", p. 117. A palavra sobreviveu por muito tempo no inglês, e acabou sendo corrompida para "*woodhouse*".) A palavra efetivamente usada pelos Rohirrim (da qual "wose" é uma tradução, de acordo com o método empregado em toda parte) é mencionada uma vez: *róg*, plural *rógin*.

Parece que o termo "Homens-Púkel" (outra vez uma tradução: representa o anglo-saxão *púcel*, "gobelim, demônio", um cognato da palavra *púca* da qual se deriva *Puck*) só era usado em Rohan acerca das imagens do Fano-da-Colina.

[A]Inglesa moderna [N. T.]

II

OS ISTARI

O relato mais completo sobre os Istari foi escrito, ao que parece, em 1954 (ver a Introdução, p. 28, para uma indicação da sua origem). Apresento-o aqui na íntegra e subsequentemente referir-me-ei a ele como "o ensaio sobre os Istari".

Mago é uma tradução do quenya *istar* (sindarin *ithron*): um dos membros de uma "ordem" (como eles a chamavam), que alegava possuir e demonstrava eminente conhecimento da história e natureza do Mundo. A tradução (apesar de adequada, por relacionar-se com "wise"[A] e outras antigas palavras de conhecimento, de modo semelhante a *istar* em quenya) talvez não seja feliz, visto que a *Heren Istarion* ou "Ordem dos Magos" era bem diversa dos "magos" e "mágicos" de lendas posteriores. Eles pertenciam unicamente à Terceira Era e depois partiram, e ninguém, exceto talvez Elrond, Círdan e Galadriel, descobriu de que espécie eram ou de onde vieram.

Entre os Homens (inicialmente), aqueles que tratavam com eles supunham que eram Homens que haviam adquirido tradições e artes através de estudos longos e secretos. Apareceram pela primeira vez na Terra-média por volta do ano 1000 da Terceira Era, mas por muito tempo andaram com aparência simples, como de Homens já velhos, mas sãos de corpo, viajantes e caminhantes, adquirindo conhecimento da Terra-média e de todos os que ali habitavam, porém sem revelar a ninguém seus

---

[A] Os Magos são chamados em inglês de *wizards*, termo cognato com *wise*, "sábio". [N. T.]

poderes e propósitos. Naquela época, os Homens raramente os viam e pouca atenção lhes davam. No entanto, à medida que a sombra de Sauron começou a crescer e tomar forma outra vez, tornaram-se mais ativos e buscavam sempre opor-se ao avanço da Sombra, bem como a levar os Elfos e os Homens a se prevenirem contra seu perigo. Então espalhou-se por toda parte, entre os Homens, o rumor de suas idas e vindas, bem como de sua interferência em muitos assuntos; e os Homens perceberam que eles não morriam, mas permaneciam iguais (a não ser pelo fato de que envelheciam um pouco no aspecto), enquanto os pais e os filhos dos Homens faleciam. Os Homens, portanto, começaram a temê-los, mesmo quando os amavam, e consideravam que eles fossem da raça dos Elfos (com os quais de fato muitas vezes se associavam).

Porém não o eram. Pois vinham do outro lado do Mar, desde o Extremo Oeste; por muito tempo, no entanto, isso só foi do conhecimento de Círdan, Guardião do Terceiro Anel, mestre dos Portos Cinzentos, que viu seus desembarques nas praias ocidentais. Eram emissários dos Senhores do Oeste, os Valar, que ainda deliberavam sobre o governo da Terra-média e que, quando a sombra de Sauron começou a se agitar novamente, empreenderam esse meio de lhe resistir. Pois, com o consentimento de Eru, enviaram membros de sua própria elevada ordem, porém vestidos de corpos como os dos Homens, reais e não ilusórios, mas sujeitos aos medos, às dores e à exaustão da terra, capazes de sentirem fome e sede, e de serem mortos; embora, por causa de sua nobreza de espírito, não morressem, e só envelhecessem em decorrência das preocupações e labutas de muitos e muitos anos. E isso foi feito pelos Valar porque desejavam emendar os erros de outrora, especialmente a tentativa de proteger e isolar os Eldar pela plena revelação de seu próprio poderio e glória; agora, no entanto, seus emissários estavam proibidos de se revelar em formas de majestade, ou de procurar dominar as vontades dos Homens ou dos Elfos através da demonstração aberta de poder, mas, vindos em formas débeis e humildes, tinham a incumbência de aconselhar e persuadir os Homens e os Elfos para o bem, e procurar unir no amor e na compreensão todos aqueles que Sauron, caso retornasse, tentaria dominar e corromper.

Dessa Ordem o número de membros é desconhecido; mas daqueles que chegaram ao Norte da Terra-média, onde havia mais esperança (por causa do remanescente dos Dúnedain e dos Eldar que lá habitavam), os principais eram cinco. O primeiro a chegar tinha nobre semblante e porte, com cabelos negros e uma bela voz, e trajava branco; tinha grande habilidade nos trabalhos das mãos, e era considerado por quase todos, mesmo pelos Eldar, o chefe da Ordem.[1] Também havia outros: dois trajados de azul do mar, e um do castanho da terra; e por último chegou um que parecia o menos importante, menos alto que os demais, e de aspecto mais idoso, de cabelos grisalhos, trajado de cinza e apoiado em um cajado. Mas Círdan, desde seu primeiro encontro nos Portos Cinzentos, adivinhou nele o maior e mais sábio espírito. Deu-lhe as boas-vindas com reverência e entregou a seus cuidados o Terceiro Anel, Narya, o Vermelho.

"Pois", orientou ele, "grandes labutas e perigos estão diante de ti; e, para que tua tarefa não demonstre ser demasiado grande e exaustiva, toma este Anel para teu auxílio e conforto. Foi-me confiado apenas para ser mantido em segredo, e aqui nas costas do Oeste está ocioso; mas julgo que em dias que não tardarão ele deverá estar em mãos mais nobres que as minhas, que poderão usá-lo para acender a coragem em todos os corações."[2] E o Mensageiro Cinzento tomou o Anel, e sempre o manteve em segredo; no entanto o Mensageiro Branco (que tinha habilidade para descobrir todos os segredos) após certo tempo se deu conta desse presente, e teve inveja, e foi esse o começo da malevolência oculta que tinha em relação ao Cinzento, e que mais tarde se tornou manifesta.

Ora, em dias posteriores, o Mensageiro Branco tornou-se conhecido entre os Elfos como Curunír, o Homem Habilidoso, e Saruman nas línguas dos Homens do norte; mas isso foi depois que ele retornou de suas numerosas viagens, entrou no reino de Gondor e lá morou. Dos Azuis pouco se conhecia no Oeste, e não tinham nomes, exceto *Ithryn Luin*, "os Magos Azuis"; pois foram ao Leste com Curunír, mas jamais voltaram, e se permaneceram no Leste, lá seguindo os propósitos para os quais haviam sido enviados; ou pereceram; ou ainda, como afirmam alguns, foram apanhados por Sauron e se tornaram seus servos, não se sabe agora.[3] Mas nenhuma dessas alternativas era impossível de acontecer; pois, por muito que isso possa parecer estranho, os Istari, visto que trajavam corpos da Terra-média, podiam afastar-se de seus propósitos exatamente como os Homens e os Elfos, e fazer o mal, esquecendo-se do bem na busca pelo poder de realizá-lo.

Um trecho separado, escrito na margem, sem dúvida encaixa-se aqui:

Pois de fato diz-se que, por possuírem corpos, os Istari necessitavam aprender de novo muitas coisas, pela lenta experiência e, apesar de saberem de onde vinham, a lembrança do Reino Abençoado era para eles uma visão de muito longe, pela qual (enquanto permanecessem fiéis à sua missão) ansiavam intensamente. Assim, por suportarem de livre vontade as angústias do exílio e as fraudes de Sauron, poderiam corrigir os males daquele tempo.

De fato, de todos os Istari apenas um permaneceu fiel, e esse foi o último a chegar. Pois Radagast, o quarto, apaixonou-se pelos muitos animais e aves que viviam na Terra-média, e abandonou os Elfos e os Homens para passar seus dias entre as criaturas selvagens. Assim obteve seu nome (que é da língua de Númenor de outrora, e significa, dizem, "o que cuida dos animais").[4] E Curunír 'Lân, Saruman, o Branco, decaiu da sua elevada missão, e, tornando-se orgulhoso, impaciente e apaixonado pelo poder, buscou fazer sua própria vontade pela força, e desalojar Sauron; mas foi apanhado por aquele espírito sinistro, mais poderoso que ele.

Mas o último a chegar era chamado entre os Elfos de Mithrandir, o Peregrino Cinzento, pois não morava em nenhum lugar e não reunia em torno de si nem riquezas nem seguidores, mas andava sempre para lá e para cá nas Terras-do-Oeste, de Gondor a Angmar, e de Lindon a Lórien, fazendo-se amigo de toda a gente em tempos de necessidade. Era cordial e sério seu espírito (e era reforçado pelo anel Narya), pois ele era o Inimigo de Sauron, que opunha ao fogo que devora e destrói o fogo que anima, e socorre na desesperança e no infortúnio; no entanto, sua alegria e sua ira repentina estavam veladas em trajes da cor da cinza, de modo que apenas os que o conheciam bem entreviam a chama que ardia no seu íntimo. Podia ser jovial além de bondoso com os jovens e os simples, e ainda assim, às vezes, dispunha-se rapidamente a falar com rispidez e a repreender a insensatez; mas não era orgulhoso, e não buscava nem o poder nem o elogio, e assim, por toda parte, era caro a todos aqueles que não eram eles próprios orgulhosos. Na maioria das vezes viajava a pé, incansável, apoiado num cajado; e assim era chamado entre os Homens do Norte de Gandalf, "o Elfo do Cajado". Pois consideravam (embora erradamente, como se disse) que pertencia à gente dos Elfos, visto que às vezes fazia maravilhas entre eles, por apreciar em especial a beleza do fogo. Realizava porém tais maravilhas principalmente para o contentamento e o deleite, sem desejar que ninguém sentisse reverência por ele ou seguisse seus conselhos por temor.

Em outro lugar conta-se como, quando Sauron voltou a se erguer, também ele se ergueu e parcialmente revelou seu poder, e, tornando-se o principal autor da resistência contra Sauron, foi por fim vitorioso, e, pela vigilância e labuta, conduziu tudo àquele fim que fora pretendido pelos Valar sob o comando do Uno que está acima deles. No entanto, diz-se que sofreu imensamente ao acabar a tarefa para a qual viera, e foi morto. E, tendo sido devolvido da morte, esteve então por um curto espaço de tempo trajado de branco, antes de se transformar em uma chama radiante (ainda velada, exceto na necessidade extrema). E, quando tudo estava terminado e a Sombra de Sauron tinha sido eliminada, partiu para sempre por sobre o Mar. Ao passo que Curunír foi derrubado e totalmente humilhado, e pereceu afinal pela mão de um escravo oprimido; tendo seu espírito ido aonde quer que estivesse condenado a ir, e à Terra-média, quer despido quer corporificado, jamais voltou.

Em *O Senhor dos Anéis* a única afirmativa geral sobre os Istari encontra-se na nota introdutória de "O Conto dos Anos" da Terceira Era no Apêndice B:

Quando haviam passado cerca de mil anos, e a primeira sombra caíra sobre Verdemata, a Grande, os *Istari* ou Magos apareceram na Terra-média. Mais tarde foi dito que vieram do Extremo Oeste e eram mensageiros enviados para contestar o poder de Sauron e para unir todos aqueles que tinham a vontade de lhe resistir; mas estavam proibidos de igualarem seu poder com poder ou de buscarem dominar os Elfos ou os Homens pela força e pelo temor.

Vieram, portanto, em forma de Homens, porém jamais foram jovens, mas só envelheciam devagar e tinham muitos poderes de mente e de mão. Revelavam a poucos seus nomes verdadeiros, mas usavam os nomes que lhes davam. Os dois mais altos dessa ordem (na qual dizem que havia cinco) eram chamados pelos Eldar de Curunír, "o Homem de Engenho", e Mithrandir, "o Peregrino Cinzento", mas pelos Homens do Norte, Saruman e Gandalf. Curunír viajava com frequência para o Leste, mas morou finalmente em Isengard. Mithrandir era o de amizade mais próxima com os Eldar, vagava mormente no Oeste e jamais fez para si uma habitação duradoura.

Segue-se um relato da custódia dos Três Anéis dos Elfos, no qual consta que Círdan deu o Anel Vermelho a Gandalf quando este primeiro chegou aos Portos Cinzentos vindo do outro lado do Mar (pois "Círdan enxergava mais longe e mais fundo que qualquer outro na Terra-média").

Assim, o ensaio recém-mencionado a respeito dos Istari conta muitas coisas sobre eles e sua origem que não aparecem em *O Senhor dos Anéis* (e também contém algumas observações incidentais de grande interesse sobre os Valar, sua preocupação contínua com a Terra-média e seu reconhecimento do antigo erro, que não podem ser discutidas aqui). O mais notável é a descrição dos Istari como "membros de sua própria elevada ordem" (a ordem dos Valar), bem como as afirmativas sobre sua corporificação física.[5] Mas também são dignas de nota a chegada dos Istari à Terra-média em épocas diferentes; a percepção de Círdan de que Gandalf era o maior deles; o conhecimento de Saruman de que Gandalf possuía o Anel Vermelho, e sua inveja; a visão que temos de Radagast, como alguém que não permaneceu fiel à sua missão; os outros dois "Magos Azuis", sem nome, que foram com Saruman para o Leste, mas, ao contrário dele, jamais voltaram às Terras-do-Oeste; o número de membros da ordem dos Istari (que aqui se diz ser desconhecido, apesar de serem cinco "os principais" dos que chegaram ao Norte da Terra-média); a explicação dos nomes Gandalf e Radagast; e a palavra sindarin *ithron*, plural *ithryn*.

O trecho acerca dos Istari em "Dos Anéis de Poder" (em *O Silmarillion*, pp. 391–92) é de fato muito próximo da afirmativa no Apêndice B de *O Senhor dos Anéis*, mencionada acima, até mesmo nas palavras; mas inclui a seguinte frase, que concorda com o ensaio sobre os Istari:

Curunír era o mais velho e chegou primeiro, e depois dele vieram Mithrandir, e Radagast, e outros dos Istari que foram ao leste da Terra-média e não entram nestas histórias.

A maior parte dos demais escritos sobre os Istari (como grupo) infelizmente nada mais é que anotações muito rápidas, frequentemente ilegíveis. No entanto, é de extremo interesse um esboço breve e muito apressado de uma narrativa que fala de um concílio dos Valar, ao que parece convocado por Manwë ("e talvez tenha invocado Eru para aconselhá-los?"), no qual foi resolvido que enviariam três emissários à Terra-média. "Quem haveria de ir? Pois teriam de ser poderosos, pares de Sauron, mas teriam de renunciar ao poder e se trajar em carne para tratar com igualdade e conquistar a confiança dos Elfos e dos Homens. Mas isso os poria em risco, obscurecendo sua sabedoria e seu conhecimento, e confundindo-os com temores, preocupações e exaustões derivadas da carne." Mas só dois se apresentaram: Curumo, que foi escolhido por Aulë, e Alatar, que foi enviado por Oromë. Então Manwë perguntou onde estava Olórin. E Olórin, que trajava cinzento e, por acabar de voltar de uma viagem, se sentara à beira do concílio, perguntou o que Manwë queria dele. Manwë respondeu que desejava que Olórin fosse como terceiro mensageiro à Terra-média (e está observado entre parênteses que "Olórin amava os Eldar que restavam", aparentemente para explicar a escolha de Manwë). Mas Olórin declarou que era demasiado fraco para tal tarefa e que temia Sauron. Então Manwë disse que essa era ainda mais razão para que ele fosse, e que ordenava a Olórin (seguem-se palavras ilegíveis que parecem conter a palavra "terceiro"). Mas a essas palavras Varda ergueu o olhar e falou: "Não como terceiro"; e Curumo lembrou-se disso.

A nota termina com a afirmativa de que Curumo [Saruman] levou Aiwendil [Radagast] porque Yavanna lhe implorou que o fizesse, e que Alatar levou Pallando como amigo.[6]

Em outra página de anotações, claramente pertencente ao mesmo período, diz-se que "Curumo foi obrigado a levar Aiwendil para agradar a Yavanna, esposa de Aulë". Ali há também alguns esboços de tabelas que relacionam os nomes dos Istari com os nomes dos Valar: Olórin com Manwë e Varda, Curumo com Aulë, Aiwendil com Yavanna, Alatar com Oromë, e Pallando também com Oromë (mas isso substitui a relação de Pallando com Mandos e Nienna).

À luz da breve narrativa recém-mencionada, essas relações entre os Istari e os Valar significam claramente que cada Istar foi escolhido por um Vala por suas características inatas — talvez mesmo por serem membros do "povo" daquele Vala, no mesmo sentido do que se diz de Sauron no "Valaquenta" (*O Silmarillion*, p. 59), que "em seu princípio, ele era dos Maiar de Aulë e permaneceu grande no saber daquele povo". Assim, é muito notável que Curumo (Saruman) fosse escolhido por Aulë. Não há vestígio de explicação do motivo pelo qual o evidente desejo de Yavanna, de que os Istari deveriam incluir alguém com um amor especial pelas coisas que ela fizera, só podia ser realizado pela imposição da companhia de Radagast a Saruman; enquanto a sugestão no ensaio sobre os Istari (p. 516) de que, apaixonando-se pelas criaturas selvagens da Terra-média, Radagast abandonou o propósito para o qual fora enviado, talvez não esteja em perfeita harmonia com a ideia de que foi especialmente escolhido por Yavanna. Ademais, tanto no ensaio sobre os Istari como em "Dos Anéis de Poder", Saruman chegou primeiro e sozinho. Por outro lado, é possível ver uma sugestão da história da companhia indesejável de Radagast no extremo desprezo que Saruman tinha por ele, conforme foi relatado por Gandalf ao Conselho de Elrond:

"'Radagast, o Castanho!', riu-se Saruman, e não escondia mais seu desprezo. 'Radagast, o Domador de Aves! Radagast, o Simplório! Radagast, o Tolo! Mas teve esperteza bastante para desempenhar o papel que lhe impus.'"

Ao passo que no ensaio sobre os Istari consta que os dois que foram ao Leste não tinham nomes, exceto *Ithryn Luin*, "os Magos Azuis" (com o evidente significado de que não tinham nomes no Oeste da Terra-média), aqui eles são designados, como Alatar e Pallando, e estão associados com Oromë, embora não se dê nenhuma sugestão do motivo dessa relação. Pode ser (apesar de se tratar da mais pura conjetura) que Oromë, dentre todos os Valar, tivesse o maior conhecimento das regiões remotas da Terra-média, e que os Magos Azuis estivessem destinados a viajar nessas regiões e lá ficar.

Além do fato de que estas notas sobre a escolha dos Istari certamente são posteriores à conclusão de *O Senhor dos Anéis*, não consigo encontrar nenhuma prova de sua relação, em termos de época de composição, com o ensaio sobre os Istari.[7]

Não conheço nenhum outro escrito sobre os Istari, a não ser algumas notas muito rudimentares e parcialmente impossíveis de interpretar, que certamente são muito posteriores às dadas acima, e provavelmente datam de 1972:

OS ISTARI

Temos de presumir que eles [os Istari] eram todos Maiar, isto é, pessoas da ordem "angélica", mas não necessariamente da mesma classe. Os Maiar eram "espíritos", porém capazes de autoencarnação, e podiam assumir formas "humanoides" (especialmente élficas). Diz-se (por exemplo, o próprio Gandalf afirma) que Saruman era o chefe dos Istari — isto é, mais elevado na estatura valinóreana que os demais. Gandalf era evidentemente o próximo na ordem. Radagast é apresentado como uma pessoa de muito menor poder e sabedoria. Dos outros dois nada se diz em obras publicadas, exceto a referência aos Cinco Magos na altercação entre Gandalf e Saruman [*As Duas Torres*, III, 10]. Ora, esses Maiar foram enviados pelos Valar em um momento crucial da história da Terra-média para reforçar a resistência dos Elfos do Oeste, cujo poder minguava, e dos Homens incorruptos do Oeste, em número muito menor que os do Leste e do Sul. Pode-se ver que cada um deles era livre para fazer o que podia nessa missão; que não eram comandados nem se esperava que agissem *juntos* como um pequeno corpo central de poder e sabedoria; que cada um tinha poderes e inclinações diferentes, e que foram escolhidos pelos Valar com essa intenção.

Outros escritos tratam exclusivamente de Gandalf (Olórin, Mithrandir). No verso da página isolada que contém a narrativa da escolha dos Istari pelos Valar, aparece a seguinte nota curiosíssima:

Elendil e Gil-galad eram parceiros; mas essa foi "a Última Aliança" entre Elfos e Homens. Na derrocada final de Sauron, os Elfos não estavam efetivamente envolvidos no ponto da ação. Legolas provavelmente foi o que menos realizou dentre os Nove Caminheiros. Galadriel, a maior dos Eldar que sobreviviam na Terra-média, tinha sua principal potência na sabedoria e na bondade, como diretora ou conselheira no combate, inconquistável na *resistência* (em especial na mente e no espírito), mas incapaz de *ação* punitiva. Na sua escala, tornara-se como Manwë com respeito à grande ação total. Manwë, no entanto, mesmo após a Queda de Númenor e a destruição do mundo antigo, mesmo na Terceira Era, quando o Reino Abençoado fora removido dos "Círculos do Mundo", ainda não era um mero observador. Foi claramente de Valinor que vieram os emissários que eram chamados de Istari (ou Magos), e entre eles Gandalf, que demonstrou ser o diretor e coordenador tanto do ataque como da defesa. Quem era "Gandalf"? Diz-se que em dias posteriores (quando outra vez se ergueu uma sombra do mal no Reino) muitos dos "Fiéis" daquele tempo acreditavam que "Gandalf" era a última aparição do próprio Manwë, antes de seu retraimento final à torre-de-vigia de Taniquetil. (O fato de Gandalf ter dito que seu nome "no Oeste" fora Olórin era, de acordo com essa crença, a adoção de um codinome, uma mera alcunha.) Eu (é claro) não conheço a verdade neste caso; e, se a conhecesse, seria um erro ser mais explícito do que Gandalf foi. Mas creio que não era assim. Manwë não descerá da Montanha antes da Dagor Dagorath, e a chegada do Fim, quando Melkor retornará.[8] Para vencer Morgoth, ele enviou seu arauto Eönwë. Para derrotar Sauron, então, não mandaria algum espírito menor (mas poderoso) do povo angélico, alguém coevo e igual, sem dúvida, a Sauron nos seus primórdios, porém não mais? Olórin era seu nome. Mas de Olórin nunca saberemos mais do que aquilo que ele revelou em Gandalf.

Seguem-se dezesseis linhas de um poema em versos aliterantes:

Saberás a ciência   há muito secreta
Dos Cinco que saíram   de solo distante?
Um só voltou.   Os outros não mais
Trilharão a Terra-média   sob tutela dos Homens
Até Dagor Dagorath   e o Destino chegar.
Como o conheces: o conselho oculto
Dos Senhores do Oeste   na terra de Aman?
Longas vias se foram   que até lá levavam,
E aos Homens mortais   Manwë não se manifesta.
Do Oeste-que-Era   uma aragem o trouxe
Ao ouvido do sono,   em meio aos silêncios

Na sombra da noite, quando trazem notícias
De terras olvidadas e extintas eras
Por mares de anos à mente minuciosa.
Restam os que recorda o Rei Mais Velho.
Enxergou a Sauron como sutil ameaça [...]

Aqui há muitas coisas que dizem respeito à questão maior, da preocupação de Manwë e dos Valar com o destino da Terra-média após a Queda de Númenor, e que devem escapar totalmente ao âmbito deste livro.

Depois das palavras "Mas de Olórin nunca saberemos mais do que aquilo que ele revelou em Gandalf ", meu pai acrescentou mais tarde:

exceto que Olórin é um nome alto-élfico, e portanto deve ter sido dado a ele em Valinor pelos Eldar, ou deve ser uma "tradução" com a intenção de ser significativa a eles. Em qualquer um dos casos, qual era o significado do nome, conferido ou adotado? *Olor* é uma palavra frequentemente traduzida como "sonho", mas que não se refere aos "sonhos" humanos (em sua maioria), certamente não aos sonhos do sono. Para os Eldar, incluía o conteúdo vívido de sua *memória*, assim como de sua *imaginação*: referia-se de fato à *visão clara*, na mente, de coisas não fisicamente presentes na situação do corpo. Porém não somente a uma ideia, mas a um pleno revestimento dela com forma e detalhe particulares.

Uma nota etimológica isolada explica o significado de modo semelhante:

olo-s: visão, "fantasia": Nome élfico comum para "construção da mente" não realmente (pré-)existente em Eä à parte da construção, mas capaz de ser tornada visível e sensível pelos Eldar, através da Arte (*Karmë*). *Olos* normalmente se aplica a construções *belas* que têm somente um objetivo artístico (isto é, não têm o objetivo do engano, ou de adquirir poder).

São citadas palavras derivadas desta raiz: quenya *olos* "sonho, visão", plural *olozi/olori;* ōla- (impessoal) "sonhar"; *olosta* "sonhador". É feita então uma referência a *Olofantur,* que era o primitivo nome "verdadeiro" de Lórien, o Vala que era "mestre das visões e dos sonhos", antes de ser alterado para *Irmo* em *O Silmarillion* (como *Nurufantur* foi alterado para *Námo* [Mandos]: embora o plural *Fëanturi* para esses dois "irmãos" tenha sobrevivido no "Valaquenta").

Essas discussões de *olos, olor* claramente devem estar ligadas ao trecho do "Valaquenta" (*O Silmarillion,* p. 58) em que se diz que Olórin habitava em Lórien em Valinor, e que,

embora amasse os Elfos, caminhava entre eles invisível, ou na forma de um deles, e não sabiam donde vinham as belas visões ou as centelhas de sabedoria que ele punha em seus corações.

Em uma versão anterior desse trecho consta que Olórin era "conselheiro de Irmo", e que no coração daqueles que o escutavam despertavam pensamentos "de coisas belas que ainda não haviam existido, mas podiam ainda ser feitas para o enriquecimento de Arda".

Há uma longa nota para elucidar o trecho em *As Duas Torres,* IV, 5, em que Faramir, em Henneth Annûn, contou que Gandalf dissera:

Muitos são nomes meus em muitos países. Mithrandir entre os Elfos, Tharkûn para os Anãos; Olórin eu fui na juventude, no Oeste que está esquecido,[9] no Sul, Incánus, no Norte, Gandalf; ao Leste eu não vou.

Esta nota é anterior à publicação da segunda edição de *O Senhor dos Anéis* em 1966, e diz o seguinte:

A data da chegada de Gandalf é incerta. Ele veio de além do Mar, aparentemente mais ou menos ao mesmo tempo em que se notaram os primeiros sinais do ressurgimento da "Sombra": a reaparição e a difusão de criaturas malignas. Mas ele raramente é mencionado em quaisquer anais ou registros durante o segundo milênio da Terceira Era. Provavelmente vagueou por muito tempo (com vários aspectos), não empenhado em feitos e acontecimentos, mas em explorar o coração dos Elfos e Homens que haviam estado e ainda se podia esperar estivessem opostos a Sauron. Está preservada sua própria afirmativa (ou uma versão dela, e de qualquer maneira não plenamente compreendida) de que seu nome na juventude era Olórin no Oeste, mas era chamado de Mithrandir pelos Elfos (Errante Cinzento), Tharkûn pelos Anãos (que alegadamente significava "Homem-do-Cajado"), Incánus no Sul, e Gandalf no Norte, mas "para o Leste eu não vou".

"O Oeste" aqui claramente significa o Extremo Oeste além do Mar, não parte da Terra-média; o nome Olórin é de forma alto-élfica. "O Norte" deve referir-se às regiões do Noroeste da Terra-média, onde a maioria dos habitantes ou povos falantes eram, e permaneciam, incorruptos por Morgoth ou Sauron. Nessas regiões seria mais forte a resistência aos males deixados para trás pelo Inimigo, ou a seu serviçal Sauron, caso este reaparecesse. Os limites dessa região eram naturalmente vagos; sua fronteira leste era aproximadamente o Rio Carnen até sua junção com o Celduin (o Rio Rápido), e além até Núrnen, e de lá rumo ao sul até os antigos confins de Gondor Meridional. (Originariamente não excluía Mordor, que estava ocupada por Sauron, mesmo que fora de seus reinos originais "no Leste", como ameaça deliberada ao Oeste e aos Númenóreanos.) "O Norte" inclui portanto toda esta grande área: uma fronteira imprecisa do Oeste para o Leste desde o Golfo de Lûn até Núrnen, e do Norte para o Sul desde Carn Dûm até os limites meridionais da antiga Gondor, entre esta e o Harad Próximo. Além de Núrnen, Gandalf jamais fora.

Esse trecho é a única prova que resta acerca da extensão de suas viagens mais para o Sul. Aragorn afirma ter chegado "nos longínquos países de Rhûn e Harad, onde as estrelas são estranhas"

(*A Sociedade do Anel,* II, 2).[10] Não é necessário supor que Gandalf tenha feito o mesmo. Essas lendas são centradas no Norte — porque está representado como fato histórico que o combate contra Morgoth e seus serviçais ocorreu principalmente no Norte, e especialmente no Noroeste, da Terra-média, e isso foi assim porque o movimento dos Elfos, e depois dos Homens escapando de Morgoth, fora inevitavelmente *rumo ao oeste*, na direção do Reino Abençoado, e *rumo ao noroeste* porque naquele ponto as costas da Terra-média estavam mais próximas de Aman. *Harad* "Sul" é portanto um termo vago; e, apesar de os Homens de Númenor, antes de sua queda, terem explorado as costas da Terra-média muito ao sul, suas povoações além de Umbar haviam sido absorvidas, ou, tendo sido estabelecidas por homens que já em Númenor tinham sido corrompidos por Sauron, haviam se tornado hostis e parte dos domínios de Sauron. Mas as regiões meridionais em contato com Gondor (e chamadas pelos homens de Gondor simplesmente de Harad "Sul", Próximo ou Extremo) eram provavelmente mais propensas a serem convertidos à "Resistência", e também lugares onde Sauron estava mais ocupado na Terceira Era, visto que eram para ele uma fonte de mão de obra muito prontamente utilizada contra Gondor. Para essas regiões, Gandalf pode muito bem ter viajado nos primeiros dias de suas labutas.

Mas sua principal província era "o Norte", e nele acima de tudo o Noroeste, Lindon, Eriador e os Vales do Anduin. Sua aliança era primariamente com Elrond e os Dúnedain do norte (Caminheiros). Era-lhe peculiar seu amor e conhecimento dos "Pequenos", pois sua sabedoria tinha um presságio da importância deles em última análise, e ao mesmo tempo percebia seu valor inerente. Gondor atraía menos sua atenção, pela mesma razão que a tornava mais interessante para Saruman: era um centro de conhecimento e poder. Seus governantes, pela ascendência e todas as suas tradições, opunham-se irrevogavelmente a Sauron, certamente do ponto de vista político: o reino de Gondor erguia-se como ameaça a ele, e continuava a existir somente até onde e até quando a ameaça de Sauron a eles pudesse ser enfrentada pelo poder armado. Gandalf pouco podia fazer para guiar seus altivos governantes ou instruí-los, e foi somente na decadência do seu poder, quando foram enobrecidos pela coragem e pela perseverança no que parecia uma causa perdida, que ele começou a se preocupar profundamente com eles.

O nome *Incánus* é aparentemente "alienígena", isto é, nem westron nem élfico (sindarin ou quenya); nem é explicável pelos idiomas remanescentes dos Homens do Norte. Uma nota no Livro do Thain diz que é uma forma, adaptada ao quenya, de uma palavra do idioma dos Haradrim que significa simplesmente "espião do Norte" (*Inkā + nūs*).[11]

Gandalf é uma substituição, na narrativa em inglês, nas mesmas linhas do tratamento dado a nomes dos Hobbits e dos Anãos. É um nome nórdico verdadeiro (encontrado, aplicado a um Anão, em *Völuspá*),[12] usado por mim por parecer conter *gandr*, um cajado, especialmente um usado em "magia", e por ser possível supor que signifique "indivíduo élfico com um cajado (mágico)". Gandalf não era Elfo, mas pelos Homens poderia ser associado com eles, visto que sua aliança e sua amizade com eles eram bem conhecidas. Como o nome é associado com "o Norte" em geral, deve-se supor que *Gandalf* represente um nome em westron, porém composto de elementos não derivados dos idiomas élficos.

Uma visão totalmente diferente do significado das palavras de Gandalf "no Sul, Incánus", e da etimologia do nome, aparece em uma nota escrita em 1967:

É muito obscuro o que significava "no Sul". Gandalf negou jamais ter visitado "o Leste", mas na verdade parece ter limitado suas viagens e sua tutela às terras ocidentais, habitadas pelos Elfos e por povos em geral hostis a Sauron. De qualquer forma, parece improvável que alguma vez tenha viajado ou permanecido bastante tempo no Harad (ou Extremo Harad!) para lá ter adquirido um nome especial em uma das línguas alienígenas daquelas regiões pouco conhecidas. Assim, o Sul deve significar Gondor (no sentido mais amplo, as terras sob a suserania de Gondor no píncaro do poder). À época do Conto, porém, encontramos Gandalf sempre chamado de Mithrandir em Gondor (por homens de classe alta ou origem númenóreana, como Denethor, Faramir etc.). Isso é sindarin, e é dado como o nome usado pelos Elfos; mas os homens de classe alta em Gondor conheciam e usavam essa língua. O nome "popular" em westron ou fala comum era evidentemente um com o significado de "Manto-gris", mas como havia sido inventado muito tempo atrás já possuía uma forma arcaica. Esta talvez esteja representada pelo *Capa-cinzenta* usado por Éomer em Rohan.

Meu pai concluiu aqui que "no Sul" se referia a Gondor, e que Incánus era (como Olórin) um nome em quenya, porém inventado em Gondor nos tempos antigos, quando o quenya ainda era muito usado pelos eruditos e era a língua de muitos registros históricos, como havia sido em Númenor.

Gandalf, diz-se em "O Conto dos Anos", surgiu no Oeste no início do século XI da Terceira Era. Se presumirmos que ele primeiro visitou Gondor, bastantes vezes e por tempo suficiente para ali adquirir um nome ou nomes — digamos no reinado de Atanatar Alcarin, cerca de 1.800 anos antes da Guerra do Anel —, seria possível tomar Incánus como um nome em quenya inventado para ele, que mais tarde se tornou obsoleto e era lembrado apenas pelos eruditos.

Com base nessa suposição, é proposta uma etimologia a partir dos elementos quenya *in(id)-* "mente" e *kan-* "soberano", em especial em *cáno*, cánu, "soberano, governador, chefe" (este último constitui o segundo elemento nos nomes *Turgon* e *Fingon*). Nessa nota, meu pai referiu-se à palavra latina *incánus*, "grisalho", de maneira a sugerir que esta fosse a origem real deste nome de Gandalf quando *O Senhor dos Anéis* foi escrito, o que, caso verdadeiro, seria muito surpreendente. E, ao final da discussão, observou que a coincidência de formas entre o nome em quenya e a palavra latina deve ser vista como um "acidente", do mesmo modo que o sindarin *Orthanc,* "elevação bifurcada", por acaso coincide com a palavra anglo-saxã *orthanc,* "invenção sagaz", que é a tradução do nome real na língua dos Rohirrim.

NOTAS

[1]Em *As Duas Torres,* III, 8, consta que Saruman era "considerado por muitos o chefe dos Magos", e no Conselho de Elrond (*A Sociedade do Anel,* II, 2) Gandalf afirmou isto explicitamente: "Saruman, o Branco, é o maior de minha ordem."

[2]Outra versão das palavras de Círdan para Gandalf, ao lhe entregar o Anel de Fogo nos Portos Cinzentos, encontra-se em "Dos Anéis de Poder" (*O Silmarillion,* p. 397), e em palavras muito semelhantes no Apêndice B de *O Senhor dos Anéis* (nota introdutória a "O Conto dos Anos" da Terceira Era).

[3]Em uma carta escrita em 1958, meu pai disse que nada sabia de claro acerca dos "outros dois", visto que não estavam envolvidos na história do Noroeste da Terra-média. "Creio", escreveu, "que foram como emissários para regiões distantes, Leste e Sul, longe do alcance númenóreano: missionários em terras 'ocupadas pelo inimigo', por assim dizer. Que sucesso tiveram eu não sei; mas receio que tenham falhado, como falhou Saruman, embora sem dúvida de diferentes maneiras; e suspeito que foram fundadores ou iniciadores de cultos secretos e tradições 'mágicas' que sobreviveram à queda de Sauron."

[4]Em uma nota muito tardia sobre os nomes dos Istari, consta que Radagast era um nome derivado dos Homens dos Vales do Anduin, "não claramente interpretável agora". Está dito que Rhosgobel, chamada de "o antigo lar de Radagast" em *A Sociedade do Anel,* II, 3, ficava "nas bordas da floresta entre a Carrocha e a Velha Estrada da Floresta".

[5]De fato, parece pela menção de Olórin no "Valaquenta" (*O Silmarillion,* p. 58) que os Istari eram Maiar; pois Olórin era Gandalf.

[6]*Curumo* parece ser o nome de Saruman em quenya, não registrado em nenhum outro lugar; *Curunír* era a forma sindarin. *Saruman,* seu nome entre os Homens do Norte, contém a palavra anglo-saxã *searu, saru,* "habilidade, astúcia, invenção astuciosa". *Aiwendil* deve significar "amante das aves"; ver *Linaewen,* "lago das aves" em Nevrast (ver o Apêndice de *O Silmarillion,* verbete *lin [I]*). Para o significado de Radagast, ver p. 516 e nota 4. *Pallando,* a despeito da grafia, talvez contenha *palan* "ao longe", como em *palantír* e *Palarran,* "Errante ao Longe", o nome do navio de Aldarion.

[7]Em uma carta escrita em 1956 meu pai informou que "Dificilmente há qualquer referência em *O Senhor dos Anéis* a coisas que realmente não *existam* em seu próprio plano (de realidade secundária ou subcriacional)", e acrescentou

em uma nota de rodapé a este respeito: "Os gatos da Rainha Berúthiel e os nomes dos outros dois magos (cinco menos Saruman, Gandalf, Radagast) são tudo de que me recordo." (Em Moria, Aragorn comentou de Gandalf que "Ele tem mais segurança ao achar o caminho de casa numa noite cega do que os gatos da Rainha Berúthiel" (*A Sociedade do Anel*, II, 4).

Até mesmo a história da Rainha Berúthiel existe, no entanto, mesmo que apenas em um esboço muito "primitivo", ilegível em certo trecho. Ela era a esposa perversa, solitária e sem amor de Tarannon, décimo segundo Rei de Gondor (Terceira Era, 830–913) e primeiro dos "Reis-Navegantes", que assumiu a coroa com o nome de Falastur, "Senhor das Costas", e foi o primeiro rei sem filhos (*O Senhor dos Anéis*, Apêndice A, I, ii e iv). Berúthiel vivia na Casa do Rei em Osgiliath, odiando os sons e os cheiros do mar e a casa que Tarannon construiu abaixo de Pelargir "sobre arcos cujos pés se assentavam no fundo das amplas águas de Ethir Anduin". Odiava toda criação de objetos, todas as cores e adornos elaborados, trajava somente negro e prata e vivia em aposentos despojados, e os jardins da casa em Osgiliath estavam cheios de esculturas atormentadas à sombra de ciprestes e teixos. Tinha nove gatos pretos e um branco, seus escravos, com os quais conversava, ou lia sua memória, já que os mandava descobrir todos os obscuros segredos de Gondor, para saber aquelas coisas "que os homens mais desejam manter ocultas", com o gato branco incumbido de espionar os pretos e atormentá-los. Ninguém em Gondor ousava tocá-los; todos os temiam, e proferiam maldições quando os viam passar. O que se segue está quase ilegível no singular manuscrito, exceto o final, que afirma que o nome dela foi apagado do Livro dos Reis ("mas a memória dos homens não se encerra totalmente nos livros, e os gatos da Rainha Berúthiel nunca saíram totalmente da fala dos homens"), e que o Rei Tarannon fez com que fosse colocada em um navio, sozinha com seus gatos, e posta à deriva no mar diante de um vento norte. Da última vez em que se viu o navio, ele passava à toda por Umbar, sob uma lua em forma de foice, com um gato no topo do mastro e outro como figura de proa.

[8]Essa é uma referência à "Segunda Profecia de Mandos", que não aparece em *O Silmarillion*; sua elucidação não pode ser tentada aqui, já que exigiria algum relato da história da mitologia em relação à versão publicada.

[9]Gandalf disse outra vez "Olórin eu era no Oeste que está esquecido" quando falou com os Hobbits e Gimli em Minas Tirith após a coroação do Rei Elessar: ver "A Demanda de Erebor", p. 436.

[10]As "estrelas estranhas" aplicam-se estritamente apenas a Harad, e devem significar que Aragorn viajou ou percorreu alguma distância já no hemisfério sul. [N. A.]

[11]Um sinal sobre a última letra de *Inkā-nūs* sugere que a consoante final era *sh*.

[12]Um dos poemas da coleção de antiquíssima poesia nórdica conhecida como "Edda Poética" ou "Antiga Edda".

III

As Palantíri

As *palantíri* sem dúvida nunca foram objetos de uso comum ou conhecimento comum, mesmo em Númenor. Na Terra-média eram mantidas em salas vigiadas, no alto de torres fortificadas. Somente reis e governantes, além de seus guardiões designados, tinham acesso a elas, e jamais eram consultadas, nem exibidas, em público. Mas até o desaparecimento dos Reis não eram segredos sinistros. Seu uso não envolvia risco, e nenhum rei ou outra pessoa autorizada a consultá-las teria hesitado em revelar a fonte de seu conhecimento sobre os atos ou as opiniões de governantes distantes, caso fosse obtido através das Pedras.[1]

Depois dos dias dos Reis, e a perda de Minas Ithil, não há mais menção de seu uso aberto e oficial. Não restava no norte Pedra que respondesse após o naufrágio de Arvedui Último-rei no ano de 1975.[2] Em 2002 a Pedra-de-Ithil foi perdida. Restavam então somente a Pedra-de-Anor em Minas Tirith e a Pedra-de-Orthanc.[3]

Dois fatores contribuíram então para as pedras serem negligenciadas e desaparecerem da memória geral do povo. O primeiro foi a ignorância do que ocorrera com a Pedra-de-Ithil: supunha-se razoavelmente que tivesse sido destruída pelos defensores antes que Minas Ithil fosse capturada e saqueada;[4] mas evidentemente era possível que tivesse sido apanhada e chegado à posse de Sauron, e alguns dos mais sábios e previdentes podem ter considerado isso. Parece que assim fizeram e perceberam que a Pedra de pouco lhe valeria para causar dano a Gondor, a não ser que fizesse contato com outra Pedra que estivesse em consonância com ela.[5] Foi por essa razão, pode-se supor, que a Pedra-de-Anor, acerca da qual todos os registros dos Regentes silenciam até a Guerra do Anel, foi mantida sob o mais estrito sigilo, acessível apenas aos Regentes Governantes e nunca usada por eles (ao que conste) antes de Denethor II.

A segunda razão foi a decadência de Gondor e a diminuição do interesse pela história antiga, ou conhecimento dela, entre todos, exceto alguns, mesmo entre a elite do reino, salvo no que dizia respeito às suas genealogias: sua ascendência e seus parentescos. Depois dos Reis, Gondor declinou e caiu em uma "Idade Média" de conhecimento minguante e habilidades mais simples. As comunicações dependiam de mensageiros e estafetas, ou, em tempos de urgência, de faróis. E, se as Pedras de Anor e Orthanc ainda eram guardadas como tesouros do passado, cuja existência era do conhecimento de somente alguns, as Sete Pedras de outrora estavam em geral esquecidas pelo povo, e os versos tradicionais que as mencionavam, caso lembrados, não eram mais compreendidos; nas lendas, suas operações foram transformadas nos poderes élficos dos antigos reis, com seus olhos penetrantes, e nos velozes espíritos semelhantes a aves que os serviam, trazendo-lhes notícias ou portando suas mensagens.

Nessa época, parece que os Regentes havia muito tempo descuravam da Pedra-de-Orthanc: ela não tinha mais nenhuma serventia para eles e estava segura em sua torre impenetrável. Mesmo que também ela não tivesse sido obscurecida pela dúvida acerca da Pedra-de-Ithil, ficava em uma região de que Gondor cada vez menos se ocupava diretamente. Calenardhon, nunca densamente povoada, havia sido devastada pela Praga Sombria de 1636, e depois disso foi continuamente privada de habitantes de ascendência númenóreana pela migração a Ithilien e terras mais próximas ao Anduin. Isengard permanecia como propriedade pessoal dos Regentes, mas Orthanc propriamente dita ficara deserta, e acabou sendo fechada, tendo suas chaves sido levadas para Minas Tirith. Se o Regente Beren teve alguma recordação da Pedra quando as entregou a Saruman, provavelmente pensou que ela não podia estar em mãos mais seguras que as do chefe do Conselho oposto a Sauron.

AS PALANTÍRI

Saruman sem dúvida obtivera, por suas investigações,[6] um conhecimento especial das Pedras, objetos que lhe atrairiam a atenção, e se convencera de que a Pedra-de-Orthanc estava ainda intacta em sua torre. Conseguiu as chaves de Orthanc em 2759, nominalmente como guardião da torre e lugar-tenente do Regente de Gondor. Naquela época, o assunto da Pedra-de-Orthanc dificilmente preocuparia o Conselho Branco. Apenas Saruman, tendo conquistado o favor dos Regentes, já tinha efetuado estudos suficientes dos registros de Gondor para perceber o interesse das *palantíri* e os possíveis usos das que restavam; mas nada disse sobre isso a seus colegas. Em decorrência da inveja e do ódio que sentia por Gandalf, Saruman deixou de cooperar com o Conselho, que se reuniu pela última vez em 2953. Sem qualquer declaração formal, Saruman apossou-se então de Isengard como seu próprio domínio e não deu mais atenção a Gondor. O Conselho sem dúvida reprovou esse ato; mas Saruman era independente e tinha o direito, caso desejasse, de agir com autonomia de acordo com sua própria política na resistência contra Sauron.[7]

O Conselho em geral deve de outro modo ter tido conhecimento das Pedras e sua antiga disposição, mas não considerava que tivessem muita importância no presente: eram objetos que pertenciam à história dos Reinos dos Dúnedain, maravilhosos e admiráveis, mas agora, em sua maioria, perdidos ou tornados de pouco uso. Deve-se recordar que as Pedras originalmente eram "inocentes" e não serviam a propósitos malignos. Foi Sauron quem as tornou sinistras, e instrumentos de dominação e fraude.

Embora o Conselho (alertado por Gandalf) possa ter começado a duvidar das intenções de Saruman a respeito dos Anéis, nem mesmo Gandalf sabia que ele se tornara um aliado, ou serviçal, de Sauron. Isso só foi descoberto por Gandalf em julho de 3018. Mas, apesar de Gandalf nos últimos anos ter ampliado seu conhecimento, e o do Conselho, sobre a história de Gondor pelo estudo de seus documentos, a principal preocupação de Gandalf e do Conselho ainda era o Anel: as possibilidades latentes nas Pedras não eram percebidas. É evidente que, à época da Guerra do Anel, não fazia muito tempo que o Conselho se dera conta da dúvida acerca do destino da Pedra-de-Ithil, e deixou (algo compreensível até em pessoas tais como Elrond, Galadriel e Gandalf, sob o peso de suas preocupações) de avaliar seu significado, de considerar o que poderia resultar caso Sauron se apossasse de uma das Pedras, e qualquer outra pessoa então fizesse uso de outra. Foi necessária a demonstração em Dol Baran dos efeitos da Pedra-de-Orthanc sobre Peregrin para revelar subitamente que a "ligação" entre Isengard e Barad-dûr (cuja existência foi comprovada depois que se descobriu que tropas de Isengard haviam se unido a outras dirigidas por Sauron no ataque à Sociedade em Parth Galen) era de fato a Pedra-de-Orthanc — e uma outra *palantír*.

Em sua fala a Peregrin, ambos cavalgando em Scadufax a partir de Dol Baran (*As Duas Torres*, III, 11), o objetivo imediato de Gandalf foi dar ao Hobbit alguma ideia da história das *palantíri*, para que pudesse começar a perceber a antiguidade, a dignidade e o poder das coisas com que tivera a presunção de interferir. Não estava preocupado em exibir seus próprios processos de descoberta e dedução, exceto em seu último ponto: explicar como Sauron chegara a controlá-las, de forma que era perigoso para *qualquer um* usá-las, por muito nobre que fosse. Mas a mente de Gandalf ao mesmo tempo ocupava-se seriamente das Pedras, considerando a influência da revelação de Dol Baran sobre muitas coisas que observara e ponderara: tais como o amplo conhecimento de eventos longínquos que Denethor possuía, e sua aparência de velhice prematura, que primeiro se observou quando não tinha muito mais que sessenta anos, embora pertencesse a uma raça e a uma família que ainda tinham normalmente vida mais longa que outros homens. Sem dúvida, a pressa de Gandalf em chegar a Minas Tirith, além da urgência do tempo e da iminência da guerra, foi aumentada por seu súbito temor de que Denethor também tivesse feito uso de uma *palantír*, a Pedra-de-Anor, e por seu desejo de avaliar que efeito isso tivera sobre ele: se no teste crucial da guerra desesperada não seria demonstrado que ele (como Saruman) não mais merecia confiança e poderia se render a Mordor. As conversas de Gandalf com Denethor quando chegou em Minas Tirith e nos dias seguintes, e tudo que se relata que dialogaram, devem ser vistas à luz dessa dúvida na mente de Gandalf.[8]

A importância da *palantír* de Minas Tirith em seus pensamentos começara portanto apenas com a experiência de Peregrin em Dol Baran. Mas seu conhecimento ou suposições sobre sua existência eram naturalmente muito mais antigos. Pouco se sabe da história de Gandalf antes do fim da Paz Vigilante (2460) e da formação do Conselho Branco (2463), e seu interesse especial por Gondor parece ter-se mostrado somente depois que Bilbo encontrou o Anel (2941) e Sauron retornou abertamente a Mordor (2951).[9] Sua atenção estava então (como a de Saruman) concentrada no Anel de Isildur; mas em suas leituras nos arquivos de Minas Tirith pode-se supor que tenha aprendido muito sobre as *palantíri* de Gondor, porém com apreciação menos imediata de sua possível importância do que a demonstrada por Saruman, cuja mente, em contraste com a de Gandalf, sempre fora mais atraída por artefatos e instrumentos de poder que por pessoas. Ainda assim, àquela época Gandalf provavelmente já sabia mais que Saruman sobre a natureza e origem primeira das *palantíri*, pois tudo que dizia respeito ao antigo reino de Arnor e à história posterior daquelas regiões era sua província especial, e Gandalf estava em estreita aliança com Elrond.

Mas a Pedra-de-Anor tornara-se um segredo: nenhuma menção de seu destino após a queda de Minas Ithil aparecia em qualquer dos anais ou registros dos Regentes. A história de fato esclareceria que nem Orthanc nem a Torre Branca de Minas Tirith jamais haviam sido capturadas nem saqueadas por inimigos, e que, portanto, seria possível supor haver grande probabilidade de as Pedras estarem intactas e permanecerem em seus antigos locais; mas não se podia ter certeza de que não haviam sido removidas pelos Regentes, e talvez "enterradas" fundo[10] em alguma câmara secreta de tesouro, até mesmo em algum último refúgio oculto nas montanhas, comparável ao Fano-da-Colina.

Devia ter sido relatado que Gandalf disse que não *pensava* que Denethor ousara usá-la, até perder sua sabedoria.[11] Não podia afirmar isso como fato conhecido, pois quando e por que motivo Denethor se atrevera a usar a Pedra era e ainda é assunto para conjetura. Gandalf bem podia ter a opinião que tinha sobre esse assunto, mas é provável, considerando Denethor e o que se diz dele, que este tenha começado a usar a Pedra-de-Anor muitos anos antes de 3019, e antes de Saruman ousar ou crer útil usar a Pedra-de-Orthanc. Denethor assumiu a Regência em 2984, tendo então a idade de 54 anos: um homem autoritário, ao mesmo tempo sábio e erudito além da medida daqueles tempos, e voluntarioso, confiante em seus próprios poderes, e intrépido. Aos outros seu lado "sombrio" passou a ser observável depois que sua esposa Finduilas morreu em 2988, mas parece bastante evidente que se voltara para a Pedra *de imediato*, assim que assumiu o poder, tendo estudado por muito tempo o assunto das *palantíri* e as tradições a respeito delas e de seu uso, preservadas nos arquivos especiais dos Regentes, aos quais tinha acesso, além do Regente Governante, apenas seu herdeiro. Durante o final do governo de seu pai, Ecthelion II, ele deve ter desejado muito consultar a Pedra, à medida que aumentava a ansiedade em Gondor, enquanto sua própria posição se enfraquecia pela fama de "Thorongil"[12] e os favores que seu pai lhe concedia. Pelo menos um dos seus motivos deve ter sido a inveja de Thorongil, bem como a hostilidade a Gandalf, ao qual seu pai dava muita atenção durante a influência de Thorongil. Denethor desejava exceder esses "usurpadores" em conhecimento e informação, e também, se possível, mantê-los sob vigilância quando estavam em outros lugares.

É preciso distinguir a tensão alquebrante de quando Denethor se defrontou com Sauron da tensão geral do uso da Pedra.[13] Esta última Denethor acreditava poder suportar (e não sem razão). É quase certo que o confronto com Sauron não ocorreu por muitos anos, e é provável que, de início, nunca tenha sido contemplado por Denethor. Para os usos das *palantíri*, e a diferença entre seu uso solitário para "ver" e seu uso para intercomunicação com outra Pedra e seu "observador", ver p. 542. Depois de adquirir a técnica, Denethor pôde descobrir muito sobre eventos distantes apenas pelo uso da Pedra-de-Anor e, mesmo depois de Sauron se dar conta de suas operações, ainda podia fazê-lo, enquanto mantivesse a força para controlar sua Pedra para seus próprios fins, a despeito da tentativa de Sauron de "arrancar" a Pedra-de-Anor sempre em sua direção. Também deve ser considerado que as Pedras eram apenas um pequeno item nos vastos desígnios e operações de Sauron: um meio de dominar e iludir dois de seus oponentes, mas ele não pretendia (e não podia) ter a Pedra-de-Ithil sob observação perpétua. Não era seu estilo entregar tais instrumentos ao uso de subordinados; nem tinha qualquer serviçal cujos poderes mentais fossem superiores aos de Saruman ou mesmo aos de Denethor.

No caso de Denethor, o Regente foi fortalecido, até mesmo contra o próprio Sauron, pelo fato de serem as Pedras muito mais receptivas a usuários legítimos: principalmente aos verdadeiros "Herdeiros de Elendil" (como Aragorn), mas também a alguém com autoridade hereditária (como Denethor), em comparação com Saruman ou Sauron. Pode-se notar que os efeitos foram diferentes. Saruman caiu sob a dominação de Sauron e desejava sua vitória, ou não mais se opunha a ela. Denethor permaneceu firme em sua rejeição a Sauron, mas foi levado a acreditar que a vitória deste era inevitável, e assim caiu no desespero. As razões para essa diferença eram sem dúvida que, em primeiro lugar, Denethor era homem de grande força de vontade, e manteve sua personalidade íntegra até o golpe final do ferimento (aparentemente) mortal de seu único filho sobrevivente. Era orgulhoso, mas isso de modo algum tinha cunho meramente pessoal: amava Gondor e seu povo, e julgava-se indicado pelo destino para conduzi-los naquela época sem esperanças. E, em segundo lugar, a Pedra-de-Anor era sua *de direito*, e nada, a não ser a conveniência, se opunha a que ele a usasse em suas graves ansiedades. Denethor deve ter adivinhado que a Pedra-de-Ithil estava em mãos malévolas, e arriscou entrar em contato com ela, confiando em sua força. Sua confiança não era inteiramente injustificada. Sauron não conseguiu dominá-lo e pôde apenas influenciá-lo com enganos. É provável que no começo não tenha olhado em direção a Mordor, mas tenha se contentado com as "visões longínquas" que a Pedra oferecia; daí vinha seu surpreendente conhecimento de acontecimentos distantes. Não está dito se alguma vez fez contato desse modo com a Pedra-de-Orthanc e Saruman; provavelmente sim, e o fez com proveito para si próprio. Sauron não podia invadir essas conferências: somente o observador que usasse a Pedra Mestra de Osgiliath podia "bisbilhotar". Enquanto duas das outras Pedras estavam em contato, a terceira as enxergaria ambas em branco.[14]

Deve ter existido um considerável conjunto de saberes acerca das *palantíri*, preservado em Gondor pelos Reis e Regentes, e repassado mesmo depois que não se fazia mais uso delas. Essas Pedras eram um presente inalienável a Elendil e seus herdeiros, somente aos quais pertenciam de direito; mas isso não significa que podiam ser usadas com legitimidade apenas por um desses "herdeiros". Legalmente podiam ser usadas por qualquer pessoa autorizada pelo "herdeiro de Anárion" ou pelo "herdeiro de Isildur", isto é, um Rei legítimo de Gondor ou Arnor. Na verdade, devem ter sido usadas normalmente por tais representantes. Cada Pedra tinha seu próprio guardião, e entre seus deveres estava o de "observar a Pedra" a intervalos regulares, quando lhe fosse ordenado ou em tempos de necessidade. Outras pessoas também eram designadas para visitar as Pedras, e ministros da Coroa ocupados com "informações secretas" faziam-lhes inspeções regulares e especiais, relatando as informações assim obtidas ao Rei e ao Conselho, ou ao Rei em caráter privado, conforme o caso exigisse. Em Gondor, ultimamente, como o cargo de Regente cresceu em importância e se tornou hereditário, proporcionando por assim dizer um "suplente" permanente do Rei e um vice-rei imediato caso preciso, o comando e o uso das Pedras parece ter estado principalmente nas mãos dos Regentes, e as tradições sobre sua natureza e seu uso devem ter sido mantidas e transmitidas em sua Casa. Visto que a Regência se tornara hereditária desde 1998,[15] a autoridade de fazer uso ou ainda de delegar o uso das Pedras foi legalmente transmitida em sua linhagem e, portanto, pertencia plenamente a Denethor.[16]

No entanto, deve-se ressaltar com respeito à narrativa de *O Senhor dos Anéis* que muito além de tal autoridade delegada, mesmo hereditária, qualquer "herdeiro de Elendil" (isto é, um descendente reconhecido que ocupasse um trono ou senhorio nos reinos númenóreanos em virtude dessa ascendência) tinha o *direito* de usar qualquer uma das *palantíri*. Assim, Aragorn reivindicou o direito de tomar posse da Pedra-de-Orthanc, visto que ela na época não tinha temporariamente proprietário nem guardião; e também porque ele era *de jure* o legítimo Rei tanto de Gondor como de Arnor, e podia, se quisesse, cancelar em seu próprio favor, por justa causa, todas as concessões anteriores.

O "saber das Pedras" está agora esquecido e só pode ser recuperado em parte por conjeturas e a partir de fatos registrados a respeito delas. Eram esferas perfeitas, que em repouso aparentavam ser feitas de vidro ou cristal sólido, de tonalidade negra profunda. As menores tinham cerca de um pé de diâmetro, mas algumas, certamente as Pedras de Osgiliath e Amon Sûl, eram muito maiores e não podiam ser erguidas por uma só pessoa. Originalmente eram colocadas em lugares adequados ao seu tamanho e aos quais se destinavam, localizando-se em mesas redondas baixas, de mármore negro, em uma concavidade ou depressão central, onde podiam, caso necessário, ser giradas à mão. Eram muito pesadas, mas perfeitamente lisas, e não sofriam dano se, por acidente ou com má intenção, fossem desalojadas e roladas de suas mesas. Eram de fato inquebráveis por qualquer violência que na época os homens tivessem sob seu controle então, apesar de alguns acreditarem que um grande calor, tal como o de Orodruin, pudesse despedaçá-las, e supunham que esse fora o destino da Pedra-de-Ithil na queda de Barad-dûr.

Apesar de não terem marcas externas de qualquer tipo, tinham *polos* permanentes, e originariamente eram colocadas em seus lugares de tal modo que ficassem "em pé": seu diâmetro de um polo ao outro apontava para o centro da terra, mas o polo inferior permanente tinha então de estar por baixo. As faces ao longo da circunferência, nessa posição, eram as faces de visualização, que recebiam as visões do exterior, mas as transmitiam ao olho de um "observador" do lado oposto. Portanto, um observador que desejasse olhar para o oeste colocar-se-ia do lado leste da Pedra, e, se quisesse deslocar sua visão para o norte, teria de mover-se para sua esquerda, rumo ao sul. Mas as Pedras menores, as de Orthanc, Ithil e Anor, e provavelmente Annúminas, também tinham orientações fixas em sua situação original, de forma que (por exemplo) sua face oeste apenas olharia para o oeste e, voltada para outras direções, ficaria em branco. Se uma Pedra se desencaixasse ou fosse perturbada, podia ser reassentada por observação, e então era útil girá-la. Mas quando era removida e lançada ao chão, como foi a Pedra-de-Orthanc, não era tão fácil acertá-la. Assim, foi "por acaso", como os Homens dizem (como Gandalf teria dito), que Peregrin, manuseando a Pedra desajeitadamente, deve tê-la colocado no solo mais ou menos "em pé" e, sentado a oeste dela, ter tido a face fixa com visão para o leste na posição correta. As Pedras maiores não eram fixas desse modo: sua circunferência podia ser girada e ainda assim podiam "ver" em qualquer direção.[17]

Por si sós, as *palantíri* podiam apenas "ver": não transmitiam sons. Sem serem governadas por uma mente diretora, eram instáveis, e suas visões eram (pelo menos aparentemente) fortuitas. De um lugar alto, sua face do oeste, por exemplo, enxergava a vastas distâncias, com a visão embaçada e distorcida de ambos os lados, e acima e abaixo, e com o primeiro plano obscurecido por objetos mais atrás, que perdiam em clareza à medida que a distância aumentava. O que "viam" era também dirigido ou impedido pelo acaso, pela escuridão, ou por "cobertura" (ver abaixo). A visão das *palantíri* não era "cegada" nem "obstruída" por obstáculos físicos, mas apenas pela escuridão; de forma que podiam enxergar *através* de uma montanha do mesmo modo como podiam enxergar *através* de uma mancha de escuridão ou sombra, mas sem ver dentro nada que não recebesse alguma luz. Podiam ver através de paredes, mas nada enxergar dentro de recintos, cavernas ou locais subterrâneos fechados, a não ser que alguma luz incidisse ali; e elas próprias não podiam proporcionar nem projetar luz. Era possível evitar sua visão pelo processo chamado de "cobertura", pelo qual certos objetos ou áreas eram vistos em uma Pedra apenas como sombras ou névoas profundas. Como isso era feito (por aqueles que estavam conscientes das Pedras e da possibilidade de serem observados por elas) é um dos mistérios perdidos das *palantíri*.[18]

Um observador podia, por sua vontade, fazer com que a visão da Pedra fosse *concentrada* em algum ponto, em sua linha direta ou perto dela.[19] As "visões" sem controle eram pequenas, especialmente nas Pedras menores, apesar de serem muito maiores aos olhos de um observador que se colocasse a certa distância da superfície da *palantír* (idealmente cerca de três pés). Mas sob controle de um observador habilidoso e forte, objetos mais remotos podiam ser ampliados, de certa forma trazidos mais para perto e com maior clareza, enquanto seu segundo plano era quase suprimido. Assim, um homem a distância considerável podia ser visto como uma figura minúscula, com meia polegada de altura, difícil de isolar em meio a uma paisagem ou uma multidão de outros homens; mas a concentração podia ampliar e clarificar a visão até que ele fosse visto em detalhes nítidos, embora reduzidos, como uma imagem aparentemente com um pé ou mais de altura, e seria reconhecido se o observador o conhecesse. Uma grande concentração podia até mesmo ampliar algum detalhe que interessasse ao observador, de modo que se poderia ver (por exemplo) se ele tinha um anel na mão.

Essa "concentração" era, porém, muito cansativa e podia tornar-se exaustiva. Por conseguinte, só era empreendida quando se desejavam informações urgentes, e o acaso (talvez auxiliado por outras informações) possibilitava ao observador distinguir itens (significativos para ele e de seu interesse imediato) em meio à confusão das visões da Pedra. Por exemplo, Denethor, sentado diante da Pedra-de-Anor, ansioso a respeito de Rohan, e decidindo se deveria ou não ordenar que os faróis fossem imediatamente acesos e que a "flecha" fosse enviada, poderia colocar-se em linha direta, olhando para o oés-noroeste através de Rohan, passando perto de Edoras e prosseguindo rumo aos Vaus do Isen. Naquela hora, poderia haver movimentos de homens visíveis naquela linha. Caso assim fosse, ele poderia concentrar-se (digamos) em um grupo, enxergá-lo como Cavaleiros, e finalmente descobrir algum vulto que lhe fosse conhecido: Gandalf, por exemplo, cavalgando com os reforços rumo ao Abismo de Helm, e subitamente desgarrando-se deles para correr rumo ao norte.[20]

As *palantíri* não podiam por si sós observar as mentes dos homens, apanhados de surpresa ou a contragosto; pois a transferência do pensamento dependia das *vontades* dos usuários de ambos os lados, e o pensamento (recebido como fala)[21] só era transmissível por uma Pedra para outra em concordância.

NOTAS

[1]Sem dúvida foram usadas nas consultas entre Arnor e Gondor no ano de 1944, a respeito da sucessão à Coroa. As "mensagens" recebidas em Gondor em 1973, que tratavam das sérias dificuldades do Reino do Norte, foram provavelmente seu último uso antes da aproximação da Guerra do Anel. [N. A.]

[2]Com Arvedui perderam-se as Pedras de Annúminas e Amon Sûl (Topo-do-Vento). A terceira *palantír* do Norte era a da torre de Elostirion sobre as Emyn Beraid, que tinha propriedades especiais (ver nota 16).

[3]A Pedra de Osgiliath havia sido perdida nas águas do Anduin em 1437, durante a guerra civil da Contenda-das-Famílias.

[4]Sobre a destrutibilidade das *palantíri*, ver pp. 540–41. No registro de "O Conto dos Anos" para 2002, e também no Apêndice A (I, iv), afirma-se como fato que a *palantír* foi capturada na queda de Minas Ithil; mas meu pai observou que esses anais foram escritos após a Guerra do Anel, e que a afirmativa, por muito que fosse certa, era uma dedução. A Pedra-de-Ithil nunca mais foi encontrada, e provavelmente pereceu na ruína de Barad-dûr; ver p. 540.

[5]As Pedras por si sós podiam apenas *ver*: cenas ou figuras em lugares distantes, ou no passado. Estas eram sem explicação; e de qualquer forma era difícil para homens de tempos posteriores determinar quais visões deveriam ser reveladas pela vontade ou desejo de um observador. Mas quando outra mente

AS PALANTÍRI

ocupava uma Pedra em concordância, o pensamento podia ser "transferido" (recebido como "fala"), e visões do que passava pela mente do observador de uma Pedra podiam ser captadas pelo outro observador. [Ver também pp. 540–42 e nota 21.] De início, esses poderes eram usados principalmente em consultas, com o propósito de trocar notícias necessárias ao governo, ou conselhos e opiniões; com menor frequência por simples amizade e prazer, ou em saudações e condolências. Foi somente Sauron que usava uma Pedra para a transferência de sua vontade superior, dominando o observador mais fraco e forçando-o a revelar pensamentos ocultos e a submeter-se a comandos. [N. A.]

[6]Ver as observações de Gandalf ao Conselho de Elrond sobre o extenso estudo dos rolos e livros de Minas Tirith por Saruman.

[7]Para qualquer política mais "prática" de poder e força bélica, Isengard estava bem localizada, visto que era a chave do Desfiladeiro de Rohan. Este era um ponto fraco nas defesas do Oeste, especialmente desde a decadência de Gondor. Através dele, espiões e emissários hostis podiam passar em segredo, ou eventualmente, como na Era anterior, tropas de guerra. Como por muitos anos Isengard estivera sob proteção cerrada, o Conselho parece não ter-se dado conta do que ocorria dentro do seu Círculo. A utilização, e possível criação especial, de Orques era mantida em segredo e não pode ter começado muito antes de 2990 no mínimo. As tropas de Orques não parecem jamais ter sido usadas fora do território de Isengard antes do ataque a Rohan. Se o Conselho tivesse tido conhecimento disso, naturalmente teria percebido de imediato que Saruman se tornara maligno. [N. A.]

[8]Era evidente que Denethor se dava conta das conjeturas e suspeitas de Gandalf, e elas ao mesmo tempo o enraiveciam e lhe proporcionavam um divertimento sardônico. Observem-se suas palavras para Gandalf quando se encontraram em Minas Tirith (*O Retorno do Rei*, V, 1): "Já sei o bastante desses feitos para meu próprio conselho contra a ameaça do Leste", e em especial suas palavras de zombaria em seguida: "Sim; pois, apesar de as Pedras estarem perdidas, ao que dizem, ainda assim os senhores de Gondor têm visão mais aguçada que os homens menores, e muitas mensagens chegam até eles." Independentemente das *palantíri*, Denethor era homem de grandes poderes mentais, que lia rápido os pensamentos por trás dos rostos e das palavras, mas com efeito também pode muito bem ter enxergado na Pedra-de-Anor visões de acontecimentos em Rohan e Isengard. [N. A.] — Ver também pp. 542–43.

[9]Observe-se o trecho em *As Duas Torres*, IV, 5, no qual Faramir (que nasceu em 2983) se lembrou de ter visto Gandalf em Minas Tirith quando era criança, e de novo duas ou três vezes posteriormente; e falou que foi o interesse pelos registros que o trouxera. A última vez teria sido em 3017, quando Gandalf encontrou o rolo de Isildur. [N. A.]

[10]Essa é uma referência às palavras de Gandalf a Peregrin (*As Duas Torres*, III, 11): "Quem sabe onde jazem agora as Pedras perdidas de Arnor e Gondor, sepultadas ou submersas nas profundas?"

[11]Essa é uma referência às palavras de Gandalf após a morte de Denethor em *O Retorno do Rei*, V, 7, no final do capítulo. A correção de meu pai (decorrente da presente discussão), de "Denethor não pretendia usá-la" para "Denethor não se atrevia a usá-la", não foi (aparentemente por mera distração) incorporada à versão revisada. Ver a "Introdução", pp. 28–9.

[12]Thorongil ("Águia da Estrela") foi o nome dado a Aragorn quando serviu, sob disfarce, a Ecthelion II de Gondor; ver *O Senhor dos Anéis*, Apêndice A (I, iv, "Os Regentes").

[13]O uso das *palantíri* era um esforço mental, especialmente para os homens das épocas mais tardias que não estavam treinados para essa tarefa, e esse esforço, adicionado às suas ansiedades, sem dúvida contribuiu para o "lado sombrio" de Denethor. Provavelmente sua esposa a sentiu antes dos demais, e isso aumentou sua infelicidade, apressando-lhe a morte. [N. A.]

[14]Uma nota marginal sem localização observa que a integridade de Saruman "fora solapada pelo orgulho puramente pessoal e pelo desejo de que sua própria vontade predominasse. Seu estudo dos Anéis causara isso, pois seu orgulho acreditava que poderia usá-los, ou a Ele, desafiando qualquer outra vontade. Tendo perdido qualquer devoção a outras pessoas ou causas, Saruman estava aberto à dominação por uma vontade superior, a suas ameaças e a sua demonstração de poder". E ademais ele próprio não tinha *direito* à Pedra-de-Orthanc.

[15]1998 foi o ano da morte de Pelendur, Regente de Gondor. "Após os dias de Pelendur a Regência se tornou hereditária como a realeza, de pai para filho ou parente mais próximo." *O Senhor dos Anéis*, Apêndice A, I, iv, "Os Regentes".

[16]O caso era diferente em Arnor. A posse legal das Pedras pertencia ao Rei (que normalmente usava a Pedra de Annúminas); mas o Reino dividiu-se e a suprema realeza ficou sob disputa. Os Reis de Arthedain, que claramente eram os que tinham reivindicação mais justa, mantinham um guardião especial em Amon Sûl, cuja Pedra era considerada a principal entre as *palantíri* do Norte, já que era a maior e mais poderosa, e aquela através da qual costumava ser feita a comunicação com Gondor. Após a destruição de Amon Sûl por Angmar em 1409, ambas as Pedras foram colocadas em Fornost, onde habitava o Rei de Arthedain. Elas se perderam no naufrágio de Arvedui, e nenhum substituto foi deixado com autoridade direta ou herdada para usar as Pedras. Restava apenas uma no Norte, a Pedra de Elendil nas Emyn Beraid, mas esta tinha propriedades especiais e não podia ser empregada em comunicações. O direito hereditário ao seu uso sem dúvida cabia ainda ao "herdeiro de Isildur", o chefe reconhecido dos Dúnedain e descendente de Arvedui. Mas não se sabe se algum deles, até mesmo Aragorn, chegou a fixar o olhar nela, desejando

AS PALANTÍRI

divisar o Oeste perdido. Essa Pedra e sua torre eram mantidas e guardadas por Círdan e pelos Elfos de Lindon. [N. A.] — Consta no Apêndice A (I, iii) de *O Senhor dos Anéis* que a *palantír* das Emyn Beraid "era diversa das demais e não se acordava com elas; olhava apenas para o Mar. Elendil a colocou ali para poder olhar de volta, com 'visão reta', e ver Eressëa no Oeste desaparecido; mas os mares curvos abaixo cobriram Númenor para sempre". A visão que Elendil teve de Eressëa na *palantír* das Emyn Beraid também é relatada em "Dos Anéis de Poder" (*O Silmarillion*, p. 382); "Acredita-se que assim, por vezes, ele via muito ao longe até mesmo a Torre de Avallónë, em Eressëa, onde a Pedra-mestra ficava e ainda fica." É notável que no presente relato não haja referência a essa Pedra-mestra.

[17]Uma nota posterior, isolada, nega que as *palantíri* fossem polarizadas ou orientadas, mas não dá detalhes adicionais.

[18]A explicação anterior mencionada na nota 17 trata de modo um pouco diferente alguns desses aspectos das *palantíri*; em particular, o conceito de "cobertura" parece empregado de maneira diversa. Essa nota, muito apressada e um tanto obscura, diz em parte: "Elas retinham as imagens recebidas, de modo que cada uma continha dentro de si uma multiplicidade de imagens e cenas, algumas de um passado remoto. Não podiam 'ver' no escuro; isto é, objetos que estavam no escuro não eram registrados por elas. Elas próprias podiam ser, e normalmente eram, mantidas no escuro, porque nessas condições era muito mais fácil ver as cenas que apresentavam, e limitar sua 'superlotação' à medida que os séculos passavam. A forma como eram assim 'cobertas' era mantida em segredo e portanto é agora desconhecida. Não eram 'cegadas' por obstáculos físicos, como uma parede, uma colina ou uma floresta, contanto que os objetos distantes estivessem eles próprios iluminados. Foi dito ou suposto por comentaristas posteriores que as Pedras, em suas localizações originais, eram colocadas em estojos esféricos, que eram trancados para evitar que fossem mal empregadas por pessoas não autorizadas; mas que esse revestimento também desempenhava o papel de cobri-las e torná-las inativas. Portanto, os estojos devem ter sido feitos de algum metal ou outra substância agora desconhecida." Anotações marginais ligadas a essa nota são parcialmente ilegíveis, mas consegue-se ainda deduzir que, quanto mais remoto o passado, mais nítida era a visão, ao passo que para ver ao longe havia uma "distância correta", variável de acordo com a Pedra, à qual os objetos distantes eram mais nítidos. As *palantíri* maiores podiam ver muito mais longe que as menores; para as menores a "distância correta" era da ordem de quinhentas milhas, como entre a Pedra-de-Orthanc e a de Anor. "Ithil ficava perto demais, mas era principalmente usada para [palavras ilegíveis], não para contatos pessoais com Minas Anor."

[19]A orientação, evidentemente, não era dividida em "quadrantes" separados, e sim contínua; assim, sua linha *direta* de visão para um observador sentado a sudeste seria para o noroeste, e assim por diante. [N. A.]

[20]Ver *As Duas Torres*, III, 7.

546

[21]Em uma nota, é mais explícita a descrição desse aspecto: "Duas pessoas, cada uma usando uma Pedra 'em concordância' com a outra, podiam dialogar, mas não através de sons, que as Pedras não transmitiam. Olhando uma para a outra, trocavam 'pensamentos' — não seus pensamentos plenos ou verdadeiros, ou suas intenções, mas sim 'fala silenciosa', os pensamentos que desejavam transmitir (já formalizados em forma linguística na mente ou efetivamente pronunciados em voz alta), que eram recebidos por seus interlocutores e, naturalmente, transformados de pronto em 'fala', e só relatáveis como tal."

Índice Remissivo

Este Índice Remissivo, como foi observado na Introdução, não abrange apenas os textos principais, mas também as Notas e os Apêndices, visto que muitos materiais originais aparecem nestes últimos. Consequentemente, muitas referências são triviais, mas acreditei que seria mais útil, além de certamente mais fácil, ter a completude como meta. As únicas exceções propositais são alguns raros casos (como *Morgoth, Númenor*) em que usei a palavra *passim* para abranger certas seções do livro, e a ausência de referências a *Elfos, Homens, Orques* e *Terra-média*. Em muitos casos as referências incluem páginas nas quais uma pessoa ou localidade é mencionada, mas não pelo seu nome (assim, a menção na p. 313 do "porto cujo senhor era Círdan" é apresentada sob *Mithlond*). Foram usados asteriscos para indicar nomes, cerca de um quarto do total, que não foram publicados nas obras de meu pai (portanto também estão assim marcados os nomes, relacionados na nota de rodapé da p. 349, que apareceram no mapa da Terra-média da srta. Pauline Baynes). As breves definições não se restringem a assuntos efetivamente mencionados no livro; e vez por outra acrescentei notas sobre o significado de nomes que até então não haviam sido traduzidos.

Este índice remissivo não é um modelo de consistência em termos de apresentação, mas sua deficiência sob esse aspecto pode ser parcialmente desculpada à vista da ramificação entrelaçada dos nomes (incluindo traduções variantes, nomes equivalentes na referência, mas não no significado), o que torna uma tal consistência extremamente difícil ou impossível de ser conseguida: isso se pode ver em uma série como *Eilenaer,*

Halifirien, Amon Anwar, Anwar, Monte de Anwar, Monte da Admiração, Floresta de Anwar, Firienholt, Floresta Firien, Floresta Sussurrante. Como regra geral, incluí referências para traduções de nomes élficos sob o verbete em élfico (como *Praia-comprida* sob *Anfalas*), com uma referência cruzada, mas afastei-me dessa prática em casos particulares, nos quais os nomes "traduzidos" (como *Trevamata, Isengard*) são familiares e de uso geral.

Abismo de Helm Uma profunda garganta perto da extremidade noroeste das Ered Nimrais, em cuja entrada foi construído o Forte-da-Trombeta (ver *Pictures by J.R.R. Tolkien*, 1979, nº 26); assim chamado por causa do Rei Helm, que se refugiou ali de seus inimigos durante o Inverno Longo de 2758–59 da Terceira Era. 472, 475, 479, 481, 484, 486, 543

*Abismo, O Aparentemente um sinônimo de *Garganta-do-Abismo.* 484, 488

Adanedhel "Homem-Elfo", nome dado a Túrin em Nargothrond. 218–19, 221

Adorn Afluente do rio Isen, que forma com ele os limites ocidentais de Rohan. (O nome é "de forma adequada ao sindarin, mas não interpretável nessa língua. Deve-se supor que era de origem pré-númenóreana, adaptado ao sindarin".) 354, 409, 484

Adrahil (1) Um comandante das tropas de Gondor contra os Carroceiros em 1944 da Terceira Era; chamado "de Dol Amroth", e presumivelmente ancestral de Adrahil (2). 393–94, 421

*Adrahil (2) Príncipe de Dol Amroth, pai de Imrahil. 337, 392, 418, 421

adûnaico A língua de Númenor. 295, *fala, língua númenóreana* 302, 307

*aeglos (1) "Espinho-de-neve", uma planta que crescia em Amon Rûdh. 142–43, 205

aeglos (2) A lança de Gil-galad (como formação vocabular, é igual ao precedente). 205

Aegnor Príncipe noldorin, quarto filho de Finarfin; morto na Dagor Bragollach. 340

Aelin-uial A região de pântanos e lagoas onde o rio Aros desaguava no Sirion. 205. Traduzido como *Alagados do Crepúsculo* 162

Aerin Parenta de Húrin em Dor-lómin; tomada como esposa por Brodda, o Lestense; auxiliou Morwen após as Nirnaeth Arnoediad. 102, 103, 149, 150, 151, 152, 153, 154

CONTOS INACABADOS

Agarwaen "Manchado-de-sangue", nome assumido por Túrin quando chegou a Nargothrond. 218, 223, 224

*Agathurush Tradução adûnaica do nome *Gwathló*. 357

*Aghan O Drûg (Drúadan) da história "A Pedra Fiel". 503, 504–05

Aglarond "A Caverna Cintilante" do Abismo de Helm nas Ered Nimrais; usado também com referência à fortaleza mais estritamente chamada de Forte-da-Trombeta, à entrada do Abismo de Helm. 491, 493. Ver *Glaêmscrafu*

Águias Das Crissaegrim 68, 84. *De Númenor* 231, 234 (ver *Testemunhas de Manwë*). Com referência a Gwaihir, que resgatou Gandalf de Orthanc. 231

*Ailinel A mais velha das irmãs de Tar-Aldarion. 240, 286, 299

Aiwendil "Amante das Aves", nome em quenya de Radagast, o Mago. 520, 530

Akallabêth "A Decaída", Númenor. Referências à obra chamada *Akallabêth* (A Queda de Númenor) não são apresentadas aqui. 21, 229, 294–96, 305, 307–08, 415

*Alatar Um dos Magos Azuis (*Ithryn Luin*). 520–21

Al(a)táriel "Donzela coroada com grinalda radiante" (ver o Apêndice *O Silmarillion*, verbete *kal-*), formas quenya e telerin do nome *Galadriel*. 361

Aldarion Ver *Tar-Aldarion*.

*Aldburg A moradia de Éomer no Folde (Rohan), onde Eorl, o Jovem, tinha sua casa. 486

Aldor Terceiro Rei de Rohan, filho de Brego, filho de Eorl, o Jovem. 492, 494

alfirin Uma pequena flor branca, também chamada de *uilos* e *simbelmynë* (*Sempre-em-mente*), ver 13, 85, 407, 421. Para o nome aplicado a outra flor, ver 421

*Algund Homem de Dor-lómin, membro do bando de proscritos (*Gaurwaith*) ao qual Túrin se juntou. 124, 129, 133, 204

Almarian Filha do marinheiro númenóreano Vëantur, Rainha de Tar-Meneldur e mãe de Tar-Aldarion. 239, 240, 243–46, 259, 285, 290, 298

Almiel A mais jovem das irmãs de Tar-Aldarion. 240

Alqualondë "Porto dos Cisnes", principal cidade e porto dos Teleri na costa de Aman. 311, 313–14, 316, 318, 359

Alta fala Ver *quenya*.

Alto-élfico Ver *quenya*.

Altos Faroth Ver *Taur-en-Faroth*.

Altos Elfos Os Elfos de Aman, e todos os Elfos que alguma vez moraram em Aman. 233, 337. Chamados de *o Alto Povo do Oeste* 51

Aman "Abençoada, livre do mal", a terra dos Valar no extremo Oeste. 15, 231, 310, 314–16, 340, 361, 509, 523, 527. *O Reino Abençoado, Terra Abençoada* 294, 328, 523. Ver *Terras Imortais.*

Amandil (1) Ver *Tar-Amandil.*

Amandil (2) Último Senhor de Andúnië, pai de Elendil, o Alto. 298

Amdír Rei de Lórien, morto na Batalha de Dagorlad; pai de Amroth. 327, 331, 350 Ver *Malgalad.*

Amigos-dos-Elfos 328, 416. Ver *Atani, Edain.*

Amon Anwar Nome em sindarin de Halifirien, sétimo farol de Gondor nas Ered Nimrais. 403–04, 412–13, 415, 421. *Monte da Admiração* 403, 405, 412. Traduzido como *Monte de Anwar* 410, 414–15; também simplesmente *Anwar* 410. Ver *Eilenaer, Halifirien, Floresta de Anwar.*

Amon Darthir Um pico na cadeia das Ered Wethrin ao sul de Dor-lómin. 102, 206

Amon Dîn "O Monte Silencioso", o primeiro farol de Gondor em Ered Nimrais. 403, 419, 424

Amon Ereb "O Monte Solitário" em Beleriand Leste. 113

Amon Ethir A grande fortificação de terra erguida por Finrod Felagund a leste das Portas de Nargothrond. 165–66, 168–69. Traduzido como *o Monte-dos-Espiões* 165

Amon Lanc "O Monte Desnudo" no sul de Verdemata, Grande, mais tarde chamado de *Dol Guldur,* ver 366, 376–77

Amon Obel Um monte na Floresta de Brethil, onde foi construída Ephel Brandir. 148, 156, 173, 176, 191

Amon Rûdh "O Monte Calvo", uma elevação solitária nas terras ao sul de Brethil; morada de Mîm e covil do bando de proscritos de Túrin. 20, 141–43, 205, 208–14. Ver *Sharbhund.*

Amon Sûl "Monte do Vento", um monte redondo e desnudo na extremidade sul das Colinas do Vento em Eriador. 375, 540, 543, 545. Chamado em Bri de *Topo-do-Vento* 375, 543

Amon Uilos Nome em sindarin de *Oiolossë,* ver 85

Amroth Elfo sindarin, Rei de Lórien, amante de Nimrodel; afogou-se na Baía de Belfalas. 15, 24, 293, 295, 309, 317, 318, 322, 324, 326–35, 337–38, 345–46, 348, 350, 354, 392, 404, 407, 409, 418, 421. *O país de Amroth* (costa de Belfalas perto de Dol Amroth) 242, 293. *Porto de Amroth,* ver *Edhellond.*

Anach Passo que descia de Taur-nu-Fuin (Dorthonion) na extremidade oeste das Ered Gorgoroth. 83, 137

Anãos 12, 110–11, 140, 143–47, 180, 205, 208, 214, 319, 320–24, 327, 345, 349, 351, 377, 401, 423, 425, 426–31, 433,

CONTOS INACABADOS

435, 438, 440–41, 443–45, 469, 501, 506, 511, 525–26, 528. Ver *Anãos-Miúdos.*

Anãos-Miúdos Uma raça de Anãos em Beleriand descrita em *O Silmarillion*, p. 464. Ver *Nibin-noeg, Noegyth Nibin.*

Anar Nome em quenya do Sol. 42, 51, 53

*Anardil O prenome dado de Tar-Aldarion. 240, 273, 291, 299; com sufixo de afeto *Anardilya* 240 [O sexto Rei de Gondor também se chamava *Anardil.*]

Anárion (1) Ver *Tar-Anárion.*

Anárion (2) Filho mais jovem de Elendil que, com seu pai e seu irmão Isildur, escapou da Submersão de Númenor e fundou na Terra-média os reinos númenóreanos no exílio; senhor de Minas Anor; morto no cerco a Barad-dûr. 290–91, 294, 296, 299, 376. *Herdeiro de Anárion* 539

Ancalimë Ver *Tar-Ancalimë.* O nome também foi dado por Aldarion à árvore de Eressëa que plantou em Armenelos 261, 263–68, 271, 276, 278, 280, 283–88, 290–92, 296, 299, 306

*Andrast "Cabo Longo", o promontório montanhoso entre os rios Isen e Lefnui. 293, 354, 356, 490, 508, 511. Ver *Ras Morthil, Drúwaith Iaur.*

*Andrath "Escalada Longa", desfiladeiro entre as Colinas-dos-túmulos e as Colinas do Sul através do qual passava a Estrada Norte-Sul (Caminho Verde). 365, 374, 462

*Andróg Homem de Dor-lómin, líder do bando de proscritos (*Gaurwaith*) ao qual Túrin se uniu. 124–29, 132–36, 138–42, 144, 145, 147, 205, 210, 214

Androth Cavernas nas colinas de Mithrim onde Tuor morou com os Elfos-cinzentos e mais tarde como proscrito solitário. 36–38

Anduin "O Rio Longo" a leste das Montanhas Nevoentas; também *o Rio, o Grande Rio.* Frequentemente em *o(s) Vale(s) do Anduin.* 12, 233, 321, 326, 329, 331, 333–35, 342, 346–47, 349–50, 352–53, 358, 360, 365–66, 370, 376–78, 380, 386–89, 391–92, 396–97, 399–401, 403, 405, 409, 411, 414, 416–19, 424–25, 449, 454–55, 457, 491–92, 507, 527, 530–31, 533, 543. Ver *Ethir Anduin, Fluxolongo.*

Andúnië "Poente", cidade e porto na costa oeste de Númenor. 21, 232, 235, 239, 251, 255, 259, 260, 265, 293–94, 296, 300, 303. *Baía de Andúnië* 21, 232. *Senhor(es) de Andúnië* 238–39, 251, 294, 296, 298, 303, 304

Andustar O promontório ocidental de Númenor. 230–32, 296. Traduzido como *as Terras-do-Oeste* 250, 260, 269, 274, 326, 438, 493, 516. *Senhora das Terras-do-Oeste*, Erendis, 248

553

ÍNDICE REMISSIVO

Anéis de Poder, Os Anéis 317, 320–22, 344–45, 374, 378, 380, 463, 466, 519, 521, 530, 546. *O Anel, o Um Anel, o Anel Regente, o Anel de Poder* 310, 313, 322, 344–45, 368–69, 371–73, 379–80, 425, 435–36, 450, 453–55, 457, 459, 460, 462, 467, 469–70, 511, 515, 534, 536. *Anel de Gollum* 464. *Anel de Isildur* 536. *Nove Anéis dos Homens* 323, 454. *Sete Anéis dos Anãos* 425. *O último dos Sete* 429. *Três Anéis dos Elfos* 322, 518 e ver *Narya, Nenya, Vilya*. *Sociedade do Anel* 237, 295, 309, 313, 320, 333–35, 343, 346–47, 359, 374, 378, 380, 433, 457, 470, 527, 530, 531. *Guerra do Anel* 12, 333, 337, 348, 353, 355, 372, 377, 379, 380, 420–21, 435, 448, 469, 486, 492, 508, 529, 533, 535, 543. *Portador-do-Anel* 435–36, 438

Anel Azul   Ver *Vilya*.

Anel Branco   Ver *Nenya*.

Anel Vermelho   Ver *Narya*.

Anfalas   Feudo de Gondor; região costeira entre as fozes dos rios Lefnui e Morthond. 508.

Anfauglith   Nome da planície de Ard-galen depois de sua desolação por Morgoth na Dagor Bragollach. 35, 89

Angband   A grande fortaleza de Morgoth no Noroeste da Terra-média. 36, 61–62, 80, 84, 88, 98, 101, 110–11, 114–15, 118, 129, 135, 180, 206, 212–14, 216, 218–20, 223, 268, 315, 509. *O Cerco de Angband* 57, 82

Angelimar   Vigésimo Príncipe de Dol Amroth, avô de Imrahil. 337

Anglachel   Espada de Beleg. 205 Ver *Gurthang*.

Angmar   O Reino-bruxo governado pelo Senhor dos Nazgûl na extremidade norte das Montanhas Nevoentas. 29, 418, 426, 470, 517, 545

*Angra Leste   A grande concavidade na borda oriental de Trevamata. 386, 399, 415, 417. Ver *Estreitos da Floresta*.

*Angren   Nome em sindarin do Isen (ver também *Sîr Angren*, Rio Isen). 242, 293, 355, 357, 409–10, 423, 490. Ver *Athrad Angren*.

Angrenost   Nome em sindarin de Isengard. 409–10, 423, 491–94

Angrod   Príncipe noldorin, terceiro filho de Finarfin; morto na Dagor Bragollach. 81, 222, 313, 340

Annael   Elfo-cinzento de Mithrim, pai de criação de Tuor. 35–39, 41, 46, 85

Annatar   "Senhor das Dádivas", nome que Sauron assumiu na Segunda Era. 321, 344. Ver *Artano, Aulendil*.

Annon-in-Gelydh   Entrada para um curso d'água subterrâneo nas colinas ocidentais de Dor-lómin, que leva a Cirith Ninniach. 36. Traduzido como *Portão dos Noldor* 36, 38, 41, 81, 225

Annúminas "Torre do Oeste", antiga sede dos Reis de Arnor ao lado do Lago Nenuial; mais tarde restaurada pelo Rei Elessar. 29, 541, 543, 545

Ano de Lamentação O ano das *Nirnaeth Arnoediad* 217, 336

Ano Novo dos Elfos 428

Anórien Região de Gondor ao norte das Ered Nimrais. 27, 353, 403, 410, 412, 414, 449, 489–90, 508, 511

Anos Sombrios Os anos do domínio de Sauron na Segunda Era. 491

*Antiga Companhia Nome dado aos membros originais do bando de Túrin em Dor-Cúarthol. 211

*Antiga Terra-Púkel, Antigo Ermo-dos-Púkel Ver *Drúwaith Iaur.*

*Anwar Ver *Amon Anwar.*

*Ar-Abattârik Nome adûnaico de Tar-Ardamin. 302

Ar-Adûnakhôr Vigésimo Monarca de Númenor; chamado em quenya de *Tar-Herunúmen.* 297, 302, 307

Aragorn Trigésimo nono Herdeiro de Isildur na linhagem direta; Rei dos reinos reunidos de Arnor e Gondor após a Guerra do Anel; casou-se com Arwen, filha de Elrond. 26, 341, 346, 383, 417–18, 447, 452, 454–56, 468, 484, 487–89, 526, 531, 538, 540, 545. Ver *Elessar, Pedra-Elfica, Passolargo, Thorongil.*

*Arandor A Terra-do-Rei de Númenor. 230, 234

*Arandur "Servo do Rei, ministro", termo quenya para os Regentes de Gondor. 424

Aranrúth "Ira do Rei", espada de Thingol. 237

Aranwë Elfo de Gondolin, pai de Voronwë. 54, 72–73. *Aranwion*, filho de Aranwë. 79

Aratan Segundo filho de Isildur, morto nos Campos de Lis. 366, 369, 376

*Ar-Belzagar Nome adûnaico de Tar-Calmacil. 302

Arcoforte Ver *Beleg.*

Arda "O Reino", nome da Terra como Reino de Manwë. 100–01, 216, 239, 275, 344, 525

Aredhel Irmã de Turgon e mãe de Maeglin. 83

Ar-Gimilzôr Vigésimo terceiro Monarca de Númenor; chamado em quenya de *Tar-Telemnar.* 303–04, 308

Ar-Inziladûn Nome adûnaico de Tar-Palantir. 303

Armenelos Cidade dos Reis em Númenor. 230, 234–35, 239, 242–45, 249–50, 253–55, 259, 261, 264–66, 268–71, 273, 276, 278, 280–81, 285, 297

Arminas Elfo noldorin que, com Gelmir, encontrou Tuor em Annon-in-Gelydh e depois foi a Nargothrond para avisar Orodreth do perigo que corria. 40, 42, 81–82, 221–25

Arnor   O reino do norte dos Númenóreanos na Terra-média. 30, 239, 365–66, 371, 373–75, 379, 381, 384, 410, 412, 491, 536, 539, 540, 543, 545. *Reino do Norte* 357–58, 373, 381, 470, 490–91, 543

Aros   O rio meridional de Doriath. 113

Ar-Pharazôn   Vigésimo quinto e último Monarca de Númenor, que pereceu na Queda; chamado em quenya de *Tar-Calion*. 229, 294, 304, 422

*Arroch   O cavalo de Húrin de Dor-lómin. 104

Ar-Sakalthôr   Vigésimo segundo Monarca de Númenor; chamado em quenya de *Tar-Falassion*. 303

Artamir   Filho mais velho de Ondoher, Rei de Gondor; morto em batalha com os Carroceiros. 390, 392, 395

*Artanis   Nome dado a Galadriel por seu pai. 313, 361

*Artano   "Alto-artífice", nome assumido por Sauron na Segunda Era. 344. Ver *Annatar, Aulendil.*

Arthedain   Um dos três reinos em que Arnor foi dividida no nono século da Terceira Era; limitado pelos rios Baranduin e Lhûn, estendendo-se para leste até as Colinas do Vento, com sua sede principal em Fornost. 30, 384, 545

*Arthórien   Região entre os rios Aros e Celon no leste de Doriath. 113

Arvedui   "Último-rei" de Arthedain, que se afogou na Baía de Forochel. 395, 532, 543, 545

Árvore Branca   (i) De Valinor, ver *Telperion.* (ii) De Tol Eressëa, ver *Celeborn* (1). (iii) De Númenor, ver *Nimloth* (1).

Árvore de Tol Eressëa   Ver *Celeborn* (1).

Árvore Dourada   (de Valinor) Ver *Laurelin.*

Arwen   Filha de Elrond e Celebrían; casou-se com Aragorn; Rainha de Gondor. 341, 373, 381

Ar-Zimraphel   Nome adûnaico de Tar-Míriel. 261, 304

Ar-Zimrathôn   Vigésimo primeiro Monarca de Númenor; chamado em quenya de *Tar-Hostamir.* 303

*Asgon   Homem de Dor-lómin que ajudou a fuga de Túrin depois do assassinato de Brodda. 155

Atanamir   Ver *Tar-Atanamir.*

Atanatar Alcarin   ("O Glorioso"), décimo sexto Rei de Gondor. 529

Atani   Os Homens das Três Casas dos Amigos-dos-Elfos (em sindarin *Edain*) 292, 335, 499–501, 509–10

*Athrad Angren   Nome em sindarin (também na forma plural *Ethraid Engrin*) dos Vaus do Isen. 410, 423

Aulë   Um dos grandes Valar, o ferreiro e mestre dos ofícios, esposo de Yavanna. 319, 344, 520; adjetivo *aulëano* 344. *Filhos de Aulë*, os Anãos, 319

Aulendil   "Serviçal de Aulë", nome que foi assumido por Sauron na Segunda Era. 344. Ver *Annatar, Artano.*

Avallónë   Porto dos Eldar em Tol Eressëa. 253, 260, 294, 546

Avari   Elfos que se recusaram a unir-se à Grande Marcha desde Cuiviénen. 347. *Elfos Escuros* 315. Ver *Elfos Selvagens.*

*Aventureiros, Guilda dos   A irmandade de marinheiros formada por Tar-Aldarion. 237, 243–44, 250–51, 254, 291. Ver *Uinendili.*

Azaghâl   Senhor dos Anãos de Belegost; feriu Glaurung nas Nirnaeth Arnoediad e foi morto por ele. 110, 180, 204

Azanulbizar   O vale abaixo do Portão-leste de Moria, onde em 2799 da Terceira Era ocorreu a grande batalha com que terminou a Guerra dos Anãos e dos Orques. 425, 433–34. Ver *Nanduhirion.*

Azevim   Ver *Eregion.*

Azog   Orque de Moria; matador de Thrór, morto por Dáin Pé-de-Ferro na Batalha de Azanulbizar. 425, 433

Baía de Balar   Ver *Balar.*

Baía de Belfalas   Ver *Belfalas.*

Balar, Baía de   A grande baía ao sul de Beleriand na qual desaguava o rio Sirion. 58

Balar, Ilha de   Ilha na Baía de Balar onde Círdan e Gil-galad habitaram após as Nirnaeth Arnoediad. 57, 80, 82, 85, 336

Balchoth   Um povo lestense aparentado com os Carroceiros, cuja invasão de Calenardhon em 2510 da Terceira Era foi aniquilada na Batalha do Campo de Celebrant. 397–401, 403, 411

Balin   Anão da Casa de Durin; companheiro de Thorin Escudo-de-carvalho, e depois por breve tempo Senhor de Moria. 440–41, 443, 469

Balrogs   Ver *Gothmog.*

Balsa de Buqueburgo   Balsa através do Rio Brandevin entre Buqueburgo e o Pântano. 14, 457, 468

*Barach   Um homem da floresta do Povo de Haleth na história "A Pedra Fiel". 503–05

Barad-dûr   "A Torre Sombria" de Sauron em Mordor. 349, 368, 376, 417, 436, 447, 450, 456, 511, 535, 540, 543. *Senhor de Barad-dûr* 459

Barad Eithel   "Torre da Fonte", a fortaleza dos Noldor em Eithel Sirion. 97

Baragund   Pai de Morwen, esposa de Húrin; sobrinho de Barahir e um de seus doze companheiros em Dorthonion. 87, 294–95

ÍNDICE REMISSIVO

Barahir Pai de Beren; salvou Finrod Felagund na Dagor Bragollach e recebeu dele seu anel; morto em Dorthonion. 95. *O Anel de Barahir* 237–38

Baranduin "O longo rio castanho-dourado" em Eriador, chamado no Condado de Brandevin. 197, 270, 294, 296, 379. 242, 325, 354, 356, 457; *Brandevin* 293; *Ponte do Brandevin* 381; *o Rio* 428

Barbárvore Ver *Fangorn*.

Bar-en-Danwedh "Casa do Resgate", nome dado por Mîm à sua habitação em Amon Rûdh quando a entregou a Túrin. 144–45, 148, 149, 206, 208, 210. Ver *Echad i Sedryn*.

*Bar-en-Nibin-noeg "Casa dos Anãos-Miúdos", habitação de Mîm em Amon Rûdh. 143

Bar Erib Um forte em Dor-Cúarthol, não muito ao sul de Amon Rûdh. 212

*Batalha das Planícies A derrota de Narmacil II de Gondor pelos Carroceiros nas terras ao sul de Trevamata em 1856 da Terceira Era. 387–88, 391, 416–17

Batalha de Azanulbizar Ver *Azanulbizar*.

Batalha de Dagorlad Ver *Dagorlad*.

Batalha de Tumhalad Ver *Tumhalad*.

Batalha de Valle Batalha da Guerra do Anel em que o exército setentrional de Sauron derrotou os Homens de Valle e os Anãos de Erebor. 432–33

Batalha do Acampamento A vitória de Eärnil II de Gondor sobre os Carroceiros em Ithilien, em 1944 da Terceira Era. 395

Batalha do Campo de Celebrant Ver *Campo de Celebrant*.

Batalha do Forte-da-Trombeta Ataque contra o Forte-da-Trombeta pelo exército de Saruman na Guerra do Anel. 485

*Batalha do Gwathló A derrota de Sauron pelos Númenóreanos em 1700 da Segunda Era. 325

Batalha (dos Campos) de Pelennor Ver *Pelennor*.

Batalhas dos Vaus do Isen Duas batalhas ocorridas durante a Guerra do Anel entre os Cavaleiros de Rohan e as tropas de Saruman vindas de Isengard. Descrição da *Primeira Batalha* 477, referências 483; descrição da *Segunda Batalha* 477, 488, referências 487; outras referências 7, 25, 27, 471, 511

Bauglir "O Opressor", um nome de Morgoth. 99

Beirágua Aldeia no Condado, algumas milhas a sudeste da Vila-dos-Hobbits. 445

Beleg Elfo de Doriath; grande arqueiro, e principal vigia fronteiriço de Thingol; amigo e companheiro de Túrin, por quem foi morto. 19,

62, 80, 83, 108–09, 112, 115–16, 120–23, 130–31, 133–38, 189, 202, 204–05, 210–14. Chamado de *Cúthalion* 115, 136, traduzido como *(o) Arcoforte* 108, 112, 120, 130, 137

Belegaer "O Grande Mar" do Oeste, entre a Terra-média e Aman. 45, 58. *O Grande Mar* 38, 45, 52, 59, 237, 247, 249, 253, 274, 328; em muitos outros trechos chamado simplesmente de *o Mar*.

Belegost Uma das duas cidades dos Anãos nas Montanhas Azuis. 85, 110, 180, 204, 319, 343

Belegund Pai de Rían, esposa de Huor; sobrinho de Barahir e um de seus doze companheiros em Dorthonion. 88, 294

Beleriand Terras a oeste das Montanhas Azuis nos Dias Antigos. 24, 27, 30, 36, 38, 41, 46–47, 57, 71, 88, 94–95, 101–02, 108, 123, 176, 203–04, 216, 237, 293–95, 309, 311, 314–16, 335–36, 347, 351, 377, 499–501, 506, 509–11. *Beleriand Leste* (separada de Beleriand Oeste pelo rio Sirion) 110. *Língua de Beleriand*, ver *sindarin*. *Primeira batalha de Beleriand* 113. Adjetivo *beleriândico* 331

Belfalas Feudo de Gondor; região costeira que dava para a grande baía do mesmo nome. 326, 330, 332, 336–37, 345, 383, 421. *Baía de Belfalas* 242, 293, 329, 332, 335, 356, 507

Belo Povo Os Eldar. 106

Bëor Líder dos primeiros Homens a entrarem em Beleriand, progenitor da Primeira Casa dos Edain. 509. *Casa de, Povo de, Bëor* 87–88, 95–96, 204, 224, 237, 244, 294–95, 509; *Bëoriano(s)* 305

Beornings Homens dos Vales superiores do Anduin. 13, 374, 455

*Beregar Homem das Terra-do-Oeste de Númenor, descendente da Casa de Bëor; pai de Erendis. 244, 250, 255, 261, 265–66

Beren (1) Homem da Casa de Bëor, que cortou a Silmaril da coroa de Morgoth e único dos Homens mortais a retornar dentre os mortos. 12, 87–88, 95, 109, 113, 115, 121, 164, 219, 224, 238. Chamado, após sua volta de Angband, de *Erchamion* 113, traduzido como *Uma-Mão* 87, 238; e *Camlost* 224 "Mão-Vazia".

Beren (2) Décimo nono Regente Governante de Gondor, que deu as chaves de Orthanc a Saruman. 495, 533

*Bereth Irmã de Baragund e Belegund e ancestral de Erendis. 294–95

Berúthiel Rainha de Tarannon Falastur, décimo segundo Rei de Gondor. 14, 531

Bilbo Bolseiro Hobbit do Condado, que encontrou o Um Anel. 444, 453–54, 462. Ver *Bolseiro*.

Bolsão Habitação, na Vila-dos-Hobbits no Condado, de Bilbo Bolseiro e mais tarde de Frodo Bolseiro e Samwise Gamgi. 12, 445–46

ÍNDICE REMISSIVO

Bolseiro   Uma família de Hobbits do Condado. Com referência a Bilbo Bolseiro. 439, 453–54, 462

Boromir   Filho mais velho de Denethor II, Regente de Gondor; membro da Sociedade do Anel. 358–59, 384, 450, 456, 460, 468

*Borondir   Chamado de *Udalraph* "Sem-Estribo"; cavaleiro de Minas Tirith que levou a mensagem de Cirion a Eorl, pedindo seu auxílio. 398–400, 418

Bragollach   Ver *Dagor Bragollach*.

Brand   Terceiro Rei de Valle, neto de Bard, o Arqueiro; morto na Batalha de Valle. 432

Brandevin   Ver *Baranduin*.

Brandir   Governante do Povo de Haleth em Brethil à época da chegada de Túrin Turambar, por quem foi morto. 156, 158–59, 173–79, 181, 184–85, 190–95, 197–99, 202, 206–08. Chamado por Túrin de *Coxo*. 199

Brego   Segundo Rei de Rohan, filho de Eorl, o Jovem. 486, 492

Bregolas   Irmão de Barahir e pai de Baragund e Belegund. 87–88

Bregor   Pai de Barahir e Bregolas. 95. *O Arco de Bregor* conservado em Númenor, 237

Brejos do Crepúsculo   Ver *Aelin-uial*.

Brethil   Floresta entre os rios Teiglin e Sirion em Beleriand, habitação do Povo de Haleth. 5, 67, 83, 95–96, 101, 108, 123, 126, 131–32, 148, 156, 159, 171–72, 174–80, 183, 186–87, 191, 196, 200, 206, 506. *Homens de, Povo de, Brethil*   87, 130, 157, 180–81, 185, 195; e ver *Homens-da-floresta*. *Espinho Negro de Brethil*, ver *Gurthang*.

Bri   A principal aldeia da Região de Bri no cruzamento das estradas númenóreanas em Eriador. 375, 427, 432, 435, 452, 462, 470. *Homens de Bri* 491; *Hobbits de Bri* 509

Brithiach   Vau sobre o Sirion ao norte da Floresta de Brethil. 67–68, 83, 131

Brithombar   O mais setentrional dos Portos da Falas na costa de Beleriand. 57, 80, 82–83, 336

Brithon   Rio que corria para o Grande Mar em Brithombar. 83

Brodda   Lestense em Hithlum após as Nirnaeth Arnoediad, que tomou por esposa Aerin, parenta de Húrin; morto por Túrin. 102–03, 149–50, 152–55. Chamado de *o Forasteiro* 149

Bruinen   Rio em Eriador, afluente (com o Mitheithel) do Gwathló; traduzido como *Ruidoságua* 357. *Vau do Bruinen*, abaixo de Valfenda, 468

*Cabeças-de-Palha   Nome de desprezo, entre os Lestenses de Hithlum, para o Povo de Hador. 103

CONTOS INACABADOS

Cabed-en-Aras Profundo desfiladeiro no rio Teiglin, onde Túrin matou Glaurung e onde Nienor saltou para a morte. 183–86, 192–94, 198, 201–02, 206–08. Traduzido como *o Salto do Cervo* 195, 208. Ver *Cabed Naeramarth*.

Cabed Naeramarth "Salto do Destino Horrendo", nome dado a Cabed-en-Aras depois que Nienor saltou de seu penhasco. 194, 202, 207

*Cabo Norte A extremidade do Forostar, o promontório setentrional de Númenor. 231

Cair Andros Ilha no rio Anduin ao norte de Minas Tirith, fortificada por Gondor para a defesa de Anórien. 392, 403, 424, 507

Calenardhon "A Província Verde", nome de Rohan quando era a parte norte de Gondor. 274, 323, 325, 375, 388, 391, 397–98, 401, 403–06, 408, 410–11, 414–15, 420, 423, 491–92, 533. *Desfiladeiro de Calenardhon* 491; *Rei de Calenardhon*, Eorl, 410; *Rei de Calenardhon* 410. Ver *Rohan, Desfiladeiro de Rohan*.

Calenhad Sexto farol de Gondor nas Ered Nimrais. (O nome provavelmente significava "espaço verde", com referência ao topo da colina, plano e coberto de relva: *had* derivava-se, com a costumeira mutação nas combinações, de *sad*, "lugar, ponto".) 419

Calimehtar Trigésimo Rei de Gondor, vitorioso sobre os Carroceiros na Dagorlad em 1899 da Terceira Era. 386, 388–91, 417–18

*Calmindon A "Torre de Luz" em Tol Uinen na Baía de Rómenna. 251

Caminho Verde Nome em Bri, ao final da Terceira Era, da Estrada Norte-Sul de pouco movimento, especialmente no trecho perto de Bri. Ver *Estradas*.

Camlost Ver *Beren* (1).

Campo de Celebrant Tradução parcial de *Parth Celebrant*. As campinas entre os rios Veio-de-Prata (Celebrant) e Limclaro; no sentido restrito de Gondor, a terra entre o Limclaro inferior e o Anduin. *Campo de Celebrant* costuma ser usado como referência à *Batalha do Campo de Celebrant*, a vitória de Cirion e Eorl sobre os Balchoth em 2510 da Terceira Era, referências que estão incluídas aqui. 352, 386, 389, 396, 401, 419, 449, 492. (Celebrant)

Campos de Lis Tradução parcial do sindarin *Loeg Ningloron*; as grandes extensões de juncos e íris (lis) onde o Rio de Lis se juntava ao Anduin; ver especialmente 6, 25, 349, 352, 365–66, 370, 372, 376–79, 381, 386, 398, 417–18

Capa-cinzenta "Manto-gris", nome de Gandalf em Rohan. 529

Capitão Negro Ver *Senhor dos Nazgûl*.

Caradhras, Passo de A passagem sobre as Montanhas Nevoentas chamada de "Portão do Chifre-vermelho", abaixo de Caradhras (Chifre-vermelho, Barazinbar), uma das Montanhas de Moria. 379

Caras Galadhon "Cidade das Árvores" (para a palavra *caras*, ver 348), principal habitação dos Elfos de Lórien. 334, 353, 362

Cardolan Um dos três reinos em que se dividiu Arnor no século IX da Terceira Era; limitado a oeste pelo Baranduin e ao norte pela Estrada Leste. 30, 462, 470

Carn Dûm Principal fortaleza de Angmar. 29, 526

Carnen "Rubrágua", rio que corria das Colinas de Ferro para se unir ao Rio Rápido. 29, 526

Carroceiros Um povo lestense que invadiu Gondor nos séculos XIX e XX da Terceira Era. 6, 13, 386–95, 397, 416–18, 421

carrocha, A Uma ilhota rochosa no Anduin superior. 374, 386, 417–18, 455, 468, 530. Ver *Vau da Carrocha.*

Cascalvas Um dos três povos em que se dividiam os Hobbits, descrito no Prólogo (1) de *O Senhor dos Anéis*. 384

Cavaleiros (i) Ver *Éothéod*. (ii) *Cavaleiros de Rohan*, ver *Rohirrim.* (iii) *Cavaleiros Negros*, ver *Nazgûl.*

Cavaleiros Negros Ver *Nazgûl.*

cavalga-lobos Orques ou seres semelhantes a eles que cavalgavam em lobos. 474–75, 482

Celduin Rio que corria da Montanha Solitária para o Mar de Rhûn. 387, 526. Traduzido como *Rio Rápido* 386–87, 397, 526

Celeborn (1) "Árvore de Prata", a Árvore de Tol Eressëa. 361

Celeborn (2) Parente de Thingol; casou-se com Galadriel; Senhor de Lothlórien. (Para o significado do nome, ver 360–61.) 9, 309–10, 314–16, 361. Ver *Teleporno.*

Celebrant Rio que nascia no Espelhágua e corria através de Lothlórien para unir-se ao Anduin. 352–53, 378, 386, 389, 396, 401, 411, 419, 449, 492. Traduzido como *Veio-de-Prata* 333, 352–53, 378, 455. Ver *Campo de Celebrant.*

Celebrían Filha de Celeborn e Galadriel, casada com Elrond. 318, 322, 326, 332, 341

Celebrimbor "Mão de Prata", o maior dos artífices de Eregion, que fez os Três Anéis dos Elfos; morto por Sauron. 24, 319–24, 332, 340–42, 345

Celebros "Espuma de Prata" ou "Chuva de Prata", um rio em Brethil que descia para o Teiglin perto das Travessias. 173, 179, 182, 190

Celegorm Terceiro filho de Fëanor. 83, 320

Celon Rio em Beleriand Leste, que nascia no Monte de Himring. 113

CONTOS INACABADOS

Celos Um dos rios de Lebennin em Gondor; afluente do Sirith. ("O nome deve derivar da raiz *kelu-*, 'fluir depressa para fora', formado com a terminação *-sse, -ssa*, vista no quenya *kelussë*, 'torrente, água que cai depressa de uma fonte rochosa'.") 330

Ceorl Cavaleiro de Rohan que levou notícias da Segunda Batalha dos Vaus do Isen. 483, 485, 488

Cerin Amroth "Colina de Amroth" em Lórien. 295, 327, 334, 345

cermië Nome em quenya do sétimo mês de acordo com o calendário núménóreano, correspondente a julho. 390–91, 394

Cidade Oculta Ver *Gondolin*.

*Cinzalin Nome dado pelos Éothéod a um rio que corria das Ered Mithrin para se unir ao Anduin perto de sua nascente. (O segundo elemento do nome deve ser o anglo-saxão *hlynn*, "torrente", cujo significado literal era provavelmente "o ruidoso".) 29, 396, 418

Círculos do Mundo 100, 329, 523

Círdan Chamado de "o Armador"; Elfo telerin, "Senhor dos Portos" da Falas; quando estes foram destruídos após as Nirnaeth Arnoediad, fugiu com Gil-galad para a Ilha de Balar; durante a Segunda e a Terceira Era foi guardião dos Portos Cinzentos no Golfo de Lhûn; à chegada de Mithrandir confiou-lhe Narya, o Anel de Fogo. 38, 39, 54, 56–59, 80–82, 85, 217, 222–23, 225, 237, 241–42, 274, 281, 315, 322, 326, 336, 345, 380, 513–15, 518–19, 530, 546

Cirion Décimo segundo Regente Governante de Gondor, que concedeu Calenardhon aos Rohirrim após a Batalha do Campo de Celebrant em 2510 da Terceira Era. 6, 25, 85, 386, 396–98, 401, 403–12, 414–15, 418, 420, 422, 492. *Crônica de, Conto de, Cirion e Eorl* 14, 25, 374, 386, 396, 402. *Juramento de Cirion* 415, 484, 492; palavras do juramento 408

*Cirith Dúath "Fenda da Sombra", nome antigo de Cirith Ungol. 376

*Cirith Forn en Andrath "O Passo de Grande Ascensão do Norte" sobre as Montanhas Nevoentas a leste de Valfenda. 365. Chamada de *o Passo Alto* 374, 468, e de *o Passo de Imladris* 377

Cirith Ninniach "Fenda do Arco-Íris", nome dado por Tuor à ravina que levava das colinas ocidentais de Dor-lómin até o estuário de Drengist. 43, 74

Cirith Ungol "Fenda da Aranha", passagem sobre Ephel Dúath acima de Minas Morgul. Ver *Cirith Dúath*. 376

*Ciryatur Almirante númenóreano que comandou a frota enviada por Tar-Minastir em auxílio a Gil-galad contra Sauron. 325, 353

Ciryon Terceiro filho de Isildur, morto nos Campos de Lis. 366, 369, 376

Cisnefrota Ver *Nîn-in-Eilph*.

Colinas, As Referente às Colinas Brancas na Quarta Oeste do Condado. 428

Colinas das Torres Ver *Emyn Beraid*.

Colinas de Ferro Cadeia de montanhas a leste da Montanha Solitária e ao norte do Mar de Rhûn. 426

Colinas do Norte Colinas em Eriador, ao norte do Condado, onde foi construída Fornost. 293

Colinas-dos-túmulos Colinas a leste da Floresta Velha, onde havia grandes túmulos que supostamente haviam sido erguidos na Primeira Era pelos ancestrais dos Edain antes de entrarem em Beleriand. 462, 491. Ver *Tyrn Gorthad*.

Colinas do Sul Colinas em Eriador ao sul de Bri. 462

Colinas do Vento Colinas em Eriador, a mais meridional das quais era Amon Sûl (Topo-do-Vento). 293

Conselho Branco As deliberações dos *Sábios*, que se reuniam em certos intervalos desde 2463 até 2953 da Terceira Era; normalmente mencionado como *o Conselho*. 12, 345, 431, 465, 467, 470, 536. Para um Conselho dos Sábios muito anterior, também chamado de *o Conselho Branco* 428, 534

Conselho de Elrond Conselho realizado em Valfenda antes da partida da Sociedade do Anel. 26, 372, 379, 384, 467–68, 470, 521, 530, 544

Conselho, O Em várias referências: o Conselho do Cetro (o Conselho do Rei de Númenor, ver especialmente 296, 279, 296, 465, 534; o Conselho de Gondor 539; ver Conselho Branco.

Corsários de Umbar 396. Ver *Umbar*.

Cousas-tumulares Espíritos malignos que habitavam os túmulos das Colinas-dos-túmulos. 462

Crissaegrim Os picos das montanhas ao sul de Gondolin, onde ficavam os ninhos de Thorondor. 68, 84

Cuiviénen "Água do Despertar", o lago na Terra-média onde despertaram os primeiros Elfos. 309, 321

Curufin Quinto filho de Fëanor, pai de Celebrimbor. 83, 320

*Curumo O nome de Curunír (Saruman) em quenya. 520, 530

Curunír "O das invenções astuciosas", nome em sindarin de Saruman, ver também *Curunír 'Lân*, Saruman, o Branco. 515–19, 530. Ver *Curumo*.

Cúthalion "Arcoforte", ver *Beleg*.

Daeron Menestrel de Doriath; apaixonado por Lúthien, traiu-a duas vezes; amigo (ou parente) de Saeros. 113, 204

CONTOS INACABADOS

Dagor Bragollach "A Batalha das Chamas Repentinas" (também simplesmente *a Bragollach*), a quarta das grandes batalhas das Guerras de Beleriand, na qual terminou o Cerco de Angband. 81–82, 88, 222

*Dagor Dagorath 523; ver 531, nota 8.

Dagorlad "Planície da Batalha", a leste das Emyn Muil e perto dos Pântanos Mortos, local da grande batalha entre Sauron e a Última Aliança dos Elfos e dos Homens no final da Segunda Era. 325, 350, 366, 387–88, 391, 397, 417–18, 424. *Batalha de Dagorlad* 327, 331, 350. Batalhas posteriores na Dagorlad: a vitória, em 1899 da Terceira Era, do Rei Calimehtar sobre os Carroceiros, 388; a derrota e morte do Rei Ondoher em 1944 da Terceira Era, 392

Dáin Pé-de-Ferro Senhor dos Anãos das Colinas de Ferro, mais tarde Rei sob a Montanha; morto na Batalha de Valle. 432

Déagol Um Grado dos Vales do Anduin, que encontrou o Um Anel. 469

Denethor (1) Líder dos Elfos nandorin que atravessaram as Montanhas Azuis e moraram em Ossiriand; morto em Amon Ereb na Primeira Batalha de Beleriand. 113

Denethor (2) Vigésimo sexto e último Regente Governante de Gondor, o segundo desse nome; Senhor de Minas Tirith à época da guerra do Anel; pai de Boromir e Faramir. 448, 529, 533, 535–38, 540, 542, 544–45

Déor Sétimo Rei de Rohan. 494, 495

Descampado Uma região de Rohan, a parte setentrional do Eastemnet (anglo-saxão *emnet*, "planície").401, 403, 449–50, 487

Desfiladeiro de Rohan, o Desfiladeiro A abertura, com cerca de 20 milhas de largura, entre a última extremidade das Montanhas Nevoentas e a ponta estendida para o norte das Montanhas Brancas, através da qual corria o rio Isen. 451, 491, 544. *Desfiladeiro de Calenardhon* 491

Dimbar A região entre os rios Sirion e Mindeb. 66, 70, 83, 130, 137, 205

Dimrost As quedas do Celebros na Floresta de Brethil, mais tarde chamadas de *Nen Girith*; traduzido como *a Escada Chuvosa*. 173, 206

Dior, Herdeiro de Thingol *Herdeiro de Thingol* Filho de Beren e Lúthien; Rei de Doriath depois de Thingol; possuidor da Silmaril; morto pelos Filhos de Fëanor. 316

Dírhavel Homem de Dor-lómin, autor do *Narn i Hîn Húrin*. 20, 203

ÍNDICE REMISSIVO

dírnaith Formação de combate em forma de cunha usada pelos Dúnedain. 367, 378

Dois Reinos Arnor e Gondor. 357–58, 419

Dol Amroth Forte em um promontório de Belfalas, que recebeu esse nome em homenagem a Amroth, Rei de Lórien. 293, 326, 335, 337–38, 345–46, 392, 404, 407, 409, 418, 421. Com referência aos Senhores ou Príncipes de Dol Amroth, 335, 337–38, 345, 404, 407, 409, 421. Ver *Angelimar, Adrahil, Imrahil.*

Dol Baran "Monte Castanho-Dourado", um monte na extremidade sul das Montanhas Nevoentas, onde Peregrin Tûk fixou o olhar na *palantír* de Orthanc. 535–36

Dol Guldur "Monte de Feitiçaria", uma elevação sem árvores no sudoeste de Trevamata, fortaleza do Necromante antes de ser revelado como Sauron retornado. 14, 321, 332, 334, 342, 376, 397, 398–400, 406, 411, 418, 425–26, 428–29, 437, 440, 446, 449, 456–57, 465, 467–69. Ver *Amon Lanc.*

Dor-Cúarthol "Terra do Arco e do Elmo", nome da região defendida por Beleg e Túrin a partir de seu covil em Amon Rûdh. 19, 211, 214

Dor-en-Ernil "Terra do Príncipe", em Gondor, a oeste do rio Gilrain. 330, 345

Doriath "Terra da Cerca" (*Dor Iâth*), referência ao Cinturão de Melian; o reino de Thingol e Melian nas florestas de Neldoreth e Region, governado a partir de Menegroth à margem do rio Esgalduin. 5, 12, 19, 66–67, 83, 88, 95, 104–05, 107–15, 118–23, 125, 127, 130, 134–35, 137–38, 143, 156, 160, 162–63, 165, 166, 169–71, 175, 200–01, 203–05, 211, 215, 219, 237, 310–11, 316, 318–19, 336, 342, 351, 512. Chamado de *o Reino Protegido* 123, e *o Reino Oculto* 37, 64, 69, 73–74, 78, 85, 109, 127, 151, 153, 198, 200, 224

Dorlas Homem de Brethil; foi com Túrin e Hunthor ao ataque contra Glaurung, mas recuou com medo; morto por Brandir. 157–59, 175, 177, 181–83, 185–86, 194–95, 206. *Esposa de Dorlas* 198

Dor-lómin Região no sul de Hithlum, o território de Fingon, dado como feudo à Casa de Hador; lar de Húrin e Morwen. 5, 19–20, 35, 37, 39, 64, 81, 87–88, 90, 97–99, 101–03, 109–11, 114–16, 124–26, 137, 149, 152–55, 159–61, 171, 175, 200, 203–04, 206, 213–14, 218, 221–22, 224–25, 295, 510. *Montanhas de Dor-lómin*, a parte das Ered Wethrin que formava a borda meridional de Hithlum 64. *Senhora de Dor-lómin*, Morwen, 98, 101, 103, 152–53, 160–61; *Senhor de Dor-lómin*, Húrin, 97–98, Húrin, 153, 155 *Dragão de Dor-lómin*, ver *Elmo-de-dragão.*

Dorthonion "Terra de Pinheiros", o grande planalto coberto de florestas nas bordas setentrionais de Beleriand, mais tarde chamado de *Taur-nu-Fuin*. 88, 377

Dragão, O Ver *Glaurung, Smaug.*

*Dramborleg O grande machado de Tuor, preservado em Númenor. 238

Drengist, Estreito de Drengist O longo estuário que atravessava Ered Lómin, entre Lammoth e Nevrast. 44–46, 222, 225

*Drúath Os Drúedain. (Singular *Drú*, plural também *Drúin*; formas sindarin derivadas do nome nativo *Drughu*.) 507, 510. Ver *Róg, Rú.*

*Drúedain 7, 15, 25, 27, 204, 424, 490, 499–503, 506–07, 509–11 Nome em sindarin (de *Drú* + *adan*, plural *edain*, ver 510) dos "Homens Selvagens" das Ered Nimrais (e da Floresta de Brethil na Primeira Era). Chamados de *Homens Selvagens* 12, 27, 350, 490, 508–11; *Woses* 510–11; e ver *Homens-Púkel.*

*Drûg(s), Povo-Drû(g) Os Drúedain. 502–05, 509–10

*Drúwaith Iaur "O antigo ermo do Povo-Drû" no promontório montanhoso de Andrast. 29, 354, 507, 508, 511. Chamado de *o Antigo Ermo-dos-Púkel* 508, e *Antiga Terra-Púkel* 511

Duas Árvores de Valinor 311, 314. Ver *Laurelin, Telperion.*

Dúnedain (singular *Dúnadan*) "Os Edain do Oeste", os Númenóreanos. 274, 295, 298, 350, 365–72, 375–76, 379–83, 385–86, 395, 448, 452, 462, 470, 491, 515, 527, 534, 545. *Estrela dos Dúnedain* 381

Dungortheb Para *Nan Dungortheb*, "Vale da Morte Horrenda", entre os precipícios das Ered Gorgoroth e o Cinturão de Melian. 67

Dúnhere Cavaleiro de Rohan, Senhor do Vale Harg; combateu nos Vaus do Isen e nos Campos de Pelennor, onde foi morto. 481, 485

Durin I Mais velho dos Sete Pais dos Anãos. *Herdeiro de Durin*, Thorin Escudo-de-carvalho 434. *Povo de Durin* 323, 425, 434–35, 444; *Casa de Durin* 435–36

Durin III Rei do Povo de Durin em Khazad-dûm à época do ataque de Sauron a Eregion. 323

Dwimordene "Vale-fantasma", nome de Lórien entre os Rohirrim. 400, 411

Eä O Mundo, o Universo material; *Eä*, significando em élfico "É" ou "Seja", foi a palavra de Ilúvatar quando o Mundo começou sua existência. 239, 524

*Eämbar Navio construído por Tar-Aldarion para sua morada, onde ficava a Casa-Sede dos Aventureiros. (O nome sem dúvida significa "Morada-marinha".)243, 246, 248, 251, 262, 276, 293

ÍNDICE REMISSIVO

Eärendil Filho de Tuor e Idril, filha de Turgon, nascido em Gondolin; casou-se com Elwing, filha de Dior, Herdeiro de Thingol; pai de Elrond e Elros; zarpou com Elwing rumo a Aman e implorou por auxílio contra Morgoth; foi posto a navegar nos céus em seu navio Vingilot, portando a Silmaril de Lúthien (*a Estrela*, 52, 237, 294).18, 82, 84, 203, 237, 263–64, 273, 297, 338–39, 340–41. *A Pedra de Eärendil, a Elessar*, 338

*Eärendur (1) Irmão mais jovem de Tar-Elendil, nascido no ano de 361 da Segunda Era. 286

Eärendur (2) Décimo quinto Senhor de Andúnië, irmão de Lindórië, avó de Tar-Palantir. 304

Eärnil II Trigésimo segundo Rei de Gondor, que derrotou os Haradrim e os Carroceiros em 1944 da Terceira Era. 328, 396

Eärnur Trigésimo terceiro e último Rei de Gondor; morreu em Minas Morgul. 395, 424

Eärwen Filha do Rei Olwë de Alqualondë, esposa de Finarfin e mãe de Finrod, Orodreth, Angrod, Aegnor e Galadriel. 311, 318

Eastfolde Uma parte de Rohan nos sopés setentrionais das Ered Nimrais, a leste de Edoras. (O elemento *folde* é derivado do anglo-saxão *folde*, "terra, chão, país, região", como também em *Folde*). 29, 410

*Echad i Sedryn "Acampamento dos Fiéis", nome dado ao refúgio de Túrin e Beleg em Amon Rûdh. 211, 212

Echoriath As montanhas que cercavam Tumladen, a planície de Gondolin. 66, 68, 70, 76, 83. *Ered en Echoriath* 66; *as Montanhas Circundantes* 66, 83–4; *Montanhas de Turgon* 69; outras referências 67–6

Ecthelion (1) Elfo de Gondolin, chamado de Senhor das Fontes e Guardião do Grande Portão. 79–80, 85

Ecthelion (2) Vigésimo quinto Regente Governante de Gondor, segundo desse nome; pai de Denethor II. 537, 545

Edain (singular *Adan*). Os Homens das Três Casas dos Amigos-dos-Elfos (em quenya *Atani*). 35, 40, 51, 87–9, 93–4, 98, 103, 113, 124, 216–18, 235–37, 239, 246, 253, 256, 262, 288, 292, 507, 510. Ver *Adanedhel, Drúedain, Dúnedain*.

*Edhellond O "Porto-élfico" em Belfalas perto da confluência dos rios Morthond e Ringló, ao norte de Dol Amroth. 29–30, 345, 354. Chamado de *porto de Amroth* 335; outras referências 328–29, 334–36

*Edhelrim, Eledhrim "Os Elfos"; sindarin *edhel, eledh* e terminação do plural coletivo *rim* (ver Apêndice de *O Silmarillion*, verbete *êl, elen*). 423

Edoras "As Cortes", nome na língua da Marca da cidade real de Rohan, na beira norte das Ered Nimrais. 30, 84, 373, 421, 451, 458–59, 460, 472, 475, 477, 478, 480, 483–88, 543. *Convocação de Edoras* 478, 486, 488

Egalmoth Décimo oitavo Regente Governante de Gondor. 495

Eglarest O mais meridional dos Portos da Falas na costa de Beleriand. 57, 80, 82, 336

Eilenach Segundo farol de Gondor nas Ered Nimrais, o ponto mais alto da Floresta Drúadan. 402–03, 419, 424

*Eilenaer Nome pré-númenóreano (aparentado com *Eilenach*) de *Amon Anwar* (*Halifirien*). 412, 424

Eithel Sirion "Nascente do Sirion" na face oriental das Ered Wethrin; usado como referência à fortaleza noldorin (*Barad Eithel*) que havia ali. 91, 111

*eket Espada curta de lâmina larga. 380

elanor (1) Uma pequena flor dourada em forma de estrela que crescia tanto em Tol Eressëa como em Lothlórien. 13, 260

Elanor (2) Filha de Samwise Gamgi, cujo nome deriva da flor. 295, 381

*Elatan de Andúnië Númenóreano, marido de Silmarien, pai de Valandil, primeiro Senhor de Andúnië. 239

*Eldalondë "Porto dos Eldar" na Baía de Eldanna na foz do rio Nunduinë em Númenor; chamado de "o Verde". 232–33

*Eldanna Grande baía no oeste de Númenor, assim chamada "pois estava voltada para Eressëa" (isto é, *Elda(r)* + sufixo *-(n)na* de movimento numa direção, ver *Elenna*, *Rómenna*). 232

Eldar Os Elfos dos Três Clãs (Vanyar, Noldor e Teleri). 45, 51, 57, 58, 63, 66, 84, 87–88, 90, 93–94, 98, 100, 102, 118, 203, 210–11, 217–18, 221, 232, 234–35, 237, 239, 241, 245, 247, 250, 255–57, 260–61, 274, 288, 292, 294–95, 298, 300–01, 303, 305, 310–12, 314, 318–19, 321, 327, 335–36, 340, 346–47, 349, 360–61, 372, 382–83, 386, 409, 499–501, 509–10, 514–15, 518, 520, 522, 524. *(Línguas) eldarin* 303, 336, 348, 359. *Elfos de Beleriand* 315, 336. *Elfos de Eressëa* 235; em muitos outros trechos *Elfos* usado por si só implica *Eldar*.

*Eledhrim Ver *Edhelrim*.

Eledhwen Nome de Morwen. 87, 94, 101, 224, 260

*Elemmakil Elfo de Gondolin, capitão da guarda do portão externo. 72–75, 77–79

Elendil Filho de Amandil, último Senhor de Andúnië, descendente de Eärendil e Elwing, mas não na linhagem direta dos Reis de Númenor; escapou da Submersão de Númenor com seus filhos Isildur e Anárion e fundou os reinos númenóreanos na Terra-média; morto com Gilgalad na derrota de Sauron ao final da Segunda Era. Chamado de *o Alto e o Fiel* (*Voronda* 422). 13, 237–39, 242, 286, 293–94, 298, 304, 306, 308, 346, 365, 367, 370, 373–74, 376, 378, 381–82, 407–09, 413, 415, 421–22, 510, 522, 538–40, 545–46. *Herdeiro(s) de Elendil, Casa de Elendil* 346, 376, 538. *Estrela de Elendil*, ver *Elendilmir*. *Pedra de Elendil*, a *palantír* das Emyn Beraid 545

Elendilmir A pedra branca portada como símbolo de realeza na fronte dos Reis de Arnor (para as duas pedras desse nome, ver 481). 365, 369, 373–74, 380–81. *Estrela de Elendil* 374, 381; *Estrela do Norte, do Reino do Norte* 381

Elendur Filho mais velho de Isildur, morto nos Campos de Lis. 25, 366–69, 370–71, 376, 378, 380

*Elenna·nórë "A terra chamada de Rumo-à-estrela", Númenor; forma mais completa do nome Elenna encontrado em *O Silmarillion* e em *O Senhor dos Anéis*. 422

*Elentirmo "Observador-das-estrelas", nome de Tar-Meneldur. 231, 292

Elenwë Esposa de Turgon; pereceu na travessia do Helcaraxë. 86

Elessar (1) Uma grande gema verde de poder curativo feita em Gondolin para Idril, filha de Turgon, que a deu a seu filho Eärendil; a Elessar que Arwen deu a Aragorn ou era a pedra de Eärendil, retornada, ou outra. 317, 338–39, 341–43. *Pedra de Eärendil* 339–40; *Pedra Élfica* (*Pedra-Élfica*) 346

Elessar (2) O nome preconizado para Aragorn por Olórin, e o nome com o qual se tornou Rei do reino reunido. 340–41, 372–73, 380–81, 415, 417, 422, 426, *O Pedra-Élfica* 346

*Elestirnë Ver *Tar-Elestirnë*.

Elfhelm Cavaleiro de Rohan; com Grimbold, líder dos Rohirrim na Segunda Batalha dos Vaus do Isen, expulsou os invasores de Anórien; sob o Rei Éomer, foi Marechal da Marca-oriental. 472, 475–76, 478–85, 487–89, 511

Elfos-cinzentos Ver *Sindar*. *Língua élfico-cinzenta*, ver *sindarin*.

Elfos Escuros Ver *Avari*.

*Elfos selvagens Termo de Mîm para os Elfos Escuros (Avari).147

Elfos Silvestres Elfos nandorin que nunca passaram a oeste das Montanhas Nevoentas, mas ficaram no Vale do Anduin e em Verdemata, a Grande. 6, 24, 293, 327, 330, 333, 335–37, 345–51, 362, 366, 376–77. *Élfico silvestre, língua silvestre* 347. Ver *Tawarwaith*.

Elfos-verdes Os Elfos nandorin de Ossiriand. 318, 346, 347

Elfwine, o Belo Filho de Éomer, Rei de Rohan, e Lothíriel, filha de Imrahil, Príncipe de Dol Amroth. 383

*Elmo Elfo de Doriath, irmão mais novo de Elwë (Thingol) e Olwë de Alqualondë; de acordo com um relato, avô de Celeborn. 110–11, 114–15, 130, 135, 204, 211–12, 214–16, 318

Elmo-de-dragão de Dor-lómin Herança da Casa de Hador, usada por Túrin. 114–15, 214. *Dragão de Dor-lómin* 110; *Cabeça-de-Dragão do Norte* 111; *Elmo de Hador* 110–11, 204

Elmo de Hador Ver *Elmo-de-dragão de Dor-lómin.*

Elostirion A mais alta das Torres Brancas nas Emyn Beraid, onde estava colocada a *palantír* chamada de Pedra de Elendil. 543

Elrond Filho de Eärendil e Elwing, irmão de Elros Tar-Minyatur; ao final da Primeira Era, escolheu pertencer aos Primogênitos, e ficou na Terra-média até o fim da Terceira Era; senhor de Imladris e guardião de Vilya, o Anel do Ar, que recebeu de Gil-galad. 26, 229, 305, 323–26, 331–32, 344, 346, 365, 372, 380, 384, 467–68, 470, 513, 521, 527, 530, 535–36, 544. Chamado de *Meio-Elfo* 323. Ver *Conselho de Elrond.*

Elros Filho de Eärendil e Elwing, irmão de Elrond; ao final da Primeira Era, escolheu ser contado entre os Homens, e tornou-se o primeiro Rei de Númenor, chamado de *Tar-Minyatur* 82, 234, 245, 286, 288, 297. *A Linhagem de Elros, descendentes de Elros* 6, 23, 245–46, 257, 261, 277, 286–88, 292, 294–97, 299, 301, 305, 307–08, 380

Elu Thingol Forma em sindarin de *Elwë Singollo*. 237, 311. Ver *Thingol.*

Elwë 315, 316; ver *Thingol.*

Elwing Filha de Dior, Herdeiro de Thingol, que escapou de Doriath com a Silmaril e se casou com Eärendil nas Fozes do Sirion; com ele foi a Aman; mãe de Elrond e Elros. 237, 316

*Emerië Região de pastoreio de carneiros nas Mittalmar (Terras Interiores) de Númenor. 231, 251, 253–54, 256, 264–66, 268–69, 273, 276, 280, 283–85, 287–88, 291. *A Senhora Branca de Emerië* 266

*Emerwen (Aranel) "(Princesa) Pastora", nome dado a Tar-Ancalimë quando jovem. 287–88. Ver *Elostirion.*

Emyn Beraid Colinas no oeste de Eriador sobre as quais foram construídas as Torres Brancas. 543, 545–46. Traduzido como *Colinas das Torres* 292

*Emyn Duir "Montanhas Escuras", as Montanhas de Trevamata. 377. Ver *Emyn-nu-Fuin.*

Emyn Muil "Colinas Áridas", região de colinas ondulada, rochosa e (especialmente na extremidade leste) árida em torno de Nen Hithoel ("Água Fria-como-névoa") acima das quedas de Rauros. 352, 396, 409, 455, 487, 492

*Emyn-nu-Fuin "Montanhas sob a Noite", nome posterior das Montanhas de Trevamata. 377. Ver *Emyn Duir.*

Enedwaith "Povo-do-Meio", entre os rios Griságua (Gwathló) e Isen. 30, 282, 325, 354–59, 452, 460, 472, 490–91, 494, 507, 511

*Enerdhil Joalheiro de Gondolin. 338–42

Entágua Rio que corria através de Rohan desde a Floresta de Fangorn até Nindalf. 402–03, 423, 486. Ver *Onodló.*

Ents 353, 423, 483, 485. Ver *Enyd, Onodrim.*

Entulessë "Retorno", o navio no qual Vëantur, o Númenóreano, realizou a primeira viagem à Terra-média. 13, 237

Enyd Nome em sindarin dos Ents (plural de *Onod*, ver *Onodló, Onodrim*). 423

*Eofor Terceiro filho de Brego, o segundo rei de Rohan; ancestral de Éomer. 486

éoherë Termo usado pelos Rohirrim para a tropa completa de sua cavalaria (para o significado, ver 423). 399, 418, 420

Eöl O "Elfo Escuro" de Nan Elmoth, pai de Maeglin. 83

Éomer Sobrinho e filho de criação do Rei Théoden; à época da Guerra do Anel, Terceiro Marechal da Marca; depois da morte de Théoden, décimo oitavo Rei de Rohan; amigo do Rei Elessar. 383, 420, 422, 471, 476–77, 483, 485–89, 529

Éomund (1) Principal capitão da hoste dos Éothéod à época da Cavalgada de Eorl. 409

Éomund (2) Principal Marechal da Marca de Rohan; casou-se com Théodwyn, irmã de Théoden; pai de Éomer e Éowyn. 483, 486

Eönwë Um dos Maiar mais poderosos, chamado de Arauto de Manwë; líder da hoste dos Valar no ataque a Morgoth ao fim da Primeira Era. 523

éored Um grupo de Cavaleiros dos Éothéod (para um relato detalhado sobre o significado da palavra em Rohan, ver 420). 388, 404, 417, 420, 473, 481, 487, 489

Eorl, o Jovem Senhor dos Éothéod; cavalgou desde sua terra, no Norte distante, em auxílio de Gondor contra a invasão dos Balchoth; recebeu Calenardhon como presente de Cirion, Regente de Gondor; primeiro Rei de Rohan. 353, 403, 420. Chamado de *Senhor dos Éothéod, Senhor dos Cavaleiros, Senhor dos Rohirrim, Rei de Calenardhon, Rei da Marca dos Cavaleiros* 386, 398, 404–05, 410–11, 415. *Crônica de, Conto de, Cirion e Eorl* 14, 25, 85, 374, 386, 396, 402, 409, 411, 415, 484, 492; *Juramento de Eorl* 374, 408, 415, 421; palavras do juramento 408–09

Eorlings O povo de Eorl, os Rohirrim. 341; com terminação plural anglo-saxã, *Eorlingas* 410

Éothéod Nome do povo mais tarde chamado de Rohirrim, e também de sua terra (ver 423–24). 386, 388, 393–99, 405–06, 408–11, 416–20, 422–23. *Cavaleiros do Norte* 404, 415

Éowyn Irmã de Éomer, esposa de Faramir; matou o Senhor dos Nazgûl na Batalha dos Campos de Pelennor. 483

*epessë Um "pós-nome" recebido por um dos Eldar em adição aos nomes próprios (*essi*). 361

Ephel Brandir "A barreira circundante de Brandir", habitações dos Homens de Brethil sobre Amon Obel. 156, 158, 173–74, 177, 179, 190. *A Ephel* 185–86, 190, 197

Ephel Dúath "Cerca da Sombra", a cadeia de montanhas entre Gondor e Mordor. 392, 393

Erchamion Ver *Beren* (1).

Erebor Uma montanha isolada a leste das regiões mais setentrionais de Trevamata, onde ficava o Reino sob a Montanha dos Anãos e o covil de Smaug. 7, 26, 387, 425–26, 428–29, 431–34, 443, 531. *A Montanha Solitária* 349, 425, 434

Ered Lindon "Montanhas de Lindon", outro nome das *Ered Luin*. 315, 318–19, 501, 507

Ered Lithui "Montanhas de Cinza", que formavam o limite norte de Mordor. 391, 417

Ered Lómin "Montanhas Ressoantes", que formavam a borda oeste de Hithlum. 39, 81. *As Montanhas Ressoantes de Lammoth* 43

Ered Luin A grande cadeia de montanhas (também chamada de *Ered Lindon*) que separava Beleriand de Eriador nos Dias Antigos, e que após a destruição ao fim da Primeira Era formava a cordilheira costeira no noroeste da Terra-média. 292, 315, 318–19, 343, 425, 501, 507. Traduzido como *as Montanhas Azuis* 24, 162, 293, 336, 343, 427, 436, 440; chamadas de *as Montanhas Ocidentais* 292.

Ered Mithrin "Montanhas Cinzentas", que se estendiam de leste a oeste ao norte de Trevamata. 396

Ered Nimrais "Montanhas do Chifre-branco", a grande cordilheira de leste a oeste ao sul das Montanhas Nevoentas. 330, 402, 409. *As Montanhas Brancas* 329–30, 353, 414, 491, 493, 506–08

Ered Wethrin A grande cadeia de montanhas em curva que ladeava Anfauglith (Ard-galen) a oeste e ao sul, formando a barreira entre

Hithlum e Beleriand Oeste 47, 57, 102, 156, 171, 179, 222. Traduzido como *Montanhas de Sombra* 126, 129, 148.

Eregion "Terra do Azevinho", chamada de *Azevim* pelos Homens; reino noldorin fundado na Segunda Era por Galadriel e Celeborn, em estreita associação com Khazad-dûm; destruído por Sauron 282, 310, 318–25, 331–32, 340–47, 357. *Azevim* 320.

Ereinion "Rebento de Reis", nome próprio de Gil-galad. 273, 296, 361. *Erelas* 419

Erelas Quarto farol de Gondor nas Ered Nimrais. (Provavelmente um nome pré-númenóreano. Apesar de o nome ter estilo sindarin, não tem significado adequado nessa língua. "Era uma colina verde sem arvores, de forma que nem *er-*, 'solitario', nem *las(s)*, 'folha', parecem aplicáveis.") 419

*Erendis Esposa de Tar-Aldarion ("a Esposa do Marinheiro"), entre os quais havia grande amor que se transformou em ódio; mãe de Tar-Ancalimë. 21–22, 239, 244–71, 276–77, 280–81, 283–87, 291–95, 299, 305, 308, 360, 380–81, 510. Chamada de *a Senhora das Terras-do-Oeste* 248, e *a Senhora Branca de Emerië* 266; ver também *Tar-Elestirnë* e *Uinéniel*.

Eressëa "A Ilha Solitária" na Baía de Eldamar. 232, 235, 294–95, 303–04, 310, 329, 361, 546. *Tol Eressëa* 361

Eriador Terras entre as Montanhas Nevoentas e as Azuis. 241, 274, 288, 292–93, 316–18, 320, 323–26, 329, 332, 336, 346, 353, 355–56, 360, 365, 432, 434–35, 454, 460, 495, 527

Erkenbrand Cavaleiro de Rohan, Mestre de Westfolde e do Forte-da-Trombeta; sob o Rei Éomer, Marechal da Marca-ocidental. 477–78, 480–81, 483–85, 488–89

Ermos do Norte Região fria no extremo norte da Terra-média (também chamada de *Forodwaith*, ver "Introdução", p. 11). 30, 329

Eru "O Uno", "O que é Só": Ilúvatar 230 (*Eru Ilúvatar*) 230, 275–76, 293–94, 303, 408, 422, 514, 519. *O Uno* 253, 275, 409, 422, 517. *O Local Sagrado de Eru* no Meneltarma 303

*Eruhantalë "Agradecimento a Eru", o festival do outono em Númenor. 230, 242, 293

*Erukyermë "Prece a Eru", o festival da primavera em Númenor. 230, 253, 280, 294

*Erulaitalë "Louvor a Eru", o festival do meio-do-verão em Númenor. 230

*Eryn Galen A grande floresta normalmente chamada pelo nome traduzido de *Verdemata, a Grande*. 377

Eryn Lasgalen "Floresta das Verdefolhas", nome dado a Trevamata após a Guerra do Anel. 377

Eryn Vorn "Floresta Escura", o grande cabo na costa de Minhiriath ao sul da foz do Baranduin. 354, 356

Esgalduin O rio de Doriath que dividia as florestas de Neldoreth e de Region, e corria para o Sirion. 109, 119, 170

Espada(-)Negra Ver *Gurthang, Mormegil.*

Espectros-do-Anel Ver *Nazgûl.*

Estelmo Escudeiro de Elendur, que sobreviveu ao desastre nos Campos de Lis. 371, 378

Estolad A terra ao sul de Nan Elmoth em Beleriand Oeste onde os Homens seguidores de Bëor e Marach viveram depois de atravessarem as Montanhas Azuis. 113

Estrada da Floresta Ver *Estradas.*

Estrada do Abismo Estrada que levava rumo ao norte desde a Garganta-do-Abismo, para juntar-se à Grande Estrada a leste dos Vaus do Isen. 475 (ver "o ramal que ia para o Forte-da-Trombeta", 483)

Estrada dos Anãos (i) A estrada que entrava em Beleriand vinda de Nogrod e Belegost, atravessando o Gelion em Sarn Athrad. 377 (ii) Tradução de *Men-i-Naugrim* 377, um nome da Velha Estrada da Floresta (ver *Estradas*). 377

Estrada Leste, Estrada Leste-Oeste Ver *Estradas.*

Estrada Norte-Sul Ver *Estradas.*

Estrada Oeste Ver *Estradas.*

Estrada Real Ver *Estradas.*

Estradas (1) Em Beleriand nos Dias Antigos: (i) A estrada de Tol Sirion a Nargothrond pelas Travessias do Teiglin. 64, 86, 131–33, 182, 206; chamada de *a velha estrada do sul* 83. (ii) *A estrada do leste,* do Monte Taras no Oeste, que atravessava o Sirion em Brithiach e o Aros em Arrossiach, talvez com destino a Himring. 411 (iii) Ver *Estrada dos Anãos (i).*

Estradas (2) A leste das Montanhas Azuis: (i) A grande estrada númenóreana que ligava os Dois Reinos, por Tharbad e os Vaus do Isen; chamada de *a Estrada Norte-Sul* 358, 419, e (a leste dos Vaus do Isen) *a Estrada Oeste* 402; também *a Grande Estrada* 30, 410, *a Estrada Real* 490, 491, *a estrada dos cavalos* 475, *o Caminho Verde* 462. (ii) A estrada secundária da (i) que ia para o Forte-da-Trombeta 483 (ver *estrada do Abismo*). (iii) A *estrada de Isengard* aos Vaus do Isen 479. (iv) A estrada númenóreana dos Portos Cinzentos a Valfenda, que atravessava o Condado; chamada de *a Estrada Leste-Oeste* 343, 375, *a Estrada Leste* 67, 343, 375, 452. (v) A estrada que descia do Passo de Imladris, cruzava o Anduin no Velho Vau, e atravessava

Trevamata; chamada de *a Velha Estrada da Floresta* 377, 456, 530, e *Men-i-Naugrim, a Estrada dos Anãos* 377. (vi) Estradas númenó-reanas a leste do Anduin: a estrada através de Ithilien 393–94, 417, chamada de *a Estrada Norte* 358, 393–94, 419; estradas a leste e ao norte do Morannon 417

Estreito de Drengist Ver *Drengist*.

Estreitos da Floresta A "cintura" de Trevamata causada pela concavidade da Angra Leste. 390, 417

Estrela (de Eärendil) Ver *Eärendil; Terra da Estrela,* ver *Númenor.*

Estrela de Elendil, Estrela do (Reino do) Norte Ver *Elendilmir.*

Ethir Anduin "Escoamento do Anduin", o delta do Grande Rio na Baía de Belfalas. 326, 329, 531

*Ethraid Engrin Nome em sindarin (também na forma singular *Athrad Angren*) dos Vaus do Isen. 358, 423

Exilados, Os Os Noldor rebeldes que retornaram à Terra-média desde Aman. 95, 124, 229, 332, 349, 356, 435

Extremo Harad Ver *Harad.*

Faelivrin Nome dado a Finduilas por Gwindor. 62, 83

Fala comum Ver *westron.*

Falas As costas ocidentais de Beleriand, ao sul de Nevrast. 57–58, 80, 99, 145, 151, 217, 336, 421. *Portos da Falas* 336

Falastur "Senhor das Costas", nome de Tarannon, décimo segundo Rei de Gondor. 531

Falathrim Elfos telerin da Falas, cujo senhor era Círdan. 57

Fangorn (i) O mais velho dos Ents, guardião da Floresta de Fangorn. 327, 353, 409, 417, 423, 455, 493–94. Traduzido como *Barbárvore* 343–44, 485. (ii) A Floresta de Fangorn, na extremidade sudeste das Montanhas Nevoentas, em torno do curso superior dos rios Entágua e Limclaro. 353, 409, 417. Ver *Floresta Ent.*

Fano-da-Colina Refúgio fortificado nas Ered Nimrais acima do Vale Harg, aonde se chegava por uma estrada ascendente em cujas curvas estavam assentadas as estátuas chamadas de Homens-Púkel. 27, 491, 506, 507–08, 512, 536. *Mortos do Fano-da-Colina,* Homens das Ered Nimrais que foram amaldiçoados por Isildur por romperem seu juramento de fidelidade a ele. 491

Faramir (1) Filho mais jovem de Ondoher, Rei de Gondor; morto em combate com os Carroceiros. 390, 394, 395

Faramir (2) Filho mais jovem de Denethor II, Regente de Gondor; Capitão dos Caminheiros de Ithilien; depois da Guerra do Anel, Príncipe de Ithilien e regente de Gondor. 456, 525, 529, 544

Faróis de Gondor 402, 419

Faroth Ver *Taur-en-Faroth*.

Fëanor Filho mais velho de Finwë, meio-irmão de Fingolfin e Finarfin; líder dos Noldor em sua rebelião contra os Valar; artífice das Silmarils e das *palantíri*. 30, 44, 111, 203, 311–16, 319–21, 338. *Filhos de Fëanor* 203; *Fëanorianos* 341. *Lanternas fëanorianas* 214. *Escrita fëanoriana*. 308

Fëanturi "Mestres dos Espíritos", os Valar Námo (Mandos) e Irmo (Lórien). 525. Ver *Nurufantur, Olofantur*.

Felagund O nome pelo qual ficou conhecido Finrod após o estabelecimento de Nargothrond; para referências, ver *Finrod. Portas de Felagund.* 126, 160, 165–66, 317–18, 340, 346, 509

Felaróf O cavalo de *Eorl*, o Jovem. 400, 419

Fenmark Região de Rohan a oeste do Ribeirão Mering. 419

Fero Inverno O inverno do ano de 495 desde o nascimento da Lua, após a queda de Nargothrond. 63, 68, 81, 160

Fiéis, Os (i) Os Númenóreanos que não se afastaram dos Eldar e continuaram reverenciando os Valar nos dias de Tar-Ancalimon e reis posteriores. 211, 302–04, 360, 421–22, 523. (ii) "Os Fiéis" da Quarta Era. 523

Filhos de Aulë Os Anãos. 319

Filhos de Ilúvatar Os Elfos e os Homens. 217. *Os Filhos Mais Velhos*, os Elfos. 94

Filhos do Mundo Os Elfos e os Homens. 85

Filhos Mais Velhos Ver *Filhos de Ilúvatar*.

Fili Anão da Casa de Durin; sobrinho e companheiro de Thorin Escudo-de-carvalho; morto na Batalha dos Cinco Exércitos. 444

Finarfin Terceiro filho de Finwë, o mais jovem dos meios-irmãos de Fëanor; permaneceu em Aman após a Fuga dos Noldor e governou o remanescente de seu povo em Tirion; pai de Finrod, Orodreth, Angrod, Aegnor e Galadriel. 311; outras referências são à casa de Finarfin, sua família, seu povo ou seus filhos: 40, 81, 218, 221–22, 311, 312–13, 317–18, 340, 346

Finduilas (1) Filha de Orodreth, amada por Gwindor; capturada no saque de Nargothrond, morta por Orques nas Travessias do Teiglin e sepultada no Haudh-en-Elleth. 62, 83, 153, 156–59, 172, 182, 200, 208, 217–21

Finduilas (2) Filha de Adrahil, Príncipe de Dol Amroth; esposa de Denethor II, Regente de Gondor, mãe de Boromir e Faramir. 537

Fingolfin Segundo filho de Finwë, o mais velho dos meios-irmãos de Fëanor; Alto Rei dos Noldor em Beleriand, que morava em Hithlum;

morto por Morgoth em combate singular; pai de Fingon, Turgon e Aredhel. 12, 37, 69, 72–73, 84–88, 90–91, 102, 218, 295. *Casa de, povo de, Fingolfin* 72, 102, 218; *filho de Fingolfin*, Turgon. 37, 73

Fingon Filho mais velho de Fingolfin; Alto Rei dos Noldor em Beleriand após seu pai; morto por Gothmog nas Nirnaeth Arnoediad; pai de Gil-galad. 37, 89–90, 95, 98, 111, 204, 273, 529. *Filho de Fingon*, Gil-galad. 273

Finrod Filho mais velho de Finarfin; fundador e Rei de Nargothrond, de onde vem seu nome *Felagund*, "escavador de cavernas"; morreu na defesa de Beren nos calabouços de Tol-in-Gaurhoth. 63, 83, 311–12, 317–18, 346. *Finrod Felagund* 317–18, 346; *Felagund* 126, 160, 165–66, 317–18, 340, 346, 509. (Nome rejeitado de *Finarfin* 346.)

Finwë Rei dos Noldor em Aman; pai de Fëanor, Fingolfin e Finarfin; morto por Morgoth em Formenos. 312

*Firienholt Outro nome da Floresta Firien, com o mesmo significado. 410, 423

Flecha Vermelha A "flecha de guerra" enviada de Gondor a Rohan como sinal da difícil situação de Minas Tirith. 483

Flet Palavra anglo-saxã que significa "chão"; um *talan*. 333–35

*Floresta de Anwar Ver *Floresta Firien*, *Amon Anwar*.

Floresta Dourada Ver *Lórien* (2).

Floresta Drúadan Floresta em Anórien na extremidade leste das Ered Nimrais, onde sobrevivia na Terceira Era um remanescente dos Drúedain ou "Homens Selvagens".12, 27, 424, 507–08. Ver *Tawar-in-Drúedain*.

Floresta Ent Nome em Rohan da Floresta de Fangorn. 423, 493

Floresta Firien Na forma plena *Floresta de Halifirien*; nas Ered Nimrais, em volta do Ribeirão Mering e nas encostas de Halifirien. 402–03, 419, 423. Também chamada de *Firienholt*; a *Floresta Sussurrante* 403–04; e a *Floresta de Anwar*. 409, 410

Floresta Sussurrante Ver *Floresta Firien*.

Floresta Velha A antiga floresta que se estendia para o leste desde os limites da Terra-dos-Buques. 462

*Fluxolongo Nome do Anduin entre os Éothéod. 396

Folcwine Décimo quarto Rei de Rohan, bisavô de Théoden; reconquistou a marca-ocidental de Rohan entre o Adorn e o Isen. 420, 484

Folde Uma região de Rohan em volta de Edoras, parte das Terras do Rei. 486

Fontegris Ver *Mitheithel*.

Fontelonga "Fonte do Fluxolongo", nome dado pelos Éothéod ao rio proveniente das Montanhas Nevoentas setentrionais que, após sua junção com o Cinzalin, era por eles chamado de *Fluxolongo* (Anduin).

Forasteiros Ver *Lestenses, Brodda.*

Fornost "Fortaleza do Norte", na forma completa *Fornost Erain*, "Norforte dos Reis", mais tarde sede dos Reis de Arnor nas Colinas do Norte, depois do abandono de Annúminas. 365, 375, 419, 490, 545

Forostar O promontório setentrional de Númenor. 230–31, 235, 239. Traduzido como *as Terras-do-Norte* 30, 230, 235, *a região do norte.* 30

Forte-da-Trombeta Fortaleza em Rohan na entrada do Abismo de Helm. 477–78, 483–85, 491, 493, 495. Ver *Batalha do Forte-da-Trombeta; Aglarond, Súthburg.*

Forthwini Filho de Marhwini; líder dos Éothéod na época do Rei Ondoher de Gondor. 390

Forweg Homem de Dor-lómin, capitão do bando de proscritos (*Gaurwaith*) ao qual Túrin se uniu; morto por Túrin. 124–29, 204–05

Fréaláf Décimo Rei de Rohan, sobrinho do Rei Helm Mão-de-Martelo. 495

Freca Um vassalo do Rei Helm Mão-de-Martelo, morto por ele. 484

Frodo Frodo Bolseiro, Hobbit do Condado; o Portador-do-Anel na Guerra do Anel. 7, 24, 205, 295, 309–10, 313, 334, 347, 353, 384, 415, 426, 433–36, 446–47, 460, 469–70

Frumgar Líder da migração dos Éothéod rumo ao norte, a partir dos Vales do Anduin. 418

Galadhon Pai de Celeborn. 316, 334, 353, 361–62

Galadhrim Os Elfos de Lórien. 333–35, 353, 362

Galador Primeiro Senhor de Dol Amroth, filho de Imrazôr, o Númenóreano, e da Elfa Mithrellas. 337, 421

Galadriel Filha de Finarfin; uma dentre os líderes da rebelião noldorin contra os Valar (ver 314); esposa de Celeborn, com quem permaneceu na Terra-média após o fim da Primeira Era; Senhora de Lothlórien. 14–15, 23–25, 233, 282, 309–22, 324, 326–27, 330–33, 338–47, 349, 353, 359–62, 377, 383, 417, 419, 422, 449, 513, 522, 535. Chamada de *Senhora dos Noldor* 339, *Senhora da Floresta Dourada* 400, *a Senhora Branca* 266–67, 411, 424; ver também *Al(a)táriel, Artanis, Nerwen.*

Galathil Irmão de Celeborn e pai de Nimloth, a mãe de Elwing. 316, 361

Galdor Chamado de *o Alto*; filho de Hador Cabeça-dourada e Senhor de Dor-lómin depois dele; pai de Húrin e Huor; morto em Eithel Sirion. 40, 87, 91, 98, 110–11, 115, 150

Gamgi Uma família de Hobbits do Condado. 295, 381, 433, 468. Ver *Elanor, Hamfast, Samwise*.

Gamil Zirak Chamado de *o Velho*; ferreiro Anão, mestre de Telchar de Nogrod. 111

Gandalf Um dos Istari (Magos), membro da Sociedade do Anel. *Gandalf* ("Elfo do Cajado") era seu nome entre os Homens do Norte; ver 12, 26, 83–84, 320, 379–80, 418–19, 425–26, 430, 432–41, 446–47, 450–52, 455–56, 458–61, 463–70, 472, 477, 482–85, 488, 517–19, 521–31, 534–37, 541, 543–45, Terceira Parte, §§ III e IV *passim*. Quarta Parte, §§ II e III *passim*. Ver *Olórin, Mithrandir, Incánus, Tharkûn, Capa-cinzenta*.

Garganta-do-Abismo O vale que levava ao Abismo de Helm. 484, 488

Gaurwaith O bando de proscritos nas fronteiras ocidentais de Doriath ao qual Túrin se uniu, e do qual se tornou capitão. 123, 126, 130. Traduzido como *Homens-lobos* 123, 130

Gelmir Elfo noldorin que, com Arminas, topou com Tuor em Annon-in-Gelydh, e mais tarde foi a Nargothrond para avisar Orodreth de seu perigo. 40–42, 81–82, 221–25

Gelo Pungente Ver *Helcaraxë*.

Gethron Homem da casa de Húrin que, com Grithnir, acompanhou Túrin a Doriath e depois retornou a Dor-lómin. 105, 108, 109

Ghân-buri-Ghân Chefe dos Drúedain ou "Homens Selvagens" da Floresta Drúadan. 506–09

Gil-galad "Estrela de Radiância", o nome pelo qual era conhecido Ereinion, filho de Fingon. Após a morte de Turgon, tornou-se o último Alto Rei dos Noldor na Terra-média, e permaneceu em Lindon depois do fim da Primeira Era; líder, com Elendil, da Última Aliança dos Elfos e dos Homens, e morto com ele em combate com Sauron. 205, 233, 241–42, 254, 273, 278–79, 282, 291–92, 296, 298–300, 320–26, 331–32, 336, 344–45, 350, 355, 361, 376, 379, 409, 522. Chamado de *Rei dos Elfos* 136, 272, 377. *Terra de Gil-galad*, Lindon 254, 324. Ver *Ereinion*.

Gilmith Irmã de Galador, primeiro Senhor de Dol Amroth. 337

Gilrain Rio de Lebennin em Gondor, que corria para a Baía de Belfalas a oeste de Ethir Anduin. 329–30, 421

Gimilkhâd Filho mais jovem de Ar-Gimilzôr e Inzilbêth; pai de Ar-Pharazôn, último Rei de Númenor. 303–04, 308

*Gimilzagar Segundo filho de Tar-Calmacil. 307

Gimli Anão da Casa de Durin, filho de Glóin; membro da Sociedade do Anel. 319, 373–74, 426, 434, 436, 446, 484, 531

*Glaêmscrafu "Cavernas de Radiância", nome em Rohan de *Aglarond*. 493

Glamdring Espada de Gandalf. 83

Glamhoth Palavra em sindarin para Orques. 64, 83

Glanduin "Rio-da-fronteira", que corria rumo ao oeste a partir das Montanhas Nevoentas; formava na Segunda Era a fronteira sul de Eregion, e na Terceira uma parte de fronteira sul de Arnor. 354, 357, 359–60. *Nîn-in-Eilph*.

*Glanhír "Ribeirão-da-fronteira", nome em sindarin do *Ribeirão Mering*. 409, 423

Glaurung O primeiro dos Dragões de Morgoth; na Dagor Bragollach, nas Nirnaeth Arnoediad e no saque de Nargothrond; lançou seu feitiço sobre Túrin e Nienor; morto por Túrin em Cabed-en-Aras. Em muitas referências, chamado de *o Dragão*. 110–11, 153, 160, 166–69, 175–81, 183, 185–93, 196–97, 199–202, 206–07, 215. *A (Grande) Serpe* 62, 179, 187, 200; *Serpe de Morgoth* 190; *Grande Serpe de Angband* 62; *Serpe dourada de Angband* 110

*Glithui Rio que descia das Ered Wethrin, afluente do Teiglin. 63, 83, 102

Glóin Anão da Casa de Durin, companheiro de Thorin Escudo-de-carvalho; pai de Gimli. 433, 440, 442

Glóredhel Filha de Hador Cabeça-dourada de Dor-lómin e irmã de Galdor. 87, 101

Glorfindel Elfo de Valfenda. 468

*Glornan Ver *Lórien* (2). 343

Golfo de Lhûn Ver *Lhûn*. 292, 526

Gollum 26, 205, 447–49, 453–58, 464, 468–69. Ver *Sméagol*.

*Golug Nome dos Noldor entre os Orques. 132

Gondolin A cidade oculta do Rei Turgon, destruída por Morgoth. 80–5, 95, 98, 203–04, 238, 260, 309, 319, 338–42, 421–22. Chamada de *a Cidade Oculta* 85, *o Reino Oculto* 37, 64, 69, 73–4, 78, 85, 109, 127, 151, 153, 198, 200, 224

Gondolindrim O povo de Gondolin 82. Chamados de *o Povo Oculto* 54, 55, 69

Gondor O Reino meridional dos Númenóreanos na Terra-média. 13–14, 25–26, 30, 229, 239, 293, 304, 328–30, 332, 336, 345,

350, 352, 353, 355, 358, 365, 371, 373–76, 379, 383–84, 386–98, 401–06, 408–10, 412–24, 432, 438, 448, 450, 456, 470, 472–73, 483, 485, 489–95, 507–08, 510, 515, 517, 526–27, 529, 531–34, 536–40, 543–45. Terceira Parte, §§ I e II *passim*. *Reino do Sul* 328, 407, 413, 415, 490. *Gondoriano(s)* 409, 493–94, (ver *Grande Povo do Oeste* 408).

Gorgoroth   Ered Gorgoroth, "Montanhas do Terror", ao norte de Nan Dungortheb. 67

Gothmog   Senhor de balrogs, alto-capitão de Angband; matou Fëanor, Fingon e Ecthelion. 85

Grados   Um dos três povos em que se dividiam os Hobbits; ver *Cascalvas*. 384, 449, 457, 462, 469

Grande Capitão   Ver *Tar-Aldarion*.

Grande Estrada   Ver *Estradas*.

Grande Ilha   Ver *Númenor*.

Grande Jornada   A marcha dos Eldar rumo ao Oeste desde Cuiviénen. 309, 321, 328, 347

Grande Mar   Ver *Belegaer*.

Grande Peste   A peste que se espalhou desde Rhovanion para Gondor e Eriador em 1636 da Terceira Era. 355, 358, 387, 416, 470, 491. *A Praga Sombria* 533

Grande Porto   Ver *Lond Daer*.

Grande Porto do Meio   Ver *Lond Daer*.

Grande Rio   Ver *Anduin. Vale do Grande Rio* 346

Grande Serpe   Ver *Glaurung*.

Grandes Terras   Ver *Terra-média*.

Grande Túmulo   Ver *Haudh-en-Ndengin*.

Gríma   Conselheiro do Rei Théoden e agente de Saruman. 451, 458, 460, 471, 477, 484, 487. Chamado de *(o) Língua-de-Cobra* 373, 451, 458, 460, 487

Grimbold   Cavaleiro de Rohan, de Westfolde; com Elfhelm, foi líder dos Rohirrim na Segunda Batalha dos Vaus do Isen; morreu nos Campos de Pelennor. 472, 474–76, 478–85, 489

Griságua   Ver *Gwathló*.

Grithnir   Homem da casa de Húrin que, com Gethron, acompanhou Túrin a Doriath, onde morreu. 105, 108–09

Guerra das Joias   As guerras de Beleriand combatidas pelos Noldor para recuperarem as Silmarils. 510

Guerra da (Última) Aliança   Ver *Última Aliança*.

Guerra do Anel   Ver *Anéis de Poder*.

Guerra dos Anãos e dos Orques   425

Guilda dos Aventureiros 5 Ver *Aventureiros*. 80

Gurthang "Ferro da Morte", nome da espada Anglachel de Beleg depois que foi reforjada para Túrin em Nargothrond, e por causa da qual ele era chamado de *Mormegil, Espada-Negra*. 157, 177, 180, 189, 196–97, 199, 202. Chamada de *o Espinho Negro de Brethil* 180

gwaeron Nome em sindarin do terceiro mês "na contagem dos Edain". (Com gwaeron ver o nome da águia *Gwaihir*, "Senhor-dos-Ventos".) 93. Ver *Súlimë*.

Gwaith-i-Mírdain "Povo dos Joalheiros", nome da sociedade de artífices em Eregion, o maior dos quais era Celebrimbor; também simplesmente *Mírdain*. 322. *Casa dos Mírdain* 323

Gwathir "Rio da Sombra", nome antigo do Gwathló. 244, 357

Gwathló Rio formado pela junção do Mitheithel e do Glanduin, a fronteira entre Minhiriath e Enedwaith. 242, 274, 282, 294, 325–26, 354–59, 375, 490, 507. Chamado em westron de *Griságua* 325, 354, 359, 419, 451, 457, 459, 490. Ver *Batalha do Gwathló; Gwathir, Agathurush*.

Gwindor Elfo de Nargothrond, escravizado em Angband, que porém escapou e ajudou Beleg no resgate de Túrin; trouxe Túrin a Nargothrond; amava Finduilas, filha de Orodreth; morto na Batalha de Tumhalad. 62, 80, 83, 214–21

Habitante das Profundezas Ver *Ulmo*.

Hador 35–38, 40, 50, 73, 87, 91, 94–96, 98, 101, 103, 105, 107–08, 110–11, 114–15, 124, 129–30, 150, 159, 163, 175, 203–04, 223–24, 240, 293, 295, 416, 510. Chamado de *Cabeça-dourada* 87; Senhor de Dor-lómin, vassalo de Fingolfin, pai de Galdor, pai de Húrin; morto em Eithel Sirion na Dagor Bragollach. *Casa de, povo de, família de, Hador* 35–38, 50, 73, 94–96, 98, 101, 103, 107, 114, 124, 159, 163, 175, 203, 223–24, 240, 295, 416, 510; *filho de Hador*, Galdor, 40; *herdeiro (da Casa) de Hador*, Túrin, 94, 96, 98, 105. *Elmo de Hador*, ver *Elmo-de-dragão de Dor-lómin*.

Haladin O segundo povo dos Homens a entrar em Beleriand; mais tarde chamados de Povo de Haleth (ver *Haleth*). 507, 509

Haldir Filho de Halmir de Brethil; casou-se com Glóredhel, filha de Hador de Dor-lómin; morto nas Nirnaeth Arnoediad. 87, 101

Haleth Chamada de Senhora Haleth; líder dos Haladin de Thargelion até as terras a oeste do Sirion. 95, 123, 126, 156, 158, 181, 183, 188, 499–503, 506–07, 509–11. *Casa de, Povo de, Homens de, Haleth* 95, 156, 158, 181, 188, 499–503, 506–07, 509–11. Ver *Brethil, Halethrim*.

Halethrim O Povo de Haleth. 196

Halifirien "Monte Sagrado", nome em Rohan de *Amon Anwar*. 13, 402–03, 410, 415, 419. *Floresta Halifirien* 423. Ver *Eilenaer*.

Hálito Maligno Um vento vindo de Angband que trouxe uma doença a Dor-lómin da qual morreu Urwen (Lalaith), irmã de Túrin. 89–90, 92

Hallacar Filho de Hallatan de Hyarastorni; casou-se com Tar-Ancalimë, primeira Rainha Governante de Númenor, com quem manteve contenda. 288, 290–91, 299. Ver *Mámandil*.

Hallas Filho de Cirion; décimo terceiro Regente Governante de Gondor; criador dos nomes *Rohan* e *Rohirrim*. 398, 404, 410

Hallatan Senhor de Hyarastorni nas Mittalmar (Terras Interiores) de Númenor; primo de Tar-Aldarion. 270, 272, 279, 283, 287–88, 296, 299. Chamado de *o Senhor dos Carneiros* 267

Halmir Senhor dos Haladin, pai de Haldir. 87

Háma Capitão da casa do Rei Théoden. 487

Hamfast Gamgi Pai de Sam Gamgi. (O nome *Hamfast* é o anglo-saxão *hām-fæst*, literalmente "fixado em casa", "firme em casa".) 433. Chamado de *Feitor Gamgi* e *o Feitor*, 433

Handir Senhor dos Haladin, filho de Haldir e Glóredhel. 131. *Filho de Handir*, Brandir, o Coxo, 131, 156, 181, 194, 197

Harad "O Sul", usado vagamente a respeito das regiões ao sul longínquo de Gondor e Mordor. 13, 249, 320, 395, 417, 526–28, 531. *Harad Próximo* 417, 526; *Extremo Harad* 528

Harad Próximo Ver *Harad*.

Haradrim Homens do Harad. 528

Haradwaith "Povo-do-Sul", o Harad. 507

Hareth Filha de Halmir de Brethil; casou-se com Galdor de Dor-lómin; mãe de Húrin e Huor. 87

Harlindon Lindon ao sul do Golfo de Lhûn. 343

Hatholdir Homem de Númenor, amigo de Tar-Meneldur; pai de Orchaldor. 240

Haudh-en-Elleth O teso onde foi sepultada Finduilas de Nargothrond, perto das Travessias do Teiglin. (Não está claro que relação *Elleth*, traduzido por "Donzela-élfica" e sempre grafado assim, guarda com *Eledh*, "Elda", visto em *Eledhwen*, nome de Morwen.) 159, 172, 174, 182, 192–93, 200. Traduzido como *Teso da Donzela-élfica* 159

Haudh-en-Ndengin "Monte dos Mortos" no deserto de Anfauglith, onde foram empilhados os corpos dos Elfos e Homens que morreram nas Nirnaeth Arnoediad. 35. *Grande Túmulo*. 150–51

Haudh-en-Nirnaeth "Monte das Lágrimas", outro nome para *Haudh-en-Ndengin*. 99, 101, 204

Helcaraxë   O estreito entre Araman e a Terra-média. 86. Chamado de *O Gelo Pungente*. 56

Helm   O Rei Helm Mão-de-Martelo, nono Rei de Rohan. 472, 475, 479, 481, 484, 486, 493, 543. Ver *Abismo de Helm*.

*Henderch   Homem das Terras-do-Oeste de Númenor, um marinheiro de Tar-Aldarion. 269–71, 273

Henneth Annûn   "Janela do Poente", nome de uma caverna atrás de uma cascata em Ithilien. 525

Herdeiro do Rei   (de Númenor) 236, 241, 244–45, 247, 251–52, 254–56, 259, 271, 273, 286, 291, 293, 296

*Heren Istarion   "Ordem dos Magos". 513

*Herucalmo   Marido de Tar-Vanimeldë, terceira Rainha Governante de Númenor; após a morte dela, ele usurpou o trono, tomando o nome de Tar-Anducal. 302

Herunúmen   Ver *Tar-Herunúmen*.

Hildifons Tûk   Um dos tios de Bilbo Bolseiro. 439

*Hirilondë   "Descobridor-de-portos", grande navio construído por Tar-Aldarion. 264, 268–77, 281, 292. Ver *Turuphanto*.

Hírilorn   A grande faia em Doriath, com três troncos, onde Lúthien foi aprisionada. 114

hísimë   Nome em quenya do décimo primeiro mês de acordo com o calendário númenóreano, correspondente a novembro. 61, 70, 376. Ver *hithui*.

Hithaeglir   Nome em sindarin das *Montanhas Nevoentas*. 274, 409

Hithlum   A região limitada a leste e ao sul pelas Ered Wethrin, e a oeste pelas Ered Lómin. 36, 45, 87, 89, 99, 101–02, 109, 110–11, 113, 115, 117

hithui   Nome em sindarin do décimo primeiro mês. 376. Ver *hísimë*.

Hobbits   13, 384–85, 428, 436, 439, 440–42, 444, 453, 457, 461–62, 468, 470, 506, 509, 528, 531. Chamados de *o Povo Pequeno* 463–64, 466; ver também *Pequenos, Perian, Povo do Condado*.

Holman Mão-Verde   Hobbit do Condado, jardineiro de Bilbo Bolseiro. 433

Homem-selvagem das Matas   Nome adotado por Túrin quando primeiro chegou entre os Homens de Brethil. 157

Homens-da-floresta   (i) Habitantes das florestas ao sul do Teiglin, atormentados pelos Gaurwaith. 126, 130–32, 371. (ii) Os Homens de Brethil. 87, 130, 157, 180–81, 185. (iii) Em Verdemata, a Grande. 366

Homens do Mar   Ver *Númenóreanos*.

Homens do Rei   Númenóreanos hostis aos Eldar. 301–02. *Partido do Rei*   304

585

ÍNDICE REMISSIVO

Homens Livres do Norte Ver *Nortistas*

Homens-lobos Ver *Gaurwaith*.

Homens-Púkel Nome em Rohan para as imagens na estrada que levava ao Fano-da-Colina, mas também usado como equivalente geral de *Drúedain*. 27, 356, 507–08, 510, 512. Ver *Antiga Terra-Púkel.*

Homens Selvagens (i) Ver os *Drúedain.* (ii) Termo genérico para os Homens lestenses de além do Anduin. 12, 27, 350, 490, 508–11

Hunthor Homem de Brethil, companheiro de Túrin em seu ataque a Glaurung em Cabed-en-Aras. 181–82, 185–88, 195. *Esposa de Hunthor* 185

Huor Filho de Galdor de Dor-lómin, marido de Rían e pai de Tuor; foi com seu irmão Húrin a Gondolin; morto nas Nirnaeth Arnoediad. 35–37, 40, 49–51, 55, 59, 73, 80, 87–88, 97, 101, 203, 224. *Filho de Huor,* Tuor, 35–36, 40, 49–51, 55, 59, 73, 80, 224

Huorns As "árvores" que vieram à Batalha do Forte-da-Trombeta e aprisionaram os Orques. (O nome é sem dúvida sindarin, pois contém *orn,* "árvore". Ver as palavras de Meriadoc em *As Duas Torres,* III, 9: "Eles ainda têm vozes, e podem falar com os Ents — é por isso que são chamados de Huorns, diz Barbárvore.") 483

Húrin (1) Chamado de *Thalion.* 94, 98, 216, 221, traduzido como *o Resoluto,* 99, 108, 422; filho de Galdor de Dor-lómin, marido de Morwen e pai de Túrin e Nienor; Senhor de Dor-lómin, vassalo de Fingon; foi com seu irmão Huor a Gondolin; foi capturado por Morgoth nas Nirnaeth Arnoediad, porém o desafiou, e foi por ele colocado nas Thangorodrim por muitos anos; após sua libertação matou Mîm em Nargothrond e trouxe o Nauglamír ao Rei Thingol. 35, 37, 40, 55, 62, 73, Primeira Parte, § II *passim* (em muitos casos mencionando Húrin apenas como pai ou parente). *Conto dos Filhos de Húrin* 5, 19, 87, 139, 203

Húrin (2) Húrin de Emyn Arnen, Regente do Rei Minardil, do qual descendeu a Casa dos Regentes de Gondor. 413

Hyarastorni Terras do senhorio de Hallatan nas Mittalmar (Terras Interiores) de Númenor. 270–73, 279, 283, 287–88, 296

Hyarmendacil I "Vitorioso-do-Sul", décimo quinto Rei de Gondor. 352

Hyarnustar "Terras-de-Sudoeste", o promontório sudoeste de Númenor. 230, 232–33

Hyarrostar "Terras-de-Sudeste", o promontório sudeste de Númenor. 230, 233–34

Íbal Menino de Emerië em Númenor, filho de Ulbar, marinheiro de Tar-Aldarion. 267, 272, 284

Ibun Um dos filhos de Mîm, o Anão-Miúdo. 146

Idril (Celebrindal) Filha de Turgon de Gondolin, esposa de Tuor, mãe de Eärendil. 18, 85, 338–39, 341

Ilha de Balar Ver *Balar.*

Ilha dos Reis, Ilha de Ociente Ver *Númenor.*

Ilhas Encantadas As ilhas colocadas pelos Valar no Grande Mar a leste de Tol Eressëa, na época da Ocultação de Valinor. 82. Ver *Ilhas Sombrias.*

*Ilhas Sombrias Provavelmente um nome das *Ilhas Encantadas.* 53, 82

Ilúvatar "Pai de Tudo", Eru. 217, 230 (*Eru Ilúvatar*). Ver *Filhos de Ilúvatar.*

Imladris Nome em sindarin de *Valfenda.* 229, 324–26, 331–32, 365–66, 373–77, 379, 380–81. *Passo de Imladris,* ver *Cirith Forn en Andrath.*

Imrahil Senhor de Dol Amroth à época da Guerra do Anel. 335, 337, 383, 421

*Imrazôr Chamado de "o Númenóreano"; tomou por esposa a Elfa Mithrellas; pai de Galador, primeiro Senhor de Dol Amroth. 337, 421

Incánus Nome dado a Gandalf "no Sul". 525–26, 528–29

Indis Elfa vanyarin; segunda esposa de Finwë, mãe de Fingolfin e Finarfin. 22, 311

*Indor Homem de Dor-lómin, pai de Aerin. 154

*Inglor Nome rejeitado de Finrod. 346

Inimigo, O Nome dado a Morgoth; e a Sauron, 465

Inverno Longo O inverno de 2758–59 da Terceira Era. 438, 495

Inziladûn Ver *Ar-Inziladûn.* Como nome de um desenho formal, 303, 308; ver *Númellótë.*

Inzilbêth Rainha de Ar-Gimilzôr; da casa dos Senhores de Andúnië; mãe de Inziladûn (Tar-Palantir). 303, 307

*Írimon O prenome de Tar-Meneldur. 298

Irmo Vala, "mestre das visões e dos sonhos", comumente chamado de Lórien de acordo com o local de sua moradia em Valinor. 343, 525. Ver *Fëanturi, Olofantur.*

Isen Rio que corria das Montanhas Nevoentas através de Nan Curunír (o Vale do Mago) e atravessava o Desfiladeiro de Rohan; tradução (para representar a língua de Rohan) do sindarin *Angren.* 293, 354–58, 365, 405, 410, 419, 421, 423, 459, 469, 471–74, 476–79, 482–85, 487–88, 490–95, 507–08, 511, 543. Ver *Vaus do Isen.*

ÍNDICE REMISSIVO

Isengard   Fortaleza númenóreana no vale chamado, depois de sua ocupação pelo mago Curunír (Saruman), de Nan Curunír, na extremidade sul das Montanhas Nevoentas; tradução (para representar a língua de Rohan) do sindarin *Angrenost*. 27, 423, 448, 450–52, 458–61, 469–70, 47–73, 475–76, 479, 482–85, 491–95, 518, 533–35, 544. *Círculo de Isengard* 450, 492, 494, referindo-se à grande muralha circular que cercava a planície interior, em cujo centro ficava Orthanc.

Isengar Tûk   Um dos tios de Bilbo Bolseiro. 439

Isildur   Filho mais velho de Elendil, que, com seu pai e seu irmão Anárion, escapou da Submersão de Númenor e fundou na Terra-média os reinos númenóreanos no exílio; senhor de Minas Ithil; cortou o Anel Regente da mão de Sauron; morto por Orques no Anduin quando o Anel se desprendeu de seu dedo. 294, 365–80, 402, 407, 412–15, 491, 507, 536, 539, 544–45. *Herdeiro de Isildur* 376, 539, 545; *Anel de Isildur* 536; *Rolo de Isildur* 544; *Tradição de Isildur* 412–13, 415; *esposa de Isildur* 365

*Isilmë   Filha de Tar-Elendil, irmã de Silmarien. 239

*Isilmo   Filho de Tar-Súrion; pai de Tar-Minastir. 300, 306

Istari   Os Maiar que foram enviados de Aman na Terceira Era para resistirem a Sauron; em sindarin *Ithryn* (ver *Ithryn Luin*). 321, 344, 513, 516, 518–23, 530. Traduzido como *Magos* 513, 515, 518–19, 521–23, 530. Ver *Heren Istarion*.

*Ithilbor   Elfo nandorin, pai de Saeros. 113, 118

Ithilien   Território de Gondor a leste do Anduin; nos tempos mais antigos, possessão de Isildur, governada desde Minas Ithil. 205, 387–88, 391, 393–95, 415, 417, 423–24, 507, 533. *Ithilien do Norte* 424; *Ithilien do Sul* 391, 395

*Ithryn Luin   Os dois Istari que foram para o Leste da Terra-média e nunca retornaram (singular *ithron*, 519). 515, 521. Traduzido como *Magos Azuis* 515, 519, 521

ivanneth   Nome em sindarin do nono mês. 366, 375. Ver *yavannië*.

Ivrin   Lago e cascata sob as Ered Wethrin onde nascia o rio Narog. 61–62, 83, 149, 206

*Khamûl   Nazgûl, segundo depois do Chefe; habitava em Dol Guldur após sua reocupação em 2951 da Terceira Era. 449, 457, 462, 468. Chamado de *a Sombra do Leste* 449, *o Lestense Negro* 468

Khand   Terra a sudeste de Mordor. 389, 391

Khazad-dûm   O nome dos Anãos para *Moria*. 319–24, 377

Khîm   Um dos filhos de Mîm, o Anão-Miúdo; morto por Andróg. 145

*kirinki   Pequenos pássaros de Númenor, de plumagem escarlate. 234

Labadal Nome que Túrin deu na infância a Sador; traduzido como *Manquitola*. 91–93, 96, 105–07, 151

Ladros As terras a nordeste de Dorthonion que foram concedidas pelos Reis noldorin aos Homens da Casa de Bëor. 104

Lago Longo O lago ao sul de Erebor no qual desaguavam o Rio da Floresta e o Rio Rápido, e onde foi construída Esgaroth (Cidade do Lago). 349

lairelossë "Branca-como-neve-no-verão", árvore perene e fragrante trazida a Númenor pelos Eldar de Eressëa. 232

Lalaith "Riso", nome pelo qual Urwen, filha de Húrin, era chamada, por causa do riacho que corria perto da casa de Húrin. 88–90, 92–93, 102, 204, 218. Ver *Nen Lalaith*.

Lamedon Região em torno do curso superior dos rios Ciril e Ringló, sob os sopés meridionais das Ered Nimrais. 423

Lammoth Região ao norte do Estreito de Drengist, entre as Ered Lómin e o Mar. 44, 81

lár Uma légua (cerca de três milhas). 375, 381

Larnach Um dos Homens-da-floresta nas terras ao sul do Teiglin. 127, 130–31. *Filha de Larnach* 130

Laurelin "Canção D'Ouro", a mais nova das Duas Árvores de Valinor. 78, 234, 311. Chamada de *a Árvore do Sol* 78, *a Árvore Dourada de Valinor* 234

Laurelindórinan "Vale do Ouro Cantante", ver *Lórien* (2).

Laurenandë Ver *Lórien* (2).

laurinquë Árvore de flores amarelas das Hyarrostar em Númenor. 234

Lebennin "Cinco Rios" (que eram o Erui, o Sirith, o Celos, o Serni e o Gilrain), terra entre as Ered Nimrais e Ethir Anduin; um dos "feudos fiéis" de Gondor. 329, 421

Lefnui Rio que corria para o mar desde a extremidade oeste das Ered Nimrais. (O nome significa "quinto", isto é, após o Erui, o Sirith, o Serni e o Morthond, os rios de Gondor que corriam para o Anduin ou a Baía de Belfalas.) 356, 507, 508

Legolas Elfo sindarin de Trevamata setentrional, filho de Thranduil; membro da Sociedade do Anel. 237, 335, 337, 347, 349, 420–21, 484–85, 522

lembas Nome em sindarin do pão-de-viagem dos Eldar. 205, 210–11, 372. *Pão-de-viagem (dos Elfos)* 56, 63, 211, 372

Léod Senhor dos Éothéod, pai de Eorl, o Jovem. 398, 404–05, 416, 418–19

Lestense Negro Ver *Khamûl*.

589

Lestenses (i) Na Primeira Era, homens que entraram em Beleriand na época posterior à Dagor Bragollach, combateram de ambos os lados nas Nirnaeth Arnoediad e depois receberam de Morgoth Hithlum como habitação, onde oprimiram os remanescentes do Povo de Hador. 36–38, 85, 101–04, 107, 149, 152, 154, 413, 416–17, 492. Chamados em Hithlum de *Forasteiros* 153–54. (ii) Na Terceira Era, um termo geral para as ondas de Homens que pressionavam Gondor a partir das regiões orientais da Terra-média (ver *Carroceiros, Balchoth*). 397–98, 401, 403, 411

Lhûn Rio no oeste de Eriador, que desembocava no Golfo de Lhûn. 292. *Golfo de Lhûn* 292 Frequentemente em grafia adaptada *Lûn*.

Limclaro Rio que corria da Floresta de Fangorn para o Anduin e formava o limite extremo norte de Rohan. (Para a origem confusa do nome e suas outras formas, *Limlaith, Limlich, Limliht, Limlint*, ver 422–23) 352–53, 378, 396, 401, 409, 418–19, 421, 423, 455, 458

Linaewen "Lago das aves", grande lago em Nevrast. 45, 530

Lindar "Os Cantores", nome que os Teleri davam a si mesmos. 343, 383

Lindon Um nome de Ossiriand na Primeira Era; mais tarde o nome foi mantido para as terras a oeste das Montanhas Azuis (*Ered Lindon*) que ainda permaneciam acima do nível do Mar. 86, 233, 241–42, 273, 291–92, 295, 298, 309, 315–16, 318–22, 324–26, 331–32, 336, 342–43, 358, 360, 501, 507, 517, 527, 546. *A verde região dos Eldar* 241; *a terra de Gil-galad* 254, 324

Lindórië Irmã de Eärendur, décimo quinto Senhor de Andúnië; mãe de Inzilbêth, mãe de Tar-Palantir. 303

*Lindórinand Ver *Lórien* (2).

Língua-de-Cobra Ver *Gríma*.

*Lisgardh Terra de juncos nas Fozes do Sirion. 57

lissuin Uma flor fragrante de Tol Eressëa. 260

Livro dos Regentes Ver *Regentes de Gondor*.

Livro dos Reis Uma das crônicas de Gondor. 415, 531

Livro do Thain Uma cópia do Livro Vermelho do Marco Ocidental feita a pedido do Rei Elessar e levada a ele pelo Thain Peregrin Tûk quando este se recolheu a Gondor; muito anotada, mais tarde, em Minas Tirith. 528

loa O ano solar élfico. 433

Lobo, O Carcharoth, o Lobo de Angband. 155, 164

Loeg Ningloron "Poços das flores d'água douradas", nome em sindarin dos *Campos de Lis*. 376, 378

*Lond Daer Porto númenóreano com estaleiros em Eriador, na foz do Gwathló, estabelecido por Tar-Aldarion, que o chamou de

Vinyalondë. 29–30, 294, 325, 353–54, 356–60. Traduzido como *o Grande Porto* 356, 358–60; também chamado de *Lond Daer Enedh*, "o Grande Porto do Meio", 358, 360

Lorgan Chefe dos Lestenses em Hithlum após as Nirnaeth Arnoediad, por quem Tuor foi escravizado. 37–38

Lórien (1) O nome da morada em Valinor do Vala propriamente chamado de Irmo, mas que era ele mesmo normalmente chamado de Lórien.

Lórien (2) A terra dos Galadhrim entre o Celebrant e o Anduin. 309–10, 318, 327, 330–35, 337, 342–45, 347–50, 352–53, 362, 366–67, 372, 377–78, 421, 426, 437–38, 449, 455, 457, 468, 517, 525. Muitas outras formas do nome estão registradas: em nandorin *Lórinand* 321–22, 324, 326, 342–44, 348 (em quenya *Laurenandë*, em sindarin *Glornan, Nan Laur*, 343), derivadas do primitivo *Lindórinand*, "Vale da Terra de Cantores" 343; *Laurelindórinan*, "Vale do Ouro Cantante" 343. Chamada de *a Floresta Dourada* 400; e ver *Dwimordene, Lothlórien*.

*Lórinand Ver *Lórien* (2).

Lossarnach Região no nordeste de Lebennin em torno das nascentes do rio Erui. (Afirma-se que o nome significa "Arnach Florido", em que Arnach é um nome pré-númenóreano.) 383

lótessë Nome em quenya do quinto mês de acordo com o calendário númenóreano, correspondente a maio. 405. Ver *lothron*.

Lothíriel Filha de Imrahil de Dol Amroth; esposa do Rei Éomer de Rohan e mãe de Elfwine, o Belo. 383

Lothlórien O nome *Lórien* prefixado pela palavra sindarin *loth*, "flor". 86, 233, 237, 295, 313, 319, 327, 333, 343–44

lothron Nome em sindarin do quinto mês. Ver *lótessë*.

Lûn Grafia de *Lhûn*. 309, 316, 325, 343, 526

Lúthien Filha de Thingol e Melian, que, encerrada a Demanda da Silmaril e após a morte de Beren, escolheu tornar-se mortal e compartilhar seu destino. 88, 115, 121, 219. Chamada de *Tinúviel*, "Rouxinol" 88

Mablung Chamado de *o Caçador* 117; Elfo de Doriath, principal capitão de Thingol, amigo de Túrin. 117–20, 122, 135–36, 161–62, 164–71, 200–02, 206

Maedhros Filho mais velho de Fëanor. 88, 110, 204

Maeglin Filho de Eöl e Aredhel, irmã de Turgon; tornou-se poderoso em Gondolin, e a traiu a Morgoth; morto por Tuor no saque da cidade. 78, 83, 85

ÍNDICE REMISSIVO

Magos Ver *Istari, Heren Istarion, Ordem dos Magos.*

Magos Azuis Ver *Ithryn Luin.*

Magote, Fazendeiro Hobbit do Condado, que tinha uma fazenda no Pântano perto da Balsa de Buqueburgo. 468

Maiar (singular *Maia*). Ainur de grau menor que os Valar. 293, 344, 520, 522, 530

*Malantur Númenóreano, descendente de Tar-Elendil. 286

Malduin Um afluente do Teiglin. 63, 83

*Malgalad Rei de Lórien, morto na Batalha de Dagorlad; aparentemente idêntico a *Amdír*. 349–50

*malinornë Forma quenya do sindarin *mallorn*. 232

mallorn Nome das grandes árvores de flores douradas trazidas de Tol Eressëa para Eldalondë em Númenor, e mais tarde cultivadas em Lothlórien. 237, 343. Quenya *malinornë*, plural *malinorni*, 232

mallos Uma flor dourada de Lebennin. 13, 421

*Mámandil Nome assumido por Hallacar em seus primeiros encontros com Ancalimë. 287, 288

Mandos O nome da morada em Aman do Vala propriamente chamado de Námo, mas que era ele mesmo normalmente chamado de Mandos. 51–52, 119–20, 217, 312, 520, 525, 531. *Maldição de Mandos* 51; *Sentença de Mandos* 51, 312; *Segunda Profecia de Mandos* 531

Manwë O principal Vala. 84–85, 100, 216–17, 231, 234, 275, 302, 314–15, 519–20, 522–24. Chamado de *o Rei Antigo* 100. Ver *Testemunhas de Manwë.*

Marca, A Nome entre os Rohirrim do seu próprio país. 383, 410, 416, 419–20, 477, 483, 486–89, 492. *Marca-dos-Cavaleiros* 486, 492; *Marca dos Cavaleiros* 410; *Marechais da Marca* 486–87. Ver *Marca-ocidental, Marca-oriental.*

*Marca-ocidental A metade ocidental de Rohan na organização militar dos Rohirrim (ver *Marca-oriental*). 477, 486, 488–89. *Tropa da Marca-ocidental* 489; *Marechal da Marca-ocidental* 489

Marca-oriental A metade oriental de Rohan na organização militar dos Rohirrim, dividida da Marca-ocidental pelo Riacho-de-Neve e pelo Entágua. 483, 486–87, 489. *Marechal da Marca-oriental* 489; *tropa da Marca-oriental* 486, 489

Mardil Primeiro Regente Governante de Gondor. 414, 422, 424. Chamado de *Voronwë*, "o Resoluto" 99, 108, 422, e *o Bom Regente* 424

*Marhari Líder dos Nortistas na Batalha das Planícies, onde foi morto; pai de Marhwini. 387, 416

CONTOS INACABADOS

Marhwini "Amigo-dos-cavalos", líder dos Nortistas (Éothéod) que se estabeleceram nos Vales do Anduin após a Batalha das Planícies, e aliado de Gondor contra os Carroceiros. 387–90, 416

Meandros As duas grandes curvas para oeste do Anduin, chamadas de *os Meandros Norte e Sul*, entre as Terras Castanhas e o Descampado de Rohan. 352, 388, 391, 396–97, 400–01, 418–19

mearas Os cavalos de Rohan. 416, 419

Melian Uma Maia, Rainha do Rei Thingol de Doriath, em cuja volta pôs um cinturão de encantamento; mãe de Lúthien e ancestral de Elrond e Elros. 67, 95, 109–12, 114–16, 120, 123, 156, 160–63, 170, 205, 210, 212, 219, 318. *Cinturão de Melian* 67, 95, 114, 156, 162

Melkor O grande Vala rebelde, o início do mal, em sua origem o mais poderoso dos Ainur; mais tarde chamado de *Morgoth*. 12, 51, 100–01, 314, 318, 344, 509, 523

Menegroth "As Mil Cavernas", os salões ocultos de Thingol e Melian no rio Esgalduin em Doriath. 109, 111–14, 116, 118–23, 136, 201, 205, 313, 351

Menel O alto firmamento, a região das estrelas. 100, 253

Meneldil Filho de Anárion e terceiro Rei de Gondor. 366, 376, 407, 412–13, 424

Meneldur Ver Tar-Meneldur.

Meneltarma Montanha no meio de Númenor, sobre cujo topo ficava o Local Sagrado de Eru Ilúvatar (ver *Eru*) 230. (sem nome, no sonho de Tuor), 230–31, 233, 235, 241, 253, 258, 264, 294, 304. Traduzido como *Pilar do Céu* 230 (*o Pilar* 259). Também chamado de *a Montanha Sacra* 231, *a Montanha Sagrada dos Númenóreanos* 253

Men-i-Naugrim "Caminho dos Anãos", um nome da Velha Estrada da Floresta. 377. Traduzido como *Estrada dos Anãos* 377

Mensageiro Branco Saruman. 515

Mensageiro Cinzento Ver *Mithrandir*.

Meriadoc Brandebuque Hobbit do Condado, membro da Sociedade do Anel. 507, 511

Mestre do Destino Ver *Turambar*.

Methed-en-Glad "Fim da Floresta", um forte em Dor-Cúarthol na beira da floresta ao sul do Teiglin. 212

Mîm O Anão-Miúdo em cuja casa (*Bar-en-Danwedh*) em Amon Rûdh morou Túrin com o bando de proscritos, e por quem o covil deles foi entregue aos Orques; morto por Húrin em Nargothrond. 138–48, 204–06, 208–11, 214

593

Minalcar Ver *Rómendacil II*.

Minardil Vigésimo quinto Rei de Gondor. 413

Minas Anor "Torre do Sol", mais tarde chamada de Minas Tirith; a cidade de Anárion, no sopé do Monte Mindolluin. 420, 546. Ver *Pedra-de-Anor*.

Minas Ithil "Torre da Lua", mais tarde chamada de Minas Morgul; a cidade de Isildur, construída em uma extensão da Ephel Dúath. 376, 415, 420, 532, 536, 543. Ver *Pedra-de-Ithil*.

Minas Morgul "Torre de Feitiçaria", nome de Minas Ithil depois que foi capturada pelos Espectros-do-Anel. 395, 424, 449, 468. Ver *Senhor de Morgul*.

Minastir Ver *Tar-Minastir*.

Minas Tirith (1) "Torre de Guarda", construída por Finrod Felagund em Tol Sirion. 83. *Minas do Rei Finrod* 63

Minas Tirith (2) Nome posterior de Minas Anor. 83, 345, 392, 394, 396, 398, 403–04, 415, 419, 421, 424, 426, 434–35, 468, 483, 489–95, 506, 531–33, 535–36, 544. *Os Fanos de Minas Tirith* 415, 419; *a Torre Branca de Minas Tirith* 536. Ver *Mundburg*.

Minhiriath "Entre os Rios", região de Eriador entre o Baranduin e o Gwathló. 354–56, 358–59, 452

*Minohtar Sobrinho do Rei Ondoher; morto em Ithilien em 1944 da Terceira Era, em combate com os Carroceiros. 392–94

Min-Rimmon "Pico do Rimmon" (um grupo de penhascos), o quinto farol de Gondor nas Ered Nimrais. 403, 419

Mírdain Ver *Gwaith-i-Mírdain*.

Míriel Ver *Tar-Míriel*.

miruvor O licor dos Eldar. 372, 380

Mitheithel Rio de Eriador que corre dos Vales Etten para se unir ao Bruinen (Ruidoságua). 354, 357–58. Traduzido como *Fontegris* 354

Mithlond Os Portos dos Eldar no Golfo de Lhûn, governados por Círdan. 237, 241–42, 258, 273, 281. Traduzido como *os Portos Cinzentos* 324–25, 336, 343, 375, 514–15, 518, 530

Mithrandir Nome de Gandalf entre os Elfos da Terra-média. 329, 339, 451, 459, 466, 516, 518–19, 522, 525–26, 529. Traduzido como *o Peregrino Cinzento* 516, 518, *o Errante Cinzento* 463, 526; ver também *o Mensageiro Cinzento* 515

*Mithrellas Elfa de Lórien, companheira de Nimrodel; desposada por Imrazôr, o Númenóreano; mãe de Galador, primeiro Senhor de Dol Amroth. 337, 421

mithril O metal conhecido como "prata-de-Moria", encontrado também em Númenor. 301, 373, 380

Mithrim Nome do grande lago no leste de Hithlum, bem como da região em torno e das montanhas a oeste, que separavam Mithrim de Dor-lómin. 35, 39–40, 46, 85, 101

*Mittalmar A região central de Númenor, traduzido como *Terras Interiores.* 230–31, 233, 296

*Montanha Sacra Ver *Meneltarma.* (Em *O Silmarillion* a Montanha Sacra é Taniquetil.)

Montanhas Azuis Ver *Ered Lindon* e *Ered Luin.*

Montanhas Brancas Ver *Ered Nimrais.*

Montanhas Cinzentas Ver *Ered Mithrin.*

Montanhas Circundantes Ver *Echoriath.*

Montanhas de Dor-lómin Ver *Dor-lómin.*

Montanhas de Sombra Ver *Ered Wethrin.*

Montanhas de Trevamata 377. Ver *Emyn Duir, Emyn-nu-Fuin.*

*Montanhas de Turgon Ver *Echoriath.*

Montanhas Nevoentas Grande cordilheira da Terra-média, que se estendia de norte a sul e formava o limite leste de Eriador; chamada em sindarin de *Hithaeglir.* Em muitas das referências seguintes as montanhas não são mencionadas pelo nome. 309, 318, 321, 331, 346–47, 354–55, 378, 396, 410, 453–54, 490–91

Montanha Solitária Ver *Erebor, Rei sob a Montanha.*

Montanhas Ressoantes Ver *Ered Lómin.*

*Monte de Anwar, *Monte da Admiração Ver *Amon Anwar.*

Monte dos Espiões Ver *Amon Ethir.*

Morannon A principal entrada (setentrional) de Mordor. 391–93, 395, 417. Traduzida como *o Portão Negro* 489; também chamada de *os Portões de Mordor* 377, 391. *Torres-de-vigia do Morannon* 393; Ver *Torres dos Dentes.*

Mordor A terra sob domínio direto de Sauron, a leste da Ephel Dúath. 320, 325–26, 331–32, 345, 350–51, 376–79, 389, 391, 396, 426, 437, 447, 452, 454, 459, 487, 507, 526, 536, 539

Morgai "Cerca Negra", crista interna muito mais baixa que a Ephel Dúath, cordilheira da qual estava separada por uma profunda depressão; o anel interno das defesas de Mordor. 378

Morgoth Nome posterior de *Melkor.* 36–37, 47, 51, 57, 61, 65–67, 69, 81, 84, 88, 98–102, 108–10, 113, 115, 118, 130, 153, 159–61, 167–68, 176, 178, 190–201, 213, 216–17, 219, 221–24, 273, 275, 293, 310, 312, 315, 319, 321, 335, 341, 344, 386, 500, 508–10, 523, 526–27, Primeira Parte, § II *passim.* Chamado de *o Rei Sombrio* 91; *o Senhor Sombrio* 115, 313; *o Inimigo* 50–51, 62–63, 68–69, 84, 90, 94, 114, 137, 212, 222–23, 465, 517, 526; *Bauglir* 99; e pelos Drúedain *o Grande Escuro,* 508

ÍNDICE REMISSIVO

Morgul, Senhor de Ver *Senhor dos Nazgûl, Minas Morgul.*

Moria "O Abismo Negro", nome posterior das grandes obras dos Anãos da raça de Durin sob as Montanhas Nevoentas. 319–21, 324, 326–27, 331–33, 337, 343, 345, 349, 354, 367, 372, 380, 425, 429, 433, 455, 457–58, 468–69, 531. *Portão-leste de Moria* 425, 433; *Portão-oeste* 457–58, 469. Ver *Khazad-dûm.*

Mormegil Nome dado a Túrin como capitão da hoste de Nargothrond por causa de sua espada (ver *Gurthang*), e usado depois em Brethil. 158–60, 195, 215, 224. Traduzido como *Espada-Negra* 62, 66, 153, 156, 158–60, 206 (também escrito *Espada Negra*) 178, 185, 189–91, 194–95, 198, 200–01, 223; com referência à própria Espada Negra 189

Morthond "Raiz Negra", rio que nascia em um vale escuro nas montanhas bem ao sul de Edoras, chamado de **Mornan*, não somente por causa das duas altas montanhas entre as quais ficava, mas também porque passava por ele a estrada vinda do Portão dos Mortos, e os viventes não iam ali. 335–36, 346

Mortos do Fano-da-Colina Ver *Fano-da-Colina.*

Morwen (1) Filha de Baragund (sobrinho de Barahir, o pai de Beren), esposa de Húrin e mãe de Túrin e Nienor. 87–88, 89–90, 93–105, 107–12, 114–16, 118, 149–56, 160–67, 171, 193, 201, 203, 215, 224, 260, 294–95, 383. Ver *Eledhwen, Senhora de Dor-lómin* (no verbete *Dor-lómin*).

Morwen (2) *de Lossarnach* Uma senhora de Gondor, aparentada com o Príncipe Imrahil; esposa do Rei Thengel de Rohan. 383

Mundburg "Fortaleza Guardiã", nome em Rohan de Minas Tirith. 399, 408

Naith de Lórien O "Triângulo" ou "Gomo" de Lórien, a terra no ângulo entre o Celebrant e o Anduin. 378

Námo Vala, comumente chamado de Mandos pelo local de sua habitação. 525. Ver *Fëanturi, Nurufantur.*

Nandor Elfos da hoste dos Teleri que se recusaram a atravessar as Montanhas Nevoentas na Grande Jornada desde Cuiviénen, mas uma parte dos quais, liderada por Denethor, muito tempo depois passou sobre as Montanhas Azuis e morou em Ossiriand (os *Elfos-verdes*, ver); para os que permaneceram a leste das Montanhas Nevoentas, ver *Elfos Silvestres.* 113, 242, 293, 346–47. Adjetivo *nandorin* 309, 318, 321, 326, 343–44, 348

Nanduhirion A ravina em torno do Espelhágua entre os braços das Montanhas Nevoentas, para onde se abriam os Grandes Portões

596

de Moria; traduzido como *Vale do Riacho-escuro* 455. *A Batalha de Nanduhirion* 425, 433; ver *Azanulbizar*.

Nan Laur Ver *Lórien* (2).

Nan-tathren "Vale-dos-Salgueiros", onde o rio Narog desaguava no Sirion. 56, 58. Traduzido como *Terra dos Salgueiros* 58

narbeleth Nome em sindarin do décimo mês. 366, 375. Ver *narquelië*.

Nardol "Cabeça de Fogo", terceiro farol de Gondor nas Ered Nimrais. 419, 424

Nargothrond "A grande fortaleza subterrânea no rio Narog", fundada por Finrod Felagund e destruída por Glaurung; também o reino de Nargothrond, que se estendia a leste e a oeste do Narog. 46, 57, 62–63, 66–68, 80–83, 125, 132–33, 143, 149, 153, 156–58, 160, 162, 164–66, 168–70, 175–76, 178–81, 189–90, 200–01, 203–06, 208, 212–15, 219, 221–23, 225, 260, 309, 320, 346. Ver *Narog*.

Narmacil I Décimo sétimo Rei de Gondor. 391

Narmacil II Vigésimo nono Rei de Gondor, morto na Batalha das Planícies. 387–88, 390, 416–17

Narog O principal rio de Beleriand Oeste, que nascia em Ivrin sob as Ered Wethrin e desaguava no Sirion em Nan-tathren. 58, 61, 81, 83, 114, 142, 148, 164–66, 168–69, 179, 205–06, 212, 225. *Nascentes do Narog* 113; *Vale do Narog* 148; *Povo do Narog* 164; *Senhor de Narog* 212

narquelië "Desvanecer-do-Sol", nome em quenya do décimo mês de acordo com o calendário númenóreano, correspondente a outubro. 61. Ver *narbeleth*.

Narsil A espada de Elendil que se quebrou quando Elendil morreu em combate com Sauron; reforjada para Aragorn a partir dos fragmentos, e chamada de Andúril. 367, 371

Narvi Anão de Khazad-dûm, fabricante do Portão-oeste, amigo íntimo de Celebrimbor de Eregion. 320

Narya Um dos Três Anéis dos Elfos, usado por Círdan e depois por Mithrandir. 322, 345, 515, 517. Chamado de *o Anel do Fogo* 322; *o Anel Vermelho* 322, 326, 345, 518–19; *o Terceiro Anel* 514–15

Nazgûl Os escravos dos Nove Anéis dos Homens e principais serviçais de Sauron. 395, 415, 448–49, 451–52, 456–59, 468–69. *Espectros-do-Anel* 379, 448–50, 454, 456, 460, 468; *Cavaleiros (Negros)* 447, 451–52, 454, 457–58, 460–62, 468–69; *os Nove* 323, 449, 458–59, 522. Ver *Senhor dos Nazgûl*.

Neithan "O Injustiçado", nome assumido por Túrin entre os proscritos. 125, 127–28, 130, 133, 135, 204

ÍNDICE REMISSIVO

Nellas Elfa de Doriath, amiga de Túrin na infância deste; prestou testemunho contra Saeros no julgamento de Túrin perante Thingol. 112, 121–22, 137, 138

Nen Girith "Água do Estremecer", nome dado a *Dimrost*, ver, a cascata do Celebros na Floresta de Brethil. 173, 179, 182, 185, 189, 190–91, 194–95, 197, 199, 202, 206

nénimë Nome em quenya do segundo mês de acordo com o calendário númenóreano, correspondente a fevereiro. 376. Ver *nínui*.

Nen Lalaith Ribeirão que nascia sob Amon Darthir nas Ered Wethrin e passava pela casa de Húrin em Dor-lómin. 89–90, 102. *Lalaith*.

Nenning Rio em Beleriand Oeste, em cuja foz ficava o Porto de Eglarest. 83

Nenuial "Lago do Crepúsculo" entre os braços das Colinas de Vesperturvo (*Emyn Uial*) ao norte do Condado, à margem do qual foi construída a mais antiga sede númenóreana de Annúminas. 318–19. Traduzido como *Vesperturvo* 293, 318

Nenya Um dos Três Anéis dos Elfos, usado por Galadriel. 322, 341, 345. Chamado de *o Anel Branco* 322, 449

Nerwen Nome dado a Galadriel por sua mãe. 311, 313, 361

nessamelda Árvore perene fragrante trazida a Númenor pelos Eldar de Eressëa. (O nome talvez signifique "amada por Nessa", uma das Valier; ver *vardarianna, yavannamírë*.) 232

Nevrast Região a sudoeste de Dor-lómin onde Turgon morou antes de partir para Gondolin. 45–46, 53, 55, 57–58, 73, 76–77, 80–82, 102, 206, 530

Nibin-noeg, Nibin-nogrim Os Anãos-Miúdos. 143, 205. *Bar-en-Nibin-noeg* 143; *Charnecas dos Nibin-noeg* 205. Ver *Noegyth Nibin*.

Nienna Uma das Valier ("Rainhas dos Valar"), Senhora da piedade e do luto. 520

Nienor Filha de Húrin e Morwen, e irmã de Túrin; enfeitiçada por Glaurung em Nargothrond e ignorando seu passado, casou-se com Túrin em Brethil com o nome de *Níniel*. 108, 110, 112, 114, 151–52, 156, 160–63, 165–71, 193, 196, 198–201, 206. Traduzido como *Pranto* 108, 163, 193

Nimloth (1) "Flor Branca", a Árvore de Númenor. 361. *A Árvore Branca* 77, 304, 361

Nimloth (2) Elfa de Doriath que se casou com Dior, Herdeiro de Thingol; mãe de Elwing. 316, 361

Nimrodel (1) "Senhora da Gruta Branca", Elfa de Lórien, amada de Amroth, que habitava perto da cascata de Nimrodel até que foi para

598

o sul e se perdeu nas Ered Nimrais. 32–30, 334–35, 337, 345, 348, 354, 421, 455

Nimrodel (2)   Riacho da montanha que descia para desaguar no Celebrant (Veio-de-Prata), que tinha esse nome em homenagem à Elfa Nimrodel que morava às margens dele. 327–30, 334–35, 337, 345, 348, 354, 421, 455

*Nindamos   Principal povoado dos pescadores na costa sul de Númenor, nas fozes do Siril. 233

Níniel   "Donzela-das-lágrimas", o nome que Túrin, desconhecendo seu parentesco, deu à sua irmã *Nienor*. 173–79, 182, 184–86, 190–93, 195–199, 202

*Nîn-in-Eilph   "Terras Úmidas dos Cisnes", grandes pântanos no curso inferior do rio que, mais acima, era chamado de *Glanduin*. 359. Traduzido como *Cisnefrota* 354, 359

nínui   Nome em sindarin do segundo mês. 376. Ver *nénimë*.

Nirnaeth Arnoediad   A Batalha das "Lágrimas Inumeráveis", descrita em *O Silmarillion*, capítulo 20; também chamada simplesmente de *as Nirnaeth*. 35, 80, 82, 85, 88, 98, 202–04, 217, 336

*Nísimaldar   Região em volta do Porto de Eldalondë em Númenor ocidental; traduzida no texto como *Árvores Fragrantes*. 232

*Nísinen   Lago no rio Nunduinë em Númenor ocidental. 233

Noegyth Nibin   Os Anãos-Miúdos. 205. Ver *Nibin-noeg*.

Nogothrim   Os Anãos. 423. (Ver Apêndice de *O Silmarillion*, verbete *naug*.)

Nogrod   Uma das duas cidades dos anãos nas Montanhas Azuis. 110, 319, 343

*Noirinan   Vale no sopé meridional do Meneltarma, em cuja extremidade superior ficavam os túmulos dos Reis e Rainhas de Númenor. 231, 233. Traduzido como *Vale dos Túmulos* 231, 235

Noldor   (singular *Noldo*). Chamados de *Mestres-do-Saber* 344; o segundo dos Três Clãs dos Eldar na Grande Jornada desde Cuiviénen, cuja história é o tema principal de *O Silmarillion*. 36–38, 41–42, 46–47, 50–51, 54–57, 59, 69, 71–72, 75, 80,–82, 84, 87–88, 132, 217, 225, 236, 262, 311–16, 318–21, 331, 336, 338–39, 344, 347, 349, 361, 383. *Alto Rei dos Noldor* 37; *Portão dos Noldor*, ver *Annon-in-Gelydh*; *alta fala dos Noldor*, ver *quenya*; *Senhora dos Noldor*, ver *Galadriel*; *lanternas dos Noldor* 36, 38, 41, 81, 225, e ver *Fëanor*. Adjetivo *noldorin* 319, 331–32, 348, 351

*Nólimon   Nome dado a Vardamir, filho de Elros (para o significado, ver o Apêndice de *O Silmarillion*, verbete *gûl*). 297–98

Nortistas   Os cavaleiros de Rhovanion, aliados de Gondor, ancestralmente aparentados com os Edain; deles derivaram os Éothéod.

ÍNDICE REMISSIVO

386–89, 395, 397–98, 416–18; com referência aos Rohirrim 410.

Homens Livres do Norte 350

Nove Caminhantes, Os A Sociedade do Anel. 347

Nove, Os Ver *Nazgûl.*

*Núath, Bosques de Bosques que se estendiam para o oeste desde o curso superior do rio Narog. 61, 83

*Númellótë "Flor do Oeste" = *Inziladûn.* 308

*Númendil Décimo sétimo Senhor de Andúnië. 304

Númenor (Na forma completa em quenya *Númenórë*, 22, 273.) "Ociente", "Terra do Oeste", a grande ilha preparada pelos Valar como lugar de morada para os Edain depois do término da Primeira Era. Segunda Parte, §§ I–III *passim.* Chamada de *a Grande Ilha* 510, *Ilha dos Reis* 273, *Ilha de Ociente* 253, *Terra da Dádiva* 229, 232, 275, *Terra da Estrela* 409; e ver *Akallabêth, Elenna·nórë, Yôzâyan.* Referências à *Queda de Númenor* são dadas em um verbete à parte.

Númenóreanos Os Homens de Númenor. (As referências seguintes incluem *númenóreano* usado como adjetivo. Segunda Parte, §§ I–III *passim* (ver especialmente 283–84, 305–06), 230, 235–37, 243–44, 247, 249, 253, 258, 262, 282, 292–98, 300–01, 304–07, 320, 324–26, 354–56, 360, 375, 379, 382, 384–85, 387, 490, 507–08, 510, 526. *Reis de Homens* 49, 274, 351, 406; *Homens do Mar* 236, 356; e ver *Dúnedain. Língua, fala númenóreana,* ver *adûnaico.*

*Númerrámar "Asas-do-Oeste", o navio de Vëantur no qual Aldarion fez sua primeira viagem à Terra-média. 242

Nunduinë Rio no oeste de Númenor, que desaguava no mar em Eldalondë. 233

Núneth Mãe de Erendis. 252–53, 255, 261–62, 265–66, 272

Núrnen "Água Triste", mar interior no sul de Mordor. 526

*Nurufantur Um dos *Fëanturi*; o primitivo nome "verdadeiro" de Mandos, antes de ser substituído por Námo. 525. Ver *Olofantur.*

Ociente Tradução de *Númenor; Ilha de Ociente* 253

*Oghor-hai Nome dado aos Drúedain pelos Orques. 502

Ohtar Escudeiro de Isildur, que levou os fragmentos de Narsil até Imladris. (Sobre o nome *Ohtar* "guerreiro", ver 486-87.) 367, 369, 371, 378

*oiolairë "Sempre-verão", uma árvore perene levada a Númenor pelos Eldar de Eressëa, da qual se cortava o Ramo do Retorno posto nos navios númenóreanos. (*Corollairë*, o Teso Verdejante das Árvores em Valinor, também era chamado de *Coron Oiolairë*: Apêndice de *O Silmarillion*, verbete *coron.*) 232, 247, 258–59, 264, 281, 294. *Ramo do Retorno* 247, 264

CONTOS INACABADOS

Oiolossë "Sempre-branca-neve", a Montanha de Manwë em Aman. 85. Ver *Amon Uilos, Taniquetil.*

Olho Vermelho O emblema de Sauron. 379

*Olofantur Um dos *Fëanturi*; o primitivo nome "verdadeiro" de Lórien, antes de ser substituído por Irmo. 525. Ver *Nurufantur.*

Olórin O nome de Gandalf em Valinor (ver especialmente 524–26). 339–40, 437, 520, 522–26, 529–31

Olwë Rei dos Teleri de Alqualondë na costa de Aman. 311, 314, 316, 318

Ondoher Trigésimo primeiro Rei de Gondor, morto em combate com os Carroceiros em 1944 da Terceira Era. 390–92, 394–95

*Ondosto Um lugar nas Forostar (Terras-do-Norte) de Númenor, provavelmente associado em particular com as pedreiras da região (quenya *ondo*, "pedra").235

*Onodló Nome em sindarin do rio *Entágua*. 409, 423

Onodrim Nome em sindarin dos Ents. 423. Ver *Enyd.*

*Orchaldor Númenóreano, marido de Ailinel, irmã de Tar-Aldarion; pai de Soronto. 240

Ordem dos Magos 513. Ver *Heren Istarion.*

Orfalch Echor A grande ravina que penetrava nas Montanhas Circundantes através da qual era feito o acesso a Gondolin; também simplesmente *Orfalch*. 74–76, 78

*Orleg Um homem do bando de proscritos de Túrin, morto pelos Orques na estrada para Nargothrond. 132–33

Orodreth Segundo filho de Finarfin; Rei de Nargothrond após a morte de Finrod Felagund; pai de Finduilas. 83, 157–58, 206, 212, 218, 222–23, 225, 346. *Senhor de Narog* 212

Orodruin "Montanha do Fogo Ardente" em Mordor, onde Sauron forjou o Anel Regente. 376, 380, 540

Oromë Um dos grandes Valar, chamado de *o Senhor das Florestas*. 252, 257, 520–21

Oromet Colina perto de Andúnië no oeste de Númenor, sobre a qual foi construída a torre de Tar-Minastir. 300

*Oropher Rei dos Elfos Silvestres em Verdemata, a Grande; morto na Guerra da Última Aliança; pai de Thranduil. 349–51, 377

Orques Passim ver especialmente 474. *Homens-orques* de Isengard 474

*Orrostar "Terras-do-Leste", o promontório oriental de Númenor. 230, 234

Orthanc A grande torre númenóreana no Círculo de Isengard, mais tarde morada de Saruman. 373, 409–10, 420, 450, 458–60, 467,

601

469, 492, 495, 530, 532–37, 539–41, 545–46. *Pedra-de-Orthanc*, a *palantír* de Orthanc, 532–35, 537, 539–41, 545–46

Osgiliath A principal cidade da antiga Gondor, de ambos os lados do Anduin. 365–66, 375, 381, 403, 448, 456–57, 468, 490, 531, 539–40, 543. *Pedra de Osgiliath*, a *palantír*, 373, 530, 535–36, 542–43, 546

Ossë Maia do Mar, vassalo de Ulmo. 52–53, 55, 82, 216, 246–47, 249, 293

Ossiriand "Terra dos Sete Rios" entre o rio Gelion e as Montanhas Azuis nos Dias Antigos. 113, 318, 346–47, 507. Ver *Lindon*.

Ost-in-Edhil A cidade dos Elfos em Eregion. 320

Ostoher Sétimo Rei de Gondor. 424

palantíri (singular *palantír*). As sete Pedras-Videntes trazidas de Númenor por Elendil e seus filhos; feitas por Fëanor em Aman. 29, 403, 409, 469, 532, 534–37, 539–46 (na Quarta Parte, § III frequentemente referidas como *as Pedras*).

*Palarran "Errante ao Longe", um grande navio construído por Tar-Aldarion. 246–47, 258, 292, 530

*Pallando Um dos Magos Azuis (*Ithryn Luin*). 520–21, 530

Pântanos Mortos Amplos pântanos estagnados a sudeste das Emyn Muil, onde se viam os mortos da Batalha de Dagorlad. 350, 392, 394–95, 454

*Parmaitë Prenome de Tar-Elendil. (Quenya *parma*, "livro"; o segundo elemento é sem dúvida *-maitë*, "com mãos...", ver *Tar-Telemmaitë*). 298

Parth Celebrant "Campo (campina) do Veio-de-Prata"; nome em sindarin normalmente traduzido como *Campo de Celebrant*. 352

Parth Galen "Gramado Verde", um lugar relvado nas encostas setentrionais de Amon Hen, perto da margem de Nen Hithoel. 535

Passo Alto Ver *Cirith Forn en Andrath*.

Passo de Caradhras Ver *Caradhras*.

Passo de Imladris Ver *Cirith Forn en Andrath*.

Passolargo O nome de Aragorn em Bri. 470

Paz Vigilante O período que durou de 2063 da Terceira Era, quando Sauron deixou Dol Guldur, até 2460, quando retornou. 396, 418, 491, 536

Pedra Arken A grande pedra preciosa da Montanha Solitária. 434

Pedra-de-Anor A *palantír* de Minas Anor. 532–33, 535–38, 542, 544

Pedra de Eärendil Ver *Elessar* (1).

Pedra-de-Ithil A *palantír* de Minas Ithil. 532–33, 535, 538, 540, 543

CONTOS INACABADOS

Pedra-Élfica   Ver *Elessar* (1) e (2).

Pedras, As   Ver *palantíri*.

Pelargir   Cidade e porto no delta do Anduin. 358, 360, 390, 531

Pelendur   Regente de Gondor. 545

Pelennor (Campos de)   "Terra Cercada", o "distrito urbano" de Minas Tirith, protegido pela muralha de Rammas Echor, onde ocorreu a maior batalha da Guerra do Anel. 489

Pelóri   As montanhas na costa de Aman. 60

Pequenos   Hobbits; tradução do sindarin *periannath*. 384–85, 447, 449, 451, 460, 463, 465–67, 470, 527. *Terra dos Pequenos* 447, 449, 451, 470; *erva dos pequenos* 460, 463, 465. Ver *Perian*.

Peregrino Cinzento, Errante Cinzento   Ver *Mithrandir*.

Peregrin Tûk   Hobbit do Condado, membro da Sociedade do Anel. 384. Chamado de *Pippin* 384, 419

perian   Palavra sindarin traduzida como *Pequeno*; plural *periannath*. 384

Pés-Peludos   Um dos três povos em que se dividiam os Hobbits (ver *Cascalvas*). 384

Pilar, O   Ver *Meneltarma*.

Pippin   Ver *Peregrin Tûk*.

Planície da Batalha   Ver *Dagorlad*.

Planície Protegida   Ver *Talath Dirnen*.

Poder Sombrio   Ver *Sauron*.

Poros   Rio que descia da Ephel Dúath para se unir ao Anduin acima do seu delta. 391, 395. Ver *Vaus do Poros*.

Portão dos Noldor   Ver *Annon-in-Gelydh*.

Portão Negro   Ver *Morannon*.

*Portões de Mordor   Ver *Morannon*

Portos Cinzentos   Ver *Mithlond*.

Portos, Os   (i) Brithombar e Eglarest na costa de Beleriand: *Portos de Círdan* 22; *Portos dos Armadores* 58; *Portos da Falas* 336; *Portos Ocidentais de Beleriand* 335. (ii) Nas Fozes do Sirion ao final da Primeira Era: *Portos do (no) Sul* 37, 40; *Porto(s) do Sirion*, 338

*Povo-Lobo   Nome dado aos Lestenses de Dor-lómin. 155

Povo Oculto, Reino Oculto   Ver *Gondolindrim, Gondolin*.

Povo Pequeno   Ver *Hobbits*.

Praga Sombria   ver *Grande Peste*.

Praia-comprida   Ver *Anfalas*.

Pranto   Ver *Nienor*.

Quarta Sul   Uma das divisões do Condado. 452, 469

Queda (de Númenor)   304, 331, 421, 522, 524

ÍNDICE REMISSIVO

Quendi Nome élfico original para todos os Elfos. 305

quenya O antigo idioma, comum a todos os Elfos, na forma que assumiu em Valinor; trazido à Terra-média pelos exilados noldorin, mas abandonado por eles como fala cotidiana, exceto em Gondolin (ver 72); para seu uso em Númenor, ver 84–85, 126, 295, 297, 301–02, 343, 345, 359, 361–62, 378, 408, 422–23, 510, 513, 525, 528–30. *Alta fala dos Noldor* 71, *do Oeste* 84; *alto-élfico* 297, 361, 524

Radagast Um dos Istari (Magos). 467, 516, 519–22, 530, 531. Ver *Aiwendil.*

*Ragnir Um serviçal cego da casa de Húrin em Dor-lómin. 105

*Ramo do Retorno Ver *Oiolairë.*

Rána "O Viandante", um nome da Lua. 329

ranga Medida númenóreana, um passo completo, pouco mais que uma jarda. 382

Rápido, Rio Ver *Celduin.*

*Ras Morthil Um nome de *Andrast.* 242, 293, 356

Rath Dínen "A Rua Silente" em Minas Tirith. 345

Regentes de Gondor 386, 396, 401, 405, 409–10, 412, 534, 545. *Livro dos Regentes* 415. Ver *Arandur.*

Region A densa floresta que formava a parte meridional de Doriath. 162

Rei Antigo Ver *Manwë.* (Título reivindicado por Morgoth, 100.)

Rei-bruxo Ver *Senhor dos Nazgûl, Angmar.*

Reino Abençoado Ver *Aman.*

Reino da Montanha Ver *Rei sob a Montanha.*

Reino do Norte Ver *Arnor.*

Reino do Sul Ver *Gondor. Reinos dos Dúnedain,* Arnor e Gondor. 328, 407, 413, 415, 490

Reino Oculto Nome dado tanto a Gondolin como a Doriath. *Rei Oculto,* ver *Turgon.*

Reino Protegido Ver *Doriath.*

Reis de Homens Ver *Númenóreanos.*

Rei sob a Montanha Monarca dos Anãos de Erebor. 433. *Reino sob a Montanha,* 426, 432, 436; *Reino da Montanha* 436

*Rei Sombrio Ver *Morgoth.*

Rhosgobel A morada de Radagast à beira de Trevamata, perto da Carrocha. (Afirma-se que o nome significa "'aldeia' [isto é, cercado] castanho-avermelhada".) 530

Rhovanion Terras-selváticas, a grande região a leste das Montanhas Nevoentas. 332, 387, 389–91, 401, 416–17. *Rei de Rhovanion,* Vidugavia, 416

Rhudaur   Um dos três reinos em que Arnor se dividiu no século IX da Terceira Era, situado entre as Montanhas Nevoentas, a Charneca Etten e as Colinas do Vento. 29, 470

Rhûn   "Leste", usado em geral nas terras do extremo oriente da Terra-média. 366, 389, 391, 396–97. *Mar de Rhûn* 366, 389, 396–97

Riacho-do-Abismo   Riacho que saía do Abismo de Helm e descia a Westfolde. 484

Rían   Esposa de Huor e mãe de Tuor. 35, 88, 101, 294

Ribeirão Mering   "Ribeirão da Divisa", que descia das Ered Nimrais para se juntar ao Entágua, e que formava o limite entre Rohan e Gondor; chamado em sindarin de *Glanhír*. 402–04, 409–10, 423

Ringló   Rio em Gondor, afluente do Morthond a nordeste de Dol Amroth. (Afirma-se que o Ringló "obtinha suas primeiras águas de um alto campo nevado que alimentava uma lagoa gelada nas montanhas. Se esta, na estação em que a neve derretia, se espalhava em um lago raso, isso explicaria o nome, mais um dentre os muitos que se referem à nascente de um rio". Ver o relato sobre *Gwathló*, 354–56.) 335, 421

Rio da Floresta   Rio que corria das Ered Mithrin através do norte de Trevamata e desaguava no Lago Longo. 396

Rio de Lis   Rio que descia das Montanhas Nevoentas e confluía com o Anduin nos Campos de Lis; tradução do sindarin *Sîr Ninglor*. 376, 378

Rio Seco   O leito do rio que outrora fluía das Montanhas Circundantes para se juntar ao Sirion; formava a entrada de Gondolin. 68, 70, 84

rital   O nono mês no Calendário do Condado. 375. Ver *yavannië*, *ivanneth*.

Rivil   Rio que descia rumo ao norte vindo de Dorthonion e desaguava no Sirion no Pântano de Serech. 98

*Rochan(d)   Ver *Rohan*.

*Rochon Methestel   "Cavaleiro da Última Esperança", o nome de uma canção sobre Borondir Udalraph. 418

*Róg   O nome verdadeiro (plural *Rógin*) dos Drúedain na língua dos Rohirrim, representado pela tradução *Woses*. 512

Rohan   Forma em Gondor do nome sindarin *Rochan(d)* (423, 492), "o País-de-cavalos", a grande pradaria que originalmente formava a parte setentrional de Gondor, depois chamada de *Calenardhon*. (Para o nome, ver 423.) 25, 84, 323, 345, 353, 383, 386, 410, 416, 418–20, 423–24, 438, 450–52, 460, 471–72, 477, 481, 483–84, 487, 489, 492, 494–95, 508, 512, 529, 543–44. Ver *Marca, A*; *Desfiladeiro de Rohan*; *Rohirrim*.

ÍNDICE REMISSIVO

Rohirrim "Os Senhores-de-cavalos" de Rohan. 27, 84, 374, 383, 386, 389, 394, 403, 410, 414–16, 420–24, 471–72, 476–77, 481, 485, 489–95, 506, 508, 512, 530. *Cavaleiros de Rohan* 419. Ver *Eorlings, Éothéod.*

Rómendacil I Tarostar, oitavo Rei de Gondor, que tomou o título de *Rómendacil,* "Vitorioso-do-Leste", depois de repelir os primeiros ataques dos Lestenses sobre Gondor. 413, 424

Rómendacil II Minalcar, por muitos anos Regente e depois décimo nono Rei de Gondor, que tomou o título de *Rómendacil* após sua grande vitória sobre os Lestenses em 1248 da Terceira Era. 416

Rómenna "Rumo ao Leste", grande porto no leste de Númenor. 230, 235, 240–43, 247, 248–51, 256, 263–64, 268, 276, 291. *Estuário de Rómenna* 240; *Baía de Rómenna* 243

*Rú, Rúatan Formas quenya derivadas da palavra *Drughu,* correspondentes ao sindarin *Drú, Drúadan.* 510

Ruidoságua Ver *Bruinen.*

Sábios, Os Os Istari e os maiores Eldar da Terra-média. 24, 339, 448–50, 456, 463. Ver *Conselho Branco.*

Sacola-Bolseiro Nome de uma família de Hobbits do Condado. 461. *Otho Sacola-Bolseiro* 469, *Lotho* 469

*Sador Serviçal de Húrin em Dor-lómin e amigo de Túrin na infância deste, por quem era chamado de *Labadal.* 90–93, 96–97, 102, 105–07, 150–51, 154, 510; chamado de *Perneta* 150

Saeros Elfo nandorin, conselheiro do Rei Thingol; insultou Túrin em Menegroth e foi por ele perseguido até a morte. 113, 116–20, 122, 136, 204, 512

*Salto do Cervo Ver *Cabed-en-Aras.*

Samambaia Uma família de Homens em Bri. *Bill Samambaia* 470

Sam(wise) Gamgi Gamgi Hobbit do Condado, membro da Sociedade do Anel e companheiro de Frodo em Mordor. 295, 381. *Mestre Samwise* 381

*Sarch nia Hîn Húrin "Túmulo dos Filhos de Húrin" (Brethil). 196

Sarn Athrad "Vau das Pedras", onde a Estrada dos Anãos proveniente de Nogrod e Belegost atravessava o rio Gelion. 319

Sarn Gebir "Pontas-de-pedra", nome de corredeiras no Anduin acima das Argonath, assim chamadas por causa de pontas de pedra verticais, semelhantes a estacas, no seu início. 391, 449, 455

Saruman "Homem de Engenho", nome entre os Homens de *Curunír* (palavra que traduz), um dos Istari (Magos) e chefe de sua ordem. 26, 372–74, 420, 426, 428, 448, 450–52, 454, 458–67, 469–74,

477–80, 482–87, 495, 511, 515–16, 518–22, 527, 530–31, 533–39, 544–45. Ver *Curumo, Curunír, Mensageiro Branco.*

Sauron "O Abominado", maior dos serviçais de Melkor, em sua origem um Maia de Aulë. 24, 223, 230, 282, 300, 302, 306, 310, 317–18, 320–27, 331–33, 340–42, 344, 349–50, 353, 355–56, 360, 365, 367–68, 376–77, 379–80, 388, 390, 417–18, 425–26, 432, 437–38, 447–59, 462, 467–69, 495, 508, 510–11, 514–20, 522–24, 526–28, 530, 53–39, 544. Chamado de *o Senhor Sombrio* 115, 313, *o Poder Escuro* 446, e ver *Annatar, Artano, Aulendil. Ilha de Sauron*, ver *Tol-in-Gaurhoth.*

Scadufax O grande cavalo de Rohan montado por Gandalf na Guerra do Anel. 419, 452, 483

Sempre-em-mente Ver *simbelmynë.*

Senhor das Águas Ver *Ulmo.*

Senhor de Dor-lómin Húrin, Túrin; ver *Dor-lómin.*

Senhor de Morgul Ver *Senhor dos Nazgûl, Minas Morgul.*

Senhor dos Nazgûl 395, 451. Também chamado de *Chefe dos Espectros-do-Anel* 449, *o Capitão Negro (Negro)* 462, 468, 470, *Senhor de Morgul* 448–50, 452, 469, *o Rei-bruxo* 418, 454, 456, 459, 461–62, 468, 470

Senhor Sombrio Morgoth, 115; Sauron, 313

Senhora Branca (i) Ver *Galadriel.* (ii) *Senhora Branca de Emerië*, ver *Erendis.*

Senhora da Floresta Dourada Ver *Galadriel.*

*Senhora das Terras-do-Oeste 248. Ver *Erendis.*

Senhora de Dor-lómin Morwen; ver *Dor-lómin.*

*Senhora dos Noldor Ver *Galadriel.*

Senhores de Andúnië Ver *Andúnië.*

Senhores do Oeste Ver *Valar.*

Serech O grande pântano ao norte do Passo do Sirion, na confluência com o rio Rivil, vindo de Dorthonion. 102, 206

seregon "Sangue de Pedra", uma planta com flores de um vermelho vivo que crescia em Amon Rûdh. 142

Serni Um dos rios de Lebennin em Gondor. (O nome é um derivado do sindarin *sern*, "pedrinha, seixo", equivalente ao quenya *sarnië* "cascalho, margem de pedregulhos". "Apesar de o Serni ser o rio mais curto, seu nome permaneceria o mesmo até o mar após sua confluência com o Gilrain. Sua foz era bloqueada por cascalhos, e de qualquer modo, em tempos posteriores, os navios que se aproximassem do Anduin com destino a Pelargir passavam pelo lado leste de Tol Falas e tomavam a passagem marinha feita pelos Númenóreanos no meio do Delta do Anduin.") 330

ÍNDICE REMISSIVO

Sharbhund Nome entre os Anãos-Miúdos de *Amon Rûdh*. 141

Silmarien Filha de Tar-Elendil; mãe de Valandil, primeiro Senhor de Andúnië, e ancestral de Elendil, o Alto. 238–39, 286, 294, 298, 306, 373, 381

Silmarils As três gemas feitas por Fëanor antes da destruição das Duas Árvores de Valinor, e repletas da luz destas. 81, 311. Ver *Guerra das Joias.*

simbelmynë Uma pequena flor branca, também chamada de *alfirin* e *uilos*. 84, 421. Traduzida como *Sempre-em-mente* 77

Sindar Os Elfos-cinzentos; nome aplicado a todos os Elfos de origem telerin que os Noldor encontraram em Beleriand quando retornaram, à exceção dos Elfos-verdes de Ossiriand. 76, 310, 321, 335–36, 342, 347–49, 351. *Elfos-cinzentos* 35–36, 41, 58, 101, 134, 144, 147, 203, 318

sindarin Dos sindar: 316, 327, 330–31, 343, 345, 347, 349, 351. Da língua dos Sindar: 30, 83–85, 112, 126, 205, 294–95, 313, 316, 327, 330–31, 336, 343, 345, 347–49, 351, 354, 357, 359, 361–62, 375, 378, 384, 403, 410, 418, 422–24, 499–510, 513, 519, 528–30. *Língua de Beleriand* 71

Sîr Angren Ver *Angren.*

Sîr Ninglor Nome em sindarin do *Rio de Lis*. 376, 378

Siril O principal rio de Númenor, que corria rumo ao sul a partir do Meneltarma. 233

Sirion O grande rio de Beleriand. 37–38, 50, 57–59, 63–64, 66–68, 70, 80, 82–85, 91, 108, 111, 114, 138, 142, 155–56, 162, 164, 170–71, 203–05, 222–23, 316, 338, 343, 500. *Pântanos do Sirion* 205; *Porto(s) do Sirion*, ver *Portos*; *Fozes do Sirion* 156, 203, 222, 316, 338, 343; *Passo(s) do Sirion* 222, 456; *nascentes do Sirion* 223; *Vale do Sirion* 50, 64, 70, 108, 138, 155, 205

Smaug O grande Dragão de Erebor. Em muitas referências chamado de *o Dragão*. 425–27, 431, 436–38, 441, 443

Sméagol Gollum. 469

Sorontil "Chifre-das-Águias", uma grande elevação na costa do promontório setentrional de Númenor. 231

Soronto Númenóreano, filho de Ailinel (irmã de Tar-Aldarion) e primo de Tar-Ancalimë. 240, 286, 288, 290, 292, 299, 306

Sub-Rei (em Rohan). 489

súlimë Nome em quenya do terceiro mês de acordo com o calendário númenóreano, correspondente a março. 40, 398. Ver *gwaeron.*

Súrion Ver *Tar-Súrion.*

Súthburg Antigo nome do Forte-da-Trombeta. 493

608

talan (plural *telain*). As plataformas de madeira nas árvores de Lothlórien onde habitavam os Galadhrim. 333–34. Ver *flet.*

Talath Dirnen A planície ao norte de Nargothrond, chamada de *a Planície Protegida.* 132

*taniquelassë Árvore perene fragrante levada a Númenor pelos Eldar de Eressëa. 232

Taniquetil A Montanha de Manwë em Aman. 523. Ver *Amon Uilos, Oiolossë.*

Tar-Alcarin Décimo sétimo Monarca de Númenor. 302

Tar-Aldarion Sexto Monarca de Númenor, o Rei Marinheiro; chamado pela Guilda dos Aventureiros de *o (Grande) Capitão.* 233–34, 240, 279, 283, 285–87, 291, 299, 325, 355–56, 358. Ver *Anardil.*

Tar-Amandil Terceiro Monarca de Númenor, neto de Elros Tar-Minyatur. 298, 306

Tar-Anárion Oitavo Monarca de Númenor, filho de Tar-Ancalimë e Hallacar de Hyarastorni. 299–300 *Filhas de Tar-Anárion* 300

Tar-Ancalimë Sétima Monarca de Númenor e primeira Rainha Governante, filha de Tar-Aldarion e Erendis. 291, 299. Ver *Emerwen.*

Tar-Ancalimon Décimo quarto Monarca de Númenor. 234, 301, 305, 307

Tar-Anducal Nome assumido, como Monarca de Númenor, por Herucalmo, que usurpou o trono após a morte de sua esposa Tar-Vanimeldë. 302

Tarannon Décimo segundo Rei de Gondor. 531. Ver *Falastur.*

*Tar-Ardamin Décimo nono Monarca de Númenor, chamado em adûnaico de *Ar-Abattârik.* 302, 307

Taras Montanha em um promontório de Nevrast, em cujo sopé ficava Vinyamar, a antiga morada de Turgon. 47, 49, 57, 60, 67, 83

*Taras-ness O promontório onde se erguia o Monte Taras. 47

Tar-Atanamir Décimo terceiro Monarca de Númenor, chamado de *o Grande* e *o Relutante.* 234, 295, 298, 301–02, 306–08

Tar-Calion Nome em quenya de Ar-Pharazôn. 304

Tar-Calmacil Décimo oitavo Monarca de Númenor, chamado em adûnaico de *Ar-Belzagar.* 302–03, 307

Tar-Ciryatan Décimo segundo Monarca de Númenor. 300

Tar-Elendil Quarto Monarca de Númenor, pai de Silmarien e Meneldur. 237–39, 242, 286, 293–94, 298, 306, 422. Ver *Parmaitë.*

*Tar-Elestirnë "Senhora da Fronte-estrelada", nome dado a Erendis. 254, 380

*Tar-Falassion Nome em quenya de Ar-Sakalthôr. 303

Tar-Herunúmen Nome em quenya de Ar-Adûnakhôr. 297, 302

ÍNDICE REMISSIVO

Tar-Hostamir   Nome em quenya de Ar-Zimrathon. 303

Tarmasundar   "Raízes do Pilar", as cinco cristas que se estendiam desde a base do Meneltarma. 231

Tar-Meneldur   Quinto Monarca de Númenor, astrônomo, pai de Tar-Aldarion. 231, 242–44, 254, 256, 264, 273, 276, 278, 279–80, 282, 286, 292, 294, 298–99, 306, 320. Ver *Elentirmo, Írimon.*

Tar-Minastir   Décimo primeiro Monarca de Númenor, que enviou a frota contra Sauron. 282, 300, 306, 325, 360

Tar-Minyatur   Nome de Elros como primeiro Monarca de Númenor. 82, 234, 245, 286, 288, 297

Tar-Míriel   Filha de Tar-Palantir; forçada por Ar-Pharazôn a se casar com ele, e como sua rainha chamada em adûnaico de *Ar-Zimraphel.* 304

Tarostar   Prenome de Rómendacil I. 424

Tar-Palantir   Vigésimo quarto Monarca de Númenor, que se arrependeu dos costumes dos Reis e assumiu seu nome em quenya: "O que olha ao longe"; chamado em adûnaico de *(Ar-) Inziladûn.* 303, 304, 308

Tar-Súrion   Nono Monarca de Númenor. 300, 306

Tar-Telemmaitë   Décimo quinto Monarca de Númenor, assim chamado ("Mãos-de-prata") por causa do seu amor pela prata. 301, 380

Tar-Telemnar   Nome em quenya de Ar-Gimilzôr. 303

Tar-Telperien   Décima Monarca de Númenor e segunda Rainha Governante. 300, 306

Tar-Vanimeldë   Décima sexta Monarca de Númenor e terceira Rainha Governante. 301

Taur-e-Ndaedelos   "Floresta do Grande Temor", nome em sindarin de Trevamata. 377. Ver *Taur-nu-Fuin.*

Taur-en-Faroth   Planaltos cobertos de florestas a oeste do rio Narog, acima de Nargothrond. 206. *Os Faroth* 206; *os Altos Faroth* 165, 206.

Taur-nu-Fuin   "Floresta sob a Noite", (i) Nome posterior de *Dorthonion.* 30, 80, 101, 130, 137, 214, 377. (ii) Um nome de *Trevamata* 377. Ver *Taur-e-Ndaedelos.*

Tawar-in-Drúedain   A *Floresta Drúadan.* 424

Tawarwaith   "O Povo da Floresta", *os Elfos Silvestres.* 347

Teiglin   Um afluente do Sirion, que nascia nas Ered Wethrin e limitava a Floresta de Brethil ao sul. 63, 81, 83, 114, 123, 126, 130–31, 138, 156, 158–59, 170, 172–73, 175, 177–79, 182–84, 187, 191–92, 194–96, 198, 200, 203–06, 208, 211, 502. *Travessias do Teiglin, as Travessias*, onde a estrada para Nargothrond atravessava o rio, 83, 130–31, 158–59, 172, 175, 177, 191–92, 200, 206, 208, 502

Telchar   Renomado ferreiro Anão de Nogrod. 110, 111

*Teleporno   Nome alto-élfico de *Celeborn* (2). 314, 361

Teleri   O terceiro dos Três Clãs dos Eldar na Grande Jornada desde Cuiviénen; pertenciam a eles os Elfos de Alqualondë em Aman e os Sindar e Nandor na Terra-média. 44, 59, 309, 311–14, 347, 361, 383. *O Terceiro Clã* 347. Ver *Lindar*.

telerin   Dos Teleri: 311, 314–16, 318, 346–47, 359, 361. Da língua dos Teleri: 311, 343, 383

Telperion   A mais velha das Duas Árvores, a Árvore Branca de Valinor. 77, 311, 361. Em quenya *Tyelperion*, 361

Telumehtar   Vigésimo oitavo Rei de Gondor; chamado de *Umbardacil*, "Conquistador de Umbar", após sua vitória sobre os Corsários em 1810 da Terceira Era. 390, 417

*Terra da Dádiva   Ver *Númenor, Yôzâyan*.

Terra da Estrela   Númenor; tradução do quenya *Elenna·nórë* no Juramento de Cirion. 409

Terra dos Salgueiros   Ver *Nan-tathren*.

Terra-média   Passim. Chamada de *as Terras Escuras* 245, *as Grandes Terras* 245

Terra Parda   Uma região em torno dos sopés ocidentais das Montanhas Nevoentas, na sua extremidade mais meridional, habitada pelos Terrapardenses. 356, 461, 470, 477, 491

Terrapardenses   Habitantes da Terra Parda, remanescentes de uma antiga raça de Homens que outrora vivia nos vales das Ered Nimrais; aparentados com os Mortos do Fano-da-Colina e os Homens de Bri. 355, 357, 359, 481, 484, 490–92, 494, 495. *O Terrapardense*, agente de Saruman, o "sulista estrábico" na estalagem em Bri, 462, 470. Adjetivo *terrapardense*, 461, 494

Terras Castanhas   A região desolada entre Trevamata e as Emyn Muil. 396, 401, 411

*Terras-do-Norte   (de Númenor) Ver *Forostar*.

Terras-do-Oeste   (i) De Númenor, ver *Andustar*. (ii) Da Terra-média, uma expressão muito genérica, que se refere amplamente às terras a oeste do Anduin. 230, 235, 248–50, 255, 260, 266, 269, 274, 294, 326, 438, 493, 516, 519

Terras do Rei   (i) Em Rohan, 486. (ii) *Terra do Rei* em Númenor, ver *Arandor*.

*Terras Escuras   Termo para a Terra-média em Númenor. 245

Terras Imortais   Aman e Eressëa. 294. *Reino Imortal* 385

*Terras Selvagens   Termo usado em Rohan para as terras a oeste do Desfiladeiro. 491

ÍNDICE REMISSIVO

Testemunhas de Manwë   As águias do Meneltarma. 231

Thalion   Ver *Húrin*.

*thangail   "Cerca-de-escudos", uma formação de combate dos Dúnedain. 367, 378

Thangorodrim   "Montanhas de Tirania", erguidas por Morgoth acima de Angband; destruídas na Grande Batalha ao fim da Primeira Era. 36, 69, 84, 101, 336, 343

Tharbad   Porto fluvial e cidade onde a Estrada Norte-Sul atravessava o rio Gwathló, arruinada e deserta à época da Guerra do Anel. 282, 325, 354, 357–59, 375, 419, 451–52, 459–61, 470, 490–91. *Ponte de Tharbad* 358, 491

Tharkûn   "Homem-do-Cajado", nome dos Anãos para Gandalf. 525–26

Thengel   Décimo sexto Rei de Rohan, pai de Théoden. 383

Théoden   Décimo sétimo Rei de Rohan, morto na Batalha dos Campos de Pelennor. 373, 389, 420, 451, 460, 471, 477, 483, 485–89

Théodred   Filho de Théoden, Rei de Rohan; morto na Primeira Batalha dos Vaus do Isen. 471–77, 479, 483–84, 486–89

Théodwyn   Filha de Thengel, Rei de Rohan, mãe de Éomer e Éowyn. 483

Thingol   "Capa-gris" (em quenya *Singollo*), o nome pelo qual era conhecido em Beleriand Elwë (em sindarin *Elu*), líder com seu irmão Olwë da hoste dos Teleri de Cuiviénen, e mais tarde Rei de Doriath. 84–85, 88, 95, 104–05, 108–12, 114–16, 119–23, 130, 134–37, 160–62, 169–71, 200, 205–06, 212, 237, 309–11, 313, 315–16, 318. Ver *Elu, Elwë*.

Thorin Escudo-de-carvalho   Anão da Casa de Durin, Rei no exílio, líder da expedição a Erebor; morto na Batalha dos Cinco Exércitos. 374, 425–27, 430–36, 438, 440–42, 444

Thorondor   Senhor das Águias das Crissaegrim 69, 76, 84

Thorongil   "Águia da Estrela", nome de Aragorn em Gondor quando serviu a Ecthelion II. 537, 545

Thrain I   Anão da Casa de Durin, primeiro Rei sob a Montanha. 425

Thrain II   Anão da Casa de Durin, Rei no exílio, pai de Thorin Escudo-de-carvalho; morreu nos calabouços de Dol Guldur. 380–81, 429, 433–34, 446

Thranduil   Elfo sindarin, Rei dos Elfos Silvestres no norte de Trevamata; pai de Legolas. 330–32, 342, 347–52, 366–67, 371, 375, 377, 379, 448, 454–56, 468

CONTOS INACABADOS

Thrór   Anão da Casa de Durin, Rei sob a Montanha à chegada de Smaug, pai de Thrain II; morto em Moria pelo Orque Azog. 425–29, 433–34

*Thurin   Nome dado a Túrin em Nargothrond por Finduilas; traduzido como *o Secreto*. 218, 221

Tinúviel   Ver *Lúthien*.

Tol Eressëa   Ver *Eressëa*.

Tol Falas   Ilha na Baía de Belfalas perto de Ethir Anduin. 421

Tol-in-Gaurhoth   "Ilha dos Lobisomens", nome posterior de Tol Sirion, a ilha fluvial no Passo do Sirion sobre a qual Finrod construiu a torre de Minas Tirith. 83. *Ilha de Sauron* 223

Tol Uinen   Ilha na Baía de Rómenna na costa leste de Númenor. 243, 251

Topo-do-Vento   Ver *Amon Sûl*.

Torres dos Dentes   As torres-de-vigia a leste e a oeste do Morannon. 417

Travessias, As   Ver *Teiglin*.

Trevamata   A grande floresta a leste das Montanhas Nevoentas, antes chamada de *Eryn Galen, Verdemata, a Grande*. 330, 332, 334, 347–48, 351–52, 377, 386–88, 396–97, 399, 406, 411, 415–18, 447. Ver *Taur-nu-Fuin, Taur-e-Ndaedelos, Eryn Lasgalen; Montanhas de Trevamata*.

Tronco   Uma aldeia do Condado, na extremidade norte do Pântano. 468

tuilë   A primeira estação ("primavera") do *loa*. 433

Tûk   Nome de uma família de Hobbits na Quarta Oeste do Condado. 384, 439, 440 Ver *Peregrin, Hildifons, Isengar, Velho Tûk*.

Tumhalad   Vale em Beleriand Oeste entre os rios Ginglith e Narog, onde foi derrotada a hoste de Nargothrond. 214–15, 221

Túmulo da Donzela-Elfo   Ver *Haudh-en-Elleth*.

Tuor   Filho de Huor e Rían; foi a Gondolin com Voronwë levando a mensagem de Ulmo; casou-se com Idril, filha de Turgon, e com ela e seu filho Eärendil escapou da destruição da cidade. 14, 16–19, 35–82, 84–85, 87, 101, 221, 224–25, 237–38, 263, 294, 421–22. *O Machado de Tuor*, ver *Dramborleg*.

Turambar   Nome assumido por Túrin durante seus dias na Floresta de Brethil. 19–20, 159–60, 172–90, 192–96, 202, 206, 294. Traduzido como *Mestre do Destino* 159, 184, 188; e pelo próprio Túrin como *Mestre da Sombra Escura* 174

Turgon   Segundo filho de Fingolfin; morou em Vinyamar em Nevrast até partir secretamente para Gondolin, que governou até sua morte no saque da cidade; pai de Idril, mãe de Eärendil. 36–37, 41–42, 45, 47–53, 55, 57–59, 61–64, 66, 69–70, 74, 77–78, 80–86, 95, 99, 204, 222–24, 319, 529.

Túrin Filho de Húrin e Morwen, principal personagem da balada chamada de *Narn i Hîn Húrin*. 19–20, 87, 149, 203. Para seus outros nomes, ver *Neithan, Agarwaen, Thurin, Mormegil, Homem-selvagem das Matas, Turambar*.

*Turuphanto Traduzido como *a Baleia de Madeira*, nome dado ao navio *Hirilondë* de Aldarion enquanto estava sendo construído. 263

Tyrn Gorthad Nome em sindarin das *Colinas-dos-túmulos*. 462

*Udalraph Ver *Borondir*.

*uilos Uma pequena flor branca, também chamada de *alfirin* e *simbelmynë* (*Sempre-em-mente*). 77, 84, 421

Uinen Maia, a Senhora dos Mares, esposa de Ossë. 243, 246–47, 251–52, 293

*Uinendili "Amantes de Uinen", nome dado à Guilda dos Aventureiros de Númenor. 243

*Uinéniel "Filha de Uinen", nome dado a Erendis por Valandil, Senhor de Andúnië. 251

*Ulbar Númenóreano, um pastor de carneiros a serviço de Hallatan de Hyarastorni que se tornou marinheiro de Tar-Aldarion. 267, 269–70, 272. *Esposa de Ulbar* 272

Uldor Chamado de *o Maldito*; um líder dos Lestenses que foi morto nas Nirnaeth Arnoediad. 129

Ulmo Um dos grandes Valar, o Senhor das Águas. 12, 38, 43, 50–56, 58, 60–61, 64–67, 70, 73, 80–82, 84–85, 222, 224–225. Chamado de *Habitante das Profundezas* 42, 50; *Senhor das Águas* 12, 42, 50, 52, 55, 59, 65, 69, 73, 79, 222–23

*Ulrad Um membro do bando de proscritos (*Gaurwaith*) ao qual Túrin se uniu. 125, 127–28, 133–34, 147–48

Última Aliança A liga formada ao final da Segunda Era entre Elendil e Gil-galad para derrotar Sauron; também *a Aliança, a Guerra da (Última) Aliança*. 323, 326, 331, 333, 349, 412, 522

Umbar Grande porto natural e fortaleza dos Númenóreanos ao sul da Baía da Belfalas; mantida durante a maior parte da Terceira Era por homens de origem diversa, hostis a Gondor, conhecidos como os *Corsários de Umbar*. 29, 329, 396, 417, 527, 531

Umbardacil Ver *Telumehtar*.

*Úner "Homem Nenhum"; ver 288

Ungoliant A grande Aranha, destruidora, com Melkor, das Árvores de Valinor. 12, 81, 314 *úrimë* Nome em quenya do oitavo mês de acordo com o calendário númenóreano, correspondente a agosto. 405

Uruks Forma adaptada de *Uruk-hai* na língua negra; uma raça de Orques de grande tamanho e força. 474–77, 479

*Urwen O prenome de Lalaith, filha de Húrin e Morwen que morreu na infância. 88–90

Valacar Vigésimo Rei de Gondor, cujo casamento com Vidumavi dos Nortistas levou à guerra civil da Contenda-das-Famílias. 416

Valandil (1) Filho de Silmarien; primeiro Senhor de Andúnië. 239, 251, 260, 286, 294, 296, 298, 373–74, 380–81. *Esposa de Valandil* 251

Valandil (2) Filho mais jovem de Isildur; terceiro Rei de Arnor. 373–74, 380–81

Valar (singular *Vala*). Os poderes governantes de Arda. 23, 53, 59, 63, 73–74, 82, 100, 216–17, 234, 241, 249, 253, 257, 259, 265, 267, 273, 275–76, 281–82, 293, 301–02, 311–15, 321, 328, 339–40, 342, 351, 407, 413–14, 514, 517–22, 524. *Senhores do Oeste* 51, 58, 94, 216, 224, 246, 268, 294, 301, 303, 514, 523; *os Poderes* 94

Vale das Carroças-de-pedra Vale na Floresta Drúadan na extremidade leste das Ered Nimrais. (O nome é uma tradução de **Imrath Gondraich; imrath* significa "um vale longo e estreito com uma estrada ou um curso d'água que o percorre longitudinalmente".) 424, 506

Vale do Riacho-escuro Ver *Nanduhirion*.

*Vale dos Túmulos Ver *Noirinan*.

*Vale Firien Fenda onde nascia o Ribeirão Mering. 402, 419

Vale Harg Vale perto da nascente do Riacho-de-Neve, sob as muralhas do Fano-da-Colina. 485–86, 488

Valinor A terra dos Valar em Aman. 24, 41, 51, 82, 111, 217, 234, 294, 312–16, 319, 343–44, 347, 360–61, 383, 523–25; *valinóreana* 522. *O Obscurecer de Valinor* 314

Valle Região dos Bardings em volta dos sopés do Monte Erebor, aliada do Reino sob a Montanha dos Anões. 374, 387, 426, 432, 433. Ver *Batalha de Valle*.

Valmar Cidade dos Valar em Valinor. 314

Vanyar O primeiro dos Três Clás dos Eldar na Grande Jornada desde Cuiviénen, que em sua totalidade deixou a Terra-média e permaneceu em Aman. 311–12

Varda Maior das Valier ("Rainhas dos Valar"), criadora das Estrelas, esposa de Manwë. 100, 520

INDICE REMISSIVO

Vardamir Chamado de *Nólimon* por seu amor da sabedoria antiga; filho de Elros Tar-Minyatur; considerado segundo Monarca de Númenor apesar de não ter subido ao trono. 296–99, 305–06

*vardarianna Árvore perene fragrante trazida a Númenor pelos Eldar de Eressëa. 232

Vau da Carrocha Vau sobre o Anduin entre a Carrocha e a margem leste do rio; mas aqui provavelmente se refere ao Velho Vau, onde a Velha Estrada da Floresta atravessava o Anduin, ao sul do Vau da Carrocha. 374

Vau Ent Vau no Entágua. 449

Vau Sarn Tradução parcial de *Sarn Athrad*, "Vau das Pedras", vau sobre o Baranduin no ponto mais meridional do Condado. 325, 452

Vaus do Isen Travessia do Isen pela grande estrada númenóreana que ligava Gondor e Arnor; chamados em sindarin de *Athrad Angren* e *Ethraid Engrin*. 25, 27, 30, 358, 365, 410, 419, 421, 423, 459, 469, 471–72, 476–77, 483, 485, 487–88, 490–92, 495, 511, 543; ver também *Batalhas dos Vaus do Isen*.

Vaus do Poros Travessia do rio Poros na Estrada de Harad. 391

*Vëantur Capitão dos Navios do Rei sob Tar-Elendil; avô de Tar-Aldarion; comandante do primeiro navio númenóreano a retornar à Terra-média. 13, 237, 239, 240–42, 292, 298

Veio-de-Prata Ver *Celebrant*.

Velha Estrada da Floresta Ver *Estradas*.

Velho Tûk Gerontius Tûk, Hobbit do Condado, avô de Bilbo Bolseiro e trisavô de Peregrin Tûk. 440

Velho Vau Vau sobre o Anduin na Velha Estrada da Floresta. 378. Ver *Vau da Carrocha*.

Vesperturvo Ver *Nenuial*.

Vidugavia "Habitante-da-floresta", Nortista, chamado de *Rei de Rhovanion*. 416

Vidumavi "Donzela-da-floresta", filha de Vidugavia; casou-se com Valacar, Rei de Gondor. 416

Vila-do-Bosque Uma aldeia do Condado, no sopé das encostas da Ponta do Bosque. 468

Vila-dos-Hobbits Aldeia na Quarta Oeste do Condado, lar de Bilbo Bolseiro. 428, 462, 468

Villa, Fazendeiro Tolman Villa, Hobbit de Beirágua. 469

Vilya Um dos Três Anéis dos Elfos, usado por Gil-galad e depois por Elrond. 326, 346. Chamado de *o Anel do Ar* 322, *o Anel Azul* 326, 346

Vinyalondë "Porto Novo", porto númenóreano estabelecido por Tar-Aldarion na foz do rio Gwathló; chamado depois de *Lond Daer*. 244, 248–49, 258, 274, 282, 325, 344, 360

Vinyamar "Nova Morada", a casa de Turgon em Nevrast. 12, 47, 50, 73, 80–81, 83, 422

víressë Nome em quenya do quarto mês de acordo com o calendário númenóreano, correspondente a abril. 258, 399–400

Voronwë (1) Elfo de Gondolin, o único marinheiro sobrevivente dos sete navios enviados ao Oeste depois das Nirnaeth Arnoediad; encontrou Tuor em Vinyamar e guiou-o até Gondolin. 18, 54–57, 59–75, 77, 79, 82, 84, 422

Voronwë (2) Nome de Mardil, Regente de Gondor. 422

Westfolde Região de Rohan, as encostas e os campos entre Thrihyrne (os picos acima do Forte-da-Trombeta) e Edoras. 29, 472–73, 477–80, 483, 485, 487–88, 493–95. *Tropa de Westfolde* 487

westron A língua comum do Noroeste da Terra-média, descrito no Apêndice F de *O Senhor dos Anéis*, e representado aqui pela língua portuguesa. 418, 453, 491, 528–29. *Fala comum* 403, 408, 421, 423–24, 509, 529

Woses Ver *Drúedain*.

Yavanna Uma das Valier ("Rainhas dos Valar"), esposa de Aulë. 12, 58, 257, 319, 340, 520, 521

yavannamírë "Joia de Yavanna", uma árvore perene fragrante com frutos escarlates, levada a Númenor pelos Eldar de Eressëa. 232

yavannië Nome em quenya do nono mês de acordo com o calendário númenóreano, correspondente a setembro. 375. Ver *ivanneth*.

yestarë O primeiro dia do ano solar élfico (*loa*). 433

Yôzâyan Nome adûnaico para Númenor, "Terra da Dádiva".253

Zamîn Mulher idosa a serviço de Erendis. 267, 270, 287

Nota sobre as Inscrições em *Tengwar* e em Runas e suas Versões em Português

Ronald Kyrmse

Nas edições originais, em inglês, das obras de J.R.R. Tolkien *O Hobbit*, *O Senhor dos Anéis*, *O Silmarillion* e *Contos Inacabados*, existem diversas inscrições — especialmente nos frontispícios — grafadas em *tengwar* (letras-élficas) e *tehtar* (os sinais diacríticos sobre e sob os *tengwar*, que indicam vogais, nasalização e outras modificações), ou então em runas. Nesta última categoria, é preciso destacar que em *O Hobbit* o autor usou runas anglo-saxônicas, ou seja, do nosso Mundo Primário, para representar as runas dos anões, assim como o idioma inglês representa a língua comum da Terra-média e o anglo-saxão representa a língua dos Rohirrim, mais arcaica que aquela. Nas demais obras, a escrita dos anãos é coerentemente representada pelas runas-anânicas, ou *cirth*, de organização bem diversa.

A seguir estão mostradas essas inscrições, traduzidas para o português (em coerência com o restante do texto das edições brasileiras) e suas transcrições para as escritas élficas ou anânicas usadas nos originais. Está indicada em cada caso a fonte usada para transcrever.

O processo pode ser resumido nas seguintes operações (exemplo para texto em *tengwar* no original):

Desta forma, temos as seguintes frases em inglês e traduzidas para o português, nas runas e em *tengwar*:

CONTOS INACABADOS

CAPA EM INGLÊS:

Unfinnished Tales of Númenor and Middle Earth.

CAPA EM PORTUGUÊS:

Contos Inacabados de Númenor e da Terra-média.

FRONTISPÍCIO SUPERIOR EM INGLÊS:

In this book of Unfinished Tales by John Ronald Reuel Tolkien which was brought together by Christopher Reuel Tolkien, his son.

FRONTISPÍCIO SUPERIOR EM PORTUGUÊS:

Neste livro de Contos Inacabados, por John Ronald Reuel Tolkien, que foi reunido por Christopher Reuel Tolkien, seu filho, são contadas muitas coisas dos homens

— NOTAS SOBRE AS INSCRIÇÕES EM *TENGWAR* E EM RUNAS —

FRONSTISPÍCIO INFERIOR EM INGLÊS

are told many things of Men and Elves in Númenor and in Middle earth from the Elder Days in Beleriand to the War of the Ring and an account is given of the Drúedain the Istari and the Palantíri:-

FRONSTISPÍCIO INFERIOR EM PORTUGUÊS

e dos elfos em Númenor e na Terra-média, desde os Dias Antigos em Beleriand até a Guerra do Anel, e é feito um relato dos Drúedain dos Istari e dos Palantíri:-

Notas sobre as Ilustrações

J.R.R. Tolkien: *Glórund sets forth to seek Túrin*, 1927. Lápis, aquarela e nanquim sobre papel.

Dragões sempre tiveram um lugar de destaque na mente de Tolkien. Podemos vê-los desempenhando papéis importantes em muitas de suas histórias, estejam elas presentes no Legendário ou não. Esta ilustração traz Glaurung, ainda chamado de Glórund à época, no momento em que ele parte de Nargothrond em busca de Túrin.

    É interessante notar que, comparado com a descrição de todos os outros dragões do legendário, Glaurung foge totalmente à regra, pois possui um corpo muito menos esguio e uma cabeça enorme, além de não ter asas, como descrito nos textos.

— NOTAS SOBRE AS ILUSTRAÇÕES PRESENTES NESTE LIVRO —

J.R.R. Tolkien: *The Vale of Sirion,* 1928. Lápis sobre papel.

Mesmo tendo sido desenhada na década de 1920, esta cena mostra a fortaleza na ilha do rio Sirion, que foi ocupada por Sauron, e seus arredores de forma bastante fiel à concepção final. É possível avistar Anfauglith e as Thangorodrim de Morgoth ao fundo, emitindo fumaça.

Este desenho, junto com outros do mesmo tipo, que mostram Nargothrond e Gondolin, mesmo que apenas esboços, são ótimas referências para quem quer ter uma noção da paisagem e ajudam muito a acompanhar as descrições das localidades presentes nos textos de J.R.R. Tolkien.

Este livro foi impresso em 2022, pela Ipsis,
para a HarperCollins Brasil. A fonte usada
no miolo é Garamond corpo 11.
O papel do miolo é pólen natural 80 g/m².